Ces choses qu'on laisse

DE LA MÊME AUTRICE

Ces choses qu'on n'oublie pas, Michel Lafon, 2023 ;
J'ai lu, 2024.

Ces choses qu'on cache, Michel Lafon, 2023 ;
J'ai lu, 2024.

LUCY SCORE

Ces choses qu'on laisse

ROMAN

Traduit de l'anglais (États-Unis)
par Anath Riveline

J'AI LU

TITRE ORIGINAL
Things We Left Behind

Publié avec l'accord de Bookcase Literary Agency

À la moi de douze ans, dix-sept ans,
vingt et un ans et trente ans.
Vous n'avez jamais été
aussi désastreuses que je le pensais.
Tout va bien se passer.

– 1 –

Funérailles Burrito

Sloane

La balançoire grinçait alors que du bout du pied, je me poussais sur la terrasse en bois. Le froid de janvier s'insinuait sous la couverture et à travers mes vêtements. Mais de toute façon, ils ne servaient à rien, parce que j'étais déjà gelée à l'intérieur.

La couronne usée de Noël sur la porte mauve attira mon regard.

Il fallait que je la retire.

Il fallait que je retourne travailler.

Il fallait que je remonte appliquer le déodorant que j'avais oublié.

Apparemment, il fallait que je fasse plein de trucs. Tous insurmontables, comme si retourner à l'intérieur et monter dans ma chambre demandait autant d'énergie que d'escalader l'Everest.

Désolée, Knockemout, il faudra que tu fasses avec une bibliothécaire qui pue la transpiration.

J'inspirai une grande bouffée d'air glacé. Marrant comme je devais me souvenir de faire quelque chose d'aussi naturel que de respirer. Le chagrin a le chic pour s'infiltrer partout, même quand vous êtes préparée.

Je levai le mug PAS DE LARMES de mon père et pris une gorgée de vin. Un vrai tonifiant du matin !

J'allais passer le reste de la journée dans la chaleur étouffante de l'entreprise de pompes funèbres de Knockemout, finement surnommée Knockemort. Là-bas, le thermomètre ne passait jamais en dessous des vingt-quatre degrés pour satisfaire la peau usée du public âgé qui s'y réunissait en général.

Ma respiration laissa un nuage argenté dans l'air. Quand il se dissipa, je vis la maison voisine.

Une bâtisse quelconque de deux étages, avec des murs beiges et un semblant de jardin.

En comparaison, la mienne, avec son architecture victorienne, sa terrasse filante et sa tourelle prétentieuse en jetait. Surtout, elle contrastait avec cette maison voisine désertée. Les seuls signes de vie que j'avais pu observer depuis plus de dix ans se limitaient aux jardiniers qui venaient régulièrement y travailler et aux rares visites de son odieux propriétaire.

Je ne comprenais pas pourquoi il ne l'avait pas simplement vendue ou réduite en cendres. Ou n'importe quel sort que les hommes riches réservent aux endroits abritant ombres et secrets.

Ça m'agaçait qu'elle soit encore à lui. Qu'il y réside encore de temps en temps. Aucun de nous deux ne voulait se souvenir du passé commun. Et aucun de nous deux ne voulait être propriétaire de terrains mitoyens.

Ma porte d'entrée s'ouvrit et ma mère sortit.

Karen Walton m'avait toujours paru magnifique. Même aujourd'hui, même avec son visage triste, elle était ravissante.

— Qu'est-ce que tu en penses ? C'est trop ? demanda-t-elle en tournoyant dans sa nouvelle robe noire.

L'élégant col bateau et les longues manches étaient éclipsés par la coquette jupe en tulle noir qui scintillait. Son chignon blond était maintenu par un bandeau en velours.

Mon amie Lina nous avait emmenées faire des courses quelques jours plus tôt pour nous aider à acheter notre tenue de funérailles. Ma robe était en tricot noir avec des poches aux coutures invisibles sur la jupe. Elle était très jolie, mais je ne la remettrais jamais.

— Tu es parfaite ! assurai-je en soulevant la couverture pour l'inviter à s'asseoir à côté de moi.

Elle s'exécuta et me tapota la jambe alors que je nous couvrais.

Cette balançoire avait toujours été au centre de notre famille. On s'y était assises pour manger notre goûter après l'école et discuter. Mes parents s'y retrouvaient pour l'apéro une fois par semaine. Après la vaisselle de Thanksgiving, on s'y installait avec nos livres et nos couvertures préférées.

J'avais hérité de cette immense demeure avec ses peintures vert olive, pourpre et bleu marine deux ans plus tôt, quand mes parents étaient partis vivre à Washington pour être plus près des médecins de mon père. Je l'avais toujours adorée. Nulle part ailleurs, je ne me sentirais aussi bien. Mais à des instants comme celui-là, je prenais conscience qu'au lieu de grandir, notre famille se réduisait.

Maman expira profondément.

— C'est nul.

— Au moins, on est belles, commentai-je.

— Façon Walton, confirma-t-elle.

La porte s'ouvrit de nouveau et Maeve, ma sœur, nous rejoignit. Une tasse fumante de thé dans la main, elle portait un tailleur classique et un manteau en laine. Elle était aussi belle que d'habitude, malgré sa mine fatiguée. Il faudrait que je lui demande après l'enterrement si rien d'autre ne la préoccupait.

— Où est Chloé ? demanda maman.

Maeve leva les yeux au ciel.

— Elle a réduit le choix à deux tenues et me demande quelques minutes avec chacune pour décider, dit-elle en se calant à côté de notre mère.

Ma nièce était une fashionista pure et dure. Du moins, dans les limites de son budget réduit de jeune fille de douze ans dans une petite ville rurale de la Virginie.

On se balança en silence pendant quelques minutes, chacune perdue dans ses souvenirs.

— Vous vous rappelez quand votre père a apporté le sapin de Noël qui était trop grand pour passer par la porte ?

— Le début de notre tradition du sapin sur la terrasse, se rappela Maeve.

Je sentis une pointe de culpabilité. Je n'avais pas mis d'arbre cette année. Seulement la couronne morte sur la porte que j'avais achetée à une collecte de fonds organisée par le collège de Chloé. Le cancer avait eu d'autres projets pour notre famille.

Je me rattraperai l'an prochain, décidai-je. Il y aurait de la vie, ici. De la famille. Des rires, des gâteaux, de l'alcool et des cadeaux mal emballés.

C'est ce que papa aurait souhaité. Savoir que la vie continuait, même s'il nous manquait terriblement.

— Je sais que c'est votre père qui savait prononcer des discours d'encouragement, mais je lui ai promis que je ferais de mon mieux. Alors voilà comment ça va se passer. On va entrer dans ces pompes funèbres et on va lui organiser les meilleures funérailles que cette ville ait jamais connues.

On va pleurer et rire et se souvenir de notre chance de l'avoir eu dans nos vies si longtemps.

On hocha la tête, Maeve et moi. Mes yeux étaient gonflés de larmes que je ravalai. La dernière chose dont ma mère et ma sœur avaient besoin, c'était de voir jaillir ma tristesse.

— Puis-je avoir un « Yes maman ! » d'enfer ?

Nous répondîmes en chœur :

— Yes maman !

Elle nous regarda tour à tour.

— C'était nullissime.

— Désolée, maman, si on n'arrive pas à se réjouir de l'enterrement de papa, dis-je platement.

Maman fouilla dans la poche de sa jupe et en sortit une flasque rose en inox.

— Ça t'aiderait, ça ?

— Il est neuf heures trente-deux du matin, maman, riposta Maeve.

— Je bois du vin, annonçai-je en brandissant mon mug.

Ma mère tendit à ma sœur la flasque pour dames.

— Comme ton père aimait le répéter, « on ne peut pas boire toute la journée si on ne commence pas maintenant ».

Maeve poussa un soupir.

— D'accord. Mais si on commence à boire maintenant, on prend un taxi pour y aller.

— Je trinque à ça, acquiesçai-je.

— Santé, papa, lança-t-elle avant de prendre une gorgée, et elle grimaça.

Elle rendit ensuite la flasque à maman qui porta un toast muet.

La porte d'entrée s'ouvrit en grand et Chloé fit son apparition. Ma nièce portait un collant à motifs, un short en satin mauve et un col roulé cotelé. Elle s'était attaché les cheveux en deux chignons sur les côtés de la tête. Maeve avait dû céder sur le maquillage aujourd'hui, parce que les paupières de Chloé étaient peinturlurées de mauve.

— Vous pensez que ça va éclipser grand-père ? demanda-t-elle, les mains sur les hanches.

— Bon sang, grommela ma sœur en reprenant la flasque des mains de ma mère.

— Tu es ravissante, ma chérie, la complimenta maman, en souriant pour son unique petite-fille.

Chloé tourna sur elle-même.

— Merci et je sais.

La grosse chatte grincheuse dont j'avais hérité en même temps que de la maison débarqua sur la terrasse, l'air aussi pédante que toujours. Ce sac à puces à moitié sauvage avait écopé du nom pompeux de Lady Mildred Miaouwington. Avec le temps, on l'avait abrégé en Lady Miaou Miaou. Et aujourd'hui, quand je lui criais dessus pour la dix-huitième fois d'arrêter de faire ses griffes à l'arrière du canapé, c'était juste Miaou Miaou, ou Eh, saleté !

— Rentre dans la maison, Miaou Miaou, sinon tu resteras dehors toute la journée, l'avertis-je.

Elle ne gratifia pas ma mise en garde d'une réaction. Au lieu de ça, elle se frotta aux jambes de Chloé et s'assit pour se lécher le derrière.

— Dégueu, commenta Maeve.

— Super, maintenant j'ai des poils sur mon collant, se plaignit ma nièce en tapant du pied par terre.

— Je vais chercher le rouleau anti-peluches, proposai-je en me levant de la balançoire et en poussant Miaou Miaou avec le pied jusqu'à ce qu'elle tombe sur le dos, le ventre à l'air. Qui veut du vin du matin ?

— Tu sais ce qu'on dit, lança ma mère en aidant ma sœur à se lever. Le chardonnay est le repas le plus important de la journée.

* * *

L'effet apaisant et anesthésiant de l'alcool commença à se dissiper environ deux heures après le début de la cérémonie. Je ne voulais pas être là devant une urne en inox dans une pièce avec du papier peint sur lequel s'ébrouaient des paons grincheux, à accepter les condoléances et à entendre des anecdotes sur l'homme exceptionnel qu'était Simon Walton.

Il n'y aurait plus de nouvelles anecdotes, maintenant, me dis-je. Mon père si doux, si brillant, si généreux et si maladroit était parti. Et il ne nous restait que des souvenirs qui ne rempliraient jamais le vide que son absence laissait.

— Je ne sais pas ce qu'on fera sans oncle Simon, lança ma cousine Nessa, son bébé sur la hanche, tandis que son mari grondait leur petit de trois ans, tout élégant avec son nœud papillon.

Mon père avait toujours porté des nœuds papillon.

— Ta mère et lui venaient une fois par mois baby-sitter les enfants pour que Will et moi puissions sortir.

— Il adorait passer du temps avec tes enfants, assurai-je.

Ce n'était un secret pour personne que mes parents avaient toujours voulu une maison pleine d'enfants. C'est pour ça qu'ils avaient acheté une maison victorienne de dix-huit chambres avec un salon assez grand pour accueillir vingt personnes. Maeve avait réussi à avoir une fille, mais entre son divorce et sa carrière d'avocate, elle avait mis sur pause tout projet d'avoir un autre enfant.

Puis il y avait moi. J'étais la bibliothécaire en chef de la meilleure bibliothèque des trois comtés, et je me démenais pour élargir le catalogue, les programmes et les services. Mais je n'étais pas plus proche du mariage et des bébés maintenant, que je ne l'avais été à trente ans. C'est-à-dire, il y avait... déjà un bail.

La petite de Nessa me cracha une framboise et parut très fière d'elle.

— Oh oh, lâcha ma cousine.

Je suivis son regard et vis que son fils courait désormais autour de l'urne.

— Tiens la, dit Nessa en me tendant le bébé. Maman doit calmer les choses en douceur.

— Tu sais, mon papa serait sûrement ravi si ton grand frère éparpillait accidentellement ses cendres aujourd'hui, dis-je au bébé. Il trouverait ça hilarant.

La petite me regarda de ses grands yeux bleus curieux. Elle n'avait que quelques mèches blondes sous un serre-tête rose. Elle tendit son poing plein de bave et me toucha la joue avec un doigt.

Le sourire sans dent me prit par surprise ainsi que le rire qui montait du petit ventre rond. Du bonheur – sous sa forme la plus pure – m'inonda.

— Crise évitée, annonça Nessa en revenant vers moi. Oh, elle t'adore !

Ma cousine me prit sa fille des bras et je fus étonnée de sentir immédiatement le manque. Un peu sonnée, je regardai la petite famille avancer pour présenter ses condoléances à ma mère et ma sœur.

J'avais entendu parler de l'horloge biologique des femmes qui se réveille au contact d'un bébé, mais un compte à rebours enclenché à un enterrement ? Une première, sûrement !

Bien sûr, je voulais une famille. J'avais toujours imaginé que je trouverais le temps… après les études, après mon premier boulot, après avoir décroché un poste de rêve dans ma ville, après le déménagement de la bibliothèque dans son nouveau bâtiment…

Je ne rajeunissais pas, mes œufs ne devenaient pas miraculeusement plus frais. Si je voulais construire une famille, j'avais intérêt à commencer tout de suite.

Eh merde !

Mes instincts prenant le dessus, je matai Bud Nickelbee alors qu'il s'approchait de moi. Il portait toujours une salopette sur son corps fin. Comme j'avais moi-même des lunettes, ça ne me dérangeait pas qu'il en porte. Mais sa longue queue-de-cheval et ses projets de se construire, pour la retraite, un bunker isolé dans le Montana étaient rédhibitoires.

J'avais besoin d'un homme assez jeune pour vouloir supporter des bébés avec moi. Et de préférence dans la région, avec des supermarchés à proximité.

La découverte de mon horloge biologique fut mise en suspens par l'arrivée de Knox et Naomi Morgan. Le bad boy barbu de Knockemout était tombé follement amoureux de la mariée en fuite quand elle était arrivée en ville, l'an passé. Ensemble, ils se construisaient le genre d'avenir que j'avais dévoré, adolescente, dans les livres. Et aussi jeune adulte… et même il y a une semaine.

En parlant d'instinct, le taciturne Knox en costume – mais sans cravate, comme s'il n'avait pas réussi à prendre le temps de la nouer – était un vrai papa en puissance. Nash, son balèze de petit frère, le suivait dans son uniforme de policier. Il donnait la main à sa fiancée, la belle et élégante Lina. Les deux hommes formaient un puits à spermatozoïdes inégalable.

Je me secouai pour sortir de ma rêverie gestationnelle.

— Merci d'être venus les amis.

Naomi était particulièrement féminine et douce dans sa robe bleue en laine, avec ses cheveux marron ondulés. Son étreinte sentait vaguement la cire pour mobilier, ce qui me fit sourire. Quand elle était stressée ou heureuse ou qu'elle s'ennuyait, Naomi faisait le ménage. C'était sa déclaration d'amour. La bibliothèque n'avait jamais été aussi propre que depuis qu'elle y travaillait comme coordinatrice pour la communauté.

— On est vraiment désolés pour Simon. C'était un homme exceptionnel, dit-elle. Je suis heureuse d'avoir fait sa connaissance à Thanksgiving.

— Moi aussi.

La dernière fête officielle chez les Walton. La maison grouillait d'amis, de familles et débordait de nourriture. Tellement de nourriture. Malgré sa maladie, papa était aux anges.

Le souvenir provoqua en moi une nouvelle vague de tristesse et je dus faire des efforts pour retenir les larmes qui montaient. Je fis passer mon sanglot pour un hoquet en me libérant des bras de Naomi.

— Désolée, trop de vin au petit déjeuner, m'excusai-je.

Notre amie Lina approcha. Elle grimaça et se pencha pour une accolade gênante. Lina n'était pas du genre tactile, à part avec Nash, ce qui me fit d'autant plus apprécier son geste.

Mais si les gens continuaient à se montrer aussi gentils avec moi, le barrage qui retenait mes larmes allait céder.

— C'est horrible, dit-elle avant de me libérer.

— Oui, vraiment, confirmai-je avant de me racler la gorge pour me ressaisir.

Je supportais la colère, c'était un sentiment clair et profond, puissant même. Mais les autres émotions, je n'étais pas assez à l'aise pour les partager.

Lina recula et passa sous le bras de Nash.

— Qu'est-ce que tu fais après cette... fiesta ? m'interrogea-t-elle.

Je savais parfaitement pourquoi elle posait la question. Ils seraient tous là pour moi si je le leur demandais. Et même si je ne le demandais pas. S'ils pensaient que j'avais besoin d'une épaule pour pleurer, un cocktail ou un peu de ménage, Naomi et Lina viendraient sur-le-champ.

— Maman a réservé une nuit dans un spa avec des amies et Maeve organise un dîner pour les invités qui viennent de loin.

Je ne mentais pas. Ma sœur recevait mes tantes, mes oncles et mes cousins. Mais j'avais déjà prévu de simuler une migraine pour passer la soirée seule chez moi avec mon chagrin.

— On se voit très bientôt, suggéra Naomi. Mais pas au travail. Prends autant de jours qu'il te faut.

— Merci.

Mes amies marchèrent vers ma mère et ma sœur, laissant les futurs papas avec moi.

— Dur, vraiment, lâcha Knox, bourru, en m'enlaçant.

Je souris contre son torse.

— C'est vrai.

— Si tu as besoin de quoi que ce soit, Sloaney Baloney, déclara Nash en me prenant à son tour dans ses bras.

Il ne termina pas sa phrase. On avait grandi ensemble. Je savais que je pouvais compter sur lui pour tout. Pareil pour Knox, même s'il ne proposait pas. Il se pointerait et me rendrait service et ensuite il m'engueulerait si j'essayais de le remercier.

— Merci, les amis.

Nash recula pour admirer la foule qui sortait de la pièce et s'éparpillait dans l'entrée. Même à des funérailles, notre chef de la police était comme un chien de garde veillant sur son troupeau.

— On n'a pas oublié ce que ton père a fait pour Lucian.

Je me crispai. Chaque fois que le nom de cet homme était prononcé, j'avais l'impression qu'une cloche résonnait dans mon crâne, dans mes os, comme si ça avait une importance. Mais ça n'en avait pas. Ça n'en avait plus. À moins que « je déteste ce type » ait de l'importance.

— Oui, bah, papa a aidé beaucoup de gens dans sa vie, répliquai-je maladroite.

C'était vrai. Avocat de profession, Simon Walton avait été bien plus : un coach, un mentor et un excellent père. Après réflexion, c'était à cause de lui si j'étais célibataire et sans enfant. Après tout, comment trouver un partenaire dans la vie alors que personne ne pouvait égaler ce que mes parents avaient construit l'un avec l'autre ?

— En parlant du loup, lança Knox.

On se tourna tous vers la porte au fond de la pièce, qui sembla soudain plus petite à cause de l'homme renfrogné qui apparut dans son costume hors de prix.

Lucian Rollins. Luce pour les amis, c'est-à-dire très peu de monde. Lucifer pour moi et le reste des ennemis qui se comptaient par légions.

Je *détestais* comment mon corps réagissait chaque fois que je le voyais. Une sorte de picotement comme si tous mes nerfs recevaient le même message en même temps.

Je pouvais supporter l'avertissement intérieur sur le danger imminent, parce qu'après tout, cet homme n'avait rien de rassurant. En revanche, ce qui était intolérable, c'était que l'avertissement se transformait en une sensation de béatitude chaleureuse, comme si j'avais retenu ma respiration jusqu'au moment de son arrivée et que je me disais alors *Enfin, le voilà !*

Je me considérais comme ouverte, tolérante et raisonnablement mature, et pourtant, je ne supportais pas Lucian. Son existence même me poussait à bout. Et c'est ce que je me rappelais chaque fois qu'il apparaissait comme s'il était sorti d'un endroit stupide et désespéré de ma psyché. Jusqu'à ce que je me souvienne qu'il n'était pas l'élégant voyou de ma jeunesse.

Ce Lucian, le garçon rêveur et optimiste qui portait un fardeau bien trop lourd pour lui avait disparu. À sa place il ne restait que l'homme froid et impitoyable que je haïssais.

— Je te faisais confiance, Sloane. Et tu as brisé ma confiance. Tu as fait plus de dégâts qu'il ne pourra jamais en faire.

Nous étions différents. Nos regards se croisèrent, nous enveloppant dans une gêne familière.

C'était étrange de partager un secret avec le garçon que j'avais autrefois aimé et que je détestais désormais. Chacune de nos interactions avait un sous-entendu, une signification que seuls nous deux pouvions comprendre. Et peut-être qu'il y avait une pointe d'excitation débile dans le coin de ma conscience chaque fois que nos regards se croisaient. Comme si ce secret nous avait liés et que rien ne pourrait jamais nous séparer.

Il avançait, la foule s'écartant sur ses pas, sous l'effet de la puissance et de la richesse qu'il dégageait.

Mais il ne s'arrêta pas devant moi. Il continua droit jusqu'à ma mère.

— Mon chéri, lança maman en ouvrant les bras, et Lucian l'enlaça avec une familiarité déroutante.

Son chéri ? Lucian était un mégalomane dans la quarantaine.

Les frères Morgan rejoignirent leur ami auprès de ma mère.

— Comment vous allez, toutes les trois, Sloane ? demanda Mme Tweedy, la vieille voisine de Nash, adepte du club de gym, quand elle se planta devant moi.

Elle portait un jogging en velours noir et ses cheveux étaient retenus en arrière par un bandeau sévère.

— Ça va. Merci d'être venue, dis-je en prenant sa main calleuse.

Du coin de l'œil, je vis ma mère se dégager lentement de l'étreinte de Lucian.

— Je ne pourrai jamais assez te remercier. Tout ce que tu as fait pour Simon. Pour Moi. Pour notre famille, dit-elle, émue.

Hein, quoi ? Mes yeux n'eurent d'autre choix que de se poser sur le splendide visage maléfique de Lucian.

Bon sang, il était tellement beau. Superbement modelé par le dieu de la beauté. Il ferait de magnifiques bébés démoniaques.

Non. Non. Non ! Absolument pas ! Ma crise biologique n'allait pas me faire ça ! Je n'allais pas considérer Lucian comme un partenaire potentiel !

— Tu sais, on dit que la musculation console les peines. Tu devrais venir au club cette semaine.

Mon équipe s'occupera de toi, lança Mme Tweedy, alors que je tendais l'oreille pour écouter la conversation de ma mère avec Lucian.

— C'est moi qui vous suis infiniment reconnaissant à tous les deux, dit-il d'une voix rauque.

De quoi parlaient-ils ? Bien sûr, mes parents et Lucian avaient été proches quand il était notre voisin ado et rebelle. Mais il était question là de quelque chose de plus profond et de plus récent. De quoi s'agissait-il ? Et pourquoi n'étais-je pas au courant ?

Des doigts claquèrent devant mon visage, me tirant de mes pensées.

— Ça va, petite ? Tu es toute pâle. Tu veux manger quelque chose ? J'ai une barre protéinée et une bouteille, proposa Mme Tweedy en fouillant dans son sac.

— Ça va, Sloane ? demanda maman.

À présent, j'avais les yeux de maman et de Lucian sur moi.

— Je vais bien, assurai-je rapidement.

— Elle a eu une absence, expliqua Mme Tweedy.

— Vraiment, je vais bien, insistai-je, évitant le regard de Lucian.

— Tu es debout ici depuis plus de deux heures. Va prendre un peu l'air, suggéra maman.

J'allais lui rappeler qu'elle aussi était debout depuis aussi longtemps, quand elle se tourna vers Lucian.

— Tu vcux bien ?

Il hocha la tête et se retrouva soudain dans mon espace vital.

— Je l'emmène.

— Je vais bien, répétai-je en reculant sous l'effet de la panique.

Ma fugue fut stoppée par un mur de fleurs. Avec mes fesses, je percutai la table sur laquelle les pompiers de Knockemout avaient déposé plusieurs bouquets.

Lucian redressa les gerbes et plaça une main chaude en bas de mon dos. J'eus l'impression d'avoir été frappée par la foudre.

Je faisais bien attention à ne jamais le toucher. Des sensations étranges me traversaient quand ça arrivait.

Je ne pris pas la décision consciente de le laisser me guider, et pourtant j'avançai comme un chien obéissant.

Naomi et Lina s'étaient levées de leur siège, préoccupées. Mais je secouai la tête. Je pouvais gérer.

Il me fit sortir de la pièce étouffante vers le vestiaire, et en moins d'une minute, je me retrouvai sur le trottoir devant les pompes funèbres, la foule et le murmure des conversations laissés derrière nous. C'était un mercredi froid d'hiver. Mes lunettes s'embuèrent à cause du changement de température. De gros nuages gris au-dessus de nous promettaient de la neige pour plus tard.

Papa adorait la neige.

— Tiens, lança Lucian sur un ton agacé en me passant un manteau.

Il était grand, ténébreux et maléfique.

J'étais petite, blonde et géniale.

— Il n'est pas à moi, dis-je.

— Il est à moi. Enfile-le avant de geler sur place.

— Si je l'enfile, tu pars ?

Je voulais être seule. Reprendre mon souffle. Regarder les nuages et dire à mon père qu'il me manquait, que je détestais le cancer, que s'il neigeait, je m'allongerais par terre pour dessiner un ange. Peut-être que j'aurais le temps de laisser couler un peu des larmes que je retenais.

— Non.

Il prit les choses en main et posa le manteau sur mes épaules. Il pesait sur moi comme une couverture épaisse. Il sentait... Le paradis n'était pas le bon terme. Délicieusement dangereux. L'odeur de cet homme était un aphrodisiaque.

— Tu as mangé aujourd'hui ?

— Quoi ? demandai-je, les yeux plissés.

— Tu as mangé aujourd'hui ? répéta-t-il en séparant tous les mots, exaspéré.

— Tu n'as pas le droit d'être méchant avec moi, aujourd'hui, Lucifer.

Mes mots manquaient de leur mordant habituel.

— Ça veut dire non.

— Désolée si on a pris un petit déjeuner composé exclusivement de vin et de whisky.

— Bon sang !

Et il tendit la main vers moi. Plutôt que de reculer ou de lui faire une prise de judo, je restai hypnotisée. Tentait-il maladroitement de me faire un câlin ? De me consoler ?

— Qu'est-ce que tu fais ? sifflai-je.

— Ne bouge pas, ordonna-t-il.

Et ses mains se glissèrent dans les poches de son manteau.

Il avait exactement une tête de plus que moi. Je le savais parce qu'on s'était mesurés. Son trait de crayon était toujours sur le montant de la porte de la cuisine. Une partie de l'histoire qu'on faisait tous les deux semblant de ne pas se rappeler.

Il sortit une cigarette et un fin briquet en argent. Même les mauvaises habitudes n'avaient pas le dessus sur Lucian Rollins. Il ne s'autorisait qu'une seule cigarette par jour. Je trouvais son sang-froid agaçant.

— Tu es sûr que tu veux fumer ton unique cigarette de la journée, maintenant ? Il n'est pas encore midi.

Avec un regard noir, il alluma sa cigarette et sortit son portable. Ses pouces pianotèrent sur son écran. Il le rangea ensuite dans sa veste, tira sur sa cigarette et souffla un nuage de fumée en me décochant un regard noir.

Chacun de ses gestes était menaçant et mesuré.

— Tu n'as pas besoin de me surveiller. Tu as fait ton apparition, tu es libre de partir. Je suis sûre que tu as plus important à faire un mercredi que de traîner à Knockemout.

Il me toisa sans rien dire. Cet homme avait un don pour m'examiner comme si j'étais extraordinairement abjecte. Comme je regardais les limaces dans mon jardin.

Je croisai les bras.

— D'accord, si tu es décidé à rester, pourquoi ma mère t'a dit qu'elle t'était redevable ?

Il continua à me fixer en silence.

— Lucian…

— Sloane, répliqua-t-il, prononçant mon nom comme un avertissement.

Et malgré le froid qui me glaçait le dos, je sentis une dangereuse chaleur monter en moi.

— Il faut vraiment que tu sois odieux tout le temps ?

— Je ne veux pas me disputer avec toi aujourd'hui. Pas ici.

Au comble de mon humiliation, mes yeux se remplirent de larmes brûlantes.

Une autre vague de tristesse me submergea et je luttai pour la repousser.

— Il n'y aura plus de nouvelles anecdotes, murmurai-je.

— Quoi ?

Je secouai la tête.

— Rien.

— Tu as dit qu'il n'y aurait plus de nouvelles anecdotes, lâcha-t-il.

— Je me parlais à moi-même. Je n'aurai plus jamais de nouveaux souvenirs avec mon père.

À mon grand embarras, ma voix se cassa.

— Putain, grommela Lucian. Assieds-toi.

J'étais trop occupée à cacher mes larmes à mon pire ennemi pour sentir qu'il m'entraînait délicatement vers le bord du trottoir. Ses mains fouillèrent de nouveau dans les poches de son manteau et il en sortit un mouchoir.

J'hésitai.

— Si tu utilises mon manteau pour t'essuyer le nez, je t'obligerai à m'en acheter un autre, et tu ne peux pas te le permettre, prévint-il en agitant le mouchoir.

Je le lui arrachai des mains.

Il s'assit à côté de moi, veillant à laisser plusieurs centimètres entre nous.

— Je veux pas t'entendre te plaindre que tu taches ton beau costume, grommelai-je avant de me moucher bruyamment dans son ridicule mouchoir.

Qui se baladait avec des mouchoirs en tissu de nos jours ?

— Je vais essayer de me contrôler, dit-il doucement.

Nous restâmes assis en silence, tandis que j'essayais de me ressaisir. Je levai la tête vers les nuages épais, cherchant à faire sécher mes larmes. Lucian était la dernière personne au monde devant qui je voulais me montrer vulnérable.

— Tu aurais pu me changer les idées avec une bonne vieille dispute, tu sais ?

Il souffla un autre nuage de fumée.

— D'accord. C'était débile et égoïste de ta part de ne pas manger ce matin. Maintenant ta mère, à l'intérieur, se fait du souci pour toi et tu ne fais qu'empirer la pire journée de sa vie. Ta sœur et ses amis craignent que tu n'arrives pas à gérer. Et je suis dehors avec toi pour m'assurer que tu ne t'évanouiras pas, histoire qu'ils puissent continuer à faire leur deuil.

Je me redressai aussitôt.

— Merci de t'inquiéter pour moi.

— Tu as une chose à faire aujourd'hui, c'est soutenir ta mère. Partager sa douleur, faire tout ce que tu peux pour lui apporter ce dont elle a besoin. Tu as perdu ton père, mais elle a perdu son partenaire. Tu pourras pleurer à ta façon plus tard. Mais aujourd'hui, c'est la journée de ta mère et faire en sorte qu'elle s'inquiète pour toi est foutrement égoïste.

— T'es un vrai connard, Lucifer.

Un connard intelligent qui n'avait pas tort, mais un connard quand même.

— Reprends-toi, petit lutin.

Le vieux surnom produisit l'effet escompté, bloquant la tristesse et la remplaçant par un accès de colère.

— Tu es le plus arrogant, le plus malveillant…

Un pick-up abîmé avec des décalcomanies du Routier de Knockemout sur les portières s'arrêta en grinçant devant nous et Lucian me passa sa cigarette.

Il se leva alors que la vitre se baissait.

— Vous voilà, monsieur Rollins ! s'exclama Bean Taylor.

Le manager rachitique et nerveux du restaurant routier se pencha pour tendre à Lucian un sachet en papier.

Bean passait ses journées à manger de la friture sans jamais prendre un gramme. C'est quand une salade touchait ses lèvres qu'il grossissait.

Lucian lui donna un billet de cinquante dollars.

— Gardez la monnaie.

— Merci, monsieur ! Désolé pour ton père, Sloane, lança-t-il par la vitre.

Je lui adressai une ébauche de sourire.

— Merci, Bean.

— Je dois y retourner, j'ai laissé ma femme aux fourneaux et elle brûle les petits pains.

Il redémarra et Lucian posa le sachet sur mes genoux.

— Mange.

Sur ce, il tourna les talons vers les pompes funèbres.

— J'imagine que je peux garder le manteau, criai-je derrière lui.

Je le regardai partir et quand je fus certaine qu'il était à l'intérieur, j'ouvris le sac pour trouver mon petit déjeuner préféré emballé dans de l'aluminium. Le routier ne faisait pas de livraisons. Et Lucian n'aurait pas dû savoir ce que je préférais pour le petit déjeuner.

— Énervant, grommelai-je avant de poser sa cigarette entre mes lèvres et de le sentir.

– 2 –

Garde le manteau et laisse-moi tranquille

Lucian

Au moment où j'entrai dans l'allée de la maison que je détestais, de gros flocons tombaient déjà depuis près d'une heure. J'expirai lentement et m'enfonçai dans le cuir chaud du siège de ma Range Rover. Shania Twain chantait mélodieusement dans les haut-parleurs, les essuie-glaces crissaient sur le pare-brise pour chasser la neige.

Apparemment j'allais passer la nuit ici, me dis-je, comme si je n'en avais pas eu l'intention depuis le début.

Comme si je n'avais pas de sac de couchage sur la banquette arrière.

Comme si je n'avais pas ce besoin impérieux de rester proche. Au cas où.

J'appuyai sur le bouton de la télécommande et regardai la porte du garage se soulever en silence. Les cérémonies et le repas nous avaient conduits jusqu'à la tombée de la nuit. Les amis et la famille s'étaient attardés autour des plats préférés de Simon, se rappelant le bon vieux temps, tandis que j'avais fait de mon mieux pour éviter Sloane. Je ne me faisais pas confiance pour la tenir à distance quand elle souffrait ainsi, alors j'avais instauré une distance physique raisonnable entre nous.

J'évacuai de mon cerveau toutes pensées de la jolie blondinette pour me concentrer sur des choses plus importantes et moins agaçantes. Ce soir, Karen Walton et quelques-unes de ses amies étaient confortablement installées dans leurs chambres du spa en dehors de Washington, où elles profiteraient d'une belle journée de cocooning le lendemain.

C'était le moins que je pouvais faire pour les voisins qui m'avaient tout donné.

Le nom de celle qui appelait s'afficha sur l'écran de mon téléphone.

L'agente spéciale Idler.

— Je me disais que ça vous intéresserait de savoir que personne n'a plus vu Félix Metzer ni entendu parler de lui depuis septembre, lança-t-elle sans préambule.

L'agente du FBI détestait encore plus que moi perdre son temps avec des mondanités inutiles.

— C'est ballot.

Mais ce n'était pas totalement inattendu.

— Dites-moi que sa disparition n'a rien à voir avec vous.

— J'aurais pensé que ma coopération dans cette enquête m'aurait au moins valu le bénéfice du doute.

— Nous savons tous les deux que vous avez les moyens de faire disparaître absolument tout ce que vous voulez.

Je jetai un nouveau regard à la magnifique maison voisine. Il y avait des exceptions.

J'entendis le cliquetis d'un briquet et une inspiration. Je regrettai d'avoir fumé ma cigarette de la journée. À cause de Sloane. Près d'elle, mon sang-froid chavirait.

— Écoutez, je sais que vous n'avez probablement pas démembré Metzer pour nourrir vos piranhas ou je ne sais quelle autre culture aquatique dans laquelle vous autres les riches investissez. Je suis juste furieuse. Notre indic inutile, le fils du patron du crime, nous a donné son nom, on a fait le travail sur le terrain, mais c'est une autre piste qui capote.

Plus mon équipe travaillait avec Idler, moins je la trouvais exaspérante. J'admirais sa quête de justice, même si personnellement, je préférais la vengeance.

— Il se cache peut-être, suggérai-je.

— J'ai un mauvais pressentiment, déclara Idler. Quelqu'un fait le ménage. Je serais furieuse si ça m'empêchait de verrouiller définitivement la porte de la cellule d'Anthony Hugo. Les deux seules personnes en vie qui peuvent témoigner qu'Anthony a dressé une liste de personnes à tuer sont son imbécile de fils et sa débile d'ex-petite amie. Tous les deux inutiles devant un jury.

— Je vous trouverai plus d'infos, promis-je.

Je n'allais pas laisser un homme comme Anthony Hugo s'en tirer après le mal qu'il avait causé aux gens que j'aimais.

— Jusqu'à ce que Metzer ou sa dépouille réapparaisse, on est dans un cul-de-sac.

— Mon équipe épluche les comptes d'Hugo. On trouvera ce qu'il nous faut.

Hugo était doué, mais j'étais meilleur et plus tenace.

— Vous êtes incroyablement calme pour un civil qui risque de voir son propre bordel démêlé.

— Si Hugo me cherche, il n'aura pas une cible facile devant lui.

— D'accord, mais ne faites rien de stupide. Au moins, pas avant que vous me trouviez quelque chose pour coincer cet enfoiré.

Mon équipe lui avait déjà fourni plusieurs petites informations. Mais le FBI voulait une affaire proprement bouclée avec des charges suffisantes pour le condamner à la prison à vie. Je veillerais à ce qu'ils les aient.

— Je vais faire de mon mieux. Du moment que vous ne passez aucun accord qui toucherait aux gens que j'aime.

Mon regard se posa sur la maison voisine. Toujours plongée dans le noir.

— Hugo est un gros poisson. Il n'y aura pas de marché, promit Idler.

* * *

J'entrai dans la maison. Les meubles, les finitions, même l'agencement intérieur avaient changé. Mais la peinture, les tapis et le mobilier ne suffisaient pas à chasser les souvenirs.

Je détestais toujours autant cet endroit.

Ça n'avait aucun intérêt financier de s'accrocher à ce foutu bâtiment, le rappel d'un passé à oublier. Et pourtant, j'étais là. Une fois de plus, j'allais dormir ici, comme si je pouvais diminuer l'emprise que cette maison avait sur moi, juste en y passant plus de temps.

Il aurait été plus intelligent de la vendre et d'en finir.

C'est pour ça que j'étais revenu l'été précédent. Mais un regard à ces yeux verts – pas un vert mousse banal, non, Sloane Walton avait des flammes émeraude à la place des yeux. Un regard et toutes mes résolutions partaient en fumée.

Mais il était temps que je me libère de cette maison, de ces souvenirs. De la faiblesse que représentaient ces années. J'avais surmonté mon passé, j'avais fait quelque chose de moi-même, et même si j'étais toujours un monstre sous les oripeaux de la richesse et du pouvoir, j'avais aussi fait le bien autour de moi. Ça ne suffisait pas ?

Je ne serais jamais assez bon. Pas avec ce sang dans mes veines et sur mes mains.

J'avais pris la décision d'aller de l'avant dans la chaleur du mois d'août dernier. La canicule de l'été m'avait fait croire que j'avais dépassé les espoirs douloureux du printemps. Et pourtant, j'étais là, six mois plus tard, et les liens qui me retenaient prisonnier à cet endroit me semblaient encore plus serrés. Tout ça à cause de Sloane. Je me remettais à compter les jours jusqu'au printemps suivant.

Jusqu'à ce que les arbres fleurissent.

Je détestais penser que ma vie à Washington dépendait de quelque chose de si fragile. Que j'étais si fragile moi-même. Pourtant, chaque printemps, quand les fleurs s'épanouissaient, je me détendais. Je respirais de nouveau. Et mon plus vieil ennemi apparaissait.

L'espoir. Certains n'ont pas ce luxe. Certains ne le méritent pas.

Bientôt, me promis-je. Quand je serais sûr que les Walton allaient bien, je romprais mes chaînes avec cet endroit. Je me donnerais un dernier printemps ici et ensuite je ne reviendrais plus jamais.

J'allumai les lumières dans la cuisine, un espace ouvert gris et blanc, et regardai la silhouette en inox du réfrigérateur.

Je n'avais pas faim. L'idée de la nourriture me donnait même la nausée. J'avais envie d'une autre cigarette. D'un verre. Mais j'étais trop discipliné pour ça, je faisais des choix qui me rendaient plus fort, plus intelligent. Le plus important, c'était de tenir dans la durée. Et pour cela, il fallait que j'oublie mes instincts primaires.

J'ouvris la porte du congélateur et j'en sortis un plat au hasard. Poulet à la dijonnaise. Je le mis au micro-ondes. Alors que le minuteur défilait, je penchai la tête et desserrai la laisse avec laquelle j'avais emprisonné ma tristesse.

Je voulais me battre. Casser. Détruire.

Un brave homme était mort. Un autre, un homme démoniaque, s'en était tiré sans subir sa juste punition. Et je n'y pouvais rien dans les deux cas. Avec tout l'argent et les faveurs que j'avais accumulées, je me retrouvais de nouveau impuissant.

Mes poings se serrèrent sur mon plan de travail, et les souvenirs refirent surface.

— L'endroit a plus de gueule, avait dit Simon en entrant par la porte du garage.

J'étais alors couvert de sueur et de poussière, et avec ma masse, du haut de mes vingt ans et quelques, je cassais les cloisons et les fantômes.

— Vraiment ? avais-je demandé.

On aurait dit que la cuisine avait explosé.

— Pour reconstruire, il faut tout détruire. Un coup de main ?

Et aussi simplement que ça, l'homme qui m'avait sauvé la vie avait pris un marteau pour m'aider à raser les parties les plus sombres de mon passé.

La sonnerie de la porte retentit et je levai la tête. La colère reflua sagement dans sa boîte. J'hésitai à répondre, mais la sonnerie retentit encore plusieurs fois de suite.

Irrité, j'ouvris la porte d'un coup sec et mon cœur s'arrêta de battre. C'est ce que je ressentais toujours quand je la voyais sans m'y attendre. Une partie de moi, la petite partie cachée tout au fond, la partie la plus vulnérable, voulait s'approcher d'elle. Comme si c'était un feu de joie qui m'appelait avec la promesse de sa chaleur dans la nuit.

Mais je savais à quoi m'attendre. Sloane n'offrait pas de chaleur, elle promettait des brûlures au troisième degré.

Elle portait toujours la même robe noire qu'à l'enterrement, mais à la place des talons hauts qui la grandissaient un peu, elle avait opté pour des bottes de neige. Et mon manteau.

Elle me contourna, un sac en papier dans les mains.

— Qu'est-ce que tu fais ? demandai-je quand elle entra chez moi. Tu es censée être chez ta sœur.

— Tu me surveilles, Lucifer ? Je n'avais pas envie de compagnie ce soir, dit-elle par-dessus son épaule.

— Alors qu'est-ce que tu fais ici ? demandai-je en la suivant.

Je détestais la voir là. Ça me donnait la chair de poule, ça me brûlait le ventre. Mais une partie débile de mon être désirait sa proximité.

— Tu ne comptes pas, dit-elle, en jetant mon manteau sur le plan de travail.

Je me demandai s'il sentait comme elle, ou si c'était elle qui sentait comme moi, pour l'avoir porté.

Sloane ouvrit un placard, le referma, en ouvrit un autre. Elle se hissa sur la pointe des pieds. Sa robe remonta plus haut sur ses cuisses et je remarquai qu'elle avait retiré son collant. Je me demandai, l'espace d'un bref instant complètement fou, si elle avait retiré autre chose, avant que je me souvienne de détourner mon regard.

Je ne savais pas exactement quand c'était arrivé. Quand ma petite voisine s'était transformée en la femme que je ne pouvais plus effacer de mes pensées.

Sloane trouva une assiette et versa dedans le contenu de son sac en papier.

— Tiens, comme ça, on est quittes, annonça-t-elle.

Le faux diamant dans son nez brilla. Si elle avait été à moi, elle aurait porté une vraie pierre.

— C'est quoi ?

— Ton dîner. Tu as obtenu ce que tu voulais avec ton petit déjeuner burrito. Alors voilà un repas d'après enterrement. Je ne te dois plus rien.

Il n'y avait pas de « merci » ni de « je t'en prie » entre nous. On n'aurait pas été sincères en les prononçant. Ce qui existait entre nous en revanche, c'était le besoin d'équilibrer la balance, de ne jamais rester redevable.

J'examinai l'assiette.

— Qu'est-ce que c'est ?

— Sérieusement ? Tu dois quand même être super riche pour ne plus reconnaître un hamburger et des frites. Je sais pas ce que tu aimes, alors je t'ai pris ce que j'aime moi.

Elle s'empara d'une frite et la dévora en deux coups de dents.

Elle avait l'air fatiguée et nerveuse en même temps.

— Comment va Karen ?

— Ma mère tient le coup. Elle passe la nuit avec des amies au spa. Ce soir, c'est masque sur le visage et la suite demain. C'est l'espace idéal pour qu'elle laisse s'exprimer sa douleur et…

Elle ferma les yeux un moment.

Plus de mots et moins d'insultes que d'habitude.

— Soulagée ? demandai-je.

Ses yeux verts se posèrent vers moi et se noyèrent dans les miens.

— Peut-être.

— Il souffrait. C'est naturel d'être heureuse que cette partie soit terminée.

Elle s'assit sur le plan de travail, se plantant à côté de mon dîner de fast-food.

— Et pourtant, c'est trop injuste...

Je la contournai pour prendre une frite sur l'assiette. Ce n'était qu'une excuse pour m'approcher d'elle. Un petit test.

— Pourquoi t'es ici, Sloane ?

Je m'approchais, et voilà que je la repoussais. Une dynamique éprouvante un jour normal, épuisante un jour comme aujourd'hui.

Elle prit une autre frite et la pointa vers moi.

— Parce que je veux savoir pourquoi ma mère t'a accueilli comme si tu étais un membre de la famille. Qu'est-ce qu'elle pense qu'elle te doit ? De quoi vous parliez ?

Je n'avais pas l'intention de continuer cette conversation. Si Sloane avait la moindre idée de ce que j'avais fait, elle ne me laisserait plus jamais en paix.

— Écoute, il est tard. Je suis fatigué. Tu devrais partir.

— Il est dix-sept heures trente, espèce de connard grincheux.

— Je ne veux pas de toi ici, lançai-je, la vérité jaillissant désespérément.

Elle se redressa mais ne fit pas un geste pour descendre du plan de travail. Mes humeurs ne l'avaient jamais perturbée. C'était bien le problème. Soit elle surestimait son invincibilité, soit elle sous-estimait ce qui grondait sous la surface. Je n'allais pas la laisser rester assez longtemps pour le découvrir.

Elle pencha la tête, balançant ses cheveux blonds par-dessus son épaule. Elle s'était fait des pointes plus claires.

— Tu sais à quoi je n'arrêtais pas de penser aujourd'hui, pendant le service ? commença-t-elle.

Les trois femmes avaient à tour de rôle parlé devant l'auditoire de façon vibrante et émouvante. Mais c'était l'unique larme que Sloane avait versée, celle qu'elle s'était dépêchée d'essuyer avec mon mouchoir qui m'avait bouleversé et laissé à vif.

— À la douzaine de façons qui pourraient me faire rager, à commencer par l'invasion de ma sphère privée.

— Combien papa aurait été heureux si on avait fait semblant de s'entendre.

Ce fut à mon tour de fermer les yeux. Elle assena le coup avec une précision chirurgicale. La culpabilité était une arme puissante.

Simon n'aurait rien aimé plus que de voir sa fille et son « projet » en bons termes.

— Ça sert à rien de commencer maintenant, continua-t-elle.

Elle avait son regard plongé dans le mien. Il n'y avait rien d'amical dans ses yeux. Seulement une tristesse et un chagrin qui reflétaient les miens. Mais nous n'allions pas faire notre deuil ensemble.

— En effet, confirmai-je.

Elle poussa un soupir et descendit du plan de travail.

— Cool. Je m'en vais.

— Prends le manteau, il fait froid, dis-je en le lui tendant.

Elle secoua la tête.

— Si je le prends, il faudra que je le rapporte, et c'est mieux si je ne reviens pas.

Elle scruta l'endroit et je savais qu'elle aussi voyait des fantômes.

— Prends ce putain de manteau, Sloane, dis-je d'une voix rauque.

Je le lui collai dans les bras, sans lui donner le choix.

— T'es ici pour moi ? demanda-t-elle brusquement.

— Quoi ?

— Tu m'as bien entendue. Tu es ici pour moi ?

— Je suis venu présenter mes respects. Ton père était un homme bien, et ta mère s'est toujours montrée gentille avec moi.

— Pourquoi t'es revenu, cet été ?

— Parce que mes plus vieux amis se comportaient comme des enfants.

— Et je n'entrais pas en ligne de compte ?

— Jamais.

Elle hocha la tête simplement, ne trahissant pas la moindre émotion.

— Très bien.

Elle enfila le manteau.

— Quand est-ce que tu vas vendre cette maison ? demanda-t-elle en sortant ses cheveux blonds du col.

— Au printemps.

— Très bien, répéta-t-elle. Ça me fera du bien d'avoir des voisins corrects.

Et Sloane Watson sortit sans un regard en arrière.

* * *

Je mangeai le hamburger froid et les frites plutôt que le poulet, lavai l'assiette et la rangeai dans le placard. Je nettoyai ensuite le plan de travail et le sol, effaçant toute trace de ma visiteuse.

J'étais fatigué, je n'avais pas menti. Je voulais juste une bonne douche et me mettre au lit avec un livre. Mais je ne dormirais pas. Pas avant elle. Et en plus, j'avais du travail. Je montai l'escalier vers mon ancienne chambre, que j'utilisais désormais principalement comme bureau.

Je m'assis à la table de travail sous la grande fenêtre qui donnait sur la cour de derrière et m'offrait une vue sur celle de Sloane. Mon téléphone vibra.

Karen : Nous passons un moment délicieux. Exactement ce qu'il fallait pour soulager l'âme aujourd'hui. Merci encore pour cette pensée et pour ta générosité ! P.S. : mon amie a une fille qu'elle voudrait te présenter.

Elle avait ajouté un clin d'œil et un selfie d'elle et de ses amies en peignoirs assortis, avec des masques verts sur le visage. Elles avaient les yeux rouges et gonflés, mais les sourires n'étaient pas forcés. Certaines personnes peuvent traverser le pire sans que cela n'affecte leur âme. Les Walton étaient de ceux-là. Moi, en revanche, j'étais abîmé de naissance.

Moi : De rien. Non pour les filles des amies.

Je fis dérouler le fil de mes messages jusqu'à ce que je trouve celui que je cherchais.

Simon : Si j'avais pu choisir un fils, je t'aurais choisi, toi. Prends soin de mes femmes.

C'était le dernier SMS que j'avais reçu de l'homme que j'admirais. L'homme qui avait si bêtement pensé que je pouvais être sauvé. Je posai le portable et détendis mes doigts, et une nouvelle fois, je regrettai d'avoir déjà fumé ma cigarette de la journée. Au lieu de cela, j'appuyai les mains sur mes yeux, repoussant la brûlure qui s'en dégageait.

Je repris le téléphone et parcourus mes contacts. Elle ne devrait pas être seule, me dis-je.

Moi : Sloane n'est pas chez sa sœur. Elle est chez elle, toute seule.

Naomi : Merci pour l'info. J'avais le sentiment qu'elle avait l'intention de s'isoler. Lina et moi, on s'en occupe.

Mission accomplie. J'ouvris mon ordinateur pour ouvrir le premier des huit rapports qui nécessitaient mon attention. J'avais à peine dépassé les questions financières sur celui-ci quand mon portable vibra sur mon bureau. Cette fois c'était un appel.

Emry Sadik.

Décidant de m'apitoyer seul sur mon sort plutôt que de partager, je ne répondis pas. Un SMS arriva quelques instants plus tard.

Emry : Je vais continuer à appeler, alors tu ferais mieux de décrocher, ça nous fera gagner du temps à tous les deux.

Je n'avais même pas fini de lever les yeux au ciel quand l'appel suivant retentit.

— Quoi ? répondis-je sèchement.

— Oh bien, tu n'es pas entièrement en train de sombrer dans l'autodestruction.

Docteur Emry Sadik était psychologue, coach pour les élites, et – le pire – il se trouvait qu'il était aussi un bon ami. Cet homme connaissait la plupart de mes secrets les plus noirs et les plus enfouis. J'avais arrêté de le dissuader de penser que je pouvais être sauvé.

— Tu appelles pour une raison précise, ou juste pour m'agacer ?

J'entendis le son caractéristique de ses coquilles de pistache qui tombaient dans le bol. Je l'imaginai à son bureau, un match de base-ball à la télé sans le son, les mots croisés du jour posés devant lui. Emry était un homme qui avait foi dans les rituels et dans l'efficacité... et qui était toujours présent pour ses amis, même quand ils ne voulaient pas.

— Comment ça s'est passé aujourd'hui ?

— Ça va. Déprimant. Triste.

Crack, cling.

— Comment tu te sens ?

— Je suis furieux, répondis-je. Un homme comme lui aurait pu continuer à faire le bien. Il aurait dû avoir plus de temps, sa famille a encore besoin de lui.

J'avais encore besoin de lui.

— Rien n'ébranle plus nos fondations qu'une mort imprévue, compatit Emry.

Il savait de quoi il parlait. Sa femme était morte dans un accident de la route, quatre ans plus tôt.

— Si le monde était juste et bon, est-ce que ton père aurait eu plus de temps ? ajouta-t-il.

Crack, cling.

Dans un monde juste et bon, Ansel Rollins aurait fini sa peine de prison, et le jour de sa libération, il aurait souffert d'une mort douloureuse et lente. Au lieu de cela, il avait échappé à sa punition grâce à un infarctus qui l'avait emporté paisiblement dans son sommeil. L'injustice de tout ça chamboula la rage enfouie dans sa boîte tout au fond de moi.

— C'est pas comme si tu avais été mon thérapeute pendant quinze ans. Je n'ai plus besoin de te parler de lui.

— Comme je suis une des rares personnes que tu supportes, je te fais juste remarquer que deux figures paternelles qui meurent à moins de six mois d'intervalle, ça fait beaucoup pour un être humain.

— On a déjà établi que je n'étais pas un être humain, lui rappelai-je.

Emry ricana, imperturbable.

— Tu es plus humain que tu ne le penses, mon ami.

— Pas besoin de m'insulter, grondai-je.

Crack, cling.

— Comment ça s'est passé avec la fille de Simon ?

— Laquelle ? demandai-je, même si j'avais très bien compris la question.

Emry lâcha un petit rire.

— Ne me fais pas venir chez toi en pleine tempête de neige...

Je fermai les yeux pour ne pas me sentir obligé de tourner la tête vers la maison de Sloane.

— Ça... s'est bien passé.

— Tu as réussi à être cordial à l'enterrement ?

— Je suis presque toujours cordial, sifflai-je, tranchant.

— Qu'est-ce que je ne donnerais pas pour rencontrer la trop célèbre Sloane Walton.

— Tu aurais besoin de plus d'une séance pour découvrir ce qui cloche chez elle.

— Je trouve fascinant à quel point tu l'as dans la peau, alors que t'es un expert pour retirer chirurgicalement tout ce qui te dérange dans ta vie.

Crack, cling.

— Comment s'est passé le concert de piano de Sadie ? demandai-je pour changer de sujet.

— À mon humble avis, ma petite fille a largement surpassé les autres gamins de cinq ans avec son interprétation exceptionnelle d'» Au clair de la lune ».

— Bien sûr, elle était la meilleure, acquiesçai-je.

— Je t'enverrai une vidéo dès que j'aurai appris à envoyer dix minutes d'images tremblantes.

— Je suis impatient de voir ça, mentis-je. Est-ce que tu as eu le courage d'inviter ta voisine à dîner ou est-ce que tu l'espionnes toujours derrière tes rideaux ?

Mon ami s'était entiché d'une élégante divorcée qui vivait de l'autre côté de sa rue, et pour l'instant, à ce qu'il m'avait expliqué, il n'avait réussi qu'à grogner et hocher la tête dans sa direction.

— L'occasion ne s'est pas encore présentée. Je voudrais tout de même souligner l'ironie de tes conseils. T'es bien placé, c'est sûr.

— Le mariage n'est pas fait pour tout le monde. C'est fait pour les hommes comme toi qui n'arrivent pas à cuisiner sans tout brûler et qui ont besoin d'une femme pour les empêcher de s'habiller comme une vedette de série des années quatre-vingt.

Des phares balayèrent la clôture qui séparait mon jardin de celui de Sloane. Je me levai et me dirigeai vers la fenêtre qui donnait sur le devant de sa maison. Apparemment, Sloane allait avoir de la compagnie, qu'elle le veuille ou pas.

Emry gloussa.

— Laisse mes gilets en dehors de ça. On dîne toujours ensemble la semaine prochaine ? J'ai enfin trouvé une ouverture qui me permettra de dompter ton cavalier.

Avec Emry, on était passés de séances de thérapie à une amitié avec dîners obligatoires et parties d'échecs toutes les deux semaines. Il était doué. Mais j'étais toujours le meilleur.

— J'en doute. Mais je viendrai. Maintenant, si tu veux bien m'excuser, j'ai du travail.

— Pas de repos pour les braves.

Jamais.

— Au revoir, Emry.

— Au revoir, Lucian.

J'oubliai immédiatement la conversation pour me plonger dans un autre rapport, quand la sonnerie de la porte retentit.

— Pourquoi on ne me laisse pas tranquille, putain ? grommelai-je en ouvrant mon application de sécurité pour trouver les deux frères Morgan, les épaules courbées contre le froid, devant la caméra de ma porte d'entrée.

En grognant, je refermai mon portable.

— Quoi ? demandai-je en ouvrant la porte.

Ils entrèrent aussitôt, frappant la neige de leurs bottes sur le sol du vestibule. Je nettoierai les flaques plus tard, me dis-je. Waylon, le basset de Knox, s'invita également à l'intérieur, me donna un petit coup dans les genoux avec son arrière-train et fila vers le salon.

Knox souleva un pack de six bières. Nash brandit une bouteille de bourbon et un sachet de chips. La tête blanche de Fossette, sa chienne, dépassait de son manteau.

— Les filles sont à côté, annonça Knox comme si ça expliquait tout, et il se dirigea vers la cuisine. Je t'avais dit qu'il serait toujours en costume, lança-t-il à son frère.

Je passai une main sur ma cravate, remarquant qu'ils avaient adopté l'uniforme classique de l'hiver à Knockemout : jeans, chemises en flanelle, polaires.

— On s'est dit qu'on resterait dans le coin pour garder un œil sur elles et éviter qu'elles fassent comme la dernière fois, lança Nash en posant Fossette par terre et en suivant son frère.

La chienne portait un pull rouge avec des flocons de neige. Elle me décocha un regard angoissé et trotta dans le couloir derrière Nash.

Je fermai la porte et résistai à l'envie de me frapper la tête dessus. Je ne voulais pas de compagnie. Et je ne voulais pas être embarqué dans l'escapade alcoolisée de Sloane et de ses amies. « La dernière fois », Sloane et Naomi s'étaient soûlées comme jamais et avaient aidé Lina à attraper un fugueur, grâce à l'intelligence de Naomi et les seins magnifiques de Sloane.

J'étais encore furieux d'avoir raté ça.

— J'ai du travail.

— Alors on regarde juste tranquillement un film avec des explosions pendant que tu diriges ton empire démoniaque.

Ils se servirent en serviettes en papier et en verres, et passèrent dans le salon, se mettant plus à l'aise sur mon canapé que je ne l'avais jamais été.

La pièce avait été conçue pour une famille. Un grand canapé d'angle et un fauteuil ottoman étaient placés devant un grand écran plat. Les étagères contre le mur offraient un bel espace pour des livres, des jeux et des photos.

Il n'y avait jamais eu de photos ici pendant mon enfance. Du moins, pas de photo de mon adolescence quand tout avait commencé à partir à vau-l'eau.

— Tes caméras de sécurité ont une bonne vue sur la maison de Sloane ? demanda Knox.

— Je sais pas, répliquai-je nerveux. Pourquoi ?

— Pour être sûr qu'elles n'aillent pas construire une armée de bonshommes de neige sur l'autoroute.

— Je vais voir ce que je peux faire.

Je retournai dans ma chambre et attrapai mon ordinateur, mais pas sans avoir jeté un regard à travers la fenêtre vers la nuit sombre d'hiver. Les lumières dans la chambre de Sloane étaient éteintes. J'avais passé trop de nuits à me demander pourquoi elle était restée dans sa chambre d'enfance au lieu de passer dans celle de ses parents. Mais pourquoi donc me posais-je tant de questions au sujet de cette femme-là ?

En soupirant, je rechargeai les images de sécurité que je refusais d'ouvrir. La caméra dirigée vers la porte d'entrée et l'allée. J'étais fier de ne jamais la regarder, même quand j'avais le mal du pays, un pays qui n'avait jamais été le mien.

Une oreille tendue vers les deux frères dans le salon, je me changeai pour enfiler un jogging et un tee-shirt et glisser mes pieds dans les chaussons en sherpa que Karen m'avait offerts deux Noëls plus tôt. Je retournai en bas pour trouver les deux frères installés avec leurs chiens sur le canapé d'angle.

— Il est humain, commenta Nash quand je revins.

— Seulement de l'extérieur, lui assurai-je.

Nash avait pris deux balles dans le torse, pendant l'été, quand son nom s'était retrouvé sur la liste de cibles constituée par le syndicat du crime d'Anthony Hugo. Après quelques mois difficiles, il s'était tiré d'une très mauvaise passe avec l'aide de la stupéfiante Lina.

Il avait réussi à lui passer la bague au doigt, mais moi je ramais encore pour la convaincre de travailler pour moi à plein temps. Elle était intelligente, sournoise et meilleure pour gérer une équipe qu'elle ne le pensait. Je finirais par gagner. Je gagnais toujours.

Je m'écroulai sur le canapé et ouvris mon ordinateur portable sur les images de surveillance.

— Voilà, dis-je en orientant l'écran vers les deux frères.

— Parfait ! lança Knox.

— Qu'est-ce que vous regardez ?

— On a réduit les possibilités aux *Évadés* contre *Les anges de Boston*, expliqua Nash. Ton choix.

— *Les anges de Boston*, répondis-je sans réfléchir.

Knox chercha le film sur ma télé pendant que Nash nous servait du bourbon. Il distribua les verres et brandit le sien.

— À Simon. L'homme que tous les hommes devraient vouloir devenir.

— À Simon, répétai-je, frappé de tristesse.

— Tu penses que Sloane ira bien ? demanda Nash.

Je croisai les bras et ignorai le petit picotement que je ressentais dans mon cœur chaque fois que quelqu'un mentionnait son nom.

Knox secoua la tête.

— C'est vraiment dur. Elle a tenu bon aujourd'hui, parce que Luce l'a obligée à avaler un burrito.

Les sourcils de Nash se soulevèrent en me regardant.

— C'est pas une métaphore. C'était un vrai burrito, expliquai-je.

— Sloane aurait tranché en deux ton burrito métaphorique, lança Knox en souriant.

Mais son sourire disparut rapidement.

— Naomi pense qu'elle va traverser une sale période, mais qu'elle le cachera, continua-t-il.

— Et Naomi a souvent raison, renchérit Nash.

— Faîtes-moi signe si elle a besoin de quoi que ce soit, dcmandai je, pour ne pas avoir à prendre la responsabilité directement.

— Comme un burrito ? interrogea Knox.

Je lui décochai un regard mauvais.

— Comme un soutien moral ou financier de loin. Mon burrito ne veut rien avoir à faire avec Sloane Walton.

— Oui, continue à dire ça à ton burrito, lança Nash en prenant son portable.

Il grimaça.

— Super, Lina vient de m'écrire. Les filles préparent des margaritas.

Knox posa son bourbon.

— Putain…

– 3 –

Confidences autour de margaritas

Sloane

D'un pas lourd, j'écrasai la neige sous mes pieds, traversant l'allée de Lucian, puis la mienne. Comme toujours, les conversations avec ce type exaspérant me laissaient agacée au plus haut point. On avait pris l'habitude de s'éviter. Et pourtant aujourd'hui, je m'étais retrouvée seule avec lui à deux reprises. Étonnant qu'on ait tous les deux survécu.

J'entrai dans ma maison et me débarrassai du beau manteau de Lucian. Je le suspendis dans l'armoire de l'entrée et retirai mes bottes, rêvant déjà d'une bonne douche et de mon pyjama. Je ne voulais pas avoir de compagnie. Je voulais juste une nuit seule pour laisser s'exprimer toutes les émotions que j'avais réussi tant bien que mal à retenir pendant la journée.

J'ouvris la porte vitrée de la petite pièce à côté de l'entrée. Pendant des années, elle avait servi de bureau à papa. J'avais eu l'intention de la transformer en bibliothèque ou en salle de lecture quand j'avais emménagé, mais je n'avais pas encore trouvé le temps. Et ce n'était pas le seul projet qui m'attendait.

C'était un espace chaleureux avec un faux plafond et un bow-window qui s'avançait sur la terrasse. Des étagères branlantes de supermarché occupaient le mur du fond devant un grand bureau vide. La présence de papa était encore palpable. Il y avait des photos et des trophées sur les étagères, ainsi qu'une pile de journaux qui prenait la poussière.

Je m'assis dans son fauteuil et souris en entendant le grincement familier. Je savais toujours quand une affaire lui donnait du fil à retordre. Il s'enfermait ici après le dîner pour étudier le dossier tout en se balançant d'avant en arrière.

J'allumai la lampe de bureau. C'était une trouvaille hideuse de vide-greniers avec un abat-jour qui perdait constamment ses fils et une base solide en cuivre gravée de sirènes. Maman disait que c'était une horreur, mais selon papa, cette lampe projetait pile la lumière nécessaire. Pour lui, elle était parfaite.

C'était mon père. Toujours à trouver le bon dans tout, même le plus laid.

Il n'y avait rien d'autre sur la table, mis à part un calendrier sous-main obsolète et un porte-stylo vide. Des Post-it colorés recouvraient le calendrier.

Aller chercher le linge à la laverie.

Commander des fleurs pour l'anniversaire de mariage ! Un plus gros bouquet cette année !

Parler à Sloane du livre.

Je passai le doigt sur son écriture nerveuse. Le chagrin me piquait les yeux avec ses milliers de petits poignards. Et cette fois, dans cet espace protégé, je ne retins pas mes larmes.

— Tu me manques, papa, murmurai-je.

Mon cœur se brisa en pensant que plus jamais il ne s'assiérait sur ce fauteuil. Il ne redirait plus jamais une de ses blagues stupides qui ferait mourir de rire maman. Il ne reverrait plus jamais Chloé déchirer ses papiers cadeaux le matin de Noël. Il ne rencontrerait jamais les nouveaux membres de la famille.

Si je me mariais et que j'avais des enfants, comment pourrais-je leur expliquer ce qu'il représentait pour moi ?

Génial, songeai-je en sortant le stupide mouchoir de Lucian de la poche de ma robe. Maintenant mon cœur se déchiquetait en un millier de morceaux tranchants et ma tristesse était éclairée par cette lampe affreuse.

Le sanglot que j'avais retenu toute la journée s'échappa enfin de ma gorge. Je retirai mes lunettes et le laissai grandir en moi.

J'avais perdu l'homme le plus merveilleux que j'aie jamais rencontré.

Tout le monde avait besoin que je sois forte, que je passe le cap. Ma mère, ma sœur, mes amis, ma ville. Il ne fallait pas qu'ils s'inquiètent du gouffre que cette perte creusait en moi. Mais ce soir, ici et maintenant, je pouvais m'autoriser à être moi-même. À être dévastée.

Des larmes chaudes m'inondèrent les joues. Je me recroquevillai sur moi-même et les laissai couler. Comme un volcan en éruption, je lâchai tout.

J'aurais dû me sentir soulagée. Les souffrances de papa étaient terminées, il n'avait plus mal. Sa conscience ne lui était plus arrachée au fil des minutes par les médicaments et le cancer. Il était libéré de ses douleurs, mais je ne voyais pas de fin à la mienne. Parce que mon père me manquerait jusqu'à mon dernier jour.

Je me mouchai bruyamment.

Une seule fois dans ma vie, je m'étais sentie aussi mal, quand j'avais perdu un autre homme – un garçon plutôt.

Lucian.

Son nom résonna en moi entre deux sanglots. Malgré nos différences, il était venu aujourd'hui. Il était resté pendant les cérémonies et le repas, et s'était comporté admirablement avec ma mère et ma sœur. Il m'avait aussi forcée à manger un burrito et avait commencé une dispute. Des disputes, pardon.

La sonnerie de la porte retentit.

— Bon sang, grommelai-je.

Je voulais être seule. Peut-être que si je ne répondais pas, mon visiteur partirait. Je pouvais juste attendre qu'il s'en aille.

Mais je ne pus m'y résoudre. Quelqu'un avait peut-être besoin de quelque chose. Ou peut-être que mon garage était en feu et que quelqu'un essayait de me sauver la vie…

Je me mouchai de nouveau et inspirai profondément.

La sonnerie retentit encore une fois. Je jurai. M'essuyant le visage avec un kleenex propre, je partis vers la porte et remis mes lunettes.

Je trouvai un inconnu sur le pas de la porte, les mains dans les poches de son jean. Il devait avoir autour de vingt-cinq ans et des cheveux bouclés. Il portait une boucle d'oreille et un sweat-shirt de la fac de droit de Georgetown sous un manteau en laine. Et il souriait, visiblement gêné.

— Désolé de vous déranger. Vous êtes Sloane ?

— Oui, dis-je d'une voix rauque que je me dépêchai d'éclaircir. Oui.

— Votre père m'a beaucoup parlé de votre sœur et de vous, dit-il, nerveux. J'aurais sûrement dû appeler d'abord, mais j'avais un examen que je ne pouvais pas rater. J'ai pris la voiture tout de suite après. Je me sens hyper mal d'avoir raté l'enterrement.

Il passa une main dans ses boucles.

— Je vous connais ? demandai-je en le regardant fixement.

— Euh, non. Je suis Allen. Allen Upshaw.

— Vous étiez un ami de mon père ?

— Non. Je veux dire... j'aime penser qu'on le serait devenus. C'était mon mentor, en fait. C'est grâce à lui que je me suis inscrit en fac de droit...

Bouleversé, Allen laissa les derniers mots en suspens.

J'eus de la peine pour lui.

— Vous voulez entrer ? J'allais juste me préparer du café ou du thé.

— Avec plaisir, merci.

Je le guidai dans le couloir. Nous longeâmes la salle à manger et entrâmes dans la cuisine. Les propriétaires précédents avaient rassemblé la cuisine principale et la pièce annexe pour former un immense espace avec plus de placards et de plans de travail que je ne pourrais jamais en utiliser. Les murs étaient recouverts d'un papier peint vieillot mais charmant et décorés de photos de nature morte de nourriture.

— C'est pareil mais différent, observa-t-il. Je suis venu ici il y a quelques années avant que vos parents déménagent à Washington.

— Aucun de nous n'était prêt à renoncer à cette maison, alors j'ai emménagé ici, expliquai-je en allumant la cafetière. Je lui fis signe de s'asseoir à la table turquoise qu'on avait peinte à trois avec ma mère et ma sœur, un week-end d'été, il y a mille ans.

Allen secoua la tête.

— Je n'arrive pas à croire qu'il est parti. Je veux dire… je suis désolé d'être si mal alors que vous devez être encore mille fois pire. Mais il représentait tant dans ma vie depuis quelques années…

— Ça me fait du bien de savoir qu'il comptait pour tant de gens, assurai-je. Du lait ? Du sucre ?

— Les deux, s'il vous plaît. Madame Walton est là ?

— Elle passe la nuit avec des amies.

Je posai une tasse sous le bec verseur de la machine et ouvris le réfrigérateur.

Il poussa un soupir.

— Je l'appellerai la semaine prochaine. Je n'arrive pas à croire qu'il est parti, répéta-t-il. Désolé, j'ai l'impression de vous voler votre chagrin.

— C'est notre chagrin, assurai-je en faisant glisser sa tasse vers lui et en m'en servant un, même si je n'en avais pas vraiment envie.

— Je ne sais pas si vous le savez, mais il est entré dans ma vie quand j'avais le plus besoin de lui.

— Comment ça ? demandai-je, alors que la cafetière versait une autre tasse.

— Avant, je voulais être architecte, mais quand j'ai eu quinze ans, j'ai fait des bêtises, dit-il en entourant le mug de ses deux mains.

— On fait tous des bêtises à l'adolescence.

J'en avais fait moi-même une belle collection.

Ses lèvres esquissèrent un sourire.

— C'est ce que disait aussi votre père. Et c'est à ce moment-là que j'ai décidé que je voulais être avocat.

— Excellent, commentai-je.

— J'ai rencontré votre père dans un salon de l'emploi. J'étais seul après le lycée, je dormais dans la cave de la maison de ma tante et j'avais deux petits boulots pour entrer en fac de droit. Simon m'a permis d'y croire. Il m'a donné sa carte et m'a dit de l'appeler si j'avais besoin d'aide. Je l'ai appelé le soir même.

Allen s'interrompit et sourit.

Mon cœur se serra.

— Je lui ai tout déballé. Comment j'avais tout gâché, comment ma mère avait dû payer les pots cassés, comment je voulais arranger la situation. Simon m'a écouté sans me juger. Pas une seule fois. Et quand j'ai eu fini de lui raconter la loque que j'étais, il a dit qu'il pouvait m'aider. Et c'est ce qu'il a fait.

Mon père tout craché. La boule dans ma gorge était revenue. Je pris une gorgée de café pour la faire passer.

— Waouh ! lâchai-je.

Allen se frotta les yeux.

— Ouais. Il a changé ma vie. Il a investi des heures sur moi. Il m'a aidé à remplir les formulaires pour obtenir une bourse, c'est grâce à lui que j'ai pu m'inscrire et décrocher la première année.

Il s'interrompit, les yeux humides.

La fierté enveloppa les éclats de mon cœur. Mon père n'était pas juste un homme bien, c'était le meilleur.

— Quand est-ce que vous recevez votre diplôme ?

— En mai, dit Allen heureux.

Mais soudain ses traits se décomposèrent.

— Comme ma mère ne peut pas venir à la remise des diplômes, vos parents devaient y assister.

J'avais de la peine pour lui.

Pour moi.

Papa laisserait un vide impossible à combler dans tous les événements à venir.

Je lui pris la main.

— Je suis sûre que ma mère a toujours l'intention d'y aller. Elle adore les remises de diplômes, les mariages et les fêtes prénatales.

— Ma mère était comme ça aussi, dit-il avec un sourire triste. Un jour, je lui organiserai une grande fête surprise pour tout ce qu'elle a fait pour moi.

Il parlait de sa mère en utilisant tour à tour le passé et le présent. Étrange. Il avait éveillé ma curiosité.

— Votre mère est... toujours parmi nous ?

Il baissa les yeux vers son café.

— Elle est en prison.

— Oh, désolée...

— C'est ma faute. Mais je vais arranger ça.

— Je suis sûre qu'elle est très fière de vous.

Son sourire s'était élargi.

— Oui, vraiment.

Je savais bien ce que faisait cet amour parental. Mon cœur se serra.

Allen regarda sa montre et grimaça.

— Il faut que j'y aille. J'ai un autre examen demain matin.

— Vous êtes sûr ? La neige va tomber de plus en plus fort.

— Les autoroutes sont dégagées et j'ai un 4×4.

Je l'accompagnai à la porte.

— C'était un plaisir de vous rencontrer, Allen.

— Pour moi aussi, Sloane.

* * *

J'eus juste assez de temps pour nettoyer les tasses et me remettre à pleurer que la sonnerie de la porte retentit de nouveau. Elle fut suivie d'un martèlement sur la porte.

— Sérieusement ? On peut pas pleurer tranquillement ? grommelai-je dans un kleenex.

— Laisse-nous entrer avant qu'on gèle sur place ! hurla Lina à travers la porte en bois.

— On a apporté des câlins et de la tequila, renchérit Naomi.

— Naomi a apporté des câlins, moi c'est la tequila, corrigea Lina.

— Merde, murmurai-je avant de passer la tête sous le robinet d'eau froide pour effacer toutes les traces de ma crise de larmes.

Elles entrèrent dans la maison tels deux magnifiques tourbillons énergiques, avec leurs sachets en papier et leurs mines tristes. Lina était splendide dans sa parka bleu roi et ses bottes en fourrure. Naomi était ravissante dans sa veste rose rembourrée et ses cache-oreilles.

— Pourquoi est-ce que vous êtes là ? demandai-je alors qu'elles retiraient leurs manteaux.

— Lucian a cafté : il a dit que tu passais la soirée seule plutôt que chez ta sœur, expliqua Naomi gaiement, sa queue-de-cheval sautillant derrière sa tête.

— Quel connard, de quoi il se mêle ?

— T'inquiète pas, Naomi s'est vengée en lui envoyant les frères Morgan pour lui gâcher sa solitude.

— Je ne lui ai pas gâché sa solitude, je me suis assurée qu'il avait le soutien émotionnel nécessaire.

— Il faut avoir des émotions pour avoir besoin de soutien émotionnel, rétorquai-je.

— Lucian est bouleversé par la mort de ton père. Ils étaient proches, me rappela Naomi.

Je voulus la contredire mais je n'avais pas l'énergie. Je préférai changer de sujet.

— Où est Waylay ?

— Ma petite génie de la technologie moderne dort chez Liza J pour lui réparer sa télévision encore une fois.

Et merde. Si elle s'était organisée pour faire garder sa nièce, je n'étais pas près de me débarrasser d'elles.

Naomi glissa son bras autour de mes épaules et me conduisit vers l'escalier.

— Pourquoi tu monterais pas prendre une douche ? On s'occupe du dîner.

Traînant des pieds, je m'exécutai et longeai le couloir bordé de planches en bois du premier étage, me préparant à prendre la plus longue douche de l'histoire. Je passai la première moitié de ma douche à ne rien faire sous le jet d'eau chaude le plus longtemps possible dans l'espoir que mes amies se lasseraient et partiraient. Quand l'odeur d'ail me parvint, il devint clair qu'elles allaient m'attendre, alors je passai la deuxième moitié de ma douche à pleurer tout bas jusqu'à avoir le sentiment que je pourrais tenir quelques heures sans m'effondrer.

Je me brossai les cheveux et entrai dans ma chambre, m'asseyant sur le bord de la fenêtre. Dehors, la neige tombait toujours. Le pick-up de Knox était garé dans l'allée de Lucian. J'espérais qu'il souffrait horriblement avec ses visiteurs imposés.

Mon estomac gargouilla et je pris conscience que je n'avais pas mangé depuis le burrito du matin. À part les frites que j'avais piquées dans son assiette… et dans le sac, en route vers la maison.

Je retournai dans la salle de bains, me badigeonnai de crème hydratante et rejoignis à contrecœur la cuisine.

Mes amies avaient ajouté de la sauce piquante et des piments banane – mes préférés – à une pizza surgelée. Il y avait deux paquets de pâte à cookies sur le plan de travail, ainsi que trois sachets de chips et des sauces. Et visiblement Naomi avait rapporté du Honky Tonk tout ce qu'il fallait pour préparer des margaritas géantes.

— Rien ne vaut des margaritas post-enterrement, commentai-je.

— Le deuil peut prendre la forme qu'on veut bien lui donner, déclara Naomi.

Elle s'était changée et portait un bas de pyjama rouge en polaire, avec un tee-shirt à manches longues assorti et une paire de chaussettes montantes.

— Ça peut être se soûler et faire de la luge à une heure du matin, ou ça peut être des pizzas, des cookies et une soirée devant *Cougar Town*, acquiesça Lina.

Elle aussi était en pyjama, mais le sien était en soie noire. Ses tongs étaient couvertes de fausse fourrure que Miaou Miaou regardait fixement depuis son perchoir sur la table. Je m'approchai et lui caressai le dos. Elle se coucha sur le côté, acceptant volontiers mon affection.

— Vous allez pas me dire que vous renoncez à une nuit torride avec vos hommes pour vous occuper de moi ? demandai-je à mes amies.

— Tu ne peux pas rester seule cette nuit, insista Naomi en me passant un verre.

— J'aime être seule, répliquai-je.

Être seule me dispensait de devoir faire semblant.

— Tu n'as qu'à être seule avec nous, proposa Lina.

— Je pensais que tu serais de mon côté, toi.

Elle avait un sourire ravageur et ses yeux pétillaient.

— C'est toi la responsable. Naomi et toi, vous m'avez forcée à abandonner mes habitudes de louve solitaire.

— Techniquement, le premier prix revient à Nash. Mais Sloane et moi, on remporte la médaille d'argent, reconnut Naomi.

— Donc vous voulez dire que je suis enfermée dans ce cercle de codépendance ? demandai-je en acceptant la margarita.

Lina hocha la tête.

— Carrément. Tu ferais mieux de te rendre tout de suite.

La pizza sentait bon, il fallait bien le reconnaître. Et ce serait impoli de ma part de ne pas goûter leur margarita.

— Bon, puisque vous êtes là…

Lina posa deux parts de pizza sur une assiette en carton et me la tendit. Je m'en emparai et mordis dedans pendant que mes amies se servaient.

La sonnerie de la porte retentit de nouveau.

— Allez-vous en !

Mais le cri de Naomi et Lina couvrit le mien.

— Entrez !

On était à mi-chemin dans le couloir quand le meilleur ami de Naomi, Stefan Liao, et son petit ami coiffeur et motard, Jeremiah, poussèrent la porte. Avec son pull et son blazer, Stef semblait tout droit sorti d'une séance de photos pour un magazine de mode. Jeremiah, lui, avait plutôt l'air d'un hipster sexy avec son catogan, ses bottes, son jean moulant et son tee-shirt de David Bowie.

— Mesdames, je vois que vous avez commencé sans nous, lança Stef.

— Je vous avais dit de vous habiller décontracté ! gronda Naomi.

— Tu descends du yacht privé de ton riche oncle Bartholomew, c'est ça ? taquinai-je.

— Vous connaissez Stef, lança Jeremiah avec affection alors qu'ils retiraient tous les deux leurs manteaux. Il ne sait pas faire décontracté.

— Quel mal à vouloir être élégant ? se défendit Stef. Ne m'avait-on pas promis une margarita géante ?

— Quelqu'un a de bons goûts, commenta Jeremiah en regardant le manteau de Lucian dans l'armoire de l'entrée.

— Mais dites-moi donc ! s'écria Stef. À qui est cette beauté ?

Il passa une main sur le cachemire.

Merde.

— À personne, dis-je rapidement.

— C'est un Burberry ? demanda Lina en cherchant l'étiquette. S'il te plaît, dis-moi que tu couches avec quelqu'un qui porte du Burberry.

J'aurais dû laisser ce foutu manteau dans la foutue cuisine de Lucian.

Naomi enfouit son visage dans le tissu.

— Si doux ! Et il sent super bon.

Elle sortit la tête avec un sourire entendu.

— Une odeur familière en plus de ça.

Stef, Jeremiah et Lina reniflèrent le manteau à tour de rôle.

— Lucian ! s'exclamèrent-ils en chœur.

Tous les yeux revinrent vers moi.

Je leur tournai le dos et partis avec ma pizza et ma margarita m'installer dans le salon, une pièce encombrée de meubles dépareillés, une cheminée immense avec des anges en marbre qui tenait la tablette et un buffet sur-mesure recouvert de l'histoire de notre famille.

Mes amis me suivirent tels des petits canetons.

— S'il te plaît, dis-moi que je vais trouver son caleçon sous ton lit, plaisanta Lina.

— S'il te plaît, dis-moi que tu peux à peine marcher tellement vous faites l'amour comme des bêtes, renchérit Stef.

— S'il te plaît, dis-moi que vous avez enfin accepté ce que vous ressentiez l'un pour l'autre ! lâcha Naomi, surexcitée.

Je m'écroulai sur un fauteuil usé par deux décennies de postérieurs, et plaçai mon assiette et mon verre sur la table basse en cuivre.

— Bon sang, les amis. Il m'a passé son manteau ce matin, parce qu'il faisait froid, et il voulait que j'aie assez chaud pendant qu'il m'engueulait.

— Il t'a engueulée à l'enterrement de ton père ? s'indigna Naomi.

— Ça m'étonne pas, déclara Jeremiah.

— Oui, il n'est pas connu pour être chaleureux et aimable, au bureau, confirma Lina.

— Il m'engueulerait à son propre enterrement, ajoutai-je.

— Cette histoire a pris une tournure glauque, je vais chercher ma margarita, annonça Stef avant de se diriger vers la cuisine.

— Et pourquoi il t'engueulait ? Tu veux que je lui botte les fesses au bureau demain ? demanda Lina.

Lina avait démissionné de son boulot dangereux d'enquêtrice en assurances, toujours sur les routes, et travaillait à mi-temps pour Lucian pendant qu'elle préparait son mariage avec Nash.

— Je peux lui raser la tête « accidentellement » la prochaine fois qu'il viendra au salon, suggéra Jeremiah.

— Je préférerais lui botter les fesses et lui raser les cheveux moi-même. Et elle cherche quoi son équipe de chercheurs ? Des façons de torturer les bébés pandas ? demandai-je à Lina, dans le but de changer de sujet.

— Je n'ai pas encore été conviée dans le sanctuaire intérieur. Mais à ce que j'ai pu voir pour l'instant, pas de trace de torture sur les bébés pandas.

Elle se laissa tomber dans le fauteuil bleu devant la cheminée et croisa les jambes.

Naomi s'assit sur le canapé et arrangea proprement les dessous de verre sur la table basse entre les piles de livres et les plateaux de bougies.

Stef revint avec deux immenses verres de margarita et en tendit un à Jeremiah. Ils se joignirent à Naomi sur le canapé, Jeremiah passa un bras autour des épaules de Stef. Tout le monde me dévisagea, impatient.

S'ils voulaient que je leur parle de Lucian, ils allaient être déçus.

— Quoi ? demandai-je, tranchante.

— On va te donner deux options. Tu peux soit parler de ton père, soit de monsieur Costume, lança Stef.

— Je crois que je veux fonder une famille, lâchai-je avant de m'enfoncer une part de pizza dans la bouche pour m'éviter d'en dire plus.

Lina s'étouffa avec sa margarita.

— Option numéro trois, donc, plaisanta Jeremiah en soulevant les sourcils.

— Qu'est-ce qui t'a fait penser à ça ? demanda Naomi.

Je haussai les épaules et continuai à mâcher agressivement.

— Ne réponds pas. On va deviner, proposa Stef. Voyons. Sloane a décidé de fonder une famille parce qu'elle est déjà enceinte d'un milliardaire italien.

— Je vois que tu as lu ce livre audio que je t'ai conseillé, dis-je, la bouche pleine.

— C'est peut-être juste parce qu'elle approche de la quarantaine et qu'un gynéco maladroit lui a dit « c'est maintenant ou jamais », hasarda Naomi en regardant son assiette.

— Bingo ! félicita Lina en montrant Naomi avec sa croûte de pizza. Tu vois, Stef, Jer et toi vous avez des pénis qui balancent du sperme. Le sperme n'a pas la même date de péremption que les ovules. Plus on attend pour avoir des enfants, plus ça devient difficile de concevoir. Si tu étais hétéro, tu pourrais encore engrosser une fille de vingt ans pour ton quatre-vingtième anniversaire.

Stef grimaça et prit une grande gorgée de margarita.

— Dégueu.

— Est-ce que tu veux fonder une famille, ou est-ce que tu penses que tu *devrais* fonder une famille ? demanda Naomi.

— J'en ai envie. J'ai tenu le bébé de ma cousine dans mes bras aujourd'hui, et ça a dû réveiller mes ovaires. Papa et maman voulaient tellement avoir une grande famille avec plein de petits-enfants. Mais papa n'a eu la chance de connaître qu'une seule petite-fille avant de mourir, parce que j'étais trop occupée avec ma carrière.

— La culpabilité n'est pas une superraison pour fonder une famille, ma sexy bibliothécaire, remarqua Stef.

Jeremiah hocha la tête.

— Je dois admettre que je suis d'accord avec Stef. Et pas juste parce qu'on sort ensemble. Une famille, c'est du sérieux.

Jeremiah savait de quoi il parlait. Il venait d'une grande famille libanaise.

— Je ne veux pas d'un bébé parce que je me sens coupable, contrai-je. C'est juste que j'ai mis tellement de temps à développer le côté professionnel de ma vie, que j'en ai oublié le côté privé. Je veux un mari sexy qui me masse les pieds sur le canapé et sait que j'aime ma pizza avec de la sauce piquante. Je veux me plaindre de passer mes samedis matin sur des stades de foot et je veux préparer une douzaine de cupcakes à minuit parce que mon ado autocentrée aura oublié de me dire qu'elle m'a désignée volontaire.

— Tu as des papas en vue ? demanda Lina.

— Tu penses chercher d'abord un partenaire ou porter tout de suite un bébé ? demanda la pragmatique Naomi.

Je pris une gorgée de margarita pour réfléchir à sa question.

— Idéalement, un partenaire d'abord. Mais est-ce que j'ai vraiment le temps de rencontrer quelqu'un, de le forcer à tomber amoureux de moi, et ensuite de passer à la casserole avant que mes œufs se transforment en petites boules de poussière ? Mais si je commence par le bébé, je pourrai limiter mes occasions de sortir avec un homme et louper le mari parfait. D'un autre côté, si un homme est refroidi par un enfant, alors ce n'est pas le genre de mari que je veux.

Ma gymnastique mentale m'épuisa.

Les choses seraient tellement plus simples si je sortais de chez moi demain et rencontrais le gars idéal. Mais en réalité, si je sortais de chez moi, le seul gars que je croiserais ce serait monsieur Costume, l'homme que j'aimais détester.

— OK, ça fait beaucoup, lança Lina. Prenons les choses étape par étape. T'es sur une appli de rencontre ?

— Non.

— Sérieusement ? demanda Stef.

Jeremiah et lui échangèrent un regard stupéfait.

— Comment tu rencontres des hommes ? interrogea Jeremiah.

— Je sais pas… En vrai.

— Oui, eh bien le vrai ne fait plus l'affaire de nos jours, annonça Lina.

— Je me permets de souligner que tu as rencontré ton fiancé en arrivant en ville et en embrassant son frère, dis-je avant de me tourner vers Naomi et Stef. Et vous, vous avez rencontré vos hommes respectifs dans un café et dans un salon de coiffure.

Stef brandit son verre vers moi.

— Alors tu peux commencer à entrer dans tous les commerces et embrasser tous les hommes dans un rayon de cinquante kilomètres, ou tu peux télécharger une application et te créer un profil de déesse.

Je grognai.

— Est-ce qu'il y a quelqu'un en ville avec qui tu aimerais sortir ? demanda Naomi, un stylo et du papier dans la main.

— Où est-ce que tu as trouvé ce carnet ?

— Elle le transporte partout où elle va, répondit Stef pour elle.

Je me frottai le visage.

— Je n'arrive même pas à penser à un seul homme dans cette ville avec qui j'aurais envie de coucher. Quelqu'un de mon âge, que je connais depuis la maternelle. Sans vouloir t'offenser, Jeremiah.

— Et monsieur Costume ? interrogea Stef.

J'ouvris les doigts sur mes yeux pour lui décocher un regard noir.

— Même pas en rêve.

— Donne-moi trois bonnes raisons pourquoi pas, me défia-t-il.

Je baissai les mains.

— Il est incroyablement grossier. Il est égoïste. Il est têtu et exige que tout soit fait à sa façon, sinon, il pète un câble. Il est affreusement riche, ce qui veut dire qu'il est forcément corrompu. Il a un pied dans la politique et pas pour changer les choses en mieux. Mais plutôt pour que les hommes au pouvoir lui soient redevables. Il ne peut pas se lier avec les autres êtres humains parce qu'il a l'âme d'un robot, intéressé uniquement par accumuler les dollars.

Mon auditoire me regardait, les sourcils froncés.

— Autre chose ? demanda Lina, s'efforçant de cacher son amusement.

— Ouais. Son foutu manteau vaut plus cher que ma voiture, dis-je en montrant l'armoire. J'ai cherché sur Google.

Nouveau silence.

— Donc, on place Lucian dans la colonne des non, conclut Naomi avant de griffonner quelque chose dans son carnet.

— D'accord. Je vais télécharger une appli de rencontre.

— Parfait. Je serai ton expert du *swipe* à droite, proposa Stef.

— Et moi ta *consultante* en *swipe*, renchérit Lina en levant son verre.

— Je ne veux pas faire de suppositions hâtives, mais est-ce que monsieur LeBon est forcément un monsieur ? demanda Stef.

— Même si je n'aurai pas de problème à sortir avec Alicia Keys si elle venait chanter la sérénade sous ma fenêtre, il me faut un pénis pour mon équilibre.

— Un homme avec un pénis, nota Naomi sur son carnet. Qu'est-ce que tu recherches d'autre chez un homme ?

— Euh, j'imagine qu'il devrait être drôle et gentil et généreux. Et j'aimerais bien aussi qu'il sache jardiner pour m'aider avec le jardin. Évidemment, il faut qu'il aime les enfants… et les livres.

La chatte débarqua dans le salon. Je tapotai l'accoudoir de mon fauteuil. Miaou Miaou me lança un regard moqueur et s'éloigna comme si je l'avais insultée.

— Et les chats ronchons.

— Rien d'autre ? demanda Lina.

— Qu'il soit doué au lit. Vraiment très doué, ajoutai-je. Oh, et j'adore les lunettes.

— Les geeks sexy c'est trop la classe, acquiesça Stef.

— Vous aurez de beaux petits bébés geeks, prédit Naomi en serrant son carnet contre son cœur.

— J'ai besoin d'une autre tranche de pizza.

— Et moi d'une autre margarita, lança Stef.

— Je vous apporte ça, proposa Jeremiah.

On regarda tous les quatre son arrière-train s'éloigner vers la cuisine.

— Belle prise, complimenta Lina à l'adresse de Stef.

— Je sais, dit-il en soupirant.

— OK. Je crois que je voudrais dire quelque chose en rapport avec papa, annonçai-je.

— Attends, on se met dans l'ambiance, m'arrêta Lina en m'envoyant une couverture au visage.

Naomi alluma la cheminée avec la télécommande, ainsi que toutes les bougies que j'avais mises un peu partout. Stef approcha la boîte de mouchoirs. Tout le monde se rassit et me regarda.

— Tu sais, on parlait de commencer une espèce de fonds pour la communauté avec la vente de ta maison à Long Island ? demandai-je à Naomi.

Elle hocha la tête, son stylo de nouveau prêt à l'attaque.

— Eh bien papa nous a laissé un peu d'argent à Maeve et à moi, et je me demandais comment je pourrais l'utiliser. Et si on créait une fondation pour une aide juridique gratuite ?

— J'adore l'idée ! s'exclama Naomi, des étincelles dans les yeux.

— On pourrait demander aux avocats de la région de nous fournir des services gracieusement. Beaucoup de grandes entreprises encouragent leurs associés à faire du bénévolat. Ça leur fait de la pub, commenta Lina.

Naomi lui sourit, au comble de l'enthousiasme.

— Quoi ?

— Tu as dit « on ».

— Oh la ferme, lâcha Lina. Ne me faites pas regretter d'être devenue votre amie. Et mon dernier bonus était tellement élevé que c'en est embarrassant. Ça ne me dérangerait pas d'en faire bénéficier une bonne cause.

— Super. Maintenant je vais passer pour un gros radin si je ne sors pas quelques billets, c'est ça ? se plaignit Stef.

— On ne te jugera pas, promit Naomi.

— Mais si ! contredis-je.

— D'accord, je vous suis. Mais j'espère que vous vous rendez compte que ça va faire baisser mon budget immobilier.

— Quel budget ? s'enquit Lina.

Stef haussa les épaules et regarda ses chaussures.

— Je suis peut-être possiblement en train de considérer la possibilité d'aborder le sujet d'emménager avec Jeremiah.

Naomi poussa un cri suraigu et Stef la fit immédiatement taire.

Il jeta un regard par-dessus son épaule dans la direction de la cuisine.

— Tu le gardes pour toi, Witty.

— Pardon, murmura-t-elle, des étoiles dans les yeux.

— Je me disais bien que les choses devenaient sérieuses vu que t'es tout le temps à Knockemout, remarqua Lina.

— En tout cas, pour moi, elles le sont, mais je ne sais pas ce qu'il en est pour mon coiffeur barbu et sexy.

— Il est dingue de toi, assura Naomi, tout bas.

— Vous deux, vous êtes fous amoureux l'un de l'autre, ça se voit comme le nez au milieu de la figure, murmurai-je.

Stef prit un air à la fois plein d'espoir et légèrement stressé.

— On n'a pas encore vraiment parlé de l'avenir, mais je veux qu'on en ait un. Qu'est-ce que je fais ? Je lui demande si je peux emménager dans son appart de célibataire, qui, entre parenthèses, a l'air d'avoir été meublé par un gang de motards ? Sérieusement, qui a une table basse en fer forgé ? On peut même pas faire glisser un verre dessus. Je vais pas passer pour un parasite si j'arrive un jour et que je lui dis salut, j'emménage ?

— Je vais être honnête. Passer quinze jours par mois dans son appart alors que tu vis à New York, c'est carrément pire que d'acheter une maison ici, répliquai-je. J'arrive pas à croire que tu m'as laissé tout ce temps parler de mes ovaires et de mon papa, alors que tu avais ça à nous annoncer.

Stef gloussa.

— Je sais. Franchement, Sloane, le monde ne tourne pas autour de toi et de la mort de ton père.

On était tous hilares quand Jeremiah revint avec les cocktails et les pizzas.

— Qu'est-ce qu'il y a de si drôle ? demanda-t-il.

— Oh, je racontais à tout le monde ce que Knox a fait pendant la dernière tempête de neige, répondit Naomi, innocemment.

– 4 –

Embuscades et anges

Lucian

Que le spectacle commence, lança Nash en bâillant alors qu'une autre fusillade avait éclaté à la télé.

Je tournai la tête vers mon ordinateur posé sur le fauteuil ottoman. La porte d'entrée de Sloane s'ouvrit et cinq adultes emmitouflés sortirent sur la terrasse le plus discrètement possible.

La plus petite des silhouettes attira mon attention. Comme toujours.

— Ma femme prétend qu'ils vont se coucher, déclara Knox en montrant le message sur son téléphone.

— Ta femme et ma fiancée sont de belles menteuses, répliqua Nash en se levant pour s'étirer.

Les chiens se redressèrent sur le canapé, sentant l'activité autour d'eux.

— Il est vingt-trois heures et il y a une tempête de neige dehors. Dans quel pétrin vont-elles encore se fourrer ? demandai-je.

— Ça m'étonnerait pas qu'elles tentent d'infiltrer un réacteur nucléaire, grommela Knox en se dirigeant vers le hall.

Nash le suivit.

— On s'ennuie jamais, dit-il, amusé.

Je les regardai avancer vers moi, soupirai et frottai les mains sur mes cuisses. Waylon me coula un regard par-dessous son oreille, m'implorant de rester assis pour qu'il n'ait pas à aller dehors.

— Désolé, Waylon, dis-je au chien, et je suivis les Morgan.

— Tu te joins à nous ? demanda Nash en mettant ses bottes.

— Vous êtes en infériorité numérique, leur fis-je remarquer. Je prends mes affaires et je vous rejoins.

— Attendez, dit Knox qui regardait par la fenêtre. Ils sont derrière mon pick-up. J'arrive pas à voir ce qu'ils font.

— Ça me paraît être un guet-apens, lança Nash en enfilant son manteau.

On entendit en provenance du salon un boum et quelques pas plus légers. Les deux chiens apparurent. Waylon était furieux qu'on ait interrompu sa sieste, tandis que Fossette semblait ravie d'être intégrée dans la confidence.

— Un guet-apens ? répétai-je.

— Il est possible que pendant la dernière tempête de neige, je me sois caché sur le toit et que j'aie préparé un arsenal de boules de neige pour mitrailler Naomi et Way quand elles sont rentrées du centre commercial.

L'amour rendait les hommes idiots.

Le téléphone de Knox s'alluma dans sa main. Il leva les yeux au ciel et nous montra l'écran.

Naomi : On vient de voir un ours dehors ! Il courait vers la maison de Lucian ! Vous le voyez ?

— C'est une embuscade, c'est sûr ! affirma Nash en se coiffant de sa casquette de policier.

— J'arrive pas à croire que Jer soit là-bas avec elles. Il est supposé être mon ami ! lança Knox avec un soupir à fendre l'âme. Je vais devoir affronter seul les représailles.

— Je vais pas rester là à regarder, contredit Nash en frappant l'épaule de son frère. Je veux pas passer une semaine à t'entendre te plaindre de tes engelures au visage.

Moi, en revanche, ça ne me posait aucun problème de voir Knox se prendre une raclée par trois femmes... et Stef et Jeremiah. Mais j'allais au moins y assister au premier rang.

— On peut passer par la porte sur le côté du garage, proposai-je.

Knox se dérida.

— On va les encercler, ça leur fera les pieds !

On se réunit dans le vestibule avec les chiens sur nos talons et on se prépara.

Dans le garage, Knox regarda mes gants et éclata de rire.

— Sérieusement, tu vas faire une bataille de neige avec des gants de pilote de ligne ?

J'en retirai un pour le gifler avec. Le coup avait dû être entièrement absorbé par son épaisse barbe.

— Ne m'oblige pas à te défier en duel, j'ai un meilleur bras que toi.

— J'adore voir quelqu'un gifler mon frère, mais si on ne se dépêche pas, elles vont voler ton pick-up et faire des ronds sur la chaussée, affirma Nash en nous montrant la porte.

— D'accord. Voilà le plan, commença Knox. On sort, on prend une minute pour faire des réserves et on attaque.

— Ça me paraît bien, accepta Nash, un peu trop aimablement.

Ce qui éveilla immédiatement mes soupçons. L'amour et la loyauté des frères Morgan étaient bien connus, mais ils se comportaient encore comme des ados prépubères en crise d'hyperglycémie quand on ne les surveillait pas.

Knox nous fit signe de nous taire avant d'ouvrir la porte sur le côté. Quand il sortit, Nash se tourna vers moi et fit le geste de se trancher la gorge. Ensuite, il se mima en train de faire une boule de neige et de l'envoyer dans la tête de son frère.

Je brandis mes deux pouces.

— Tu vois quelque chose ? murmura Nash à Knox.

— Il fait noir et il neige, putain. Tout ce que je vois c'est de la merde blanche, ragea Knox.

— Fais plus d'efforts, conseilla Nash avant de mettre la main dans sa poche pour en tirer son portable et écrire un message.

Sûrement à sa fiancée. Avec un sourire coquin, il le rangea à sa place.

— Allons-y, pressa Nash.

— C'est ce que je fais, répliqua Knox.

— Alors dépêche-toi pour qu'on commence à faire des réserves, débile, dit Nash en le poussant dehors.

Je les suivis dans la nuit blanche. Quinze centimètres de neige recouvraient le sol, mais ils ne suffisaient pas à étouffer les rires qui provenaient de l'entrée de la maison.

Waylon et Fossette sortirent à leur tour. Le basset, la truffe au sol, se fraya un passage jusqu'à la clôture qui séparait la propriété de Sloane de la mienne. Il leva la patte et faillit pisser sur Fossette qui le suivait.

Knox s'agenouilla et commença à former des boules de neige avec frénésie. Je retournai dans le garage pour ressortir avec un seau en plastique jaune.

— Waylon, viens ici ! ordonna Knox.

Le chien avait la truffe couverte de neige et un regard de fou.

Knox attrapa sa gueule entre ses mains.

— Va chercher maman.

Waylon éternua et les gloussements s'interrompirent.

— À tes souhaits, lança la voix de baryton de Jeremiah.

— Je n'ai pas éternué, mais merci tout de même, répliqua Naomi.

— Eh les gars, taisez-vous ou ils vont nous entendre, siffla Lina encore plus fort.

— Vas-y Waylon, murmura Knox, en poussant son chien vers la porte d'entrée. Trouve maman.

Nash baissa les yeux vers Fossette qui s'était assise sur ses bottes. Elle semblait ne vouloir qu'une seule chose : qu'il la prenne dans les bras pour lui éviter d'avoir à fouler cette neige.

— Tu as entendu ton oncle ? Va trouver maman.

Les deux chiens coururent vers la maison en aboyant.

— Allons-y ! lança Knox.

— On se revoit de l'autre côté, promis-je.

Knox contourna le coin de la maison et reçut une belle pelletée de neige dans le visage avant de pouvoir envoyer sa première boule.

Des éclats de rire hystériques retentirent quand Nash vida son arsenal dans le dos de son frère, en faisant bien attention à viser sa tête et ses fesses.

J'avançai vers Knox et retournai le seau sur lui.

Naomi s'était cachée dans le hayon du pick-up de Knox avec plusieurs boules de neige à ses pieds. Jeremiah filmait tout sur son portable tandis que

Stef se tenait à côté de lui, une margarita géante à la main. Sloane et Lina étaient allongées par terre, mortes de rire, les deux chiens leur léchant le visage.

Il y avait quelque chose de franc, d'authentique dans le rire de Sloane. Elle ne riait pas comme ça quand j'étais dans le coin. Plus maintenant.

Naomi poussa un cri de victoire.

— Tu ressembles à l'abominable homme des neiges, cria-t-elle à son mari.

Elle n'exagérait pas. La barbe de Knox était complètement blanche.

Knox se redressa, leva les mains et grogna.

Sa femme poussa un cri aigu et tenta de se ratatiner dans le fond du hayon, mais Knox bondit et l'attrapa dans une accolade glacée. Il se frotta le visage sur son cou, la faisant pousser des hurlements.

— C'est dans la boîte, lança Jeremiah en rangeant son portable.

Nash souleva une Lina toujours hilare.

— Tu sens la tequila et les mauvaises décisions.

Elle lui entoura le cou de ses bras et déposa un baiser bruyant sur ses lèvres.

— Et toi tu sens qu'on devrait faire l'amour.

Toujours par terre, Sloane grimaça.

Je lui tendis une main.

Elle la regarda trop longtemps, alors je me baissai pour la remettre sur ses pieds.

Ses mains gantées attrapèrent mes bras quand elle chercha à retrouver son équilibre. Elle riait toujours, son joli visage respirait la joie de vivre. En la regardant de près, je vis le contour vert forêt de l'iris de son œil gauche.

— Pas ma chemise ! criait Naomi.

— J'espère que ces enfantillages n'ont pas abîmé mes bottes, se plaignit Stef en regardant ses pieds.

Sloane souriait, ses yeux vert émeraude brillant dans la nuit.

— Tu n'es pas soûle, remarquai-je.

— Aucun de nous ne l'est. C'est la neige, ça nous a transformés en collégiens, c'est clair, dit-elle en agitant ses moufles magenta devant mes yeux. Attends, c'est quand la dernière fois que tu as joué dans la neige ?

— Tu peux sortir l'homme de Knockemout, mais tu peux pas sortir Knockemout de l'homme.

— Attends, j'avais oublié, je suis furieuse contre toi !

— Entre nous, c'est toujours mieux de le supposer, dis-je sèchement.

Elle se baissa et prit la pauvre Fossette dans les bras. Elle aurait besoin d'un nouveau pull. Celui qu'elle portait était trempé de neige.

— Je suis extra furieuse, parce que tu m'as envoyé Naomi et Lina alors que je voulais passer la soirée seule !

— Comme tu le vois, moi aussi je subis les conséquences de mes actions, répliquai-je en montrant Knox et Nash.

Sloane se cacha le visage dans la fourrure mouillée de Fossette.

— Je ne sais pas pourquoi, Naomi a pensé que toi non plus, la commère du quartier, tu ne devrais pas être seul ce soir. Je suis ravie de me dire que tu as dû divertir tes amis au lieu de faire monter le prix des médicaments pour la tension ou je ne sais ce que tu traficotes à ton travail.

— Je me suis diverti tout seul en regardant ces deux zigotos se bidonner devant un film d'action.

Sloane s'efforça de retenir un rire mais échoua.

Ce fut le son le plus merveilleux que j'avais entendu dans ma vie. Pitoyable.

— Bon sang !

— Attends, ces deux-là sont en train de se sourire ? demanda Lina.

— Arrête ! C'est un miracle de tempête de neige, s'exclama Stef en faisant le signe de la croix, alors que Jeremiah passait un bras autour de sa taille.

— Je vais appeler le commissariat pour savoir s'il n'y a pas un astéroïde sur le point de frapper la Terre, plaisanta Nash.

— J'aime pas ça, lâcha Knox en me regardant de travers.

— J'adore ça, contredit Naomi en glissant son bras dans celui de son mari.

— Haha ! Vous êtes tous hilarants, lança Sloane en reculant d'un pas.

Elle me tourna le dos et reprit sa chaleur avec elle.

* * *

Knox et Nash insistèrent pour rester chez moi après que les filles avaient réquisitionné les chiens chez Sloane pour la nuit.

Il était minuit. Knox s'était écroulé sur le lit simple dans ma chambre, tandis que Nash dormait sur le canapé du bureau.

À voir leurs longs adieux déchirants avec Lina et Naomi, on aurait pu croire qu'ils partaient à la guerre.

Pourquoi l'amour transformait-il les hommes en lavettes débiles ?

Je m'estimais heureux de ne pas avoir à me soucier de ça. Je me concentrai sur les rapports financiers devant moi, le programme de collecte de fonds compléterait parfaitement mon « empire démoniaque ». J'enregistrai mes notes dans le cloud et envoyai un mail à mon assistante pour qu'elle ajoute à mon planning un rendez-vous avec les associés du programme.

Je retirai mes lunettes et me frottai les yeux des deux mains.

Je voulais aller au lit. M'écrouler dans un sommeil sans rêve. Mais je ne pouvais pas. Pas maintenant. Pas avec les lumières de la chambre de Sloane encore allumées, alors que dehors la neige continuait à tomber.

C'était une habitude pire que la cigarette, attendre que Sloane éteigne sa lumière pour me coucher. C'était une obsession impitoyable, sachant que cette femme était une lectrice compulsive qui lisait jusqu'à minuit passé, la plupart des nuits. Je jetai un coup d'œil à *La Bibliothèque de minuit* à côté de mon coude, et me demandai si c'était une autre des choses auxquelles je renoncerais une fois que je vendrais cette maison.

J'étais pitoyable à partager en secret avec elle sa lecture du soir et à me dire que si je veillais après elle, elle serait en sécurité. Plus vite je vendrais cette maison et romprais les liens, plus vite on serait tous les deux libres.

La lumière de sa cour arrière s'alluma, éclairant le paysage d'hiver et je fus en état d'alerte.

Elle était là.

Elle s'était changée et avait enfilé un grand manteau sombre sur son pyjama qu'elle avait coincé dans ses bottes rouge vif. Je la regardai avancer dans son jardin, espérant qu'elle s'arrêterait avant que je la perde de vue derrière la ciguë et les thuyas.

Je me levai et retins ma respiration. Elle se figea, toujours dans mon champ de vision, et je me détendis.

Sloane pencha la tête vers le ciel et ouvrit grand les bras. Elle se laissa tomber en arrière. Mes muscles se crispèrent par réflexe, prêts à me faire bondir dehors, quand je vis qu'elle bougeait. Avec ses bras et ses jambes, elle balayait la neige. De haut en bas. De haut en bas.

Devant mes yeux hypnotisés, elle dessinait un ange.

Je posai la main sur la vitre froide.

Prends soin de mes femmes. J'entendis clairement la voix de Simon dans ma tête.

Ce n'était pas de sa faute, il ne connaissait pas l'effet que sa fille avait sur moi. Comme elle était dangereuse pour moi. Comme je pouvais être fatal pour elle.

Elle s'était assise, la tête penchée en arrière. Je me demandai aussi si elle pensait à Simon. Si c'était un autre lien injuste entre nous. Dans un moment de faiblesse, je traçai sa silhouette avec mes doigts sur la vitre.

Je vis avant elle la traînée orange dans le ciel. Une étoile filante.

Une main sur le visage, elle se redressa.

Brusquement, comme si elle en avait assez de son immobilité, elle bondit sur ses pieds, sortant de sa création dans la neige. Je la regardai, captivé.

Les mains sur les hanches, elle admira son ange et hocha la tête. Ensuite, elle leva la tête. Pas vers le ciel, cette fois-ci, mais directement vers moi.

La lumière sur mon bureau était éteinte. Elle n'avait aucun moyen de me voir à la fenêtre, me dis-je, alors que je retirai la main de la vitre.

Et pourtant, je restai dans l'ombre, et je l'ai regardée fixer ma fenêtre.

Au bout d'une longue minute, elle repartit vers sa maison.

Ce ne fut que lorsqu'elle fut à l'intérieur et que les lumières de sa chambre s'éteignirent que je pris conscience d'un détail.

Elle portait mon manteau.

– 5 –

Un type sexy dans ma chambre

Sloane

Vingt-trois ans plus tôt.

J'aurais dû finir mon devoir de trigonométrie ou au moins prendre ma douche après mon entraînement de softball. Pour être honnête, je détestais les maths, mais je ne m'autorisais pas à me doucher avant d'avoir fini tous mes exercices. Alors ma seule option était de faire une pause avec un bon livre.

Mon impatience venait certainement du fait que j'étais à un chapitre croustillant dans *Shanna*, le roman de Kathleen E. Woodiwiss.

C'était la troisième fois que je lisais le poche usé de maman et j'étais follement éprise de Ruark Beauchamp. Même si son comportement – et celui de Shanna – aurait été totalement problématique dans la vraie vie, j'adorais tout de même l'idée qu'une liaison secrète et torride puisse offrir un espace de liberté où on pouvait vraiment être soi-même.

Je grimpai sur le rebord de ma fenêtre et plaçai une montagne de coussins derrière mon dos. Des relents de sueur remontèrent de mes aisselles.

Je grimaçai et entrouvris la fenêtre pour laisser entrer l'air frais du printemps. Mon équipe était allée jusqu'aux éliminatoires cette année, et nos entraîneurs nous poussaient de plus en plus. C'est ce que je voulais. Ça faisait partie du « Plan de vie incroyable de Sloane », auquel je me consacrais entièrement. Mais pour le moment, tout ce que je voulais, c'était me perdre dans une belle histoire d'amour dans les Caraïbes. En quelques secondes, j'oubliai ma sueur nauséabonde et mes devoirs barbants et je fus transportée dans le livre.

J'étais à fond, quand mon attention fut arrachée aux pages pour se poser sur notre voisin M. Rollins qui faisait une marche arrière bien trop rapide. Il changea de vitesse et le pick-up fonça en avant pour disparaître.

Mon estomac se noua. Ça n'allait pas fort chez les voisins depuis que M. Rollins avait perdu son emploi l'année précédente. Papa m'avait dit qu'il était contremaître dans une usine de produits chimiques à quelques villes de là, mais que l'usine avait fermé. Après ça, M. Rollins avait cessé de tondre la pelouse. Il ne faisait plus de barbecues non plus. Parfois, quand ma fenêtre était ouverte, je l'entendais hurler jusque tard dans la nuit.

Mon père ne hurlait jamais. Il soupirait.

Il ne se mettait pas en colère contre Maeve et moi. Il nous faisait part de sa déception.

Je me demandais ce que Lucian faisait quand son père hurlait.

Un frisson me parcourut le dos rien que de penser à lui.

Lucian Rollins était en première et il venait d'entrer dans l'équipe de football du lycée comme quarterback. J'aimais penser que le garçon ténébreux qui sortait la poubelle torse nu était la raison de mon éveil à la sexualité. J'avais arrêté de me dire que les garçons étaient dégoûtants – ce qui, à douze ou treize ans, est pourtant très juste – pour me demander ce que ça me ferait d'embrasser mon voyou de voisin.

Lucian était renversant, athlétique et populaire.

Moi, en revanche, j'étais une bigleuse un peu ronde, de presque seize ans, qui préférait passer un vendredi soir blottie sous la couverture avec un bon livre plutôt qu'à boire de la bière chaude à côté d'un feu de joie sur le champ qu'on appelait la troisième base. Je n'étais pas à la hauteur. À lui, il fallait une pom-pom girl, une déléguée de classe, une beauté qui aurait confiance en elle.

Je brillais dans un sport absolument pas sexy et j'avais passé ma semaine collée parce que je m'étais opposée au code vestimentaire du lycée, quand mon amie Sherry Salama Fiasco avait été convoquée chez le proviseur pour une jupe un centimètre trop courte.

— *Au lieu de faire la guerre aux filles à la mode, pourquoi ne pas utiliser cette énergie à enseigner aux garçons comment se contrôler ?* avais-je argumenté.

Ce qui m'avait valu des applaudissements et un hochement de tête enthousiaste de la part d'une pom-pom girl de terminale.

Je ne détestais pas ma réputation. Et mes parents ne m'avaient pas punie pour m'être dressée contre un règlement absurde.

J'entendis un grincement et une porte qui claquait chez les voisins. Mon livre tomba de mes genoux quand je me penchai pour regarder par la fenêtre.

Ce que je préférais dans ma chambre – hormis le fait qu'elle avait sa propre salle de bains, des étagères dignes d'une vraie bibliothèque et un super rebord de fenêtre pour lire – c'était la vue. De là où j'étais assise, je voyais tout le côté de la maison de Lucian, y compris la fenêtre de sa chambre.

Et là, il venait de sortir dans sa cour. Malheureusement, il portait une chemise. Il avait les épaules affaissées et il se frottait le bras droit en regardant par terre.

Notre jardin, grâce à la main verte de papa, était un paradis de fleurs, d'arbres et d'arbustes. On était à la fin du mois de mars, et les cerisiers étaient en fleurs, l'annonce officielle de l'arrivée du printemps.

En revanche, la cour de Lucian ressemblait plus à un carré de terre abandonné. La pelouse était clairsemée et des mauvaises herbes infestaient leur côté de la clôture. Un barbecue rouillé avait été abandonné contre le garage. Je ne voulais pas juger, bien sûr, tout le monde ne pouvait pas passer son temps à jardiner tous les week-ends.

Mais Lucian aurait pu penser à prendre le relais de son père, si ce dernier ne faisait plus rien dans la maison. Il y avait une tondeuse à côté du barbecue, bon sang. Je n'avais pas envie d'en pincer pour un fainéant.

Je priai pour qu'il s'approche de la tondeuse.

Au lieu de ça, Lucian donna un coup de pied dans une pierre. Elle s'éleva dans l'air et atterrit lourdement de notre côté.

— Eh ! hurlai-je.

Il leva aussitôt la tête vers ma fenêtre. Je m'aplatis par terre et me collai un coussin sur le visage.

— C'est débile, il t'a déjà vue, me grondai-je.

Je me redressai. Mais Lucian n'était plus là.

Le cerisier devant la fenêtre trembla et j'entendis un grognement.

— Qu'est-ce que...

Il y avait quelque chose dans l'arbre. Non, pas quelque chose, mais quelqu'un. Je plissai les yeux, me demandant si j'avais besoin d'une nouvelle prescription de lunettes, parce que j'avais bien l'impression que Lucian Rollins escaladait notre cerisier. Arrivé à la hauteur de la branche au-dessus de notre terrasse, il testa sa robustesse.

Oh bon sang. Oh bon sang. Oh bon sang. Un mec incroyablement sexy venait d'escalader mon cerisier parce que j'avais crié.

Avec un effroi mêlé d'excitation, je le regardai prendre appui sur la branche pour sauter sur le toit.

Je reculai jusqu'au milieu de ma chambre, tandis que Lucian Rollins passait une jambe par-dessus le rebord de ma fenêtre.

Oh bon sang. Oh bon sang. Oh bon sang. Lucian Rollins était dans ma chambre. Merde ! Lucian Rollins était dans ma chambre !

Je regardai autour de moi, dans l'espoir que la décoration de ma chambre ne me fasse pas trop honte. Heureusement, maman avait insisté pour qu'on fasse un tri pour mes douze ans. Ma maison de poupée et mon hamac rempli de peluches avaient été remplacés par des étagères du sol au plafond que mon père avait installées. Et les murs rose pâle avaient été recouverts d'un joli bleu gris.

Mais j'avais accumulé deux piles de linge sale sur le sol devant mon placard parce que maman avait eu besoin du panier. J'avais également vidé lc contenu de mon sac à dos, en quête de mon surligneur spécial que je réservais à mes notes de cours les plus importantes.

Sérieusement. Moi, j'avais un surligneur préféré, et à l'automne, Lucian avait battu le record de passes sur un terrain de football.

Mon visiteur inopportun ne disait rien, pendant que je paniquais en silence.

Lucian ramassa mon livre, le tourna et lut la quatrième de couverture. Il leva un sourcil moqueur.

J'avançai vers lui pour le lui arracher des mains.

— Qu'est-ce que tu fais dans ma chambre ? demandai-je, retrouvant enfin ma voix.

— Principalement, je voulais m'excuser pour la pierre, dit-il d'une voix de velours.

— Principalement.

Il haussa les épaules et commença à se balader dans ma chambre.

— Je n'étais jamais entré dans ta maison. Je voulais voir à quoi ça ressemblait à l'intérieur.

— Tu aurais pu emprunter la porte d'entrée, remarquai-je.

Si j'avais été une pom-pom girl, j'aurais su comment flirter. Je me serais déjà douchée et je porterais du gloss assorti à mon pyjama. Je saurais agiter les cheveux sans me tordre le cou et il se sentirait obligé de m'embrasser.

Mais je n'étais pas une pom-pom girl. J'étais moi, et je ne savais absolument pas comment parler à mon voisin sexy.

Il s'arrêta devant mon bureau et fouilla dans mes CD. Il sourit.

— Destiny's Child et Enrique Iglesias.

— Tu peux pas entrer par effraction chez moi et juger mes goûts musicaux.

— Je ne juge pas, je suis… intrigué.

Il était encore plus mignon de près.

Pas mignon, non. *Renversant.*

Il avait les cheveux noirs, épais et légèrement bouclés. Un nez droit, des pommettes saillantes bien dessinées. À tel point que Mme Clawser l'avait désigné comme modèle pour notre cours de dessin.

Becky Bunton avait raconté qu'il avait retiré sa chemise et que Mme Clawser avait dû rester devant le ventilateur pendant dix minutes.

Bien sûr, Becky prétendait également que son oncle avait inventé les sacs à roulettes, donc il fallait prendre ses propos avec des pincettes.

Lucian était grand et musclé. Et en le voyant dans son jean usé et son tee-shirt du club de foot de Knockemout, on l'aurait plus pris pour un adulte que pour un adolescent.

Est-ce que la température avait augmenté ? Est-ce qu'il me fallait un ventilateur, à moi aussi ?

J'étais encore vierge, je voulais que ma première fois soit avec un garçon qui me donnerait l'impression d'être une héroïne de roman. Une première fois de conte de fées et pas une première fois à suer sur la banquette arrière inconfortable d'une vieille Toyota, comme ce qu'avait vécu Becky.

Lucian, avec ses bras puissants et ses cheveux romantiques, pouvait soulever une fille dans les airs et la faire se sentir spéciale. Importante.

Comment avoir envie de sortir avec des garçons dans ma catégorie, quand on me mettait sous le nez ce spécimen ? Mes options se limitaient au niveau inférieur des gars du lycée. Comme les geeks ou les mous du genou sur un terrain de course.

Mais aucun d'eux ne pouvait rivaliser avec mon voisin et sa sexytude.

Il n'y avait pas que son apparence physique : Lucian traversait les couloirs du lycée avec une assurance évidente qui faisait qu'on lui ouvrait la voie. Moi, en revanche, je devais jouer des coudes pour me frayer un passage.

Lucian se racla la gorge et plissa les yeux.

Je le fixais d'un regard admiratif depuis assez longtemps pour qu'il s'asseye sur la banquette au pied de mon lit et lève la tête vers moi.

— Euh, tu veux un truc à boire ? demandai-je, sans la moindre idée de ce que je ferais s'il répondait oui.

Mes parents étaient en bas, et je ne pouvais pas remonter deux canettes dans ma chambre sans qu'ils s'en aperçoivent. Contrairement aux parents des sitcoms, les miens remarquaient tout.

— Non merci, répondit-il en jetant un coup d'œil à mon devoir de trigonométrie.

Il s'empara de la feuille sur le haut du tas, la feuille sur laquelle j'avais griffonné.

— C'est débile. Je déteste les maths, lançai-je.

Je lui arrachai la feuille des mains et la cachai derrière mon dos.

J'étais intelligente. C'était mon truc. Dans un cours de lettres, d'histoire ou de sciences, j'excellais. Mais les maths, ce n'était pas la même chose.

— Je pourrais t'aider, proposa-t-il en me reprenant le papier.

— Tu es bon en math ? demandai-je, sur un ton qui laissait transpercer mon incrédulité.

— C'est parce que je joue au foot que je ne pourrais pas être intelligent ?

C'est ce que j'avais pensé dans le scénario où je lui donnais des cours particuliers et il ne pouvait s'empêcher de tomber amoureux de moi. Mais dans ce sens, ça pouvait marcher aussi.

— Bien sûr que non.

— Alors passe-moi un crayon.

Il tendit la main et l'espace d'une seconde, je me vis simplement y glisser la mienne pour m'asseoir sur ses genoux et l'embrasser.

Mais je n'avais pas assez confiance en mes mouvements. Et si je lui envoyais mon genou dans les parties ?

Je retrouvai la raison et ramassai mon stylo rose pour le lui donner.

— Viens ici, dit-il en s'installant par terre et en tapotant l'espace à côté de lui sur la moquette.

J'obéis.

— La première partie, c'est bon, expliqua-t-il en revenant sur ce que j'avais écrit. Mais c'est là où tu t'es trompée.

Je regardai sa grande main manipuler le stylo rose sur ma feuille. Lucian Rollins rendait même les maths sexy.

— Waouh. T'es vraiment bon, lançai-je quand il entoura la réponse.

Il esquissa un sourire presque invisible.

— Ne le dis à personne.

— Ton secret est en sécurité avec moi, promis-je.

— À toi, dit-il en me tendant le stylo.

Il sentait bon. Ce qui devait sans doute dire qu'il pouvait me sentir, lui aussi.

Il me fallut trois essais et une patience infinie de la part de Lucian, mais je finis par y arriver. Le problème suivant, je le résolus en deux essais. Et quand je réussis le troisième dès ma première tentative, je bondis et plaquai le stylo à terre comme si je venais de marquer à un match de foot.

— Yes ! J'ai vaincu les maths !

À la moitié de ma danse de la victoire, je me rappelai mon public sexy et mon odeur corporelle.

Lucian s'appuya sur les coudes, amusé. Il souriait à pleines dents, désormais. Une chaleur inattendue monta en moi.

Je glissai mes cheveux derrière les oreilles et m'assis de nouveau par terre.

— Hum, merci beaucoup. Je ne m'excite jamais autant sur des exercices de maths.

Son sourire était toujours là, et il me faisait tout bizarre.

— T'es plus dans les livres que dans la trigonométrie, toi, c'est ça ? dit-il en regardant mes étagères.

— Oh, euh, oui. J'aime les livres. Beaucoup.

— Tu vas en écrire ?

Je secouai la tête.

— Non. La lecture, c'est un hobby. Je veux obtenir une bourse de softball et étudier la médecine du sport.

J'avais tout planifié. J'étais ce que ma coach appelait une « lanceuse agressivement enthousiaste ».

— Vraiment ?

— Tu penses pas que je peux y arriver ?

— Ça doit être bien de savoir ce qu'on veut faire.

— Tu es presque en terminale, remarquai-je. Tu sais déjà à quelle université tu iras ? Tu vas prendre quoi comme spécialité ?

Il haussa les épaules et frotta mécaniquement son bras.

— Je sais pas encore.

— Mais tu veux faire quoi ? insistai-je.

— Devenir riche.

Il avait l'air sincère. Et pas pour se débarrasser de la question.

— Ah, OK, je vois. Et comment tu vas faire ça ?

— Je trouverai un moyen.

J'étais déçue. Un garçon comme Lucian aurait dû avoir des rêves précis. Il aurait dû vouloir améliorer les aides auditives pour les bébés ou peut-être diriger un cabinet dentaire comme ma mère. Même une carrière de footballeur professionnel, ce serait mieux que rien.

— Sloane ! On passe à table !

Et merde.

— OK, j'arrive !

— Je vais y aller, lança Lucian.

Je ne voulais pas qu'il parte. Mais je ne voulais pas non plus que mes parents sachent qu'un footballeur hyper sexy s'était introduit dans ma chambre en passant par la fenêtre. Au cas où il le referait, je porterais tous les jours un pyjama assorti à mon gloss.

— Demande au garçon qui a escaladé le cerisier s'il veut rester dîner. On a un pain de viande, cria maman.

— Oh là là, grommelai-je, mortifiée.

Je jetai un regard à Lucian. Il avait sur les lèvres un sourire à tomber.

— Merci madame Walton, mais je dois rentrer chez moi, répondit-il.

— Tu as le droit de passer par la porte d'entrée.

Je grimaçai.

— Tu devrais. Parce que sinon, ils vont monter.

— OK, répliqua-t-il, pas impressionné.

M'armant de courage, je nous conduisis vers l'escalier, ne sachant à quelle réaction m'attendre de la part de mes parents. Se battre pour les droits de femmes était bien vu chez moi. Laisser entrer un garçon par la fenêtre, c'était autre chose.

Mes parents nous attendaient au pied des marches. Papa portait un gilet d'un beige un peu trop proche de celui de son pantalon. Maman avait encore sa tenue de dentiste. Les deux tenaient un verre de vin dans la main.

— Maman, papa, c'est Lucian. Il, euh… m'a aidée à finir mon devoir de trigo, dis-je, mal à l'aise.

— Enchanté, monsieur et madame Walton, lança Lucian en leur serrant la main, comme un adulte.

Je le vis alors dans un costume de luxe, présider une réunion avec son visage sérieux et sa puissante poignée de main. Peut-être que « devenir riche » n'était pas un projet aussi bête que ça.

— C'est un plaisir de te rencontrer officiellement, Lucian, lança ma mère en me décochant un regard « tu ne perds rien pour attendre ».

— Tu es toujours le bienvenu ici, surtout si ça évite que Sloane balance son manuel de maths à travers sa chambre.

J'étais cramoisie d'embarras.

— Papa, sifflai-je.

Il m'ébouriffa les cheveux, empirant encore ma gêne intersidérale.

— Tu es sûr que tu ne peux pas rester dîner ? proposa maman.

Lucian hésita l'espace d'une seconde et mes parents se jetèrent sur lui, tels des mouches sur un pot de confiture.

— Mange avec nous, insista papa. Karen fait un délicieux pain de viande et moi, j'ai préparé des pommes de terre au four avec de la sauce au raifort.

Lucian m'adressa un petit regard, avant de hocher la tête.

— Si vous êtes sûrs que ça ne vous dérange pas.

— Pas du tout, assura maman en nous entraînant vers l'îlot de la cuisine sur lequel étaient entassées les assiettes.

Oh là là, j'allais dîner avec Lucian Rollins. Waouh !

Et mes parents. Snifff !

Ce n'était carrément pas un rencard s'il y avait des chaperons. En tout cas, pas dans ce siècle.

— Venez, vous allez mettre la table, tous les deux, lança maman.

* * *

— Tes parents sont gentils, déclara Lucian alors que je refermai la porte d'entrée derrière nous.

L'odeur des cerisiers embaumait l'air de la soirée.

— Et gênants, ajoutai-je, toujours embarrassée par certains sujets abordés pendant le dîner. Tu n'étais vraiment pas obligé d'aider mon père à descendre les décorations d'été des étagères du garage.

Mon père, du haut de son mètre soixante-dix et avec sa peur des échelles, était impressionné par la taille de Lucian. Ma mère était ravie de son incapacité à dire non.

— Ça ne me dérange pas, assura-t-il en enfonçant les poings dans ses poches.

— Qu'ils ne t'entendent surtout pas, ou maman va te faire déplacer des cartons dans son cabinet et papa t'embauchera pour tailler les branches les plus hautes dans notre jardin.

— Ta maison est super, lança Lucian.

Mais étrangement, j'eus l'impression que c'était une accusation.

— Je te remercierais bien, mais j'y suis pour rien.

— La mienne, elle craint, dit-il en levant le menton vers la petite maison voisine.

Je remarquai que le père de Lucian n'était pas encore rentré.

— Peut-être que tu la trouverais plus jolie si tu passais la tondeuse, suggérai-je pleine d'espoir.

Il me regarda, de nouveau amusé.

— Je doute que ça change quoi que ce soit.

Je croisai les bras pour me réchauffer.

— Qui sait. Parfois arranger les choses de l'extérieur a un effet sur l'intérieur.

Comme quand je me levais assez tôt pour me maquiller un peu avant les cours. Un peu de gloss et du mascara me donnaient l'impression d'être une version améliorée de moi-même.

— On verra. Merci pour le dîner. Faut que je rentre faire mes devoirs.

Il s'éloigna.

Désespérée de ne pouvoir le garder une minute de plus, je cherchai quelque chose à dire pour le retenir.

— Eh ! Je suis désolée, mais tu t'es toujours pas excusé pour la pierre.

Il me décocha un petit sourire, un pied sur la terrasse, l'autre sur la première marche.

— Faudra que je le fasse la prochaine fois, alors.

La prochaine fois.

Mon estomac se contracta de nouveau.

— À bientôt, lança-t-il.

— Oui. À bientôt, répondis-je, à bout de souffle.

Je le regardai comme une idiote traverser notre allée pour s'engager sur la sienne.

— La prochaine fois, murmurai-je.

Cette nuit-là, j'allai me coucher avec un sourire sur le visage, Ruark et Shanna oubliés.

Le lendemain matin, quand je partis au lycée, je ne pus m'empêcher de remarquer que le pick-up du père de Lucian n'était toujours pas revenu. Mais la pelouse avait été tondue.

– 6 –

Embuscade au petit déjeuner

Sloane

— Merci, Lou, marmonnai-je, mon élastique à cheveux dans les dents.

Lou Witt, le père de Naomi, tenait la porte du restaurant routier pour moi, alors que j'avais les mains occupées à essayer de dompter ma crinière en me faisant un chignon sur le haut du crâne.

— Tu as l'air exténuée ce matin, commenta Amanda, sa femme, et la nouvelle conseillère pédagogique à mi-temps de l'école de Knockemout.

Je baissai les yeux vers mon pull XXL que j'avais taché de café en renversant la moitié de ma tasse ce matin en recevant le message de ma mère pour me rappeler notre petit déjeuner.

Mon legging avait un trou sur un genou, et j'avais oublié de retirer mes chaussons et de mettre des chaussures.

Merde.

— Y a des jours comme ça, dis-je en attachant mes cheveux.

J'aurais plutôt dû dire *des semaines*.

— C'est tout à fait normal, assura Amanda en m'entourant les épaules de son bras. N'oublie pas de prendre soin de toi.

— Promis, dis-je avant de prendre congé des Witt pour entrer dans le restaurant.

Je repérai ma mère vers le fond de la salle et me pressai de la rejoindre.

— Désolée pour mon retard. Naomi a appelé, Éric et elle ont enfin trouvé le serpent à sonnette qui avait disparu du zoo mercredi soir. Il s'était enroulé autour d'une plante...

Je m'arrêtai net dans mon laïus en apercevant l'homme assis en face d'elle.

Maman me sourit joyeusement comme si elle ne partageait pas une table avec mon pire ennemi.

— J'ai proposé à Lucian de se joindre à nous, puisqu'il est encore en ville.

Ce dernier ne semblait pas ravi non plus, mais pour être honnête, il avait toujours l'air affreusement constipé.

— Assieds-toi, demanda maman en me montrant la place sur la banquette à côté de Lucian.

— Tu sais quoi ? J'avais oublié que j'avais un rendez-vous avec quelqu'un à propos de quelque chose.

— Sloane, pose tes fesses s'il te plaît.

Elle avait employé sa voix maternelle autoritaire. Malheureusement, il ne suffisait pas d'être adulte pour être immunisée contre ce ton.

De mauvaise grâce, Lucian se ratatina sur la banquette pour me laisser de la place. Super, maintenant, il fallait que je joue le jeu ou j'allais passer pour la plus immature des deux. Je m'assis, une seule fesse sur le vinyle et un pied dans l'allée au cas où je devrais me sauver précipitamment.

Maman croisa les doigts sur la table et nous décocha un regard rempli d'espoir. Elle avait l'air triste et fatiguée, ce qui me donna l'impression d'être une sale môme. Je m'installai plus confortablement et pris un menu.

— Alors, c'est quoi cette réunion ? demandai-je.

— Je repars à Washington aujourd'hui, annonça-t-elle. J'ai dit au revoir à ta sœur et à Chloé ce matin. Maintenant c'est votre tour.

Je posai le menu et ignorai la façon dont le côté droit de mon corps semblait absorber la chaleur de Lucian.

— Maman, il n'y a pas d'urgence. Si tu veux être au calme, tu peux toujours rester chez moi.

Elle avait partagé son temps à Knockemout entre la maison de ma sœur et la mienne pendant que nous organisions les funérailles. J'avais beaucoup aimé l'avoir comme colocataire. La maison était moins vide. Et en plus, elle avait acheté d'excellentes petites choses à grignoter.

Elle secoua la tête.

— Merci pour la proposition, mais il est temps que je rentre. Ton père m'a laissé toute une liste d'affaires à régler.

— Laisse-moi t'aider avec ça.

Je me sentis soudain désespérée à l'idée de son départ. Je ne voulais pas qu'elle gère tout toute seule. Et je ne voulais pas non plus être abandonnée.

— Quel genre d'affaires ? demanda Lucian.

Je lui jetai un coup d'œil. Ça ne le regardait pas, mais la réponse m'intéressait, moi aussi.

— Il voulait que je fasse don de ses vêtements à des associations caritatives qui fournissent des costumes à des hommes dans le besoin pour leurs entretiens d'embauche. Je dois aussi transférer tous ses dossiers à Lee V. Coops à Ellery et Hodges pour les éventuels appels.

— Je vais m'en occuper, proposa Lucian, en s'emparant de son portable. Je vais envoyer un de mes employés prendre les dossiers chez vous pour les transporter dans la nouvelle compagnie.

Pourquoi donc Lucian « la moitié du monde m'appartient » Rollins se portait-il volontaire pour aider ma mère ? Et pourquoi ma mère n'avait-elle pas l'air surprise, comme si ce n'était pas la première fois ?

Je souris, les dents serrées.

— Je vais vérifier dans le bureau de papa à la maison. Il y a peut-être laissé un ancien dossier.

— Parfait. Donne tout ce que tu trouves à Lucian.

Je tournai la tête vers lui. Il était en train de me regarder. Ensemble, on se concentra sur maman.

— Qu'est-ce qui se passe, Karen ? interrogea-t-il en même temps que je demandai :

— Qu'est-ce qui se passe, maman ?

— Simon vous aimait tous les deux. Quand il est retombé malade, il s'est mis à penser à ce qui était le plus important dans la vie. Toutes ces rancœurs que vous semblez entretenir tous les deux ne sont pas saines.

Je gigotai sur la banquette, mal à l'aise. L'idée que ce que j'avais fait au cours du dernier mois d'existence de mon père lui avait déplu, me fit l'effet d'un jus de citron sur la plaie béante de mon chagrin.

— Je l'ai déçu ? demandai-je d'une voix rauque.

Maman me serra la main.

— Bien sûr que non, ma chérie. Il était tellement fier de toi. De tous les deux, pour tout ce que vous avez accompli, tout ce que vous avez construit et votre générosité. Mais la vie est trop courte. Cette animosité à laquelle vous vous accrochez tous les deux est une perte de temps précieux.

— Je suis désolée et sans vouloir offenser personne, qu'est-ce que Lucian a à voir avec notre famille ?

Maman et Lucian échangèrent un long regard, jusqu'à ce qu'il secoue la tête subtilement.

— Ça, là, c'était quoi ?

— Lucian a fait plus pour notre famille qu'il ne me laissera jamais te le dire, avoua maman.

— Par exemple ?

Les mots sortirent suraigus et paniqués.

— Lucian, supplia ma mère.

— Non.

Elle leva les yeux au ciel avant de me regarder.

— Déjà, c'est lui qui m'a envoyée au spa avec mes amies le soir de l'enterrement.

— Karen, lâcha Lucian, exaspéré.

Maman prit sa main à lui aussi, nous connectant à travers elle.

— Lucian, mon chéri, il va falloir que tu arrêtes d'être dans le déni…

— Qu'est-ce que je vous sers, aujourd'hui ?

Bean Taylor, avec son tablier taché, apparut, prêt à prendre notre commande. Ce gars était un cuisinier hors pair, mais le plus maladroit des serveurs.

— Hello Bean. Ça fait plaisir de te voir, dit maman en nous lâchant les mains.

Qu'est-ce que Lucian devait arrêter de nier ?

Quels secrets partageait-il avec maman ?

Chez les Walton, on était un livre ouvert. On savait tout les uns sur les autres. Enfin, presque tout.

— Écoutez, je dois y aller, déclara ma mère en attrapant son sac à main. Mais ça me ferait très plaisir si vous restiez prendre le petit déjeuner ensemble. Et je ne voudrais pas vous faire culpabiliser, mais je me raccroche des deux mains à tout ce qui pourrait me rendre heureuse.

Ses yeux se voilèrent de larmes.

Je me levai avec elle et l'enlaçai. Peut-être que si je la retenais tout contre moi, elle ne partirait pas.

— Je vous donne encore une minute, lâcha Bean en s'éloignant de la scène d'effusion.

— Maman, ne pars pas, dis-je, et ma voix se cassa.

Elle me serra plus fort.

— Il le faut. Ça me fera du bien d'être active et de réfléchir à l'avenir. Et ce serait bien pour toi aussi. Tu dois retourner au travail, murmura-t-elle. Et je ne suis pas loin de toute façon.

— Oui, si on fait abstraction des embouteillages…

— J'en vaux la peine.

Je lâchai un rire étouffé.

— Bien sûr.

— Je t'aime, Sloane, murmura maman. Sois heureuse. Fais de ton mieux. Ne laisse pas la mort de ton père te faire dériver trop longtemps. Papa ne voudrait pas de ça pour toi.

— D'accord, dis-je tout bas, une larme coulant sur l'arête de mon nez.

Elle me libéra, me serra les épaules et se tourna vers Lucian qui se levait à son tour.

— Je t'aime, lui dit-elle à lui aussi.

Sa réponse fut trop basse pour que je l'entende, mais je remarquai comme il la prenait dans ses bras, les poings serrés, les phalanges blanches.

— Restez. Mangez, insista-elle quand il la relâcha.

Il hocha la tête.

— Au revoir, maman, lançai-je d'une voix rauque.

Elle agita ses doigts vers moi, les yeux pétillants, et sortit dans la rue. Je restai debout à la regarder partir, me sentant comme Anne des Pignons verts avant sa rencontre avec Marilla et Matthew Cuthbert.

— Assieds-toi.

L'ordre de Lucian fut accompagné d'une grande main dans mon dos. Je me glissai sur la banquette que maman venait de quitter et consultai sans le voir le menu devant mes yeux.

— Elle ira bien, Sloane, dit-il, caressant mon prénom avec une pointe d'irritation, mais pas seulement.

— Bien sûr, confirmai-je, tendue.

— Et toi aussi.

Je ne pouvais pas le regarder. Je devais me concentrer pour ne pas m'effondrer. Je ne serais pas faible devant lui, plus jamais.

— Tu n'es pas obligé de rester, déclarai-je en regardant partout sauf son visage.

— Non, là, je m'en veux tellement, je déjeunerais même avec Raspoutine.

À travers les larmes qui embrouillaient ma vision, je le vis secouer la tête vigoureusement.

— Qu'est-ce que tu ne veux pas que je sache ? demandai-je. Tu faisais chanter mes parents ? Tu les as embobinés avec tes affaires ?

— Ce sont les seules options que tu peux trouver ?

— Psst ! Ça vous va si je prends vos commandes ? hasarda Bean, revenu à notre table.

— Bien sûr, dis-je avec un petit sourire.

Il ne valait mieux pas que toute la ville connaisse l'état de leur bibliothécaire. J'avais une réputation à tenir. Je pouvais être une terreur quand je le voulais, ça rendait ma vie à Knockemout plus paisible.

— Tu sais que tu as des taches partout sur ton pull ! fit remarquer Bean en pointant son crayon sur moi.

— Un petit souci avec mon café ce matin. Je vais prendre comme d'habitude, avec un chocolat chaud.

Je méritais un petit réconfort.

— Avec des chamallows et plus de crème ?

— Tu me connais par cœur.

— Et pour vous, monsieur Rollins ?

Je ris intérieurement. On était à Knockemout, bon sang, et Bean ne devait pas avoir plus d'un an de moins que moi. Mais c'était « monsieur Rollins ceci, monsieur Rollins cela ».

— Une omelette de blancs d'œufs avec des épinards et des légumes.

Beurk. Même son petit déjeuner était ennuyeux à en pleurer. Et jamais il ne disait s'il vous plaît ou merci, ça me donnait envie de le frapper avec le distributeur à serviettes. Mes yeux lui lancèrent des éclairs.

Lucian expira par le nez.

— S'il vous plaît, ajouta-t-il.

— Pas de souci.

— Merci Bean, ajoutai-je avant qu'il disparaisse dans la cuisine.

Une fois qu'il fut parti, je me remis à fusiller Lucian du regard.

— Ça te ferait mal d'être poli ? Ou est-ce que tes costumes te dispensent de l'être ?

— Ça m'étonne que t'aies pas commandé les pancakes du menu enfant pour accompagner ton mug de sucre.

— Tu n'as jamais bu le chocolat de ce restau, on dirait. Oh, attends, bien sûr, tu es allergique à tout ce qui peut faire plaisir. Quand est-ce que tu retournes dans ton triste repaire ?

— Dès que j'aurai terminé mon petit déjeuner avec toi.

Un autre serveur apparut pour remplir la tasse de Lucian avec du café et m'apporter mon chocolat. C'était une œuvre d'art. Le mug était surmonté d'une véritable tour de crème fouettée. Des mini chamallows couronnaient le tout, au milieu des vermicelles roses.

Je sentis ma gorge me picoter, mes yeux brûler. Je n'allais pas pleurer à cause d'un chocolat chaud, même si c'était évident qu'il avait été préparé avec amour.

C'était pour ça que j'aimais autant cette ville. Et que je ne voudrais jamais vivre ailleurs. Nous étions tous investis dans la vie des autres. Il suffisait de sortir de chez soi pour assister à de petits actes de gentillesse et de générosité.

— Tu es ridicule, lança Lucian alors que j'attirais la tasse vers moi avec les deux mains.

— Tu es jaloux.

— Tu peux même pas boire ce truc. Tu vas en avoir partout.

Je pris une paille.

— T'es un amateur.

Avec précision, j'insérai la paille par le sommet de la crème, pour aspirer exactement autant de chocolat que de crème.

— Voilà, dis-je en glissant le mug vers lui.

Il me regarda comme si je venais de suggérer qu'il touille son café avec son pénis.

— Qu'est-ce que tu veux que je fasse de ça ?

— Que tu goûtes, que tu grimaces et que tu me dises à quel point tu as trouvé ça répugnant, même si au fond de toi, tu trouves ça tellement délicieux que tu te demandes comment en commander un en douce.

— Pourquoi ?

— Parce que tu as envoyé ma mère au spa avec ses amies dans un moment où elle avait besoin qu'on lui rappelle qu'on peut pleurer et rire en même temps. Parce que tu restes ici à prendre un petit déjeuner dont on se passerait tous les deux, juste pour la rendre heureuse. Alors prends une gorgée, parce que c'est tout ce que je suis prête à partager. Et après on pourra continuer à s'ignorer.

À ma grande surprise, il prit le mug. Il le souleva et l'examina comme s'il était un scientifique et que le chocolat chaud était une nouvelle variété d'araignées.

J'essayai de ne pas fixer ses lèvres qui se refermaient sur la paille. Et sur son cou quand il avala. Mais je remarquai que sa grimace arriva quelques secondes trop tard.

— Répugnant, lança-t-il en me rendant le mug. Heureuse ?

— Aux anges.

Il s'empara de son café mais ne le but pas. Peut-être parce que sous son costume à cinquante millions de dollars et sous sa barbe de mec riche, il était tout de même un peu humain.

J'aurais dû prendre une nouvelle paille. J'aurais dû lui montrer que je ne voulais pas mettre ma bouche là où il avait posé la sienne. Mais je n'en fis rien. Au lieu de ça, je bus goulûment.

Un liquide chaud et sucré envahit ma bouche avec le croquant des vermicelles.

J'entourai le mug de mes deux mains et, les yeux fermés, prolongeai cet instant parfait.

Quand je les rouvris, je trouvai les yeux de Lucian sur moi, une expression indescriptible sur le visage.

— Quoi ? demandai-je en lâchant la paille.

— Rien.

— Tu me regardes comme si c'était pas rien.

— Je te regarde et je compte les secondes jusqu'à la fin de ce repas.

On gardait le cap, rien n'avait changé.

— Va te faire voir, Lucifer.

Il sortit son portable et m'ignora tandis que j'observai les clients.

Le restaurant était plein, comme tous les jours en milieu de matinée. Le public était composé de retraités, de fermiers, et bien sûr, des motards habituels.

Je sentis le regard de Lucian sur moi et refusai de me tourner.

— Tu n'as pas à rester là, tu sais. Je suis sûre que tu as mieux à faire.

— C'est vrai. Mais ce n'est pas moi qui vais décevoir ta mère aujourd'hui, répliqua Lucian, maussade.

Mon regard aurait dû le carboniser.

— Ça te demande pas trop d'énergie d'être un connard tout le temps, comme ça ? Parce que j'arrive pas à savoir si c'est naturel pour toi ou si ça te demande des efforts.

— Quelle importance ?

— On s'entendait bien avant.

Je ne sais pas pourquoi j'avais dit ça. On avait un accord tacite pour ne jamais évoquer cette période de notre vie.

Il examina mon poignet droit qui sortait de ma manche.

Je voulais cacher ma main entre mes jambes, mais têtue, je la gardai au-dessus de la table.

— On savait pas à l'époque, dit-il d'une voix enrouée.

— T'es agaçant.

— T'es exaspérante.

J'agrippai ma paille comme si c'était un poignard.

— Doucement, petit lutin, on n'est pas seuls.

Le surnom me fit tressaillir.

Je réussis à détourner les yeux de son beau visage. Plusieurs personnes nous regardaient. Comment leur en vouloir ? Tout le monde ici savait que Lucian et moi, on ne se supportait pas. Nous voir « profiter » d'un petit déjeuner en tête à tête avait déjà dû alimenter le moulin à commérages. Et personne n'aurait de scrupules à tout rapporter à ma mère.

Je remis la paille dans la crème.

— Écoute, puisque t'es trop borné pour partir et que tu ne veux pas me dire pourquoi ma mère et toi vous êtes si potes, trouvons un sujet de conversation qui nous convienne à tous les deux pour traverser cet interminable petit déjeuner. Et si on parlait… du temps qu'il fait ?

— Le temps qu'il fait ?

— Oui. Est-ce qu'on est d'accord que dehors il fait un certain temps ?

— Oui, Sloane, sur ça, on est d'accord.

Il parlait sur un ton tellement condescendant que je lui aurais bien vidé le pot de ketchup sur la tête.

— À toi.

— Soit. On est tous les deux d'accord que tu t'habilles comme une ado dérangée ?

— C'est toujours mieux qu'un croque-mort grincheux.

Son visage se radoucit légèrement.

La clochette sur la porte retentit et Wylie Ogden entra.

Les conversations s'arrêtèrent et tous les regards se tournèrent vers lui.

Lucian ne bougea pas un muscle, mais je sentis tout de même un courant d'air glacé envelopper notre table.

Je n'avais pratiquement plus revu l'ancien policier depuis le drame avec Tate Dilton, un ripou qui avait fait équipe avec Duncan Hugo, le fils du patron du crime, pour assassiner Nash Morgan. Wylie, dont la carrière en tant que chef de la police avait été marquée par ses méthodes discutables, avait été lui-même ami avec Tate, mais s'était racheté en l'abattant. Il était remonté dans mon estime. Je lui avais même souri quand je l'avais croisé au supermarché, un jour.

Le policier à la retraite nous repéra et se figea. Seul le cure-dents coincé entre ses lèvres continua à bouger. Il partit à l'autre bout du restaurant.

Le regard glacial de Lucian resta rivé sur Wylie.

J'éprouvai soudain une pointe de quelque chose qui ressemblait vaguement à de la culpabilité.

— Tu sais, si tu m'avais tout dit, je n'aurais pas...

— Arrête, m'interrompit-il comme s'il disait à un bébé de ne pas mettre ses doigts dans une prise électrique.

— Je dis juste...

— Laisse tomber, Sloane.

C'est ce qu'on faisait. On laissait tomber. Le seul rappel de notre passé commun était le goût amer qui colorait toutes nos interactions.

Aucun de nous deux n'était prêt à oublier ou à pardonner. On faisait juste semblant que ça ne nous rongeait pas.

— Et voilà ! annonça Bean en nous apportant notre petit déjeuner.

Il plaça deux assiettes fumantes sur la table avec une joie un peu forcée, et discrètement, glissa les deux couteaux à beurre dans son tablier.

– 7 –

L'empire démoniaque

Lucian

Les bureaux de Rollins Consulting occupaient le dernier étage d'un immeuble postmoderne sur G Street dans le quartier d'affaires de Washington. À cause de la proximité avec la Maison-Blanche, la rue devant le bâtiment était régulièrement fermée pour les cortèges de voitures des dignitaires en visite.

Les portes de l'ascenseur s'ouvrirent sur du marbre lisse, des lettres en or imposantes et un dragon.

Petula « tu ne passeras pas » Reubena prenait son rôle d'assistante très au sérieux. Personne n'entrait à moins d'avoir une autorisation officielle. Je l'avais surprise en train de fouiller le sac à main de ma mère, à une des rares occasions où elle était venue déjeuner avec moi.

— Bonjour, monsieur, salua Petula en se levant de sa chaise pour attirer mon attention.

Elle avait derrière elle une longue carrière dans l'armée et les décorations pour l'attester. Mais après une année à la retraite, elle avait décidé qu'elle n'était pas faite pour rester à la maison.

Elle s'habillait comme une grand-mère, et même si elle avait vraiment trois petits-enfants, elle passait son temps libre à pratiquer l'escalade. C'était une des informations que nous collections au cours de l'enquête complète à laquelle se soumettait chacun de nos employés. Elle n'avait jamais fait de commentaire sur sa vie privée et supportait à faible dose qu'on le fasse.

— Bonjour Petula. Des urgences pendant mon absence ?

— Rien que je n'aie pu gérer, répondit-elle du tac au tac.

Je lui tins la porte et elle me devança en me débitant mon emploi du temps du jour.

— Vous avez une visio à deux heures et quart, Trip Armistead à trois heures et Sheila Chandra prévue à trois heures et quart. J'imagine que c'est soit un coup de force diabolique, soit vous commettez enfin votre première erreur.

Trip était un membre du congrès de Géorgie et un client qui n'allait pas apprécier notre quart d'heure.

— Je ne commets jamais d'erreur, dis-je, en saluant d'un hochement de tête l'associé dont je ne me souvenais jamais du nom.

Petula m'adressa un regard vide.

— Je vais prévenir la sécurité. L'équipe de nettoyage ne sera pas ravie s'ils ont des taches de sang à laver sur la moquette.

— Je ferai de mon mieux pour éviter ça, promis-je.

On entra dans l'open space où les téléphones sonnaient sans cesse et où mes employés s'affairaient. Le salaire de départ à Rollins Consulting était de quatre-vingt mille dollars par an, et pas parce que j'étais généreux, mais parce que je ne voulais pas perdre de temps à recruter constamment de nouvelles têtes. Et l'argent compensait aussi le fait que j'étais un patron exigeant, un connard comme on le murmurait sûrement autour de la fontaine à eau. Si je payais moins mes employés, je devrais me montrer plus sympathique, ce qui ne me tentait pas du tout.

On longea les box et trois salles de conférences. Ce qui avait commencé comme une toute petite entreprise de consulting politique prête à se salir les mains pour ses clients était devenue une organisation employant cent cinquante personnes capables de mettre quelqu'un au sommet ou de le détruire. Et cela ne me dérangeait toujours pas de me salir les mains tant que mes intérêts étaient servis.

Un sifflement attira mon attention et je vis l'ex-marshal Nolan Graham derrière la vitre de son bureau, un téléphone collé contre l'oreille. Il avait rejoint l'équipe quelques mois plus tôt, après avoir pris une balle pour mon ami. Je lui avais fait une offre qu'il aurait été stupide de refuser, et il avait quitté immédiatement son travail au gouvernement.

— Je vous laisse au prince charmant, annonça Petula avec ce qui aurait pu passer pour un sourire en direction de Nolan.

Apparemment, le charme de cet ancien agent du FBI avait réussi à fendre l'armure de ma sévère assistante.

Je m'arrêtai à la porte de Nolan.

— Quoi ?

Il raccrocha et triomphalement pianota quelques touches sur son clavier.

— L'équipe informatique a réussi à pister d'autres sorties de fonds suspectes pour tu sais qui. Quelques couvertures pour le blanchiment d'argent. J'écris un rapport au cas où tes potes du Bureau voudraient y jeter un œil.

C'était délicat. Mes analystes en cybersécurité – aussi appelés pirates – réalisaient des prouesses dans un cadre pas tout à fait légal pour trouver des pistes à creuser. Une fois que nous savions dans quelle direction chercher, le reste de l'équipe continuait les recherches et s'arrangeait pour glisser l'information de telle façon que le dossier puisse passer devant un tribunal sans vice de procédure.

L'agente spéciale Idler était assez intelligente pour ne pas poser trop de questions.

— On a besoin de quelque chose de plus gros. Une planque, des routes de distribution, un gros bonnet qui lui en veut et qu'on pourrait se mettre dans la poche.

Quelque chose qui démontrait son organisation de l'intérieur.

— Qu'est-ce que je peux dire ? Ce gars n'est pas aussi débile que son fils. Si je peux me permettre, pourquoi ne pas me laisser mettre Lina sur l'affaire ? Elle est au bureau aujourd'hui, elle pourra peut-être trouver une piste qui nous échappe.

— C'est une affaire personnelle pour elle, insistai-je.

Je n'étais pas le genre de patron qui laisse sa porte ouverte, disposé à recevoir des suggestions. Je ne voulais pas de retours. Je voulais dire aux gens ce qu'ils devaient faire et ne plus m'en préoccuper.

En plus, non seulement elle était personnellement furieuse contre la famille Hugo pour l'avoir kidnappée et avoir tenté de tuer son fiancé, mais aussi, elle refusait de s'engager pleinement dans son poste. Au début, ça m'avait amusé qu'elle réclame à travailler à mi-temps. Maintenant ça me tapait sur les nerfs.

Entre Petula, Nolan et Lina qui n'avaient clairement pas peur de moi, je commençais à m'inquiéter que mes autres employés suivent leur exemple et se mettent à frapper à ma porte pour discuter ou me suggérer de faire une fête de fin d'année.

Nolan s'adossa à nouveau sur son siège.

— Attends, c'est l'hôpital qui se fout de la charité.

— Je n'ai pas le temps pour tes conneries, cet après-midi.

— Pour être clair, c'est toi l'hôpital.

— Ce n'est pas personnel pour moi, mentis-je.

Nolan fouilla sur son bureau.

— Qu'est-ce que tu cherches ?

Il s'interrompit et sourit.

— Un extincteur pour éteindre ton pantalon qui a pris feu.

— Je pensais que tu étais moins exaspérant depuis que tu t'étais rasé la moustache. Je me suis trompé.

Il m'était en effet beaucoup plus sympathique depuis qu'il avait arrêté de sortir avec Sloane, une condition *sine qua non* à son embauche.

Putain.

Je consultai ma montre.

Je n'avais même pas atteint mon bureau que je pensais déjà à elle. J'avais pris mon petit déjeuner avec elle. Pourquoi est-ce que je ne pouvais pas la mettre de côté et m'occuper du reste de ma vie ? Sloane Walton ne faisait jamais ce que j'attendais d'elle. Je voulais une vie où rien ne me ferait me sentir impuissant, démuni, et jusqu'à ce que je trouve un moyen de me l'extraire de la tête, je serais toujours vulnérable.

— Je le dis juste en passant. On dirait que tu attends qu'elle te prouve sa loyauté et que pour sa part, elle attend que tu lui prouves que t'es digne qu'elle t'accorde sa loyauté. Si vous ne vous rencontrez pas à mi-chemin, personne ne descendra de ce foutu manège mégalo.

Je mis un moment à me souvenir qu'il parlait de Lina et pas de Sloane.

— Je t'ai pas demandé ton opinion.

— Les amis sont faits pour ça. À ce propos, tu veux que je vienne en renfort avec les fédéraux aujourd'hui ? Je peux rester derrière toi et faire des grimaces menaçantes.

— Pas besoin de renfort.

Moins il y avait de gens mêlés à l'affaire Anthony Hugo, mieux ce serait. Quand Hugo apprendrait ce que j'étais en train de faire, il faudrait que son attention soit uniquement tournée vers moi.

— Ce que je veux, c'est le rapport sur les associés de *Fund it* dans dix minutes.

— Il est déjà sur ton bureau, déclara-t-il en lançant un M&M's dans sa bouche.

C'était moins drôle de donner des ordres quand les gens anticipaient mes exigences.

En grognant, je quittai son bureau et me dirigeai vers le mien.

— De rien, lâcha Nolan dans mon dos.

Parfois, je me demandais pourquoi je m'embêtais à embaucher des gens. Ils étaient tous agaçants.

— Bonjour, monsieur Rollins, me salua une rouquine joviale qui avait plus l'âge de passer son permis de conduire que de travailler dans une des entreprises les plus impitoyables du pays.

J'aurais dû rester travailler chez moi.

Holly avait vingt-deux ans, deux enfants, et c'était ce qu'elle appelait son premier emploi d'adulte. Elle me témoignait une gratitude absolue comme si ce poste et le salaire qui allait avec étaient des faveurs spéciales que je lui octroyais.

C'était gênant et déplacé.

— Vos cheveux... intéressants, commentai-je.

Elle se tourna pour me montrer, sans que je l'aie demandé, une vue sur l'arrière de son crâne. Aujourd'hui, elle portait deux épaisses tresses pas vraiment symétriques.

— Ça vous plaît ? Ce sont des *bubble braids*. J'ai vu un tuto sur YouTube...

— Je m'en fiche.

Elle gloussa.

— Vous êtes si drôle, monsieur Rollins.

— Pas du tout.

Elle balaya ma remarque d'un geste de la main.

— Je voulais vous dire, je vous ai laissé un petit quelque chose sur votre bureau. Vous m'avez interrogée sur mon déjeuner hier, alors je vous en ai apporté un peu pour goûter.

Je ne lui avais rien demandé sur son déjeuner. Je lui avais juste suggéré de ne pas réchauffer sa bouillabaisse dans le micro-ondes de la salle de repos, parce qu'après, tout le bureau puait le poisson.

— Vous n'auriez pas dû.

— C'est le moins que je pouvais faire, dit-elle joyeusement.

— Comme c'est gentil, lança Petula revenue à mes côtés comme un tireur d'élite. Monsieur Rollins se fera une joie de manger votre soupe pour son quatre-heures.

Holly se fendit d'un sourire radieux.

— Attendez que je vous prépare mon curry au tofu !

On la regarda partir en bondissant.

— Bon sang, qu'est-ce que j'avais dans la tête quand je l'ai engagée ? grommelai-je.

— Vous vous disiez qu'elle avait besoin d'un emploi pour nourrir ses deux enfants. Elle pense que vous êtes un chevalier en armure, expliqua Petula en ouvrant la porte de mon bureau.

Je n'étais pas le chevalier, j'étais le dragon.

— Alors elle est soit très mal informée, soit elle délire, ronchonnai-je en entrant dans mon repaire.

Il était conçu pour intimider et impressionner. Il n'avait rien de chaleureux ou de cosy avec sa table de travail en verre, son canapé blanc et son bois sombre. C'était un lieu formel et froid. Exactement ce qu'il me fallait.

— Ce n'est pas si grave d'avoir aussi des employés qui ne sont pas complètement terrifiés par vous, lança Petula en appuyant sur les télécommandes pour faire remonter les stores.

Elle alluma ensuite les écrans sur mon bureau et organisa la paperasse par priorité alors que je suspendais mon manteau sur le crochet derrière la porte.

— Entre Nolan et Holly, vous devenez trop gentille, me plaignis-je.

— Retirez tout de suite cette insulte, ou je dis à tout le monde que je vous ai vu pleurer devant la pub pour la SPA.

Les murs vitrés offraient une vue splendide sur le quartier des affaires de Washington. La plus grande partie de la ville était encore recouverte d'un épais tapis blanc comme pour cacher les taches et les péchés commis derrière les portes fermées de la capitale.

— Je préfère que les gens aient peur de moi. Qu'ils n'essaient pas de m'expliquer ce que sont des *bubble braids*. Et pourquoi êtes-vous si charmante avec elle ? Avec tous les autres, vous êtes imbuvable.

— Je ne suis pas imbuvable, riposta Petula en soupirant. Je suis efficace. Les mondanités sont une perte de temps et d'énergie.

— Je suis entièrement d'accord.

— Qu'est-ce que vous voulez que je fasse de ça ? demanda-t-elle en me montrant le Tupperware de bouillabaisse.

— Jetez-le par la fenêtre.

Les yeux rivés sur moi, elle attendit.

— D'accord. Mettez-le dans le réfrigérateur.

Je le jetterais moi-même quand je serais sûr de ne pas me faire attraper.

— Ne jetez pas la boîte, ordonna Petula. Elle en aura besoin.

Bon sang.

— Autre chose ? demandai-je, agacé.

Petula aligna les dossiers sur mon bureau.

— Voici les priorités. Vous avez un verre à dix-neuf heures au Wellesley Club avec deux des vice-présidents de *Democracy Strategy*. Et la détective ne va plus tarder. Je lui ai dit que vous ne seriez pas libre de l'après-midi, mais elle a insisté de façon grossière.

Pendant qu'elle parlait, je me plantai devant les vitres pour admirer la vue, me demandant ce que Sloane penserait de cet endroit et de ce que j'avais accompli.

J'étais devenu quelqu'un. J'avais construit un empire. Et j'étais assez fort, assez riche, assez puissant pour que plus aucune menace ne me vole ce que j'avais bâti. J'avais vaincu les fantômes du passé.

— Merci Petula. Ça sera tout, lançai-je, soudain pressé de me noyer dans le travail.

Elle me regarda de haut.

— Je sais que c'est tout puisque je n'ai plus rien à vous dire. Je vous dirai quand la détective sera là. Et je vous envoie Holly avec votre café.

— Non…

Mais elle était déjà sortie sans m'écouter.

Il me fallut trois bonnes minutes pour me débarrasser d'Holly qui avait eu absolument besoin de me parler du temps qu'il faisait et de son fils qui s'était pris d'intérêt pour les jeux vidéo sur YouTube.

Je n'étais que sur mon deuxième dossier, des recherches sur un candidat du gouvernement en Pennsylvanie, quand la détective frappa à la porte en verre. Je lui fis signe d'entrer.

Nallana Jones était une détective privée qui avait dans son épais carnet d'adresses des clients comme les miens, prêts à payer le prix fort pour le sale boulot. Aujourd'hui, elle était habillée comme une maman dans la quarantaine en route pour sa marche rapide, avec sa banane autour de la taille. Elle portait un short et une perruque noire sous une casquette de joueur de base-ball. Son pull rose disait J'AIME LES RATONS LAVEURS DU MAINE.

— T'es ridicule, lançai-je.

— C'est l'idée. Personne ne s'attarde sur Maud la quadra quand elle entre dans le club de gym de la maîtresse attitrée.

— C'est pour un boulot, j'imagine ?

— Eh oui.

Elle sortit une clé USB de sa banane et la posa sur mon bureau.

— Ça vient de mon agente à Atlanta hier. Les sauvegardes sont déjà dans le cloud. J'ai aussi ajouté une petite vidéo juteuse de l'arrivée de ton gars en ville ce matin. Au bon endroit, au bon moment. Tu peux compter sur cette info, c'est du solide. Aucun moyen qu'il s'en sorte avec ça.

— Impressionnant, comme toujours, Nallana.

— Ouais, et c'est pour ça que tu me paies cher, dit-elle en se frappant les genoux. Allez, je dois filer. Il y a une nana de vingt-deux ans qui va retrouver son bel amant marié de cinquante-huit ans pour une séance de musculation privée. Je peux pas être en retard.

— Je t'appelle la prochaine fois que j'ai besoin de toi.

Elle brandit deux doigts pour prendre congé et sortit sans attendre.

J'entrai la clé dans mon ordinateur et parcourus les fichiers. Il y avait plus de deux douzaines de photos et quelques vidéos. Chacune aurait suffi à détruire la carrière d'un homme. J'imprimai deux des meilleurs clichés, les copiai dans un nouveau dossier sécurisé et effaçai la clé.

J'appelai ensuite la ligne de Lina.

— Quoi de neuf, patron ? demanda-t-elle avec une pointe de sarcasme si subtile que je me demandai si j'avais rêvé.

— J'ai peut-être un boulot pour toi.

— Un vrai cette fois, ou un truc de secrétaire ?

— Viens ici.

Quelques secondes plus tard, elle apparut à ma porte. Je lui fis signe d'entrer et de s'asseoir.

Ses longues jambes dévoraient tout l'espace entre la porte et mon bureau. Elle s'enfonça dans la chaise et les croisa.

— Comment tu fais pour ne pas mettre des traces de doigts sur toutes ces vitres ? demanda-t-elle en regardant la surface immaculée de ma table de travail.

— J'évite de me laisser aller. Et je te demanderai de faire de même.

Je fis glisser les deux photos sur mon bureau vers elle.

— Tu connais cet homme ?

Elle étudia les clichés.

— Ce gars qui a l'air d'être né avec une cuillère en or dans la bouche s'appelle Trip Armistead, c'est notre client et actuel membre de la Chambre des représentants. J'ignore complètement qui est la danseuse aux seins à l'air à côté de lui, mais je donnerais ma main à couper qu'elle n'a pas dix-huit ans.

Je consultai ma montre.

— Tu as trente-trois minutes pour mettre ces photos et informations dans un dossier scellé et choisir les médias de ton choix auxquels on pourrait les envoyer anonymement.

— Et je les envoie, ou c'est juste pour effrayer notre ami Trip ?

— Deuxième option.

Cet homme avait la colonne vertébrale d'un crustacé. Un petit coup suffirait.

— D'accord, je m'en occupe, dit-elle en se levant.

— Pourquoi n'as-tu pas accepté un temps plein ? demandai-je.

Elle s'interrompit et se rassit.

— Quelle importance ?

— Je ne le saurai que quand tu me l'auras dit. C'est la paie ? Nash n'est pas content que tu travailles pour moi ?

— La paie est correcte, le travail semble intéressant à ce que tu laisses entrevoir. Nash est ravi que je rentre à la maison tous les soirs.

— Alors quel est le problème ?

— Sloane.

Je resserrai la main sur mon stylo.

— Tu m'as pas l'air d'être le genre de femmes qui se laissent dicter leurs choix de vie par quelqu'un d'autre, dis-je sur un ton neutre.

— Sloane ne m'a pas dit de ne pas prendre le job. Mes hésitations viennent du fait que tu es un vrai connard avec une de mes amies pour de vagues raisons que vous refusez d'expliquer.

Je ne dis rien et Lina continua.

— Peut-être que tu te trimballes des rancœurs d'une époque où vous étiez encore des enfants, ce qui serait pitoyable. Ou peut-être que vous avez eu une liaison torride secrète qui a mal tourné et tu ne la supportes pas, ce qui serait immature. Peut-être qu'elle a roulé sur ta tarentule domestique quand elle apprenait à conduire. Franchement, je me fiche de savoir le pourquoi du comment. Mais je ne veux pas me lancer dans un boulot sous les ordres d'un homme qui traite mal mon amie. Maintenant, si tu veux bien m'excuser, j'ai un politicien à faire chanter.

* * *

Trip Armistead était un sudiste aux cheveux blonds et aux yeux bleus qui se vantait de son charme et de son pedigree.

C'était aussi un connard qui ne servait plus à rien.

Il entra dans mon bureau, bras grands ouverts, paumes de mains vers le ciel, empli de son importance. J'étais impatient de détruire sa suffisance.

— Lucian, mon vieil ami, on aurait dû faire ça à Atlanta. J'étais en manches courtes sur un terrain de golf, il y a deux jours, raconta Trip en se dirigeant droit vers la bouteille de bourbon que je gardais sur la table contre une des fenêtres.

Il se versa un verre et me fit signe.

— Vous en voulez un ?

— Non, merci, Trip. Je crains que notre réunion ne dure pas assez pour que vous finissiez votre verre.

— De quoi s'agit-il ? demanda-t-il sur un ton affable en s'asseyant devant mon bureau.

— Vous n'allez pas vous présenter au Sénat. En fait, vous n'allez plus vous présenter pour une réélection. Vous allez démissionner de votre poste et vous cacher des projecteurs tel un cafard sur le sol de la cuisine.

— Pardon ? demanda-t-il, ses phalanges blanchissant sur son verre.

Je me levai et contournai mon bureau.

— Quand vous avez fait appel à moi, vous m'avez assuré qu'il n'y avait aucun problème, que vous n'aviez pas de petits secrets. Vous vous en souvenez ?

Trip déglutit péniblement.

— Bien sûr. Je vous ai donné ma parole. Je ne sais pas ce que vous avez entendu, mais je n'ai…

— Je vous arrête tout de suite, Trip. Parce que si vous me mentez ouvertement à nouveau, ça risque de prendre des proportions que vous regretterez. Et je n'ai pas le temps pour ça.

Je lui tendis le dossier que Lina avait préparé en un temps record.

Le verre glissa des mains de Trip.

Je le rattrapai avant qu'il ne touche le sol et le plaçai sur mon bureau avec un *clink*.

— Je vois que j'ai votre attention.

— Comment… pourquoi ?

L'assurance le quittait.

— Vous me connaissez, n'est-ce pas, Trip ? Vous comprenez combien je porte d'intérêt à protéger mes clients tout en les guidant vers l'Histoire. Vous étiez vraiment assez stupide pour penser que je vous croirais sur parole ? Je protège mes investissements... même si je dois les protéger d'eux-mêmes.

— J'ai une femme et des filles...

— Vous auriez dû penser à elles avant d'engager deux prostituées en moins de vingt-quatre heures.

Il tremblait désormais.

— Je vous avais prévenu de ce qui vous arriverait si vous deviez me contrarier, lui rappelai-je.

— Ce n'est pas ce que vous pensez, se défendit-il.

— La fille que vous avez engagée ce matin ? Elle a fêté ses dix-huit ans la semaine dernière. Votre fille aînée a quoi ? Seize ans ?

— C'est une maladie... Je suis accro au sexe, je vais me faire aider, décida Trip. On garde ça pour nous, je vais me faire traiter et tout ira bien...

Je secouai la tête.

— Je vois que vous ne comprenez pas. Vous êtes terminé. Vous ne pouvez plus vous montrer en public, parce qu'on vous mangera tout cru. Surtout après avoir perdu le vote des vétérans pendant que vous vous faisiez sucer la bite.

De la sueur perlait sur son front.

— Vous avez tout perdu parce que vous ne pouvez pas la garder dans votre pantalon. Votre carrière, votre avenir. Votre famille. Votre femme vous quittera, vos filles sont assez âgées pour entendre tous les détails salaces de la vie extraconjugale de leur papa. Elles ne vous regarderont plus jamais de la même façon.

Je fis un signe de la tête vers le dossier ouvert sur ses genoux.

— J'ai déjà écrit une note pour la presse expliquant que j'ai été contraint de rompre mes liens avec vous après avoir appris vos prouesses.

Il ferma les yeux et je dus détourner la tête quand ses lèvres se mirent à trembler.

— S'il vous plaît, ne faites pas ça ! Je vais tout arranger, supplia-t-il.

Il s'ajoutait à la longue liste des faibles imbéciles qui feraient tout pour tirer un coup.

— Je vous laisse le choix. Vous démissionnez du congrès immédiatement. Vous rentrez chez vous et vous dites à votre femme et à vos filles que vous avez eu une révélation et que vous avez décidé de passer plus de temps avec elles. Vous ne voulez plus être aussi pris par votre travail. Vous suivrez une thérapie. Ou pas. Vous sauverez votre mariage ou pas. Mais ce que vous ne referez plus jamais, c'est tromper votre femme. Parce que si vous le faites, je lui transmettrai des copies de ces photos ainsi qu'à vos parents, votre église et tous les médias entre ici et Atlanta.

Trip enfouit sa tête dans ses mains et lâcha une plainte.

Je regrettai presque qu'il ne se soit pas battu davantage.

— Sortez. Rentrez chez vous et ne me donnez pas de raisons de partager ces informations.

— Je peux devenir meilleur… Je peux devenir meilleur, dit-il en se levant de sa chaise comme une marionnette au bout de ses fils.

— J'en ai rien à foutre, répliquai-je en le guidant vers la porte.

Il était faible. Personne ne peut rien construire sur la faiblesse.

J'ouvris la porte et Trip la franchit, tête baissée.

— Je conduisais justement madame Chandra dans votre bureau, annonça Petula.

Trip leva les yeux, la défaite l'accablant manifestement.

— Comme le monde est petit, Trip, lança Sheila Chandra avec l'accent de la Géorgie.

Elle regarda tour à tour mon ex-client et moi.

— Sheila va se présenter au siège que vous laissez vacant, Trip, expliquai-je. Je suis content que nous puissions compter sur votre soutien.

Trip m'adressa un regard cerclé de rouge et prit congé sans rien dire.

Sheila se tourna vers moi, les sourcils levés.

— Je pense qu'il me faut une explication… et un verre.

* * *

Un coup à ma porte m'arracha à ma boîte mail éternellement pleine. Je levai la tête et vis Lina de l'autre côté de la porte en verre. Il était dix-huit heures. La ville éclairait le ciel de la nuit. La plupart de mes employés avaient bouclé leur journée, mais j'avais encore des heures à rattraper à cause de mon séjour à Knockemout.

Je lui fis signe d'entrer.

— C'est fait ? demandai-je en envoyant une réponse et en ouvrant le message suivant.

— Oui.

— Parfait. Sors. Je suis occupé.

Ignorant mon ordre, elle s'assit sur une des chaises en face de moi.

— Comment ça s'est passé avec Chandra ?

Je retirai mes lunettes de lecture, me soumettant à une conversation dont je me serais volontiers passé.

— Bien.

Elle m'avait accusé de manipulations machiavéliques, ce que j'avais pris pour un compliment. Ensuite, elle avait réfléchi à ma proposition de prendre le siège de Trip avant de viser des postes plus haut placés. Le fait qu'elle n'avait pas directement sauté sur mon offre me confirma que j'avais pris la bonne décision.

Elle ferait de bons résultats auprès des électeurs plus jeunes, elle ferait plus pour eux et ne gâcherait pas ses chances comme son prédécesseur.

Elle comprendrait que ce que je lui offrais était une chance d'enfin réaliser le travail qu'elle envisageait.

— C'est quoi ton but ?

— C'est une question terriblement personnelle pour quelqu'un qui ne travaille pas officiellement pour moi.

— Sérieusement, en une journée tu as forcé un de tes clients à démissionner du siège que tu lui avais fait gagner et tu lui as fait croiser sa remplaçante. La honte en somme. Et ensuite tu m'as fait livrer une enveloppe de dollars à une prostituée qui a l'air à peine assez âgée pour voter et tu as fait ouvrir une maison protégée à Georgetown.

— C'est quoi la question ?

— J'ai cherché l'adresse, lança-t-elle en s'interrompant pour admirer sa bague de fiançailles.

Évidemment.

— Où est-ce que tu veux en venir ?

— J'ai dû pas mal creuser. Mais il s'avère que cette grande maison magnifique en brique dans le joli quartier calme est un refuge pour victimes de violence domestique et de trafic d'êtres humains. Il s'avère aussi que son propriétaire est Yoshino

Holdings, une filiale d'une filiale d'une filiale de ton groupe de consulting.

C'était presque agaçant de voir combien elle était douée pour son travail.

— Je ne vois toujours pas où tu veux en venir.

— Je n'arrive pas à savoir si tu es un méchant ou un gentil.

— Quelle importance ?

Elle me regarda droit dans les yeux.

— C'est important pour tous les deux. Est-ce que tu fais des coups de force juste pour rappeler aux gens que tu es grand, fort et redoutable ? Ou est-ce que tu bouges les pièces sur l'échiquier du monde pour le bien de l'humanité ?

— J'ai essayé de t'engager pour ton intelligence. Et si tu t'en servais pour me dire ce que tu penses ?

Elle se pencha en avant, les coudes sur les genoux.

— Je pense que tu mets les gentils au pouvoir et pas simplement parce qu'ils te paient. Sheila Chandra est une directrice d'école. Elle n'a pas les poches assez larges pour payer tes honoraires. Tu n'as pas juste viré Trip, tu as brisé sa carrière et affiché ses mensonges. Mais c'est pas juste ça. Je pense que tu n'aimes pas les méchants aux postes de pouvoir. Ce qui va contre la réputation que tu t'es construite de démon terrifiant et impitoyable.

J'ouvris les mains.

— Qu'est-ce que je peux dire ? Je suis quelqu'un de compliqué. Tu devrais rentrer retrouver Nash.

— Il travaille tard ce soir. Si je décide de travailler pour toi, je dois comprendre ce que tu veux de tout ça. Tu veux mettre un président des États-Unis dans ta poche ?

— C'est ce que tu penses ?

— En surface, c'est l'impression que tu donnes. Mais je me demande si tu n'as pas entrepris une quête solitaire pour faire de ce monde un monde meilleur.

— Ne va pas me prendre pour une sorte de héros.

— Oh, ne t'inquiète pas. Je n'oublie pas les sillons de vies détruites que tu laisses derrière toi.

Je croisai les bras.

— Je ne détruis que les vies qui méritent d'être détruites.

Du moins, je m'y efforçais.

— Mais tu tires beaucoup de plaisir à le faire.

— C'est vrai.

Lina pencha la tête et sourit.

— Je crois que j'aime bien ça chez toi.

— Je suis ravi de ton approbation.

Elle me décocha un autre long regard avant de hocher la tête.

— Très bien. Je prends le poste avec dix pour cent de plus que ce que tu m'as proposé, parce que Nash et moi on fait construire une maison et que je veux un placard de la taille d'un terrain de base-ball. Mais si tu commences à basculer vers le côté obscur de la force, je démissionne.

— D'accord. Dix pour cent. Pas de côté obscur. Je parlerai aux RH. Maintenant, pars d'ici pour que je puisse me concentrer sur les autres vies que je veux détruire.

— Il y a autre chose.

— Quoi ? demandai-je, exaspéré.

— Je veux faire partie de l'enquête secrète sur Hugo.

— Quelle enquête secrète ?

— Celle dont je suis censée ne rien savoir. À cause d'Hugo, j'ai failli perdre Nash et il a failli me perdre. Je le veux dans une cellule ou un cercueil. Je ne suis pas difficile. Mais je veux aider à le coincer.

— Ça marche. Maintenant, laisse-moi.

— Une dernière question. Pourquoi t'es tellement chiant avec Sloane ?

— Pars.

— Et pourquoi elle est tellement chiante avec toi ? demanda-t-elle, la tête penchée.

— Au revoir Lina.

— Si l'un de vous deux ne me le dit pas, je vais creuser.

— Et moi, je retirerai ma proposition et je te renverrai.

Elle se leva et m'adressa un sourire radieux.

— Ça va être amusant de travailler avec toi.

— Comment va Nash ? demandai-je, alors qu'elle se dirigeait vers la porte.

Lina se tourna, les sourcils froncés.

— Tu devrais pas plutôt le lui demander à lui ?

— Je te le demande à toi.

Nash avait traversé une sale période après s'être fait tirer dessus et Lina l'avait aidé à s'en sortir.

Son expression se radoucit comme c'était toujours le cas quand elle parlait de son fiancé. Je doutais qu'elle en fût consciente et je doutais encore plus qu'elle aurait aimé que je le lui fasse remarquer.

— Il va bien. Son épaule est presque complètement remise et il n'a plus eu de crise d'angoisse depuis l'automne.

— Bien.

— En parlant de Nash, j'aurais besoin de commencer ici à plein temps, mardi. Parce que lundi je vais acheter ma robe de mariée.

— Si tu cherches quelqu'un pour te plaindre, je ne suis pas ton homme.

— Ça me fait plaisir au contraire.

— Je m'en fiche.

— Même si c'est vrai que je ne fais pas trop dans les fanfreluches et ce genre de babioles, Naomi et Sloane ont pris leur journée pour m'accompagner et me regarder défiler comme Barbie à son mariage.

Sloane. Mon cœur s'emballa.

Malgré mes efforts, mon cerveau comptabilisait chaque fois que son nom était prononcé dans une conversation.

Sloane serait dans ma ville.

— Amène-les au bureau, proposai-je.

Lina me décocha un regard perplexe.

— Pourquoi ?

— Ce sont tes amies. Je suis sûre qu'elles seront heureuses de voir où tu travailles officiellement depuis deux minutes.

Elle plissa les yeux et posa des doigts manucurés sur sa mâchoire.

— Hum. J'ai surtout l'impression que tu veux faire entrer Sloane dans ton sanctuaire privé.

— Tu m'agaces. Rentre chez toi avant que je te licencie.

— Sois plus gentil avec elle.

— Sinon quoi ?

— Sinon je te ferai vivre un enfer ici, tout en accomplissant parfaitement mon travail. Et je suis vraiment très douée pour ça.

* * *

Emry : Est-ce que les deux billets pour la symphonie que tu m'as envoyés sont une façon de m'inviter à sortir avec toi ?

Moi : Tu leur fais traverser la rue, tu frappes à sa porte, et c'est elle que tu invites ! Mais change ta chemise d'abord. Tu postules pour « petit ami » pas pour « papi câlin ».

Emry : Quel mal y a-t-il à aimer câliner ?

– 8 –

Urticaire de robes de mariée

Sloane

Pour la première fois depuis la mort mon père, j'étais debout, douchée, habillée et prête avant l'heure. C'était le premier jour de mon grand retour. Maman avait raison, je ne pouvais pas m'apitoyer sur mon sort pour toujours. Je n'étais pas douée pour ça de toute façon. Alors aujourd'hui, je mettrais un peu de rouge à lèvres, j'afficherais un grand sourire et j'irais faire du shopping pour acheter une robe de mariée à mon amie. Et demain, je reprendrais le travail.

J'emportai mon assiette de petit déjeuner à l'évier et grimaçai en le trouvant déjà rempli de vaisselle sale. Un voile funeste se posa lourdement sur mes épaules.

Il fallait de l'énergie pour ça, et j'avais déjà dépensé toute la mienne en me faisant une queue-de-cheval.

Il me restait trente minutes avant de devoir partir. J'avais le temps, mais avais-je vraiment la force pour remplir le lave-vaisselle ? Je regardai à l'intérieur et grognai. Il était déjà plein et à en juger par l'odeur, les assiettes qui s'y trouvaient n'étaient pas propres.

Pestant contre moi-même, je m'emparai du détergent dans le placard. La bouteille était vide.

Agacée, je la jetai dans l'évier. Le bruit des assiettes et des verres qui se percutaient fit venir la chatte au galop.

— Tu sais, tu pourrais m'aider dans la maison. Je t'entretiens gratuitement après tout.

Miaou Miaou siffla et me contourna, méprisante.

Je regardai la pendule couteau et fourchette sur le mur à côté de la peinture de nature morte.

Si je partais maintenant, je pourrais m'arrêter dans un de ces cafés de Washington où les aficionados du café commençaient leur journée, et m'offrir une boisson hautement calorique et superflue.

Ou je pouvais rayer une des entrées dans la liste de choses à faire.

Je poussai un soupir et dégageai mon visage des cheveux qui s'échappaient de ma queue-de-cheval. Il y en avait une dont je pouvais me débarrasser tout de suite : mon profil pour mon site de rencontre. Si je le remplissais maintenant, je n'aurais pas à mentir à Lina et Naomi plus tard.

Je quittai le chaos de la cuisine et passai dans la salle à manger avec son papier peint couleur mûre et ses meubles mastoc. Là, je m'écroulai sur le fauteuil entre la fenêtre en vitrail et le buffet sur-mesure qui comportait plus de bouteilles d'alcool que de services en porcelaine.

Miaou Miaou s'élança sur la table, s'étendant de tout son long sur la nappe.

Les poils de chat ne manquaient pas dans la maison. Le soleil du matin projeta ses rayons accusateurs sur la poussière qui recouvrait les meubles. J'inspirai profondément. Mon état de tristesse n'avait aidé ni ma maison ni moi-même.

— J'ai mis du mascara et des vêtements propres ce matin. C'est un début. Ce soir je passerai l'aspirateur, dis-je à la chatte en ouvrant l'appli que Stef m'avait forcée à télécharger.

— Beurk, ça s'appelle Sexy Célib.

Les photos des sexy célib me redonnèrent la pêche.

— Tu sais, ça fait un moment que je n'ai plus couché avec un homme. Peut-être que je rencontrerai mon mari idéal tout de suite, et ensuite, je prendrai mon pied direct.

Coucher, que ce soit dans une relation stable ou un coup d'un soir, m'avait toujours requinquée. Comme une journée dans un spa, mais complètement nu.

Miaou Miaou ne semblait pas impressionnée. Elle continuait à se lécher les pattes avant avec sa langue rose.

Je me concentrai sur l'écran. Nom d'utilisateur.

Pas besoin d'être trop créative à ce stade. Après tout, quand j'entrais dans un bar, j'avais cent pour cent de chances de ressortir avec un gars. Il ne devait pas être si difficile de trouver quelqu'un de convenable sur une appli de rencontre.

Je regardai autour de moi, en quête d'inspiration. Livres, alcool, poussière, chat.

Mes pouces s'agitèrent sur les touches.

— Incroyable, lâchai-je. BibliotécaireBinoclarde n'est pas pris.

Miaou Miaou m'adressa un regard mécontent et bâilla à pleines dents.

Ce qui vous plaît ?

— Les chats bougons, les livres, les pantalons confortables, grommelai-je en tapant.

Ce que vous cherchez ? Les options standard n'étaient pas précises. Il y a plein de possibilités entre la camaraderie et le mariage. Je décidai de taper « autre » et de trouver ma meilleure approximation.

— OK. Maintenant il nous faut quelques photos et c'est bon.

Je parcourus ma galerie et sélectionnai quelques selfies sympas.

— Boum ! C'est fait, annonçai-je en parlant dans mon téléphone comme si c'était un micro.

Ça ne m'avait pris que quatre minutes. Je commençai à m'impressionner avec ce grand retour à la vie active.

Je cherchai autour de moi ce que je pouvais encore barrer dans ma liste et me souvins que j'avais promis à maman de rassembler les dossiers de papa. Comme je voyais Lina aujourd'hui, je pourrais les lui donner plutôt que de rendre visite à Satan en costume.

Je sortis de la salle à manger, traversai le salon – bon sang, il fallait vraiment que je passe l'aspirateur – et entrai dans le bureau. Sur le meuble derrière la table de travail je vis plusieurs stylos, des crayons cassés, de la monnaie et des élastiques.

Dans le deuxième tiroir du bureau, derrière des piles de carnets, je trouvai les friandises de papa. Diagnostiqué avec le diabète quelques années avant son premier cancer, il en avait largement réduit sa consommation à un par jour.

Je glissai un KitKat périmé dans ma poche et ouvris le tiroir du bas.

Il avait des dossiers suspendus. Beaucoup étaient vides, même si les étiquettes étaient toujours là. *Impôts fonciers. Idées cadeaux. Dessins d'enfants. Recettes.*

Je les parcourus, souriant aux pages de catalogues pour les idées de cadeaux et la pile des dessins qu'il avait conservés en tant que père, oncle, grand père et voisin préféré.

Au fond du tiroir, je trouvai des dossiers plus épais. Je les sortis pour les empiler sur le bureau alors que Miaou Miaou entrait dans la pièce. Elle sauta sur le bureau et plaça les pattes avant sur la pile de dossiers.

— Excuse-moi, tu permets ?

Miaou Miaou me regarda et s'assit lentement sur la paperasse.

Je la caressai entre les oreilles et partis chercher mon manteau et mon sac dans l'entrée.

Quand je refermai la porte du placard, j'entendis un boum et des griffes gratter le sol à ma poursuite. Arrivée dans le couloir, la chatte repartit dans le sens inverse vers l'escalier.

De retour dans le bureau, je découvris que ma jolie pile était entièrement éparpillée.

— Elle est cinglée, cette chatte, grommelai-je.

Je me baissai pour ramasser le désastre. Monsieur je veux aider pourra les remettre dans l'ordre, décidai-je.

Une série de coupures de journaux attira mon regard.

Upshaw condamnée à vingt ans de prison pour détention de drogue.

Une sentence pour l'exemple.

L'avocat de la famille considère la peine trop lourde.

Je parcourus les gros titres, mais c'est la photo d'un jeune homme dévasté quittant le tribunal qui attira mon attention. L'image était mauvaise et abîmée par les pattes de la chatte, mais je le reconnus tout de même. C'était le protégé de mon père, Allen, l'étudiant en droit.

* * *

Après un temps infini à souffrir dans la circulation de Virginie du Nord, je sortis de ma Jeep avec mon portable entre mon oreille et mon épaule.

— Oui, hello, Maeve. J'ai une question pour toi. C'est au sujet de papa. Rappelle-moi quand tu pourras, dis-je sur le répondeur de ma sœur avant de raccrocher.

Si papa s'était intéressé à l'affaire de la mère d'Allen, il en avait probablement discuté avec ma sœur.

Je pris mon sac dans la voiture.

J'avais cinq minutes de retard, ce qui m'irrita. Mais je combattis mon agacement, redressai les épaules et me mis en mode demoiselle d'honneur, un grand sourire aux lèvres.

Je payai le parking sur mon application et partis vers le magasin de robes de mariée. Plutôt qu'une clochette, ce fut une musique de harpe qui annonça mon arrivée. Je trouvai Naomi, Lina et Stef assis sur une banquette en velours rose, une flûte de champagne à la main, entouré d'une explosion de jupons, de dentelles et de tous les tons de blanc identifiables par l'œil humain.

Naomi avait l'air de s'amuser comme une petite folle.

Lina semblait sur le point de vomir.

— Et que dirait notre mariée d'une robe pour la cérémonie et d'une autre pour la réception ? demanda un chauve avec des mocassins en velours bleu et des lunettes assorties.

Lina s'étouffa avec son champagne.

— Une robe, ça suffit largement.

Et ses yeux se posèrent sur moi.

— Oh ! Sloane est arrivée ! Je vais la saluer.

Elle traversa la boutique à ma rencontre.

— Au secours ! Je suffoque dans le taffetas ! dit-elle en m'attirant dans un câlin totalement inattendu.

— Tu dois être terrifiée pour te jeter dans mes bras comme ça.

— Je t'embrasse sur place si tu m'aides à choisir une robe dans les dix prochaines minutes et qu'on sort d'ici. Je crois que je fais de l'urticaire.

— Je croyais que tu aimais la mode...

— J'aime les vêtements que je porte tous les jours. J'aime les talons hauts, les tailleurs de grands couturiers et les vêtements de sport clinquants. Mais faut croire que les magasins de robes de mariée, c'est pas pour moi. Ça me rappelle que...

Elle regarda par-dessus son épaule.

— Ça me rappelle que je vais me marier.

Avant l'apparition de Nash Morgan le beau policier blessé, Lina était plutôt du genre « je les utilise et je les jette », que « je me fiance et on s'installe dans notre maison ». Elle n'était pas encore très à l'aise avec son statut de future épouse.

Je la pris par les épaules.

— Tu as envie d'épouser Nash, n'est-ce pas ?

Elle leva les yeux au ciel.

— Bien sûr que j'en ai envie. Mais pas habillée en princesse vierge !

— Lina, qu'est-ce que tu penses d'un voile ? appela Naomi depuis le canapé où Stef en examinait un serti de perles.

— Oh putain ! siffla Lina. Soit je ne vais pas survivre à ça, soit je vais choisir une robe que je déteste juste pour me débarrasser de cette corvée.

— Oh là là, murmurai-je alors qu'elle me guidait vers nos amis.

* * *

Ahmad, l'employé du magasin de robes de mariée avec ses super mocassins et un accent du Sud à couper au couteau accompagna Lina vers le salon d'essayage, tandis que cinq vendeurs taciturnes paradaient avec chacun une robe princière.

Naomi se redressa sur la banquette et prit une gorgée de champagne.

— Pourquoi tu as l'air si heureuse ? Elle va toutes les détester, dis-je en acceptant la flûte que me tendait Stef.

— Je sais, lança Naomi joyeusement.

— Witty a un plan, me confia Stef.

— Quel plan ?

— Le genre de plan qui fera que notre amie finira avec la robe de ses rêves, déclara Naomi.

— Tu es soit trop sûre de toi, soit diabolique. Je suis impatiente de voir ce que tu lui as choisi.

— Alors, tu t'es trouvé un papa potentiel ? demanda Stef.

— Figure-toi que j'ai créé mon profil. Donne-moi un jour ou deux pour trouver le candidat idéal. Tu as parlé à Jeremiah d'emménager ensemble ?

Naomi cacha son sourire derrière une petite toux.

Stef lui adressa un regard mauvais par-dessus le bord de son verre.

— Allez, vas-y, le pressa Naomi. Dis-lui ta dernière excuse.

— Ce n'est pas une excuse. L'espace de rangement, c'est important, et lui, n'en a clairement pas assez. Ça ne marcherait pas. Ma garde-robe et moi, on a beaucoup traversé ensemble. Elle mérite une jolie maison spacieuse, pas quelques tiroirs à côté des pièces détachées de motos qu'il éparpille dans son salon, expliqua Stef avec un frisson.

— Tu as raison, acquiesçai-je. L'espace de rangement est plus important que le fait d'être amoureux et de vouloir partager sa vie avec quelqu'un. Je suis sûre que tu fais des câlins de folie à tes chaussures léopard la nuit. C'est sûrement aussi bien qu'avec Jeremiah, tu dois pas voir la différence.

Naomi souriait.

— Tu vois ? Je t'avais dit.

Stef renifla.

— Acheter une robe de mariée vous rend méchantes.

— Voici notre belle mariée ! annonça Ahmad.

— Le défilé commence.

J'appuyai sur le bouton d'appel vidéo du téléphone de Lina et sa mère apparut immédiatement à l'écran.

— C'est parti ! lui dis-je.

Bonnie Solavita était assise derrière un grand bureau et tenait un mimosa.

— Je suis prête.

Lina sortit de la cabine avec une robe en ivoire si large qu'elle dut se tourner pour passer entre deux mannequins. Les fines bretelles luisaient de strass. Le corset était fermé avec un ruban en satin rose. Il y avait tant de couches de tulle que je dus faire des efforts pour ne pas sortir une blague sur Scarlett O'Hara.

La mariée ne semblait pas d'humeur à plaisanter. Elle avait l'air affreusement malheureuse.

— Oh, mon Dieu ! Cette robe a été faite pour toi ! déclara Naomi.

— Tu es… sensationnelle ! parvins-je à articuler.

— Je suis… sans voix, dit Stef avant de se tourner vers moi et de dessiner sur ses lèvres : C'est quoi ça ?

— Waouh ! Sacrée robe, mon cœur, commenta Bonnie à l'écran.

Ahmad posa son menton sur ses phalanges et étudia Lina pendant que ses vendeurs papillonnaient autour d'elle, faisant gonfler la jupe.

— Vous aimez ? demanda-t-il.

— Il n'y a pas de mots pour décrire combien je déteste cette robe, répondit Lina, les dents serrées.

— Retour dans la cabine ! lança Ahmad en frappant dans ses mains.

Lina ne se fit pas prier.

— Cette robe, c'était quelque chose, n'est-ce pas ? demanda Bonnie nerveusement.

Je tournai le téléphone pour la voir.

— Naomi dit qu'elle a un plan, expliquai-je.

— Quel plan ?

— Je ne sais pas. Elle ne veut pas me le dire.

Naomi se pencha sur Stef pour voir la mère de Lina.

— Ne vous inquiétez pas, Bonnie. On va s'assurer que Lina rentre à la maison avec la robe parfaite, c'est promis.

— C'était pas celle-là en tout cas, dit Bonnie en prenant une gorgée de son mimosa. On aurait dit une meule de foin blanche !

— La revoilà, annonça Stef en repoussant Naomi.

Le processus se répéta quatre fois avec chaque robe plus affreuse que la précédente.

— Tu es un peu rouge, ma chérie. Tu devrais peut-être faire une pause et respirer un peu, suggéra Bonnie.

— Je vais bien, maman, lança Lina qui n'avait pas l'air de se sentir bien du tout. Mon cœur va bien, j'ai juste une éruption cutanée de la tête aux pieds.

— C'est très fréquent pour les mariées, déclara Ahmad. Vous pourrez vous badigeonner de crème antihistaminique si vous portez un tissu qui irrite votre peau.

— Tu es magnifique, assura Naomi.

— Irritée, mais magnifique, confirmai-je.

— Vous savez quoi ? Je pense que j'en ai eu ma dose pour la journée, lança Lina, défaisant déjà la ceinture en cristal qu'un des vendeurs lui avait nouée autour de la taille. Que quelqu'un me sorte de là avant que ma peau ne tombe !

— Oh bon sang. Elle va exploser, commenta Stef.

Alors que Lina gigotait sur place pendant qu'un vendeur commençait à défaire un des sept mille boutons dans son dos, Naomi donna une petite tape à Ahmad. Il se tourna vers l'arrière-boutique et fit une série de gestes élaborés.

Deux employées apparurent. Elles portaient un mannequin habillé d'une robe sans bretelles avec des motifs floraux noirs qui commençaient en bas du corset et se répandaient sur toute la jupe.

— Mettez ça dans la vitrine, mesdames, pria Ahmad.

Lina regarda dans le miroir et se figea.

— Qu'est-ce qu'elle a vu ? demanda Bonnie

Je tournai le téléphone pour qu'elle puisse voir la robe.

— Celle-là, déclara Lina.

— Ça ? Elle est arrivée ce matin. Personne ne l'a encore essayée, affirma Ahmad avec une timidité fausse.

— Elle est magnifique, confirma Bonnie.

— Je ne sais pas, lança Stef. Du noir à un mariage ?

— Je veux l'essayer, mais après ça, on s'en va, annonça Lina en quittant sa robe.

Elle partit dans la cabine en soutien-gorge sans bretelles et petite culotte.

Ahmad claqua des doigts et les deux femmes retirèrent rapidement la robe au mannequin.

— Oh là là, c'est la bonne, dis-je.

— Je sais, confirma Naomi.

— Elle est renversante.

— Je sais, répéta Naomi en souriant.

— Et tellement Lina, renchérit Bonnie.

— Exactement, dit Naomi en avançant jusqu'au bord du canapé, impatiente de voir son amie sortir de la cabine.

— Tu es diabolique, la félicitai-je.

— Je n'utilise mes pouvoirs que pour faire le bien.

— La revoilà, annonça Stef, aussi excité que la première fois.

Lina apparut telle une reine. J'ouvris la bouche d'émerveillement. Naomi s'éventait déjà le visage avec ses deux mains pour sécher les larmes qui venaient. Stef nous attrapa les genoux à Naomi et à moi.

Lina monta sur le piédestal, lâcha sa jupe et prit une pose royale.

— Mort. Je suis mort, affirma Ahmad en s'agrippant le torse théâtralement.

— Nash risque fort d'avoir une apoplexie quand il te verra.

Bonnie laissa échapper un sanglot dans le téléphone.

Lina tourna sur elle-même, la jupe flottant autour d'elle comme si clle était en vie.

— Maman ! Ne pleure pas, tu as une réunion dans vingt minutes.

— Je ne peux pas m'en empêcher. Elle est parfaite pour toi. Comme Nash. Je suis tellement heureuse !

Je me demandai l'espace d'un instant ce que cela devait faire de se tenir là dans sa robe de mariée sachant qu'on allait épouser l'homme de ses rêves. Connaîtrais-je un tel moment ? Et si oui, le bonheur de l'instant serait-il voilé par l'absence de mon père ?

Des larmes piquèrent mes yeux. Bon sang ! Pas maintenant ! Pas d'auto-apitoiement. Je faisais mon grand retour, Sloane, la super demoiselle d'honneur.

— C'est magnifique et c'est moi, concéda Lina. Quelles chaussures je vais porter ?

— Tes bottes Jimmy Choo à lacets, proposa Stef.

— Oooh, bonne idée. Confortable et royal ! renchéris-je.

— Mais carrément !

— Cette robe est faite pour vous ! décida Ahmad. Ce serait une infamie de la faire essayer à une autre.

Ses vendeurs hochèrent la tête, convaincus.

Lina se tourna pour admirer son reflet dans le miroir. Son regard croisa le mien.

— Qu'est-ce que t'en penses, Sloane ?

— Elle est tellement parfaite que je peux à peine te regarder.

— N'est-ce pas ?

Elle posa une main sur son cœur.

— Extrasystoles ventriculaires ? s'inquiéta Bonnie.

— Non maman, répondit Lina en levant les yeux au ciel. Je suis en train de tomber amoureuse de cette fichue robe.

Sur le canapé, on poussa tous des cris de victoire.

— Maintenant, les robes des demoiselles d'honneur, lança Lina.

* * *

— Je n'arrive pas à croire que j'ai trouvé une robe, lâcha Lina en repoussant son assiette avec un sourire radieux. Personne ne l'avait jamais essayée. C'est le destin ou je ne sais quel truc hyper romantique auquel vous croyez.

On était serrées sur la petite banquette d'un bistrot branché. Stef nous avait plantées sous prétexte d'une conférence en visio. Selon moi, il voulait plutôt éviter qu'on le harcèle sur sa relation avec Jeremiah.

J'étudiai Naomi qui rayonnait littéralement en discutant avec Lina des détails de sa nouvelle robe.

Une bonne amie appelait la boutique de mariage et précommandait la robe parfaite. Une excellente amie faisait croire que c'était le destin le vrai héros.

Mon téléphone vibra sur la table. Ma sœur.

— Salut Maeve, répondis-je, une main sur mon autre oreille tandis que je me levai.

— Hello, j'ai eu ton message, mais je suis coincée au tribunal. Qu'est-ce qui se passe ?

Je m'isolai derrière une grande plante dans un pot à côté de l'accueil.

— Papa t'a déjà parlé d'une Mary Louise Upshaw ?

— Papa m'a parlé de beaucoup de gens. Elle est de Knockemout ?

— Oui, du coin. Elle travaillait au bureau de poste. Je n'ai pas eu le temps de chercher, mais apparemment elle a été condamnée pour détention de drogue. Je pense que c'est la mère du protégé de papa, Allen, l'étudiant en droit.

— Ça me dit vaguement quelque chose. Mais ça remonte à quelques années déjà. Avant son cancer et leur déménagement.

Avant le début de la fin.

— Oui probablement, acquiesçai-je.

— Papa n'était pas son avocat, si ? demanda Maeve.

— Non, je pense qu'elle avait un avocat commis d'office. Elle a pris vingt ans. Première infraction, elle n'avait pas d'antécédent judiciaire.

— Pour possession de drogue ? C'est exagéré, même pour la Virginie.

— C'est ce que je me disais aussi. C'est à cause de l'affaire de sa mère qu'Allen a choisi les études de droit. Tu pourrais y jeter un œil ? Tu sais, dans le temps libre que tu n'as pas…

— OK. Je vais voir ce que je peux faire et je te rappelle.

— Pour te remercier, j'emmène Chloé à ses répétitions les deux prochains soirs, proposai-je.

— La meilleure tante du monde ! lança Maeve, une pointe d'affection dans la voix. Qu'est-ce que je ferai quand tu auras des enfants ?

— T'inquiète pas. Pour l'instant c'est juste Miaou Miaou et moi. Je dois y aller, je suis avec Naomi et Lina, je passe chercher Chloé ce soir. Je t'aime.

— Je t'aime. Au revoir.

Je raccrochai.

— Elle appelait pour quoi ? demanda Lina quand je vins me rasseoir.

— Des papiers que j'ai trouvés dans le bureau de mon père. Ma mère veut que je les donne à Lucian.

Les sourcils de Naomi se soulevèrent de surprise.

— Ta mère n'est pas au courant de votre animosité mutuelle ?

— Oh si, bien sûr. Je pense qu'elle veut qu'on trouve un moyen de s'entendre, mais on n'arrive pas à être dans une même pièce sans s'insulter, alors j'ai décidé de les refiler à Lina puisqu'elle a plus d'occasions de voir Lucifer.

— En parlant de monsieur Costume… enchaîna Lina en passant un doigt sur le bord de son verre de scotch. J'ai officiellement accepté sa proposition d'embauche avec une augmentation de salaire et quelques conditions.

— C'est une excellente nouvelle ! se réjouit Naomi.

— Félicitations ? dis-je, malgré moi sur un ton interrogatif.

Lina rit.

— Merci. Je suis enchantée. J'ai enfin l'occasion de me salir les mains.

— Quelles conditions tu as réussi à négocier ?

— Il doit être plus gentil avec toi.

— Oh mon Dieu. C'est moi que tu as négociée dans ton contrat de travail ?

Je ne voulais pas que Lucian pense que j'avais besoin de quelqu'un pour me défendre.

— C'était plus un commentaire en passant qu'une exigence, reprit-elle. Étonnamment, quand il a su que vous seriez toutes les deux en ville aujourd'hui, il a proposé que je vous fasse visiter le bureau.

Naomi se tourna vers moi, au comble du bonheur.

— Quoi ? demandai-je sur la défensive.

— Il a découvert que tu serais en ville et a proposé que vous veniez voir son bureau. Tu penses pas que c'est exactement le contraire de ce qu'un homme ferait avec sa pire ennemie ?

— Pire ennemie est un peu exagéré, protestai-je en repensant au burrito et au spa de ma mère. Et il nous a invitées toutes les deux, pas seulement moi.

— Je sais pas… J'ai le sentiment que c'est toi qu'il voulait voir chez lui surtout, insista Lina.

— C'est faux. Peut-être qu'il faisait juste semblant d'être humain devant sa nouvelle employée. Ou peut-être qu'il en pince pour Naomi comme tous les hommes avec un pénis et un demi-cerveau.

Naomi jeta ses cheveux par-dessus son épaule et grimaça comme une top model.

— C'est vrai. Six mecs sont tombés dans une bouche d'égout depuis ce matin.

Je ris.

Lina leva les mains au ciel.

— OK, très bien. Je vous dis tout. Il n'est pas supposé être au bureau cet après-midi, alors il vous a peut-être justement invitées parce qu'il savait qu'il n'aurait pas à se disputer avec toi.

Je n'allais pas reconnaître la pointe de déception que cette révélation provoqua.

Naomi, en revanche, ne cacha pas ses regrets.

— Mais sérieusement, t'es pas un peu curieuse ? demanda Lina.

— Non, mentis-je.

— Moi, j'ai toujours voulu voir où il travaillait. Est-ce qu'il a vraiment un trône fait des os de ses ennemis ? interrogea Naomi.

— J'allais te donner les dossiers que je voulais que tu lui remettes la prochaine fois que tu serais au bureau, dis-je à Lina.

— Oui, mais tu veux pas savoir ce qui se cache derrière le riche mec insupportable ? Je dois vous dire, c'est carrément impressionnant. Tu pourrais déposer les dossiers sur son bureau hors de prix et tu pourras dire à ta mère que tu voulais les lui donner en mains propres. On pourrait peut-être même utiliser sa machine à expresso.

Naomi frappa dans ses mains.

— Ooooh ! Expresso ! S'il te plaît, s'il te plaît, s'il te plaît, Sloane.

Ce n'était pas malin de ma part, mais une partie de moi voulait vraiment voir d'où Lucian Rollins dirigeait son empire démoniaque.

Et plus je restais à Washington, plus j'avais de chance qu'un gars sexy me découvre sur le site de rencontre. Je pouvais accumuler dans la même journée, robe, visite du bureau et plan cul.

— OK, allons visiter ton nouveau bureau. Puisqu'on est là de toute façon.

Naomi et Lina échangèrent un regard triomphant.

— Arrêtez de faire ces têtes ou je change d'avis !

– 9 –

Mamours avec le diable

Sloane

Les bureaux de Rollins Consulting occupaient le quatorzième étage d'un immeuble de luxe avec une vue imprenable. Tout, depuis le sol en marbre, jusqu'à l'accueil, en passant par les murs en bois sombre, respirait l'argent et le pouvoir.

Des peintures décoraient les couloirs ainsi que des plantes dans des pots dorés.

— J'ai besoin de voir une pièce d'identité, demanda la dame à la réception.

Elle devait avoir dans les cinquante, soixante ans et avait la posture d'une ancienne militaire. Elle nous scruta, Naomi et moi, comme si on allait voler un tableau ou se remplir les poches de capsules d'expresso. Sa plaque indiquait qu'elle s'appelait Petula.

Je la trouvais à la fois terrifiante et fascinante.

— Ce sont des amies à moi et aussi des amies de Lucian, expliqua Lina.

Bon sang, sacré mensonge !

Petula ne sembla pas impressionnée.

— Juste parce que ce sont des amies maintenant, ça ne veut pas dire qu'elles ne deviendront pas des ennemies plus tard, déclara-t-elle. J'accepte les permis de conduire, les identifiants militaires ou les passeports.

Naomi se dépêcha de fouiller dans son sac, comme si c'était une course contre la montre.

Je sortis mon permis de conduire et le tendis au moment où l'ex-marshal Nolan Graham entra dans le hall.

— Blondie !

— Nolan !

Il avait bonne mine. Il avait l'air en forme et heureux. Ça me rendit heureuse moi aussi.

J'ouvris mes bras et il me souleva dans les airs. On était sortis ensemble. Un peu. Juste assez longtemps pour un délicieux baiser, mais ensuite sa blessure par balle héroïque lui avait fait changer de carrière et de vie privée.

Lucian, pour des raisons qui m'étaient parfaitement inconnues, lui avait offert un poste, grâce auquel il avait pu reconquérir son ex-femme, Callie.

Je n'avais peut-être pas de petit ami marshal après tout ça, mais au moins j'avais gagné un ami.

— Comment tu cicatrises ? demandai-je, la fin de ma question partant dans les aigus quand il me serra contre lui une dernière fois avant de me poser au sol.

Il n'eut pas le temps de me répondre, interrompu par les raclements de gorge de Lina, Naomi et même Petula, aussi éberluées que le premier rang aux concerts de Taylor Swift.

— Ah, salut patron, lança-t-il en me relâchant.

Merde.

Un courant d'air brûlant me traversa le dos de la tête aux pieds. Il commandait les pouvoirs de l'enfer ou quoi ?

— Alors, comment tu vas ? demandai-je de nouveau à Nolan, déterminée à ne pas affronter la menace derrière moi.

— Parfaitement bien.

— Ne l'écoute pas. Pas plus tard que vendredi, ce gros bébé se lamentait que le froid réveillait sa douleur, intervint Lina.

— Je suis un héros. Les héros ont le droit de se lamenter, insista Nolan avec un petit rictus.

— Comment va la future mariée ? J'ai entendu dire que tu allais replonger, commentai-je, en ignorant que mon dos était en feu.

Nolan afficha un sourire radieux.

— Elle va super bien. On va super bien. On part à Sainte-Croix dans quelques semaines pour officialiser… une nouvelle fois.

Sa joie était évidente.

Je lui serrai le bras.

— Félicitations ! Je suis tellement heureuse pour vous deux.

J'étais sincère. Même si tout le monde autour de moi tombait amoureux et fondait une famille, et mon statut de célibataire me sautait aux yeux.

— Mesdames.

La voix rauque de Lucian vibra dans ma colonne vertébrale.

Je me tournai et goûtai la chaleur de Lucifer en personne. Impossible de ne pas le remarquer. C'était comme admirer un chef-d'œuvre vivant.

Lucian était renversant dans son costume noir de luxe, sa chemise impeccable et sa cravate rayée gris et bleu. J'avais envie d'attraper cette cravate et de tirer dessus jusqu'à briser sa façade. Ses cheveux épais et sombres étaient peignés de façon si parfaite qu'ils semblaient réclamer qu'on les ébouriffe. Il était trop parfait. Trop faux.

Il m'inspecta comme il le faisait toujours, et pour une fois, je me demandai ce qu'il voyait. Contrairement à lui, mon style laissait à désirer : je portais un pantalon cargo vert treillis et un col roulé violet. Mes cheveux étaient attachés en une queue-de-cheval haute et mes lèvres étaient rouge sang.

Était-ce mon imagination, ou est-ce que ses yeux s'étaient attardés un peu trop longtemps sur ma bouche ?

Pourquoi me sentais-je tellement en vie quand nos regards se croisaient ?

Est-ce que quelqu'un allait parler, ou est-ce qu'on allait se regarder avec des flammes dans les yeux toute la journée ?

— J'espère que notre visite ne te dérange pas, lança Naomi, mettant fin à notre joute silencieuse avec sa politesse légendaire.

Je me détournai quand elle le serra dans ses bras. Petula, je le remarquai, me fixait.

— Lina nous a appris la bonne nouvelle, alors elle voulait nous montrer où elle allait officiellement travailler, continua Naomi comme si c'était à elle de détendre l'atmosphère à chaque fois que Lucian et moi nous retrouvions dans la même pièce.

Lina plissa les yeux.

— Je pensais que tu n'étais pas là cet après-midi, lança-t-elle à son nouveau patron.

— En effet, confirma Lucian. Mon emploi du temps a été modifié à la dernière minute.

Ses magnifiques yeux revinrent vers moi.

Il devait avoir prévu un système d'alarme spécialement pour moi, au cas où j'entrerais dans son bâtiment. Il était revenu au galop dans son bureau… Mais pourquoi ? Pour s'assurer que je ne mettrais pas le feu à ses locaux ?

— Vous devez me prévenir au moindre changement de planning, le gronda Petula.

Je souris, amusée de voir le puissant chef d'entreprise se faire remonter les bretelles par une assistante.

— J'essaierai de m'en souvenir à l'avenir, Petula, dit-il sèchement.

Lucian me regardait toujours, et je ne pus rien faire d'autre que de le regarder en retour.

Lina claqua des doigts et pencha la tête.

— Dooonc…

Le malaise s'installait de nouveau.

— Tu as trouvé une robe ? demanda Nolan.

Lina faillit se tordre le coude en cherchant son téléphone.

— Oui ! Et des robes pour mes demoiselles d'honneur. Qu'est-ce que porte Callie pour votre cérémonie sur la plage ?

Nolan sortit à son tour son portable, et les deux se plongèrent dans les robes de mariée.

— Vous me faites regretter de vous avoir embauchés tous les deux, lâcha Lucian, exaspéré.

Lina regarda Nolan.

— Je pense qu'il se sent exclu.

— T'as raison, confirma Nolan.

Ils entourèrent leur bougon de patron et firent défiler les photos de robes, expliquant chacune d'elles en détail.

— Vous êtes virés, dit-il en fuyant la mêlée. Bonne visite, lança-t-il à Naomi, avant de partir vers les portes vitrées sans me gratifier d'un autre regard.

— C'était marrant, déclara Lina, amusée.

— Vos amies sont autorisées à visiter les lieux, affirma Petula en nous rendant nos cartes d'identité.

Elle avait l'air déçue de ne pas pouvoir nous rembarrer.

— Elle vient de mener une enquête sur nous ? demandai-je tout bas à Nolan.

— Oui. Et elle a évalué votre mérite.

— Waouh !

— Profitez de votre visite. Je dois rencontrer une source anonyme à propos d'une mission top secret.

Je n'aurais su dire s'il plaisantait. Vu les affaires louches de Lucian, tout était possible.

— Ça m'a fait plaisir de te voir, Nolan.

— Moi aussi, Blondie. Donne des nouvelles, hein ?

Lina nous fit traverser les portes doubles avec un badge. J'ouvris grand les yeux.

J'avais passé des années à imaginer Lucian diriger son empire démoniaque du haut d'une tour aux murs en pierre plongée dans un brouillard sulfureux. Mais ce n'était pas ça du tout. Dans un open space, des box étaient occupés par des dizaines d'employés, tous manifestement heureux d'être là. Des personnes d'âges, couleurs de peau et codes vestimentaires variés se réunissaient autour de tables de salles de conférences derrière des murs en verre.

C'était une ambiance de travail sérieuse, mais pas chaotique. Certains riaient même.

— Waouh ! commenta Naomi.

— Où sont tous les instruments de torture ? demandai-je.

— Il les range dans un autre lieu, pour éviter les taches de sang sur le tapis, répliqua Lina, légère.

— Attends Lina, nous arrêta une rouquine qui semblait à la fois étourdie et heureuse en se plantant devant nous. Petula m'envoie vous demander si vous voulez un café, un thé ou un verre d'eau.

Elle avait les cheveux attachés en un *half-up* sophistiqué, des autocollants sur les ongles et portait sous son blazer à carreaux un tee-shirt Selena Gomez.

— Je vous présente Holly. Elle vient d'être embauchée, elle aussi.

Deux taches roses colorèrent les joues couvertes de taches de rousseur de la jeune femme et elle parut prête à éclater en sanglots ou à chanter.

— Ce boulot, c'est un rêve qui se réalise ! Monsieur Rollins m'a engagée pour un poste d'assistante administrative. C'est mon premier vrai emploi. Mes enfants sont si fiers de moi qu'ils me font mon déjeuner tous les matins et je dois attendre qu'ils soient à l'école avant d'y mettre autre chose que des crackers animaux et du fromage en ficelle, expliqua-t-elle avec un débit de paroles impressionnant.

— C'est adorable, s'attendrit Naomi.

— Félicitations, lançai-je, espérant que Lucian ne la réduirait pas en cendres en crachant son feu de dragon sur elle.

— Vous avez parlé de café ? demanda Naomi, pleine d'espoir. Parce que j'adorerais.

Ça ne devait pas faire plus de trente minutes qu'elle avait eu sa dernière tasse.

— Comment vous l'aimez ? interrogea Holly avec un sourire charmant.

— Très rempli, plaisanta Naomi.

— Je vous apporte ma spécialité alors. Et pour vous ? demanda Holly en se tournant vers moi.

— Rien pour moi, merci.

Avec ma chance, je renverserais un mug entier sur les dossiers de Lucian et il porterait plainte contre moi.

— Je vous rejoins où vous serez, promit-elle.

— Elle est adorable, dis-je.

— Oui, vraiment. Il y a deux semaines, ses deux enfants et elle étaient à la rue. Ils ont fui un foyer violent et se sont retrouvés dans un refuge. Il paraît que Lucian l'a embauchée immédiatement. Elle a commencé le lendemain et a emménagé dans un appartement la semaine dernière.

— C'est génial ! se réjouit Naomi, une main sur le cœur.

— Qu'est-ce qu'il faisait dans le refuge ?

— Apparemment, ton grand ennemi est un des principaux sponsors du programme, expliqua Lina.

— J'imagine que même les ogres peuvent se montrer généreux s'il est question de défiscalisation, grommelai-je.

Je n'aimais pas avoir des faits qui contredisaient ce que je pensais de Lucian. J'aimais l'avoir bien cerné. Pendant des années, il n'avait été à mes yeux que la caricature du méchant. Maintenant, je commençais à me demander quels autres signes d'humanité j'avais ratés derrière ses costumes et ses pommettes renversantes.

S'il y avait un cœur qui battait dans ce grand torse musclé, qu'est-ce que je devais comprendre du fait qu'il me détestait toujours ?

Lina continuait la visite, nous montrant la suite de salles de repos, de salles de conférences et de bureaux.

Le sien était un petit espace baigné de lumière avec une table de travail et un canapé. Elle avait une vue imprenable sur la ville. Je repérai une photo dans un cadre : Nash et elle en parachute.

— Alors, qu'est-ce que tu fais exactement ici ? interrogeai-je, en essayant le canapé.

— L'objectif premier de l'entreprise est de soutenir les candidats qui se présentent pour un poste, et ceux déjà en fonction.

— Donc tu fouilles dans le passé trouble de leurs rivaux, tu les fais chanter et si ça ne marche pas, tu les fais « disparaître » ? Tu caches les corps, ou tu es plus loin dans la chaîne ?

— Sloane, me gronda Naomi.

— Il y a tout un placard réservé aux cadavres dans le hall, plaisanta Lina en tournant sur sa chaise ergonomique.

— Tout le monde ici a l'air tellement heureux, commenta Naomi pour changer de sujet et trouver quelque chose de plus positif.

— Ce serait dur de ne pas l'être, répliqua Lina. Le salaire est plus que bon, les avantages généreux, et le patron est un magnifique spécimen de mâle que personne ne voudrait décevoir.

Je ris.

— J'imagine, si t'aimes le genre soufre et flammes de l'enfer.

Les deux femmes posèrent leurs yeux sur moi.

— Arrête, même toi tu dois bien reconnaître qu'il est incroyablement séduisant.

— Séduisant ? répéta Lina, ahurie. Cet homme est le résultat de l'accouplement des deux dieux les plus sexys de l'univers. Je ne suis pas convaincue qu'il soit mortel. Est-ce que quelqu'un l'a déjà vu dormir ?

Moi si.

Ses cils d'encre contre sa peau bronzée, sa respiration lente qui soulevait son torse… Mais même le sommeil n'effaçait pas la tension de sa mâchoire de marbre.

Je détestais avoir ces souvenirs dans ma tête. Ces souvenirs qui menaçaient d'éveiller trop d'émotions. La culpabilité, la peur, la fougue, la colère.

— Les vampires n'ont pas besoin de dormir, dis-je. C'est par où le petit coin ?

Les toilettes étaient à l'image du reste des bureaux : sobrement fabuleuses et ridiculement luxueuses. Sur les rebords des lavabos, on trouvait à disposition de la crème pour les mains, des lingettes pour les lunettes et une sélection bien rangée de produits de beauté.

Il y avait même un miroir pour se maquiller et des étagères dans une alcôve.

Je mouillai une serviette si douce qu'elle devait être en cachemire et me la passai sur les joues.

Les dernières semaines m'avaient fait remettre en question tout ce que j'avais cru être des vérités absolues, des lois de la nature immuables.

Je pourrai toujours compter sur mes parents.

Il n'y a aucune urgence à fonder une famille.

Lucian Rollins est un monstre affreux.

Maintenant je me sentais… perdue. Comme si j'étais entrée dans un univers parallèle où le haut était en bas et le bas était en haut. Je ne pouvais plus supporter de changements pour le moment.

Je m'essuyai le visage. Et parce que j'en avais l'occasion, je nettoyai mes lunettes.

— Ça fait juste partie du deuil, dis-je à mon reflet. Tu t'en fiches que Lucian soit humain ou pas, ton cerveau essaie juste de se trouver une autre idée fixe. Ça ira mieux… Bientôt. Sûrement. J'espère…

Mon petit discours d'auto-encouragement terminé, je sortis des toilettes pour foncer droit dans un torse chaud et dur.

Mon sac tomba par terre et au même moment, de grandes mains me rattrapèrent.

Je savais qui c'était sans même le regarder. Je le savais d'après le courant électrique qui traversa mon corps.

— Est-ce que regarder où tu vas, c'est trop te demander ? gronda Lucian, bougon.

— C'est toi qui longes les toilettes pour femmes à deux cents kilomètres heure.

Et je le repoussai. Il ne bougea pas d'un pouce, ce qui m'exaspéra.

Je cédai et fis un pas en arrière. Je me baissai pour ramasser mon sac, mais il l'attrapa le premier.

— Bon sang, qu'est-ce que tu transportes là-dedans ? Un cadavre démembré ?

— Pourquoi les hommes ont toujours besoin de commenter le poids et le contenu des sacs des femmes ? demandai-je en tentant de le lui reprendre.

Il l'éloigna de moi.

— La curiosité. On ne porte pas plus que ce qui tient dans un portefeuille ou un attaché-case. On dirait que tu as piqué toutes les encyclopédies de la bibliothèque.

— Si tu veux savoir, ce sont les dossiers de papa. Je les ai trouvés ce matin et j'allais les donner à Lina pour qu'elle te les passe.

— Tu allais les donner à Lina, répéta-t-il de sa voix dangereusement calme.

— Oui, confirmai-je.

— Plutôt qu'à moi.

Quelque chose s'alluma dans mon cerveau. Danger, attention, à traiter avec prudence.

J'ignorai l'avertissement.

— Exact.

— Pourquoi ?

— *Pourquoi ?* lâchai-je, jouant à mon tour les perroquets. Tu sais très bien pourquoi.

— Développe.

— Non.

Il me décocha un regard noir et tourna les talons dans ses chaussures hors de prix pour arpenter le couloir, mon sac dans les mains.

— Eh !

Je dus courir pour le rattraper. Ce sac ne contenait pas juste les dossiers. J'y rangeais aussi mes clés, mon rouge à lèvres, mes cachets, mon gaz poivré et mon goûter.

Il franchit une porte et je le suivis, sans comprendre que je venais d'entrer dans le repaire du dragon.

Le bureau de Lucian.

Bien évidemment, il faisait le coin de l'immeuble et bien évidemment la vue était encore plus incroyable que partout ailleurs. L'endroit était froid, sérieux, impressionnant. Je revis mon petit bureau mal rangé et chaleureux.

— Étrange. Je m'attendais à ce que ça sente le soufre là-dedans, mais je sens plutôt des relents de… poisson, dis-je en reniflant l'air.

Lucian lâcha un juron.

— OK, c'est quoi ton problème Lucifer ?

— Toi. Encore une fois, c'est toi mon problème.

— Rends-moi mon sac.

Au lieu de me le tendre comme un adulte, il le posa sur la table basse devant le canapé hyper chic. Ce gars n'avait jamais entendu parler d'IKEA ? Il fit un geste vers mon sac.

— Donne-moi les dossiers.

Je m'assis en soupirant et tirai mon sac vers moi sur la surface en marbre de la table basse.

— Je sais pas pourquoi t'es furieux, alors que tu prouves simplement que j'avais eu raison. C'est exactement pour ça que je voulais passer par Lina.

— Tu penses que ça me plaît de ne pas t'aimer ?

Je levai les yeux, étonnée par son ton cinglant. Il avait une main dans ses cheveux noirs épais et tapotait sa poche avec l'autre.

— Si tu penses t'allumer une cigarette ici...

— Ne va pas me dire que tu n'as pas pris une bouffée de celle que j'ai allumée en ta présence, lança-t-il.

Je sentis le rouge monter à mes joues.

— Oh, tais-toi.

Je sortis les dossiers, en même temps que deux livres de la bibliothèque et la moitié de mon en-cas.

— Eh oui, je pense que ça te plaît de ne pas m'aimer. Je pense même que tu aimes me détester.

Il se tenait debout, les mains sur les hanches comme s'il se préparait à la bataille. Je fis semblant de ne pas remarquer la perfection de sa mâchoire serrée derrière sa barbe parfaite.

Ce type avait été un séduisant adolescent. Et Lina avait raison, il était devenu un dieu vivant. Parfois, la vie est injuste.

— Voilà les dossiers que tu pourras transmettre à l'avocat pour continuer à avoir l'air d'un héros aux yeux de ma mère.

Je poussai le tas vers lui, mais quand je vis les coupures de journaux sur Mary Louise Upshaw, je les repris pour moi.

Rapidement, je rangeai les articles de presse et le reste de mon foutoir dans mon sac et me levai pour partir.

— Je n'aime pas te détester.

Ces mots prononcés tout doucement m'arrêtèrent net.

Je me tournai pour le regarder et parce que j'étais d'humeur belliqueuse, je m'approchai de lui.

— Qu'est-ce que tu veux, Lucian ? demandai-je en le regardant dans les yeux.

Il ne dit rien. Je savais qu'il y avait des sentiments et des idées et une personnalité, bon sang, sous cette magnifique façade, mais il m'en interdisait l'accès.

— Tu me traites comme si j'étais la pire des personnes sur la planète, et après tu fais en douce des trucs super gentils pour mes parents. Tu embauches des mères célibataires à la rue. Tu te disputes avec moi et ensuite tu me fais livrer un burrito. D'ailleurs, comment t'as fait pour savoir quel était mon burrito préféré ?

Il fit un pas vers moi, mais je tendis une main avant qu'il puisse répondre.

— Tu sais quoi ? Peu importe. Je veux pas savoir. Tout ce que je veux savoir c'est *qu'est-ce que tu veux de moi ?*

L'espace d'un bref instant, le vampire furieux qui me dominait de toute sa hauteur eut l'air aussi malheureux que moi.

— J'aimerais que tu ne comptes plus pour moi, dit-il.

Il avait parlé sur un ton calme, mais il y avait du feu dans ses yeux gris.

Enfin, une petite victoire. J'en avais assez d'être la colérique. D'être la seule à être ébranlée par notre petit jeu.

Je comptais pour lui. Et il détestait ça.

— J'en ai autant à ton service, mon grand.

— Tu devrais partir, dit-il soudain.

— Pourquoi ? Tu n'aimes pas m'avoir avec toi dans ce somptueux bureau ?

Je partis inspecter sa table de travail. C'était une immense surface en verre avec des coins tranchants, complètement vide, à l'exception d'un clavier, d'une souris et de deux écrans.

Je me demandai s'il aimait l'ordre, ou s'il détestait juste le chaos.

Je passai un doigt sur le bord, parfaitement consciente que je laissais des traces.

— Tu as l'air contrarié, dis-je en croisant son regard. Tu veux en parler ? demandai-je avant de me hisser sur la table.

Son regard s'assombrit dangereusement, et il fit quelques pas dans ma direction avant de s'arrêter. Les battements de mon cœur s'accélérèrent aussitôt.

— Je n'aime pas qui nous devenons tous les deux quand nous sommes ensemble.

— Tu penses que ça me plaît ?

— Je pense que tu adores ça.

S'était-il approché ? Ou était-ce moi qui me penchais vers lui ? Mes genoux étaient presque assez près de lui pour frôler les plis parfaits de son pantalon. Des ennemis attirés l'un vers l'autre, encore et encore.

J'en avais tellement assez.

Il y avait une tension électrique entre nous. Comme quand les poils des bras se dressent sur la peau avant un coup de tonnerre.

— C'est faux, insistai-je.

Et mes genoux effleurèrent ses jambes. Il se cala entre eux, m'écartant les cuisses, et je me tordis le cou pour le regarder.

J'en eus le souffle coupé.

Il se détendit les doigts et les maintint au-dessus de mes cuisses avant de placer ses deux mains sur mes hanches. Bordel. Il sentait même délicieusement bon.

Lucian envahissait tous mes sens. Le gris de sa cravate s'assortissait parfaitement à ses yeux. La chaleur qui émanait de son corps donnait l'impression que je venais d'entrer dans un sauna. Il sentait bon, le propre, le parfum. J'entendis un battement de cœur si fort que je me dis qu'il nous appartenait à tous les deux.

— Mais si. Tu penses qu'un jour, tu vas trouver exactement la bonne insulte qui te permettra de fissurer mon armure.

Sa voix était à peine plus forte qu'un murmure menaçant. Il avait son regard plongé dans le mien, ce qui créait une étrange gravité. Comme si je ne pouvais détourner les yeux, ou que je flottais dans les airs, sans ancre.

Je ne savais pas ce qui se passait, mais je savais que je ne voulais pas qu'il cesse de parler. Je ne voulais pas qu'il recule.

— Qu'est-ce que je verrais sous cette armure ?

Il ferma les yeux et secoua la tête, essayant de rompre le charme. Mais je n'allais pas le laisser faire. Pas cette fois. Je fis ce dont j'avais rêvé pendant toutes ces années. Je saisis sa cravate et l'attirais vers moi.

— Ne joue pas avec moi, petit lutin, gronda-t-il.

Ses mots étaient un avertissement, mais il avait les yeux ouverts désormais, et je vis une réelle passion à l'intérieur.

Mes instincts étaient chamboulés. Je n'avais envie ni de fuir ni de me battre. J'étais complètement excitée.

— Ne m'appelle pas comme ça, dis-je.

— Alors arrête de me regarder comme ça.

— Comme quoi ? murmurai-je.

Ses mains caressèrent l'endroit où mes fesses touchaient le bureau et je crus perdre connaissance.

Ça n'avait pas le goût de la haine, mais de quelque chose de beaucoup plus dangereux.

— Comme si tu avais envie de moi…

L'imperturbable Lucian Rollins perdit le fil de sa pensée en regardant ma bouche. L'expression crue et intense que je lus sur son séduisant visage me terrifia et me fascina à la fois.

Je me demandai alors si la maladie cardiaque de Lina était contagieuse, parce que mon cœur ne semblait plus capable de battre correctement.

— C'est une très mauvaise idée, dis-je tout bas.

— La pire que j'aie jamais eue, acquiesça-t-il.

Aucun de nous deux ne bougea. Aucun de nous deux ne retrouva sa raison.

— Je suis épuisée par nous, avouai-je.

— Je nous *déteste*, renchérit-il.

Mes doigts commençaient à me faire mal et je pris conscience qu'ils entouraient toujours sa cravate.

Sa bouche plana au-dessus de la mienne sans la toucher. On respirait le même air, alors que nos corps s'embrasaient. J'avais la tête qui tournait, alors que je m'accrochais à la seule chose qui avait du sens. Lui. Je le voulais lui.

— Excusez-moi, monsieur.

Lucian ne bougea pas, mais moi je fis un bond.

— Il est temps de libérer la bibliothécaire. Ses amies l'attendent et vous avez un appel urgent de Boston, annonça Petula brusquement derrière le large buste de Lucian.

Avec un petit cri, je me jetai en avant pour tenter de descendre du bureau. Mais au lieu de ça, je parvins seulement à percuter l'entrejambe de Lucian avec mon entrejambe à moi.

J'étais désormais prise en sandwich entre son bureau et sa majestueuse érection. Mes jambes entouraient ses cuisses dans la position idéale pour se faire pénétrer.

— Oh mon dieu, soufflai-je.

Si je sentais comme il était dur, est-ce que ça voulait dire qu'il sentait combien j'étais mouillée ? C'étaient des informations dont on aurait bien pu se passer tous les deux.

Les narines de Lucian s'écartèrent. Il me tenait désormais par les hanches. Fort.

— Dehors, dit-il sans même se retourner.

— Non, protesta Petula. Vous me payez pour maintenir l'ordre, pas pour vous laisser faire n'importe quoi. Vous n'avez pas le temps pour faire des mamours à Madame Walton. Cela devra attendre.

— Faire des mamours ? répétai-je sur un ton qui frôlait l'hystérie, et pour une fois je détectais une pointe d'amusement sur le visage de Lucian.

— Madame Walton était en train de partir, dit-il sur un ton glacial.

Il attrapa mes hanches puissamment et me posa au sol. Les dents serrées, il recula. La soie de sa cravate, la seule chose qui nous reliait encore, me glissa des doigts.

Me sentant minable, je balançai sa cravate par-dessus son épaule.

— À bientôt, *Lucifer*.

– 10 –
Agacé et affamé
Lucian

— Tu m'as l'air tendu, remarqua Emry.

— Tendu ? Pourquoi je serai tendu ? Juste parce que j'ai des tas de clients dont je dois m'occuper, le FBI qui avance au ralenti, une femme exaspérante qui perturbe mon planning, une piste qui sent le piège d'Hugo ? Aucune raison d'être tendu, contrai-je.

La circulation dans les rues de la ville était toujours très dense même dans un SUV noir. Mais j'avais tout de même repéré que j'étais suivi quand j'avais été alerté de l'arrivée de Sloane.

Je ne m'étais pas préoccupé des problèmes de sécurité, parce que j'avais besoin de la voir. J'avais ignoré la situation que j'aurais pu facilement gérer parce que je voulais la voir dans mes bureaux. Je voulais être là quand elle verrait ce que j'avais construit.

Et ensuite, j'avais perdu toute notion de discipline. J'avais oublié la leçon la plus fondamentale : la proximité de Sloane me rapprochait du danger. Ça avait toujours été le cas.

Mon ami se croisa les doigts sur sa bedaine et attendit patiemment.

Je pris conscience que je ne m'étais même pas encore assis. J'avais fait les cent pas devant sa cheminée depuis le moment où j'étais arrivé chez lui. On devait dîner ensemble ce soir, mais il lui avait suffi de me regarder pour se débarrasser de son tablier et me faire entrer dans son bureau.

Je posai les mains sur mon front.

— Désolé Emry, je gâche notre dîner.

Ça faisait longtemps que je ne m'étais plus senti aussi dépassé. Il fallait que j'éteigne mes sentiments pour arrêter les images qui défilaient dans ma tête. Ces yeux verts devant mon visage, ces lèvres qui s'écartaient…

Il balaya mes excuses d'un revers de la main.

— C'est un ragoût, je le garderai.

— Tu l'as brûlé, n'est-ce pas ?

Il sourit tristement.

— Ça m'a étonné que tu ne remarques pas tout de suite l'odeur.

Je n'avais rien remarqué du tout. Il fallait que je me calme.

— Elle me rend dingue, dis-je en reprenant mes cent pas.

— L'agente du FBI ?

— Non ! Sloane.

Emry gloussa, puis s'extirpa de son fauteuil à bascule et partit jusqu'au meuble-bar au-dessus duquel était accrochée une marine.

Je m'appuyai contre la cheminée et me forçai à ne plus penser à ce que j'avais ressenti quand j'avais eu Sloane coincée contre mon bureau.

Emry servit deux verres de vin. Il portait un pull en laine couvert de petits poissons rouges et bleus, sur une chemise à carreaux.

— Ce pull mériterait d'être jeté au feu, commentai-je quand il me tendit un des deux verres.

Il avait l'air d'un bon vieux grand-père.

Je me demandai soudain ce qu'il pensait quand il me voyait. Est-ce que j'avais l'air du P-DG d'une compagnie multimillionnaire ? Est-ce que j'avais l'air de pouvoir être un mari, un père ? Ou est-ce que j'avais l'air du méchant que j'étais ?

— Traitons déjà le sujet Sloane avant de revenir sur le fait que tu te sois fait suivre par le syndicat du crime organisé, proposa-t-il, en me montrant la deuxième chaise.

— Je ne les ai pas conduits jusqu'ici, si c'est ce qui t'inquiète, dis-je en m'asseyant à contrecœur.

— Hum.

J'expirai. Comme le disait Emry à l'époque de nos séances de thérapie, je « colorais les mots avec les définitions de mon ego ». À présent, il suffisait qu'il lâche un petit « hum » pour que je capte le message.

— Je te connais assez pour savoir que tu prends toutes les précautions nécessaires pour protéger ceux que tu aimes. Mais pour toi, qu'est-ce qu'il en est ? C'est cela qui m'inquiète.

— Est-ce que tu peux juste me dire comment arrêter d'éprouver tous ces sentiments pour pouvoir me concentrer sur le principal, c'est-à-dire, mon travail ?

— Si on était en séance, je t'inviterais à réfléchir sur le fait que parfois les sentiments qu'on refoule le plus sont ceux qui ont le plus de choses à nous enseigner. Ensuite on discuterait de pourquoi, dans une liste détaillée de situations que tout le monde trouverait éprouvantes, tu te focalises plus sur une femme de ton passé. Une femme pour laquelle tu affirmes n'avoir que de l'animosité. Mais nous ne sommes que deux amis qui vont commander une pizza pour que tu n'aies pas à manger le météore carbonisé dans la cuisine. Et, en tant qu'ami, je vais te poser une question : pourquoi une visite de la bibliothécaire d'une petite ville te perturbe davantage que l'idée que le patron du crime puisse se douter que tu aides le FBI à monter une affaire contre lui ?

Parce que ça, je contrôlais.

Quand il s'agissait d'Anthony Hugo, je savais gérer.

Parce que j'appréciais de détruire des gens comme lui.

— Parce qu'elle me rappelle un passé que je préférerais oublier, dis-je tout haut. Elle m'a trahi quand j'étais vulnérable.

Et aujourd'hui, elle écartait les jambes pour moi, perchée sur mon bureau comme si c'était sa place. Comme si elle voulait être là… Comme si elle me voulait là.

Je chassai les images de ma tête et les remplaçai par un autre souvenir plus vieux et plus triste.

Sloane, le cœur brisé mais courageuse, le bras en écharpe, ses yeux émeraude remplis de larmes de défi.

— *Qu'est-ce que tu as fait ?* avais-je crié sur elle.

Ce que j'avais voulu dire mais que je n'avais pas osé demander, c'est « *qu'est-ce qu'il t'a fait ?* ».

— Lucian, tu es quelqu'un d'intelligent, dit Emry en s'asseyant et en me regardant par-dessus la monture de ses lunettes.

Je n'aimais pas cette amorce.

— En tant qu'homme intelligent, j'imagine que tu sais que le passé ne s'oublie pas et ne disparaît pas simplement parce qu'on le veut. Et tu es resté assez longtemps en thérapie, avec un psy génial, pour que je n'aie pas à te rappeler que tu ne peux pas simplement mettre tes émotions dans une boîte fermée et espérer qu'elles y resteront. Cela ne fonctionne pas comme cela.

— Et moi je n'ai pas besoin de te rappeler combien il est dangereux de les en faire sortir.

— Tu as bien plus de contrôle que tu ne le penses, affirma-t-il.

— Un contrôle qui repose sur ma faculté à garder mes émotions dans leur boîte pour ne pas les laisser prendre le dessus sur moi.

— Il y a une différence entre réprimer ses pulsions et refuser de reconnaître ses émotions.

— J'ai des émotions que je reconnais tout le temps.

— Par exemple ?

— Par exemple, maintenant, je suis agacé et affamé.

Mon ami gloussa.

— Pepperoni et saucisse ?

— Ça me va.

— Lucian, je ne te plains pas pour ce que tu as traversé enfant, pas plus que je ne te dispense de travailler sur toi pour prendre conscience que tu es aussi un homme entier, compliqué, capable de connaître le bonheur et de le garder.

— Pourquoi tout le monde est tellement obsédé par le bonheur ? Il y a des objectifs bien plus importants dans la vie que de se balader avec un sourire béat sur les lèvres.

— Laisse-moi te le présenter ainsi. Tu es un adulte qui a atteint un incroyable niveau de réussite, ce qui en soi est impressionnant. Et quand tu regardes en arrière, c'est carrément miraculeux. Fais-toi confiance pour gérer aussi les sentiments. Même les plus inconfortables.

Il me surestimait. Il ne savait pas ce dont j'étais capable. Moi, si.

J'expirai doucement.

— Par curiosité, qu'est-ce qu'elle a fait cette fois pour te mettre dans cet état ? demanda Emry, les yeux malicieux derrière ses demi-lunes.

— Elle a mis des traces de doigts sur mon bureau.

Nos chamailleries m'avaient toujours excité. C'était une faiblesse qui me donnait l'impression d'être pitoyable. Mais aujourd'hui, elle s'était moquée de moi sur mon terrain et j'avais eu la plus incroyable des érections.

J'avais eu envie d'elle. Je l'avais désirée de toute mon âme. Et je l'aurais prise sur mon bureau.

C'était peut-être la réponse. Cette tension atroce entre nous s'évaporerait peut-être si on se laissait tenter. Juste une fois.

Emry ricana.

— Tôt ou tard, mon ami, tu apprendras que c'est dans le désordre de la vie qu'on trouve le plus d'intérêt.

— Je préfère mes piles de billets bien rangées, merci.

Mais je ne pensais pas à l'argent. Je pensais à Sloane, à ses cuisses ouvertes, à ses lèvres qui s'écartaient quand j'entrais en elle.

— Allez, on commande le dîner et ensuite je te laisse me rétamer aux échecs.

– 11 –

Shania Twain est une dure à cuire

Lucian
Vingt-trois ans plus tôt

— Voilà pour toi, lança Simon Walton en posant devant moi une tasse de café sur laquelle il y avait écrit J'AURAIS PRÉFÉRÉ QUE CE SOIT UNE LASAGNE.

On était assis face à face à la table de la cuisine des Walton, une pièce qui avait pratiquement la taille de tout le rez-de-chaussée de ma maison. Des feuilles orange et rouille murmuraient de l'autre côté de la fenêtre d'angle, au-dessus de la banquette.

Sur la table turquoise fraîchement peinte nous attendait notre partie d'échecs.

— Merci, dis-je en examinant les pièces.

J'appréciais qu'il ne se moque pas de moi et ne me pose pas de question quand je lui demandais un café. Les hommes buvaient du café. J'apprenais à aimer ça.

Je refermai les doigts sur la tête du cavalier et l'avançai dans les lignes ennemies.

— N'oublie pas, tu ne peux pas juste attaquer sans réfléchir, expliqua M. Walton. Tu dois anticiper, avoir un plan, une stratégie. Tu ne peux pas juste te concentrer sur ce que tu vas faire. Tu dois prévoir ce que ton adversaire va répliquer.

Sur ce, son fou balaya mon cavalier.

— Bon sang, grommelai-je en prenant une gorgée de mon café.

— On n'abandonne pas, dit M. Walton en souriant. On s'accroche.

Agacé, je sacrifiai un pion.

— Et ça fait échec et mat, annonça-t-il en remontant ses lunettes sur son nez.

Je m'écroulai sur le coussin jaune à motifs.

— Je ne crois pas que j'aime ce jeu.

— Moi je sens qu'avec un peu plus de pratique, tu vas trouver tes marques. Ça ressemble beaucoup à ce que tu fais sur un terrain de football, en miniature.

C'était un dimanche après-midi de novembre. Ce qui voulait dire, pas de match, pas d'entraînement, pas de moyen de m'échapper de l'enfer que je vivais à la maison.

Papa était sorti pêcher avec des amis, maman s'était réfugiée là où elle passait pratiquement tout son temps quand papa n'était pas là : sa chambre à coucher. J'avais vu M. Walton dans son jardin en train de couper des fleurs fanées et j'avais proposé de l'aider.

— Comment se passent les leçons d'échecs ? demanda Karen Walton en entrant dans la pièce avec deux sacs de courses.

— Génial, assura M. Walton.

— Horrible, corrigeai-je.

On se leva tous les deux pour l'aider. Tandis que M. Walton déposait un baiser sonore sur la joue de sa femme, je portai le sac jusqu'à l'immense îlot central sur lequel régnait un désordre pas tout à fait contrôlé : une pile de livres de recettes, et de la farine renversée à côté d'un bol en porcelaine que personne n'avait encore pris la peine de nettoyer. Un panier de pommes était posé à moitié sur un magazine ouvert.

Le désordre n'était pas toléré chez moi. Tout ce qui pouvait servir de déclencheur était à proscrire à tout prix.

— Il y en a encore dans la voiture, déclara Mme Walton en donnant une tape sur les fesses de son mari.

L'affection non plus n'existait pas chez nous.

— On s'en occupe, proposa M. Walton. Sers-toi une tasse de café pendant que mon protégé et moi, on décharge.

— Qu'est-ce que je ferais sans vous deux ? Et je pense que je vais préférer un verre de vin, dit-elle en me tapotant le bras avant de s'avancer vers le buffet qui contenait toute une collection dépareillée de verres.

Je ne pus réussir à cacher une grimace quand ses doigts touchèrent mes hématomes. Les Walton buvaient. Il y avait du vin sur la table au dîner et je les avais déjà vus savourer un cocktail sur leur terrasse. Mais jamais je ne les avais vus soûls.

C'était la différence entre M. Walton et mon père. La maîtrise de soi.

Et c'était peut-être ce qu'il essayait de m'enseigner sur un échiquier.

— Une blessure de foot ? demanda M. Walton en regardant mon bras.

— Ouais, mentis-je en baissant la manche de mon tee-shirt.

Mme Walton m'appela d'un geste de l'index et me montra l'étagère du haut du buffet. Je cachai mon sourire. J'aimais qu'on ait besoin de moi, même si c'était juste pour ma taille. Je m'emparai de son verre de vin préféré, avec les motifs floraux, et le lui tendis. Elle se tourna vers son mari et sans qu'elle ait à poser la question, il souleva un pouce. Je lui passai un deuxième verre.

— Lucian, je n'aime pas que tu pratiques ce sport, me gronda-t-elle en partant vers le plan de travail.

Elle posa les verres, fouilla dans un de ses sacs et sortit une bouteille de vin.

— Il y a plein de façons de se blesser. Bien sûr quand on est jeune, on guérit plus vite, mais on ne sait pas les séquelles qui peuvent rester.

— Il va commencer sa saison en tant que quarterback pour l'équipe du lycée, chérie, lui fit remarquer M. Walton. Il ne va pas arrêter le foot maintenant pour se lancer dans le tricot !

— Personne n'a parlé de tricot, contra-t-elle. Et le softball ? Sloane ne se blesse pratiquement jamais. Elle est où notre fille, au fait ?

Je me posais la même question depuis deux heures, mais refusais de demander tout haut.

— Elle est sortie avec Bluth, répondit M. Walton en remuant ses sourcils.

Je me raidis en entendant la nouvelle. On en avait parlé. Pas au lycée, parce qu'on ne se parlait jamais au lycée. C'était une règle tacite entre nous. Elle pensait probablement que j'étais un connard. Le quarterback populaire qui ne se rabaissait pas à parler avec l'intello de seconde.

— J'ai oublié. On l'aime bien ? demanda Mme Walton en insérant le tire-bouchon.

En première, Jonah Bluth était un défenseur qui avait fait l'erreur de dire dans les vestiaires qu'il allait mettre les mains sur les seins de Sloane Walton. J'avais attendu la fin de l'entraînement pour lui donner une bonne correction dans l'espoir que ça lui donnerait un peu plus de jugeote. Malheureusement, il s'était relevé, et c'est Nash qui avait dû nous séparer.

J'avais clairement dit à Sloane de larguer Jonah. Elle voulait savoir pourquoi. Elle estimait toujours qu'elle avait le droit de tout savoir sur tout, c'était rageant et attendrissant en même temps.

Je lui avais répondu que c'était un connard et qu'elle méritait mieux. Deux vérités.

Elle m'avait dit qu'elle réfléchirait, ce qui voulait dire qu'elle n'en ferait qu'à sa tête.

— Je pense qu'on réserve notre jugement en attendant de voir s'il plaît à notre fille, répondit M. Walton.

Il me fit signe.

— Viens Lucian. Je vais te parler de la défense scandinave pendant qu'on sort les courses de la voiture.

— Je te prépare ton deuxième dîner préféré ce soir, Lucian. Raviolis surgelés avec sauce du supermarché, lança Mme Walton dans notre dos.

Je ne reconnus pas la sensation de chaleur dans ma poitrine, mais elle me plut.

* * *

Le goût métallique du sang emplit ma bouche. Mes bras et mes épaules hurlaient de douleur sous les dizaines d'hématomes que je devrais cacher. J'avais reçu son poing dans la mâchoire. Et pour la première fois, les phalanges de ma main droite étaient blessées.

Le coup nous avait surpris tous les deux.

Pire.

Il devenait pire.

Et moi aussi.

— Ton père ne voulait pas, murmura ma mère.

Elle murmurait toujours.

— Il a tellement de soucis...

On était assis côte à côte sur le lino usé de la cuisine, comme si on était des détritus qui attendaient d'être ramassés et jetés dans une décharge publique.

— Ce n'est pas une excuse, putain, maman. M. Walton, le voisin...

Elle tressaillit. C'était ce qui avait déclenché la tempête cette fois, quand papa était rentré à la maison en puant l'alcool.

Il y avait toujours quelque chose. Le dîner était froid, j'avais mal garé ma voiture, le ton de ma voix manquait de respect... Ce soir, ça avait été le livre d'échecs que m'avait donné Simon.

— Tu penses être meilleur que moi ? avait rugi papa. Tu penses que cette poufiasse de voisine est meilleure que moi ? Tu penses que tu peux lire un putain de bouquin et oublier d'où tu viens ?

Certains soirs, je priais des dieux auxquels je ne croyais pas vraiment pour qu'il soit arrêté en état d'ivresse, ou je ne sais quoi encore.

C'était notre seule chance de survie.

Même si une partie de moi craignait qu'il fût déjà trop tard. Je débordais d'une colère enfouie qui ne me lâchait jamais, le type de colère qui vous change pour toujours.

J'avais beau faire tous les efforts du monde, je n'arrivais plus à desserrer les poings.

C'est ce qu'il avait créé chez moi.

Ce n'était pas tellement la douleur. En tout cas, ça ne l'était plus. C'était l'humiliation. Ses demandes impossibles à satisfaire. Sa certitude qu'il était au centre de notre univers. Que nos besoins passaient après les siens.

J'étais assez grand et assez fort pour me battre s'il le fallait, il le savait désormais. Et me voir me contrôler l'exaspérait d'autant plus.

Je ne voulais pas être lui, et il le savait. Alors il faisait de son mieux pour me casser. Et quand je n'étais pas là, c'est ma mère qu'il cassait.

Homme brisé, femme cassée.

Ce refrain résonna dans ma tête quand je me levai, aidai ma mère à en faire autant, et partis dans la cour de derrière.

La fraîcheur de l'automne caressa ma peau. Des feuilles mortes crissaient doucement sous mes pieds.

Je voulais courir, quitter cet endroit pour toujours et ne jamais regarder en arrière. Mais sans moi, il allait finir par tuer ma mère.

C'était moi qui la maintenais en vie, et moi seul.

Je ne savais pas pourquoi on continuait tous les trois à penser que j'avais encore des chances de partir à l'université. Que je prendrais la bourse de football gagnée au prix de tant d'efforts. On savait tous les trois ce qui se passerait si je partais. Et pourtant on n'en parlait jamais. On ne parlait jamais du petit secret dégoûtant qu'on partageait.

Je crachais le sang et l'amertume dans le noir et fis rouler mon épaule droite pour en chasser la douleur. Il savait précisément où me faire mal. Juste assez pour me rappeler son pouvoir, mais pas assez pour que ça se voie.

Jusqu'à ce soir, me dis-je en me frottant la mâchoire. Je ne pourrai pas cacher les marques sur mon visage.

— Psst !

J'arrêtai mes mouvements et tournai la tête vers la maison voisine, au-delà de la clôture qui délimitait le bon du mauvais dans ma vie.

Et elle était là, à sa fenêtre, derrière le cerisier.

— Qu'est-ce que tu fais debout ? Il est tard, dis-je tout bas.

— Je ne pouvais pas dormir.

Maintenant, je ne pourrais plus m'endormir moi non plus. Il n'allait pas revenir, pas ce soir. Il irait chez un ami et boirait jusqu'à ce qu'il s'écroule. Moi je resterais éveillé sur mon lit, à fixer le plafond, priant pour qu'il ne revienne jamais. Priant pour qu'il fonce avec son pick-up dans un lac et qu'il nous libère enfin de l'enfer qu'il nous faisait vivre.

Je jetai un regard vers ma maison. Les lumières étaient allumées dans la chambre de ma mère. Elle devait s'être recroquevillée en boule comme elle le faisait toujours. Avant, elle se blottissait comme ça contre moi. Quand la situation n'était pas aussi grave, quand il n'était pas aussi cruel. Mais à un moment, elle avait commencé à se coucher seule et j'étais devenu le protecteur.

Je devrais rester. Je ne devrais pas salir Sloane avec la crasse de ma vie.

— J'ai un nouveau CD. Tu veux l'écouter ? siffla-t-elle dans le noir.

— Et merde, murmurai-je pour moi, avant d'entrer dans son jardin.

L'écorce du cerisier me râpait les mains alors que je l'escaladais vers elle.

— Hello, me salua-t-elle toute jolie dans son bas de pyjama et son tee-shirt de David Bowie.

— Hello, répondis-je en faisant attention d'enjamber les livres sur le rebord de sa fenêtre.

Elle avait la marque de l'oreiller sur la joue sous ses lunettes. Ses cheveux étaient attachés au-dessus de sa tête, mais tellement en bataille qu'elle avait déjà dû s'endormir.

Elle était... mignonne. Adorable, même. J'étais attiré par elle, mais d'une façon inhabituelle.

— Qu'est-ce qui t'a réveillée ? demandai-je, mal à l'aise.

Son regard partit vers la fenêtre et revint vers moi. Elle leva le menton.

— Je sais pas.

Elle mentait bien, mais c'était quand même évident qu'elle mentait.

— Tu as entendu quelque chose ? insistai-je.

— Tu saignes, répliqua-t-elle, ignorant ma question et passant à l'action.

Du bout des doigts, je touchai le coin de ma bouche.

— Merde.

Elle s'empara d'une boîte de mouchoirs et en sortit plusieurs pour me les tendre.

— Tiens, assieds-toi.

— Non, ça va, je devrais partir, dis-je en me tournant vers la fenêtre.

Je n'aurais pas dû amener ça ici. M'apitoyer sur mon sort ne me donnait pas le droit de saigner sur son tapis.

— Eh, tu peux pas partir, tu ne t'es pas encore excusé pour la pierre du printemps dernier.

— La prochaine fois, dis-je sèchement.

C'était notre refrain. Notre promesse que j'allais revenir. Une promesse que je devrais sérieusement arrêter de faire.

Je passai un pied par-dessus le bord de la fenêtre, mais elle m'attrapa par l'arrière de mon pantalon.

— Sérieusement, Sloane ?

— Laisse-moi regarder ta bouche. Je veux dire, le sang sur tes lèvres, insista-t-elle.

Elle s'accrocha à moi comme cette foutue bardane qui se prend dans les chaussettes après une balade en forêt.

— D'accord, grommelai-je.

Je m'assis sur le coussin entre un John Grisham et un Octavia Butler.

— Reste là, ordonna-t-elle.

— T'es autoritaire pour un lutin, me plaignis-je.

Elle rit en ramassant les mouchoirs et en cherchant un verre d'eau sur sa table de chevet. Ses yeux verts me dévisagèrent sévèrement quand elle revint vers moi. Et je sus alors qu'elle savait.

Elle savait et elle était désolée pour moi. Mes poings se serrèrent.

— Alors, t'es prêt pour ton examen de chimie demain ? me demanda-t-elle.

Elle connaissait mon secret, elle savait que je ne voulais pas en parler, alors elle allait simplement me nettoyer le visage et faire comme si tout était normal. Je ne la méritais pas.

— Désolé de ne jamais… tu sais… dis-je en gesticulant lamentablement.

— Me calculer au lycée ? devina Sloane.

Elle avait un don incroyable pour savoir ce que je voulais dire quand je n'avais pas les mots pour le dire.

— Ouais.

Elle haussa les épaules et me décocha un gentil sourire.

— Eh, pas grave. Ça ruinerait ma réputation que le capitaine de l'équipe de foot se mette à me parler.

— Ta réputation ? dis-je en pouffant.

Elle plongea les mouchoirs dans l'eau et commença à me tapoter délicatement le coin de la bouche. Ça me fit du bien que quelqu'un s'occupe de moi.

— On s'attendrait à ce que je devienne pom-pom girl et à ce que j'aille aux feux de joie du lycée. Ça me prendrait du temps de lecture. Et je devrais renoncer à mon coup de cœur secret pour Philip.

— T'as un crush sur Phil de l'équipe technique ?

Phil de l'équipe technique connaissait la gloire grâce à ses excellentes notes et au casque avec micro intégré qu'il portait pendant les spectacles de l'école parce qu'il était responsable du rideau. Il se foutait complètement de ce que les gens pensaient de lui et venait au lycée tous les jours avec le même jean et le même tee-shirt noir. À l'exception de la journée de la photo de groupe, quand il mettait une cravate sur son tee-shirt noir.

— J'y peux rien, j'aime trop les gars qui ont du pouvoir. Chaque fois que je pense à lui en train de monter le rideau, mes jambes flanchent.

Je souris malgré… tout. C'était l'effet qu'elle avait sur moi. Elle était le bien. Tout chez elle étincelait. Les gens bien faisaient des choses bien.

Et je me rappelai Jonah.

— Ton père m'a dit que t'étais sortie avec Jonah ce soir, dis-je sur un ton accusateur, sans que je puisse m'en empêcher.

— Détends-toi. Je suis sortie avec lui pour pouvoir le larguer en direct.

— Vous avez rompu ? dis-je en me redressant.

— Hum, lâcha-t-elle, son regard rivé sur ma bouche. C'était un connard, tu avais raison.

— Redis ça, insistai-je.

Elle sourit, toujours affairée à me soigner.

— Non.

— Allez, s'il te plaît.

— Non et tais-toi. Mais sérieusement, continua-t-elle, en pressant les mouchoirs mouillés sur ma bouche. Je comprends.

— Tu comprends quoi ?

— Que tu peux pas être vu en compagnie d'une binoclarde de seconde. Ça déchirerait le continuum spatio-temporel de la société du lycée.

Elle ne savait pas la vraie raison pour laquelle je ne voulais pas qu'on nous voie ensemble. Si mon père s'apercevait que quelque chose comptait pour moi, il le détruisait sans attendre. La seule chose qu'il me permettait de garder, c'était le football, parce que ça le rendait fier d'avoir un fils qui excellait sur le terrain.

Mais s'il découvrait que Sloane était importante pour moi, que je l'appréciais, il deviendrait vraiment méchant. Et s'il parvenait à lui faire du mal, je ne pourrais pas vivre en le sachant… ou le laisser vivre.

— Geek, dis-je sur un ton léger.

— Ça fait mal ? demanda-t-elle pour changer de sujet.

Sa voix était sérieuse désormais.

— Ça va, mentis-je.

— Lucian…

— Non.

— Tu sais même pas ce que j'allais dire.

— Si, je sais. Et ça ne te regarde pas.

— Mais…

— Tout le monde n'a pas la famille que tu as, OK ?

Elle ignorait complètement à quoi j'étais confronté au quotidien. Elle avait été élevée par Karen et Simon Walton, elle.

— Mais pourquoi on pourrait pas prévenir la police ?

L'idée de prendre le téléphone et d'appeler la police pour dénoncer mon père me fit presque rire.

Le chef de la police Wylie Ogden était un des meilleurs amis de papa. J'avais dix ans quand Wylie avait arrêté mon père pour excès de vitesse et conduite sur la ligne. Il était soûl. Il m'avait donné sa canette ouverte de bière en se rangeant sur le bord de la route.

Les nerfs dans mon ventre s'étaient détendus. La police allait nous aider, on avait vu des vidéos là-dessus à l'école. Boire ou conduire, il faut choisir. Mon père n'avait pas choisi.

Je pensais que la police allait empêcher mon père de continuer ses bêtises, qu'elle allait l'empêcher de me faire peur et de risquer de blesser quelqu'un.

— *On dirait que t'as commencé tôt*, aujourd'hui, avait ricané Wylie en marchant jusqu'à la vitre de mon père.

Le chef l'avait laissé partir sans même un avertissement. Ils avaient parlé d'un bateau de pêcheur et s'étaient donné rendez-vous dans un bar, plus tard le soir. Et ensuite Wylie avait ouvert la voie à mon père pour qu'il reprenne la route.

— Je peux pas, dis-je, tendu.

— Si, on peut.

Elle n'arrêtait pas de dire « on ». Comme si elle était à fond dans ma galère alors que c'était la dernière chose que je voulais. Si elle s'approchait de trop près… si elle était blessée… je ne pourrais plus me retenir. Je ne pourrais plus me contenter de me défendre. Je l'achèverais, et en le tuant, je deviendrais lui.

— Il te fait du mal, Lucian…

La voix de Sloane se cassa, en même temps qu'un morceau de mon cœur.

— Arrête, murmurai-je, en la relevant avec moi.

Elle m'entoura la taille de ses bras et me serra fort. Son visage se posa contre mon torse. Je détestais le bien que me procurait ce contact.

Ce n'était pas ce que j'avais ressenti avec Brandy Kleinbauer quand j'avais perdu ma virginité, à seize ans. Ou le désir que j'avais éprouvé pour Cindy Crawford pendant le collège. Ce n'était pas non plus ce que je ressentais pour Addie, avec qui je sortais occasionnellement le week-end.

C'était… plus compliqué. Sloane me plaisait. J'avais envie de la protéger. Et chaque fois que je la touchais, même si c'était parfaitement innocent, une partie de moi en réclamait plus. Mais ce n'était pas une option. J'étais détruit et elle était belle.

J'ignorais ce qu'on était l'un pour l'autre outre le fait qu'elle était importante pour moi. Plus importante que n'importe quoi.

— Quel CD est-ce que tu as reçu ? demandai-je.

Elle se libéra de mes bras et le regret se mêla au soulagement. Ses lunettes étaient de travers, ses cheveux en pagaille. Quelque chose de tendre et de chaud se posa dans ma poitrine, comme si j'absorbais tout ce qu'elle avait de bon à donner. Mais ce n'était pas à moi de le prendre.

— Shania Twain.

— Tu plaisantes ? dis-je avec un rictus moqueur.

— Et alors ? T'es pas assez viril pour écouter une fille chanter de la country ?

Elle bondit sur son lit et attrapa ses écouteurs avec une lueur de défi dans les yeux.

— Shania Twain est une magnifique dure à cuire. Tu veux écouter ?

Elle avait l'air si douce et pleine d'espoir avec ses grands yeux verts. Je ne voulais rien de plus que m'allonger à côté d'elle sur son lit, dans cette jolie pièce, dans cette grande maison, et faire partie du cadre. Et c'était exactement pour ça que je ne pouvais pas le faire.

Je semais les ténèbres. Mes hématomes étaient contagieux.

— Je devrais rentrer et...

Et quoi ? Qu'est-ce qui restait pour moi chez moi ?

Sloane pencha la tête.

— S'il te plaît ?

— Ce n'est pas une bonne idée, petit lutin. Et si tes parents entrent dans ta chambre ? Je ne devrais pas être ici.

Je ne devrais pas m'approcher d'elle.

— Ils dorment de l'autre côté de la maison. Et vraiment, si tu pars maintenant, je vais passer le reste de la nuit à me faire du souci pour toi. Je ne pourrai pas dormir. Et je serai tellement fatiguée demain matin que je vais rater mon examen de trigonométrie. Allons, mon grand, tu veux avoir ça sur la conscience ?

— T'es ridicule.

— Trois chansons, négocia Sloane, sautant sur son lit et lissant le matelas à côté d'elle.

Je poussai un soupir. Consciente de sa victoire, elle sourit.

— Une chanson, contrai-je.

— Deux, insista-t-elle.

C'était égoïste et déraisonnable, songeai-je en retirant mes chaussures. Si le père de Sloane entrait dans la chambre et me trouvait sur le lit de sa fille, jamais il ne me le pardonnerait. Même si je tentais de me justifier. Il savait combien elle était spéciale et combien j'étais détruit. C'est pour ça qu'ils étaient si gentils avec moi. Parce qu'ils avaient de la peine pour moi.

— C'est « *Come on Over* ». « Viens par ici », promis, c'était pas calculé, plaisanta-t-elle.

Je grimpai sur le lit à côté d'elle, mais restai au-dessus de la couette. Je la laissai nous entourer de son incroyable collection d'oreillers.

— Qu'est-ce que tu fais ? demandai-je alors qu'elle en coinçait un sous mon bras.

— Je te construis un nid. C'est comme ça que je dors, expliqua-t-elle, en tapant sur les deux derrière moi.

— Tu dors avec quarante-deux oreillers toutes les nuits ?

— Il n'y en a que six, petit malin. Et ne me juge pas avant d'avoir essayé.

J'avais un oreiller et un matelas à même le sol, après que papa avait cassé mon sommier en me balançant dessus, l'été dernier. Je me détendis sur la montagne d'oreillers et essayai de ne pas penser aux sensations délicieuses qui m'enveloppaient.

Sloane se blottit contre moi. Il n'y avait plus que nous deux soutenus par un nid d'oreillers.

— Il est comme ça tout le temps ? demanda-t-elle doucement.

Je baissai les yeux vers mes mains. J'avais de nouveau les poings serrés.

— Seulement quand il boit. Mais maintenant, il boit plus souvent. Il est encore normal par moments.

Et c'était ce rôle qu'il jouait que je détestais le plus. Quand il faisait semblant. Je préférais encore le monstre à l'homme soi-disant intéressé par mes matchs de foot qui nous emmenait dîner dehors.

— Je le déteste, dit-elle d'une voix tremblante. Je le déteste vraiment.

Je glissai ma main autour de ses épaules et l'attirai prudemment vers moi. C'était tellement bon que je savais que c'était mal.

— Je veux pas que tu penses à lui.

— Pourquoi on peut pas en parler à la police ?

Je secouai la tête.

— C'est compliqué, d'accord ? Fais-moi confiance.

— Promets-moi que tu veilleras sur toi, Lucian ? S'il pète un câble, tu ne le laisseras pas… tu sais ?

Me tuer. Tuer ma mère.

Je le tuerais en premier. Même si ça faisait de moi un monstre. *Tel père, tel fils,* songeai-je.

— Je te le promets si tu me promets que tu n'appelleras pas les flics. Jamais. Quoi qu'il arrive.

Elle inspira profondément.

— Lutin, la pressai-je. Tu dois me faire confiance. Les flics ne feront qu'aggraver la situation.

Son silence dura trop longtemps, alors je lui serrai l'épaule.

— Bon, d'accord. Mais je ne suis pas contente.

— Promets-le-moi, insistai-je.

Elle était la fille d'un avocat. « Bon d'accord » n'était pas satisfaisant, je le savais parfaitement.

— Je te le promets, dit-elle malheureuse.

Je me détendis un peu.

Sloane me regarda avec ses grands yeux vert forêt.

— Tu n'iras pas à l'université, n'est-ce pas ? Tu ne peux pas la laisser avec lui.

— En effet, acquiesçai-je.

Elle se redressa, tout son petit corps se raidissant d'indignation et d'injustice.

— C'est nul. Tu dois sacrifier ton avenir parce que ton père est un monstre et que ta mère ne le quittera pas ? C'est pas juste.

— La vie est injuste, Lutin.

— Et si je la protégeais, moi ?

— Non.

Le mot sortit avec tellement de hargne qu'il résonna dans la chambre.

On se figea tous les deux, effrayés à l'idée d'avoir peut-être réveillé ses parents.

Je l'attrapai par les épaules et la forçai à me regarder.

— Tu ne dois pas t'impliquer là-dedans, tu m'entends ? Ne va jamais là-bas. Ne leur parle pas. N'attire même pas l'attention sur toi. Et ne t'interpose jamais entre lui et quelqu'un d'autre quand il a bu, OK ?

Visiblement terrorisée, elle avait les yeux grands ouverts. Je lui avais fait peur, et c'était mieux ainsi. Il fallait que je sois sûr qu'elle ne s'approcherait jamais de mon père.

— OK, c'est bon, calme-toi, c'était juste une idée...

On aurait dit que je venais de lui suggérer de brûler son livre préféré.

Je soupirai.

— Je suis désolé de t'avoir fait peur.

— Tu m'as pas fait peur. Tu m'as agacée avec ton intensité.

— Trois chansons, concédai-je.

Son visage s'éclaira et elle s'allongea sur moi pour s'emparer de ses oreillettes sur sa table de chevet. Cette fois, quand je serrai les poings dans sa couette, ça n'avait plus rien à voir avec la colère ou la peur. J'avais des sentiments. Tout ce qu'il y a de plus normal pour un ado de mon âge. Mais je n'avais pas le droit de ressentir ça pour Sloane. M. Walton me faisait confiance, et j'avais besoin de sa confiance. Parfois j'avais l'impression que les Walton étaient mon seul repère.

Elle se redressa et me passa une oreillette avant de se blottir de nouveau contre moi.

— Addie sait qu'on fait ça ? demanda-t-elle.

— Quoi ?

— Addie. Ta petite amie.

— Ce n'est pas ma petite amie.

Pas exactement. C'était la fille avec laquelle j'avais passé du temps au cours des dernières semaines. La plupart du temps, on était tous les deux nus. Mais c'est parce que j'avais dix-sept ans et qu'elle essayait de rendre son ex jaloux. Ce n'était pas comme si je lui parlais au téléphone ou que je déjeunais chez ses parents... ou que je grimpais sur les arbres pour passer par sa fenêtre la nuit.

— Et elle sait qu'on fait ça ?

— Non. On ne sort plus ensemble.

Elle voulait plus. Des projets, qu'on rencontre nos parents respectifs. Je ne pouvais rien lui donner de tout ça. Et je n'en avais pas envie non plus, après l'avoir entendue dire à ses amies que Sloane Walton avec ses gros seins était une pute.

— Oh ? demanda-t-elle, innocente.

— Ça n'a pas l'air de te faire de la peine.

Elle haussa les épaules.

— C'est juste qu'elle n'avait pas l'air très gentille. Tu peux faire mieux. Mais si tu avais fait mieux, et que tu sortais avec une fille gentille, on ne serait pas là sur mon lit. Et j'aime bien notre amitié secrète...

L'amitié n'était pas ce que je ressentais pour elle. J'étais ami avec Knox et Nash Morgan. Mais jamais je ne me blottirais sur des oreillers avec eux, à écouter de la musique. Et je ne ferais pas ça avec Addie non plus. Et même pas avec Cindy Crawford.

— Moi aussi, je nous aime bien, dis-je.

J'aperçus le sourire radieux qui s'afficha sur ses lèvres alors qu'elle baissait la tête pour me le cacher. Elle attrapa son lecteur de CD.

Je glissai mon bras autour de sa tête et la guidai vers ma poitrine. Entre les oreillers avec « *From This Moment On* » de Shania Twain dans les oreilles et la chaleur de Sloane contre moi, je me sentis presque heureux. Je pouvais presque faire semblant que c'était ma vie. Ici, dans cette maison. Avec cette fille magnifique dans les bras.

La chanson se termina trop rapidement, pour passer à un air de country. Quelque chose sur des yeux noirs et des larmes bleues. Elle ne reviendrait pas. Ce devait être l'épuisement qui peignait l'histoire dans ma tête. Fuir, avancer, grandir.

L'espace d'un instant, je le voulus si fort que je ne me rendis pas compte avec quelle force je serrai Sloane dans mes bras, jusqu'à ce que j'en aie mal aux doigts.

Avec une grimace, je relâchai mon étreinte. Je lui penchai la tête pour qu'elle me regarde.

— C'est bon, tu peux t'accrocher à moi. Je ne casserai pas.

Je me remis à la serrer dans mes bras, mais moins fort cette fois.

La chanson changea de nouveau. C'était une ballade maintenant. « *I Won't Leave You Lonely* », je ne te laisserai pas seul, et malgré moi, les mots s'imprimèrent dans ma tête et se gravèrent dans mon âme. Je ne pourrais plus jamais écouter cette chanson sans penser à Sloane et à cette sensation de sérénité que j'avais auprès d'elle. Je voulais l'entendre une nouvelle fois, mais je n'allais pas lui demander de la rejouer. Peut-être que j'achèterais l'album… et que je le cacherais dans ma voiture.

Quand les derniers accords de la chanson résonnèrent dans mon oreille, Sloane posa une main sur mon ventre et la maintint là un moment. J'avais tenu ma promesse de trois chansons, mais rien ne m'attendait chez moi, et j'avais tout ici.

Elle ne dit rien quand la chanson suivante commença. Moi non plus.

– 12 –

Livin' la vida loca d'une bibliothécaire

Sloane

La bibliothèque était mon sanctuaire de bonheur, pas un temple du sexe.

Malgré l'action dont m'avait fait profiter mon vibromasseur la veille, je me sentais toujours nerveuse et frustrée. Et c'est à lui que je reprochais ça.

Je verrouillai la porte derrière moi et allumai les lumières du rez-de-chaussée. Mes épaules se détendirent immédiatement, réconfortées par le calme et l'ordre qui régnaient ici.

J'adorais être la première le matin. J'adorais profiter de ces premiers instants de calme quand je me préparais pour la journée. Malgré les stéréotypes, les bibliothèques sont rarement des havres de paix. Deux pièces isolées au fond du rez-de-chaussée étaient consacrées à l'étude et à la lecture ou à la leçon de méditation hebdomadaire. Mais il y avait de la vie entre ces murs.

Quand j'avais été nommée bibliothécaire en cheffe, nous étouffions dans un immeuble municipal moisi, avec un sol en lino usé, des néons clignotants et des étagères branlantes en métal.

Le catalogue était entièrement caduc et employés comme usagers devaient partager deux ordinateurs vieux de quatre-vingts ans.

À présent, les citoyens de Knockemout entraient dans des locaux spacieux et aérés avec des tables de travail confortables, le Wi-Fi ultra-rapide, deux étages de livres et toute la technologie dont peut rêver un lecteur.

Des recueils sur tous les sujets étaient soigneusement rangés sur des étagères en chêne blanc, les longues tables de travail étaient entièrement dégagées. On avait opté pour une moquette pratique pour les fauteuils roulants, d'un ton vert qui rappelait les pâturages. Le soleil du mardi matin s'infiltrait par les grandes fenêtres, inondant de sa lumière plusieurs variétés de plantes en pot.

Posant mon sac sur la grande table, je lançai ma playlist de chansons pop et allumai les deux ordinateurs de service.

Je consultai le calendrier des événements punaisé sur le mur pour m'assurer que tout était à jour et me fis une note mentale pour envoyer un mail de confirmation à l'organisation de sauvetage des animaux pour l'organisation de notre « Chat-medi », et un autre pour commander davantage de biscuits parce qu'il nous en manquait pour l'heure de l'histoire Drag queen.

Deux organisations avaient réservé les salles de conférences du premier étage aujourd'hui, ce qui voulait dire que je devais vérifier que les tables étaient bien rangées et que les tableaux blancs avaient été nettoyés de leurs gribouillages.

On venait changer l'eau de l'aquarium dans la salle de lecture pour enfants. J'envoyai un message à Jamal, le bibliothécaire de la section jeunesse, pour lui demander s'il avait passé la lampe de désinfection sur les coussins, parce que l'école primaire avait rapporté une épidémie de conjonctivites la veille.

Maintenant, c'était l'heure du café.

Je rangeai mon sac sous le bureau et partis vers le coin café. On s'était équipé d'une machine à expresso et d'un mini lave-vaisselle pour les tasses. Non seulement les clients appréciaient la qualité par rapport au café filtre, mais en plus cela les encourageait à rester plus longtemps. Ils pouvaient souffler un peu autour d'un livre et voir du monde.

Une fois la machine contrôlée et les stocks de lait et de sucre vérifiés, je vidai le lave-vaisselle des tasses de la veille et les rangeai sur leurs crochets.

Je me demandai si Lucian ressentait la même chose quand il entrait dans ses bureaux tous les matins. Une pointe de fierté et le sens du devoir bien fait ?

Mais évidemment, je ne pensais pas à lui, là.

Enfin si, complètement. Est-ce qu'il avait pensé à moi lui aussi, après que j'avais quitté son bureau ?

— Oh, ça suffit maintenant, arrête ! me grondai-je tout haut.

— Arrête quoi ?

— Miséricorde ! D'où tu viens, toi, comme ça ? demandai-je en baissant les mains que j'avais levées pour me protéger.

Naomi, ravissante dans sa robe à manches longues et son collant, tenait un gobelet de café XXL dans la main.

— Ça dépend jusqu'où tu veux remonter. Je me suis réveillée ce matin à côté de mon mari nu…

Je levai une main pour l'interrompre.

— Nouvelle règle dans notre amitié. On ne se vante pas de sa vie sexuelle hallucinante à côté d'une copine qui traverse le désert charnel.

— Je comprends, accepta Naomi.

Bien qu'elle ait un gobelet de café dans la main, elle se dirigea droit vers la machine à expresso. Une mèche de cheveux châtain tomba sur son visage en une vague parfaite.

— Tes cheveux sont beaux, remarquai-je.

— Merci. C'est Waylay qui me les a coiffés. Jeremiah lui a offert un fer à friser hyper cher à Noël, et elle a tout de suite appris à l'utiliser. Alors on arrête quoi ?

— Hum ? lâchai-je comme si je ne comprenais pas sa question.

— Tu étais perdue dans tes pensées et tu t'es ordonné d'arrêter.

Je n'avais pas parlé à Naomi et Lina de *l'incident malheureux* avec Lucian. Je voulais surtout éviter de répondre à leurs questions ou qu'ils s'imaginent que c'en était fini de l'animosité que Lucian et moi éprouvions l'un vis-à-vis de l'autre. Je ne voulais pas non plus admettre l'effet que Lucian Rollins avait eu sur mes parties intimes.

— Oh, je pensais à des trucs qui ne devraient pas me préoccuper, alors que j'ai plein d'autres choses à faire.

Pas mal. Franchement je m'en tirais bien.

— Ouais. T'es consciente que je sais que tu mens, n'est-ce pas ? J'ai une gamine de douze ans à la maison.

— Pff. Je ne mens pas, mentis-je.

Elle m'adressa un regard inquisiteur.

— Et tu es aussi consciente que je suis là pour toi dès que tu seras prête à parler de ce qui te fait mentir.

— Oui, je sais, dis-je, les yeux baissés.

Je n'avais aucune obligation de tout dire à mes amies. Ce n'est pas ce que j'attendais d'elles. Mais je m'attendais tout de même à ce qu'elles me disent ce qui était le plus important pour elles. Ce qu'on avait fait, Lucian et moi, la veille, n'avait aucune importance.

On s'était à peine touchés. Et les regards fougueux qu'on avait pu échanger avant que Petula nous interrompe ne signifiaient absolument rien. Absolument rien du tout.

Génial. Maintenant j'y pensais de nouveau et Naomi me scrutait comme si elle espérait une réponse.

— Eh, tu sais si Jamal a désinfecté la section jeunesse hier soir ?

— Tu changes de sujet. C'est pas suspect du tout, me taquina-t-elle. Tu viens toujours dîner ce soir, n'est-ce pas ? Nash et Lina seront là.

Ma vie sociale se résumait à ça : je jouais la cinquième roue du carrosse pour tous les couples qui avaient une vie sexuelle débridée.

Eurk. J'avais vraiment besoin de faire des changements dans ma vie. Je voulais être celle qui mettait ses amis mal à l'aise avec des démonstrations d'affection excessives. Je voulais être celle qui faisait des projets d'avenir avec un partenaire hyper sexy.

Le souvenir de l'érection magistrale de Lucian hier contre moi me revint en mémoire. *Non ! Méchant cerveau ! C'est mal.* Lucian n'était pas un partenaire potentiel.

— Oui, bien sûr, dis-je en souriant.

La journée, je fus assez occupée pour ne pas penser à lui, enfin, pas tout le temps. Toutes les quinze, vingt minutes, j'avais des flashs récurrents. Au moment de la réunion de l'après-midi avec mon équipe, j'avais déjà rayé tous les points de ma liste de choses à faire, j'avais discuté avec le personnel de maintenance de l'ascenseur pour le contrôle annuel, et avec la fille qui s'occupait de l'aquarium. J'avais convaincu une enfant récalcitrante de sortir du fort de coussins. Son père se remettait d'une opération au genou, et par conséquent j'avais dû ramper sous les coussins pour la sortir de là. J'avais dû lui apporter un sachet de biscuits et lui promettre qu'elle pourrait elle-même scanner le code-barres des livres qu'elle voulait emprunter.

— Voilà de super idées de collecte des fonds pour notre projet de petit déjeuner gratuit pendant l'été, dis-je en complétant la liste sur mon iPad, avant de revenir à mon agenda. Voyons. Ah, le club de lecture. J'ai eu une réponse de l'agente de Matt Haig. Elle a dit qu'il serait ravi de répondre à nos cinq questions pour le Book Club.

La nouvelle fut accueillie avec des éclats de voix enthousiastes autour de la table. Chacun avait la bouche pleine de viennoiseries, une obligation pendant nos réunions d'équipe.

— Ensuite ? demandai-je.

Kristin, la bibliothécaire de la section adultes, agita son croissant dans ma direction. C'était une femme bien en chair d'une cinquantaine d'années qui avait commencé la pole dance et à sortir avec des motards après son divorce.

— J'ai commandé le nouveau roman d'amour de Cecelia Blatch pour le catalogue, et mes brillantes recherches montrent qu'elle habite à une heure d'ici. Et si on organisait une séance de dédicaces ? Peut-être le jour de la Saint-Valentin ?

— J'adore ! Elle pourra faire une lecture et signer des exemplaires de ses livres.

J'avais lu trois de ses titres. Les mâles dominants qui constituaient ses héros étaient juste assez protecteurs sans être des connards. Les héroïnes étaient le juste équilibre entre fougue et besoin d'aide. Et le sexe était dément.

Je me demandai comment Lucian était au lit. Se maîtrisait-il autant que dans la vie ou se lâchait-il complètement entre les draps ?

Non mais quoi encore ?

Je posai une main sur ma joue. Ma peau était plus chaude que la surface du soleil. Il fallait que je traite le problème. J'avais besoin de faire l'amour, mais pas avec l'innommable.

Je me forçai à chasser toutes pensées de lui de mon cerveau, et me concentrai sur les derniers détails à régler.

— Bonne réunion dis-je en refermant ma tablette. Si quelqu'un a d'autres…

— Ta porte est toujours ouverte, dirent-ils à l'unisson.

— Une dernière chose, lança Jamal.

À vingt-six ans, le jeune bibliothécaire était notre plus jeune employé. Les enfants l'adoraient. Et pas juste parce qu'il portait des casquettes de base-ball et qu'il jouait au frisbee. C'était aussi un brillant illustrateur qui aimait offrir aux clients de tous âges ses dessins et caricatures.

— On a reçu le mail de complainte hebdomadaire de Marjorie Ronsanto…

Notre grognement collectif l'interrompit.

— Au sujet des livres LGBTQ+ dans la section enfants. Elle craint qu'ils ne soient « dangereusement inclusifs », dit-il en lisant ses notes. Et elle se passerait bien des couples mixtes dans les romans. Elle nous rappelle aussi son « généreux don » pour la poubelle dans la salle de repos.

— Je déteste ce truc, s'énerva Kristin.

C'était une de ces poubelles intelligentes qui n'étaient en fait pas assez intelligentes pour s'ouvrir quand elles auraient dû. Six mois plus tôt, j'avais perdu patience et j'avais arraché le couvercle.

— Elle ne peut pas se prendre une semaine de vacances où elle arrêterait de tout détester ? demanda Naomi.

— Marjorie s'est donnée comme rôle dans la vie d'être une emmerdeuse, affirma Blaze en croisant les bras.

Blaze était une de nos bénévoles, membre de notre conseil d'administration. Elle représentait aussi le L dans LGBTQ+.

— Sa mère ne l'a pas assez aimée quand elle était enfant, dis-je sèchement. Tous d'accord pour faire ce qu'on fait toujours avec les plaintes de Marjorie ?

Tout le monde autour de la table leva la main.

— Je lui envoie la réponse habituelle, lança Agatha, la femme de Blaze, également membre du conseil d'administration.

— Dis-lui aussi qu'elle a deux jours de retard pour rendre ses livres, renchérit Kristin mesquine.

Agatha sourit et fit mine de lâcher un micro en signe de victoire.

* * *

De retour entre les quatre murs paisibles de mon bureau, j'ouvris une canette et m'installai derrière mon ordinateur.

Ma table de travail n'était pas en verre brillant et stérile comme celle de Lucian. Mon mobilier se limitait à ce que je considérais comme l'indispensable pour la gestion administrative. Et je compensais le manque de fantaisie par des murs peints en vert et des étagères croulant sous les babioles personnelles. Mon bureau était encombré, coloré et chaotique.

Une boule d'énergie foisonnante comme moi ne s'assortissait pas avec un maniaque émotionnellement rigide. Même pas entre les draps.

Non, si j'avais vraiment envie de trouver mon partenaire de vie, je devais me concentrer et oublier toute éventualité de sexe torride avec un type que je n'aimais pas plus que ça.

Je me rappelai l'application de rencontre et m'y connectai immédiatement. Peut-être que mon futur mari était déjà dans ma boîte mail.

Mon enthousiasme flancha rapidement.

— C'est pas possible, grommelai-je.

Je parcourus la liste des gars que j'avais sélectionnés. Sérieusement, comment une fille pouvait-elle se taper un mec et trouver le grand amour si personne ne la sélectionnait en retour ?

Peut-être que l'appli était cassée. J'avais dû oublier de valider une étape. Je devrais demander à Stef ou Lina et le plus vite possible, vu comment mes parties intimes frustrées étaient prêtes à considérer Lucian Rollins comme un candidat potentiel.

— Quand tu auras fini de fusiller ton écran du regard, j'ai quelque chose pour toi.

Je renversai mon verre sur mon bureau et envoyai valser mon portable. J'avais même bondi de mon fauteuil avant de me ressaisir.

Parce que Lucian Rollins se trouvait sur le seuil de ma porte.

— Pourquoi… qu'est-ce que… comment ? bafouillai-je en me levant.

Il se pencha et ramassa le verre.

— Marrant, je te connaissais plus éloquente que ça.

— Ne me cherche pas, Lucifer, l'avertis-je en lui arrachant le verre des mains. Pourquoi t'es dans mon bureau au lieu de chercher des diamants de sang et de vendre des organes au marché noir ?

Il jeta un manga sur ma table de travail. Mon manga. Enfin, celui de la bibliothèque.

— Tu as oublié ça dans mon bureau. J'ai entendu dire que la bibliothécaire ici est impitoyable avec les retards.

— Tu sais, la poste ça existe, dis-je en récupérant mon téléphone.

— Malheureusement pour toi, je devais venir en ville aujourd'hui.

Il enfonça ses mains dans ses poches et observa les lieux en s'attardant sur mes objets personnels. Il était trop grand dans cet espace. J'avais l'impression qu'il aspirait tout l'oxygène et la couleur de la pièce au point que je n'étais plus consciente de rien d'autre que de sa présence.

— Qu'est-ce qui te fait encore chercher la bagarre, Lutin ? Un autre écureuil s'est coincé dans le tuyau des retours de livres ?

— Hilarant. Trop drôle. Je suis heureuse qu'on ait pu se voir. Je t'ouvre la fenêtre pour que tu puisses t'éclipser ? proposai-je.

— Intéressant, commenta-t-il en penchant la tête vers le livre qu'il m'avait rapporté.

— C'est pour un ado qui souffre de dyslexie. Je me suis dit que les scènes de combat lui plairaient, mais je voulais le lire avant de le lui recommander.

Je ne savais pas pourquoi je me justifiais. Qu'est-ce qu'il en avait à faire de ce que je lisais ? Et je me fichais de ce qu'il pensait de mes choix de lecture.

— Pratiquement tous les souvenirs que j'ai de toi viennent avec des livres.

Il sortit ces mots comme une confession. On se regarda sans rien dire pendant trente longues secondes.

Je secouai la tête.

— Tu sais, parfois j'ai l'impression que j'ai tout imaginé, lançai-je.

Il reposa la photo de moi et mes parents à l'inauguration de la bibliothèque et me regarda.

— Imaginé quoi ?

— Toi. Moi. Le cerisier. Je pensais qu'on était amis…

— On l'était… Autrefois.

Il lesta ce dernier mot d'une pointe de reproche assez évidente pour que je n'entende plus que ça.

— Je ne te comprends pas. Je ne te comprenais pas quand tu étais en terminale et je ne te comprends pas non plus maintenant que tu es chef d'entreprise. Et je comprends encore moins ce qui s'est passé hier.

Ses yeux changèrent imperceptiblement, mais j'avais passé une vie à l'étudier et je repérais le moindre changement.

— Ajoutons hier à la longue liste d'erreurs à jeter dans les oubliettes du passé, proposa-t-il.

— J'ai déjà oublié, me vantai-je.

— Et c'est pour ça que tu viens d'en parler il y a cinq secondes.

Il était impitoyable avec ses ennemis. Mon père et lui avaient passé des heures autour d'un échiquier.

— J'en ai peut-être parlé, mais on sait tous les deux que ce n'est pas une coïncidence que tu sois ici aujourd'hui après ce qui s'est passé hier. C'est la première fois que tu me rends visite dans cette bibliothèque.

L'air dans la pièce était électrique, c'était comme si je voyais des étincelles entre nous. Mais pas des étincelles romantiques. Le genre qui consume tout sur son passage. Le genre qui détruit tout.

À travers ma fenêtre, le soleil de l'après-midi baignait son visage d'une lumière dorée et d'ombres.

— Comment va ta mère ? demanda-t-il avant de se concentrer sur une autre de mes décorations qui révélaient ma personnalité.

— Elle va bien.

Il affichait une mine irritée, mais semblait s'efforcer de rester patient.

— Elle s'en sort, corrigeai-je. Je l'ai aidée à faire le tri dans quelques-unes des affaires de papa hier et c'était…

Quoi ? Bouleversant ? Déchirant ? Même si on avait mis de côté ses vêtements préférés, faire les cartons renforçait encore notre tristesse.

— Difficile, décidai-je.

— J'ai pensé, l'autre jour, au tee-shirt de jardinage de Simon, déclara Lucian. De la seule course de cinq kilomètres qu'il ait jamais faite.

Heureusement, Lucian ne me regardait pas, parce que je dus réprimer la vague d'émotion qui me submergea en cachant ma bouche avec une main.

— La course de Knockemout contre le cancer du sein, rappelai-je quand je me ressaisis.

C'était un tee-shirt XXL rose foncé avec des seins dessinés sur la poitrine. Mon père nageait dedans. Mais il était si fier d'avoir terminé la course et d'avoir fait gagner de l'argent à l'organisation qu'il portait ce tee-shirt pour jardiner, le nouant à la taille comme s'il était une adolescente. J'avais passé des années, humiliée par sa dégaine. C'était le seul de ses vêtements que j'avais gardé.

— La première fois que je l'ai vu avec, il attaquait le buisson dans ton jardin – celui avec les baies rouges – avec une cisaille électrique, et il disait à ta mère qu'il était Simon aux mains d'argent.

Mon rire humide nous surprit tous les deux.

Il sourit et l'espace d'un instant, ce fut comme s'il n'y avait pas un passé affreux entre nous. Avant, je le faisais sourire et il me faisait rire.

— Je ne sais pas comment réagir quand tu es gentil avec moi, annonçai-je.

— Si tu ne rendais pas les choses si difficiles, je serais plus souvent agréable, dit-il sèchement.

— C'est mieux ainsi alors. Tu pourrais attraper une crampe en faisait semblant d'être humain.

Une ébauche de sourire restait sur ses lèvres.

— À propos d'hier… commençai-je.

Quoi à propos d'hier ? Qu'est-ce que j'avais dans la tête à remettre le sujet sur la table ? *Encore.*

— Oui ? demanda-t-il avec une pointe de défi.

— J'ai rencontré Holly, bafouillai-je, trouvant le premier sujet qui n'impliquait pas notre rapprochement. Elle semblait très reconnaissante que tu l'embauches. Lina nous a dit comment tu l'avais recrutée. T'es peut-être pas autant un connard, après tout.

— Personne ne sait faire des compliments comme toi, Lutin.

Je levai les yeux au ciel.

— Oh, la ferme. J'essaie d'être gentille.

— La seule chose gentille que tu trouves à dire sur moi, c'est que j'ai embauché quelqu'un pour effectuer un travail ?

— Peut-être que j'en aurais plus à dire si tu m'avouais pourquoi ma mère t'est tellement reconnaissante, lui rappelai-je.

— Laisse tomber, Sloane, répliqua-t-il sur un ton las.

La trêve fragile entre nous se fissurait. Je n'aurais su dire si j'étais déçue ou soulagée.

Lucian se concentra sur le contenu de mes étagères.

Son regard se posa sur un ballon de softball en bronze derrière une vitrine. Son sourire s'effaça aussitôt.

— C'est quoi ? demanda-t-il en examinant la vitrine.

— La balle de mon dernier match de softball. Maeve l'a coulée dans du bronze, pour me faire une blague.

Ça avait été mon premier vrai éclat de rire après ma blessure. Après que j'avais fait une croix sur ma bourse d'études.

Je ne savais pas si le picotement dans mon poignet était réel ou juste l'écho d'un souvenir. Et je ne me rendis compte que je le massais que lorsque Lucian me regarda.

Ses yeux se firent gris tempête. Il ouvrit la bouche, mais la referma aussitôt.

— Quoi ? demandai-je sans prendre la peine de cacher l'agacement dans ma voix.

— Je n'ai pas le temps pour ça. Pour toi.

— Je te l'ai dit, personne ne t'a demandé de jouer les coursiers.

— Et je ne t'ai pas demandé de te mêler de mes affaires et d'arrêter ta carrière de softball.

— Alors on est quittes, dis-je avec amertume.

— Comme toujours, tu es exaspérante, irresponsable et immature.

Il était excédé, comme si je ne valais même pas ses insultes.

— T'es un emmerdeur sacrément lunatique, lâchai-je avec un pincement de tristesse.

— Charmante. Vraiment étonnant que tu sois encore célibataire.

Cet homme maîtrisait le sarcasme avec la dextérité d'un magicien.

— Tu es en retard pour ton prochain sacrifice, Lucifer. Tu devrais y aller.

Il grimaça.

— Merci de me rappeler que notre relation est ce qu'elle est. Il m'arrive de temps en temps d'oublier comment tu es vraiment.

— Ah oui ? Et je suis comment ?

— Dangereuse.

Je lui décochai un sourire faux.

— Tu penses que tu peux retrouver la sortie, ou tu préfères que je t'expédie dans les escaliers la tête la première ?

— Je devrais y arriver. Garde tes affaires loin de moi.

— Ouais ? Alors reste loin de mon lieu de travail, répliquai-je, traversant la pièce pour lui montrer la porte.

— Eh, oncle Lucian ! appela Waylay derrière le bureau de la communauté, où elle travaillait sur un ordinateur.

Les deux ados qui se penchaient sur la table regardèrent Lucian avec de grands yeux.

— Salut Waylay, lança Lucian en s'cngagcant dans l'escalier.

— Vous voulez qu'on le raccompagne, mademoiselle Walton ? demanda Lonnie Potter, en désignant Lucian avec son pouce.

Les yeux de son camarade doublèrent de taille derrière ses lunettes.

J'aurais ri si je n'avais pas été trop occupée à souffler des flammes.

— Non, mais merci Lonnie, c'est très gentil de ta part.

Je retournai dans mon bureau et me cachai les yeux derrière mes mains.

— Ça veut dire quoi lunatique ? demanda Lonnie tout bas à son ami.

— Bon sang, grommelai-je.

J'avais besoin d'un cours de méditation. Ou d'hypnothérapie. Ou d'un médicament qui m'immuniserait contre Lucian Rollins. Et alors, qu'est-ce que ça pouvait faire qu'il me déteste ? Et alors, qu'est-ce que ça pouvait faire qu'il me rende dingue ? Chaque fois que je réagissais, je lui donnais ce qu'il voulait. Déjà ça, ça aurait dû m'arrêter.

— Toc toc ?

C'était Naomi qui entrait dans mon bureau avec ma sœur.

— Je conduisais Maeve dans ton bureau et on a croisé Lucian, expliqua Naomi. J'ai l'impression de l'avoir entendu grogner quand je lui ai dit bonjour.

— S'il vous plaît, ne prononcez plus jamais ce nom en ma présence, suppliai-je.

— Waouh. Vous pouvez vraiment pas vous supporter tous les deux, commenta Maeve. Vous étiez si proches pourtant.

— Ah oui ? demanda Naomi, saisissant l'occasion d'avoir des informations. Quand ?

— Je vais vous demander à toutes les deux un grand service : changez immédiatement de sujet.

— Elle n'aime pas qu'on parle de ce qui s'est passé avec Lu... avec ce type, murmura Naomi à ma sœur.

— Il se trouve que j'ai le sujet parfait pour parler d'autre chose, annonça Maeve en regardant les chaises pour les visiteurs, ensevelies sous des livres et les restes d'un diorama pour enfants sur la première bibliothèque publique de Knockemout.

— Aidez-moi à apporter tout ça dans la salle de conférences, proposai-je, pressée de sortir de mon bureau où je ressentais encore la présence électrique de Lucian.

— Je dois retourner en bas, annonça Naomi. Neecey va passer après son service chez Dino, je vais l'aider à trouver des informations sur les prises en charge médicales pour son père.

— Merci de m'avoir accompagnée ici, lança Maeve dans son dos.

— Oui, merci, ajoutai-je un peu tard. Viens.

Je la conduisis dans la salle de conférences et m'installai à la table avec ma sœur.

— Je t'écoute.

— Mary Louise Upshaw, commença Maeve en retirant un dossier de son porte-documents. Elle a été arrêtée pour possession et transport de substance illégale. Elle a été condamnée à vingt ans de prison. Elle a déjà purgé onze ans dans le centre pénitentiaire de Fraus à une heure d'ici environ vers le sud.

— C'est particulièrement sévère, commentai-je.

— En effet, confirma ma sœur. La peine habituelle pour un tel délit est en général de trois à cinq ans.

— Alors pourquoi elle a écopé d'une telle peine ? C'est sa première infraction.

— Le juge qui a suivi son affaire est réputé pour être intransigeant avec la drogue. Il voulait sans doute marquer le coup.

Je pris le dossier et étudiai le cliché de Mary Louise. Elle avait l'air d'une mère de famille effrayée qui n'avait aucune idée de comment elle s'était retrouvée là.

— Elle n'a pas l'air d'une trafiquante de drogue.

— À ce que j'ai pu comprendre, Mary Louise a déclaré que la drogue ne lui appartenait pas et plaidé non coupable dans un premier temps. Mais quelques semaines plus tard, elle a changé sa défense.

Je repensai à ce qu'Allen m'avait dit le jour de l'enterrement de papa.

— *J'ai fait des bêtises... Ma mère a dû payer les pots cassés.*

— Oh Allen, dis-je en soupirant. Pourquoi n'a-t-elle pas fait appel ?

— Elle l'a fait. Ou du moins, elle a essayé. Elle a eu trois avocats différents après son arrestation. J'ai les coordonnées de son dernier représentant juridique, affirma Maeve.

Je savais, de ce que racontaient mon père et ma sœur, que les avocats commis d'office étaient débordés et que les affaires qu'ils avaient à traiter s'enchaînaient.

— Je suis désolée de ne pas pouvoir t'en dire plus. J'étais au tribunal et j'avais d'autres affaires à traiter. Donc je n'ai pas eu autant de temps pour creuser autant que j'aurais voulu.

Je feuilletai les papiers.

— Merci de l'avoir fait. Je sais que tu es très occupée.

— Jamais trop pour la famille.

Une pointe de culpabilité m'assaillit de nouveau. J'avais été trop occupée pour la famille. Trop occupée pour en construire une.

— Eh, comment ça va chez toi ? demandai-je en lui attrapant la main.

Elle serra la mienne.

— Tout va bien. Chloé m'occupe bien. Cette gamine peut aspirer toute l'attention d'une pièce et laisser ses occupants sur les genoux quand elle part. Mais il me manque vraiment.

— Moi aussi.

Je sentis qu'elle me cachait quelque chose derrière son haussement d'épaules triste, son sourire forcé.

— Quoi d'autre ? demandai-je.

Un observateur lambda n'aurait pas détecté la lueur dans ses yeux, mais j'étais une petite sœur aguerrie, je voyais tout.

— Rien, dit-elle innocemment.

— Menteuse. Tu n'es plus toi-même depuis la mort de papa. Qu'est-ce qui se passe ? Crache la pilule parce que tu sais bien que je ne te laisserai pas t'en tirer aussi facilement.

Elle leva les yeux au ciel.

— Bon, d'accord. Je sortais avec un gars, et ça n'a pas marché. C'était rien, pas une rupture dramatique, pas de confrontation larmoyante.

Je fronçai les sourcils.

— Tu sortais avec quelqu'un et tu as réussi à ce que personne ne le sache dans cette ville ?

— Ce n'était pas exactement une relation que je voulais afficher sur tous les toits.

— Pourquoi tu l'as jeté ?

— Comment tu sais… peu importe. Je suis trop occupée pour m'investir dans une relation. Il voulait qu'on concrétise, mais moi je n'avais – je n'ai – pas le temps pour quelque chose de sérieux.

Ma sœur était le type de personne calme et sereine qu'on veut avoir à ses côtés en cas d'urgence. Elle ne laissait jamais les émotions la dominer. Qu'elle fasse semblant de ne pas être bouleversée par sa séparation me donnait à penser que ce n'était en fait pas rien.

— Je suis désolée que ça n'ait pas marché, dis-je prudemment.

— Ce n'est rien. Merci encore d'être allée chercher Chloé. Ça m'a bien rendu service, lança Maeve en ravalant ses émotions.

Je l'étudiai un moment et décidai de la laisser tranquille… pour l'instant.

— Eh, est-ce que Chloé et toi vous voulez venir dimanche ? On fera le chili de papa avec le pain de maïs de maman et on regardera *Erin Brockovich*.

Et je lui tirerais les vers du nez.

— Le tiercé mémorial de Simon Walton. Compte sur nous ! assura Maeve.

— Génial !

Ma sœur referma son porte-documents et se leva.

— Écoute, si tu veux fouiller dans l'affaire Mary Louise, tiens-moi au courant. Ça m'intéresse.

— Merci Maevey Gravy, dis-je en l'enlaçant.

— Quand tu veux, Sloaney Baloney.

– 13 –

Un dîner électrique

Lucian

Je garai ma Ranger Rover dans l'allée de Knox derrière son pick-up. Les lumières étaient allumées dans la grande maison, projetant un halo qui fendait la pénombre hivernale. Enfant, j'adorais venir ici. J'adorais cette liberté que permettaient Liza J et son mari Pop. J'avais passé des étés entiers à nager dans le ruisseau, à dormir à la belle étoile, à grimper aux arbres, à me battre avec les frères Morgan.

Bien sûr, quand nous avions découvert les filles, nos priorités avaient changé.

La vieille maison en bois avait changé, elle aussi. Depuis que Knox et Naomi avaient emménagé là, il y régnait un ordre nouveau. Il y avait des bougies aux fenêtres et des branches de pins sur la rambarde de la terrasse.

Ils n'avaient pas lésiné sur les moyens à Noël, leur premier en famille. Ça avait été spectaculaire. Le renne et la luge sur le toit étaient peut-être un peu too much, mais comment en vouloir à Knox ? Si j'avais eu la chance d'avoir une famille comme la sienne, j'aurais sûrement compensé tous les Noëls que je n'avais pas eus enfant.

Je sortis de la voiture et hésitai à fumer ma cigarette de la journée pour profiter d'un petit moment de calme avant d'entrer. J'avais dû faire appel à tout mon sang-froid pour ne pas la fumer après mon départ de la bibliothèque. Et j'aurais certainement besoin de cette cigarette après le dîner.

Parfois, j'aimais bien ces réunions joyeuses et bruyantes, mais elles me donnaient à d'autres moments l'impression d'être un fantôme qui hante une famille heureuse. Enfants, Knox et Nash m'avaient accepté pour qui j'étais. En tant qu'adultes, nous pouvions mettre notre amitié sur pause n'importe quand sans en tenir rigueur aux autres.

Mais avec Naomi et Lina qui s'ajoutaient à notre trio, je semblais tenu à plus de responsabilités. Si je disparaissais à Washington, New York ou Atlanta pendant des semaines sans donner de nouvelles, j'étais sûr que Naomi me chercherait, voudrait savoir si tout allait bien et quand je reviendrais. Lina s'attendrait à recevoir une notification signalant mon départ ainsi que la date approximative de mon retour. Les deux le prendraient personnellement si je passais des semaines ou des mois sans les joindre.

Les femmes compliquaient les choses. Et pas juste pour leurs partenaires, pour tous ceux qui étaient en relation avec elles.

La porte s'ouvrit en grand et Knox sortit au moment où je vis des phares illuminer l'allée. De la musique étouffée par les vitres envahit l'air, couvrant le bruit du moteur.

La Jeep de Sloane se gara derrière ma voiture. Elle coupa le moteur mais laissa la musique. C'était « *Man ! I Feel Like a Woman* ». Je poussai un soupir. Certaines choses ne changent jamais.

Knox me rejoignit. Il portait un jean et une chemise en flanelle grise avec une manche abîmée.

— Tu ne m'avais pas dit qu'elle venait, dis-je en désignant la Jeep avec mon pouce.

La chanson se termina et la porte côté conducteur s'ouvrit. Les bottes de cow-boy de Sloane se posèrent sur la neige.

— Elle est à qui cette Rover ? demanda-t-elle à Knox.

Je fis le tour du capot et elle recula.

— Tu ne m'avais pas dit qu'il venait.

— C'est exactement pour ça que je suis ici plutôt qu'en train de vous ouvrir la porte, annonça Knox.

— Qu'est-ce que tu raconte ? demanda Sloane en se dirigeant vers nous.

Elle portait un legging et un pull rouge trop grand assorti à son rouge à lèvres. Ses cheveux étaient à moitié attachés au sommet de sa tête, à moitié lachés en longues vagues ondulées. Décontractée. Accessible.

— Waylay et moi, on a dû écouter Naomi se torturer toute seule pendant une heure pour savoir lequel de vous deux désinviter, expliqua Knox.

— Fallait commencer par ne pas inviter, fis-je remarquer.

— Tais-toi, répliqua Knox.

— Je ne comprends pas le conflit. Je suis l'amie de Naomi et sa patronne. Facile, conclut Sloane.

— Oui, et Luce est mon ami. Et apparemment, Naomi se fait du souci pour lui, contra Knox.

J'ignorai l'air suffisant sur le visage de Sloane.

— Aucune raison de se faire du souci, insistai-je, à la fois agacé et touché que quelqu'un pense à moi.

— À part pour tes victimes, répliqua Sloane.

— Il n'y a que toi, petit lutin. Je ne vis que pour gâcher ton bonheur.

— Voilà précisément la raison pour laquelle je me gèle les fesses dehors dans mon allée au lieu de passer du temps avec ma femme. Alors voilà ce qu'on va faire. On va tous les trois entrer dans la maison et vous deux, vous allez vous comporter en adultes capables de contrôler vos pulsions. Ou sinon…

— Ou sinon quoi ? demanda Sloane, les sourcils froncés.

Elle avait toujours la mauvaise réaction à des provocations pareilles.

Le sourire de Knox était vicieux.

— Je suis ravi que tu demandes. Comme je ne veux pas que Naomi le sache et comme je ne peux envoyer mon poing que dans une seule mâchoire à la fois et comme j'ai un peu peur de toi, Sloane, j'ai dû me montrer un peu créatif.

Il brandit deux petites boîtes avec des câbles qui en sortaient.

Sloane secouait déjà la tête.

— Non, sûrement pas, pas question.

— Oh que si, insista-t-il.

— C'est quoi ? demandai-je.

— Eh bien, Luce, continua Knox sur le ton de la conversation. Ce sont des machines de stimulations transcutanées, autrement appelées machines de torture simulant les règles, que les filles au Honky Tonk sortent pendant la semaine du requin, une fois par mois. Elles scotchent les électrodes sur le ventre des mecs pour leur montrer ce que ça fait d'avoir ses règles.

Sloane croisa les bras.

— Tu n'es pas sérieux, tu ne vas pas électrocuter tes invités ?

— Je vais être honnête, je me fiche de ce dîner ou de notre amitié, dis-je en sortant mes clés de voiture de ma poche.

Sloane posa les mains sur les hanches.

— Bon débarras.

Knox m'arracha les clés des mains.

— Je pense que tu n'as pas bien entendu. Naomi a décidé que vous ne pouviez pas être tous les deux invités aux mêmes occasions. Ce qui veut dire qu'elle va organiser le double des réunions pour s'assurer que vous deux, emmerdeurs de première, vous bénéficiez du même temps en notre compagnie. Et moi, je ne veux pas deux fois plus de réunions. Je ne veux pas deux fois plus de putain de temps. Je veux que vous deux, vous mettiez de côté votre putain de haine secrète à la mords-moi le nœud dont aucun de vous deux ne veut parler, et que vous fassiez oublier à ma femme que vous ne pouvez pas vous supporter.

— C'est ridicule, déclarai-je.

— Non, c'est vous qui êtes ridicules de m'obliger à faire ça. Alors soit vous entrez chez moi branchés à ces joujoux, décidés à vous comporter comme des adultes pour rendre ma femme heureuse, soit vous rentrez tous les deux chez vous et vous réfléchissez à combien vous devez être cons pour m'obliger à être, moi, la voix de la raison.

Je jetai un regard à Sloane, qui semblait considérer ces différentes options stupides.

— Qu'est-ce qu'il y a à manger pour le dîner ? demanda-t-elle, les yeux plissés.

— Des tacos.

— Bon sang, grommela-t-elle avant d'attraper une des machines de Knox.

— Tu plaisantes, lâchai-je.

— J'ai faim et je prouve au coiffeur barbu ici présent que je suis une meilleure amie que toi, annonça Sloane.

Elle souleva son pull, dénudant son ventre.

— Je refuse, dis-je à Knox.

— Je ne te force pas. Tu connais les choix et les conséquences. Je suis sérieux : c'est tous les deux ou aucun des deux. Mais si je rentre chez moi et que j'explique à ma femme que vous n'avez même pas pu vous entendre pour ne pas être des connards juste le temps de vous enfiler quelques tacos, elle sera triste, et moi, ça me rendra furieux. Je vouerai ensuite ma vie à détruire les vôtres, menaça Knox.

— Quel est le problème, Lucifer ? T'as peur d'une petite décharge électrique ou t'as peur de ne pas pouvoir te contrôler ? me défia Sloane.

En jurant, je sortis ma chemise de mon pantalon.

— T'as intérêt à ce que ce soit les meilleurs tacos de ma vie, parce que je ne suis pas convaincu que notre amitié en vaille la peine.

Sloane baissa les yeux sur mon ventre alors que j'y fixai les deux électrodes.

— Et maintenant vous vous calmez, parce que Waylay est assise entre vous deux. Si ma fille vous entend vous insulter, elle vous balance une décharge.

Alors qu'on avançait vers la maison, je me consolais en me disant que c'était Waylay et pas Knox qui tenait les manettes. Et de toute façon, les règles, ça ne devait pas faire si mal que ça.

* * *

Des éclairs de douleur traversèrent mon abdomen pour descendre dans mes jambes. Je frappai la paume de ma main sur la table, provoquant un tintamarre de vaisselle.

Fossette glapit et Waylon grogna.

Waylay ricana et toutes les conversations cessèrent, alors que les regards se tournaient vers moi.

Knox avait un air satisfait. Les épaules de Sloane s'agitaient à cause du fou rire qu'elle réprimait de l'autre côté de la tête blonde de Waylay. Les autres semblaient inquiets.

— Ça va, Luce ? demanda Nash en face de moi.

— Ça va, répondis-je quand j'eus un peu moins mal.

Sloane se tamponna le coin des yeux avec sa serviette.

— Tu disais que ma voix te rappelait un chihuahua enragé. Tu voulais poursuivre, ou...

Sa serviette et une cuillère tombèrent au sol quand tout son corps se raidit. Elle lâcha un petit cri suraigu.

— Qu'est-ce qui se passe ? demanda Naomi, à la droite de Knox.

— Rien, répondis-je en même temps que Waylay, Knox et Sloane.

On parvint tous à esquisser des sourires innocents mais personne n'était dupe.

— Naomi, quelles couleurs tu disais pour notre réception ? demanda Lina pour attirer l'attention vers l'autre côté de la table.

— Je ne l'ai pas insulté, petite teigne, siffla Sloane à Waylay.

— Tu l'as provoqué, c'est pareil. Crois-moi, je suis la reine de la provoc sur un terrain de foot, lui répondit Waylay.

— Tu as réglé l'intensité plus fort pour moi, accusai-je.

J'avais eu l'impression qu'on me retirait les entrailles du ventre.

— En fait, tu n'es que sur huit. Knox et moi, on s'est dit que Sloane avait un avantage sur toi, vu qu'elle a ses règles depuis quelques décennies déjà.

— Tu me donnes quel âge exactement ? demanda Sloane avant de secouer la tête. Moi, je suis à combien ?

— Neuf.

— Yes ! s'exclama Sloane.

Naomi nous regardait de nouveau. Je levai mon tacos et lui souris.

— Mets-moi sur dix, lançai-je à Waylay quand Naomi détourna les yeux.

— Je sais pas. Knox dit que les filles au bar n'ont plus le droit de mettre sur dix depuis que Garth Lipton a failli se faire caca dessus.

— Mets-moi sur dix, insistai-je.

— Il n'y a rien d'héroïque à se chier dessus, Rollins, déclara Sloane, et son corps se figea de nouveau.

Le tacos qu'elle tenait dans la main explosa en s'écrasant dans son assiette.

— Voyons, Waylay, je ne l'insultais pas ! Je lui donnais un conseil.

— Ça m'a paru être une insulte, à moi. Et en plus t'as dit un gros mot, alors ça fait un dollar dans le bocal des gros mots, ce qui veut dire que tante Naomi achètera encore plus de légumes.

— Waylay, comment sont tes tacos ? demanda Naomi.

— Bons. Mais ils seraient meilleurs sans toute cette verdure bizarre. Enfin, je tiens le coup.

— Garth Lipton a quarante ans de plus que moi, dis-je à Sloane au-dessus de la tête de Waylay.

— Je voulais juste te protéger. Déjà que tu supportes difficilement un huit, je détesterais voir ce qu'un dix te ferait. Enfin, j'adorerais, mais je suis l'adulte et la plus mature de nous deux, murmura-t-elle.

— C'est pas parce que tu ne peux pas supporter un dix que c'est pareil pour moi. Tout ira bien.

— Je suis une femme. Il y a deux semaines, j'avais des crampes tellement fortes que j'ai dû m'allonger sur le sol des toilettes du garage. Et ensuite, j'ai dû me relever pour aller bosser pendant huit heures. Je suis née pour supporter un dix.

— Vous ne dites rien de méchant, mais vous parlez sur un ton agressif, nous mit en garde Waylay.

— Tu me mets sur dix, ordonnai-je.

— D'accord, dix pour tout le monde. Je vais te montrer comment on supporte ça, siffla Sloane.

— Je suis désolée de vous le rappeler, parce que je m'amuse vraiment bien, mais vous avez l'air d'oublier pourquoi Knox vous électrocute.

D'abord Knox, et maintenant Waylay. Les voix de la raison semblaient de plus en plus improbables à mesure que la soirée avançait.

Sloane me décocha un regard noir au-dessus de la tête de Waylay. Je lui répondis avec la même expression.

— Va te faire voir, dessina-t-elle sur ses lèvres.

— Toi aussi, répliquai-je sans produire de son.

— Tout va bien par ici ? demanda Naomi sur un ton nerveux.

— Ça va, à part que Lucian me fait la gueule comme…

Le visage de Sloane se tordit de douleur.

— Ça en valait la peine, siffla-t-elle.

— T'es tellement conne, dis-je.

Et je me tordis en deux, foudroyé par une vague de douleur insoutenable.

— C'est mes reins.

Waylon et Fossette se mirent à aboyer frénétiquement.

— Knox Morgan ! Pourquoi notre fille est-elle en train d'électrocuter nos invités ? hurla Naomi.

Mon ami leva les mains, innocemment.

— Margo, je peux totalement t'expliquer.

— Bon sang, je sais pas lequel je vais arrêter en premier, grommela Nash.

— Vous savez quoi ? Je crois que je vais aller chercher la tarte aux fruits… et un peu plus de vin, proposa Lina en se levant.

— Je t'aide, lança Waylay, fuyant la pièce avant de se faire punir.

— Je supervise, annonça Nash.

On se leva pour défaire nos électrodes. Mes jambes me soutenaient à peine. Un pas de travers et j'allais m'écrouler. Et la douleur se répandait dans le bas de mon dos.

Je pris Sloane par le bras et la guidai vers la porte de derrière.

— Dehors, dis-je, tendu.

— Mais je veux regarder Naomi engueuler Knox, se plaignit-elle.

— Tu as une vie entière pour ça.

Je la traînai dehors sur la terrasse et refermai la porte. Il faisait froid et noir. Les arbres nus projetaient des ombres squelettiques sur la neige depuis le faible clair de lune.

— Le niveau dix t'a grillé les neurones ? demanda Sloane en se dégageant.

— On fait une trêve, annonçai-je.

— Ça marche pas comme ça.

— J'ai quarante ans. Je dirige une entreprise qui vaut des millions. Je suis propriétaire. Je paie des impôts. Je vote. Je cuisine. Je me fais vacciner contre la grippe tous les ans, putain.

— Félicitations. Tu veux une médaille ?

— On est adultes, continuai-je en montrant la fenêtre où régnait encore le chaos. Et ce qu'on a fait là-dedans, c'était notre dernière performance d'une longue série de spectacles totalement immatures dans lesquels on joue tous les deux.

Sloane croisa les bras et baissa les yeux. Ses bottes étaient marron avec des coutures violettes.

— Je ne dis pas que tu as raison. Mais tu n'as pas complètement tort.

— Ça doit cesser.

Elle gonfla les joues. La lumière faisait briller le clou dans son nez. Elle ressemblait à une petite fée malicieuse de la forêt.

— Je sais.

Elle se détourna de moi et avança vers la rambarde.

— Je déteste que chaque conversation avec toi me fasse régresser au stade d'adolescente sans aucune maîtrise. C'est gênant.

— Je déteste te donner le pouvoir de me rendre dingue. C'est exaspérant, reconnus-je.

Elle adressa un petit sourire au ciel.

— Donc tu reconnais que tu es partiellement humain.

— Je nierai si tu le répètes.

Elle resserra ses bras plus près de son corps et contracta les épaules, frigorifiée. Lentement, je m'approchai jusqu'à ce que mon bras frôle son épaule, afin de la réchauffer.

— Qu'est-ce qu'on devrait faire ? Pardonner et oublier ? demanda-t-elle.

— C'est impossible, dis-je sèchement.

Elle lâcha un petit rire.

— Je te le fais pas dire.

— Il faut qu'on trouve une solution. Pour eux.

On regarda tous les deux par-dessus nos épaules, vers la cuisine où tout le monde s'était réuni autour de l'îlot avec leur café et la tarte aux fruits.

— Ils ont l'air vraiment heureux sans nous, commenta Sloane.

— Alors on trouvera le moyen qu'ils restent heureux avec nous.

— Commençons par ne pas interagir entre nous quand on est dans le groupe, suggéra-t-elle. On n'est pas prêts pour des mondanités polies.

Ça me faisait rager, mais elle avait raison. Il était plus sûr de s'ignorer simplement jusqu'à ce qu'on réussisse à se tolérer.

— D'accord. Et si pour une raison ou une autre, l'un de nous sent qu'il ne pourra pas supporter l'autre, alors on s'arrange en amont pour éviter de venir.

— C'est tellement un truc de riche ce que tu viens de dire. Sans vouloir t'offenser, ajouta-t-elle en grimaçant. Ça va être plus dur que ce que je croyais.

— Une question d'habitude. Rien de plus, insistai-je.

Je n'allais pas laisser une habitude me contrôler. Paradoxalement, je sortis ma cigarette quotidienne de la poche de ma chemise.

Sloane la regarda fixement.

— Certaines habitudes sont plus difficiles à perdre que d'autres.

Elle n'avait aucune idée de combien j'avais dû lutter cet après-midi après notre échange dans son bureau. J'avais eu tellement envie de calmer ma colère avec ma dose de nicotine quotidienne. Mes doigts m'avaient démangé à l'idée de tenir le filtre, mes oreilles avaient bourdonné à l'idée d'entendre le frottement du briquet.

Mais j'avais refusé de céder.

Une récompense. Pas une béquille.

Une récompense marquait une réussite, une béquille était le symbole de la faiblesse. Et je n'avais aucune tolérance pour la faiblesse, surtout pas la mienne.

— À l'avenir, si tu sens que tu ne peux pas te contrôler et que l'envie de m'insulter est trop forte, on verra ça en privé, proposai-je en soufflant vers la lune.

— C'est moi le problème ? demanda-t-elle, sidérée. Tu n'as même pas pu finir ton premier tacos ce soir, que tu te fêlais déjà comme un œuf.

— Oui, bref, c'est fini maintenant.

J'avais toute son attention. J'adorais et je détestais ça. Je me forçai à détourner les yeux.

— À partir de maintenant, tu seras le grand-oncle vaguement raciste, vaguement misogyne que tout le monde évite à Thanksgiving.

— Et tu ne seras rien de plus que l'invisible amie exaspérante de Naomi et Lina que je ferai semblant de saluer quand on te placera à table.

Sloane me tendit la main.

— Marché conclu.

Je lui serrai la main. Elle était si petite et douce.

— Marché conclu.

Ce serait facile de casser quelque chose de tellement délicat. Elle avait été si facile à casser. Je détestais qu'on ait tous les deux ce souvenir.

Crac.

Ses lèvres rouges esquissèrent un sourire.

— Je dirais bien que c'était un plaisir de te connaître, mais on sait tous les deux que ce serait un mensonge.

Je lâchai sa main et lui tournai le dos, priant pour qu'elle disparaisse en même temps que le son qui me hantait.

J'attendis d'entendre la porte s'ouvrir et se refermer sur elle pour tirer longuement sur ma cigarette, seul sur la terrasse, dans le noir.

– 14 –

Drapeaux rouges

Sloane

— Tu as bien caché le corps au moins, Sloaney ? demanda Nash quand j'entrai dans la cuisine.

Il massait les épaules de Lina.

— Il respire encore. Je vois que vous vous êtes réconciliés, dis-je à Knox qui avait coincé Naomi entre le plan de travail et son torse.

Il avait les mains enfoncées dans les poches arrières du jean de Naomi, l'anticipation s'affichant sur ses traits.

— Elle peut pas rester longtemps fâché contre moi, affirma Knox.

— Oui, il a suffi qu'il vide le lave-vaisselle correctement pour que je lui pardonne, acquiesça Naomi. Sa bague de fiançailles et son alliance brillaient dans la lumière.

— Vous avez deux minutes ? demandai-je à Naomi et Lina.

Les deux femmes s'extirpèrent de l'étreinte de leurs hommes pour me suivre dans le salon, de l'autre côté de la cuisine.

— J'aime pas ça, grommela Knox.

— Ils vont écouter notre conversation, c'est sûr, avertit Lina en s'écroulant sur un fauteuil et en balançant ses jambes par-dessus l'accoudoir.

Naomi s'assit sur le canapé et tapota le cousin à côté d'elle.

— C'est au sujet de l'emmerdeur lunatique ?

Lina s'étouffa avec sa gorgée de vin.

Je secouai la tête.

— On a signé une trêve, et non, je ne veux pas parler des termes de cette trêve.

J'entendis la porte de derrière s'ouvrir et se refermer, et ensuite le ronron grave d'une conversation entre mecs.

— C'est au sujet de ce que nous disions sur une aide juridique. Je voudrais votre avis.

Je leur présentai en substance le cas de Mary Louise.

— Je pense qu'Allen a fait quelque chose d'idiot ou s'est retrouvé coincé avec de mauvaises fréquentations et sa mère a voulu le protéger. Personne ne mérite de passer vingt ans en prison pour avoir protégé son fils. Évidemment, je n'engagerais pas votre argent sur une entreprise quelle qu'elle soit sans vous en parler d'abord. Ce n'est peut-être pas exactement ce que nous voulions faire, mais j'aimerais au moins lui parler et en apprendre un peu plus sur l'affaire et sur sa condamnation.

Je pris une inspiration et me frottai les mains sur les genoux.

— Qu'est-ce que vous en pensez ?

— Je pense que c'est une excellente idée et ton père serait très fier de toi, assura Naomi en me prenant les mains.

— Je suis d'accord, renchérit Lina.

— Ça pourrait coûter cher. Plus qu'on a, même. Il risque de ne rien rester, avertis-je.

— C'est de la vie d'une femme qu'il s'agit, affirma Naomi. Ça vaut la peine qu'on essaie.

— Si vous êtes sûres, j'aimerais la rencontrer et entendre sa version de l'histoire. À condition, bien sûr, qu'elle le veuille bien.

— Où est-elle incarcérée ? Je viens avec toi, proposa Lina.

— Moi aussi, déclara Naomi. J'aimerais la rencontrer.

— Et puis quoi encore, vous trois ? tonna Knox en entrant dans la pièce, suivi par Nash.

Lucian s'attardait sur le pas de la porte.

— S'il te plaît, Viking…

— Pas de s'il te plaît, Viking, Margo, l'interrompit son mari. Vous n'irez pas en prison, même si c'est juste pour papoter.

Nash avait le regard rivé sur Lina et les bras croisés. Elle agita son index à son visage.

— N'essaie même pas de jouer les mâles dominants sur ce coup-là, beau gosse. Je suis déjà allée interroger des détenus en prison dans ma vie.

— Oh, je ne prends pas le parti de mon crétin de grand frère, mais si tu y vas, j'irai aussi, mon ange, répliqua Nash sur un ton aimable.

— Et si je vous épargnais à tous des scènes de ménage ? J'irai seule…

Un « Non ! » général retentit de la part de tous et même de Lucian.

Je sentis la colère monter en moi.

— Écoutez bien, aucun de vous n'a le droit de me dire ce que je peux ou ne peux pas faire. Je comprends la complexité de vos situations de couple respectives et je les respecte. Mais moi, je ne dois cette considération à aucun de vous.

— Tu n'iras pas, insista Lucian, comme s'il avait le droit d'en décider.

— Je peux te parler dehors ? demandai-je, les dents serrées.

— Je viens avec vous, intervint Nash.

— Alors moi aussi, lança Lina.

— C'est nous qui finançons l'initiative, rappela Naomi aux hommes. Par conséquent, c'est à nous qu'il revient de prendre les décisions.

Knox leva un doigt comme s'il allait se mettre à hurler et préféra quitter la pièce.

Ses pas résonnèrent sur le parquet et on l'entendit revenir.

Il avait un chéquier dans une main et un stylo dans l'autre. Waylon et Fossette trépignaient derrière lui.

Knox griffonna rageusement sur un chèque qu'il déchira de son talon.

— Tiens, maintenant moi aussi j'ai mon mot à dire. Et vous n'irez pas.

— Tu ne peux pas juste balancer de l'argent dès que ça t'arrange, Knox, gronda Naomi en se levant. Cette femme mérite une vraie deuxième chance.

— C'est certain, concéda Knox avec agressivité.

Je levai un doigt.

— Attendez, je suis perdue, lâchai-je.

— On est tous d'accord que la cause est importante, concéda Knox. Mais je ne veux pas avoir à gérer votre chagrin quand vous verrez que vous ne pouvez rien pour elle.

Knox ne supportait pas les larmes et les cœurs brisés. C'était sa kryptonite.

— Tu ne veux pas qu'on essaie de l'aider, parce que nos émotions vont te déranger ?

Naomi semblait avoir complètement oublié les prouesses de Knox avec le lave-vaisselle.

— Ce n'est pas ce que j'ai dit, Margo.

— En fait, si, objecta Lina.

— Tu n'aides pas, là, Solavita, répliqua Knox.

— Parle-lui correctement ou je te botte les fesses et je t'arrête, avertit Nash.

Je me mis debout sur le fauteuil ottoman et sifflai.

— La ferme ! Tout le monde !

Ils obéirent tous et me regardèrent.

— Manifestement, c'est un sujet sensible. Laissez-moi continuer un peu mes recherches, et ensuite on pourra en discuter en adultes rationnels.

Un chœur de « bon d'accord » conclut la discussion.

— Eh les filles, vous prenez quoi, vous, pour les douleurs de règles ? demanda soudain Lina.

Knox et Lucian disparurent aussitôt de la pièce.

Nash passa ses mains sur les hanches de Lina.

— Ça va, mon ange ?

Elle lui adressa un clin d'œil.

— Oui, je voulais juste débarrasser le salon d'un peu de testostérone pour interroger Sloane sur sa nouvelle appli de rencontre.

— J'y vais aussi, alors.

Mais il ne quitta pas sa fiancée avant de l'avoir fougueusement embrassée.

— Waouh ! dis-je en m'éventant.

— Oui, waouh ! confirma Lina, étourdie, en regardant Nash s'éloigner.

Il avait vraiment un postérieur renversant.

Le trouble disparut en même temps que les fesses de Nash. Je retournai m'asseoir sur le canapé et Waylon s'installa sur mes jambes, me collant au coussin. Il laissa échapper un ronflement ensommeillé alors que je jouais avec ses oreilles soyeuses.

— Alors, comment ça se passe avec l'appli ? Tu parles à combien de mecs ? Déjà des rencards prévus ? demanda Lina.

— J'ai du me tromper quelque part en remplissant mon profil, je n'ai aucun match. Aucun message, aucun like.

— Tu as dû sauter une étape en t'inscrivant, confirma Naomi, indulgente.

— Laisse-moi voir, demanda Lina.

J'ouvris l'appli et tournai mon téléphone vers elle.

Lina fronça les sourcils.

— Mais tu le fais exprès ?

— De quoi tu parles ?

Est-ce que je m'étais trompée de photo ? Peut-être que quelqu'un avait piraté mon compte et dit que j'aimais les sacrifices et les concours d'orthographe ?

— Ça peut pas être aussi mauvais, intervint Naomi.

Lina orienta l'écran dans sa direction, et la jeune femme grimaça.

— D'accord, c'est autodestructeur, il n'y a pas d'autre mot.

— Qu'est-ce qui ne va pas dans mon profil ? demandai-je.

— Demandons aux experts, proposa Lina.

— Jamais de la vie !

Trop tard. Les hommes, qui écoutaient à la porte, apparurent aussitôt.

— Quelqu'un a parlé d'experts ? demanda Nash avec un sourire charmant.

Lina lui tendit le téléphone.

— Dis-moi pourquoi tu cliquerais jamais sur ce profil.

Les Morgan se penchèrent, et ensemble, ils se redressèrent, effarés.

— Sloane, qu'est-ce que t'essaies de faire ? Repousser les mecs ?

Je rougis d'embarras quand Lucian approcha pour regarder l'écran. Contrairement à ses amis, il ne réagit pas. Il avait un petit rictus satisfait.

— Quel est le premier problème ? demanda Lina comme si elle interrogeait des élèves dans une classe.

— Les chats bougons, répondirent les deux frères.

— Quoi ? C'est mignon les chats.

— Un chat sur la photo de profil, ça veut dire vieille fille dingue, expliqua Nash.

— Et ça donne vraiment pas envie, ajouta Knox en se caressant la barbe. Et puis, il y a la couleur des cheveux.

Le ronflement de Waylon me fit vibrer les jambes.

— C'était Noël ! Le rouge et le vert étaient pour l'occasion, dis-je sur la défensive.

— Une couleur farfelue sur la photo de profil principale indique que la femme est super difficile et… commença Nash.

— Impossible à satisfaire, compléta Knox.

— Vous êtes grossiers, protestai-je.

— Je ne dis pas que c'est vrai, je dis que ce que tu mets sur ton profil, c'est ce que tu penses être tes meilleures qualités. Et tout ce que ton profil dit, là, c'est que tu aimes les chats et les couleurs de cheveux saugrenues.

— Et en plus, tu es habillée en elfe, continua Lina. Sloane, t'es une fille intelligente, pourquoi tu as choisi cette photo ?

— La lumière est top. Et j'aime bien mon sourire. Et l'angle donne l'impression que mes pommettes sont plus définies. Et je me disais que me montrer avec un chat donnerait aux hommes l'impression que je suis maternante.

— Pourquoi tu voudrais avoir l'air maternante, bon sang ? demanda Knox, horrifié.

— Parce qu'elle est prête à fonder une famille, expliqua Naomi à son mari.

— J'ai besoin d'un verre, grommela Lucian, avant de quitter la pièce.

— Sans vouloir te vexer, ce profil ne te fait pas passer pour une potentielle épouse et mère de famille. Il te fait passer pour un *red flag*, affirma Nash.

— Ces règles sont écrites quelque part ?

— Oui, dans un endroit appelé Internet, répliqua Knox.

— Génial, ponctuai-je. Alors comment je répare ça ?

— Pour ça, on peut t'aider, déclara Lina.

* * *

Quand Lucian revint dans la pièce, son bourbon à la main, j'étais appuyée contre la cheminée avec un verre de vin – ce qui voulait dire, selon Naomi, responsable qui sait s'amuser – et une main sur la hanche. Je faisais mine de rire de ce que disait Knox, le directeur artistique auto-proclamé, pendant que Lina prenait les photos.

Nash avait retiré l'abat-jour d'une lampe et orientait l'ampoule vers mon visage.

— Je suis hilarant et tu t'éclates comme jamais, insistait Knox.

— Peut-être que si tu me disais une blague, suggérai-je, plus trop sûre de ne pas vouloir directement aller à la banque du sperme.

— Hum. Tu penses qu'il faut montrer plus de seins ou plus de ventre ? demanda Lina en penchant la tête pour m'étudier.

— Seins, dirent les frères Morgan à l'unisson.

Lucian me fusillait du regard. Je ne me laissai pas impressionner.

— C'est bon, là, je crois qu'on tient la photo parfaite. Tu es à la fois craquante et sexy, annonça Lina en contemplant son écran.

Naomi regarda par-dessus son épaule.

— Et accessible et intéressante.

Knox et Nash se penchèrent pour apporter leur opinion.

— Bonne, mais pas trop.

— Tu vas décrocher un mari en un rien de temps, confirma Nash. Et on s'assurera qu'il te mérite quand tu le rencontreras.

— Laissez-moi voir.

Quand je vis la photo, mes joues s'embrasèrent. J'étais en train de regarder Lucian, et Lina avait immortalisé le moment. C'est à ça que je ressemblais quand je regardais Lucian. Cette expression était pour lui et pour lui seulement. Était-ce un autre secret entre nous deux ?

— Il me faut un alcool fort, grommelai-je en posant sur la table le vin auquel je n'avais pas touché.

Sans un mot, Lucian me tendit son verre et ressortit de la pièce. Surprise, je baissai les yeux vers ma main.

Naomi me donna un petit coup de coude.

— Comme c'est gentil, lâcha-t-elle. Quelle charmante attention.

— Je t'avais dit que c'était pas totalement débile de les électrocuter, intervint Knox.

— C'est juste une trêve, rappelai-je.

Et je bus une gorgée de son délicieux bourbon.

Waylay débarqua dans le salon et entoura de ses bras la taille de Naomi.

— Qu'est-ce qui se passe ici ? demanda-t-elle.

— Je pensais que tu étais en train de réparer l'ordinateur de ta prof, répliqua Naomi.

La fillette haussa les épaules.

— J'ai terminé en moins de dix minutes. Les gens doivent vraiment faire attention aux logiciels anti-virus. C'était trente dollars facilement gagnés ! En tout cas, à ce que j'ai entendu dans ma chambre, vous avez l'air de bien vous amuser, ici. Je suis venue voir ce qui se passait.

— On aide Sloane avec son profil pour l'appli de rencontre, expliqua Naomi.

— Cool ! Je peux avoir un peu plus de tarte ? demanda Waylay.

— Seulement si tu me ressers aussi, lança Nash en recoiffant la lampes de son abat-jour.

Naomi ouvrit la bouche, mais Waylay ne la laissa pas parler.

— Désolée, tante Naomi, mais un adulte a déjà dit que je pouvais, alors je ne vais pas attendre une deuxième opinion.

— D'accord, mais je t'accompagne à la cuisine pour m'assurer que tu restes raisonnable sur la taille de ta deuxième part, concéda Naomi.

Elles partirent dans la cuisine au moment où Lucian revenait avec un autre verre.

— On en parle de son pseudo ? proposa Lina, me rappelant à l'ordre.

Nash regarda par-dessus son épaule et posa les mains sur ses hanches.

— BibliothécaireBinoclarde ?

Je grimaçai. Je devais reconnaître que j'avais déjà été plus inspirée dans ma vie.

— Qu'est-ce que je veux que mon pseudo dise sur moi ?

— Que tu n'es pas folle, répondit Knox en s'installant sur le canapé.

Waylon bondit à côté de lui et s'allongea sur le dos.

Tandis que mes amis me choisissaient un nouveau pseudo, je sirotais du bourbon dans mon fauteuil à côté de la cheminée et me demandais pourquoi j'étais si nulle pour ça. Je savais remplir un formulaire de demande de subvention comme personne, je n'avais aucun problème pour séduire n'importe qui dans n'importe quel événement social mais avoir à me vendre sur un site de rencontre me paraissait une perte de temps abominable.

— Tu te tiens le poignet, remarqua Lucian, d'une voix basse et grave.

Je sursautai. J'étais tellement perdue dans mes pensées que je ne l'avais pas entendu approcher.

— Quoi ?

Je baissai les yeux et vis que sans m'en apercevoir, je me massais le poignet droit avec mon autre main.

— Ça te fait encore mal ? demanda-t-il d'une voix douce, mais teintée d'une pointe d'inquiétude.

— Non, bien sûr que non, dis-je en baissant les deux mains.

Naomi réapparut.

— Tu t'es blessée ? demanda-t-elle, révélant ses superpouvoirs auditifs sûrement acquis quand elle avait eu la responsabilité de Waylay.

— C'est le canal carpien ? demanda Lina.

— Euh, oui, je me suis cassé le poignet au lycée. Rien de grave, ajoutai-je rapidement.

Knox fronça les sourcils.

— Je me rappelle pas.

— Tu avais déjà terminé, toi. C'est arrivé juste avant les grandes vacances.

— J'avais oublié, lâcha Nash.

Il me dévisagea longuement. Comme si le chef de la police, Nash, pouvait sentir ma gêne et mes secrets.

— Tu l'as cassé comment ? demanda Waylay.

J'évitai de regarder Lucian, mais je sentais son attention sur moi.

— Comme les ados savent se casser tout ce qu'ils se cassent. Avec beaucoup de maladresse et une sacrée dose de drama.

— Et tu as encore mal ? demanda Naomi.

— Pas du tout. Je n'y repense pratiquement jamais.

— Devinez qui vient d'avoir trois matches et deux DM ?

— Qui ?

— La DévoreusedeLivresCanon, répondit Lina en tournant triomphalement le téléphone vers moi.

Trois photos de mecs relativement séduisants s'affichaient sur mon écran.

— Vous êtes des magiciennes, les complimentai-je.

— Regarde ça ! lança Naomi. Tu es pratiquement mariée.

En grognant tout bas, Lucian quitta brusquement la pièce.

— Qu'est-ce qui lui prend ? demanda Knox avant de voler sa cuillère à Waylay pour lui piquer un morceau de sa tarte.

— Il avait peut-être besoin de péter, suggéra-t-elle.

– 15 –

Strip-tease en prison

Lucian

J'avais commencé ma journée à cinq heures du matin. J'avais fait ma séance de musculation, mangé mon petit déjeuner et géré trois conférences en visio – deux depuis ma voiture –, renvoyé trois personnes et signé un contrat à huit chiffres. Tout ça avant midi.

J'avais deux rendez-vous au bureau que je ne pouvais pas reprogrammer, alors, à contrecœur, je les confiai à Nolan en lui demandant explicitement de ne pas les faire capoter.

Pour pouvoir la prendre en flagrant délit.

Sloane avait peut-être réussi à bluffer tout le monde avec son petit « je vais faire des recherches », mais pas moi.

Le sergent Grave Hopper avait accepté volontiers de m'avertir quand il verrait la petite bibliothécaire sournoise sortir du parking de la bibliothèque en route vers une mystérieuse « réunion ».

— La voici, annonça Hank, mon chauffeur, quand la Jeep entra en trombe dans le parking du centre pénitentiaire de Fraus.

— Je te rappelle, Nolan, lançai-je avant de raccrocher.

Sloane avait ses lunettes sur le nez et sa musique tonnait dans les enceintes de sa voiture. Insouciante. À penser qu'elle pouvait jouer les sauveteuses sans se soucier de sa propre sécurité.

Elle fouillait frénétiquement dans son grand fourre-tout sur le siège avant de sa Jeep, quand j'approchai du véhicule. Je regardai par la vitre et aperçus son portable sur ses jambes. Sur l'écran s'affichait une recherche Internet : « Qu'est-ce qu'il ne faut pas apporter à une visite en prison. »

Les yeux au ciel, je tapai à sa vitre.

Surprise, Sloane sursauta et le contenu de son sac se répandit partout.

En soupirant, j'ouvris sa portière. Elle me regardait, la mâchoire serrée, les lunettes de travers.

J'attendis.

— Qu'est-ce que tu fais ici ? demanda-t-elle, enfin capable de s'exprimer.

— Je t'attendais.

— Comment… pourquoi…

— Ton petit manège innocent a peut-être pris sur tes amis, mais pas sur moi.

Exaspérée, elle entreprit de remettre toutes ses affaires dans son sac.

— Je n'ai pas de petit manège innocent.

— Tu as dit à Naomi et Lina que tu venais ?

— Non, mais…

— Tu l'as dit à Nash ou à Knox ?

Elle se figea, releva le menton.

— Non, répondit-elle.

— Tu grilles tout le monde juste parce que tu penses que tu sais tout mieux que tout le monde. Pas le meilleur moyen pour commencer un partenariat avec des amies.

À en croire son expression, elle savait que j'avais raison et ça ne la réjouissait pas.

— Tu vas me faire la leçon jusqu'à ce que mort s'ensuive ou tu vas me laisser tranquille pour que je continue à tout merder ?

Elle tenta de sortir furieusement de son véhicule mais fut retenue par sa ceinture de sécurité.

Je passai un bras dans l'habitacle et la libérai.

— Aucun des deux. Allons-y.

— Pas question, Lucifer. Je ne te laisse pas m'accompagner. Tu vas effrayer cette pauvre femme avec tes regards assassins.

— Tu n'entres pas là-bas sans moi, dis-je, tranchant.

— Oh que si, cracha-t-elle.

Elle se tourna et essaya de récupérer son sac sur le siège passager.

— Laisse-le. Tu ne pourras pas l'emporter avec toi à l'intérieur, dis-je en sortant mon portable.

— Qu'est-ce que tu fais ?

— J'appelle Naomi.

Mon doigt resta un moment sur le bouton d'appel.

— Bon sang !

— Tu viens de te marcher sur les pieds ? demandai-je.

L'aisance avec laquelle Sloane laissait s'exprimer sa colère m'avait toujours intrigué. Mais je suppose qu'on a le droit de la laisser parler quand on sait la contrôler.

— J'imaginais ton pied sous le mien.

— Soit j'entre là avec toi, soit tu reviens à Knockemout avec moi. Ce sont tes seules options.

Elle croisa les bras sur sa poitrine et me décocha un regard assassin, avant de jeter un coup d'œil vers l'entrée de la prison. Elle se pinça les lèvres.

— Tu ne le ferais pas, conseilla-t-elle.

Elle baissa les bras et serra les poings.

— Bon, d'accord, tu viens avec moi. Mais tu n'as le droit ni de lever les yeux au ciel, ni de grogner, ni d'être méchant. Et surtout, tu ne parles pas.

— Je peux respirer ?

— Je préférerais pas.

— On est supposés être en pleine trêve.

— Dans quelle trêve tu as le droit de me coincer sur le parking d'un centre pénitentiaire ?

Elle n'avait pas entièrement tort, mais moi non plus.

— Si je t'avais appelée pour en discuter, tu aurais décroché le téléphone ?

Je connaissais déjà la réponse.

— Sans doute que non, avoua-t-elle.

— Alors traitons la situation comme elle se présente à nous. J'entre avec toi. Fin de la discussion.

— Bon sang, arrête un peu ton charme, Maître de l'Univers. Elle va s'évanouir en te voyant.

Je fermai la porte de sa Jeep et montrai l'entrée de la prison.

— Allons-y.

On se dirigea côte à côte vers l'imposant bâtiment, symbole de la sécurité. Des murs en grès marron et en béton s'élevaient derrière les barbelés. Des femmes en jogging beige se réunissaient en groupes dans la cour. L'asphalte à l'intérieur des clôtures se fissurait et des mauvaises herbes jaillissaient ici et là.

Sloane s'arrêta soudain sur le trottoir.

— Pourquoi est-ce que t'es là ? me demanda-t-elle de nouveau.

— Tu m'as déjà posé la question, lui rappelai-je.

Elle secoua la tête, faisant valser son épaisse queue-de-cheval.

— D'accord. On est mercredi. Pourquoi n'es-tu pas en train de diriger ton empire ? Et tu ne me supportes pas, de toute façon, alors qu'est-ce que ça peut te faire que je foire mon partenariat avec mes amies ? Je pensais que tu serais heureux de me voir partir en fumée.

— Si tu foires tout, là, c'est l'argent de tes amies qui partira en fumée, surtout. Et plus grave, il y a une femme derrière ces barreaux qui pourrait en pâtir.

Elle ferma les yeux et inspira profondément.

— Tu as enterré et oublié tant de choses, je pensais que t'aurais aussi oublié ça.

Elle se trompait, je n'avais rien enterré ni oublié. Au contraire, je me servais de tout comme carburant.

— Il y a des choses qu'on n'oublie pas. Des choses qu'on cache, dis-je en tapotant ma poche, mais je me souvins que j'avais laissé ma cigarette dans ma voiture.

Sloane leva la tête vers les nuages gris et fronça le nez. Son piercing était rose pâle aujourd'hui.

— J'imagine que t'as utilisé ton réseau d'espions pour fouiller dans l'affaire de Mary Louise.

— Peut-être.

Mon équipe avait fait des recherches et j'avais réussi à éplucher leurs rapports entre tout ce que j'avais eu d'autre à faire dans la journée. Mary Louise Upshaw était une détenue modèle et elle avait profité de sa période d'incarcération pour obtenir deux diplômes et ouvrir un programme d'écriture créative pour ses codétenues. Mon propre avocat avait qualifié sa condamnation de « non-sens absolu ».

Ce qui voulait dire que Sloane, avec sa quête de la justice, allait avoir son petit cœur brisé.

— Tu penses qu'on a de quoi faire appel ? demanda Sloane.

— Je pense que tout repose sur ce qu'elle nous dira.

* * *

La salle des visites était encore plus déprimante que ce à quoi je m'attendais. Deux rangées de tables pliantes coincées entre des chaises abîmées en vinyle, un sol en lino taché et écaillé, il manquait au plafond plusieurs carreaux entre les néons clignotants, et de la moisissure courait le long des murs sous les fenêtres en briques de verre épais.

Sloane jouait avec son stylo et mordillait sa lèvre inférieure, ses yeux grands ouverts derrière ses lunettes. En soupirant, je tirai sa chaise vers moi.

Elle arrêta de jouer avec son stylo et fronça les sourcils en me regardant. Elle avait toujours eu cette petite ride entre ses deux yeux qui se creusait quand elle était plongée dans ses pensées… ou furieuse contre moi. Je voulais passer mon doigt dessus.

— Il n'y a rien à craindre, lui dis-je tout bas.

— Je n'ai pas peur.

Je lui montrai sa jambe qui gigotait à quelques centimètres de la mienne.

— D'accord. Je n'ai pas peur, je suis nerveuse. Ça te va ?

— Qu'est-ce qui te rend nerveuse ? Toi, tu pourras sortir de là.

— Merci de me le rappeler, j'avais oublié. Mais si elle était merveilleuse ? Si elle était vraiment enfermée ici à cause d'une grosse erreur ? Et si elle avait perdu toutes ces années à cause d'une condamnation injuste ?

— Alors tu l'aideras.

Elle se remit à mâchonner sa lèvre inférieure et ensuite se tourna vers moi. Son genou se pressait contre ma cuisse, ses grands yeux verts se posèrent sur moi, implorants.

— Et si sa condamnation est injuste, mais qu'elle est une affreuse personne ?

Je me sentis me radoucir. Tout comme son père, elle voulait aider des inconnus. Mais Sloane n'avait pas ce don illimité pour le pardon qui caractérisait Simon. Et moi non plus.

— On en parlera après, et on verra ce qu'il y a de mieux à faire. Pas la peine de dépenser notre énergie sur un scénario qui ne s'est pas encore joué.

— Tu es le genre d'homme à aborder chaque situation en considérant tous les scénarios possibles, pourtant, non ?

— C'est le luxe de celui qui n'a pas de sentiments humains, plaisantai-je.

— Lucian, je suis sérieuse.

— Moi aussi. Tu abordes cette conversation à ta façon, et moi à la mienne. On discutera ensuite. Pour le moment, tout ce qu'on a à faire c'est poser des questions et écouter les réponses.

— C'est juste que… je ne voudrais pas lui donner de faux espoirs.

— Tu ne lui en donneras pas, mentis-je.

Il suffirait à Mary Louise Upshaw de regarder ce visage avide de justice, ces grands yeux intelligents pour ressentir ce que j'avais ressenti à dix-sept ans : de l'espoir.

La lourde porte métallique au bout de la pièce s'ouvrit et une femme en jogging beige entra.

J'avais la gorge sèche.

Elle était pâle avec des cheveux marron striés de blanc. Sans le jogging, elle aurait ressemblé à n'importe quelle femme dans la cinquantaine. Le garde nous désigna et une lueur de curiosité traversa ses traits.

Elle se dirigea vers nous. Sloane ne respirait plus.

Je glissai un bras derrière sa chaise et lui pressai l'épaule.

— C'est juste une conversation, dis-je tout bas.

Je la sentis se détendre très légèrement.

— Bonjour, salua Mary Louise en tirant la chaise en face de nous avant de s'asseoir.

— Bonjour, lâcha péniblement Sloane.

Elle s'éclaircit la voix et recommença.

— Mary Louise, je suis Sloane Walton, et voici mon… associé Lucian Rollins. Nous avons quelques questions à vous poser concernant votre affaire et votre condamnation.

— Vous êtes journalistes ? demanda Mary Louise, la tête penchée.

Sloane me lança un petit regard.

— Non.

Il y avait un garde posté au centre de la pièce. Son air vide me donna froid dans le dos.

— Avocats ? demanda Mary Louise, pleine d'espoir.

Sloane secoua la tête.

— Non. Juste…

Elle me jeta un nouveau coup d'œil, « au secours » écrit dans ses adorables yeux verts.

Je me penchai en avant.

— Madame Upshaw, nous sommes récemment tombés sur des coupures de presse relatant votre affaire. Vous avez déjà rencontré un certain Simon Walton ? Il était avocat.

Elle secoua la tête lentement.

— Non. Je n'ai eu que des avocats commis d'office. Simon était le mentor de mon fils. Il a aidé Allen à entrer à la fac de droit. Il vient de mourir, malheureusement.

Sloane se crispa comme pour lutter contre l'inévitable vague de tristesse.

— Apparemment, Simon s'était penché sur votre affaire, en particulier la condamnation, continuai-je. Est-ce que vous pourriez nous éclairer sur les raisons de son intérêt ?

Elle haussa les épaules et entrelaça ses doigts sur la table.

— Peut-être parce que c'est une des peines les plus sévères des trente-cinq dernières années pour possession de drogue en Virginie.

Sloane se racla la gorge.

— Vous avez dit au départ que la drogue trouvée dans votre voiture n'était pas à vous. Et ensuite vous avez changé votre déclaration et vous avez plaidé coupable.

Mary Louise nous inspecta, les yeux plissés.

— Qui êtes-vous ? Pourquoi êtes-vous là ?

— Je suis Sloane Walton. Simon était mon père. Je crois qu'il voulait vous aider, mais il est tombé malade avant de pouvoir.

Mary Louise inspira profondément, le visage radouci.

— Votre père était un homme bon. Il a changé la vie de mon fils, alors je peux seulement imaginer tout ce qu'il a fait pour vous. Mes sincères condoléances.

Sloane tendit la main sur la table. Mary Louise l'attrapa et la serra.

Et voilà qu'il arrivait, ce traître qui ne pouvait que mener à la déception et à la dévastation : l'espoir. Il s'épanouit sur le visage des deux femmes et je me préparais au fait que les choses allaient être compliquées... et onéreuses.

— J'ai rencontré Allen le jour de l'enterrement de mon père, expliqua Sloane. Vous avez un fils merveilleux.

Mary Louise respirait la fierté maternelle.

— Je sais. J'aurais voulu dire que c'est grâce à moi, mais je suis ici depuis qu'il a seize ans.

— Qu'est-ce qui s'est passé le soir de votre arrestation ? demanda Sloane. Nous ne sommes pas ici pour vous juger. Nous voulons vous aider si c'est possible.

Mary Louise secoua la tête.

— Ma chérie, j'apprécie beaucoup, mais ça fait onze ans. Je ne crois plus aux miracles.

— Nous ne sommes pas ici pour vous offrir un miracle, précisai-je.

— Tout ce qui pourrait me sortir d'ici un jour plus tôt serait un miracle, insista-t-elle.

— Alors dites-nous ce qui s'est passé cette nuit-là, dis-je.

Sous la table, la main de Sloane trouva mon genou et elle le serra fort.

— S'il vous plaît, insistai-je.

Les yeux fermés, Mary Louise se frotta la nuque.

— Mon fils avait quinze ans. Son père et moi venions de nous séparer, et Allen s'est mis à avoir de mauvaises fréquentations. Il avait des projets. Il allait être le premier enfant dans ma famille à entrer à l'université.

La jambe de Sloane s'appuya fermement contre la mienne. Je gardai mon bras derrière sa chaise, et du bout des doigts, je lui effleurai l'épaule.

Mary Louise me regarda dans les yeux.

— C'était un gosse bien. Vraiment, un bon garçon.

— Les bons garçons peuvent prendre de mauvaises décisions, dis-je.

Sloane se crispa.

— J'avais deux jobs à cette époque. Je n'étais pas à la maison aussi souvent que j'aurais dû. Je n'ai pas vu les signes. Il avait commencé à faire des expériences, rien de trop fou. Mais ses « amis » lui ont dit qu'il pouvait se faire de l'argent. Allen savait que les temps étaient durs et pensait pouvoir m'aider. Ils ont pris ma voiture sur le parking pendant que je travaillais, pour aller rencontrer un dealer.

Elle se croisa les doigts et les posa sur la table.

— J'ai été arrêtée sur l'autoroute entre mon travail et la maison. J'avais un phare en moins. Apparemment, ils avaient décidé qu'il serait plus sûr de laisser la drogue dans ma voiture. Je ne savais pas que je circulais avec au moins sept kilos de marijuana sous mon siège arrière. Je n'avais même jamais vu un sachet de drogue de ma vie. J'ai appris plein de choses ici.

Il n'y avait ni reproche ni malice dans sa voix. Elle énonçait simplement les faits.

— Quand vous avez compris que la drogue appartenait à votre fils, vous avez changé votre déclaration, c'est bien ça ? devina Sloane.

Mary Louise hocha la tête.

— Il avait tout son avenir devant lui. Je n'allais pas laisser une erreur gâcher sa vie.

Je sentis ma gorge se serrer. Le sacrifice que cette femme avait fait pour son fils était incroyable. Ce ne serait pas arrivé dans ma famille.

— J'avais un avocat commis d'office. La procureure m'a proposé un marché. Si je plaidais coupable, elle demanderait un an avec travaux d'intérêt général et la possibilité de liberté conditionnelle rapidement. Je ne devais pas faire plus de six mois. Six mois et je reviendrais chez moi. Je verrais mon bébé finir le lycée, je l'enverrais à l'université.

— Qu'est-ce qui s'est passé alors ? demanda Sloane en se penchant en avant.

Mary Louise haussa les épaules.

— La procureure a tenu sa promesse. Mais allez savoir pourquoi, le juge n'a pas apprécié notre marché. Il a dit que la drogue s'introduisait dans sa communauté depuis trop longtemps et qu'il était temps de donner l'exemple pour des criminels comme moi.

Sloane grimaça.

Ma main libre se serra en un poing sur mes jambes. Moi aussi, je savais ce que ça faisait d'être à la merci d'un système judiciaire tordu.

Mary Louise leva les mains.

— Donc me voilà pour la onzième année sur les vingt de ma sentence dans cette prison. Mais je me réveille tous les matins heureuse que ce soit moi ici plutôt que mon bébé.

Il faisait trop chaud dans cette pièce, ma cravate était trop serrée, j'avais besoin d'air.

— Je suis désolée que ça vous soit arrivé, déclara Sloane.

— Savez-vous si on a pris les empreintes sur la drogue ou sur les sachets ? demandai-je.

Elle secoua la tête.

— Je suis sûre que non. Entre mon arrestation et mon changement de déclaration, il ne s'est écoulé que quelques jours. Les pièces à conviction n'ont pas été analysées. Mon deuxième avocat commis d'office m'a conseillé de faire appel, il pensait qu'on pourrait prouver que ce n'était pas ma drogue sans impliquer mon fils. Il étudiait mon dossier, prêt à déposer une requête. Mais il a obtenu un poste dans le cabinet d'avocats de sa belle-mère et a déménagé à New York, dit-elle sur un ton las. J'en suis à ma quatrième avocate maintenant, et elle est si débordée qu'il lui faut une semaine pour répondre à mes appels.

— C'est vraiment injuste. Mais vous ne semblez pas aigrie, lança Sloane en m'adressant un regard nerveux.

Elle allait promettre le monde à cette femme. Je retirai mon bras de derrière la chaise et lui pinçai la jambe sous la table.

— L'aigreur est une perte d'énergie. Tout ce que je peux faire, c'est m'arranger de la situation.

— On dirait que vous avez su vous occuper, dis-je en ouvrant le dossier que j'avais apporté.

Ses sourcils se soulevèrent.

— C'est sur moi ?

— Où est-ce que… peu importe, lâcha Sloane avant de se tourner vers Mary Louise. Qu'est-ce que vous avez fait depuis votre condamnation ?

— J'ai obtenu un diplôme d'affaires et un autre d'écriture créative.

— Et vous avez ouvert un programme d'écriture créative pour les détenues, ajoutai-je.

Elle sourit.

— C'est vrai. Mais c'était surtout pour moi. J'aime parler d'écriture, et ici, j'ai un auditoire captif.

— Votre fils est dans une université de droit, maintenant.

Un sourire de fierté se dessina sur son visage, lui donnant un air plus jeune, plus léger.

— C'est sa dernière année à Georgetown. Il dit que dès qu'il obtiendra son diplôme, il trouvera un moyen de me sortir d'ici.

* * *

— On doit l'aider, lança Sloane, alors qu'on sortait de la prison.

Un frisson involontaire me traversa le dos quand la lourde porte se referma sur nous. Sans le père de Sloane, ça aurait pu être mon destin. Je remontai le col de mon manteau et inspirai l'air glacé de l'hiver.

Je pouvais de nouveau respirer. Quel miracle !

Les joues de Sloane étaient roses d'excitation.

— Je veux dire, bien sûr ça nous demandera beaucoup de temps et d'énergie…

— Et d'argent, ajoutai-je.

Je pouvais le lui donner, mais elle n'en voudrait pas. Pas si elle savait que ça venait de moi.

— Et d'argent, reconnut-elle. Mais on ne peut pas la laisser rester derrière ces barreaux. Pas pour protéger son fils. Et certainement pas pendant encore neuf ans.

Ses yeux scintillaient derrière ses lunettes. Je ne l'avais plus vue aussi excitée depuis que nous étions adolescents. Un autre poignard sur mon cœur.

— Je vais devoir parler à Naomi, Lina et Stef d'abord. Ensuite j'appellerai Maeve. On va devoir trouver un avocat. Et un bon.

Alors qu'elle parlait, je pensais à combien son énergie me rappelait Simon. Il était prêt à relever tous les défis, surtout quand cela concernait une injustice.

Apparemment, les chiens ne font pas des chats.

Les Walton étaient des gens bien. Ils n'étaient pas salis par du mauvais sang, comme moi.

— Ton père serait... fier.

Le mot se coinça dans ma gorge et je dus faire des efforts pour le déloger. C'était le plus grand compliment auquel je pouvais penser.

Sloane interrompit son laïus pour me regarder avec de grands yeux.

— Merci, dit-elle enfin, et elle plissa les yeux. Ça va ?

— Ça va, répondis-je difficilement.

— Tu n'en as pas l'air. T'es tout pâle.

— J'ai toujours l'air bien, contredis-je en la guidant vers le parking.

Elle lança un dernier regard au bâtiment qu'on venait de quitter.

— Je suis désolée. Je n'y avais pas vraiment pensé, mais te retrouver dans une prison, même comme visiteur, ça a dû te faire quelque chose...

— Tu n'auras pas seulement besoin d'un avocat, déclarai-je, ne supportant pas la pitié que je lisais dans sa voix. Tu auras besoin de toute une équipe juridique.

— Ça a l'air cher.

— La justice n'est pas donnée, Lutin.

Elle leva le menton.

— Je trouverai un moyen.

— Je n'en doute pas.

Elle sortit ses clés quand on arriva à sa Jeep.

— Je connais quelques avocats qui se spécialisent dans les appels et les réductions de peine. Je t'enverrai des noms.

J'avais utilisé les services de l'un d'eux pour ma propre affaire.

Elle fronça les sourcils et la ligne entre ses yeux revint.

— Merci, dit-elle, mais ça sonnait plus comme une question.

— Quoi ? demandai-je.

— Elle t'a plu, n'est-ce pas ?

— Je trouve son histoire intéressante.

Sloane rejeta la tête en arrière et lâcha un son entre grognement et rire.

— Est-ce que pour une fois, tu pourrais me dire ce que tu penses ? Je ne vais pas utiliser ton opinion contre toi ou essayer de te soutirer un milliard de dollars. Je veux juste savoir ce que tu penses.

— Pourquoi ?

Si je surveillais mes mots, ce n'était pas sans raison. Et pour les mêmes raisons, je traversais la vie avec un air toujours impassible.

Elle croisa les bras.

— Parce que tu es un riche mégalomane qui se salit les mains toute la journée avec des politiciens. Je suppose que tu ne vois pas les choses de la même façon qu'une petite bibliothécaire provinciale.

— Son histoire, c'est vrai, est révoltante. La sentence est excessive et ses années de détention prouvent qu'elle n'est pas dangereuse, elle n'a rien fait pour prouver le contraire. Avec une équipe compétente, tu pourras au moins réduire significativement sa peine.

— Voilà, dit-elle avec un petit rictus. Ce n'était pas si difficile ?

— Épuisant.

Une migraine commençait à poindre à l'arrière de mon crâne. La proximité d'une prison ne me faisait pas du bien. Les souvenirs d'un adolescent brisé remontaient rapidement à la surface.

— Elle a fait ça pour protéger son fils quand il se comportait en ado débile. Franchement, quel parent ne ferait pas ça pour son ado débile ?

Elle grimaça dès que les mots sortirent de sa bouche. Mais elle ne s'excusa pas.

— Je veux dire, quel bon parent ne ferait pas tout...

Elle s'enfonçait et elle en était consciente.

— Tais-toi, Sloane.

— Je me tais, confirma-t-elle.

Elle réussit à tenir cinq bonnes secondes avant de reprendre la parole.

— Qu'est-ce que tu ferais maintenant si tu étais moi ? demanda-t-elle en jouant avec les boutons de son manteau.

— Je parlerais avec son fils.

Ça la fit se redresser.

— Avec tes associées, ajoutai-je.

— Bien sûr, avec mes associées, acquiesça-t-elle, hautaine.

Je consultai ma montre. Trop tard pour le coup de fil à New York. Il valait mieux pour Nolan qu'il ait assuré. S'il n'avait pas tout fait foirer, le reste de mon après-midi était libre.

— Tu as faim ? Tu veux un café ? proposai-je.

— Merde ! s'exclama-t-elle. Quelle heure est-il ?

— Presque trois heures.

Elle ouvrit la portière de sa Jeep.

— Bon sang, je vais être en retard pour mon rencard.

— Ton rencard, répétai-je sans pouvoir m'en empêcher.

Les mots étaient sortis tout seuls accompagnés d'une pointe d'agacement.

— Ouais, dit-elle en examinant son reflet dans le rétroviseur. Tu sais, tu retrouves l'autre pour manger, tu lui fais la conversation mal à l'aise, tu lui racontes ce que tu voulais devenir quand tu étais enfant et ce que tu aimes manger. Un rencard.

Elle retira le bandeau de ses cheveux et se pencha en avant pour les ébouriffer.

— C'est avec qui ?

Sloane se tourna vers moi. Elle avait perdu son air de bibliothécaire innocente avec sa tignasse blonde en bataille.

— Un certain Gary ? Non, attend, Gary c'est plus tard. C'est...

Elle s'empara d'un rouge à lèvres dans le porte-gobelet. Elle l'ouvrit.

— Massimo.

Elle se l'appliqua sur la bouche avec une précision d'experte.

— Massimo ?

Le prénom d'un type avec une chaîne en or perdue dans ses poils de torse et qui portait des lunettes de soleil à l'intérieur.

— Tu vas retrouver seule un gars que tu as rencontré sur Internet ?

L'irritation se mua en panique. J'eus de nouveau du mal à respirer.

— C'est un peu le principe, oui, dit-elle en s'appuyant sur mon bras pour retirer ses tennis, puis ses chaussettes avec des chats et des livres.

Elle me relâcha pour jeter le tout sur le siège arrière avant de sortir une autre paire de chaussures. Mauves avec des talons aiguilles. Ensuite elle jeta son manteau sur moi. Je le rattrapai malgré l'angoisse qui grandissait en moi.

— Tu n'as jamais utilisé de site de rencontre ?

— Est-ce que j'ai l'air d'utiliser des sites de rencontre ?

— Tu as l'air de quelqu'un qui paie des prostituées de luxe pour réaliser ses fantasmes.

— Et toi tu as l'air…

Je perdis le fil de mes pensées quand elle enleva son col roulé noir. Elle portait en dessous un petit haut en dentelle à fines bretelles qui offrait un décolleté plongeant.

— J'ai l'air de quoi ? demanda-t-elle en passant les bras dans un gilet vert sans boutons pour cacher ce que son petit haut révélait de ses seins.

— Quoi ? répétai-je.

J'avais la bouche sèche et ma migraine battait son plein.

— Tu étais sur le point de m'insulter. Vas-y, fais-toi plaisir, mon grand, avant que je rencontre le futur monsieur Sloane Walton.

Je fermai les yeux. Les surnoms qu'elle me réservait depuis quelques années se limitaient à Lucifer et « eh le connard ».

— Tu ne peux pas sérieusement être aussi pressée de te trouver un mari.

— C'est sûr, toi tu as tout le temps du monde pour fonder une famille.

— Je n'ai pas l'intention de fonder une famille, ni maintenant ni jamais, dis-je, le regrettant aussitôt.

Sûrement ses seins qui m'avaient fait baisser ma garde.

Elle s'interrompit, pas encore complètement habillée.

— Vraiment ?

— Ce n'est pas la question. Tu ne peux pas aller retrouver un inconnu pour un rencard. Et si c'était un prédateur sexuel ?

Elle dégagea ses cheveux du col de son gilet, et ses seins menacèrent de sortir de son petit haut.

Le pauvre Massimo allait faire ou dire quelque chose de stupide et il faudrait que je le détruise.

— Tout va bien. C'est un truc qui se fait, retrouver des inconnus rencontrés sur Internet, et presque personne n'est assassiné.

— Sloane, aboyai-je.

Elle esquissa un sourire éblouissant. Bon sang, entre ces seins et ce sourire, le Massimo en question allait être trop heureux. Il se dirait qu'il a remporté le loto.

— Tout ira bien. Dis donc, pour quelqu'un qui ne veut pas de famille, t'es quand même super paternel.

— Et s'il n'aime pas lire ?

— Alors il faudra que je continue de chercher.

— Je suis sérieux, putain, Sloane. Quelles précautions est-ce que tu prends ? Où est le lieu du rendez-vous ? Qui sait que tu y seras ?

Elle agrippa mon manteau par les revers.

— Calme-toi, Lucifer. C'est à Lawlerville. Lina et Naomi traquent mon portable avec une appli de localisation, je leur ai envoyé des captures d'écran de son profil et de ma discussion, je leur enverrai une photo du gars quand j'y serai et toutes les trente minutes des messages pour leur dire que je suis en vie. Si les choses tournent mal, Stef est mobilisé pour m'appeler au bout de quarante-cinq minutes, parce que je peux quand même tenir quarante-cinq minutes, n'est-ce pas ? Et si c'est vraiment pire que tout, j'ai un spray au poivre et un gros bouquin bien dur dans mon sac. Ça te suffit, monsieur Costume ?

— C'est… bien pensé.

— Bon. Maintenant, je suis comment ? demanda-t-elle en ouvrant les bras.

Elle était magnifique. Cool, audacieuse, futée, craquante, drôle. À couper le souffle. Je détestais ce Massimo.

Elle leva les yeux au ciel.

— Peu importe. J'avais oublié à qui je parlais.

— Monsieur Costume ?

Les mots finirent par se loger dans mon esprit.

– 16 –

Soupe croquante et premiers rencards ratés

Sloane

Massimo était un imposteur. Au lieu de l'amoureux des polars populaires et gourmet à lunettes d'un mètre quatre-vingt, j'étais assise devant un gros bébé d'un mètre cinquante qui venait de commander des pâtes au beurre, parce que « la sauce italienne, c'est caca ».

— Ma mère prépare les meilleures nouilles au beurre sur cette planète. Alors si tu veux te rapprocher de ça, dit-il en montrant la direction générale de son pull tellement usé qu'on voyait à travers, il va falloir apprendre à faire fondre le beurre correctement.

Bon sang. Qu'est-ce que j'avais fait pour mériter ça ? Tout ce que je voulais, c'était rencontrer un type bien et sexy, avoir des enfants et sortir une femme de prison. C'était trop demander ? Au moins, le restaurant était sympa : entre café, restau italien et bar à vin avec des nappes à carreaux et l'odeur agréable de l'ail et du café. Si je n'avais pas dû rentrer à Knockemout en voiture, j'aurais commandé le plus grand de leurs verres de pinot grigio.

— Euh, oui, lâchai-je. Donc tu es fan de Grisham. Tu as lu son dernier ?

— Qui ?

— Grisham. John Grisham.

Il plissa ses yeux injectés de sang.

— Le célèbre auteur de romans judiciaires. Tu as dit que *Non coupable* était un de tes préférés.

— Ohhh ! lança-t-il un peu trop fort. C'était ma mère en fait. Je n'aime pas… tu sais, communiquer ? Alors c'est elle qui écrit tous mes SMS et mes mails. Parfois, elle m'imite même au téléphone.

— Je te connais pas assez pour savoir si tu plaisantes.

Il leva la main vers le serveur.

— Eh, mec ! Je sais qu'on vient de commander, mais je meurs de faim, moi. Je pourrais pas avoir deux paniers de pain ? Et des champignons frits. Et pourquoi pas un bol de soupe ? Mais pas une bouillie, hein, quelque chose de croustillant.

Le regard du serveur se posa sur moi.

— On s'est rencontrés en ligne, expliquai-je.

— Je comprends mieux, dit-il avant de se tourner vers Massimo. Je reviens avec votre pain, vos champignons et votre soupe croustillante.

— Super, mec. Merci.

Le serveur disparut et je me retrouvai de nouveau seule avec le fils à maman affamé aux yeux rouges.

— T'es défoncé ? demandai-je.

— Tu sais bien. H24, ma puce. La vie de rêve. Le maître des illusions, toujours détendu, et je m'allume le samedi.

— On est mercredi.

Je voulais me lever et partir, mais je craignis soudain les dégâts qu'il pourrait s'infliger à lui et aux autres sans la supervision d'une adulte.

— C'est cool, ma puce. Peu importe le jour de la semaine, parce que t'es bonne et j'ai mes pâtes au beurre qui arrivent.

Il fouilla dans son sac et en sortit un brownie entamé.

— On partage le reste ?

— Non, merci. Tu es venu en voiture ? Tu n'as rien percuté sur le chemin ? Être humain, objet ?

Son rire était tellement transperçant que je faillis ne pas entendre la sonnerie de mon téléphone. Je sautai dessus, heureuse que Stef m'appelle plus tôt avec sa fausse urgence.

Mais ce n'était pas un appel de Stef. C'était un message de Lucian.

Lucian : Massimo est un mari potentiel ?

Massimo posa son menton dans ses mains.

— Oh, eh, écoute. J'ai, euh, oublié mon portefeuille et ma mère m'a coupé les vivres cette semaine parce que j'ai mis le feu au sous-sol. Ça te dérange pas de payer l'addition, hein ? Oh, et j'ai besoin que tu me ramènes à la maison.

En d'autres circonstances, je n'aurais même pas répondu au message de Lucian, ni permis qu'il s'immisce dans ma vie privée. Mais là, c'était une urgence.

Moi : Ce n'est même pas un adulte potentiel. J'envisage de mettre le feu aux toilettes pour femmes et m'enfuir après. Je vais pas pouvoir survivre jusqu'au coup de fil de Stef.

Lucian : Tu es où ?

Mon cœur fit un bond.

Moi : Vino Italiano. Pourquoi ?

Lucian : Bouge pas.

Bouge pas ? Comme dans reste avec Massimo le Parasite ?

Je levai la tête de mon portable.

— Massimo, c'est ton vrai nom ?

Il rit de nouveau.

— Non, en fait, c'est Eugène. Tu peux m'appeler Euge. Tu sais, prononcé comme immense en anglais, « huge ». Maman s'est dit que j'aurais plus de succès avec Massimo.

— Votre soupe croustillante, monsieur, annonça le serveur en posant le bol rempli de croûtons.

— Cool, mec. Je m'assurerai que cette jolie demoiselle laisse un bon pourboire. Comment tu t'appelles déjà ? Sloane ?

— Nan mais sérieusement. Ça suffit, dis-je en jetant ma serviette sur la table.

— Si vous avez l'intention de le frapper, est-ce que vous pourriez éviter de mettre du sang sur la nappe ? demanda le serveur. Le dernier couple assis ici s'était aussi rencontré sur un site et elle lui a versé tout le contenu d'une bouteille de vin sur la tête. Je n'ai plus de linge propre.

Le carillon de la porte retentit et Lucian Rollins entra dans le restaurant, toujours aussi séduisant que lorsque je l'avais quitté, moins d'une heure plus tôt.

Toutes les clientes, y compris la vieille dame de quatre-vingt-douze ans qui fêtait son anniversaire, s'interrompirent dans ce qu'elles faisaient pour le regarder.

Moi aussi, j'étais sous le charme. Ses yeux projetaient des flammes grises. Ses lèvres étaient pincées en une ligne droite qui donnait désespérément envie qu'il vous sourie. Son manteau aujourd'hui était gris charbon et il se soulevait derrière lui comme la cape d'un super-héros. Je n'avais pas remarqué ce détail dans la prison.

— Bordel, ils font une excellente soupe croustillante ici, lança Euge en croquant les croûtons.

— Hein ? lâchai-je sans détourner mon regard de Lucian.

— Sloane, me salua-t-il d'une voix rauque.

— Hello.

Euge leva les yeux et se retrouva en face de l'entrejambe de Lucian.

— Il a pas l'air donné ce pantalon, commenta-t-il assez fort pour en faire profiter tout le restaurant.

Lucian me décocha un rictus.

— Ne me regarde pas comme ça. C'est sa mère apparemment qui lui a créé son profil.

— Mec, je suis au milieu d'un repas avec Kim Kardashian. Ça vibre bien entre nous.

— Kim Kardashian ?

— Il parle de sa poitrine, expliqua le serveur.

Lucian serra la mâchoire. Il attrapa Euge par le col et le souleva de son siège.

— Pas de sang sur la nappe, l'avertis-je.

— On va juste faire une petite balade, promit Lucian. Reste là, m'ordonna-t-il.

Les joues en feu, je le regardai accompagner Euge vers la sortie comme une marionnette. Tous les clients étaient hypnotisés. J'hésitai à écrire à Lina et Naomi quand la dame à la table voisine se pencha vers moi.

— Ma belle, je ne sais pas ce qui se passe ici, mais je suis infirmière et si vous ne rentrez pas chez vous avec Grand Ténébreux au Pantalon Serré, je demande que vous passiez un scan du cerveau.

L'homme à côté d'elle acquiesça d'un hochement de tête.

— Je suis son mari, et même moi, je trouve ce gars hyper sexy.

— C'est noté, dis-je.

Une minute plus tard, Lucian revint seul, la mine relativement enjouée.

Il tira la chaise de Euge et s'assit.

Je me mordis la lèvre.

— Tu l'as roulé en boule et tu l'as jeté dans le caniveau ?

— J'ai demandé à mon chauffeur de le raccompagner chez lui.

Je me couvris le visage avec les mains et lâchai un grognement.

— Je me suis permis d'annuler la commande de nouilles au beurre du monsieur, et je vous ai apporté ça, annonça le serveur.

Je baissai les mains pour le voir tendre à Lucian un menu et une bouteille de vin.

Lucian le remercia et le serveur repartit, soulagé qu'il n'y ait eu aucun débordement.

— C'était le pire premier rencard de l'histoire des premiers rencards, me lamentai-je.

— Parle pas trop vite.

— Oh, s'il te plaît. Tu n'y connais rien. Tu n'as pas besoin de ça, toi, tu passes des commandes dans un catalogue de copines sexy. Là c'est différent, c'est humiliant et c'est une sacrée perte de temps.

— Tu t'attendais à quoi ? demanda-t-il, amusé. Et je me le procure où ce catalogue de copines sexy ?

— Arrête d'être drôle ou gentil, je veux pas de ta pitié.

— Tu ne me fais pas pitié, Lutin. Je m'amuse de ta déconfiture.

— Tu le fais trop gentiment. Sois plus méchant.

— D'accord. Tu aurais dû t'enfuir de là trente secondes après avoir franchi le seuil de la porte. Qu'est-ce que tu avais dans la tête ?

— J'essayais de lui donner le bénéfice du doute… et j'avais vraiment faim.

— Quelle coïncidence, moi aussi.

— Tu as vraiment décidé de déjeuner avec moi, maintenant ?

Il referma le menu.

— Oui, mais rassure-toi, ce n'est pas la compagnie que je recherche, mais le poulet piccata.

Le serveur revint avec deux verres de vin et prit la commande de Lucian pendant qu'il nous servait.

Je pris mon verre et m'adossai contre mon siège.

— Je n'en reviens pas de dire ça, mais merci d'être venu à ma rescousse… deux fois aujourd'hui.

Il parut surpris.

— Je suis impressionné. Tu as dit ça sans sourciller.

— Je sourcillais à l'intérieur.

Est-ce que Lucian Rollins flirtait avec moi ? Ou se montrait-il juste humain ? Et cette marque de politesse anodine était si loin de sa posture glaciale habituelle qu'elle semblait chargée de tension sexuelle.

— Alors, je t'en prie.

J'approchai mon verre de lui. Il souleva le sien.

— OK. Ça suffit, on a été assez polis l'un avec l'autre. Ça me donne la chair de poule, dis-je avec un frisson.

Lucian rit. Je faillis en renverser mon verre. Franchement, je venais d'entrer dans une réalité parallèle, comme dans *Les Amants de Spoutnik* de Haruki Murakami. Était-ce un nouveau monde dans lequel Lucian Rollins et moi, on s'entendrait bien ?

— J'accepte.

— Et pour Mary Louise, si je parle à son fils et que leurs versions coïncident, qu'est-ce que je fais... hypothétiquement ? demandai-je.

— Il faudra que tu engages un avocat avec de l'expérience dans les affaires de ce genre. Quelqu'un qui a du temps à te consacrer et qui est bien vu par les juges et par les jurés. Il ou elle devra se constituer une équipe d'associés, d'assistants juridiques et de stagiaires.

— Tu dis que j'ai besoin d'une équipe de licornes.

— Et n'oublie pas l'argent. Les appels coûtent cher.

— On est assis sur un joli œuf en or, me vantai-je.

— Un œuf à au moins sept chiffres.

Je faillis recracher mon vin.

— Un million de dollars ?

— Ça dépendra de combien de temps la procédure d'appel durera. Ça pourrait être plus.

— Tu déconnes ?

— Je ne déconne jamais à propos de l'argent, déclara-t-il en me regardant droit dans les yeux.

— Merde.

Je posai mon verre de vin et pris de l'eau.

— Merde.

— Tu pourrais me convaincre de...

— Non ! l'arrêtai-je.

— Elle a un traumatisme crânien, celle-là, c'est sûr, commenta notre voisine de table.

— Il est si beau et séduisant, répliqua tout bas son mari.

— Pourquoi refuses-tu de l'argent si c'est offert, Sloane ?

Parce que c'était lui. Parce qu'il m'avait blessée. Parce que je le blesserais. Parce que la dernière fois que nos vies s'étaient retrouvées entremêlées, aucun de nous deux ne s'en était remis.

— Parce que j'ai dit non.

Dommage que Massimo soit une espèce de gros porc immature, parce que j'étais totalement prête à être mère.

— Toujours bêtement têtue, je vois.

— Je pense qu'on a assez prouvé qu'on ne peut pas travailler ensemble.

— Ce qui ne veut pas dire que tu ne puisses pas prendre mon argent pour la bonne cause.

— C'est exactement ce que ça veut dire, insistai-je. On se fait pas assez confiance pour s'embourber dans des trafics d'argent.

— Et c'est la faute à qui ? demanda-t-il doucement.

— Je pense qu'on a tous les deux joué un rôle dans ce qu'il s'est passé.

Nos repas arrivèrent et on baissa les yeux vers les assiettes devant nous.

Lucian poussa un soupir.

— Remettons cette discussion à plus tard. J'ai rarement mon mercredi après-midi, alors je préférerais en profiter.

Je m'emparai de ma fourchette.

— Tu ne possèdes pas déjà la moitié de la côte est ? Tu as besoin de combien d'argent avant de prendre des demi-journées ?

— T'es affreusement critique pour quelqu'un qui a accepté de sortir avec un gros bébé appelé Euge.

— Eurk. Naomi et Lina vont adorer cette histoire, grommelai-je.

Mais les raviolis devant moi amélioraient considérablement mon humeur.

— À quoi servent les amis si ce n'est à se charrier quand on est au plus mal ? philosopha-t-il.

— C'est pas ça. Enfin pas seulement. Mais elles sont tellement heureuses, tellement satisfaites dans leurs couples parfaits…

— Oui, Knox et Nash aussi. C'est agaçant, compatit-il.

— Quand je rencontrerai mon futur mari, j'aurai un peu de dignité. Je passerai pas mon temps à le bécoter en public. Et je n'étoufferai certainement pas mes amies célibataires avec le bonheur que c'est d'être casé.

J'enfournai ma première fourchette de raviolis fourrés au fromage.

Après réflexion, je réalisai que toutes mes amies étaient en couple. Les sourcils froncés, je mâchai. Quand est-ce que ça avait commencé ? La série infinie d'enterrements de vie de jeune fille, de mariages et de *baby shower* avait ponctué mon escalade vers les sommets de la bibliothèque.

— Je devais retrouver Knox au Honky Tonk, il y a deux semaines. Je suis arrivé tôt et j'ai croisé Monsieur et Madame Morgan en train de sortir du pick-up à moitié habillés, raconta Lucian en coupant un morceau de pain en deux.

Je cachai mon éclat de rire dans ma serviette.

— J'ai appelé Lina en Facetime depuis un magasin de vêtements pour lui demander son opinion sur une veste. Elle a répondu dans la douche. J'ai eu l'engin de Nash en toile de fond sur l'écran.

Lucian secoua la tête.

— Pour la suite, quand tu sors avec un gars, évite de parler du sexe d'un autre homme.

Je réprimai un éclat de rire.

— Waouh. Le Lucian du mercredi après-midi pourrait presque passer pour un être humain.

Ses lèvres remontèrent très légèrement.

— Si tu répands la rumeur, je nierai.

— Ton secret est bien gardé avec moi.

Ma plaisanterie eut l'effet d'une rayure sur un tableau noir. Lucian se figea, ses yeux me transpercèrent. Il n'avait pas besoin de dire ce que je savais déjà.

Il m'avait fait confiance. Une fois. Comme je lui avais fait confiance. Aucun de nous deux n'avait l'intention de refaire la même erreur.

Je me raclai la gorge et me concentrai sur mon plat.

Lucian découpa un petit morceau de poulet avec une précision chirurgicale.

— Pourquoi es-tu si pressée de te trouver un mec ? Pourquoi maintenant ?

— On peut pas juste parler du temps qu'il fait ? demandai-je.

— Il fait froid. Tu cherches un mari pour t'occuper ?

— Parce que j'ai consacré trop de temps à ma carrière, maintenant je flippe du peu de temps qu'il me reste pour fonder une famille.

— Et pourquoi tu as besoin d'une famille ?

En général, je n'avais aucun problème à le décrire comme un robot avec un portefeuille à la place du cœur. Et pourtant, là, on naviguait sur un terrain différent. Il ne jouait pas les connards. L'homme que j'avais devant moi ne comprenait sincèrement pas à quoi servait une famille.

— Parce que j'en ai toujours voulu une. J'ai toujours pensé que j'en aurais une. Je veux ce que mes parents ont eu. Je veux donner à ma mère des petits-enfants qui seront tellement heureux de la voir qu'ils collent leurs petits visages poisseux de confiture sur la vitre quand arrive sa voiture. Je veux une maison remplie de gens.

Il grimaça et but une gorgée de vin.

— Quelle horreur !

— Quoi ?

— Surtout les visages poisseux. Mais aussi la maison remplie de gens.

Il frissonna.

Je ne pus m'empêcher de sourire.

— Ce n'est pas pour tout le monde, c'est sûr. Mais je suis pour les petits visages poisseux. J'adore passer du temps avec Chloé et Waylay et les regarder se transformer en quelque chose de moins sauvage et de plus hormonal.

On mangea en silence pendant quelques minutes, ce qui me donna largement assez de temps pour vriller dans ma tête. Je n'arrivais pas à croire que je déjeunais avec Lucian Rollins. Il rendait sexy l'art de manger. Personne d'autre dans le monde entier ne pouvait faire ça. Le commun des mortels a juste l'air d'un imbécile quand il enfourne une fourchette dans sa bouche, mais pas Lucian. La manière dont il tenait sa fourchette et son couteau, rien ne se coinçait jamais dans ses dents, ses lèvres s'écartaient juste assez pour laisser passer la nourriture…

— Tu sais, c'est pas trop tard pour toi, dis-je, interrompant mon stupide fil de pensées. Tu pourrais fonder une famille.

— Ou je peux continuer à faire ce que j'ai toujours fait.

— Et qu'est-ce que tu as toujours fait ? demandai-je avant de tenter de déloger un bout de persil avec ma langue.

— Exactement ce que je veux, quand j'en ai envie.

— On dirait un bébé dans un corps d'adulte.

— Au moins je ne m'habille pas comme une adolescente qui ne met que des fripes, me taquina-t-il.

Avant de pouvoir me vexer et lui dire que j'étais vexée, j'entendis un petit bourdonnement.

Il chercha dans la poche de sa veste et en sortit son téléphone pour froncer les sourcils devant l'écran.

— Excuse-moi un instant, me lança-t-il comme si j'étais une de ses associées au travail avec laquelle il devait se montrer poli. Quoi ? répondit-il.

Je n'aimais pas les gens qui ne prenaient pas la peine de dire bonjour. Ce n'était pourtant pas si difficile de dire « bonjour » ou « hello ». Ou bien « Lucifer au téléphone ». Mon père répondait toujours au téléphone avec un « Aloha » tonitruant.

Le froncement de sourcils de Lucian se creusa davantage.

— Je vois. Quand ?

Je me sentis presque gênée pour la personne au bout du fil, parce que ce qu'il ou elle disait ne le rendait clairement pas heureux. On aurait dit qu'il venait de gagner le concours mondial du regard noir.

— Où ? demanda-t-il sur un ton sec.

Il regarda au-dessus de ma tête, les traits tirés.

— D'accord. Je serai là.

Il raccrocha, l'air toujours aussi contrarié.

— Un problème ?

— On peut le dire, souffla-t-il en s'emparant de son couteau et de sa fourchette.

Cette fois, il coupa le poulet avec une extrême violence.

— Laisse-moi deviner. La copine sexy que tu as commandée n'est pas libre.

— Presque. L'homme qui a vendu à Duncan Hugo la liste des cibles à éliminer a été retrouvé mort.

Ma fourchette tomba et cogna l'assiette avec un bruit strident.

— Un criminel de bas étage. Son corps a été retrouvé dans le Potomac. Il a reçu deux balles dans la tête.

— Pourquoi tu reçois des appels à ce sujet ? demandai-je, mon sang se glaçant dans mes veines.

— Parce que quelqu'un avait ordonné de tuer un ami à moi.

Sa voix était plus froide que la calotte glaciaire avant le réchauffement climatique.

— Duncan Hugo est derrière des barreaux et Tate Dilton est mort, lui rappelai-je.

— Anthony Duncan est celui qui a commandé cette liste, et il dirige toujours son business.

— Lucian, tu ne peux pas décider tout seul d'affronter un magnat de la pègre, si c'est bien comme ça qu'on les appelle.

— Au contraire, c'est même mon rôle principal.

— Le FBI mène son enquête. Tu n'as pas besoin de t'exposer.

— On dirait presque que tu t'inquiètes pour moi, Lutin.

— Lucian, je suis sérieuse.

— Moi aussi.

— Qu'est-ce que tu peux faire de plus que le FBI ?

— Tout d'abord, je peux agir. Mon équipe n'est pas débordée et en sous-effectif. On est en mesure de trouver les bonnes pistes à creuser pour lancer le FBI dans la bonne direction.

Il me regarda, les ycux plissés.

— Je regrette déjà de t'en avoir parlé.

— Qu'est-ce que fera Anthony Hugo quand il découvrira que tu aides le FBI à monter une affaire contre lui ?

— Il se fâchera.

— Ne joue pas les blasés avec moi. Ce type est dangereux. Il y a une série documentaire sur lui, sur YouTube, qui ne s'est jamais terminée parce que les propriétaires de la chaîne sont morts dans un mystérieux incendie.

— Je suis parfaitement capable de me protéger, insista-t-il.

Maintenant, peut-être. Mais ça n'avait pas toujours été le cas. Quand il avait été trop occupé à protéger les autres pour se protéger lui-même. Pas facile de perdre les vieilles habitudes, surtout pour les plus bornés.

— On soupçonne son organisation d'être directement liée à un cartel de la drogue sud-américain, et son bras droit a pris perpète pour avoir brutalement assassiné un témoin fédéral et toute sa famille.

Ma voix montait dans les aigus à chaque syllabe.

— Je vois que tu as fait tes devoirs, plaisanta Lucian, pas plus inquiet que ça.

— Bien évidemment. Nash est mon ami et Anthony Hugo est encore en liberté.

— Alors tu comprends pourquoi je fais ce que je fais.

— Mais s'il s'en prenait à toi ?

Il me regarda avec des yeux vides et froids.

— Je serais prêt.

Si nous avions été amis, j'aurais pu me disputer avec lui. J'aurais pu lui faire entendre raison. Mais non. Je ne pouvais rien faire pour le forcer à me prendre au sérieux. Je ne pouvais rien faire pour qu'il change d'avis.

J'en perdis soudain mon appétit.

— Je suppose que tu refuseras de parler des précautions que tu prends ?

— En effet.

— Il va de nouveau s'en prendre à Nash ?

Lucian poussa un soupir et posa ses couverts.

— Je ne suis pas venu ici pour parler de ça.

— Ah ? Dommage alors. Parce que tu es là et on parle de ça.

— Tout indique qu'Hugo est retourné à ses affaires comme d'habitude.

— Ça ne veut pas dire non.

— Je le surveille. Le FBI le surveille. Ses ennemis le surveillent probablement pour voir s'ils peuvent profiter de la situation. Ce serait incroyablement stupide de sa part de bouger maintenant. Et Anthony est loin d'être stupide. Nash, Lina, Naomi et Waylay, ils sont tous en sécurité.

Je croisai les bras.

— Est-ce qu'ils sont en sécurité parce que Knox et Nash ont pris des mesures de protection dont on n'est pas informés ?

Naomi et Lina ne seront pas contentes quand je le leur raconterai. Bien sûr, si je leur en parlais, je devrais aussi leur expliquer le contexte et leur faire le récit du pire premier rencard de ma vie.

Lucian souleva un sourcil.

— Je ne sais pas pourquoi je me fatigue à te demander de me faire confiance pour gérer. Tu n'as jamais rien fait de ce que je t'ai demandé.

Il me provoquait, cherchant à me faire dévier de mon fil de pensées et de mes questions.

— Je voudrais juste comprendre ce dont tu es capable et qu'une agence fédérale ne peut pas faire.

— J'ai le budget, les ressources et la technologie qui manquent au gouvernement. Je partage simplement quelques-uns de mes joujoux. Au fait, dit-il en se beurrant un toast. Tu vas devoir me ramener à la maison puisque j'ai prêté ma voiture et mon chauffeur à ton rencard.

— Tu as ton portefeuille au moins ? demandai-je en attrapant ma fourchette.

– 17 –

Trop proches pour être à l'aise

Lucian

Duncan Hugo avait l'air en plus piteux état encore que lorsque je l'avais vu menotté à bord d'un véhicule de police. Ses cheveux qu'il avait teints en marron révélaient désormais des racines rousses. Il avait perdu du poids derrière les barreaux et la position affaissée de ses épaules montrait qu'il avait aussi perdu un peu de son arrogance. Les cernes noirs sous ses yeux compensaient presque le fait que c'était ma deuxième visite en prison en deux jours.

Cette prison-là était en meilleur état que celle de la veille, remarquai-je. Elle n'allait pas remporter un prix de décoration, mais les meubles ne se désintégraient pas, la peinture n'était pas au plomb et une odeur de désinfectant industriel parfumait l'air. Ça me donnait tout de même la chair de poule et j'avais l'impression que ma cravate était trop serrée autour mon cou.

Je me concentrai sur Nolan, qui marchait devant, les mains dans les poches.

Il avait réussi à ne pas faire couler mon entreprise la veille, alors quand il m'avait demandé de se joindre à moi pour cette visite, je n'avais pas refusé.

Je m'assis en face de Duncan dans la salle d'interrogatoire que le FBI avait arrangée pour nous.

Ça aurait pu être moi, me rappelai-je en l'étudiant. Sans les Walton, j'aurais pu être à sa place.

Duncan n'avait pas eu un Simon, une Karen ou une Sloane. Il avait eu un père comme le mien. C'est pour ça que j'étais là.

— J'ai dit que je voulais parler aux fédéraux, pas à un trou du cul en costume, se plaignit Duncan en s'écroulant sur sa chaise comme un enfant de six ans, prêt à piquer une crise de nerfs.

Son pyjama orange trop grand accentuait le roux de ses cheveux et de sa barbe hirsute.

— Je suis un ancien agent fédéral, ça compte ? demanda Nolan

— Je t'ai pas tiré dessus, toi ? interrogea Duncan.

— T'as raté ton coup, bouffon. Ton pote Dilton a eu de la chance.

— Je sais pas ce qui était pire, bougonna-t-il. Son maniement des armes à feu ou sa personnalité.

Je me raclai la gorge.

— Savez-vous qui je suis ? demandai-je à Duncan.

Sa bouche se pinça, mais il hocha la tête.

— Ouais, je sais qui vous êtes, putain.

— Alors vous pouvez sans doute rassembler les morceaux du puzzle. Vous avez déjà parlé aux fédéraux à plusieurs reprises, mais vous restez toujours aussi inutile.

— Alors ils ont envoyé Lucian Rollins faire leur boulot. Vous allez me casser les genoux ?

Il attrapa une des cigarettes sur la table et gratta une allumette.

Regarder les lèvres de Duncan presser le filtre suffit à me passer l'envie même de ma cigarette quotidienne.

— Je suis venu creuser dans vos méninges pour voir si vous pouvez nous être utile.

— Qu'est-ce que vous voulez, putain, connard ? Je vous ai donné les lieux, les noms. C'est pas ma faute si vous n'en faites rien.

— Les infos que vous nous avez données étaient nullissimes. N'importe quel rat aurait pu nous les fournir. Soit vous nous cachez le plus important, soit votre père ne vous faisait pas confiance pour vous en dire plus.

Duncan sortit la cigarette de sa bouche. Un tressaillement anima sa mâchoire.

— Qu'est-ce que ça peut faire ? Je suis coincé dans ce trou pour un bail.

— Felix Metzer, dis-je.

— Je l'ai déjà dit à la pute du FBI, c'est à lui que j'ai acheté la liste.

— Est-ce qu'elle vous a dit que son corps a été retrouvé hier dans le Potomac ? Les deux trous dans son crâne indiquent que ce n'était pas un accident de bateau.

Il leva les paumes.

— Eh, mec, me regardez pas comme ça, j'étais ici, moi !

De là où il se tenait contre le mur, Nolan leva les yeux au ciel et secoua la tête.

— Quelqu'un lave son linge sale. Et je suis curieux de savoir qui c'est, dis-je.

— Qu'est-ce qui vous fait penser que le retrouver crevé a quelque chose à voir avec moi ?

— Il a été vu la veille du jour de votre arrestation pour tentative de meurtre sur mes amis.

— Écoute, mec. Ce n'était pas personnel.

— Vous n'avez même pas eu le cran de tirer la première fois.

— C'est ce qui s'appelle déléguer, s'indigna Duncan. Les patrons font pas le sale boulot.

— Ils le font pour le devenir.

J'avais fait ma part de sales boulots en escaladant les marches du succès. J'avais gagné le respect et la peur.

Il croisa les bras.

— Cette conversation a été bien sympa, mais j'en ai marre.

— Qu'est-ce que vous avez d'autre à faire ? Retourner fixer quatre murs ?

— C'est toujours mieux que d'écouter vos foutaises.

— Si t'avais deux neurones en état de fonctionner, tu écouterais, le prévint Nolan.

— Votre père ne vous considère pas comme une menace, dis-je à Duncan. Vous devriez peut-être lui faire revoir son jugement. Lui rappeler qui vous êtes et le danger que vous représentez toujours pour lui.

Duncan passa une main dans ses cheveux.

— Écoute, mec, j'ai essayé. J'ai perdu, il a gagné. C'est toujours comme ça.

N'était-ce pas une blessure partagée par tous ? Fallait-il qu'un fils défie son père pour devenir un homme ? Y avait-il toujours un perdant et un gagnant, ou existait-il un autre rite de passage, un autre chemin à respecter ?

— Il est encore temps de changer ça, dis-je.

— Il ne m'a rien dit du tout, OK ? Il pensait que j'étais un raté, un loser.

Duncan fit tomber la cendre de sa cigarette dans le cendrier.

— Alors vous vouliez lui montrer que vous êtes plus que ça, continuai-je pour lui.

— Ouais, et je me suis planté.

Son ton défaitiste et misérable me tapa sur les nerfs.

— Vous vous rendez compte que si vous ne donnez pas au FBI quelque chose à se mettre sous la dent, vous serez transféré dans une prison fédérale ? Une prison dans laquelle vous serez en cellule vingt-trois heures par jour.

Je repérai la lueur de nervosité dans ses yeux.

— Ils ont dit où ? demanda-t-il, tentant de se montrer détaché, mais en vain.

— J'ai entendu parler de Lucrum. C'est une prison de haute sécurité. À côté, cet endroit ressemble à une garderie. J'ai vu l'équivalent pour femmes, Fraus. Ça fait froid dans le dos.

Les pieds de la chaise sur laquelle Duncan se balançait cognèrent le sol.

— Je peux pas aller là-bas…

— Vous n'aurez pas le choix.

— Je peux pas aller à Lucrum. J'y tiendrai pas un seul putain de jour.

— Vous auriez dû y penser avant d'essayer de tuer un officier de police, kidnapper une civile et devenir une perte de temps absolu pour le FBI.

— Vous ne comprenez pas. Il a des gars à l'intérieur, là-bas. Aucun ennemi d'Anthony Hugo ne survit plus d'une semaine dans ce trou à rats, insista-t-il.

Je me penchai en avant.

— Alors donnez-moi quelque chose que je peux utiliser. Dites-moi ce que vous savez sur Felix. Pourquoi votre père lui a-t-il commandé une liste ?

Duncan passa une main sur sa lèvre supérieure inondée de sueur.

— Felix est comme un écureuil. Il furète toujours partout pour ramasser des glands ici et là. Il les entasse pour l'hiver… ou pour un salaire.

C'est… putain, c'était une belle ordure. Un vrai charmeur. Comme Kevin Bacon, mais dans les rues. Tout le monde le connaissait ou connaissait quelqu'un qui le connaissait. Si vous aviez besoin d'une info, il pouvait vous la trouver.

— Il travaillait avec qui ? Qui étaient ses amis ?

— Comme je l'ai dit, tout le monde le connaissait. Tout le monde l'aimait bien.

— Alors il était proche de qui ? Peut-être quelqu'un à l'extérieur du cercle ? demanda Nolan.

Duncan leva la tête vers le plafond.

— J'en sais rien. Peut-être sa nana.

— Il avait une femme ? demandai-je avant de croiser le regard de Nolan.

Enfin une vraie info.

— Il la payait. Ça compte ? Je l'ai vu déjeuner avec elle une fois. La classe, cette gonz. Trop bien pour lui.

— Elle s'appelait comment ?

Il tira sur sa cigarette et souffla un nuage de fumée entre Nolan et moi.

— Maureen Fitzgerald.

Je reculai sur mon siège.

Le rictus supérieur de Duncan était revenu.

— Toi aussi t'es son client, hein ? Quel petit monde incestueux, vous trouvez pas ?

* * *

— La prison me file la chair de poule, annonça Nolan quand nous arrivâmes sur le parking, les barbelés et les murs enfin derrière nous. Chaque fois que j'y entre, j'ai peur qu'on me laisse pas ressortir.

En grognant, j'avançai vers ma voiture.

— C'était mon imagination ou ce connard roux là-bas a insinué que tu connaissais Maureen Fitzgerald, la plus célèbre maquerelle de Washington ? demanda Nolan.

J'ouvris la portière de ma Jaguar et attrapai mon portable.

Moi : On doit parler. Appelle-moi.

— Euh... je pensais pas qu'un gars comme toi devait payer pour de la compagnie. Ça me fait me sentir mieux tout à coup.

Le portable vibra dans ma main, mais ce n'était pas Maureen. C'était l'agente spéciale Idler.

Je lâchai un juron, ignorai l'appel et me glissai derrière le volant. Je n'aurais jamais dû laisser Nolan m'accompagner. J'avais besoin de réfléchir, d'élaborer un plan. Je ne voulais pas que les fédéraux parlent à Maureen avant moi.

— Monte, ordonnai-je.

— Eh, écoute, t'es le patron. Tu n'as pas à me dire quoi que ce soit, du moment que tu me payes, déclara Nolan en grimpant sur le siège passager.

J'attendis que les deux portières soient fermées.

— Maureen est une amie. Elle me file des infos sur les demandes de ses clients les plus dépravés. J'utilise ces informations à ma convenance.

— Et tu ne veux pas donner aux fédéraux une raison d'aller fouiller directement chez elle, devina Nolan en attachant sa ceinture de sécurité.

Je hochai la tête et démarrai le moteur.

— Je trouve ça bizarre. Maureen Fitzgerald associée à un type comme Felix Metzer, lâcha-t-il. Je l'ai vue à quelques reprises. Une femme très classe, riche, ravissante.

Ce n'était pas juste bizarre, c'était complètement improbable.

Mon portable vibra de nouveau et je m'imaginai le jeter par la fenêtre, mais je réussis à me retenir. Un coup d'œil à l'écran m'indiqua qu'il ne s'agissait pas d'Idler.

Karen : Ce soir, nous allons manger la meilleure des pizzas surgelées arrosée d'une bonne bouteille de vin.

Merde, j'avais complètement oublié.

— Des projets pour ce soir ? demanda Nolan.

— Quoi ?

Je levai la tête, décidé à le faire taire.

Il montrait l'écran sur le tableau de bord de ma Jaguar où s'affichait le message de Karen. Foutu Bluetooth.

Un autre appel d'Idler apparut sur l'écran.

— On dirait que tu vas arracher le volant, commenta Nolan.

Je lui adressai un autre regard glacial.

— OK, ça ne se voit pas, mais c'est les ondes que tu dégages. Je suis sacrément observateur, ne me déteste pas pour ça.

— Je vais bien, dis-je, la mâchoire serrée.

— Voici ce que je te propose : tu essaies de joindre ton « associée » Maureen et tu maintiens ton dîner. Ma fiancée travaille tard ce soir, pour préparer un événement important pour demain. Et si tu me laissais me charger d'Idler ?

J'ouvris la bouche pour lui énumérer toutes les raisons pour lesquelles c'était impossible, mais il ne me laissa pas parler.

— Je la tiens en dehors de tout ça pour le moment, et je lui dévoile juste les infos qu'a réussi à collecter ton équipe de hackers.

— Quelles infos ? demandai-je. Et pour des raisons juridiques, tu peux pas les appeler hackers.

— Celles dont m'a parlé ta spécialiste de la sécurité numérique, Prairie.

— Pourquoi elle ne m'a pas écrit à moi directement ?

— Parce que tu fais peur. Personne n'aime te parler. Avec toi, les mondanités c'est comme une extraction de dent sans anesthésie.

— C'est faux, contredis-je, maussade.

— Karen, c'est la mère de Sloane, n'est-ce pas ?

— Oui.

— Il y a certains boulots dont tu es le seul à pouvoir te charger. Regarder un politicien dans les yeux pendant que tu détruis sa carrière, sortir quelques millions quand il le faut, appeler la femme qui dirige le plus gros réseau de call-girls de la région, et rendre visite à ton amie qui pleure la perte de son mari. Le reste, tu peux me le laisser.

Je poussai un soupir.

— Tu n'es pas complètement nul comme employé.

— Merci patron. Ces médailles d'or que tu distribues me vont droit au cœur, dit-il, une main sur sa poitrine.

Mon portable sonna de nouveau. Cette fois c'était Petula.

— Quoi ? lâchai-je après avoir décroché.

Nolan m'adressa un regard qui voulait dire « tu vois ce que je voulais dire ». Je levai les yeux au ciel.

— Bonjour Petula. Qu'est-ce que je peux faire pour vous ? dis-je avec une politesse exagérée.

— Vous allez bien, monsieur ? Trop de stress ? Je peux envoyer une équipe de sécurité chez vous d'ici quelques minutes.

— Je vais bien, dis-je sèchement.

— Ne vous en faites pas, Petula. Je ne laisserai rien arriver au patron, annonça Nolan.

— Je suis ravie de l'entendre, ironisa-t-elle. On a un problème, pourtant.

— Quoi ? demandai-je, mon esprit toujours concentré sur Duncan, Felix et maintenant Maureen.

— Quand Holly est sortie chercher le déjeuner, elle a été suivie par deux hommes dans une Chevy Tahoe noire.

J'appuyai sur l'accélérateur pour sortir du parking.

— Elle va bien ? demanda Nolan.

Sa main se resserra sur la poignée au-dessus de la porte quand la voiture s'engagea en fonçant sur la route.

— Elle va bien. Un peu secouée, mais sa voiture n'a pas eu autant de chance. Elle a retenu un bout de la plaque d'immatriculation.

— Lancez une recherche, dis-je sèchement. On arrive dans une demi-heure.

* * *

— Tahoe noire garée toute seule, rapporta Nolan avant de me tendre les jumelles.

— Tu les as eues où ? demandai-je en fronçant les sourcils.

— Je ne quitte jamais ma maison sans mes jumelles, un couteau suisse et un casse-croûte, expliqua-t-il. Tu veux du bœuf séché ?

— Ce que je veux, c'est me venger, grommelai-je en regardant dans les jumelles pour repérer le SUV sur le parking d'un immeuble de luxe.

Le véhicule était enregistré au nom d'une des entreprises d'Hugo. D'après l'hypothèque sur le quatre pièces alexandrien, il appartenait à l'un des tueurs à gages d'Hugo.

— Tu as dit à la sécurité de…

— Livrer la Cadillac Escalade de la compagnie chez Holly ? termina pour moi Nolan. Ouais. Lina et Petula les accompagnent pour s'assurer que la petite va bien. C'est carrément mieux que sa vieille berline de douze ans avec son coffre gris.

Je lui rendis les jumelles sans rien dire.

C'était le moins que je pouvais faire.

Je m'étais attendu à ce qu'Hugo monte d'un cran, mais avec moi, pas avec mon personnel. Il avait envoyé un message. J'avais surestimé son fair-play et une de mes employées en avait payé les frais. Ça ne se reproduirait plus.

— Reste ici, ordonnai-je en ouvrant la portière de la camionnette.

Je l'avais empruntée à l'équipe de sécurité. C'était à mon tour d'envoyer un message.

— Désolé patron, je peux pas, lança Nolan en me désobéissant.

Il sortit une casquette noire de la poche de son manteau et la posa sur son crâne.

— Je vais enfreindre une douzaine de lois, l'avertis-je avant de contourner le véhicule.

— Et moi qui pensais que tu avais des hommes de main pour ça, dit-il en ouvrant les portes arrière.

Je m'emparai de la massue.

— Parfois, c'est mieux de se salir les mains soi-même. Et je parle de mes mains à moi, pas des tiennes.

Il souleva du sol de la camionnette la bobine d'un mètre quatre-vingt.

— Je vais pas te laisser t'amuser seul. Et si on se fait prendre, tes terrifiants avocats se seront occupés de moi avant que mes fesses touchent le banc d'une cellule.

Je fus étrangement touché.

Je poussai un soupir exaspéré.

— D'accord. Allons jouer avec le feu.

Je n'attendis pas de réponse et m'élançai dans l'ombre.

— Jamais j'avais l'occasion de m'amuser autant dans mon ancien boulot, murmura joyeusement Nolan.

* * *

— Tu es en retard, annonça Karen en ouvrant la porte, avec une moue de déception sur le visage.

Je me penchai pour lui embrasser la joue. J'étais en retard, en effet, et complètement épuisé, mais la vengeance avait calmé ma colère. À présent, j'étais presque joyeux. Ça faisait un moment que je ne m'étais plus sali les mains.

— Je suis désolé. Je devais régler un problème, expliquai-je en retirant mon manteau.

— Hum, tu es en retard, tu sens l'essence et la fumée et ton manteau est déchiré, remarqua-t-elle en le suspendant au crochet sur la porte.

— Et c'est bien pour toutes ces raisons que j'ai besoin du grand verre de vin que vous m'avez promis.

L'explosion avait retenti un peu trop tôt. Le « oh putain de merde ! » de Nolan résonnait encore dans mes oreilles.

Knox aurait été fier, Nash, furieux. Et pour ma part, je commençais à apprécier Nolan davantage que comme un simple homme de main.

— Suis-moi, mon cher, lança Karen, en me conduisant vers la cuisine.

Son appartement n'avait rien de la maison familiale de Knockemout. Je l'avais choisi pour sa proximité avec l'hôpital, pas pour sa personnalité. Mais au cours des deux ans où ils avaient vécu là, Karen avait réussi à le transformer en un charmant nid douillet.

La grande photo encadrée de Simon, Sloane et moi le jour où Sloane avait obtenu son permis de conduire attira mon attention comme toujours. Mais cette fois, elle me déclencha une douleur dans l'estomac, comme un coup de poing, en plus de la pointe de regret que je ressentais toujours.

Simon ne m'attendait pas dans la cuisine comme il l'avait fait pendant des années. Je ne savais pas comment Karen faisait pour rester ici entourée de souvenirs d'une vie qu'elle n'aurait plus jamais.

Les pieds nus, elle était habillée de façon décontractée en legging et gros pull. Ses cheveux étaient retenus en arrière par un grand bandeau imprimé cachemire.

Ça me plaisait qu'il n'y ait pas de formalités chez les Walton. Les femmes avec lesquelles j'étais sorti – en général très brièvement – ne se montraient jamais sans plusieurs couches de maquillage sur le visage, des cheveux coiffés au millimètre près et des tenues idéales pour une soirée à l'opéra de Paris ou un gala de charité.

— Assieds-toi, je te sers, insista Karen quand j'entrai dans la petite cuisine fonctionnelle.

Elle avait peint les murs en jaune soleil et remplacé le quartz blanc des plans de travail par des carreaux en terracotta avec des accessoires bleu cobalt.

Je tirai un tabouret en velours côtelé orange et me servis dans le plateau des apéritifs. Karen gardait toujours dans son garde-manger un sachet de mes amandes fumées préférées. Elle les rangeait à côté des céréales favorites de Maeve et de la root beer de Sloane, comme si je faisais moi aussi partie de la famille.

— Ça vous fait quoi d'être rentrée ? demandai-je.

Elle glissa un verre dans ma direction et souleva le sien.

— Horrible. Ça va. Obsédant. Réconfortant. Affreusement triste. Un soulagement... Tu vois l'idée.

— On aurait pu remettre notre dîner, dis-je.

Karen me décocha un petit regard compatissant en s'approchant du four.

— Mon chéri, quand vas-tu finir par comprendre que parfois, être seul est la dernière chose dont tu aies besoin ?

— Jamais.

Elle rit et ouvrit le four, embaumant l'air d'une odeur de pizza.

Je descendis de mon tabouret et contournai l'îlot pour m'en occuper.

— Vous sortez la salade, je coupe la pizza. Vous, vous coupez toujours de travers, la taquinai-je.

Elle oubliait aussi toujours de laver le fromage sur le couteau, et après pour le laver, c'était toute une histoire.

Elle me tendit l'ustensile.

— Le travail d'équipe, il n'y a rien de tel.

On se figea tous les deux. J'avais entendu cette phrase plusieurs centaines de fois dans la cuisine des Walton, en général prononcée par Simon quand Karen et lui préparaient à manger.

Je ne savais plus où poser le regard. La lueur de chagrin que je lus dans ses yeux me fit l'effet d'un coup de couteau dans le cœur. Je n'étais pas équipé pour faire face à des émotions pareilles. Je gérais les problèmes, je présentais des solutions. Je n'accompagnais pas les gens dans leur deuil, peu importe combien j'étais proche d'eux.

Karen était plus une mère pour moi que ma propre mère. Et Simon était le genre de père que j'aurais aimé mériter.

Elle se racla la gorge et esquissa un sourire enjoué sur son joli visage.

— Et si on faisait semblant que tout est normal pendant un moment ? proposa-t-elle.

— D'accord. Mais ne croyez pas que je vais vous laisser gagner au rami juste parce que vous êtes veuve, avertis-je.

Le rire de Karen ne ressemblait pas à celui de Sloane. Il était bruyant et joyeux et mon cœur s'emplit de chaleur et de bonheur. Celui de Sloane était un petit rire léger qui me retournait les tripes.

Je l'imaginais de l'autre côté de la table, me souriant comme si nous n'étions pas du poison l'un pour l'autre.

Une sensation de brûlure sur mon pouce me rappela à l'instant présent.

Je remis correctement la manique sur ma main.

J'avais mis le feu à un véhicule sans me brûler et il suffisait que je pense à une petite bibliothécaire blonde pour que je baisse ma garde face à une pizza surgelée.

Je bloquai les images dans ma tête et me concentrai sur la femme en face de moi.

* * *

Il était déjà tard quand je me douchai chez moi. Je m'écroulai sur mon lit king-size et poussai un profond soupir.

La lampe sur ma table de chevet projetait une lumière paisible sur mon exemplaire de *La Bibliothèque de minuit*. Je me demandai si elle était en train de lire. Ou peut-être qu'elle était allongée dans son lit et pensait à moi.

J'en doutais. Chaque fois que je voyais Sloane, elle avait l'air à la fois surprise et déçue que j'existe encore.

Je ne devrais pas être le seul à perdre le sommeil. Je m'emparai de mon téléphone et je mis cinq minutes à réfléchir à la bonne approche. Je parcourus mes contacts, trouvai celui que je cherchais et envoyai mon message.

Comme je n'obtins pas de réponse immédiate, je lançai mon portable sur la couette et me couvris le visage avec mes deux mains.

J'étais un imbécile. Faible et indiscipliné. Ce n'est pas parce qu'on avait réussi à partager un repas tous les deux que…

Le téléphone vibra.

Je plongeai pour l'attraper.

Sloane : Qu'est-ce que tu viens de m'envoyer ?

Moi : Les coordonnées d'une avocate qui se spécialise dans les procédures d'appel. Elle attend ton coup de fil demain. De rien.

Je vis trois points apparaître et disparaître. Je fixai l'écran d'un regard impatient pour qu'ils reviennent. Trente secondes plus tard, ils réapparurent.

Sloane : Merci.

Ça lui demandait tellement d'efforts de taper un mot aussi anodin ?

Qu'est-ce que j'étais en train de faire ? J'aurais pu demander à un de mes assistants de lui envoyer ces informations. Bon sang, j'aurais même pu demander à un assistant de passer par Lina, qui travaillait dans mes bureaux, je n'avais pas besoin d'écrire directement à Sloane, à – je me tournai pour consulter la pendule – minuit.

Dégoûté de moi-même, je posai le téléphone sur la table de chevet et croisai les mains sous ma tête.

Le portable vibra de nouveau.

Je me tordis le cou pour regarder le message.

Sloane : Lina m'a dit ce qui était arrivé à Holly aujourd'hui. Elle va bien ?

Me frottant la nuque, j'hésitai à attendre avant de répondre, mais je décidai que j'étais trop fatigué pour jouer.

Moi : Tout le monde va bien.

Sloane : Toi aussi ?

Est-ce que j'allais bien ? Pas vraiment, non. J'avais l'impression de perdre le contrôle. Toute ma carrière, j'avais toujours tout prévu, et cette fois, je n'avais rien anticipé. Qu'est-ce que je ratais encore ? Et pourquoi je dérapais maintenant ?

Moi : Je vais bien.

Sloane : Mon portable est équipé d'une appli qui détecte les conneries et m'envoie une notification « désolé, mauvaise réponse ». Le chat a eu peur du signal sonore.

Moi : Je vais bien. Juste fatigué.

Sloane : Tu es bien conscient que ce n'est pas ton rôle de protéger tout le monde de ce qui pourrait se passer, n'est-ce pas ?

Mais c'était mon rôle de protéger les gens de mes actions et des conséquences de ces actions.

Moi : J'ai vu ta mère, ce soir.

Pas de points sur l'écran. J'étais allé trop loin. Ou alors, elle s'était endormie.

Je posai mon portable sur la table basse quand il sonna.

— Quoi ?

— Tu dois vraiment changer la manière dont tu réponds au téléphone, lança Sloane dans mon oreille.

Ça me fit penser à ces moments parfaits qu'on avait connus avant. M'endormir à côté d'elle sur une pile d'oreillers dans sa petite chambre adorable où j'étais en sécurité. Je détestais comme mon corps se souvenait si précisément de ces nuits-là.

— Comment elle va ?

— Elle tient bon, dis-je en ajustant les oreillers sous ma tête comme faisait Sloane, adolescente.

— Maeve et moi, on l'appelle tous les jours, mais c'est difficile de savoir si elle nous cache des choses.

— Elle a mis les cendres au-dessus du réfrigérateur, avouai-je.

Sloane lâcha un petit rire triste.

— Il aurait adoré ça.

— C'est sûr, confirmai-je.

Elle se tut un long moment et je craignis qu'elle ait raccroché.

— Alors t'es allé botter les fesses aux malfrats qui ont fait sortir Holly de la route ?

— Pourquoi j'aurais fait ça ?

— Parce que tu es toi.

— Disons juste qu'ils ne pousseront plus personne en dehors de la route, confiai-je.

— Nash m'a dit que tu avais donné une bonne déculottée à Jonah Bluth à l'entraînement de foot au lycée parce qu'il m'avait manqué de respect.

Nash parlait trop.

— Je m'en souviens pas…

— Biiiirp !

Le signal sonore de mauvaise réponse de Sloane me fit presque sourire.

— Alors qu'est-ce que t'as pas fait à ces types ?

— Nolan et moi, on s'est assurés qu'ils n'auraient plus de véhicule pour pousser les gens en dehors de la route et que la police saurait où chercher quand Holly signalerait l'agression.

— Regarde-moi ça, Nolan et toi vous devenez vraiment potes. Vous êtes allés vous enfiler une bière, après ?

— N'importe quoi, mentis-je.

J'avais pris un scotch, moi.

Je me demandai ce qu'elle portait. Si elle était au lit ou blottie sur le canapé, son rouge à lèvres encore intact, un livre sur les jambes. Mon sexe se dressa.

Je pressai la main dessus. Je n'avais jamais d'érection spontanée... sauf quand j'étais près d'elle. J'étais un adulte capable de contrôler ses plus bas instincts. La voix rauque de la femme qui avait failli me détruire n'aurait pas dû provoquer ça chez moi.

— Alors maintenant que tu as fait payer le méchant, tu fais quoi ?

— Qu'est-ce que tu veux dire ?

Était-ce la voix de Sloane qui m'excitait ainsi ? Ou était-ce autre chose ? Le signe que je perdais le contrôle ?

Le message que j'avais envoyé à Anthony Hugo ne l'empêcherait pas de passer à l'action. C'est ce que je voulais. Parce que tôt ou tard, il déraperait et j'utiliserais cette erreur contre lui.

— J'entends presque la colère dans chacune de tes syllabes, mon grand. Quelqu'un a menacé une de tes employés. Tu as pris les choses en main. Mais comment est-ce que tu te calmes quand se faire justice ne parvient pas à chasser la colère ?

— Je n'ai pas besoin de me calmer.

— Personnellement, je suis pour une partie de jambes en l'air, bien transpirante et déchaînée. Ça remet les choses à leur place, lança Sloane gaiement. Tu devrais essayer.

Un son étranglé s'échappa de ma gorge. Mon sexe pulsait et je pressai de nouveau la main dessus, espérant contenir l'érection. Je n'allais pas me masturber en ayant une conversation au téléphone avec une femme. Même si cette femme était Sloane.

Elle rit doucement.

— Je te taquine, Lucifer.

Mais je pouvais l'imaginer étendue sous moi, ses cheveux étalés sur l'oreiller comme un halo, ses cuisses d'une douceur insoutenable m'entourant la taille, ses seins sur le point de sortir de leur décolleté.

— Ah non ? Tu n'aimes pas le sexe transpirant et déchaîné, alors ? demandai-je.

— Tu aimerais le savoir ? ronronna-t-elle à mon oreille.

Je ne savais pas quelle était la bonne tactique à employer. Parce que je n'aurais de toute façon pas ce que je voulais. Je ne voulais pas ce que je voulais.

— Pourquoi tu dors pas, déjà ? demandai-je, tendu.

— Un emmerdeur n'arrête pas de m'écrire, répondit-elle sur un ton léger.

J'entendis le sourire dans sa voix, je le vis dans mon esprit. Ce magnifique sourire en général réservé à tout le monde sauf moi.

C'était une erreur. Je commettais une autre erreur. Je ne pouvais pas m'arrêter. Sloane était la mauvaise habitude à laquelle je ne pouvais pas renoncer.

— Tu devrais aller te coucher.

— Waouh ! Tu devrais peut-être prendre des cours sur comment parler à quelqu'un sans passer pour un connard.

— Je n'ai pas le temps pour des confidences sur l'oreiller avec toi.

— C'est clair au moins. Mon prochain livre pour le club de lecture, ça sera *Docteur Jekyll et Mister Hyde*. Comme ça, je comprendrai peut-être pourquoi tu passes de presque humain à Lucifer en l'espace de deux phrases.

C'était une danse dans laquelle on était coincés depuis des années. Chaque fois qu'un de nous se montrait trop humain, l'autre en profitait pour le frapper. Des murs étaient érigés, l'animosité renforcée. On apprenait la même leçon depuis le début et ça ne s'imprimait jamais. On n'était pas bons l'un pour l'autre. Je n'étais pas bon pour elle. Et je ne pouvais pas faire confiance à une femme qui m'avait si ouvertement trahi.

— Ne perds pas ton temps à penser à moi. Je ne perds pas le mien avec toi, dis-je.

Avec son souffle dans mon oreille, je raccrochai, éteignis la lumière et restai allongé dans le noir à me détester.

– 18 –

Les ruines du passé

Sloane

Je traînai la poubelle sur l'allée en béton, autour de la Range Rover de Lucian, et la laissai devant son garage. C'était un samedi soir noir et humide.

Une de ces journées où une chose en entraînant une autre, tout avait mal tourné. Les ordinateurs à la bibliothèque n'avaient pas fonctionné pendant une heure, ma livraison de livres poche pour les dédicaces des auteurs à l'occasion de la Saint-Valentin était arrivée sans leurs couvertures, et j'avais eu mon quatrième rencard, dans l'espoir que ByronleBarbu223 serait moins catastrophique que les trois précédents.

Mais non. Il n'était ni barbu ni fan de Lord Byron. Il était arrivé en retard et soûl, et alors qu'il m'expliquait que ça ne marcherait pas entre nous, il avait pris un appel de sa petite amie actuelle et il lui avait dit qu'il était à la salle de sport.

Une déception qui me donnait juste envie de me blottir dans mon canapé devant un bon feu de cheminée, avec le site de la banque du sperme ouvert sur mon ordi. Si je n'arrivais pas à trouver le mari idéal, peut-être que j'aurais plus de chance avec un bébé.

Et ce qui ne faisait qu'ajouter à ma mauvaise humeur : j'avais passé les derniers jours à ruminer sur Lucian. Lucian qui dîne avec ma mère, Lucian qui m'écrit au milieu de la nuit, Lucian qui donne une voiture neuve à une employée, Lucian qui m'embrasse presque dans son bureau, Lucian qui travaille avec le FBI pour faire tomber un des plus grands criminels de la région, Lucian nu qui m'appelle avec son index.

Cette dernière image m'avait frappée dans la douche, la veille, alors que j'avais aperçu sa Range Rover dans l'allée. Encore une fois, juste avant de me coucher… et quand je m'étais réveillée…

Je préférais ne me souvenir de son existence qu'occasionnellement.

Tous les deux, c'étaient les montagnes russes d'insultes, de tension sexuelle, d'amertume et de flirt. Il était temps de mettre fin à ce cycle. Il fallait que je descende de ce manège pour me concentrer sur ce que je voulais vraiment… et ce n'était pas Lucian Rollins.

Je remontai l'allée jusque chez lui, prête à appuyer sur la sonnette, quand la porte s'ouvrit.

— Quoi ?

Il avait tombé la veste, la cravate et les chaussures, mais portait toujours un pantalon sur mesure et une chemise Oxford avec les manches retroussées jusqu'aux coudes. Il semblait tout droit sorti des pages d'un magazine pour hommes riches.

Il avait aussi l'air agacé, fatigué et odieusement sexy. Une femme qui n'aurait pas su quel emmerdeur il était, pouvait facilement tomber dans le piège et lui proposer une soupe chaude, suivie d'une nuit à lui faire oublier tous ses problèmes.

Mais Lucian Rollins ne méritait pas une soupe chaude.

— Je suis sûre que tu as l'habitude que ton majordome te rapporte ta poubelle, dans la grande ville, mais ici, on doit la rentrer tout seul chez soi.

— Pourquoi est-ce que j'aurais besoin d'un majordome alors que j'ai une voisine autoritaire qui n'arrive pas à se souvenir de mettre un putain de manteau ? répliqua-t-il.

— Je ne pense pas que tu devrais travailler avec le FBI, lançai-je, lâchant le premier item de la longue liste que j'avais contre lui.

Enfin, le premier qui ne concernait pas mon attirance physique pour lui.

Les yeux au ciel, il m'attira à l'intérieur.

— Pardon ! On ne t'a jamais dit que kidnapper une femme sur le seuil de sa porte était malpoli ?

— On ne t'a jamais dit que beugler tout haut les affaires privées des gens dans des lieux publics était dangereux ?

Je fourrai les mains dans la poche de mon sweat-shirt à capuche.

— Je n'ai pas beuglé !

— Si tu veux.

— Je répète ce que je t'ai dit.

Je regardai à l'intérieur.

La télévision était allumée sur une chaîne de finance. Il y avait un bol vide et un ordinateur ouvert sur le fauteuil ottoman, Des flammes dansaient dans l'âtre, et pourtant la pièce parvenait tout de même à donner le cafard. Murs gris, canapé gris, coussins ivoire rêches. Aucune âme, à l'exception de la musique.

Je fronçai les sourcils.

— C'est Shania Twain ?

En jurant, Lucian tapa sur un bouton de son téléphone et la musique s'arrêta.

— On ne discute pas du FBI, d'Anthony Hugo ou de mes affaires personnelles. Donc à moins qu'il y ait un autre sujet sur lequel ça te ferait plaisir de me crier dessus, tu peux partir.

J'inspirai profondément.

— Merci pour les coordonnées de l'avocate. Je l'ai appelée hier et je lui ai envoyé tout ce que j'avais sur Mary Louise.

— Donc tu es venue pour me hurler dessus et pour me remercier ? demanda-t-il sur un ton légèrement agacé.

— Je suis une femme compliquée, dis-je en haussant les épaules.

— C'est noté. Maintenant si tu as fini de jouer les pimbêches, j'aimerais bien profiter de ma maison sans toi à l'intérieur.

— Sympa le qualificatif. Mais je ne pars pas avant que tu m'aies entendu. J'y ai beaucoup réfléchi…

Il esquissa un rictus.

— Tu as pensé à moi ? T'es pas trop occupée à trouver le mari idéal ?

Je lui décochai un regard noir.

— J'ai un grand cerveau, Lucifer. Il y a la place pour beaucoup de choses là-dedans.

— Et donc, tu l'as trouvé ce futur mari ? demanda-t-il.

L'image de mes quatre rencards malheureux dansa devant mes yeux et je dus réprimer un frisson de dégoût.

— Pas encore, répliquai-je sur un ton extrêmement positif. Je ne suis pas venue pour parler de mes rencontres.

— Alors pourquoi es-tu venue ? me pressa-t-il, l'air vaguement amusé.

— Pour te parler de la poubelle. Tu m'écoutais pas ?

— Tu as eu combien de rencards déjà ? Et toujours pas trouvé de partenaire convenable ?

Je plissai les yeux.

— Écoute, Rollins, ce n'est pas comme embaucher un type pour te servir le café et des smoothies préparés avec le sang de petits chiots. Trouver son partenaire dans la vie est…

Décourageant ? Physiquement éprouvant ? Carrément déprimant ?

— Un vrai défi, dis-je tout haut.

Il croisa les bras et s'appuya contre le montant de la porte qui donnait dans le salon.

— Développe.

— Je ne discute pas de mes rencontres avec toi.

— Tu n'as pas à en avoir honte. Je suis sûr que s'ils ne te rappellent pas, c'est que le problème vient d'eux et pas de toi.

— Ils ne me ghostent pas ! Enfin, un si, mais au sens propre. Tu sais au moins ce que ça veut dire « ghoster » ?

— Je travaille avec une femme de vingt et un ans qui adore me parler de choses dont je me fiche éperdument. Donc non seulement je sais ce que veut dire « ghoster », mais je pourrai te citer le prénom de toutes les Kardashian si tu insistes.

— Elle va bien ? Holly, je veux dire.

— Oui, ça va, dit-il sèchement.

— J'y ai pensé. Est-ce que tu sais si les types qui la filaient…

— On parle du ghosting, m'interrompit-il.

— Non, affirmai-je en secouant la tête.

Ses yeux gris scintillèrent de malice.

— Je t'offre un bretzel de chez Stucky si tu me racontes.

— Tu ne t'imagines tout de même pas pouvoir me faire chanter avec de la nourriture ?

C'était un mensonge. Les bretzels de chez Stucky étaient immenses et incroyablement moelleux.

— Cannelle et sucre... supplément sauce caramel, ajouta-t-il.

Bon sang, mon préféré ! Je lui adressai un regard méchant, il me le rendit au centuple. Le concours dura jusqu'à ce que mon traître de ventre se mette à gargouiller. J'avais sauté le déjeuner à cause du problème avec les ordinateurs et je n'avais pas encore dîné.

— D'accord, abdiquai-je. Mais je ne te raconte que parce que d'autres vont sûrement t'en parler.

Stef, Naomi et Lina avaient déjà entendu tous les détails de mes plans craignos.

— Je suis tout ouïe.

— D'abord, je veux voir le bretzel.

Il avait l'air amusé. Je me demandai comment il faisait pour que sa barbe soit toujours si parfaitement taillée. Est-ce qu'il avait un rasoir spécial, ou alors un barbier qui venait chez lui tous les deux jours ?

— Viens, me guida-t-il vers la cuisine, ses pieds ne faisant aucun bruit dans leurs chaussettes à motif écossais quand il marchait.

J'avais le sentiment que j'allais le regretter, mais au moins j'aurais eu mon bretzel.

Comme le salon, la cuisine et le coin repas étaient immaculés. On aurait dit que les pièces avaient été nettoyées du sol au plafond, ou que ce n'était qu'une maison témoin où personne n'habitait vraiment. Est-ce que je trouverais des pots de moutarde expirés dans son réfrigérateur, comme chez tout le monde ? Est-ce que les légumes osaient pourrir dans leur bac chez Lucian Rollins ?

Il ouvrit le couvercle d'une boîte à pain rose et la dirigea vers moi.

J'en eus l'eau à la bouche.

Il n'y avait qu'un seul bretzel à l'intérieur.

— Même si tu es toi et que je suis moi, je ne peux pas te prendre ton dernier bretzel. Pourquoi tu en as un chez toi, d'ailleurs ? Tu te nourris pourtant exclusivement d'omelettes, de blancs d'œufs et de sabots de licorne, non ?

Cet homme avait un sens de la discipline plus qu'exaspérant.

— Je suis d'accord pour te le céder si tu me parles du gars qui ghoste Sloane Walton.

— Dans ta bouche on dirait un récit pour enfants.

— Tu gagnes du temps, dit-il en sortant une assiette du placard.

Je voulais vraiment le bretzel.

— D'accord, mais on partage. J'espère me retrouver nue devant un inconnu dans peu de temps, alors j'ai besoin d'être présentable et pas comme si je venais de m'empiffrer de gâteaux.

Sans un mot, il sortit une deuxième assiette et coupa le bretzel en deux.

Je salivai en le voyant mettre les deux assiettes au micro-ondes.

— Parle.

— D'accord.

Je m'assis sur un des tabourets autour de son îlot.

— Donc, j'ai matché avec un certain Gary. Selon son profil, c'est un infirmier pédiatrique qui aime lire, se balader, passer du temps avec ses nièces et ses neveux.

— C'est clairement un connard, taquina Lucian.

J'ignorai le commentaire et continuai.

— Il a l'air normal dans ses messages, alors j'accepte de dîner avec lui. Mais après le fiasco auquel tu as assisté aux premières loges, Nash et Lina ont décidé de venir en renfort. Ils s'installent à une table voisine et la conversation commence. Il est plutôt sympa, mais quand je l'interroge sur son métier, il ne connaît rien aux hôpitaux et encore moins aux enfants. Il arrête pas de me demander des trucs du genre « combien ça gagne une bibliothécaire ? » et quelle marque de voiture je possède et si j'ai une retraite complémentaire.

Lucian ferma les yeux et se pinça l'arête du nez.

Le micro-ondes tinta. Il l'ouvrit, libérant le doux parfum de la cannelle.

— Je commence à me poser des questions, et du coup j'alerte Nash et Lina, qui accourent sans attendre pour me dire que mon oncle Horace est tombé de son échelle et ils m'attirent dehors.

Il posa une des assiettes devant moi et chercha deux fourchettes dans un tiroir.

Je me précipitai pour prendre une grande bouchée.

— Bref, on est en route vers la maison, et Gary appelle. Je laisse basculer sur la messagerie, bien sûr. Oh, bon sang, c'est divin, m'écriai-je alors que les goûts délicieux de la cannelle et du caramel envahissaient ma bouche.

Lucian prit une bouchée plus petite et digne.

— Qu'est-ce qu'il avait à dire, Gary ?

Je sortis mon portable.

— Écoute par toi-même.

Je descendis la liste de mes messages et appuyai sur lecture.

— Salut, Sloane. C'est Gary. Je voulais juste prendre des nouvelles de ton oncle… et merde, ahhhh !

Sa voix fut remplacée par le grondement d'un moteur, un crissement de pneus et un fracas spectaculaire qui laissa la place à des parasites.

Lucian secoua la tête.

— T'es pas sérieuse...

— Vas-y, je suis sûre que tu meurs d'envie de le dire, dis-je en agitant ma fourchette.

— Il est en train de t'arnaquer.

J'appuyai sur le message suivant.

— Bonjour, c'est Vick Verkman, un ami de Gary. Je ne sais pas comment vous l'annoncer, mais Gary a eu un accident terrible hier soir. Il est dans le coma et l'hôpital menace de le débrancher si quelqu'un ne paie pas la facture. Il n'arrête pas de chuchoter votre nom.

Lucian posa sa fourchette.

— C'est marrant, ils ont la même voix, les deux.

— Oh, attends, t'as pas tout entendu.

— Sloane ? C'est Mercedes, la mère de Gary. Je suis désolée de vous annoncer que Gary est mort de ses blessures après l'accident dû à son inquiétude pour vous et votre oncle. Les pompes funèbres menacent de garder le corps, à moins que...

J'arrêtai le message et pris une autre bouchée du bretzel.

Lucian leva les yeux au ciel.

— Rassure-moi, tu ne lui as pas envoyé d'argent ?

Je souris.

— J'ai tout de suite écrit à sa mère pour lui demander où je pouvais envoyer le chèque. Elle a suggéré que je le mette à l'ordre de Gary Jessup et que je le lui envoie à son adresse.

— Il t'a donné son vrai nom et sa vraie adresse après avoir simulé sa mort ?

— Oui, ça a été plus facile comme ça de le signaler au site de rencontre et de trouver son lieu de travail pour envoyer une couronne mortuaire avec mes condoléances à son employeur.

— Il travaille où ? demanda Lucian en reprenant sa fourchette.

Je sauçai avec un bout de bretzel le caramel sur mon assiette.

— Dans une de ces boîtes véreuses de dépôt de dettes. Tu vois le genre ? Ils rachètent tes dettes médicales ou ton hypothèque pour quelques sous et récupèrent leur argent en harcelant les gens. Je crois que c'est la Morganstern Credit Corporation.

Lucian ne dit rien en prenant une autre bouchée. Il mangeait debout, adossé contre l'évier, l'îlot entre nous.

— Quoi ? Pas de blague sur le fait que je suis si peu désirable que les hommes simulent leur propre mort pour m'éviter ? dis-je.

— C'est trop, là, je me tais, répliqua-t-il. Pourquoi tu t'imposes ça ?

— Quoi, passer du temps avec toi ? plaisantai-je en battant des cils.

— Je sais que tu n'es ici que pour les pâtisseries.

Je savourai ma dernière bouchée et me retins de lécher l'assiette.

— Je veux une famille. Il est temps.

Je me levai et contournai l'îlot. Lucian se poussa jusqu'au mur pour me céder la place devant l'évier. Je lavai l'assiette et la fourchette et les mis à sécher sur l'égouttoir.

— Tu es très sérieuse, on dirait.

Il avait parlé sur un ton perplexe. Je levai les yeux vers lui. Il n'y avait pas assez d'espace entre nous, ce qui créa une étrange intimité.

— Je pensais que toi mieux que quiconque comprendrais. Tu n'as jamais voulu obtenir quelque chose et décidé de tout faire pour l'avoir ? Ou dans ton cas, dépensé quelques millions pour t'acheter ce qui te faisait plaisir ?

Il me poussa pour passer, mon corps s'enflammant à son contact. Je mis un peu de distance entre nous et m'assis sur le plan de travail pendant qu'il lavait son assiette et l'essuyait avec le torchon posé sur la poignée du four. Il rangea ensuite les deux assiettes dans le placard.

Méticuleux. Il ne pouvait supporter ce qui n'était pas à sa place. Il pliait sûrement ses chaussettes avant de faire l'amour.

— C'est très pragmatique de ta part, commenta-t-il.

— Je peux être pragmatique, dis-je en frissonnant sur mon perchoir.

Il me regarda et je sentis la braise brûler dans ses yeux argentés.

— Dans beaucoup de domaines, c'est le cas, concéda-t-il. Mais étant donné tes lectures, j'aurais pensé que tu préférerais une belle histoire d'amour romantique.

— C'est quoi ces conneries ?

— Tu lis des romans à l'eau de rose par centaines depuis que tu es adolescente. C'est presque comme si tu avais « et ils vécurent heureux » tatoué sur le front.

Je croisai les bras. Est-ce que j'espérais rencontrer quelqu'un qui me soulèverait dans les airs comme Naomi et Lina ? Oui. Est-ce que j'étais un tant soit peu jalouse de leurs vies sexuelles débridées et de leurs merveilleuses histoires d'amour ? Totalement.

— Parfois il faut arrêter d'attendre que quelque chose se passe pour provoquer le hasard, dis-je.

— Je ne te crois pas.

— Je m'en fiche.

Son sourire renversant ne resta pas longtemps sur ses lèvres.

J'examinai mes ongles et fis mine de m'ennuyer.

— Juste par curiosité, tu ne crois pas à quoi ?

— Tu ne vas pas te mettre en couple avec un type simplement parce qu'il représente pour toi un « papa potentiel ». C'est pas ce que tu veux.

— Et qu'est-ce que je veux exactement ?

Il se déplaça rapidement, comme une bête sauvage qui se jette sur sa proie. Je le retrouvai debout entre mes genoux, m'emprisonnant avec ses mains sur le plan de travail.

— Tu veux un homme à la hauteur de tous les héros que tu as rencontrés dans tes livres. Ceux qui se battent pour leur femme, ceux qui l'entraînent dans un coin sombre parce qu'ils ne supportent pas de ne pas la toucher une minute de plus. Ceux qui feraient tout pour elle. C'est ça que tu veux.

Sa voix était suave et caressante.

Pourquoi est-ce que je me sentais si bien tout près de lui ?

— On se retrouve de nouveau dans ton bureau, avertis-je.

Il plissa les yeux mais ne bougea pas. Il resta où il était, me frôlant à des dizaines d'endroits.

— Ne te contente pas du minimum, affirma-t-il. Tu le regretteras pour le reste de ta vie.

— Tu me donnes vraiment des conseils sur ma vie amoureuse ?

— Je dis simplement que tu risques de t'empêtrer dans de gros problèmes si tu forces les choses au lieu de les laisser venir à toi.

— C'est facile à dire pour toi. Tu peux avoir des enfants, même à soixante-dix ans.

— Non, je ne peux pas. J'ai subi une vasectomie.

— Quoi ? Quand ? *Pourquoi ?*

Il recula et prit un air particulièrement mal à l'aise.

— Tu devrais rentrer, annonça-t-il.

Mais j'étais abasourdie.

— Je veux dire, t'as pas à me raconter. Même si je viens de tout te déballer sur mes rencontres humiliantes. Tu ne me dois rien, vraiment.

— Je t'ai donné un bretzel.

— Un demi, corrigeai-je.

Pendant un moment, je crus qu'il allait se refermer comme il le faisait toujours. Mais il laissa échapper un soupir.

— J'avais vingt ans. Avec une fille que je voyais à l'époque, on a eu peur qu'elle soit tombée enceinte. Je savais déjà que je ne voudrais pas fonder de famille, alors j'ai fait en sorte que ça n'arrive jamais.

— Waouh ! C'est une sacrée décision, aussi jeune, commentai-je.

— Je n'ai pas changé d'avis, alors tu peux arrêter de me regarder comme ça.

— Comme quoi ?

— Comme si je te faisais pitié.

Je ris.

— Tu me fais pas pitié, imbécile. Je suis juste... surprise. Je pensais que tu étais plus raisonné dans tes décisions. Là, ça me paraît plus comme une réaction impulsive.

— Cette conversation m'agace. Tu devrais partir.

— Lucian...

Toute l'exaspération et la frustration que je ressentais en moi sortirent dans ces deux syllabes.

— Quoi ? demanda-t-il posément.

— Pourquoi on est toujours coincés sur ces montagnes russes ? demandai-je.

— Moi, je le vois plus comme une danse, objecta-t-il.

— Montagnes russes, danses, séries de grossières erreurs. Qu'est-ce qu'on fait, Lucifer ?

Il plongea son regard dans le mien et j'eus l'impression de geler sur place.

— On se retient à quelque chose qui n'existe plus, dit-il platement.

J'absorbai le coup et laissai échapper un soupir.

— Comment on lâche quelque chose qui n'existe pas ? demandai-je.

— Je trouverai et je te le ferai savoir… dans une lettre… de mon avocat.

Mes lèvres s'incurvèrent. C'était la magie de Lucian, même quand j'étais furieuse contre lui, il pouvait quand même me faire sourire.

— Tu n'as jamais voulu une famille ? demandai-je.

— Si, autrefois. Il y a très longtemps, dit-il à voix basse.

Je me mordis la lèvre et tentai d'ignorer le déferlement de souvenirs.

— Tu devrais y aller, Lutin.

— Tu n'as pas à être comme eux, dis-je. Tu es déjà meilleur. Enfin, si on fait abstraction de ton horrible personnalité.

Il secouait déjà la tête.

— Je consacre mon temps à ce qui compte le plus. Je n'ai plus rien à offrir à une femme et des enfants. Je les mettrais en danger.

Je me redressai.

— J'ai parlé à Nash du fait que tu travailles avec le FBI…

— Évidemment.

Les montagnes russes grimpaient vers le premier sommet.

— Tu m'as dit de ne pas m'inquiéter, tu m'as jamais dit de pas en parler à tes amis.

— Tu n'as pas changé d'un poil.

J'avais quand même pris une taille de soutien-gorge depuis mes seize ans. Mais ça ne devait pas être ce qu'il avait en tête.

— Et toi, tu es complètement différent de celui que tu étais, remarquai-je.

— J'ai du travail et tu m'agaces.

— J'ai parlé à Nash, ton ami, et il n'est pas ravi que tu deviennes pote avec le FBI.

Les mots exacts de Nash avaient été « ça me donne des brûlures d'estomac ».

— Ça m'est égal.

Le ton de Lucian était assez désinvolte pour me donner envie d'aller chercher un coussin dans le salon et de le lui balancer au visage.

— On s'est tous les deux demandé si c'étaient les gars d'Anthony Hugo qui avaient coursé Holly, dis-je.

— Ça ne te regarde pas. Mais si c'étaient les gars d'Hugo, j'ai prouvé que j'avais raison. Ce que je fais met en danger les gens qui me sont proches, siffla-t-il.

Et sa façade se fissura juste assez pour que je voie en dessous.

— Lucian, dis-je doucement.

Il leva les mains.

— Arrête. J'aimerais que tu partes.

Je croisai les bras.

— Pas avant que tu me dises où en est l'enquête. Es-tu en danger ? Est-ce que tes employés prennent des précautions ?

— Je ne discute pas de ça avec toi, dit-il avant de sortir de la cuisine.

Je le suivis dans le couloir.

— Tu as dit que le type qui a vendu la liste à Hugo a été retrouvé mort. Felix Metzer, c'est bien ça ?

Lucian s'arrêta, la main sur la poignée de la porte.

— Comment tu sais ça ?

— C'est pas difficile de regarder les infos. On repêche pas dix mille corps tous les jours dans le Potomac.

— Les infos n'ont pas cité son nom, objecta-t-il.

— Je suis bibliothécaire. J'ai d'autres sources d'information.

— Tu ne te mêles pas de ça, Sloane.

Son ton était glacial et dur.

— Je ne cherche pas à m'en mêler. Tout ce que je veux, ce sont des réponses. Est-ce que le FBI est près de procéder à une arrestation ? Est-ce qu'Hugo va de nouveau attaquer, et dans ce cas est-ce que Lina et Nolan sont des cibles ? Si le type qui a vendu à Hugo la liste est mort, est-ce que ça veut dire que c'était une fausse piste ? Est-ce que le FBI creuse dans les crimes financiers parce qu'on pourra le coffrer pour plus longtemps ? Ce n'est pas aussi sexy que de le condamner pour meurtre, mais c'est plus facile à prouver…

— Rien de tout ça ne te regarde. Rien de ce qui me touche ne te regarde.

— Convaincs-moi juste que tu es plus intelligent, plus rapide et plus diabolique qu'un patron du crime qui a réussi à gérer ses affaires pendant quarante ans sans se faire prendre. Ensuite, je te laisserai tranquille.

— Je n'ai à te convaincre de rien du tout, si ce n'est de sortir de chez moi, Sloane.

Il semblait au bord de la crise de nerfs.

— Écoute, vu que t'as pas l'air d'avoir beaucoup de monde autour de toi qui te donne des conseils, tu es coincé avec moi. Chercher des embrouilles à Anthony Hugo est une mauvaise idée. Il se vengera.

Laisse le FBI monter un dossier contre lui et reste en dehors de tout ça.

Je ne savais pas pourquoi c'était tellement important pour moi qu'il m'écoute. Mais ça l'était.

— J'ai noté ton opinion, dit-il froidement.

— Pourquoi tu fais ça ?

— Pourquoi ? Il s'en est pris à un ami à moi.

Je me plantai devant lui.

— Et alors, tu vas passer ta vie à faire ça ? À descendre tous ceux qui t'ont fait du mal ?

— Je n'ai pas à me justifier devant toi.

J'expirai et tentai une autre tactique.

— Je comprends que ton père t'a donné l'impression d'être impuissant, mais...

— Plus un mot, menaça-t-il.

Son ton effrayant ne parvint qu'à m'énerver.

— Tu ne peux pas passer toute ta vie d'adulte à redresser les torts que t'a infligés ton père. Il est déjà derrière des barreaux...

— Plus maintenant.

— Quoi ? Il est sorti de prison ? demandai-je, ma voix partant dans les aigus.

— Non. Il est mort.

Je portai une main sur mon front pour arrêter le vertige.

— *Il est mort ?*

— L'été dernier.

— *L'été dernier ?*

— Tu n'as pas besoin de répéter tout ce que je dis.

Je me frottai les tempes.

— Pourquoi je ne l'ai pas su ?

— Pourquoi tu l'aurais su ? demanda-t-il en fronçant les sourcils.

— Parce qu'en tant que victime d'Ansel Rollins, je devais être avertie dès qu'il serait déplacé, libéré ou mort ! Parce que j'ai témoigné chaque fois qu'il passait en jugement pour libération conditionnelle, pour m'assurer que ce monstre ne sorte jamais.

Je levai les mains en signe de reddition.

— Ce n'est pas juste qu'il soit mort comme ça. Dis-moi au moins que ça a été horriblement douloureux.

— Tu as témoigné ? demanda-t-il d'une voix étranglée.

Ses mains se refermèrent sur mes biceps. Le Lucian stoïque s'était envolé et à sa place il y avait un homme en feu.

— Évidemment. Papa m'a accompagnée chaque fois. J'avais peur d'y aller seule cette année, mais je l'aurais fait.

— Personne ne te demandait de le faire. Ce n'était pas ta responsabilité de le garder derrière les barreaux, dit-il comme s'il allait exploser.

— Comment est-ce arrivé ?

Il prit une profonde respiration.

— Arrêt cardiaque, pendant son sommeil. On m'a dit qu'il n'avait rien senti, lâcha-t-il avec une amertume palpable.

— Il n'a rien senti, dis-je en lâchant un petit rire sans humour.

Mon père avait passé ses dernières semaines dans des douleurs atroces et Ansel Rollins avait rendu l'âme paisiblement dans son sommeil.

— Ton père ne m'a jamais dit que tu allais témoigner, remarqua Lucian.

— Pourquoi l'aurait-il fait ? demandai-je en me libérant de son emprise pour m'éloigner de lui et réfléchir. Je n'en reviens pas… Ils devraient tous les deux être encore là.

— Qui ?

Je m'arrêtai de faire les cent pas.

— Nos pères. Le mien, parce que c'était un homme bon, gentil, généreux, exceptionnel. Il devrait être là à jouer avec sa petite-fille, à programmer une croisière avec maman, à aider Mary Louise à sortir de prison. Et ton monstre de père devrait être là et souffrir chaque minute de chaque jour pour ce qu'il t'a fait.

— Et ce qu'il t'a fait à toi, ajouta Lucian calmement.

Je l'ignorai et partis vers le salon. J'attrapai un coussin rêche, enfouis ma tête dedans et laissai échapper le hurlement qui montait en moi.

— Qu'est-ce que tu fiches ? demanda-t-il, presque amusé.

Je jetai le coussin sur le canapé.

— J'en sais rien. C'est un truc que fait Naomi, je me disais que ça m'aiderait.

— Et alors ?

— Non. Je suis tellement en colère maintenant que tu devrais sans doute partir.

— C'est ma maison.

— D'accord. Je vais aller casser mes propres affaires jusqu'à ce que je me sente mieux.

Je me dirigeai vers la porte.

Il me rattrapa au moment où ma main saisissait la poignée et posa sa paume sur la porte pour la bloquer.

— Recule, Lucian, sifflai-je sans me retourner.

— Pourquoi es-tu si furieuse ?

Je fis volte-face.

— Tu veux rire ?

— Sloane, lâcha-t-il, gentiment.

— Je suis furieuse parce qu'il a fait du mal à ta mère et à toi. Il t'a brisé. Et il est parvenu à fuir paisiblement.

Putain ! Une larme coula sur ma joue.

Il me prit par les épaules.

— Ne t'avise pas de pleurer sur lui.

— Ne t'avise pas de me dire quoi ressentir.

— Il ne m'a pas brisé. Je ne l'ai pas laissé m'empêcher de construire cette vie.

— Lucian, quelle vie ? demandai-je et ma voix se cassa.

— J'ai plus d'argent et de pouvoir...

— Tu as des choses matérielles. Tu as des millions de dollars et des connaissances haut placées. Tu travailles toutes les heures de la journée, mais rien de tout ça ne te rend heureux. Tu as sauvé le nom de ta famille pour que tu ne sois pas associé à ton père, et c'est génial, mais ce nom s'arrête avec toi. Tu as eu une vasectomie parce qu'il t'a fait croire que tu ne valais rien.

Son beau visage se transforma en pierre.

— Tout le monde n'a pas la chance d'être heureux, Sloane.

— Tu vois ? Ça, dis-je, un doigt vers lui. Il t'a brisé. Il *nous* a brisés.

L'espace d'une seconde, Lucian parut stupéfait. On aurait dit que je l'avais frappé. Et le masque revint à sa place. Il me libéra et recula d'un pas.

Mais maintenant que j'avais commencé, je ne pouvais plus m'arrêter. Je réduisis la distance entre nous et prononçai les mots qui m'avaient étouffée pendant quinze ans.

— Il a pris un adorable gosse, beau et intelligent et il lui a donné l'impression qu'il ne valait rien. Et je ne lui pardonnerai jamais ça.

— Il ne m'a pas brisé. Je suis qui je suis malgré lui.

— Non, tu es qui tu es *à cause* de lui, objectai-je. Chaque fois que tu fais un choix basé sur ce qu'il aurait fait ou n'aurait pas fait, tu lui donnes du pouvoir, il te brise encore. D'abord depuis sa prison et maintenant depuis sa tombe.

Lucian semblait furieux de mes conclusions. Sa mâchoire se serra sous sa barbe parfaite.

— Pense ce que tu veux, mais ce qu'il n'a sûrement pas fait, c'est nous briser. Tu l'as fait toute seule.

J'inspirai et absorbai le coup.

— Je suis désolée pour ça. J'avais seize ans.

— Et maintenant, tu as quel âge ? Parce que, encore une fois, tu ne me fais pas confiance pour gérer mes affaires. On ne pouvait pas te faire confiance à l'époque et on ne peut certainement pas te faire confiance maintenant.

Ma tête cognait. Le bretzel pesait des tonnes dans mon estomac.

— Tu ne peux pas me pardonner pour ça ? Et bien, moi je ne peux pas te pardonner de laisser Ansel gagner.

— Va au diable, Sloane.

— Avec joie.

Je sortis de sa maison et claquai la porte derrière moi avec toute la force que je pus y mettre.

– 19 –

Des erreurs ont été commises

Lucian
Vingt-deux ans plus tôt

Je me réveillai en sursaut, l'écho d'un son résonnant dans ma tête. Je n'avais pas le luxe d'attendre de voir si c'était l'ombre d'un rêve ou si c'était bel et bien le cauchemar dans lequel je vivais. J'enfilais déjà un short quand j'entendis de nouveau le même son. La supplique perçante provoquée par des accusations incessantes.

Le dîner est froid.

La maison est en bordel.

Il y avait des empreintes de boue dans le garage.

Trop fort.

Trop bas.

Je l'avais mal regardé.

J'étais né.

J'entendis un fracas suivi immédiatement par un cri au rez-de-chaussée quand mes pieds nus s'engagèrent dans l'escalier. La bagarre ne venait manifestement pas de commencer. Je m'étais endormi.

Stupide.

Je ne m'endormais jamais avant lui, c'était trop dangereux. Je ne lui faisais pas confiance.

Mais j'étais tellement fatigué. Entre les dernières semaines de mon année de terminale, mon petit boulot et les démarches bidon pour l'université, je m'écroulais, épuisé, dans mon lit ou celui de Sloane.

M. Walton avait tant fait pour moi.

Il m'avait aidé à postuler à une bourse et à deux subventions que j'avais réussi à obtenir. Je n'aurais même pas à jouer au football à l'université. Le foot m'avait déjà abîmé le corps. Le foot et mon père. En public, mon père, ma mère et moi, on faisait toujours semblant que tout allait bien, toujours le même cinéma, comme si les ténèbres ne nous engloutissaient pas quand on refermait la porte derrière nous. Comme si on ne revivait pas le même cauchemar jour après jour.

Mais personne ne peut cacher la vérité pour toujours. Surtout quand elle était aussi affreuse. Je n'allais pas quitter cette maison, pas tant que mes parents la partageraient.

Je ne pouvais pas. J'étais le seul capable de l'arrêter.

Je le surveillais de près, sentant quand ça allait recommencer. Le compte à rebours était revenu à zéro depuis sa dernière explosion de violence, il y avait maintenant quelques semaines. Je n'avais pas encore retrouvé toute la mobilité de mon épaule et ma mère avait une nouvelle cicatrice au coin de la bouche. Elle se ratatinait devant mes yeux. On aurait dit qu'elle s'effaçait de la réalité.

J'avais voulu le frapper cette fois-là. Pas juste l'arrêter, mais vraiment lui faire du mal. J'avais voulu lui montrer ce que ça faisait.

Mais je m'étais retenu. De justesse. J'avais pensé à M. Walton et aux échecs, alors que le sang m'était monté à la tête. Parfois la meilleure attaque est une bonne défense.

Alors je m'étais défendu. Et ensuite, il avait été correct. Mais je savais que ça ne durerait pas. Cet homme était une bombe à retardement.

Je savais bien que je n'aurais pas dû m'endormir aujourd'hui. C'était ma putain de faute.

Je descendis l'escalier en trombe, alors que résonnaient les bruits de coups et d'un corps qui s'effondre au sol. Les effluves d'alcool empestaient la maison.

Je les trouvai dans le salon. Il se tenait au-dessus d'elle, sa main droite serrée en un poing furieux, le biceps contracté, la mâchoire crispée par la rage qui grondait en lui. Il avait pris du poids tandis que ma mère en avait perdu. Comme s'il était en train d'aspirer la vie en elle, tels les vampires dans les romans que Sloane aimait tant.

Je suis désolée, murmurait maman, sans vie.

Elle s'était recroquevillée contre la plinthe. Le sang de son visage maculait le mur, le sol et le tee-shirt bien trop grand qui pendait sur ses épaules osseuses.

Il lui donna un coup de pied dans les côtes.

— Arrête ! ordonnai-je, le cri s'échappant de ma gorge sans que je le contrôle.

Il se tourna vers moi, ses yeux injectés de sang.

C'est l'alcool, prétexterait-il après avoir dessoûlé, alors que maman lui banderait les poings qui lui avaient servi à nous battre. Ça ne se reproduira plus.

Je le détestais. À cet instant, le temps s'était figé, et la haine m'avait tellement submergé que je tenais à peine sur mes jambes.

— Qu'est-ce que tu viens de me dire ? demanda-t-il.

Les mots étaient précis, menaçants. Il ne bafouillait pas quand il était ivre. Tout devenait au contraire plus tranchant, plus méchant.

— J'ai dit, arrête, répétai-je, alors que le nuage rouge revenait devant mes yeux.

Mon cœur tambourinait à la base de mon crâne et je me délectais de l'adrénaline qui fusait dans mes veines.

— Lucian, pars, supplia ma mère, désormais à quatre pattes.

Il la frappa de nouveau sans même la regarder. Le coup la ramena au sol où elle se roula en boule, un faible gémissement s'échappant de sa bouche.

C'est à cet instant que je vis la longue coupure sur le bras de ma mère et le scintillement du métal dans sa main à lui.

— Tu n'élèves pas la voix sur moi dans ma putain de maison ! gronda-t-il.

Mes yeux étaient rivés sur le couteau que j'avais lavé et rangé dans son bloc sur le plan de travail de la cuisine. Il y avait du sang sur la lame. Il l'avait tailladée. Et maintenant, il me menaçait avec.

— Va te faire foutre ! hurlai-je.

Quelque chose se brisa dans ma tête. Je n'étais plus l'adolescent obéissant, je n'étais plus le médiateur ou le protecteur. *J'étais lui*.

Une colère que je n'avais jamais ressentie me propulsa dans le salon. Mes mains agrippèrent son pull trempé de sueur. Elles ressemblaient aux siennes. Grosses, blessées, capables de détruire.

L'idée s'engouffra dans ma tête, plus lourde qu'un rocher.

Il sembla surpris. Parce que je connaissais ma place. Je ne répondais pas. Mais ce soir, si. Ce soir, ça allait s'arrêter avant qu'il n'achève l'un de nous deux.

J'utilisai l'effet de surprise à mon avantage et le projetai sur le mur où il nous avait coincé tant de fois, ma mère et moi. Mon poing percuta sa mâchoire. La douleur irradia instantanément. J'entendis ma mère crier, comme si elle était très loin.

Il se mit à hurler des insultes monstrueuses, le genre de grossièretés qu'on réserve à son pire ennemi. Pas au fils qui avait tant voulu vous rendre fier de lui.

Il me donna un coup de couteau, mais je ne sentis rien d'autre que la furie qui ne se calmerait jamais. Un besoin de détruire. Ça faisait tellement de bien de pouvoir enfin expulser toute cette rage.

La douleur m'alimenta. Je lui retirai le couteau des mains et le balançai par terre. Son poing atterrit sur ma tempe et le monde se brouilla. Mais je ne m'écroulai pas. Je restai debout, sans implorer ni pleurer.

Je fulminais.

Je ne m'arrêterais pas tant qu'il ne serait pas à terre. Tant qu'il ne me supplierait pas, tant qu'il ne pleurerait pas.

Tel père, tel fils.

J'entendais la phrase se répéter dans ma tête comme une incantation, encore et encore, couvrant le bruit du verre brisé.

Tel père, tel fils.

Couvrant les plaintes de ma mère.

Tel père, tel fils.

Je continuai. Nouvelle parade, nouveau coup, alors que ma tête vibrait. Alors que le rouge devant mes yeux passait au bleu, au blanc et de nouveau au rouge.

* * *

Sloane

Mes mains tremblaient alors que je serrai le téléphone sans fil. Je voulais crier ou vomir, et avant que ce soit terminé, je savais que je ferais les deux.

J'avais fait une promesse à Lucian. Il avait été inflexible. Mais si je n'intervenais pas, quelqu'un allait être blessé. Vraiment salement.

J'avais vu M. Rollins rentrer chez lui, le réservoir d'essence sur son pick-up encore ouvert. Il avait tourné dans la mauvaise allée et avait fait une marche arrière, évitant de justesse d'écraser Mme Clemson qui promenait ses deux saint-bernard. Insultant la pauvre femme, il avait appuyé trop fort sur l'accélérateur et ensuite sur le frein, s'arrêtant à quelques centimètres à peine de sa porte de garage.

J'avais si souvent voulu en parler à mes parents, au cours de l'année passée. Mais Lucian m'avait fait promettre. Je devais rester en dehors de tout ça et le laisser gérer.

Il n'en parlait jamais, mais les signes me suffisaient pour comprendre. Je laissais toujours ma fenêtre déverrouillée, mais les mauvaises nuits, je l'entrouvrais légèrement et m'asseyais sur le rebord, emmitouflée dans une couverture, pour écouter.

Puisque je ne pouvais pas empêcher que ça se passe, je pouvais au moins souffrir avec lui pendant que ça se passait.

On était tellement proches et pourtant presque des étrangers.

Il y avait le Lucian que je voyais au lycée, le bel adolescent bien entouré, celui qui m'adressait un clin d'œil ou tirait sur ma queue-de-cheval quand personne ne regardait.

Il y avait le Lucian qui dînait chez nous trois soirs par semaine. Poli, respectueux, tranquille. Celui qui s'était proposé de me donner des leçons de conduite sur le parking du lycée le dimanche, quand ma mère s'était plainte que sa tension artérielle n'y survivrait pas.

Et il y avait le Lucian qui grimpait à ma fenêtre. Il était drôle, mélancolique, intelligent et il s'intéressait à moi. On discutait pendant des heures de musique, de films et de livres. Parfois il lisait les mêmes romans que moi pour qu'on puisse en parler. Il m'avait même aidée à me débrouiller avec mon premier petit ami sérieux, Trevor Whitmer, un joueur de trombone de seconde qui avait une piscine chez lui.

On était en juin. L'anniversaire de Lucian arrivait le mardi suivant, le même jour que sa remise de diplôme du lycée. Un compte à rebours avait été lancé. Il faisait semblant de s'organiser comme tous les autres lycéens, projets pour l'été et tee-shirt de l'université. Mais j'avais beau le cuisiner à ce sujet, il ne répondait pas. Parfois j'avais l'impression qu'il voulait tout savoir sur moi sans accepter de s'ouvrir en retour.

J'entendis un autre cri porté par l'air de la nuit, et serrai le téléphone contre ma poitrine.

Lucian venait presque toujours me trouver quand c'était terminé. Après la bagarre, après que son père s'était écroulé ou était reparti, après avoir consolé sa mère. Il n'avait personne pour s'occuper de lui. Alors je rangeais des pansements et des pommades cicatrisantes dans le tiroir de ma table de chevet. Parfois je descendais dans la cuisine pour prendre des glaçons ou quelque chose à manger.

Il me faisait assez confiance pour me raconter. Ça voulait peut-être dire qu'il me faisait aussi assez confiance pour faire ce qu'il fallait, même si c'était quelque chose qu'il ne voulait pas, me dis-je.

Je me mordillai nerveusement la lèvre. Je ne pouvais tout de même pas rester assise dans ma jolie chambre, dans ma jolie petite vie confortable en attendant que son père finisse de lui faire du mal. Ce n'était pas ce que des amis faisaient les uns pour les autres. Ce n'était pas ce qu'on faisait quand on aimait quelqu'un, et j'aimais Lucian.

De quelle façon, je n'aurais su le dire. Je savais juste que je l'aimais et que je ne supportais plus de le voir dans cet état-là.

Je remontai la fenêtre et descendis sur le toit de la terrasse.

Il était près de minuit. Mes parents devaient dormir depuis quelques heures déjà, et je ne pouvais pas débarquer dans leur chambre, balancer toute l'histoire et leur demander d'appeler les secours, n'est-ce pas ?

Pour être honnête, mes parents étaient assez géniaux. Ils appelleraient les secours et mon père accourrait chez les Rollins pour tenter de calmer les choses.

C'était important de désamorcer les choses dans certaines circonstances. Mais M. Rollins semblait être le genre de personnage à vous assommer avant même que vous n'ayez fini votre phrase. Et je ne voulais pas que mon père se retrouve blessé. D'ailleurs, il serait dévasté s'il découvrait ce qui se passait chez les voisins. Ma mère et lui s'en voudraient de ne pas avoir vu les signes. Et ils essaieraient de se rattraper d'une façon ou d'une autre, ce qui ne ferait qu'embarrasser Lucian et l'obligerait à m'éviter.

Je détestais M. Rollins avec une passion digne d'une œuvre de fiction. Chaque fois que je le voyais, je lui décochais des regards haineux en espérant qu'il comprendrait, qu'il se retournerait et qu'il me verrait le fusiller des yeux. Parce qu'il ne dupait pas tout le monde. Moi, je connaissais son petit secret.

Mais il ne me remarquait jamais. Il ne me voyait même pas, et c'était mieux ainsi, sûrement. Comme ça, quand je mettrais mon plan en action, il ne saurait pas que j'avais joué un rôle dans son karma.

J'avais beaucoup de plans. Tout un carnet rempli. COMMENT FAIRE EMPRISONNER M. ROLLINS POUR QUE LUCIAN PUISSE ALLER À L'UNIVERSITÉ. J'avais écrit ça en gros avec mon surligneur mauve préféré sur la première page. Sur la couverture, j'avais griffonné GÉOGRAPHIE pour que personne n'aille fourrer son nez dedans.

Le dernier plan ne consistait plus à le faire arrêter, mais à l'assassiner purement et simplement. J'avais remarqué que M. Rollins changeait les plaquettes de frein de son pick-up dans l'allée une fois par mois – sans doute parce qu'il roulait tout le temps ivre mort et appuyait sur ses freins comme un malade pour ne pas percuter d'obstacles. Je m'étais imaginé approcher à ce moment-là pour retirer le frein à main.

Ensuite j'appellerais les urgences quand je me serais assuré que la voiture l'avait écrabouillé.

Les plans plus réalistes, qui ne nécessitaient pas de recourir à un homicide, même si c'était ce qu'il méritait, impliquaient d'attirer l'attention de témoins extérieurs.

Comme le coach de football de Lucian qui devait se demander d'où venaient tous ces hématomes. Ou peut-être les voisins qui habitaient de l'autre côté de la maison des Rollins. Mais le problème, c'est que M. Clemson utilisait rarement son appareil auditif et que Mme Clemson était tellement occupée à papoter qu'elle n'entendait pas grand-chose non plus.

J'allais trouver une solution et il allait arrêter. Ensuite, Lucian pourrait aller à l'université sans s'inquiéter pour sa mère et il serait heureux, vraiment heureux.

Un cri étouffé me fit sursauter. Il fut suivi par des éclats de verre brisé. Violents. Qui provenaient de leur salon, me dis-je.

Mes pouces pressèrent le numéro des secours avant que je puisse y réfléchir.

Un sanglot déchira le silence de la nuit, et je me rendis compte que c'était moi qui l'avais poussé.

— 911. Que puis-je faire pour vous ?

— Un homme est en train de frapper sa femme et son fils. Ça a l'air super violent. S'il vous plaît, envoyez des secours avant que ce soit trop tard.

Ma voix se cassa.

— D'accord, ma chérie, lança l'opératrice sur un ton calme. Tout ira bien. Quelle est l'adresse ?

Je dus m'y reprendre à deux fois entre mes sanglots.

— J'ai envoyé deux officiers.

— Dites-leur de se dépêcher et d'être prudents. M. Rollins est très fort et il boit tout le temps et il conduit, ivre, lâchai-je, énumérant les raisons pour lesquelles je le détestais.

— D'accord. La police va s'en occuper, promit-elle.

— Merci, murmurai-je en m'essuyant les yeux avec ma manche.

Il faisait froid sur le toit. Et je me sentais si seule en attendant de savoir que Lucian allait bien.

— Ce sont vos voisins ? demanda l'opératrice.

J'entendis les sirènes au loin et priai pour qu'ils se pressent.

— C'est un ami, murmurai-je.

* * *

Lucian

Les menottes me déchiraient les poignets. Du verre cassé me tailladait les pieds, alors que Wylie Ogden m'entraînait dehors. Du sang coulait des dizaines de coupures sur mon visage et mes bras. Mon père avait réussi à me couper entre les côtes avant que je lui retire le couteau. J'avais mal à la tête et je n'arrivais pas à me concentrer sur ce qu'on me disait. Tout était brouillé et étouffé.

Il y avait deux véhicules de patrouille dans la rue en face de chez nous et une ambulance dans l'allée. Les trois avaient leurs lumières allumées, alertant tout le voisinage de mon humiliation.

Il y avait aussi quelques curieux dehors, en robes de chambre.

— Qu'est-ce que tu fais ? demanda Simon Walton en marchant vers moi, du feu dans les yeux et des chats sur son pyjama.

Je détournai les yeux pour ne pas voir le jugement sur le visage de l'homme que je considérais comme un père de substitution. Mais ce n'était pas contre moi qu'était dirigée sa colère. Il s'interposa entre moi et le chef de la police et enfonça son index dans sa grosse bedaine.

— Qu'est-ce que tu es en train de faire, Wylie ?

— J'arrête ce voyou pour avoir tenté de poignarder ses parents avec un couteau de cuisine, répondit le chef de la police assez fort pour que tout le monde l'entende.

— Ce n'est pas ce qui est arrivé !

La foule s'écarta ou alors c'était ma vision qui s'éclairait assez pour que je distingue Sloane.

Je détournai le regard rapidement, mais pas assez vite pour ne pas voir son visage inondé de larmes. L'horreur. La culpabilité. Elle tenait toujours dans ses mains son téléphone sans fil.

C'était elle. Elle les avait appelés. C'était à cause d'elle que ma vie était terminée. La raison pour laquelle ma mère resterait sans protection. Ma mère, qui s'était tue quand il avait raconté aux flics que je les avais attaqués sans aucune provocation de leur part.

Une vague de nausée m'envahit.

— Sloane, je m'en occupe, insista M. Walton. Retire-lui les menottes, maintenant, Wylie, ou tu auras des problèmes.

— Je n'obéis pas aux ordres d'un charognard d'avocat, lança Ogden en me poussant violemment.

Mes genoux me lâchèrent et je tombai lourdement sur le trottoir.

Sloane poussa un cri, mais je refusai de lever les yeux.

— Officier Winslow, pourriez-vous s'il vous plaît vous occuper de Lucian pendant que je parle au chef Ogden ? demanda M. Walton, les dents serrées.

Un autre flic et un secouriste m'attrapèrent de chaque côté pour m'aider à me relever.

— Accroche-toi, mon gars, dit le policier doucement alors qu'ils me guidaient vers l'ambulance.

— Ne vous embêtez pas à le recoudre. Laisse-le pisser le sang jusqu'à la prison. On verra si ça lui plaît, cria Ogden derrière eux.

Je crus entendre le secouriste lâcher « enculé » dans sa barbe, mais je n'en étais pas sûr.

Le policier me fit asseoir à l'arrière du véhicule de patrouille et je m'écroulai sur la banquette arrière.

— Je vais chercher un peu d'eau et on te nettoiera au poste, promit-il.

Je hochai la tête sans ouvrir les yeux. À quoi bon ? Il ne restait plus rien pour moi ici. Ma vie était terminée.

— Lucian.

Je réussis à ouvrir les yeux et trouvai M. Walton penché vers moi.

— Écoute-moi. Je suis juste derrière toi, OK ? Ne parle à personne. S'ils essaient de t'interroger, dis-leur que tu ne parleras qu'en présence de ton avocat.

Son ton était posé, rassurant.

— Et…

Ma voix sortit avec peine et je me raclai la gorge.

— Et ma mère ?

— On l'emmène à l'hôpital pour contrôler son état, dit-il toujours aussi calmement.

— Lucian.

Le visage paniqué de Sloane apparut à côté de celui de son père.

Je me détournai, ne voulant surtout pas la voir. Je ne voulais ni voir sa trahison… ni les ombres que ma famille avait placées dans ses beaux yeux verts.

— Pars, dis-je.

— Quoi ? demanda M. Walton en s'approchant.

— Éloignez-la d'ici ! S'il vous plaît.

— Lucian, je suis désolée… commença Sloane.

— Va retrouver ta mère, demanda M. Walton avec sa voix d'avocat.

Planté à l'arrière de l'ambulance, mon père m'observait. Je savais ce qu'il faisait vraiment. Il menaçait ma mère de ce qui pourrait lui arriver si elle faisait passer son fils avant son mari.

Je ne lui en voulais pas. Je ne savais même pas si j'en voulais à Sloane. Je savais juste que tout ce pour quoi je m'étais battu jusqu'à présent était terminé. J'avais fait tout ça pour rien. J'allais finir en prison, mon père allait tuer ma mère. Ensuite, soit il irait en prison, soit il se tuerait à force de boire. Les dés étaient jetés, c'était la fin de la famille Rollins.

— Mais papa, tu ne peux pas les laisser l'emmener. Ce n'était pas lui. C'est pas la faute de Lucian. M. Rollins…

S'il l'entendait, si même il se doutait qu'elle savait… Je ne serais pas là pour l'arrêter. J'eus la nausée.

— Ça suffit ! aboyai-je.

Je ne pouvais toujours pas la regarder. Elle devait s'éloigner de moi.

— Lucian, dit Sloane d'une voix cassée.

— Va retrouver ta mère, répéta M. Walton, autoritaire.

Je la sentis obéir. Une vague d'impuissance m'accabla.

— Ne vous mêlez pas de ça, M. Walton. C'est trop dangereux.

Il posa une main sur mon épaule.

— On ne t'abandonnera pas, Lucian. Tu es un bon garçon en train de devenir un homme bien. Je vais arranger ça.

Sur le chemin vers le commissariat, je me demandai pourquoi certaines personnes dédiaient leur vie à arranger les choses, alors que d'autres ne faisaient que les détruire. Mais ça n'avait plus d'importance. Je faisais partie des détruits.

– 20 –

Personne d'autre ne peut l'avoir

Lucian

Maureen Fitzgerald croisa ses chevilles au bout de ses longues jambes et m'adressa un sourire énigmatique.

— Qu'y a-t-il de si important pour que tu insistes comme ça ? J'ai dû interrompre mon shopping parisien.

Elle parlait sur un ton chantant. Sa posture et sa diction rappelaient à son interlocuteur qu'elle avait fait ses études dans des écoles privées et qu'elle passait ses étés en Europe. Aucun cheveu n'osait sortir de ses tresses. Ses bijoux hors de prix attestaient de son goût certain et son tailleur-pantalon respirait à la fois le style et l'argent.

Mais je la connaissais mieux que ça. La vraie Maureen était plus impressionnante que l'image qu'elle donnait d'elle. Ce n'était pas une fille à papa qui avait obtenu sa fortune grâce à un héritage. Comme moi, elle s'était construite à partir de rien, et comme moi, elle s'était constitué un filet de sécurité d'argent, de pouvoir et de faveurs.

Du haut de sa cinquantaine, elle réussissait à faire tourner plus de têtes que la plupart de ses employées. Et c'était une sacrée prouesse, vu qu'elle dirigeait une entreprise de séduisantes call-girls de luxe qui comblaient l'élite de Washington.

Je lui tendis un expresso et m'assis sur le bord du bureau. La directrice de l'hôtel était dehors et devait faire nerveusement les cent pas en se demandant pourquoi le propriétaire des lieux, qui signait ses bulletins de paie, utilisait son bureau pour rencontrer la plus célèbre maquerelle de la côte est.

— J'ai besoin d'informations, répondis-je.

— Ne sois pas trop gourmand, Lucian, ce serait malvenu.

— Voyons, Maureen, ce n'est pas par générosité que tu me renseignes. Je t'ai rendu la vie plus facile dans un bon nombre de domaines.

On partageait une relation symbiotique. Elle me dévoilait des informations sur les clients problématiques que ses employées rencontraient et j'utilisais ces informations pour m'assurer qu'il n'y aurait plus de problèmes. En fonction des individus en question, je pouvais utiliser le chantage ou des moyens bien plus créatifs pour arriver à mes fins.

— Tôt ou tard, quelqu'un pourrait faire le lien entre nous et ça donnera quoi ? demanda-t-elle avant de boire une gorgée de son café.

— On est tous les deux trop méfiants pour ça.

— Hum. Quel optimisme. Mais quand les gens baissent leur garde, ils deviennent négligents.

— C'est pour ça que ton nom est ressorti en lien avec la mort prématurée de Felix Metzer ? dis-je sans ménagement.

Son visage resta parfaitement impassible, mais le tintement de sa tasse sur la soucoupe ne m'échappa pas.

— Tu as parlé à qui ?

— Quelqu'un qui est assez bête pour ne pas arriver à relier les points. Tu as de la chance, il pense que Felix était un de tes clients.

— Imagination limitée, ton indic, commenta Maureen en passant une main sur ses cheveux.

— Pourquoi on t'a vue déjeuner avec un type qui n'était rien de mieux qu'un minable intermédiaire avant qu'on repêche son corps dans le Potomac ?

Elle poussa un soupir.

— D'abord explique-moi ton rapport avec cette histoire.

— Felix a vendu une liste de noms à Anthony Hugo dans laquelle se trouvait un de mes amis. Une liste de personnes à éliminer.

— Tu as des amis ? demanda-t-elle, un sourcil soulevé, une pointe de malice dans les yeux.

— Plus comme de la famille.

— Alors tu comprends déjà.

— Comprendre quoi ?

— Felix est… était de la famille. On était cousins dans ce qui semble être une vie antérieure. On a grandi ensemble. Je suis partie de mon côté, lui, du sien. Mais on est restés en contact, on se retrouvait à l'occasion. Jamais dans des endroits où j'étais susceptible d'être reconnue bien sûr, j'ai une réputation à tenir.

En l'occurrence, quelqu'un l'avait reconnue et Maureen était ma seule piste.

— Felix te parlait travail ?

— On pensait tous les deux qu'il était préférable de ne pas parler de nos professions. Pour éviter les parasites.

— Mais tu l'as sûrement un peu suivi. Tu savais quelles étaient ses fréquentations, insistai-je.

Maureen avait un grand cœur et elle savait jouer les chiens de garde quand il le fallait.

— Pourquoi tu te concentres sur Felix et pas sur Hugo ? Cet homme a enfreint assez de lois pour finir ses jours en prison.

— Quelqu'un qui n'était pas Hugo a mis le nom d'un de mes amis sur cette liste pour des raisons que j'aimerais connaître. Cette personne va payer.

— On dirait que quelqu'un avait une vendetta contre ton ami.

— Je dois savoir qui.

Même si Anthony Hugo finissait par tomber pour ses crimes, il restait encore quelqu'un en liberté qui pensait que Nash Morgan représentait une menace. Et je ne trouverais pas le repos tant que je ne l'aurais pas mis hors d'état de nuire.

Maureen examina ses ongles peints en rose pâle.

— Comme je te l'ai dit, on ne parlait pas affaires.

— Ça ne t'a jamais empêchée d'acquérir des informations.

Elle inspira profondément.

— D'accord. Tous les amis de Felix n'étaient pas du mauvais côté de la loi. Certains travaillaient au moins du bon côté.

— Un flic ?

— Il y avait un gentleman, si j'ose dire, commença-t-elle avant de lancer un petit regard à sa montre Cartier. Il est venu à un barbecue de famille l'été dernier. Je n'étais pas là, bien sûr. Ma tante m'a raconté que le policier s'est présenté à tous comme le « vieux pote » de Felix. Ça a secoué mon cousin, ce qui n'est pas facile.

— Donc t'as fait des recherches ?

— Quelqu'un qui s'approche autant de ma famille… je peux pas laisser passer.

— Son nom, exigeai-je.

Elle haussa ses épaules fines.

— Ça ne t'aidera pas de le savoir, vu que le gars s'est fait buter après un kidnapping qui a mal tourné l'an dernier.

Je jurai tout bas.

— Tate Dilton.

— Bravo, lança Maureen, impressionnée.

Je passai une main dans mes cheveux. Est-ce que toutes les pistes menaient vraiment au cadavre de Dilton ?

Il en voulait à Nash d'avoir pris le poste de chef de la police à Ogden. Mais c'était lui qui avait appuyé sur la gâchette le soir où Nash s'était fait tirer dessus. Pourquoi mettre Nash sur une liste de personnes à éliminer, s'il voulait être celui qui l'abattrait ?

— Selon mes recherches, ce n'était pas le plus futé des ripoux, affirma Maureen. J'ai prévenu Felix de ne pas s'approcher de lui, mais manifestement, il ne m'a pas écoutée.

Si c'était vrai, j'avais passé ces dernières semaines à poursuivre un putain de fantôme.

— Je vois que ce n'était pas forcément la nouvelle que tu attendais, remarqua Maureen. Malheureusement, je n'ai pas le temps de rester et de découvrir pourquoi, j'ai un rendez-vous.

— Désolé d'avoir écourté ton voyage, grommelai-je en l'accompagnant jusqu'à la porte.

Elle déposa un baiser sur ma joue.

— Du temps passé avec toi, ce n'est jamais du temps perdu, Lucian. Mais tu me dois un beau cadeau. Quelque chose de chez Hermès, disons.

Je souris. Maureen avait une affection maternelle à mon égard.

On prit congé et Maureen prit l'ascenseur privé vers le parking.

Je remerciai la directrice de l'hôtel pour son bureau et me dirigeai vers le hall en marbre.

C'était le samedi qui précédait la Saint-Valentin, et les murmures de la jeune élite de Washington couvraient presque la musique du piano dans le bar. J'avais été un des leurs autrefois. À présent, j'étais quelqu'un d'entièrement différent.

Tout le monde était soit un pion soit un roi. Les pions voulaient s'élever au rang de roi, et les rois regrettaient l'innocence de l'époque où ils n'étaient que des pions.

Il t'a brisé. Il nous a brisés.

Les mots de Sloane me revinrent en mémoire.

Elle ne savait pas de quoi elle parlait, elle ne me connaissait pas. Elle n'était sûrement pas en position de me juger. Je pensais ce que j'avais dit. Le bonheur n'est pas fait pour tout le monde. Je préférais la sécurité, et j'avais construit une vie pour résister à toute menace.

— Comment ça s'est passé, patron ?

Nolan s'appuyait contre le bar de la réception, ses doigts dans le bol de pastilles à la menthe. Son éclat de rire retentit dans le bar et il se redressa.

— Un petit oiseau de proie appelé Petula m'a dit que tu avais un rendez-vous important, alors après cette voiture que tu as dû semer et l'incident d'Holly, je me suis dit que tu aurais sans doute besoin d'un peu de renfort. Au moins jusqu'à ce que je voie Maureen Fitzgerald sur un écran de surveillance.

— Espionner ton employeur n'est pas très malin, remarquai-je.

— Eh, tu parles d'espionner, moi je parlais de venir en renfort.

Il sortit une menthe de son étui pour la fourrer dans sa bouche.

— Est-ce que cette charmante dame avait des informations sur notre ami Felix ?

Je scrutai le hall. Il fourmillait de gens riches et bien habillés, des hommes et des femmes qui passaient leurs journées à bâtir ou soigner leur pouvoir. Je hochai la tête dans la direction du bar.

— Ne me le fais pas répéter deux fois, lança Nolan en me suivant.

Des murs vert forêt, du bois sombre et des scènes de chasse dans la campagne anglaise donnaient au bar des allures de luxueuse bibliothèque de vieux manoir.

On s'installa au bout du bar en acajou, à l'abri des regards, cachés par une grosse colonne sculptée.

Je levai deux doigts en direction du barman. Il hocha la tête et attrapa une bouteille de bourbon sur l'étagère la plus élevée.

— Elle vient probablement de lever le mystère sur qui a mis le nom de Nash sur cette liste, dis-je à voix basse.

— Je suis tout ouïe.

Nolan semblait à l'aise, appuyé au bar, mais ses yeux bougeaient sans cesse pour surveiller les lieux. Marshal un jour, marshal toujours, songeai-je.

Le barman déposa devant nous la bouteille et les verres avant de s'incliner.

— Il vient de te faire une révérence ? s'étonna Nolan.

— Ça arrive.

Il secoua la tête et soupira.

— Je donnerais tout pour être à ta place ne serait-ce qu'un jour.

— C'est pas du tout aussi amusant que ça en a l'air, grommelai-je.

— Oh, moi je trouverais un moyen de m'éclater.

Il avait sûrement raison. Certaines personnes étaient faites pour une telle vie. Chaque jour était pour eux une source inépuisable d'amusement. Sloane entrait dans cette catégorie, par exemple. Elle choisirait un homme qui la ferait rire, qui rentrerait à la maison pour le dîner, qui la réveillerait le dimanche matin avec une nouvelle aventure à explorer.

Ma mâchoire se crispa.

J'étais important, respecté, craint, et pourtant je ne pouvais plus penser à rien d'autre qu'aux accusations de Sloane : pour elle, j'avais gâché ma vie avec des choses futiles.

— Tate Dilton, dis-je tout bas.

Le regard de Nolan se posa sur moi.

— Tu te fous de moi.

Je secouai la tête.

— Elle a parlé d'une fête organisée par Metzer à laquelle participait Dilton. Il a insisté pour dire qu'il était très proche de lui. Sûrement des menaces cachées.

— Genre « regarde-moi manger la salade de patates de ta maman et jouer avec l'oncle Joe et si tu me crées des problèmes je saurai qui aller trouver ».

— Ça sonnait comme ça. Et Metzer a disparu alors que Dilton était encore en vie, donc c'est possible qu'il soit la réponse aux deux questions.

— Donc il ne reste plus qu'Hugo dans ta ligne de mire. Et comme tu travailles déjà la question avec tu sais qui, il semble que tu aies tout de suite moins de pain sur la planche.

Je lâchai un grognement.

— Mais pourquoi est-ce qu'il a mis Nash sur la liste et appuyé sur la gâchette ?

Nolan haussa les épaules.

— Ce type était un égocentrique opportuniste. Il a sauté sur l'occasion de dézinguer le type qui a chassé son pote de son travail, et y a trouvé l'opportunité de se faire de l'argent. Avant il le détestait, mais pas assez pour vouloir sa peau. Jusqu'à ce que quelqu'un lui propose une certaine somme.

Ça avait du sens surtout parce que c'était débile et que Tate Dilton faisait surtout des trucs débiles.

Je fronçai les sourcils.

— Je n'aime pas le lien entre Felix et la querelle père fils des Hugo. Comment un ripou d'une petite ville tomberait dans leurs filets ?

— Les criminels sont comme une grande famille consanguine. Dilton n'a pas subitement mal tourné comme un fruit trop mûr. Ce type pourrissait de l'intérieur depuis longtemps, il a très bien pu rendre un service à Hugo père par-ci et faire un petit boulot pour Hugo fils par-là. Tu sais comment ça marche : un groupe de méchants est assis autour d'une table de poker quand un homme de main dit « j'ai besoin d'un chauffeur », et un autre homme de main répond « j'ai le gars qu'il te faut ».

— C'est possible, acquiesçai-je.

— Tu as vu les finances de Dilton. Ce connard avait beaucoup plus d'argent que ce que gagne un flic. Tout ça ne devait pas venir du même employeur.

Un rire gras retentit à l'autre bout du bar en U où plusieurs hommes étaient rassemblés en un cercle étroit. Autour d'une femme, surement.

Nolan renifla le bourbon en connaisseur et avala une gorgée.

— Il est vraiment bon. Ils ont une bouteille réservée pour toi, ici, au cas où tu te pointerais ?

— Ça rapporte de posséder un hôtel, dis-je sèchement.

Bien sûr, il y avait des inconvénients, comme les yeux affamés qui se posaient sur moi. Certains voulaient passer des marchés, d'autres voulaient se rapprocher assez pour être pris en photo, et d'autres avaient envie d'être encore plus proches pour un autre type d'amusement.

— Tu as parfois l'impression d'être dans un zoo ? demanda Nolan, observateur.

— Seulement tous les jours, dis-je avec un rictus.

— Tu devrais essayer d'être moins beau. Je veux dire, je suis hétéro, mais même moi je reconnais un Apollon quand j'en vois un. Rase ta barbe peut-être, perds quelques dents, suggéra-t-il.

Une grande blonde passa à côté de nous en se déhanchant. Elle était habillée en Alexander McQueen et je sentais son parfum ensorcelant à dix mètres. Les cheveux furent ce qui attira tout de suite mon regard, mais je l'écartai aussitôt de mon esprit. Elle n'avait ni les yeux verts ni des lunettes.

Bon sang.

Je posai mon verre sur le bar en le faisant claquer.

Depuis qu'elle avait visité mon bureau, c'était comme si Sloane s'était infiltrée dans cette vie aussi, pas juste celle où je replongeais de temps en temps quand je passais à Knockemout. Je devais me la sortir de la tête. J'avais tout essayé pendant des années, hormis une chose.

Et ça me percuta comme un train lancé à pleine vitesse. La façon la plus rapide pour moi de me lasser d'une femme, c'était de l'entraîner dans mon lit. Le sexe déclenchait toujours un compte à rebours. Une fois la chasse terminée, mon intérêt mourait.

Une image de Sloane perchée sur mon bureau, ses cuisses et ses lèvres écartées provoqua un afflux de sang dans mon sexe.

— Donc si ce pourri de Dilton était bien celui qu'on recherche, alors notre affaire est close. Du moins en ce qui concerne la liste, lança Nolan, ne voyant pas mon embarras.

Je serrai les dents et forçai mon corps à se contrôler.

— Du moment qu'Anthony Hugo ne se met pas en tête de la reparcourir.

— Ce serait stupide et inutile. Tous les noms qui figuraient sur la liste sont sous protection fédérale. S'il arrive quelque chose à un de ces policiers, Hugo sait qu'il est le premier vers qui le FBI va se tourner.

— Assurons-nous que c'était bien Dilton, décidai-je.

Nolan hocha la tête.

— Je vais demander à un des nôtres de rendre visite à la famille de Metzer pour voir s'ils se souviennent de lui. Peut-être que Metzer leur a dit quelque chose sur lui.

— Vas-y.

Il y eut une autre effusion de bonne humeur autour d'une tignasse blonde. Celle-ci portait des lunettes devant ses yeux verts. Sloane Walton dans une robe rouge sang était au centre d'un groupe d'hommes qui cherchaient à attirer son attention. Tous les muscles de mon corps se crispèrent. L'érection que j'avais presque réussi à contenir revint en force.

— De tous les hôtels dans toutes les capitales, grommela Nolan. Tu veux que je reste dans le coin pour te couvrir quand tu te débarrasseras d'un paquet de cadavres ?

— Non, va-t'en.

— Je prépare Petula au pire, plaisanta-t-il en posant son verre sur le bar.

Je m'étais déjà levé, la force gravitationnelle de Sloane m'attirant à elle comme si notre rencontre était inévitable.

Chaque pas qui me rapprochait d'elle me rendait plus furieux, plus frustré. Je ne voulais pas avoir envie d'elle, mais je ne voulais pas non plus que d'autres aient envie d'elle. Me faufiler entre ses admirateurs me crispa encore plus. Elle était assise sur un tabouret de bar, robe et rouge à lèvres assortis, qui auraient attiré l'attention de tous les hommes au sang chaud, dans un périmètre de cinq cent mètres.

— Qu'est-ce que tu fais ici ? demandai-je, tranchant.

Elle pencha la tête en arrière et me regarda la surplomber. Ses lèvres rouges se pincèrent en une moue désapprobatrice.

— Oh non ! Pas aujourd'hui, Satan.

— Puis-je vous payer un autre verre ? demanda le type à sa droite, pour qu'elle s'intéresse à lui.

— Non, tu peux pas. Rentre chez toi, sifflai-je.

Sloane plissa les yeux vers moi, avant de se tourner vers le connard qui espérait avoir de la chance.

— Ne l'écoutez pas. Il est insupportable, c'est une constante chez lui, dit-elle en posant une main sur sa manche.

Deux des plus jeunes hommes derrière elle chuchotèrent. J'entendis qu'ils prononçaient mon nom. Bien. Plus vite ce troupeau d'imbéciles comprendrait qui j'étais, mieux ce serait.

— Euh, c'était un plaisir de vous rencontrer, Sloane, dit le blond avec trop de dents en m'adressant un regard nerveux.

— Ouais, on doit… euh, bafouilla son ami en pantalon Hugo Boss trop serré.

— Foutez-moi le camp ! dis-je sur un ton menaçant.

La moitié du groupe s'exécuta comme des pigeons effrayés.

— C'est quoi ton problème, Lucifer ? demanda Sloane.

— La réponse est toujours toi.

Elle glissa de son tabouret pour avancer vers moi.

— J'ai une idée. Et si tu allais te faire foutre et que tu me laissais tranquille avec… vous vous appelez comment déjà ? demanda-t-elle au gars qui apparemment n'avait pas assez réfléchi.

— Porter, dit-il avec un fort accent du Sud.

Porter. Je levai les yeux au ciel. Il était trop impatient, trop excité. Et je détestais qu'il fasse sourire Sloane.

— On va passer un marché, Porter. Je paie ta facture au bar – y compris les verres que tu as offerts à ma femme – si tu te barres dans les dix secondes à venir.

— Votre… femme ?

— Je vais t'assassiner avec un cure-dent, siffla Sloane.

Je ne la faisais peut-être pas sourire, mais c'était moi qui mettais de la couleur sur ses douces joues. C'est moi qui mettais le feu à ses yeux émeraude.

Porter leva les deux mains et recula d'un pas.

— Je suis désolé, madame. Je ne savais pas.

Ses yeux se posèrent une nouvelle fois sur le décolleté généreux de Sloane.

— Euh, si ça ne marche pas, appelez-moi.

Le pouvoir qui se dégageait de cette femme faisait oublier tout instinct de survie. Je connaissais bien le problème.

Sloane et moi, on rata sa grande sortie, trop occupés à se fusiller du regard.

— Lina avait raison, t'es un tue-l'amour, Rollins, dit-elle en remontant sur son tabouret.

Le barman s'approcha d'elle pour la servir.

— Puis-je vous servir quelque chose, Sloane ?

— Elle partait justement, dis-je sur un ton glacial.

Sloane posa les coudes sur le bar et son menton dans ses mains.

— N'écoutez pas le seigneur ténébreux du monde souterrain. Je vais me laisser tenter par un autre martini.

Le barman m'interrogea du regard. Je secouai la tête.

— Désolé, Sloane, le patron refuse, dit-il avant de disparaître de l'autre côté du bar.

Elle pivota sur son tabouret.

— Le patron ? Il est à toi, cet hôtel ?

Je ne pouvais pas me concentrer sur ses mots, j'étais trop obnubilé par sa bouche. Ces lèvres rouges qui m'avaient torturé et obsédé pendant des années.

— Tu es ici avec quelqu'un ? demandai-je, tirant le tabouret à côté d'elle pour m'asseoir.

— Presque, mais tu es arrivé.

Je fermai les yeux. Elle n'était pas venue ici pour un rendez-vous, elle était venue pour se taper un mec. Une nuit. Rien qu'une nuit et on pourrait enfin tourner la page.

— Tu ne te taperas pas un inconnu dans mon hôtel.

Elle se redressa et leva son verre. Ses ongles étaient peints en un mauve scintillant, elle portait un trio de bracelets sur le poignet droit et des boucles d'oreilles pendantes qui dansaient quand elle bougeait la tête.

— D'accord, dit-elle avant de boire les dernières gorgées de son martini. Je vais en chercher un ailleurs, conclut-elle en posant son verre.

Elle s'apprêtait à me tourner le dos sur son tabouret, mais je fus plus rapide qu'elle. J'attrapai le coussin en daim entre ses jambes et l'attirai vers moi.

La petite exclamation qui s'échappa de ses lèvres fit durcir mon sexe. On regarda tous les deux ma main qu'elle chevauchait. Le bord de sa robe me taquinait le pouce, ses douces cuisses nues caressaient les côtés de mon poignet, je sentais la chaleur qui provenait de son entrejambe.

J'attirai le tabouret encore plus près jusqu'à ce que ses jambes se glissent entre les miennes. Quelques centimètres à peine. C'était tout ce qui séparait ma main de son intimité.

— Tu as perdu la tête ? siffla-t-elle.

Mais elle ne me repoussa pas, ne me gifla pas comme je le méritais. Non, cette femme, venue au monde dans le seul but de m'exaspérer, écarta les cuisses un peu plus grand.

C'était un piège, j'en étais sûr.

— Probablement, admis-je.

Je fis un signe au barman pour qu'il nous serve une autre tournée. Le pauvre garçon prit un air effrayé.

La sensation de ses jambes emprisonnées entre les miennes était enivrante. Ça avait été un geste débile pour provoquer chez elle une réaction, mais c'est moi qui avais le sexe plus dur que de la pierre et un rythme cardiaque accéléré.

— Tu peux pas juste retourner dans ton repaire démoniaque et oublier qu'on s'est croisés ?

Rentrer chez moi en sachant qu'elle se faisait un inconnu dans une chambre d'hôtel ? Qu'elle se déshabillait pour lui, qu'elle lui laissait voir des choses que je n'avais jamais vues ? Qu'elle le laissait toucher des endroits que je ne pouvais toucher que dans mes rêves ?

Sa poitrine se souleva dans sa robe. Il n'y avait rien de subtil dans la vue que son décolleté offrait.

— Pourquoi es-tu ici ? demandai-je de nouveau.

— Pour baiser, et tu ne m'aides vraiment pas.

Ma mâchoire se contracta.

— Vas-y, dis quelque chose pour que je puisse t'humilier en public en te balançant mon genou dans les parties.

C'était une menace légitime. Si elle avançait, j'étais une cible à sa portée.

— Je pensais que cette histoire de site de rencontre c'était du sérieux, dis-je.

Elle haussa les épaules, attirant de nouveau mon attention sur ses seins. Mon pénis était pressé douloureusement contre ma fermeture Éclair.

— C'est vrai, je le suis toujours. Mais pour l'instant je n'ai rencontré personne de valable et encore moins d'assez bien pour que je lui laisse me donner quelques orgasmes. Alors je suis ici. Le sexe, c'est ce qu'il y a de mieux pour se détendre et libérer le stress.

— Alors tu es là pour lever un parfait inconnu et le laisser te toucher ?

— Tu n'as pas le droit de me juger, Rollins. Je parie que tu ne te prives pas d'avoir des coups d'un soir.

— Je ne juge pas, mentis-je.

Elle regarda par-dessus mon épaule un homme qui commandait une bière et je serrai le tabouret plus fort.

— Non, dis-je.

— Tu vas devoir te calmer, ou je vais gâcher une nuit d'hôtel avec un vibromasseur.

Des points se mirent à danser devant mes yeux.

Elle s'avança à peine sur le tabouret, mais juste assez pour que ma main vienne en contact avec du satin brûlant et que son genou se pose contre mon sexe.

Putain.

Ses yeux verts s'ouvrirent plus grands, ses lèvres rouges s'écartèrent et je sentis clairement les battements de son cœur s'accélérer. Une chaleur humide me tentait de l'autre côté de sa culotte.

J'en avais assez de résister. Assez de me battre avec elle, assez de lutter contre mes désirs. C'était autodestructeur que de vouloir la seule femme qui avait brisé mon existence, qui m'avait envoyé derrière des barreaux et qui avait gâché ma vie avant même qu'elle ne commence.

Et pourtant, j'étais là, plus proche d'elle que jamais et pourtant pas assez à mon goût.

— Et si tu n'avais pas à te faire un inconnu ? dis-je en bougeant la main pour la presser plus fort contre son sexe.

Ses narines s'écartèrent délicatement, faisant scintiller son piercing au nez. Mais elle ne s'était toujours pas reculée, n'avait toujours pas menacé de me frapper.

— Qu'est-ce que tu suggères exactement ?

— Je suggère que tu montes dans ta chambre, avec moi.

Ses longs cils battirent derrière ses lunettes et elle secoua la tête.

— Tu te fous de moi, n'est-ce pas ?

— Tu es là. Je suis là. Ça fait un moment pour moi aussi.

Je voulais coincer mon pouce dans cette bande de satin qui me bloquait le passage. Je voulais la mettre de côté pour passer mes doigts dans son humidité.

— On ne supporte pas d'être dans la même pièce ensemble. Qu'est-ce qui te fait croire que je t'inviterais en moi ?

En elle. Elle me tentait désormais. Elle faisait naître des images dans ma tête : je me la représentai la première fois que je la pénétrerais.

Le pouls à la base de son cou tressaillit. Sa poitrine se souleva et retomba en rythme avec sa respiration accélérée.

— Ça nous démange trop, il faut qu'on en finisse. Mais ce n'est pas le début d'une relation, dis-je sèchement.

— Ton romantisme ne connaît aucune limite.

— C'est quoi la seule chose que tu n'as pas essayé de contrôler entre nous ? insistai-je.

— Le meurtre ?

— Le sexe.

Elle plissa les yeux et le rose lui monta aux joues.

— Tu es sérieux.

— Une nuit, proposai-je. Et on se sort cette folie de notre système.

— On se déteste, comment est-ce que je suis supposée laisser quelqu'un que je déteste me faire des choses tout nu ?

Je pressai ma main plus fort.

— Parce que je les ferai si bien que ça te sera égal.

Ses pupilles se dilatèrent, ses lèvres rouges s'écartèrent.

Nos verres apparurent sur le bar, mais on ne tourna pas la tête.

— Bien sûr, si tu ne penses pas pouvoir contrôler tes sentiments... commençai-je.

Elle rejeta la tête en arrière.

— Tu ne peux pas me mettre au défi d'aller au lit avec toi, petit futé.

Un homme en costume Armani s'assit sur le tabouret derrière Sloane et s'appuya sur le bar. Sentant une proie possible, Sloane tourna la tête. Elle lui décocha le genre de sourire lumineux dont elle me privait. Le visage de l'imbécile s'éclaira comme s'il avait gagné au loto et il me jeta un coup d'œil.

— Non, dis-je, froidement.

Je soutins son regard et passai mon pouce sur la culotte de Sloane, à l'endroit où elle était le plus mouillée.

Elle eut un sursaut et faillit renverser son verre. Pour se retenir, elle s'accrocha à mes bras.

— Espèce d'enculé, siffla-t-elle.

Son genou s'appuyait désormais lourdement sur mes testicules.

— Soit toi et moi on monte dans une chambre maintenant, soit je te colle pour le reste de la nuit, avertis-je.

— Salopard vicieux.

— Décide.

— D'accord, concéda-t-elle en haussant les épaules. Je te rends complètement dingue cette nuit, mais cette nuit seulement. Et ne pense pas que ça veuille dire quelque chose.

Cette victoire me fit tourner la tête comme jamais.

— Tu as cinq secondes pour finir ton verre, dis-je en faisant un autre signe au barman.

Elle souleva son martini, les yeux plissés.

— Cinq, quatre, trois...

Elle prit une grande gorgée et reposa le verre sur le bar. Le regard qu'elle me décocha était la définition de la contradiction.

Aucun de nous deux ne tournait le dos à l'autre cette fois.

Avec un mélange de réticence et d'anticipation, je retirai la main du tabouret et passai le bout des doigts sur ses cuisses.

— Allons-y.

Je jetai quelques billets sur le bar, l'attrapai par le bras et l'attirai vers les ascenseurs. Je passai mon pouce sur mes lèvres pour goûter l'odeur enivrante de Sloane Walton.

– 21 –

L'erreur la plus bête et la plus folle que j'ai faite

Sloane

Ce fut le trajet en ascenseur le plus long de ma vie et ma chambre n'était qu'au troisième étage. L'atmosphère entre nous était chargée d'électricité. On ne se touchait pas, on fixait juste les portes dorées devant nous.

Sa présence froide me donnait l'impression qu'une voiture fonçait vers moi.

C'était une idée dingue, c'était tellement stupide que je n'étais pas encore sûre de dire oui quand on serait dans la chambre. Était-ce possible que deux personnes qui se faisaient tellement de mal apprennent à se faire du bien le temps d'une nuit ? J'en doutais.

C'était une erreur. Une énorme erreur.

Mais je saurais enfin, me dis-je pour trouver des raisons de le faire, alors que les portes de l'ascenseur s'ouvrirent et qu'on en sortit.

Je le devais peut-être à l'adolescente que j'avais été. Je pourrais mettre de côté les années de « si seulement » et aller de l'avant. En plus, ça faisait des mois que je n'avais pas embrassé, sans parler de baiser.

Il y avait toujours la possibilité qu'il soit nul au lit. Cette pensée me réjouit. Une partie de jambes en l'air atroce et Lucian Rollins sortirait de ma tête pour toujours.

— Ne joue jamais au poker.

La voix de Lucian me fit sursauter alors que je fouillais dans mon sac pour trouver la carte magnétique.

— Quoi ? Pourquoi ?

Il secoua la tête.

— Tout ce que tu penses s'affiche sur ton visage.

— C'est faux, objectai-je.

Il prit la carte de ma main et ouvrit la porte.

— Si tu es déçue, ce sera uniquement par ta faute.

Je me figeai sur place.

— Ce n'était pas à ça que je pensais, mentis-je. Et si je suis déçue, ce sera à cent pour cent ta faute à toi. Je suis géniale au lit.

— On verra, dit-il en me poussant dans la chambre.

C'était un joli endroit choisi pour son aspect pratique qui offrait la possibilité de coups d'un soir. Un grand lit double occupait le centre de l'espace, avec des oreillers supplémentaires, comme je l'avais demandé. La salle de bains avait un éclairage flatteur et une douche à l'italienne. Et le mieux dans tout ça, c'est qu'il y avait la possibilité de commander à manger à tout instant, de jour comme de nuit.

Il ferma la porte et la verrouilla avant de se tourner vers moi.

Je déglutis et me sentis comme le petit chaperon rouge face au grand méchant loup. Il était si… grand. Si sombre. Il me regardait comme si je venais de l'exaspérer.

Nerveuse, je m'humectai les lèvres et perçus l'intérêt dans ses yeux gris glacé.

Il me dévisageait, les pieds plantés au sol, les mains sur les hanches, comme si j'étais l'ennemie… ou une conquête.

Est-ce qu'on allait vraiment faire ça ? Est-ce que ça allait finir par devenir un autre petit secret ?

— On devrait fixer les règles, dis-je.

Lucian posa la carte d'accès à ma chambre sur la table, ses yeux soudain plus chauds que du feu. Ils m'embrasèrent.

Qu'est-ce que je disais ?

Ah oui. Les règles. C'était toujours bien.

— Je ne pense pas qu'on devrait s'embrasser…

Je ne réussis pas à finir ma phrase parce que Lucian m'attrapa le poignet pour m'attirer contre lui. Très fort. Déséquilibrée, je tombai sur son torse. Mes os vibrèrent de la collision de nos corps.

Et sa bouche vint se poser sur la mienne.

Bon sang.

Il n'y avait plus rien de glacial chez l'homme contre moi. Il était chaud et dur.

J'ouvris la bouche pour respirer ou l'insulter et il en profita pour glisser sa langue entre mes lèvres. Et mes insultes se transformèrent en gémissements de désir.

De la possession pure. Avec un baiser, Lucian avait captivé mon corps.

Il embrassait comme si c'était lui qui avait inventé le concept. Et je le suivis, à sa merci.

Il recula la tête un instant et jura.

— Un problème ? demandai-je.

— *Tu es* mon problème, répondit-il d'une voix rauque.

Je le repoussai, les deux mains sur son torse.

— Si c'est pour te disputer avec moi, je retourne au bar.

Je ne fis qu'un pas vers la porte avant qu'il ne m'attrape de nouveau. Une impression de triomphe m'envahit. C'était la plus grande victoire que je remportais sur lui. Il avait perdu tout sang-froid.

Cette fois, il ne m'attira pas juste contre lui, il me souleva du sol et me coinça contre l'armoire avec son corps. Mes pieds pendaient à quelques centimètres du sol, alors que son érection se pressait contre moi.

Je n'étais plus qu'une poupée de chiffon ivre de désir et sa manifestation de puissance inonda mon sexe. Il me regardait comme s'il voulait me détruire. Et j'adorais ça. On ne pouvait plus se cacher derrière un masque de froideur.

Cet homme savait cacher ses émotions, mais son sexe, lui, en était incapable.

Comme pour me le prouver, il se frotta contre moi.

Je grognai contre sa bouche.

— Bien sûr tu as une immense bite.

— Et bien sûr ça te contrarie juste quand je suis sur le point de te baiser avec.

J'entourai sa taille avec mes cuisses autant que le permettait ma robe.

— J'avais toujours pensé que cette attitude de mâle dominateur servait à compenser un zizi ridicule.

— Ta grande bouche, gronda-t-il.

Il utilisa ses deux mains pour remonter ma jupe autour de mes hanches. Je haletai quand son érection se logea contre ma culotte choisie pour l'occasion.

— Qu'est-ce qu'elle a ma grande bouche ?

— C'est à cause d'elle que tu dois aller à la pêche dans des bars. C'est à cause d'elle que tu ne sors pas avec des mecs. Et que tu n'es pas mariée et mère de quatre gamins.

Il ponctuait chaque phrase d'un baiser enfiévré.

— Ah oui ? Au moins, ce n'est pas ma personnalité. Tu es super sexy et incroyablement riche et malgré ça, tu n'arrives pas à garder une petite amie plus que quelques semaines.

Je mordillai sa lèvre inférieure et il lâcha un gémissement.

Il recula légèrement.

— Comment tu sais ça ? Tu me surveilles ?

Il me taquinait, le corps, l'esprit, et pour la première fois de ma vie, je me surpris à penser que je n'étais pas de taille pour ce défi.

— Jamais de la vie. Seulement, je déteste m'ennuyer.

Il expira et on aurait dit un grognement plutôt qu'un soupir. D'une main, il attrapa mes deux poignets et les colla au-dessus de ma tête.

— Bon sang, pourquoi t'es si petite ?

Il sortait les mots avec difficulté, comme si ça lui faisait physiquement mal.

Il m'embrassa, cette fois avec plus de retenue.

J'ouvris les paupières. Lucian Rollins avait peur de me faire mal. Le salopard démoniaque avait peur de me baiser trop fort avec son pénis géant.

— Mon grand, je suis petite, pas fragile. Oublie ça.

— C'est pas parce que je veux que tu dégages de ma vie que je veux te blesser.

Je resserrai sa taille avec mes cuisses.

— Soit tu me baises maintenant comme tu sais faire, soit tu sors de ma chambre pour que je trouve quelqu'un d'autre qui le fera. Je ne veux pas qu'on me traite comme une figurine en porcelaine.

— Tu te surestimes toujours, dit-il en me libérant les poignets pour passer la main dans mon décolleté.

— Et toi, tu me sous-estimes toujours.

D'un geste brusque, il tira sur ma robe et libéra mes seins.

— Putain de merde !

Ses narines s'écartèrent alors qu'il contemplait ma poitrine. Mes tétons se durcirent, mes seins me semblèrent plus lourds et gonflés.

L'espace d'un instant, les seuls bruits dans la chambre furent nos respirations haletantes.

— Lucifer, tu me dois une autre robe.

— Essaie de retourner dans le bar, maintenant.

Ses mots n'étaient plus qu'un grondement de tonnerre.

— Tu penses que je n'ai pas eu l'idée de prendre une robe de secours ?

Je me penchai en avant jusqu'à ce que mes lèvres frôlent son oreille.

— Et elle a un décolleté encore plus plongeant, dis-je en lui mordillant le lobe de l'oreille, ce qui le fit frissonner.

— Tu ne quitteras plus jamais cette chambre.

Ma repartie se perdit dans les brumes de mon cerveau quand il m'attrapa les seins avec ses deux mains.

Ma tête heurta l'armoire avec un bruit sec. Ses paumes étaient fermes et chaudes contre ma chair douce et sensible. Je m'étais développée tôt et avais passé mes années d'adolescence à regretter que la fée de la puberté se fût montrée si généreuse, mais à cet instant, je sentis que ça en valait la peine.

Mon ennemi stoïque ne put réprimer un grognement de satisfaction quand sa bouche brûlante se posa sur un de mes tétons pour le sucer avidement.

Je gémis. Je n'en avais pas eu l'intention. Ça semblait moins dangereux de contrôler mes réactions, mais la frénésie avec laquelle il dévorait mon sein, et la puissance de son sexe contre mes jambes me faisait tourner la tête.

Il faisait de la magie avec sa langue. Ses yeux, bordés de longs cils noirs, étaient fermés. Ce qu'il me faisait ne ressemblait pas du tout à de la haine. C'était plutôt une forme merveilleuse de révérence.

Sa barbe était délicieusement rêche contre ma peau, son eau de Cologne m'enveloppait comme un brouillard euphorique. Je me collai contre son sexe dur et ferme, contre la chaleur de son corps et j'en réclamais plus. Je réclamais qu'il me prenne et me donne du plaisir.

— Trop tôt.

Il me lâcha, laissant mon téton tendu et humide.

— On a qu'une nuit.

— Alors retire ta chemise pour qu'on puisse continuer.

Il passa sa joue sur mes seins, projetant des décharges enflammées dans tout mon corps.

— Ce n'est pas le début de quelque chose, avertit-il.

Sa langue vint taquiner mon autre téton.

J'inspirai avec peine.

— Tu baratines toujours autant tes conquêtes avant de les sauter ? C'est ultra barbant.

— Je veux m'assurer qu'on est d'accord sur le principe.

— Je sais pas si tu parles à moi ou à mes seins, mais franchement, on est tous d'accord. Je ne pourrais jamais sortir avec un fumeur. C'est juste pour le sexe, me fais pas regretter de t'avoir choisi ce soir.

Ses yeux gris dansaient follement, sa bouche esquissa un rictus satisfait. Il prit de nouveau de mes seins dans ses deux mains et je perdis le fil de mes pensées.

Je m'attaquai à sa cravate, manquant de l'étouffer en tentant de la desserrer, mais il était trop concentré sur ma poitrine pour le remarquer. Sa bouche revenue sur mon téton me rendait folle et je n'étais plus très loin de jouir avec son sexe contre moi.

Une fois sa cravate enfin retirée, je repoussai sa veste sur ses épaules.

Il abandonna mes seins à contrecœur, pour la retirer complètement. Et contrairement à ce que je m'étais attendu, il ne la plia pas soigneusement.

— Tu souris, remarqua-t-il.

— Non, c'est faux, dis-je en me forçant à rester impassible.

— La seule chose que je veux entendre sortir de ta bouche cette nuit, c'est mon nom.

— Vraiment ? C'est la seule chose ? le taquinai-je.

En réponse, Lucian m'attira loin de l'armoire. Et rapidement, il m'allongea sur le lit et s'agenouilla entre mes jambes, ses mains m'ouvrant les cuisses alors qu'il regardait fixement ce que je lui révélais.

— Putain, grommela-t-il, fasciné par ce que j'imaginais être la culotte la plus mouillée de l'histoire de la lingerie fine.

Ses mains quittèrent mes genoux et reculèrent. Il se contenait encore. Je ne voulais plus de ça, je le voulais déchaîné.

— Enlève ta chemise, dis-je en tentant de défaire sa ceinture.

Il hésita une fraction de seconde avant de s'exécuter.

Avec une main, il retirait les boutons, tandis que de l'autre, il me caressait le cou. Il me dominait et je trouvais ça irrésistible.

Je réussis à défaire sa ceinture et entrepris de baisser sa braguette. Son érection poussait tellement fort pour sortir que c'était un miracle qu'elle n'ait pas déchiré la fermeture Éclair. Il demandait sûrement à son tailleur de renforcer l'entrejambe de ses pantalons.

Une fois la braguette baissée, le trésor que je recherchais était à peine contenu par son boxer noir.

Lucian fit glisser sa chemise sur ses bras, exposant son torse puissant. Il était magnifiquement bien musclé. Les cicatrices que je lui connaissais avaient disparu. À leurs places, il y avait des tatouages.

Mon cœur s'arrêta.

Sans réfléchir, ma main passa sur une des longues imperfections entre ses côtes. La cicatrice avait été partiellement cachée par un griffon, le symbole de la force et de la puissance.

Lucian inspira comme si je venais de lui faire mal, et remonta le reste de ma robe plus haut encore autour de ma taille.

— C'est mieux, dis-je en récompensant sa manifestation d'impatience par une caresse sur son sexe.

Il était si épais, si dur qu'il sortait désormais de son boxer.

Il me surplombait, une main derrière moi, sur le matelas. L'autre, il la passa avec tendresse sur ma joue, ma mâchoire, mon cou. Nos regards se croisèrent. Je ne reconnus pas ce que j'y voyais, mais ça me coupa le souffle. Ses yeux me transperçaient d'une connexion indestructible.

Alors qu'on regardait chacun jusqu'à l'âme de l'autre, il abandonna mon visage et fit glisser ses doigts le long de mon ventre, jusqu'à ma culotte en satin rouge.

— Tu es déjà complètement trempée et je ne t'ai pas encore touchée.

Il semblait presque agacé.

— Et alors ?

— C'est pour moi ou pour un de tes prétendants dans le hall ?

— Quelle importance ?

Son pouce appuya sur le point le plus humide et je resserrai les cuisses autour de ses hanches. J'en voulais plus.

— C'est important, lâcha-t-il, les dents serrées.

Au lieu de lui répondre, je baissai son boxer pour libérer mon trophée.

J'arrivais à peine à le prendre dans ma main. Il était plus qu'immense. Lucian Rollins était l'heureux propriétaire du plus grand sexe que j'aie jamais vu dans ma vie.

— Bon sang, Lucifer, comment elles font tes petites amies ? Elles se déboîtent la mâchoire ?

Ses yeux scintillèrent quand il me regarda.

— Toi et ta grande bouche…

Il avait l'air de vouloir me punir pour les vingt dernières années de misère qu'on avait subies et une partie sombre et dépravée de moi réclamait qu'il essaie.

— Et qu'est-ce que tu vas faire, alors ? demandai-je, la main fermement agrippée autour de son pénis.

Ses narines s'écartèrent et un filet d'humidité suinta de son sexe.

J'étais obnubilée par son érection. J'allais jouir tellement fort.

Si j'arrivais à me retourner pour qu'il me prenne par-derrière, je pourrais étouffer mes cris dans l'oreiller pour qu'il ne le sache pas. Les femmes simulent l'orgasme depuis des siècles, moi je simulerais l'inverse, ça lui apprendrait. J'aimais l'idée de prendre mon pied tout en diminuant sa confiance en lui.

— Pas la peine de comploter, ça ne marchera pas, affirma-t-il.

— Je sais pas de quoi tu parles, mentis-je en entamant un mouvement de va-et-vient sur sa verge gonflée et dure.

Je vis l'éclat de ses dents, ses yeux se plisser, et plus rien, parce qu'en un mouvement rapide, il écarta le tissu et glissa deux doigts en moi.

— Lucian !

Alors là, j'avais vraiment réussi à étouffer mon plaisir. J'étais tellement mouillée et excitée que mon sexe l'aspirait plus loin. Je me resserrai autour de lui.

Il jura et son sexe se contracta dans ma main.

— Ne jouis pas, ordonna-t-il, les dents serrées. Je veux être en toi la première fois que tu jouiras. Je veux te sentir exploser.

La première fois ? Je ris. M. Gros Sexe avait un ego de la taille… de son sexe immense. Moi, je ne jouissais qu'une seule fois. Les orgasmes multiples étaient pour les héroïnes de mes romans à l'eau de rose… et pour Naomi et Lina.

— Tu as intérêt à te dépêcher alors, avertis-je.

Je tendis la main vers ses testicules et les caressai en même temps que son sexe. Je voulais qu'il soit aussi proche du précipice que moi. Je voulais qu'il perde autant le contrôle que moi.

Il me décocha un regard mauvais, la mâchoire crispée, les muscles tendus. Il avait l'air de ne tenir qu'à un fil. Je serrai plus fort.

Ses mains étaient de nouveau dans ma robe. J'entendis un froissement de tissu et je me retrouvai en culotte et talons hauts.

— C'est quoi ton safeword ? demanda-t-il, tandis que sa main venait couvrir la mienne sur son sexe.

— Soit tu te surestimes encore, soit tu sous-estimes ce que je peux encaisser.

— Dis-le, Lutin.

Il prononça cette phrase comme si j'étais à la fois énervante et débile.

— Si ça te fait accélérer un peu le processus, alors d'accord. Bibliothèque.

— Bonne petite.

J'ignore ce que ça dit sur moi, mais ces deux mots prononcés de façon si revêche me firent me contracter encore davantage autour de ses doigts.

— Putain, grommela-t-il.

— On peut s'y mettre, oui ? exigeai-je.

S'il pliait les doigts, je n'allais plus pouvoir me retenir et je préférais jouir sur son sexe.

— Tu es si belle et si exaspérante à la fois, gronda-t-il.

— On me le dit souvent. Les préservatifs sont dans mon sac à main.

De mauvaise grâce, il retira ses doigts et je ne pus étouffer mon gémissement.

— Combien de mecs tu comptais te faire, ce soir ? demanda-t-il en dépliant un rouleau de capotes.

Je haussai les épaules.

— Il y en a d'autres dans la table de chevet. J'imagine qu'un seul suffira, vu que j'ai fini avec toi.

Lucian retira mes mains de son sexe pour pouvoir enfiler le préservatif.

— Tu serais beaucoup plus séduisante si tu la fermais.

— Ta bite semble pas du même avis.

C'était de la pure provocation à ce stade, parce que je commençais à craindre que mon vagin ne sorte pas indemne d'une telle pénétration.

Est-ce qu'il suffirait aux gens de me regarder marcher après ça pour savoir que Lucian était passé par là ? Est-ce que mon coup d'un soir m'empêcherait de me tenir debout ?

Lucian prit son long pénis dans une main pour le guider vers mon entrée glissante. Mes genoux se soulevèrent tous seuls, ce qui sembla l'amuser.

— Quelqu'un est impatient ?

— Tu vas rester là toute la nuit ou tu vas enfin faire quelque chose d'intéressant ?

En réponse, il approcha son gland de mes lèvres et sans s'enfoncer à l'intérieur, vint taquiner mon clitoris déjà bien gonflé.

Je me cambrai pour l'accueillir en moi, mais il me plaqua contre le lit. Encore et encore, il effleura mon sexe, se baladant entre mes cuisses écartées et étalant mon humidité partout.

Bon sang, il faudrait que je demande qu'on change les draps quand ce serait terminé, parce qu'il transformait mon corps en une immense fontaine.

Aucun de nous ne pouvait nier l'attirance qu'on ressentait l'un pour l'autre, à présent. Et j'étais à cent pour cent sûre qu'il allait me faire jouir. Il fallait juste que je lui fasse croire le contraire.

Lucian s'arrêta de me caresser et les muscles de mon ventre se crispèrent.

Rien ne le retenait de me pénétrer. Je laissai mes genoux tomber des deux côtés de mon corps. J'avais tellement envie de lui que j'en devenais folle.

Si aucun de nous ne bougeait, il n'allait pas entrer en moi, et putain, c'est ce que je voulais. Je le voulais tellement !

— Regarde-moi, ordonna-t-il.

J'ouvris les yeux et tentai de garder une expression neutre.

— Pourquoi ?

— Parce que je veux voir tes yeux quand je te prendrai.

— Alors dépêche-toi, parce que je suis sur le point de m'endormir d'ennui.

Je sentis ses muscles se contracter sous mes mains, contre ma poitrine et mes cuisses. Il me pénétra d'un seul coup.

Le temps se figea.

L'oxygène quitta mes poumons.

Tout ce que je savais s'envola de mon esprit pour laisser la place à une seule vérité : Lucian Rollins était en moi.

— Respire, Sloane, lâcha-t-il presque douloureusement.

J'obéis difficilement.

— Eh, Lutin, faut que tu te détendes, dit-il, son front contre le mien. Tu n'as pas encore tout pris.

Je n'avais pas encore tout pris ? J'étais déjà au maximum de mes capacités. Et j'étais au bord de l'orgasme.

— Encore, Lutin, respire pour moi, ordonna-t-il.

Je réussis à prendre plus d'air, cette fois, et sentis mes muscles se détendre légèrement.

— Bonne petite, dit-il d'une voix rauque et caressante. Encore.

Cette fois, l'oxygène arriva plus facilement. Je m'efforçai de me détendre, muscle après muscle, jusqu'à ce que je ne m'accroche plus à cet homme comme une bernacle sur la coque d'un bateau.

— OK, je pense que…

Comme par magie, Lucian effaça la pensée qui venait de germer dans ma tête. Je l'avais tout en moi. Il me remplissait entièrement. J'étais coincée sur le lit, au bord de l'extase et je ne pouvais plus faire marche arrière.

Je hurlai quelque chose d'incompréhensible.

— Putain, grogna-t-il.

Oh non. Ça arrivait. Je sentis le plaisir monter en moi. Deux mouvements et Lucian Rollins allait me faire jouir. Les premiers signes ne trompaient pas, mes muscles se contractaient de toutes leurs forces autour de son sexe.

Il fallait que je le cache. Il fallait que je fasse comme si ça n'arrivait pas.

Un grondement s'échappa de la poitrine de Lucian. Il avait l'air de m'en vouloir de se sentir si bien en moi. Je n'étais pas non plus ravie de ce que j'éprouvais. Et alors, il remua et j'en oubliai ce que je pensais, parce que je chavirais.

L'orgasme éclata en moi, irradiant dans tout mon corps et effaçant tout ce qui avait existé avant que Lucian me pénètre. Je m'accrochai à lui avec mes ongles et mes dents, tandis qu'un feu d'artifice explosait derrière mes paupières.

Le moindre millimètre de mon corps, depuis mes orteils jusqu'à la racine de mes cheveux participa à l'extase.

Ce n'était pas le meilleur orgasme de ma vie, parce que ce n'était pas un orgasme. C'était une expérience religieuse qui changeait la vie. Elle dura encore et encore, vagues après vagues de plaisir.

Je tremblai.

— Tu viens de jouir sur mon sexe.

J'ouvris un œil pour regarder son magnifique visage. Il avait l'air content de lui, comme j'aurais pu m'y attendre. Mais il y avait autre chose. De l'émerveillement ? Du ravissement ? De la possession.

— C'est faux, tu te trompes, dis-je, haletante.

J'avais mal à la gorge, ce que je ne comprenais pas. Est-ce que je couvais quelque chose ?

— Tu as hurlé, « Lucian, je jouis », si fort que je vais devoir appeler la sécurité pour leur dire que tout va bien.

Ah…

— Ouais, c'était sympa, merci. Je pense que je vais retourner au bar et…

Lucian me montra aussitôt ce qu'il pensait de mes menaces creuses en posant sa bouche contre la mienne et en plongeant plus profondément encore en moi.

Son long corps se pressait contre le mien et m'enfonçait sur le matelas avec une précision d'expert. Même maintenant, il contrôlait tout, alors que moi j'avais l'impression de dériver dans l'espace.

Je plantai mes ongles dans ses épaules.

— Arrête de me traiter comme si je risquais de me briser.

Il se figea, faisant encore preuve d'un exceptionnel sang-froid.

— Crois-moi si tu veux, mais je n'ai pas envie de te faire mal.

— À moins que tu me frappes l'œil avec ce que tu as entre les jambes, tu ne me feras pas mal. Tu n'as que cette nuit pour me baiser comme tu en as envie, la gâche pas.

— Sloane.

Mon nom était chargé d'un avertissement menaçant. Mais il y avait une lueur, une question dans ses yeux argentés.

— Lucian.

Je lui attrapai le visage entre mes mains et enfonçai mes talons aiguilles dans ses fesses solides.

— Je veux que tu ailles à fond.

J'en avais besoin. On en avait besoin tous les deux. Si on voulait vraiment que ça sorte de nos systèmes, il fallait qu'on le fasse bien.

Je sentis le mouvement involontaire de son sexe en moi. Il le voulait aussi.

— Je te dirai si c'est trop, ajoutai-je.

— Promis ? lâcha-t-il avec difficulté.

— Promis. Maintenant baise-moi comme tu en as envie.

Il obéit.

Il s'agenouilla, agrippa mes fesses avec ses mains et libéra la bête en lui.

Mon corps accepta ses poussées brutales et merveilleuses avec joie, ce qui n'avait absolument aucun sens. L'étincelle dans ses yeux ne se mariait pas avec la raideur de sa mâchoire. Elle était plus douce, plus lumineuse.

Je l'ignorai et ajustai mes jambes alors qu'une chaleur délicieuse montait en moi.

Lisant dans mes pensées, il croisa mes chevilles autour de sa nuque et me plia en deux.

J'étais coincée, conquise, entièrement à sa merci. Et j'adorais ça.

De la sueur nous recouvrit tous les deux, alors qu'il bougeait en moi.

Les tendons sur son cou saillirent et ses biceps se contractèrent, alors qu'il m'entraînait vers le septième ciel. Ou peut-être était-ce l'enfer. Mais ça n'avait pas d'importance.

Je frissonnais de partout.

— Lucian ! lâchai-je en une longue plainte.

Son érection semblait gonfler encore et il serra les dents.

— Putain, Lutin.

Il posa une main sur ma mâchoire, maintenant ma tête en place. Ses yeux gris lançaient des flammes alors que je me cambrais vers lui.

— S'il te plaît, implorai-je tout bas.

Je ne savais pas ce que je demandais, ce que je voulais de lui, mais Lucian comprit. Il entra plus fort encore et tout son corps se figea.

Je ne réfléchis pas. J'attrapai son visage dans mes deux mains et on se regarda dans les yeux tandis que je me délectais du premier deuxième orgasme de ma vie.

Un cri s'échappa de sa gorge et je le sentis se lâcher en moi. L'espace d'un instant stupide, je regrettai qu'il y ait ce bout de latex entre nous. J'aurais voulu que rien ne me gâche les sensations qu'il avait à m'offrir.

Il se remit à bouger, utilisant mon orgasme pour alimenter le sien. Il utilisait mon corps pour son plaisir et ça me fit jouir de plus belle.

On continuait encore et encore, tremblant, haletant, nos regards rivés l'un à l'autre.

C'était l'erreur la plus bête et la plus folle que j'avais jamais commise.

– 22 –

Sloane à la rescousse

Sloane
Vingt-deux ans plus tôt

Six jours. Cela faisait six jours que Lucian était derrière les barreaux. Il avait passé son anniversaire en prison et raté sa remise de diplôme à cause de moi. En réalité, à cause de son monstre de père, mais aussi parce que je ne l'avais pas écouté.

J'avais raconté à mes parents tout ce que je savais, le soir de l'arrestation de Lucian. Ils s'étaient fâchés contre moi pour leur avoir caché un si lourd secret. Je les avais déçus et je me sentais encore plus mal pour ça.

Mon père avait cessé toute activité et se battait comme un diable pour sortir Lucian de prison. À ce que j'avais appris à force de questionner mon père et d'écouter aux portes, le chef Ogden avait l'intention d'inculper Lucian en tant qu'adulte. Le juge semblait être de son côté. Au cours de la comparution initiale, à laquelle je n'avais pas pu assister, il avait fixé la caution à deux cent cinquante mille dollars, une somme astronomique.

Selon ce que maman avait dit à Maeve, papa avait failli avoir une attaque.

J'écoutais à la porte de son bureau, plus tard ce jour-là, quand il avait pris un appel du procureur qui avait suggéré que Lucian accepte un marché pour huit années dans une prison d'État. Mon père, une des personnes les plus gentilles et les plus polies de tout l'univers, lui avait répondu d'aller se faire voir.

Entre-temps, ma mère avait rendu visite à la mère de Lucian deux fois depuis sa sortie de l'hôpital où on lui avait soigné ses côtes cassées. Les deux fois, elle avait refusé de parler de Lucian ou de ce qui s'était réellement passé cette nuit-là. Elle avait également décliné la proposition de maman de rester chez nous le temps que « les choses se tassent ».

Ansel Rollins, apparemment, ne faisait pas de vagues, pour le moment.

J'avais entendu mes parents parler sur la terrasse la veille. Papa avait abordé le sujet d'une deuxième hypothèque pour payer la caution de Lucian.

— Bien sûr, chéri. On ne va tout de même pas le laisser derrière des barreaux.

À cet instant, j'ai compris le privilège que c'était d'être élevée par deux personnes aussi bonnes et généreuses. Je passai la tête par la fenêtre et, les larmes aux yeux, je criai :

— Vous pouvez aussi prendre l'argent que vous avez économisé pour mes études.

Je venais d'une famille de héros et je n'avais pas l'intention d'être mise de côté. Surtout pas alors que tout était ma faute.

J'avais un plan.

J'avais fait assez de recherches sur les relations toxiques au cours de la dernière année pour que la bibliothécaire me regarde de travers chaque fois que j'empruntais de nouveaux livres.

Je savais que je ne pouvais pas en vouloir à Mme Rollins. Elle était victime de violence conjugale. J'avais compris que des années de maltraitance affectent le psychisme irrémédiablement. Et pourtant, malgré ça, une partie de moi avait envie de lui dire ce que je pensais du fait qu'elle avait protégé son ordure de mari plutôt que son fils.

Je me sentais mal chaque fois que je pensais au garçon que j'adorais enfermé dans une cellule pour le seul crime d'avoir protégé sa mère.

Alors pendant que mes parents parlaient de payer la caution, je décidai de tout réparer. J'allais prouver à tout le monde, à commencer par cet ignorant de chef Ogden, que Lucian Rollins n'était pas le danger pour sa famille.

Il me fallait juste la bonne occasion.

J'envisageai d'aller demander de l'aide à Knox et Nash, ses amis. Mais j'ignorais ce qu'ils savaient de la situation de Lucian, et je les connaissais, ils risquaient juste de tout défoncer. Il valait mieux que je me débrouille seule.

Ce qu'il me fallait, c'étaient des preuves irréfutables de la cruauté d'Ansel Rollins. Du haut de mes seize ans, je me disais qu'il me fallait une vidéo. Je cachai le caméscope de mes parents sous mon lit, avec le mini magnétophone que j'avais emprunté à mon amie Sherry.

Toutes les nuits, je guettais sur le bord de ma fenêtre grande ouverte.

L'anticipation et l'horreur se mélangeaient dans mon ventre.

Je lâchai le livre que je n'arrivais pas à lire sur le coussin et levai les jambes au ciel. Mes ongles de pieds étaient mauves et ceux des deux petits orteils s'écaillaient déjà. Je les avais peints la veille de l'arrestation de Lucian et depuis, tout me paraissait futile.

Ce n'était pas comme ça qu'aurait dû se passer l'été avant mon année de première. J'aurais dû me réjouir du championnat de softball qui débutait dans une semaine, le championnat au cours duquel j'espérais bien être repérée par une des universités que je visais. J'aurais dû sortir avec des garçons, même peut-être perdre ma virginité. J'aurais dû être en train de convaincre Lucian qu'il pouvait quitter la maison et voler de ses propres ailes...

Mais c'était moi qui avais gâché toutes ses chances d'avenir.

Assise sur le bord de la fenêtre, je regardais dehors, déprimée. L'expression sur son visage quand il avait été conduit vers le véhicule de police, quand il avait compris que je n'avais pas tenu ma promesse...

J'avais supplié qu'on me laisse lui rendre visite dans la prison du comté. Papa m'avait diplomatiquement expliqué que ce n'était pas une bonne idée, mais j'avais compris à la lueur dans ses yeux derrière ses lunettes, que Lucian ne voulait pas me voir. Parce que c'était ma faute s'il était enfermé là. Parce que j'avais trahi sa confiance.

J'entendis le crissement des pneus, le sifflement des freins et je m'agenouillai. Le pick-up de M. Rollins pila dans l'allée. Il s'était garé de travers, et il tituba en descendant de son véhicule. Il claqua la portc, mais elle rebondit sans qu'il le remarque.

Je me levai et allai prendre la boîte sous mon lit. Je fourrai la caméra et le magnétophone dans un sac fourre-tout, glissai mes pieds dans une paire de tennis et sortis dans le couloir. Le souffle court, j'empruntai l'escalier, l'oreille tendue vers la chambre de mes parents, de l'autre côté de la maison.

Ils allaient être tellement en colère. J'allais être punie jusqu'à mes trente ans. Mais la fin justifiait les moyens. Si je pouvais montrer à la police des preuves irréfutables qui envoyaient M. Rollins derrière les barreaux et libéraient Lucian, ça en vaudrait la peine.

Je passai par le bureau de papa pour prendre le téléphone sans fil. Je n'étais pas sûre qu'il capterait aussi loin, mais je pouvais toujours courir vers la maison pour appeler le 911. Le téléphone dans le sac avec le reste de mon équipement, je déverrouillai la porte d'entrée et sortis dans la nuit.

Je trébuchai deux fois dans ma précipitation, mon cœur battant de plus en plus fort à mesure que je m'approchais de la maison des Rollins.

Il y avait de la lumière au rez-de-chaussée et à l'étage.

— S'il vous plaît, faites qu'ils soient au rez-de-chaussée, murmurai-je, un peu honteuse d'espérer qu'une femme allait se faire agresser.

J'avais mal au ventre d'appréhension en avançant pliée en deux vers la fenêtre.

Ça allait marcher. Il fallait que ça marche.

J'entendis des voix. Une, douce et suppliante, l'autre, tonitruante. Une ombre passa sur la vitre et je me ratatinai derrière la jardinière. Une épine s'enfonça dans mon bras. Chaque bruit – chaque brindille que je foulais, chacune de mes respirations – semblait amplifié.

Un fracas sourd me parvint depuis l'intérieur, suivi d'un grommellement furieux. Prudemment, je sortis le magnétophone du sac. J'ignorais s'il était assez sensible pour enregistrer ce qui se passait dans la maison, mais il fallait que j'essaie. Je le posai sur le rebord de la fenêtre.

Je m'emparai ensuite de la caméra, retirai le bouchon d'objectif et l'allumai.

En tremblant un peu, je me relevai derrière la jardinière et regardai dans la caméra.

Ils étaient dans la cuisine, et M. Rollins faisait les cent pas.

— Je t'ai dit que je voulais que le repas soit servi quand je rentre ! aboyait-il assez fort pour que je l'entende.

— Il est près de minuit, connard, marmonnai-je.

J'aperçus Mme Rollins qui entrait dans la cuisine, en robe de chambre, les épaules voûtées.

Il l'attrapa par le coude et frappa l'assiette qu'elle tenait dans les mains.

Un chien aboya chez les voisins, un des saint-bernard de M. et Mme Clemson. Ouf, il m'avait effrayée celui-là.

M. et Mme Rollins disparurent de ma vue. J'en profitai pour prendre le téléphone. Pas de signal. J'étais trop loin de sa base.

M. Rollins s'était remis à crier à l'intérieur, mais je ne pouvais rien voir. Merde, il fallait que je trouve un meilleur angle. La caméra toujours allumée, je passai la bandoulière du sac sur mon épaule et contournai la maison. Dans le noir, je me cognai la hanche sur le gril rouillé. Mais la douleur n'était rien à côté de ce que M. Rollins était en train d'infliger à sa femme, me rappelai-je.

Je boitai dans le jardin vers la terrasse vétuste à l'arrière de la maison et là, à travers la porte coulissante en verre, je les vis. Il lui décocha une claque avec le dos de la main, assez fort pour que je pousse un petit cri. Mais il lui retenait le bras si fort qu'elle ne put pas tomber.

— Tu me dégoûtes, femme, dit-il en la poussant sur la table de la cuisine. Tu me rends malade, putain.

— Ça devait suffire comme preuve, me dis-je, complètement écœurée.

Mme Rollins était ratatinée sur une chaise comme un bout de papier froissé. Des sanglots silencieux agitaient ses frêles épaules. Je le détestais. Je détestais Ansel Rollins d'exister. De traiter sa femme comme ça, de forcer son fils à s'interposer entre eux. Je détestais cet homme de toute mon âme.

— Si t'arrêtes pas de geindre, je vais te donner une raison de continuer, cria-t-il.

Arrêtez de pleurer, Mme Rollins. Arrêtez de pleurer.

Soudain, elle leva la tête. Je vis ses lèvres bouger, mais je n'entendais pas ce qu'elle disait.

— Qu'est-ce que tu as dit ? cria-t-il.

— J'ai dit que je n'avais plus rien, à cause de toi.

Elle se leva sur des jambes tremblantes. Les larmes coulaient encore à flots sur ses joues.

Oh, bon sang. J'essayai de nouveau le téléphone, mais toujours pas de tonalité.

— La seule raison pour laquelle tu as ce que tu as, c'est grâce à moi.

Il se posta devant le champ de la caméra et tous les muscles de mon corps se crispèrent quand je vis ce qu'il tenait dans les mains. Il essuyait un long couteau à dents de scie avec un torchon de cuisine.

Je me rappelai le bras ensanglanté de Lucian. Agression avec une arme mortelle.

Je laissai la caméra sur la terrasse, orientée vers la porte et partis en courant. Je fus rentrée chez moi au bout de quelques secondes. En composant le numéro des secours, j'allumai tous les interrupteurs de la maison.

— Maman ! Papa ! Il recommence ! hurlai-je depuis le bas de l'escalier.

Une lumière s'alluma à l'étage.

— Il faut qu'on l'arrête.

— 911. Que puis-je faire pour vous ?

— Ansel Rollins agresse de nouveau sa femme avec un couteau de cuisine, et si Wylie Odgen ne l'arrête pas cette fois-ci, je vais porter plainte contre tout le département de police, hurlai-je dans le téléphone.

Il fallait que j'y retourne. Il fallait que je l'arrête et que je puisse témoigner.

J'entendis les voix étouffées de mes parents qui descendaient l'escalier.

— Dépêchez-vous ! conclus-je avant de jeter le téléphone par terre et de repartir dehors.

Les grenouilles arboricoles coassaient dans les arbres, mais je les entendis à peine, alors que je me précipitais vers l'arrière de la maison des Rollins.

Je bondis sur la terrasse et les espionnai à travers la porte vitrée. Il la coinçait sur la table, le couteau sous sa gorge. Il y avait du sang sur le lino.

Des chiens aboyaient frénétiquement désormais, mais le reste du voisinage était tranquille.

Je n'avais pas le choix. Il fallait que je l'arrête.

Je m'emparai d'un vieux pot en argile et avec un cri provenant du tréfonds de mon âme, je le balançai sur la vitre.

La porte se brisa, projetant des éclats de verre et d'argile un peu partout.

Quelqu'un appelait mon nom. Plusieurs personnes, même. Mais je ne pouvais pas répondre. Je ne pouvais pas bouger. J'étais plantée sur place, alors que M. Rollins me regardait à travers sa porte détruite.

Nos regards se croisèrent et je déversai par mes yeux toute la haine que j'éprouvais pour lui.

— Tu vas payer pour ça, petite pute.

Je tremblais de peur et de rage.

— Allez-vous faire foutre, espèce de merde !

Il s'élança vers moi et je sentis la douleur s'ajouter à la colère. Je me débattais alors que les cris se rapprochaient, que les sirènes retentissaient enfin et que les grenouilles se taisaient.

Crac !

– 23 –

J'en ai pas encore fini avec toi

Lucian

— Du calme ! J'arrive !

La voix irritée de l'autre côté de la porte ne fit rien pour m'apaiser. Elle était là, elle allait bien. Ce qui voulait dire qu'elle avait filé dans la nuit comme si j'étais un vulgaire coup d'un soir honteux, avec lequel elle ne voulait surtout pas partager un petit déjeuner.

Sloane Walton allait apprendre une très sérieuse leçon.

La porte s'ouvrit et je me délectai du choc sur son visage. Elle portait un peignoir, ses cheveux étaient mouillés et son visage n'était plus maquillé. Elle avait l'air jeune et fraîche et… nerveuse.

Est-ce qu'elle avait essayé de nettoyer ce qu'on avait fait pour prétendre que ce n'était jamais arrivé ?

Moi, non. Je m'étais réveillé dans un lit plein d'oreillers, mais sans Sloane. Cinq minutes plus tard, j'étais dans la voiture.

Je frappai la paume de ma main sur la porte ouverte pour l'empêcher de me la refermer au visage.

— Qu'est-ce que tu fais ici ? Est-ce que j'ai oublié quelque chose...

— Je n'en ai pas encore fini avec toi.

On avait goûté au plaisir de nos corps jusqu'aux petites heures du matin, jusqu'à ce qu'aucun de nous deux ne puisse plus bouger. Ensuite, je m'étais profondément endormi, mon torse contre son dos, mon visage dans ses cheveux. Quand je m'étais réveillé, une idée s'était plantée dans mon esprit.

Sloane n'était pas sortie de mon système.

— Pardon ? s'indigna-t-elle, les yeux plissés vers moi.

On était tous les deux en position de combat. Mais nos corps l'entendaient autrement. Une seconde, je me tenais sur son paillasson JE SUIS PROBABLEMENT EN TRAIN DE LIRE, et l'instant d'après, je la repoussais à l'intérieur de chez elle, une main sur ses magnifiques fesses rebondies. Elle m'entoura les hanches de ses jambes et fourra les doigts dans mes cheveux pour attirer mon visage vers elle.

Sa bouche trouva la mienne et un éclair de soulagement me traversa.

Elle avait encore envie de moi.

C'est tout ce qui comptait. Encore une fois. C'est tout ce qu'il nous fallait, ensuite ce serait terminé.

Je refermai la porte avec le pied et me tournai pour la coincer contre le mur. Une photo dans son cadre tomba et se brisa au sol.

— Désolé, grommelai-je contre sa bouche tout en nous emportant loin du mur.

J'avais besoin d'un endroit où la rendre captive. Où elle ne bougerait plus.

Mais elle tentait frénétiquement de déboutonner ma chemise et je savais que je n'arriverais pas à tenir jusqu'à sa chambre à l'étage. J'ouvris son peignoir et le jetai par terre. Dessous, elle portait une nuisette en dentelle qui ne cachait absolument pas ses tétons.

Je remarquai à peine le petit bleu sur son sein quand elle passa une main entre nous et trouva avec un cri de triomphe la boucle de ma ceinture.

Putain, ce que j'avais envie d'elle. J'avais envie de ses mains sur moi, j'avais envie de l'entendre gémir « s'il te plaît » et « encore » dans mon oreille. J'avais besoin d'être en elle, encore.

J'entrai dans le salon, me cognant à une table et renversant une lampe dans ma précipitation. L'abat-jour tomba par terre.

— Pas grave. Je déteste cette lampe, dit Sloane contre ma bouche alors qu'elle baissait ma braguette.

Je poussai la table basse sur ma route, faisant tomber une pile de papiers. Mes tibias rencontrèrent enfin une surface molle et plate. Le canapé.

On atterrit tel un arbre coupé, sans que j'arrive à complètement amortir notre chute.

Ses mains abandonnèrent ma fermeture Éclair pour agripper ma chemise. Quelque chose siffla et une touffe de poils gris et blancs partit se cacher derrière le canapé.

Je me fichai de savoir si c'était un chat, un rat ou un opossum. Rien n'était plus important que déshabiller Sloane.

Je la léchais tout en faisant glisser sa culotte le long de ses jambes. Elle était si petite et délicate et ses courbes étaient fascinantes. Sa douce peau d'ivoire suppliait mes mains de la caresser.

J'enfouis une main dans ses magnifiques cheveux et plaçai l'autre entre ses jambes. Tellement mouillée. Je ne l'avais pas touchée plus de soixante secondes et son sexe était déjà prêt pour moi. Mon pénis se tendit.

On faisait une connerie, je le savais. Mais je ne pouvais pas m'arrêter.

Elle gémit contre ma bouche et agrippa mes cheveux avec une main tandis que l'autre essayait de faire tomber ma chemise de mes épaules.

Je voulais aller moins vite cette fois, mais la colère et le désir propulsaient des décharges d'adrénaline dans mon sang.

— Tu as intérêt à avoir un préservatif sur toi, dit-elle en mordillant ma lèvre inférieure.

En grognant, j'attrapai mon portefeuille dans ma poche de derrière.

— Merci mon Dieu, soupira-t-elle.

Elle baissa mon pantalon sur mes cuisses pendant que je déchirais l'étui. J'étais à genoux, entre ses jambes. Elle les écartait pour moi, comme en sacrifice.

— C'est la dernière fois, dis-je autant pour elle que pour moi.

— Oui, oui, oui, répliqua-t-elle, alors que je prenais mon sexe dans ma main.

Sloane me prit le préservatif pour le dérouler elle-même sur mon érection.

— Tellement impatiente, dis-je en grognant.

Ma vision s'assombrit quand elle attrapa mon sexe à sa base et serra.

— La dernière fois, répéta-t-elle. Autant qu'on en finisse vite.

J'allais la ruiner pour tous les autres. C'était mon but dans la vie.

Je tirai sur les bretelles de sa nuisette pour les faire glisser sur ses épaules, me retenant de déchirer le tissu délicat. Et d'un geste brusque, je découvris ses seins, qui, je le savais déjà, hanteraient mes rêves pour toujours.

— Maintenant, Lucian. Maintenant ! S'il te plaît !

Je n'aurais pas pu m'arrêter même si je l'avais voulu. Pas maintenant que je savais ce qui m'attendait entre ses jambes.

Je guidai mon gland vers son intimité, le mis en place et entrai sans attendre.

Elle cria et je poussai un son guttural.

Je ne l'avais pas préparée à ma pénétration. Pas de préliminaires, pas de taquinerie. Et désormais, elle s'agrippait à moi si fort que j'en eus le souffle coupé.

— Respire, Lutin, dis-je les dents serrées. Tu dois te détendre.

Sinon, j'allais tout lâcher et lui faire mal.

Ses paupières s'ouvrirent et ses yeux verts se posèrent sur moi.

— Ne te retiens pas, lança-t-elle.

Je posai mes lèvres sur son cou.

— Détends-toi, beauté. Fais-moi de la place.

— Je déteste combien j'aime te sentir en moi.

J'aurais souri si je n'avais pas eu tant de mal à me contrôler.

Je sortis de quelques centimètres.

— Tu vas détester encore plus quand tout entrera.

Elle enroula ses cuisses un peu plus haut encore autour de ma taille.

Son grognement me tortura délicieusement.

— Et moi qui pensais que Lucian Rollins prenait simplement tout ce qu'il voulait.

— Je ne veux pas te faire mal, lui rappelai-je.

— Alors fais-moi plaisir, demanda-t-elle.

Et elle planta ses ongles dans mes fesses.

Je m'enfonçai plus profondément, agrippant ses hanches.

— Oh oui ! cria-t-elle.

— Presque, lâchai-je d'une voix rauque.

— Plus. Tout. S'il te plaît, supplia-t-elle.

Je ressortis pratiquement en entier pour revenir jusqu'au bout. Ses muscles serrés luttèrent contre mon invasion l'espace d'un instant, et soudain, elle relâcha la pression. Et je fus entièrement en elle.

L'extase. J'étais de retour au paradis. Elle me tenait à l'étroit et je ne m'étais jamais senti aussi bien dans ma vie qu'en elle. Malgré la débauche de la veille, j'avais de l'énergie à revendre. Tout mon corps était prêt à bouger.

Je réussis à ouvrir les yeux pour en profiter avec chacun de mes sens.

Ses jambes m'entouraient la taille, je sentais ses tétons contre mon torse, je voulais les goûter encore. Je voulais la goûter elle. Je voulais me noyer en elle jusqu'à ce que je ne veuille plus d'elle.

— Tu es bien ? demandai-je d'une voix rauque.

— Tellement bien. Incroyablement bien, gémit-elle.

C'était tout ce que j'avais besoin d'entendre.

— Tu n'aurais pas dû me quitter, dis-je en ressortant légèrement alors que ses muscles me retenaient.

Son corps avait résisté à mon entrée, maintenant il ne voulait plus me laisser ressortir.

Je ponctuai mes accusations de plusieurs mouvements rapides de va-et-vient. Ses seins ronds et voluptueux rebondissaient chaque fois que je revenais en elle.

— On aurait pu le faire dans un lit, la réprimandai-je.

— Rien à redire à ta performance sur canapé, répliqua-t-elle, haletante.

— Tu m'as fait rouler tout ce chemin pour vous prendre, toi et ta chatte, ici aussi.

— Personne ne t'a demandé de gaspiller ton essence.

L'intérieur de son sexe se refermait sur moi. Ma petite bibliothécaire aimait quand j'étais grossier.

Je baissai la tête pour sucer un téton, puis l'autre. Elle trembla sous moi et se cambra pour m'exhiber sa poitrine.

Je continuai à bouger encore et encore, un pied sur le sol pour pouvoir aller plus loin.

— Oh oui ! Plus ! Plus fort, chantait-elle.

C'était comme si elle me suppliait de la briser.

— Putain, je déteste que ce soit si bon !

— Tais-toi et savoure comme une bonne petite, ordonnai-je.

Il n'en fallut pas plus. Je sentis son orgasme monter en elle. J'avais appris à le reconnaître désormais. Je savais que je n'oublierais jamais ce que ça faisait de sentir Sloane Walton éclater sur mon sexe.

Elle m'emprisonna en elle de toutes ses forces. Ma vision se brouilla alors qu'elle m'arrosait en vagues continues. Quel dommage, ce latex entre nous. Je détestais plus que tout cette barrière, qui m'empêchait de pleinement déguster ce que j'avais attendu toute ma vie.

Je restai en place et enfouis mon visage dans son cou, mes mains dans ses cheveux, et me contrôlai pour ne pas jouir, malgré ses ondulations sur mon sexe.

C'était la dernière fois. Et je n'en avais pas encore eu assez.

— S'il te plaît, ne jouis pas encore, me supplia-t-elle en s'accrochant à moi pour continuer à prendre du plaisir.

— Pourquoi ? demandai-je.

J'étais au bord du précipice, prêt à chavirer avec elle.

— J'en veux encore, confessa-t-elle.

— Putain, grommelai-je.

Des filets de sueur se mirent à dégouliner sur mon front et mon dos, alors que je refoulais mon envie d'exploser. Je restai en place sans bouger, attendant que ses soubresauts de plaisir se calment. Elle se tenait à moi comme si j'étais sa planche de salut. Tout son corps vibrait de son orgasme.

— Tu en veux plus ? grognai-je.

Ses yeux s'ouvrirent.

— Oui, lança-t-elle sans hésitation.

— Demande gentiment.

Ses lèvres dessinèrent une moue craquante. Ses muscles se contractèrent sur mon sexe. Oui, Sloane Walton aimait quand je la brusquais.

— S'il te plaît, baise-moi si fort et si profondément que je serai obligée de penser à toi demain à chaque fois que je m'assiérai au travail.

Je fermai les yeux et serrai ma mâchoire. Je voulais la même chose. Je voulais qu'elle pense à moi et aux sensations que j'avais fait naître en elle.

Je sortis d'elle et la déception qui s'afficha sur son visage me fit mal au cœur.

— Eh ! se lamenta-t-elle.

Mais elle s'interrompit quand je l'entraînai au bord du canapé. Pour la sentir contre moi, je retirai ma chemise et passai ses deux jambes par-dessus mes épaules.

— Oh oui !

Une plainte qui se termina en gémissement quand ma langue s'introduisit entre ses jambes. Elle avait un goût de secret et de vérité, et j'en fus immédiatement accro.

Ses cuisses tremblaient de chaque côté de mes oreilles.

— Ouvre-toi, ordonnai-je en la taquinant du bout de mes doigts.

— Lucian, implora-t-elle.

— Lutin, ouvre-toi pour moi. Laisse-moi te goûter.

Elle s'exécuta si rapidement que j'en eus la tête qui tournait. Elle détendit ses cuisses et ouvrit les genoux de chaque côté de mes épaules.

Apparemment, la seule façon pour que Sloane Walton m'obéisse, c'était de la maintenir au bord de l'orgasme.

— Ne me le fais pas regretter, lâcha-t-elle.

Elle avait les mains sur les yeux et ne vit pas le sourire qui se dessina sur mes lèvres, alors que j'entrais deux doigts en elle. Son corps réagit immédiatement, ses talons se pressant contre mon dos, ses cuisses se crispant, son ventre se raffermissant. Ses tétons parfaits se durcirent alors que sa bouche formait un O.

— Détends-toi, ordonnai-je en pliant les doigts en elle.

Une douce plainte s'échappa de sa gorge et de nouveau la tension quitta son corps.

Je saisis l'occasion pour plonger entre ses jambes. Alors que mes doigts entraient et sortaient en rythme, je passai ma langue sur son délicieux clitoris gonflé.

Elle se raidit de nouveau, mais ça n'avait plus d'importance, parce que j'avais accès à tout ce que je voulais. Je léchai et suçai avec ma bouche, tandis que mes doigts continuaient leur mouvement régulier. Elle se tortillait sous moi, ses ongles plantés dans mes biceps.

Je n'avais pas assez de son odeur envoûtante. Je voulais continuer à la sentir quand elle jouirait dans ma bouche. Je voulais connaître le parfum de sa reddition.

— Jouis pour moi, grognai-je contre son sexe.

Elle laissa échapper un gémissement et gigota sur ma main, contre mes lèvres.

— Je veux pas que ça s'arrête.

Elle ne savait pas ce qu'elle disait. Elle n'était pas sérieuse, me dis-je. Je l'avais poussée au-delà de la frontière où elle pouvait m'insulter sans se soucier du reste. Je nous avais poussés trop loin.

— Qu'est-ce que tu dis ? demandai-je sans ralentir le mouvement de mes doigts.

— Et si je voulais pas que ce soit la dernière fois ?

Quelque chose de lourd et de lumineux se logea dans ma poitrine.

— Alors je vais continuer à te faire jouir jusqu'à ce que tu t'en lasses.

Je ne savais pas si c'était une menace ou une promesse, mais j'étais sincère.

— Tu dis ça pour te moquer de moi.

— Je ne me moque pas de toi, Lutin.

Ses poings se serrèrent sur le canapé.

— Bon sang, je peux pas résister.

— Tu n'as pas intérêt à résister.

Pour m'assurer qu'elle ne se retiendrait pas, j'ajoutai un troisième doigt et ouvris ses lèvres avec mon autre main. Ma langue trouva son clitoris avec une précision millimétrée.

Elle hurla mon nom alors que tout son corps se figeait. Mon sexe réagit douloureusement. Et alors elle jouit avec fougue, utilisant ma bouche et mes doigts pour atteindre le paroxysme du plaisir. Elle se lâcha complètement et je pus goûter au délice de son ivresse.

Je voulais qu'elle redise mon nom. Je voulais entendre sa voix se casser.

Mais elle se détendit complètement sous moi, comme si son corps fondait.

— Ça va ? demandai-je en me penchant sur elle.

— Non. Je n'irai plus jamais bien.

— Lutin, dis-je en la caressant.

Elle ouvrit un œil vert malicieux et souleva un sourcil.

— À mon tour.

Elle m'avait pris par surprise. Elle avait la main sur mon érection avant même que je sois sûr qu'elle n'allait pas s'évanouir.

Ce fut si soudain que je faillis jouir dans sa paume.

Je lui attrapai le poignet et sentis mon propre sexe pulser.

— Non, dis-je.

— Tu l'as fait déjà deux fois pour moi. J'ai le droit maintenant de le faire pour toi, insista-t-elle.

— Non, répétai-je.

— Pourquoi pas ? demanda-t-elle, sa main se refermant sur moi.

Pour m'offrir ce que je voulais, je la fis pivoter et la plaçai à genoux par terre devant le canapé.

— Parce que tu seras trop occupée à jouir encore une fois, expliquai-je en poussant délicatement sa tête et ses épaules sur les coussins.

Je m'agenouillai derrière elle, lui écartai les jambes pour que mon sexe soit face au sien.

La promesse de ce paradis m'obligea à regagner tout mon self-control.

— S'il te plaît, Lucian !

Et voilà. Mon nom de nouveau sur ses lèvres. Me suppliant de lui donner quelque chose que seul moi pouvais lui donner. Et j'entrai tout mon sexe en elle.

Son cri fut étouffé par les coussins. Je passai une main sur son dos, ses épaules et le long de ses bras en attendant de retrouver un peu de calme.

— Accroche-toi, ma belle, avertis-je.

Je ressortis en agrippant ses hanches et la pénétrai de nouveau.

Son sexe se contracta autour de moi quand j'atteignis l'endroit providentiel. Comment faisait-elle pour être déjà prête à jouir ? Son corps était un miracle. Mon miracle à moi.

Je passai les mains sous ses seins lourds et m'y accrochai pour entrer et sortir d'elle.

Je lui caressai la poitrine fougueusement.

— Oh oui !

Elle y était presque. Tout ce qu'il lui fallait, c'était une petite pression au bon endroit. J'adorais être responsable de son plaisir, décider quand et comment. C'était plus grisant que toutes les autres victoires que j'avais remportées dans ma vie.

Je me penchai sur son dos et accélérai le rythme. Plus fort, plus profond. Je libérai un sein pour pouvoir placer ma main sur son sexe.

Elle se figea sous moi.

— Lucian, je...

— Bonne petite, la félicitai-je. Tu es tellement mouillée pour ma bite.

— Ce que je veux, c'est cette bite magique dans ma bouche, dit-elle, adorablement mécontente.

Je trouvai son clitoris et en même temps lui pinçai un téton. J'orientai mon sexe dans la bonne direction. Elle ne pouvait rien faire d'autre qu'accepter ce que je lui donnais, et ça me prit aux tripes, au cœur, à la tête.

— Jouis pour moi, Lutin. Serre ma bite le plus fort que tu peux.

— Oui, Lucian, oui ! hurla-t-elle.

De la musique pour mes oreilles. Et elle fit exactement ce que je lui avais demandé.

Cette fois, quand elle convulsa autour de mon sexe, je ne résistai pas au besoin de me lâcher. Je laissai sa chatte me tirer tout ce que j'avais retenu jusqu'ici. J'éjaculai violemment et j'espérai qu'elle pouvait le sentir. Alors que l'orgasme revenait encore et encore, j'imaginais comme il serait bon sans barrière entre nous.

— Lucian ! gémit-elle en se tortillant encore et encore, excitée par mon plaisir.

— Ma beauté, dis-je en imaginant une vie où je serais à elle et elle à moi.

– 24 –

Pourparlers de paix autour de fromage grillé

Sloane

— Je ne me blottis pas contre toi, murmurai-je dans le cou de Lucian. C'est juste que je n'ai plus le contrôle de mes bras et de mes jambes.

J'étais étendue nue sur son corps d'Apollon, plusieurs heures d'orgasmes successifs derrière moi.

Il me donna une petite fessée.

— Aïe.

— Mes membres à moi fonctionnent encore.

Ses membres et son spectaculaire sexe qui restait encore dur dans le dernier préservatif que j'avais chez moi.

Je levai la tête et regardai les lieux.

— Alors comme ça, on a réussi à atteindre ma chambre, on dirait.

Il me fit glisser sur le lit, me tenant tendrement contre son torse, mais pas avant que je voie un magnifique sourire sur son beau visage. Je décidai qu'après le septième orgasme qu'il m'avait offert, je pouvais lui laisser avoir ce moment.

Adolescent, Lucian était affectueux, me rappelai-je. On se recroquevillait ensemble dans le même lit, il jouait avec mes cheveux, il me caressait les bras et le dos. Il avait accepté toutes les accolades, les tapes dans le dos et sur les épaules de mes parents en souriant joyeusement. Comme s'il avait besoin plus que tout de contact physique.

Mon cœur se serra pour le garçon qui méritait tellement plus.

Il passa une main dans mes cheveux, laissant les mèches retomber sur mon dos et je sentis que mes yeux s'embuaient.

La panique montait de nouveau.

C'était ce qui m'avait fait quitter ma chambre d'hôtel après quatre orgasmes et moins de deux heures de sommeil. Cette idée que je mélangeais le présent sans attache avec les sentiments du passé.

Aucun de nous n'était la même personne qu'à l'époque. Je ne pouvais pas me permettre de laisser ce que j'éprouvais pour l'adolescent s'emmêler avec une aventure purement physique.

Très physique même.

— On va recommencer ? demandai-je, feignant la nonchalance pour qu'il ne se rende pas compte que je n'en pouvais plus.

Lucian soupira.

— Je déteste le reconnaître, Lutin, mais tu m'as achevé. Je vais avoir besoin d'un bloc de glace, d'une boîte d'ibuprofène et de quarante-huit heures de sommeil si tu veux une autre dernière fois.

— Nul, grommelai-je contre son cou. Je suis prête à remettre ça.

— Menteuse.

Il tira sur mes cheveux jusqu'à ce que je le regarde.

— OK, tu as raison, j'ai de nouveau la nausée à l'idée du sexe avec toi, le taquinai-je.

— Alors on a officiellement terminé notre relation ? demanda-t-il, de nouveau sur ses gardes.

C'était encore pire de le retrouver comme ça, après l'avoir vu sans masque en plein orgasme.

Je haussai une épaule.

— J'imagine. Je suppose que je peux te nourrir avant de te renvoyer chez toi.

Comme pour me répondre, son estomac gargouilla.

Je simulai la surprise.

— Je ne savais pas que les vampires pouvaient avoir faim.

Il se jeta sur moi et enfonça ses dents dans mon cou.

— Ne bouge pas, snack humain.

Je ris et m'écroulai sur lui. Lucian pouvait se montrer joueur ? Cette facette de sa personnalité était entièrement nouvelle pour moi. Comme Edward après que Bella avait découvert son secret dans *Twilight*. Seulement je n'avais pas découvert le secret de Lucian. J'avais juste couché avec lui plein de fois.

Ses mains douces se posèrent sur moi.

— Tu as un très joli rire.

Je m'assis et fronçai les sourcils.

— OK. C'est officiel, tu délires. Allez, viens, j'ai besoin de manger et surtout de boire, parce que tu m'as asséchée, là.

— Et moi, j'ai mal partout comme après une méga séance de musculation, se lamenta-t-il, alors qu'on descendait du lit.

J'enfilai un peignoir bleu avec des marguerites tandis que Lucian remettait son boxer. Il inspecta sa chemise avec une grimace. Il lui manquait quelques boutons et elle avait une tache suspecte d'humidité sur la manche.

— Attends, dis-je en me dirigeant vers ma garde-robe.

Je trouvai le sweat-shirt que je cherchais.

— Tiens.

Il l'attrapa et prit un air renfrogné.

— Il est à qui ? demanda-t-il en examinant le pull XXL.

— À moi maintenant.

— Et avant ?

— Un ancien petit ami. On est sortis ensemble quelques mois après l'université, quand je travaillais à Hagerstown. Il était prof de sciences sociales.

— Blake.

Il avait prononcé le nom comme une insulte.

Je levai un sourcil.

— Tu sais, la moi d'avant ce feu d'artifice de sexe t'aurait fait passer un mauvais quart d'heure pour te souvenir du nom d'un de mes ex d'il y a quinze ans. Mais là je suis trop comblée et affamée pour me disputer.

Il me jeta le sweat-shirt.

— Je ne porte pas ça.

— Tant pis pour toi, il est douillet et à ta taille.

Lucian ramassa sa chemise froissée et passa les bras dedans.

— Tu penses sûrement à lui chaque fois que tu le portes.

— Tendrement, le provoquai-je. Allez, viens, je meurs de faim.

On faisait un beau duo, à boiter dans l'escalier.

Miaou Miaou nous adressa un regard accusateur depuis son perchoir, une manique, au milieu de l'îlot de la cuisine. Le bout de sa queue tressaillit.

— C'est totalement contraire à toutes les règles d'hygiène, commenta Lucian.

— Alors tant mieux que tu n'aies pas l'intention de passer du temps dans cette maison, parce que toutes les surfaces ici sont probablement entrées en contact avec un cul de chat, dis-je en grattant Miaou Miaou entre les oreilles avant d'ouvrir la porte du réfrigérateur.

— Il s'appelle comment ?

— *Elle* s'appelle Miaou Miaou.

— Ça manque totalement d'imagination.

— Son nom officiel est Lady Mildred Miaouwington, dis-je en ouvrant le compartiment à fromages.

— C'est pire. Je suis horrifié. Tu es terrible pour nommer les choses.

— Les chats ne sont pas des choses. Tu commences par un nom officiel et il se perd avec les années jusqu'à ce que tu trouves quelque chose qui les fait réagir. Lady Mildred Miaouwington ne réagit que lorsqu'on l'appelle Miaou Miaou ou « eh connasse ».

Je levai les yeux et trouvai Lucian en train d'examiner l'animal qui se léchait le ventre.

Miaou Miaou était une boule de dédain. Mon amant d'un soir, en revanche, dans son boxer et sa chemise ouverte, avec ses cheveux ébouriffés et ses yeux ensommeillés était à croquer. Je savais qu'il était séduisant. Plus que ça, même, mais je ne m'étais jamais autorisée à vraiment le regarder.

Maintenant que je l'avais fait, j'aurais besoin d'un peu d'alcool avec mon en-cas post-coïtal.

Je brandis deux morceaux de fromage.

— Ça te dit du fromage grillé ?

— Tu manges comme une enfant.

— Je vais te préparer le meilleur fromage grillé que t'aies jamais mangé, et ensuite je te laisserai me masser les pieds pour te faire pardonner.

* * *

— Un peu plus de pression sur la voûte plantaire, esclave, ordonnai-je.

Les pouces puissants de Lucian appuyèrent plus fort.

— Tu as les pieds si fins. Comment tu marches sur ces machins ?

— T'es trop bizarre après un marathon de sexe et du fromage grillé.

Je pris une autre bouchée victorieuse de mon exceptionnel sandwich poulet fromage grillé. L'assiette de Lucian était vide. Il avait dévoré le sien avec appétit et regardait langoureusement la deuxième moitié qu'il me restait. Les yeux au ciel, je la coupai en deux et lui tendis un bout.

Il posa mon pied sur ses genoux et se jeta sur le bout de sandwich.

On avait élu domicile dans le salon à côté de la cuisine, à l'arrière de la maison, pour manger et regarder des épisodes de *Night Court*. J'avais choisi cette pièce de la maison en prétextant que la télé était plus grande, mais la vérité, c'est que je ne voulais pas qu'on voie Lucian Rollins à travers la fenêtre. Je n'avais sûrement pas l'intention de partager la catastrophe qui venait d'avoir lieu avec qui que ce soit.

Alors que Bull balançait une repartie bien sentie au juge Harold T. Stone, j'entendis un bruit sourd derrière nous. Je tournai la tête et vis Miaou Miaou qui se pavanait sur la table à côté du canapé.

— Il fait quoi, là ?

— *Elle* essaie de te mettre mal à l'aise.

Miaou Miaou s'assit droit derrière lui, les yeux rivés sur sa nuque.

— Ça fonctionne, confirma-t-il.

— Elle n'aime pas vraiment les gens, expliquai-je. Maman et moi sommes les seules à pouvoir la caresser. Elle laissait papa la prendre dans ses bras, mais seulement s'il ne bougeait pas.

— Je sens son regard s'enfoncer dans mon dos, se plaignit-il en s'approchant de moi sur le canapé.

Sa cuisse nue frôlait mon genou et son épaule se posait contre la mienne. C'était le genre de choses que faisaient les couples. Le dimanche matin, ils faisaient l'amour, puis ils se blottissaient sur le canapé pour manger et regarder des séries.

Nous n'étions pas un couple. Nous, c'était une erreur. Une erreur torride à faire exploser le cerveau.

— Ignore-la. Elle est trop paresseuse pour se jeter sur ta tête et te déchirer le visage avec ses griffes, promis-je gaiement.

— Tu me rassures, répliqua-t-il sèchement.

Je pris l'assiette vide de Lucian et la posai sur la table derrière moi. Miaou Miaou quitta son poste de surveillance pour renifler les miettes. Elle décida que nous ne mangions rien d'intéressant, descendit de la table et partit.

Lucian passa son bras derrière moi.

Est-ce qu'il voulait me faire un câlin, là ? Ça venait peut-être du coup qu'il avait reçu sur la tête quand j'étais sur lui tout à l'heure.

Les rires enregistrés se déchaînaient à l'écran. C'était tellement normal, tellement pas comme nous. Tellement ce que je voulais… avec un autre homme, bien sûr, et avec quelques enfants dans le tableau. Lucian désirait autre chose, lui. Je ne pouvais pas m'empêcher de me demander si tout ce qu'il voulait – la richesse, le pouvoir, la facilité de briser ses ennemis d'un coup de poignet – n'était pas juste un substitut de ce qu'il pensait ne pas mériter.

— Ton père adorait cet épisode, lança-t-il alors que j'attaquais le dernier quart de mon sandwich.

— C'est vrai, acquiesçai-je, posant mon assiette vide sur la sienne. Maintenant que ton pénis a envahi mon vagin à de multiples reprises, je pense que tu peux me dire pourquoi tu es si proche de mes parents. Oh, mon Dieu ! m'exclamai-je en me redressant. Tu n'as pas eu une liaison avec ma mère, au moins ?

— Je n'ai pas eu de liaison avec ta mère, répondit-il sans humour.

— Alors quel type de relation as-tu avec elle ?

Il poussa un soupir et mit l'épisode sur pause.

— Tes parents m'ont aidé à traverser une période compliquée. Je leur en serai pour toujours redevable.

— Donc tu as un système de mesure invisible et une fois que vous serez quittes, tu disparaîtras de la vie de maman ?

— Tu ressembles beaucoup à ton père, lança-t-il, mais ça ne sonnait pas comme un compliment.

— Dans quel sens ? demandai-je, heureuse d'entendre parler de l'homme qui me manquait tant.

— Tu ne renonces jamais. Même quand tu devrais.

— Il ne t'a jamais laissé tomber, dis-je doucement. Moi si. Mais je n'avais pas eu le choix.

— C'est rare les gens qui, comme Simon Walton, apportent au monde un tel optimisme entier et décomplexé.

Je soupirai sur l'épaule large de Lucian. Je tenais peut-être ma ténacité de mon père, mais je n'avais pas son gène de l'optimisme.

— Il était unique, confirmai-je.

On se tut un long moment, nos regards fixés sur l'écran figé.

— J'arrive pas à croire qu'Ansel soit mort, dis-je enfin.

Lucian se raidit à côté de moi comme si je venais d'appuyer sur le bouton de ses défenses.

Je posai une main sur sa cuisse et serrai.

— Attends, avant que tu te lances dans le combat Lucian contre Sloane round deux millions, décrétons un cessez-le-feu pour laisser la place aux pourparlers.

Il me dévisagea, son expression quelque part entre l'agacement et l'amusement.

— Des pourparlers ? Pourquoi les femmes ont toujours besoin de tout ressasser ?

— Si tu te tais, je t'explique. J'irai pas jusqu'à admettre que je me suis longtemps demandé ce que ça ferait de coucher avec toi.

Il prit un air vorace et je levai un doigt.

— Non ! On est encore en phase de récupération. Si on se jette l'un sur l'autre maintenant, tu vas te faire une entorse au sexe et je perdrai toute sensation sous la ceinture.

— Je suis prêt à prendre le risque.

Je m'agenouillai devant lui.

— Dégaine pas tout de suite, monsieur J'assure au lit. Ce que je veux dire c'est que comme on a assouvi notre curiosité concernant le sexe avec notre nuit de folie, pourquoi ne pas en faire de même avec toutes les questions qu'on a toujours voulu se poser ?

— Non.

Je boudai.

— Tu n'as même pas pris le temps de réfléchir. Ça fait pas très pourparlers.

— Me regarde pas comme ça.

Sentant la victoire approcher, je grimaçai de plus belle, les yeux tristes, et le chevauchai.

— Allons, mon grand. On a passé le cap du sexe et on a survécu. Pourquoi on ne pourrait pas s'ouvrir les yeux avec quelques vérités éclairantes et sans conséquences avant de reprendre notre train-train habituel et de ne plus jamais se parler ?

Son beau visage avec ses pommettes renversantes et ses yeux ténébreux n'exprima rien, mais son sexe se manifestait sous moi.

— Je serais prêt à mettre un oreiller sur ta bouche jusqu'à ce que tu me laisses tranquille, Lutin, avertit-il.

— Mais non. Allez, s'il te plaît.

Ses mains sur mes hanches, il posa la tête sur le coussin derrière lui.

— Si je dis oui…

Je me tortillai victorieusement sur ses genoux, et il m'agrippa plus fort, la mâchoire serrée.

— Sois sage. J'ai des conditions.

Je glissai les mains sous sa chemise ouverte et les montai jusqu'à ses puissantes épaules chaudes.

— Je t'écoute.

— Bon sang, t'es vraiment insatiable.

— Parce que toi, tu n'es pas curieux du tout, peut-être ? demandai-je.

Ses yeux me transperçaient, sûrement pour comprendre mes motivations.

— Je me disais que maintenant qu'on a allégé l'atmosphère question tension sexuelle, on pourrait alléger l'atmosphère de tous les points de vue. On finirait la journée plus légers. On crève l'abcès une fois pour toutes.

— Joliment dit, ponctua Lucian.

— Allons, insistai-je. Reconnais-le, c'est logique.

J'avais appris beaucoup sur la façon d'interroger les suspects dans mes lectures. Et l'année passée, j'avais ouvert un club de lecture pour les lycéens de la région qui se sentaient mal dans leur peau. On lisait des livres de développement personnel sur les interactions sociales. J'étais capable de mettre en pratique tout ce que j'avais retenu dans ces deux domaines.

— Ça me plaît pas.

Triomphante, je bondis sur ses genoux.

— Mais tu sais que j'ai raison. On pourrait enfin effacer l'ardoise, mon grand.

— Les ardoises vierges sont pour les débuts.

— Oui, euh… eh ben pour nous, ce serait notre « fin ».

— Si j'accepte, dit-il en me maintenant immobile avec ses mains. Tu as vingt minutes et ensuite tu te tais et je te déshabille.

Je levai un sourcil.

— Je pensais qu'on en avait eu assez, l'un de l'autre.

— Tu as mieux à faire cet après-midi ?

— Non, dis-je en souriant.

— Vingt minutes, répéta-t-il.

Je descendis de ses genoux et m'assis sur le bras du canapé, un coussin serré contre ma poitrine.

— Moi d'abord. Qu'est-ce que tu fais avec ta barbe pour qu'elle soit si parfaite ? Ou c'est juste la magie des gens riches. Tu te réveilles, tu te regardes dans le miroir et tu ordonnes à tes poils de se mettre comme il faut ?

Il fit une tête impayable.

— Tu peux me demander tout ce que tu veux et tu me parles de ma barbe.

Je haussai les épaules.

— Petit échauffement avant qu'on arrive aux choses intéressantes.

— Je regrette déjà.

* * *

— Est-ce que tu as déjà craqué pour Knox ou Nash ?

La question de Lucian me prit par surprise. Pour le moment, nous n'avions rien fait de plus qu'un petit échange courtois autour de la zone minée de notre passé.

— Euh, oui, admis-je avec emphase.

— Quand ? demanda-t-il en serrant plus fort mes pieds sur ses genoux.

— Autour de mon quatorzième anniversaire probablement, quand ils sont devenus craquants.

— Est-ce que Naomi et Lina savent que tu en pinces pour leurs mecs ?

— Ouais. Elles ont l'habitude. Tous ceux et toutes celles qui apprécient de voir de belles plastiques en pincent pour eux.

J'éclatai de rire en voyant sa mine grincheuse.

— Oh, allons. Tu sais bien que tu entres dans leur catégorie. Les femmes se tordent le cou en essayant de te regarder.

Il grogna.

— À moi. Pourquoi tu me laisses pas te sucer ?

Son rire me surprit.

— Ça te fait rire le sexe oral ?

— Au contraire, je prends ça très au sérieux.

Mon intimité s'en rappelait. Je donnai à Lucian une petite tape du bout de mon pied.

— Développe, Lucifer.

— J'aime garder le contrôle, dit-il comme si ça répondait à ma question.

— Tu peux garder le contrôle pendant qu'on te fait une fellation.

Ses yeux se posèrent sur ma bouche.

— Pas assez.

— T'as clairement pas eu les bonnes expériences. Je serais heureuse de te le prouver dans…

Je consultai la pendule sur la cheminée.

— … sept minutes.

— Je passe.

— Rabat-joie. Comme c'était une réponse nullissime, j'ai le droit de poser une autre question. Est-ce que tu as un tatouage sur chacune de tes cicatrices ?

— Oui, dit-il après un léger temps d'arrêt.

— Pourquoi ?

— Parce que quitte à avoir des marques sur le corps, je préfère les avoir choisies moi-même.

Je hochai la tête. Ça pouvait se comprendre. Il réécrivait son passé sur sa peau. Me prenant par surprise, il m'attrapa le poignet. Il le retourna pour y examiner les cicatrices argentées.

— Un chirurgien esthétique pourrait probablement arranger ça.

Je fis la moue.

— Je sais pas. Je trouve qu'elles me donnent des airs de dure à cuire. Ça me rappelle combien j'étais courageuse avant.

Il se racla la gorge et me libéra la main.

— Tu as déjà rencontré ton futur mari ? demanda-t-il, changeant de sujet.

Je fermai les yeux.

— J'ai officiellement eu mon meilleur rencard depuis le début de mes recherches.

— Et ?

— Mais ça veut pas dire grand-chose vu le niveau des autres catastrophes. Un type sympa. Il veut des enfants. Zéro étincelle. J'ai failli m'endormir dans ma soupe pendant qu'il parlait de la saison dernière de football. Mais c'est peut-être ça le mariage ? Une relation plate basée sur ce qu'on peut accomplir ensemble.

— C'est ce que tu penses qu'ils ont, nos amis ? Une relation plate ? demanda Lucian avec un léger sourire.

— Non. Ils ont dompté la licorne.

Il me dévisagea sans comprendre.

— Tu sais, ils ont trouvé le feu sacré, leur « je suis meilleur avec toi », leur « je veux accomplir tous tes rêves », leur « je te suis du regard où que tu ailles ».

— Et tu veux la licorne ? devina Lucian.

— Qui n'en veut pas ? À part toi, bien sûr.

— Bien sûr.

— Oui, je veux la licorne, admis-je.

— Alors tu l'auras.

Je levai la tête vers lui, mais il ne semblait pas se moquer de moi.

— Tu penses ?

Il leva les yeux au ciel.

— Sloane, qu'est-ce que tu n'as pas obtenu dans ta vie, quand tu le voulais vraiment ?

Ça se tenait. À l'exception de la santé de mon père, tout ce que je convoitais finissait par se réaliser. Est-ce que je pouvais souhaiter l'homme idéal et le faire apparaître ?

— Alors, dis-moi une des choses pour lesquelles ma mère te remerciait à l'enterrement.

Il ne répondit pas.

— Les règles m'interdisent de t'en tenir rigueur ou de t'en vouloir pour ça, lui rappelai-je.

Il souleva mon pied et enfonça son pouce dans ma voûte plantaire.

— D'accord. Je les ai aidés à trouver leur appartement.

Il ne me disait pas tout, c'était certain.

— Sympa de ta part. Mais dans un souci d'honnêteté, je dirai, que maman était beaucoup plus reconnaissante que ça. Un appart, à la limite, elle aurait pu le trouver seule.

Il grommela quelque chose comme « quelle emmerdeuse têtue ».

— Allons, mon grand. Cet abcès ne va pas se crever tout seul.

— On n'en fait plus des emmerdeuses comme toi.

— Oh bon sang. Dis-moi !

— D'accord. Je le leur ai acheté.

— Acheté quoi ? demandai-je en plissant les yeux.

— Si tu me forces à parler, au moins, écoute les réponses. J'ai acheté l'appartement pour tes parents.

Il me laissa sans voix.

— Arrête, dit-il en m'attrapant par les chevilles pour me rapprocher de lui.

— Arrête quoi ? parvins-je à articuler.

— Arrête d'essayer d'y lire quelque chose. Ce n'était ni héroïque ni particulièrement attentionné. C'était juste pour retrouver un équilibre.

— N'importe quoi, Lucian. Quel équilibre implique une dépense pareille ?

— Sloane, tes parents m'ont aidé à entrer à l'université et ils ont meublé mon premier appart. Ils m'ont aidé à trouver un boulot. Ils m'ont nourri quand j'avais faim. Ils ont surveillé ma mère jusqu'à ce qu'elle déménage. Ils m'ont sorti pour mon anniversaire jusqu'à mes dix-huit ans. Ils sont venus à ma remise de diplôme et m'ont applaudi quand je suis monté sur l'estrade. Ils m'ont accueilli dans leur famille quand je n'étais plus le bienvenu dans la mienne.

J'avais les yeux qui piquaient, la vision qui se brouillait. Ça avait été un vrai cadeau, cet appartement à deux rues du cabinet de l'oncologue de papa. Lucian leur avait offert ce cadeau.

— C'était très généreux de ta part.

Ça ne m'aidait pas. Si je voulais tourner la page, il fallait que je me concentre sur son côté sombre et obstiné, pas sur son minuscule cœur d'or.

— Tu vas pas pleurer ? s'inquiéta-t-il.

— Je ne pleure pas, rétorquai-je, la voix cassée.

— J'aurais dû te mettre un oreiller sur la bouche.

— Merci ?

— Pour quoi ? De ne pas t'avoir étouffée ?

Je secouai la tête et fis une chose qu'on n'aurait pas imaginé possible vingt-quatre heures plus tôt. Je le serrai dans mes bras.

Mes bras l'entourèrent, mon visage s'enfouit dans son cou et je restai là.

— Merci de ce que tu as fait pour mes parents.

Il tenta de se dégager, mais je refusai de le lâcher. Il finit par céder et me donna une tape maladroite sur le dos.

— Je préfère quand tu me détestes.

— Moi aussi.

Il tira sur ma queue-de-cheval jusqu'à ce que je recule et le regarde dans les yeux.

— Dis-moi la vérité. Est-ce qu'une part de toi regrette de ne pas avoir reçu la bourse et de ne pas être devenue médecin du sport ? Est-ce que cette vie n'est qu'une sorte de lot de consolation ? demanda-t-il en montrant autour de nous.

Stupéfaite, je me redressai.

— C'est ce que tu penses ?

— Tu avais de plus grands projets que ça, Sloane.

— Lucian, j'étais une ado. Je voulais aussi épouser Jerome Bettis de l'équipe de foot de Pittsburgh.

— Ce n'est pas parce que c'étaient des rêves d'ado qu'ils en étaient moins forts, dit-il doucement, refusant de croiser mon regard.

Je me demandai ce dont Lucian avait rêvé avant d'être forcé de devenir l'homme de sa famille.

— Cette vie est meilleure que toutes celles que j'aurais pu m'imaginer à seize ans. Ou à vingt ans. Même à trente ans. J'aime cette ville, j'aime cette maison. J'aime vivre tout près de chez ma sœur et ma nièce. Tout ce temps que je n'aurais pas eu auprès de mon père si j'avais traversé le pays pour ma carrière. Ce temps n'a pas de prix. J'aurais manqué tant de merveilleux moments. Je n'aurais pas eu la bibliothèque. Je n'aurais pas connu Naomi et Lina. Donc non. Je ne regrette pas une seconde mes rêves d'adolescente.

— Même si tu n'as pas tout ce que tu voulais ? insista-t-il. Le mari. Les enfants.

— Pour l'instant, je ne les ai pas. J'ai construit ma vie en me basant sur tout ce que je voulais, et je mets ça en place étape par étape. Ça veut dire que mon puzzle est presque complet.

Il laissa échapper un long soupir, mais sans la moindre pointe d'exaspération. C'était plutôt un soupir de soulagement, un poids qui quittait ses épaules.

— C'était comment ? demandai-je.

— Quoi ?

— La semaine où Wylie t'a collé derrière des barreaux.

Le silence m'oppressa. J'avais l'impression qu'une couverture froide et humide nous avait recouverts pour nous étouffer.

Je me penchai vers lui et la tête posée sur sa poitrine, j'écoutai les battements réguliers de son cœur.

Après un moment, sa main commença à me caresser le dos.

— C'étaient les pires jours de ma vie.

J'absorbai le coup, je l'acceptai. C'est moi qui lui avais fait ça. J'étais à l'origine de la pire semaine de sa vie.

— Comment ça ? demandai-je tout bas.

— Il était seul avec elle. Il n'y avait personne pour la protéger. L'officier Winslow savait, ou en tout cas se doutait et il faisait régulièrement une ronde autour de la maison. Je sais que tes parents aussi gardaient un œil sur elle. Mais il y a beaucoup de dégâts qui peuvent être faits derrière des portes fermées.

Je déglutis avec peine.

— Je savais que ce n'était plus qu'une question de temps avant qu'il finisse dans la cellule à côté de la mienne, continua-t-il. Il ne pourrait plus s'en sortir en se montrant copain avec les flics. Même Ogden ne pourrait pas l'aider à couvrir un meurtre. Mais je savais que ma vie était terminée. Je savais que ces barreaux, cette couchette, étaient mon avenir. Je devais devenir le genre de personne qui survit dans une cage.

Une larme coula sur ma joue.

— Ma liberté et mon bien-être étaient désormais entre les mains de tous ces policiers. Je n'étais même pas humain pour certains.

Je suis désolée. Les mots étaient là, dans ma gorge, sur ma langue, m'implorant de sortir. Mais ils n'avaient jamais suffi pour aucun de nous deux. Ça ne servait peut-être à rien qu'on les prononce.

— C'est quoi ce bruit ? demanda Lucian qui était sorti de ses souvenirs avant moi.

— Oh mince. C'est mon téléphone. Je ne l'ai plus regardé depuis qu'on a commencé nos ébats.

Je bondis du canapé et trouvai mon téléphone dans la cuisine à côté des dossiers de Mary Louise.

— Vingt-quatre messages et deux appels en absence.

Lucian apparut sur le pas de la porte, plus sexy que jamais.

— Une urgence ?

— Je vais te dire…

Je parcourus toute la liste jusqu'au premier message.

Naomi : Stefan Liao, est-ce que tu t'es vraiment débiné et au lieu de dire à Jeremiah que tu voulais passer ta vie avec lui, tu as prétexté un rendez-vous d'affaires bidon à New York pour t'enfuir ?

Stef : Tout d'abord, un conseil d'administration n'est pas un rendez-vous bidon. Deuxièmement, oui.

Lina : Waouh, Stef. Je ne t'aurais jamais pris pour un lâche.

Stef : Excuse-moi, mademoiselle tache sous les aisselles de ma robe de mariée !

Lina : J'ai peut-être des auréoles sous les bras mais moi au moins, JE SUIS TOUJOURS À KNOCKEMOUT AVEC L'HOMME QUE J'AIME !

Naomi : Normalement j'évite les conflits et je lève le drapeau blanc, cependant dans ce cas, il est important de présenter un cas d'école pertinent : Knox Morgan.

Stef : Je ne joue pas les Knox Morgan. J'avais juste du travail et je le fais.

Lina : Tu as oublié de mettre des guillemets autour de « travail ».

— Non, c'est pas une urgence. Elles se moquent juste de Stef qui ne s'est pas montré à la hauteur de ses prétentions. Il a quitté la ville.

— C'était quoi ses prétentions ? demanda Lucian en ouvrant un placard pour prendre un verre.

— Il veut emménager ici pour vivre avec son petit ami sexy, mais il a eu les chocottes et n'a encore rien avoué à Jeremiah, résumai-je en lisant toujours les messages pendant que Lucian se servait un verre d'eau.

Stef : Où est Sloane ? Je préfère largement quand c'est d'elle qu'on se moque, plutôt que moi.

Naomi : Sloane !

Lina : Eh, Sloane !

Stef : Vous pensez pas qu'elle est allée à un autre rencard sans nous prévenir et qu'elle s'est fait assassiner ?

Lina : Maintenant, si.

Naomi : Elle ne répond pas à son téléphone. Je suis inquiète.

Lina : Elle est peut-être sous la douche ?

Stef : Peut-être qu'elle est sous la douche avec quelqu'un.

Naomi : Elle ne prendrait pas une douche d'une heure et demie.

Stef : Pas toute seule en tout cas.

Lina : Elle est sûrement en train de travailler et elle a laissé son portable dans son bureau.

Naomi : Je me souviens parfaitement qu'elle m'a dit qu'elle avait pris sa journée. Chloé a dit à Waylay que Sloane avait des projets pour la nuit, mais personne ne semble savoir ce que c'était.

Stef : Avec un peu de chance, elle se tape un mec.

Lina : On n'a plus eu de ses nouvelles depuis 19 h 13, hier soir. Personne ne se tape un mec pendant aussi longtemps.

Je souris en lisant le message de Lina. Je tournai l'écran vers Lucian.

— C'est faux, dis-je toute fière.

— Tu devrais l'écrire à tes amis, dit-il en me montrant le SMS suivant.

Naomi : On devrait peut-être aller chez elle.

— Oh oh.

Lina : Nash et moi, on est nus, mais on peut s'habiller en dix minutes. Essayez de la rappeler pendant ce temps.

— Merde, lâchai-je, mes pouces sur l'écran.

Moi : Pas besoin de venir me voir. Je suis vivante et je vais bien. Juste occupée !

— Ils vont se douter à quoi tu es occupée, lança Lucian en passant une main sur ma queue-de-cheval.

— Putain !

Il avait raison.

— Je vais leur dire que je nettoie la maison.

— Naomi va se pointer avec du matériel pour t'aider, prédit-il. Choisis un truc qui va leur déplaire à tous.

— Je vais dire la vérité, alors. Ils seront horrifiés, plaisantai-je.

Il m'agrippa le bras.

— Tu préfères passer l'après-midi à subir un interrogatoire par tes trois amis, ou à baiser avec moi ?

Moi : On me vide ma fosse septique ! Les odeurs sont atroces ! Vous voulez venir faire des jeux de société plus tard dans la soirée ?

– 25 –

Gommage chimique

Lucian

C'était un mardi particulièrement gris. L'air de février me transperça les poumons, glacial et revigorant. Je me sentais vivant, prêt à accueillir la journée et à détruire mes ennemis.

— Bonjour monsieur, me salua mon chauffeur.

— Bonjour Hank, dis-je en me glissant sur la banquette arrière de mon SUV. Comment était votre week-end ?

Il plissa les yeux.

— Euh… bien. Ça va, monsieur ?

— Tout va parfaitement bien.

— Ah… excellent.

Il ferma la portière, l'air inquiet.

Je sortis mon portable pour écrire un message à Sloane.

Moi : Bonjour.

Je fronçais les sourcils. Trop plat et insignifiant après les prouesses sexuelles qu'on avait accomplies tout le week-end.

Moi : Bonjour, beauté.

Non. Sûrement pas. Ça m'aurait fait passer pour un des frères Morgan. J'effaçai immédiatement le message. Qu'est-ce qui convenait pour la bibliothécaire qui m'avait fait jouir jusqu'à ce que j'oublie qui j'étais.

Moi : J'ai la bite en feu.

Sloane : Bonjour à toi aussi. Je pense que j'ai une tendinite au vagin à force d'orgasmes.

Moi : Ça existe une pommade ou une opération au laser pour ce genre de situation ?

Sloane : Répète après moi : « surtout pas de gommage chimique. »

Moi : J'ai eu des crampes aux mollets toute la nuit.

Sloane : Pauvre chaton. Mange des abricots secs. Et dis-moi comment je vais faire pour ne pas penser à nos ébats de folie chaque fois que je m'assiérai aujourd'hui.

Moi : Si je dois être hanté par nos malheureux choix, il n'y a pas de raison que ce ne soit pas pareil pour toi.

Sloane : Heureusement que ça nous sert de leçon et qu'on ne refera plus la même erreur. Nos parties intimes ont besoin de temps pour guérir.

Moi : Content qu'on ait sorti ça de nos systèmes. Ça fait au moins 4 secondes que je n'ai pas pensé à toi nue.

Sloane : Parfait. Parce que je vois pas comment je pourrai assurer mes rendez-vous de boulot, si je suis obsédée par le tien…

Elle allait penser à moi toute la journée, songeai-je fièrement en rangeant mon portable. Excellent. Même si, pour moi, elle était déjà sortie de ma tête, bien sûr.

* * *

— Qu'est-ce qui s'est passé ? demanda Petula à la seconde où je sortis de l'ascenseur.

— Pardon ?

— Vous avez l'air guilleret. Vous avez fait tomber un autre sénateur ?

— J'ai passé un bon week-end, répondis-je avec le plus de dignité possible.

Petula m'énuméra la liste des rendez-vous de la matinée, tout en me décochant des regards suspicieux.

— C'est quoi cette tête ? demanda Lina en sortant de la cuisine.

Pour la première fois, je n'étais pas le premier arrivé au bureau. La moitié des employés étaient déjà là, déjà en action. J'avais dû dormir plus tard que je pensais grâce à celle à qui je ne devais surtout pas penser.

— Merci Petula. Je me débrouille avec ça, dis-je pour la congédier.

— S'il devient fébrile, je veux le savoir, lança Petula à Lina. Je préviens l'équipe médicale de se tenir prête.

— Je vais bien, assurai-je à ma nouvelle employée.

— Où est passé le rictus collé à tes lèvres ? On dirait presque que tu souris.

Nolan apparut derrière une tasse de café et une pile de dossiers.

— Waouh ! Quelqu'un s'est fait plaisir, annonça-t-il en me dévisageant.

— Continue et tu pars en formation sur le harcèlement sexuel, l'avertis-je de manière suffisamment menaçante pour qu'il s'abstienne de mentionner Sloane devant Lina.

— Il n'a même pas menacé de me renvoyer, murmura Lina en direction de Nolan. C'est officiel. Lucian Rollins a été kidnappé par des extraterrestres.

— Des extraterrestres très sexualisés, annonça Nolan, faisant sourire mes autres employés.

— Vous êtes tous les deux virés, décidai-je.

— Tu devrais suspendre ta décision jusqu'à ce que je te mette au courant de mes avancées dans l'affaire qui nous occupait samedi soir, déclara Nolan en désignant son bureau d'un signe de tête.

— Ça te concerne toi aussi, dis-je à Lina.

Il ferma la porte derrière nous trois et posa ses dossiers. Lina s'assit et croisa les jambes. Je restai debout.

— J'ai retiré Travers de l'affaire Rugulio pour le mettre sur la famille Metzer.

— Et ? demandai-je.

— Il a confirmé que c'était bien Tate Dilton qui était venu au barbecue des Metzer. Trois membres de la famille l'ont reconnu quand Travers leur a montré une photo de notre ripou à moustache.

Lina se leva.

— Tate Dilton. Le salopard qui a essayé d'assassiner mon fiancé ?

— Exactement, acquiesça Nolan.

— Apparemment, il était lié à l'homme qu'Anthony Hugo a engagé pour dresser la liste des flics et de leurs indics, expliquai-je.

— Il a mis le nom de Nash sur la liste ? demanda Lina, contrôlant tout juste sa fureur.

— On dirait, affirma Nolan.

— Mais pourquoi est-ce qu'il aurait mis le nom de Nash sur la liste, si c'est lui qui lui a tiré dessus, après ? demanda-t-elle. Pourquoi ne pas se contenter d'appuyer sur la gâchette ? Pas besoin de liste pour ça.

— Parce que Dilton était débile, conclut Nolan.

— Ça, c'est sûr.

— Il crevait d'envie de tuer Nash, mais pas assez pour passer à l'acte, jusqu'à ce que Duncan lui propose de l'argent pour le faire. Il roulait peut-être pour les deux. Un petit service à Anthony par-ci et un autre à Duncan par-là. La loyauté, ça n'existe pas dans ce milieu de criminels, expliqua Nolan.

— Ça semble boucler l'affaire en beauté, dis-je. Dilton met le nom sur la liste. Dilton appuie deux fois sur la gâchette. Dilton est descendu.

Lina plissa les yeux.

— Dommage que ce connard soit mort. Je lui aurais bien balancé mon genou dans les couilles et épilé la moustache à la cire.

— Avec le patron et moi, acquiesça Nolan.

— Je vais le dire à Nash, annonça Lina. Confidentialité ou pas, il a le droit de savoir.

— Je savais que tu voudrais t'en charger.

Et ça m'arrangeait aussi, parce que ce serait elle et pas moi qui l'entendrait déblatérer sur les civils qui fourrent leurs nez dans des enquêtes de police.

Elle soupira.

— Merci de m'avoir tenue au courant.

— Bienvenue dans l'équipe, répliqua Nolan.

— En parlant boulot, reprit Lina, la Morganstern Credit Corporation vient d'être avertie qu'on leur intente un procès pour recouvrement illégal de créances. La procureure te remercie, au fait. Elle pense que ça pourrait devenir une affaire majeure.

— Parfait, dis-je avant de consulter mon portable pour voir si j'avais reçu des messages.

— Le monde est petit, quand même, s'amusa-t-elle. Sloane est sortie avec un gars de Morganstern qui a simulé sa propre mort pour l'arnaquer.

— Non. Sans blague, s'étonna Nolan.

— Terminé ? demandai-je.

— J'ai un chef de la police de mauvaise humeur à appeler, lança Lina.

Elle sortait déjà son téléphone de sa veste et s'engagea dans le couloir.

— Maintenant qu'on sait qui a mis le nom de Nash sur la liste, on aide toujours le FBI à choper Hugo ? demanda Nolan.

J'enfonçai les mains dans mes poches.

— Ce n'est pas Duncan qui a mis des gars aux trousses d'Holly. Anthony a rendu cette affaire personnelle.

— Je place « détruire l'enfoiré » en haut de nos priorités, proposa Nolan.

— Et sinon qu'est-ce que tu fais pour ta femme le jour de la Saint-Valentin ? demandai-je sans transition.

Le visage de Nolan s'éclaira.

— Callie travaille beaucoup depuis quelque temps, alors je fais venir deux masseuses pour qu'elles la massent devant la cheminée. Ensuite, je commanderai sa pizza préférée et on s'installera sur le canapé pour les manger en regardant des séries, avant que les festivités commencent vraiment.

Ça avait l'air sympa.

— Et toi ? Des projets pour le grand jour ?

— Pourquoi je m'embête à te parler, déjà ?

Nolan sourit.

— Parce qu'en réalité, tu m'aimes beaucoup et tu penses que je suis craquant. Donc Sloane et toi ?

Je détestais avoir eu tellement envie que quelqu'un prononce son nom devant moi.

— Quoi, Sloane ?

— Tu es arrivé au bureau comme si t'avais gagné aux courses. Maintenant tu squattes mon bureau à parler de tout et de rien. Quelqu'un a réussi à s'infiltrer sous ta peau. Je parie que c'est une blondinette.

— Comme toujours, je regrette notre conversation, dis-je en me dirigeant vers la porte.

— Pas de problème. Mais si tu as besoin de conseils en matière de relation, tu sais où me trouver.

Je lui présentai mon majeur et quittai son bureau.

* * *

Nash : Lina raconte que le maître des Enfers se pavane dans les bureaux aujourd'hui, comme s'il venait de se taper une nana.

Knox : J'espère qu'elle t'a pas volé ta montre et ton peignoir, celle-là.

Moi : Diriger l'empire du mal, c'est du boulot. Je n'ai pas le temps pour vos ragots de gamines. Surtout maintenant que je dois virer Lina.

Knox : C'est officiel, il vient de baiser.

Nash : Tu me diras si je dois remplir un dépôt de plainte pour vol.

Knox : Attends une minute. T'étais pas à Knockemout ce week-end ? Neceey a dit que tu avais commandé une pizza dimanche.

Nash : Ne me dis pas que tu as enfin cédé aux avances de Mme Tweedy.

Moi : Ce que Mme Tweedy et moi on fait ou pas ne vous regarde pas.

Nash : Je t'en supplie. Ne rends pas une pauvre citoyenne naïve de Knockemout assez dingue de toi pour te harceler après. Je n'ai pas suffisamment d'effectifs pour ça.

* * *

Sloane : J'ai trois habitués qui m'ont dit que j'étais éblouissante. J'ai dû commencer à raconter aux gens que j'avais trouvé un nouveau fond de teint pour ne pas leur avouer que la cause était orgasmique. Comment se passe ta journée ? Tu as déjà ruiné l'économie de plusieurs pays ?

Moi : Petula a mis une équipe médicale sur le pont parce que je souriais. Lina veut savoir pourquoi je n'ai pas l'air renfrogné. Et Nolan pense que je suis secrètement amoureux de lui. Je les déteste tous.

Sloane : Regarde le bon côté. Ton pénis aura le temps de guérir puisque tu n'es pas prêt de me le mettre de sitôt.

Moi : Juste pour m'assurer que mon avocat ne se trompe pas sur le document officiel qu'il est en train de rédiger, on ne couche plus ensemble, c'est bien ça ?

Sloane : Je pense que c'est ce qu'on s'était dit entre deux orgasmes et une de tes siestes sur mon canapé.

Moi : C'était un coma, pas une sieste. Donc c'est fini. On n'en reparle plus. Tu te concentres sur Monsieur Parfait pour fonder ta famille géante et je suis libre de continuer mon pillage capitaliste.

Sloane : Ouais. Amuse toi bien !

Moi : Bon courage pour trouver un mari qui ne soit pas trop décevant au lit.

Sloane : Il va me falloir des heures et des heures d'investigation à l'horizontale.

Moi : Tu es sûre d'être assez endurante ? Peut-être que tu devrais envisager un entraînement intensif pour améliorer ton cardio.

Sloane : Tu proposes de me coacher ?

Moi : Tu veux bien réfléchir à ma proposition ?

Sloane : Et le document officiel que prépare ton avocat ? Je détesterais que tu gaspilles ses honoraires exorbitants en couchant avec moi.

Moi : Je peux faire postdater le contrat. Qu'est-ce que tu fais vendredi ?

Sloane : Vendredi comme dans Saint-Valentin ?

Moi : Vendredi comme dans vendredi.

Sloane : J'invite une autrice de romans érotiques pour un événement réservé aux adultes, à la bibliothèque.

Moi : Et après ?

Sloane : Après, j'imagine que je vais m'entraîner sur ton énorme pénis.

Moi : Pour la science.

* * *

Emry : Sacha a accepté mon invitation pour la symphonie.

Moi : Félicitations ! Tu as franchi la première étape pour mettre fin à ta vie de célibataire.

Emry : Je ne sais plus comment on drague, moi. Je lui apporte des fleurs ou du vin ? Un petit bouquet, ça suffit ? Si elle m'écrit, je lui réponds avec un émoji ou un gif ? Je dois me raser ou je garde la barbe ?

* * *

Les conseillers en image sur l'écran au-dessus de la table de conférence m'énervaient au plus haut point. Ils n'arrivaient pas à se mettre d'accord sur la manière de présenter Sheila Chandra dans les médias. J'allais leur dire ce que je pensais d'eux, quand Petula me fit signe depuis la porte.

Je laissai Nolan prendre le relais.

— Écoutez, les amis, nous ne voulons pas la transformer en une autre personne et la priver de ce qu'elle a déjà construit, commença-t-il, bien plus poli que je ne l'aurais été.

— Grace de la sécurité a besoin de vous voir personnellement, expliqua Petula quand je la rejoignis dans le couloir.

Ce n'était jamais un bon signe. Exception faite de la fois où Grace m'avait annoncé qu'elle était enceinte de jumeaux. Rien qu'à la voir en entrant dans mon bureau, je compris que ça n'avait rien à voir avec un congé maternité.

Grace portait un tailleur noir, des bottes militaires et sur son charmant visage, elle affichait un froncement de sourcils sévère. Ses cheveux noirs étaient comme toujours attachés en un chignon serré. Ça faisait déjà partie de son uniforme avant que je la débauche des services secrets.

— On a un problème, annonça-t-elle sans préambule.

Petula ferma la porte et nous laissa seuls.

— Quoi ?

— On a trouvé un mouchard dans votre véhicule durant notre inspection hebdomadaire.

— Lequel ? demandai-je, conscient que cette question de riche irriterait Sloane.

— La Cadillac Escalade. J'ai demandé à l'équipe d'inspecter vos autres véhicules. Mais rien à signaler.

Je fus soulagé. J'avais pris ma Range Rover pour aller chez Sloane. J'aurais pu amener Hugo directement à elle.

— Vous l'avez retiré ? demandai-je, tendu.

— Pas encore, répondit Grace, les lèvres pincées. Je me suis dit que vous voudriez en profiter pour vous payer la tête d'Hugo et de ses hommes. Mon équipe inspecte les véhicules de tous les employés en ce moment même. Une fois qu'on en aura le cœur net, on s'occupe des bureaux et de votre appartement.

— Parfait. Augmentez la sécurité ici, le temps que je trouve comment utiliser ça contre Hugo.

– 26 –

Justice à la décimale de Dewey

Sloane

Un petit grognement m'échappa quand je manœuvrai le chariot dans les rayonnages et que je pris un ouvrage au hasard sur une étagère. Tout mon corps me faisait mal. Ça me déconcentrait de ce que j'avais en général à faire un lundi. Et par « ça », je voulais dire Lucian Rollins. Mon ennemi. L'homme qui m'avait fait passer un week-end de folie, qui avait promis de ne jamais me rappeler et qui m'avait invitée pour la Saint-Valentin.

Je glissai un dollar dans la couverture et reposai le livre sur l'étagère.

C'était officiel, j'avais perdu la tête. C'est pour ça que j'avais abandonné ma liste de choses à faire et que j'avais proposé à Jamal de l'aider pour sa chasse au trésor annuelle sur la décimale de Dewey. Il fallait que je m'éloigne de mon téléphone, que j'arrête de regarder si l'homme que je détestais m'avait écrit.

— Te voilà ! s'exclama Naomi en apparaissant avec un café dans chaque main.

— Bon sang, Naomi ! Ne me fais plus jamais une telle frayeur ! m'exclamai-je, une main sur le cœur.

— Désolée. Je t'aurais bien appelée, mais les Jumelles Taisez-Vous m'ont déjà fait taire deux fois aujourd'hui.

Les jumelles Taisez-Vous étaient deux veuves âgées qui passaient leur lundi matin au rez-de-chaussée de la bibliothèque à faire leurs mots croisés et à corriger le comportement de tous les usagers et employés.

Je frémis.

— Elles m'ont engueulée la semaine dernière parce qu'elles trouvaient que je tournais les pages de mon livre trop bruyamment.

— Ça tombe bien qu'on se retrouve dans une des salles de conférences du premier, parce que l'avocate est là.

— Elle est en avance, dis-je en consultant ma montre.

— Je sais. Je l'aime déjà, affirma Naomi en prenant une gorgée de café.

— Les deux sont à toi ? demandai-je.

— Ben, ça devait pas être le cas, mais il m'a fallu un cappuccino entier pour te trouver, alors malheureusement tu vas devoir te procurer ta propre caféine.

* * *

Fran Vereen était une grande femme corpulente d'une soixantaine d'années. Elle avait des cheveux blonds coupés aux épaules, un pantalon noir, des talons vert fluo et un blazer en cuir rose pâle brodé d'un motif muguet. Elle me plut d'emblée.

— Merci d'avoir bravé la circulation pour nous rencontrer, dis-je en lui tendant la main.

— Ça fait du bien de sortir de la ville de temps à autre et de jouer à *Death Race* à travers la Virginie du Nord. On commence ?

Dix minutes plus tard, Naomi et moi échangions un regard stupéfait. Fran n'était pas une avocate comme les autres. C'était le genre d'avocate qu'on appelait quand on se réveillait à côté d'un cadavre. Lucian nous avait envoyé la meilleure des meilleures. Et la plus chère des plus chères.

— Donc si je comprends bien, on doit s'attendre à un combat très onéreux et très long, répétai-je.

— Comme je l'ai dit, ça se complique énormément quand une personne est déjà incarcérée. Il y a peu d'intérêt pour une cour de rouvrir une affaire jugée et gagnée. Mais nous avons des options.

J'avais la tête qui tournait.

— OK. Je vais essayer de résumer, dis-je en prenant des notes. Il va falloir faire accepter à la cour d'appel de réexaminer l'affaire pour recommencer le plaidoyer depuis le début. Une commutation de peine du gouverneur pourrait écourter la sentence de Mary Louise, peut-être même la faire libérer. Mais le système de Virginie est si sûr de lui qu'on est en terrain glissant. Ce qui veut dire qu'une grâce de la part du gouverneur est encore plus compliquée à obtenir. Et pour ne rien arranger, l'État a aboli la libération conditionnelle en 1995, ce qui veut dire que tous les détenus doivent purger au moins quatre-vingt-cinq pour cent de leur peine.

— Ça ne paraît pas bien engagé, se désola Naomi.

— C'est un processus qui peut prendre des années, expliqua Fran.

Ce qui voulait dire beaucoup d'argent. Ce qui voulait dire que Mary Louise pourrait ne pas sortir à temps pour voir Allen recevoir son diplôme.

— Sans vouloir vous offenser, Fran, j'étais beaucoup plus optimiste avant votre visite, avouai-je.

Fran sourit.

— C'est mon travail de vous présenter les pires scénarios, et dans ce cas, ça veut dire une investigation longue, onéreuse et qui demandera beaucoup d'énergie. Mais…

Je levai la tête.

— Je pense qu'on a de bonnes chances de gagner, continua-t-elle.

— Vous êtes un grand huit, Fran, dis-je.

— On me le dit souvent. Voici ce qui joue en notre faveur. La sentence est largement disproportionnée par rapport à des cas similaires dans cet État, et c'est pour ça qu'un appel est possible. Vu qu'elle a eu plusieurs avocats commis d'office, on peut également plaider qu'elle n'a pas bénéficié d'une bonne défense.

— Ça paraît logique, intervint Naomi.

— Sans compter que nous *vous* avons, dit Fran en me regardant.

— Moi ?

— On a besoin d'attirer l'attention sur l'affaire de Mary Louise. Plus on en obtiendra et mieux ce sera. Vous avez entendu parler de condamnations annulées grâce à des podcasts qui sont devenus viraux ?

— Oui, mais je n'ai pas de podcast.

— Non, mais vous avez un visage et une histoire. Nous sommes ici aujourd'hui, parce que votre père est mort et que vous voulez perpétuer son héritage en dénonçant les injustices. Vous, votre père, son lien avec Mary Louise à travers son fils, c'est une histoire, et les histoires influencent les gens.

— Je comprends. Croyez-moi, dis-je en désignant les livres autour de moi. Mais comment je peux aider d'ici ?

— Vous êtes l'incarnation vivante de cette affaire. On veut que les gens connaissent Mary Louise, pourquoi on essaie de la faire sortir et comment ils peuvent aider. Et c'est vous qui allez leur dire.

— Et pourquoi pas vous ? demandai-je mal à l'aise.

— Parce que personne n'aime les avocats. Vous êtes la bibliothécaire d'une petite ville. Vous croyez en la justice sociale. Vous êtes belle, vous êtes intelligente et vous ne représentez pas une menace.

Naomi s'étouffa sur son deuxième cappuccino.

— Elle fait un peu peur, tout de même.

— Ça ira, assura Fran.

— OK. Alors qu'est-ce que je dois faire ?

Fran croisa ses doigts.

— On va commencer doucement. Je vous organise une interview avec les médias locaux. Je vous mettrai en contact avec eux et vous donnerai quelques éléments de langage. Une fois que l'article paraîtra et qu'on aura déjà éveillé un peu d'intérêt, j'essaierai de demander un examen à huis clos avec le juge chargé de l'affaire.

— Qu'est-ce qu'un examen à huis clos ? demanda Naomi.

— En gros, je demanderai une audience privée avec le juge et le procureur. Pour voir si le juge Atkins est prêt à rouvrir l'affaire.

Je me redressai sur ma chaise.

— Attendez, le juge pourrait décider directement de réduire la sentence ?

— C'est une possibilité. Je n'ai effectué aucune recherche sur lui pour l'instant, nuança Fran. Mais c'est une condamnation ancienne. Il est possible qu'il se soit adouci avec le temps, ou il pourrait apprécier la visibilité qui viendrait avec cette affaire.

Naomi et moi, on échangea un regard triomphant.

— Je donnerai la meilleure interview de l'histoire des interviews, promis-je.

Fran sourit.

— Ils vont vous adorer.

— Comment ça marche financièrement ? demanda la pragmatique Naomi.

— Mon cabinet prend un nombre limité d'affaires *pro bono* par an, lança Fran en nous regardant. Si ça devient une affaire qui nécessite un investissement conséquent, on pourrait vous demander de payer les frais de justice.

— Ou on règle le tout avec une visite chez le juge, rappelai-je. Alors qu'est-ce qu'on fait maintenant ? On signe un papier pour officialiser tout ça ?

— Il se trouve que j'ai un mandat sur moi, annonça Fran en ouvrant son attaché-case. Une fois que vous l'aurez signé, je rendrai visite à ma nouvelle cliente.

* * *

Moi : Ce ne sont pas tes affaires, mais on garde l'avocate ! Et elle prend l'affaire *pro bono* ! Elle est en route pour rencontrer Mary Louise !

Lucian : Félicitations, psychopathe du point d'exclamation. Bienvenue dans l'enfer du système juridique.

Moi : On t'a déjà dit qu'il faudrait que tu calmes un peu ton optimisme débordant ? Non ? Bizarre.

Lucian : On t'a déjà dit que tu étais agaçante ? Je suis le onzième aujourd'hui ? Pas étonnant.

– 27 –

Livraison spéciale de boissons énergétiques

La Saint-Valentin débarqua à Knockemout accompagnée de dix centimètres de neige et d'un vent glacial. Nous avions orné les rayons de la bibliothèque avec une variété de décorations depuis les cœurs roses et rouges faits à la main dans la section enfant et celle des romans d'amour jusqu'au massacre de la Saint-Valentin au premier étage avec la silhouette d'un cadavre tracé au scotch sur le sol. On avait couvert toute la palette de fantasmes de ce grand jour.

Tout se passait plutôt bien. On était prêts pour la soirée. Mon interview sur Mary Louise pour le journal du coin avait été postée et avait déjà reçu des réactions positives, ce qui conduisit droit vers une deuxième interview avec le *Arlington Gazette*. Belle progression déjà. Et j'avais un rendez-vous avec le très impressionnant Lucian Rollins.

— Encore… un… tout… petit… centimètre, grognai-je en m'étendant de tout mon long.

— Descends de là sur-le-champ, Sloaney Baloney, ordonna une voix familière.

Je m'interrompis et envoyai un regard noir au chef Nash Morgan.

— Ne m'oblige pas à te faire taire. Je suis ici sur mon territoire, mec, dis-je depuis le sommet de l'échelle.

— Ton territoire va être éclaboussé de ton sang quand tu vas tomber de là-haut.

Je descendis et collai un cœur mauve à paillettes sur le torse du policier.

— Puisque t'es si viril, va m'accrocher la guirlande de cœurs.

Nash s'exécuta sans aucune honte, je rejoignis le reste des visiteurs pour admirer son postérieur.

— Tu es venu ici pour nous montrer ton talent de décorateur ? demandai-je quand il redescendit de l'échelle.

— Pas exactement, admit-il en contemplant les chaises pliantes qu'on avait installées devant une estrade. Qu'est-ce qu'il va y avoir ici ?

— Nous avons invité une autrice ce soir. Cecelia Blatch. Elle écrit des romans d'amour paranormaux. Le club de lecture est totalement fan depuis qu'on a ajouté une de ses séries dans notre catalogue. On l'accueille pour un apéritif littéraire.

— C'est quoi ça ?

— Une séance de dédicace mais avec du vin.

— Sympa. Mais tu ne devais pas sortir ce soir ?

— Moi ? Pourquoi ? Qu'est-ce que tu as entendu ?

Est-ce qu'il savait pour Lucian ? Est-ce que Lucian le lui avait dit ? Bien sûr que non. Lucian ne confiait jamais rien à personne.

Le regard de Nash se fit plus perçant.

— Pourquoi pas ? Avec tous tes rencards en ce moment, j'imaginais que tu en avais un ce soir.

Oh, ces rencards-là. Pas mon amant secret. Génial, maintenant, je pensais au sexe de Lucian. Mince. Est-ce que j'avais attendu trop longtemps pour répondre à Nash ? Il me regardait bizarrement.

Je me comportais étrangement ? Est-ce que la pensée du sexe de Lucian me faisait réagir étrangement ? Est-ce que toutes les femmes qui avaient couché avec Lucian se comportaient ainsi ?

J'imaginai une horde de femmes-zombies poursuivant Lucian partout où il allait, hypnotisées par son membre viril.

— Ah, oui. Non. En fait, cette rencontre est programmée depuis longtemps et je ne devais surtout pas la rater, alors pas de rencard pour moi ce soir, lâchai-je comme si on était en train de m'étrangler.

Nash me dévisagea.

— Ça va ? T'es toute rouge.

— C'est euh… il fait chaud ici.

Joignant le geste à la parole, je retirai mon gilet et le laissai tomber sur Ezra Abbott, le petit tombeur de quatre ans aux joues rebondies.

— Regarde, je suis un superhéros ! zozota Ezra mignonnement entre l'espace où s'étaient trouvées ses dents de devant.

Il s'enfuit avec mon gilet sur les épaules comme si c'était une cape.

— Je le récupérerai plus tard, dis-je en le regardant disparaître dans le fort de coussins. Et si on parlait de toi. C'est quoi tes projets pour ce soir ?

— C'est une des raisons pour lesquelles je suis venu, lança Nash, penaud. J'ai un cadeau pour Lina, mais je voulais d'abord avoir un avis extérieur. C'est notre première Saint-Valentin et tu connais Angelina.

— C'est pas le genre à aimer les chocolats ou les fleurs.

— Exactement, acquiesça-t-il en souriant.

Avec ses yeux en forme de cœur, Nash semblait avoir été frappé par Cupidon en personne.

— Je suis honorée que ce soit moi que tu viennes voir.

Nash prit son air gêné adorable.

Je posai les mains sur mes hanches.

— Quoi ?

— Je voulais demander à Stef, mais Knox est allé le consulter en premier. Désolé.

— Pas de problème. Stef aurait été mon premier choix à moi aussi. Alors qu'est-ce que tu as acheté à Lina ?

Nash regarda par-dessus son épaule. Je fis de même. À Knockemout, la rumeur allait bon train. Si la nouvelle tombait dans la mauvaise paire d'oreilles, Lina saurait quel était son cadeau avant même que Nash quitte la bibliothèque.

Il sortit son portable et zooma sur la photo d'une paire de bottes de cow-boy ultra sexy.

— Des chaussures. Bien joué, chef. T'es parti pour une nuit d'amour, c'est certain.

Nash poussa un soupir de soulagement.

— Merci mon Dieu.

— Et sinon, tu voulais autre chose ?

— Je voulais réserver une des salles de conférences pour une formation de deux semaines.

— Pas de problème. Quel genre de formation ?

— Prise en charge de l'autisme par les premiers intervenants. On commence par mes policiers, et ensuite on élargit aux pompiers, aux paramédicaux et aux travailleurs sociaux. Je me suis dit que la bibliothèque était un environnement plus accueillant que le commissariat.

Nash avait travaillé d'arrache-pied sur son projet depuis l'automne. Toute la ville avait répondu présente pour son barbecue de collecte de fonds qui avait rapporté assez d'argent pour équiper les véhicules des intervenants de casques à réduction de bruit et de vêtements lestés.

— Bravo, chef. Je suis fière de toi.

Nash esquissa un sourire embarrassé.

— Merci, Sloaney.

— Sloane, désolé de vous interrompre, mais j'ai trouvé quelque chose dans la boîte de dépôt des livres, lança Jamal.

— Ne me dis pas que c'est un autre écureuil.

— Non pas cette fois, heureusement. Mon déjeuner est toujours intact. C'était ça.

Il me tendit une enveloppe blanche.

— Quelqu'un a dû confondre avec la boîte aux lettres.

Mon nom était écrit sur l'envers en lettres majuscules. On avait trouvé un bon nombre d'objets intéressants dans la boîte de dépôt des livres. Des manuels de classe avec des devoirs entre les pages, des gants, un appareil dentaire, une miche de pain rassis qui était supposé nourrir les canards du parc jusqu'à ce que Boo Walkerson estime que la boîte de dépôt des livres était plus affamée.

— Merci, Jamal, dis-je en ouvrant l'enveloppe du pouce. Pourrais-tu informer Belinda et ses amies que Cecelia ne sera pas là avant encore plusieurs heures ? Elles n'ont pas besoin de réserver leurs sièges tout de suite.

Je hochai la tête vers la foule de lectrices âgées qui posaient sur la première rangée tout ce qu'elles trouvaient de plus gros dans leurs sacs à main.

— D'accord, acquiesça-t-il en partant.

Je dépliai le papier et fronçai les sourcils.

— Une lettre d'amour ? me taquina Nash en lorgnant par-dessus mon épaule.

On se raidit tous les deux au même moment.

— Qu'est-ce que c'est ? demanda-t-il en m'arrachant la feuille de la main.

Je la récupérai.

— Excuse-moi, c'est à moi.

L'amoureux décidé à impressionner la femme de sa vie avait disparu au profit du flic au visage impassible qui allait prendre ça trop au sérieux, c'était évident.

— Quelqu'un te menace ? demanda Nash en relisant le mot.

Il était écrit avec la même encre noire que mon nom sur l'enveloppe.

Arrête tout de suite avant que quelqu'un soit blessé.

— Je suis sûre que ce n'est rien du tout. C'est sans doute un client qui flippe pour des bouquins qu'il a oublié de rendre.

— Tu as eu des problèmes avec quelqu'un récemment ? Autre que Lucian ? demanda Nash.

Lucian. Et si ça venait d'une de ses anciennes amantes ?

— Ah, ah, c'est juste drôle. Rien d'inquiétant.

Nash me reprit la note.

— Quand même, beaucoup de mes proches se retrouvent dans les embrouilles ces derniers mois. Je ne veux courir aucun risque. Et c'est valable pour toi aussi.

— Nash, c'est juste une plaisanterie. Rien de bien méchant. Qu'est-ce que tu vas faire ? Une recherche d'empreintes digitales et une analyse graphologique ?

La police de Knockemout n'avait pas le budget des grandes villes.

— Je vais au moins suivre la procédure, dit-il, entêté. Quand est-ce que la boîte a été vidée pour la dernière fois ?

J'enfonçai les mains dans les poches de mon jean.

— En général entre la fermeture et le milieu de la matinée. Mais on était occupés avec les décorations aujourd'hui, alors pas depuis hier soir.

— Je vais visionner les vidéos de surveillance extérieure, voir si je trouve quelque chose, déclara Nash. Entre-temps, réfléchis à qui pourrait t'en vouloir en ce moment.

— Oui, chef, grommelai-je.

— Et je veux que tu me dises si tu reçois d'autres courriers anonymes. Duncan Hugo est derrière les barreaux et Tate Dilton est mort et enterré, mais ça veut pas dire qu'on peut baisser notre garde.

— D'accord. Mais on peut se mettre au moins d'accord pour n'en parler à personne ? Je veux pas que Lina et Naomi se fassent du souci pour rien.

— Non.

— T'es sérieux ? demandai-je, choquée.

— Tu as vingt-quatre heures pour leur dire à ta façon. Passé ce délai, si tu l'as pas fait, je m'en chargerai. Il vaut mieux que tout le monde soit au courant. Je veux éviter qu'on prenne des risques.

— OK, maintenant tu commences à m'inquiéter. Ça fait des mois que Lina a été enlevée. Tu as attrapé tous les méchants.

— Pas tous, non.

— Pourquoi Anthony Hugo viendrait-il à Knockemout pour finir ce que son fils a commencé ? Et pourquoi me viser, moi ? Je n'ai rien à voir avec tout ça. C'est pas logique.

Une sensation désagréable s'installa au creux de mon ventre malgré la bonne humeur ambiante de la bibliothèque.

— Jusqu'à ce qu'Anthony Hugo se retrouve derrière des barreaux, on ne peut pas se permettre de baisser notre garde.

— Super. Je vais bien dormir avec ça, répliquai-je.

— Je dis juste qu'il faut que tu sois prudente. Ouvre les yeux. Si quelque chose te paraît sortir de l'ordinaire, je veux en être informé.

— D'accord. Mais ça marche dans les deux sens. Si tu as un mauvais pressentiment, je veux le savoir.

Il m'étudia un moment avant de hocher la tête.

— Quelqu'un a un admirateur secret, annonça Naomi.

Elle avançait vers nous, chargée d'un carton de boissons de sport surmonté d'un gros nœud rouge.

Je lui pris la carte des mains, les joues en feu.

Pour plus tard.

— Ça vient de qui ? demanda Nash, décidément trop curieux.

— La carte n'est pas signée, répondit Naomi.

Mon visage avait la température de la surface du soleil quand je rangeai la note dans ma poche et m'emparai du carton.

— Entre vous deux, je commence à m'inquiéter pour mon droit à la vie privée, me plaignis-je.

— Elle est rouge pivoine et elle change de sujet, observa Nash.

Naomi m'inspecta.

— À mon avis c'est une private joke de son rencard de la semaine dernière sur lequel elle n'a rien voulu dire.

— Vous n'avez pas de travail, tous les deux ? demandai-je.

— C'est quoi le nom et l'adresse de ce type ? Quel genre de voiture est-ce qu'il conduit ? interrogea Nash.

— Oh là là. Tu es terrible. On est sortis ensemble. On a passé un bon moment. C'est rien de sérieux.

Merci et bonne journée, les congédiai-je en partant avec mes boissons énergétiques.

Mais Nash et Naomi me suivirent.

— Tu vas le revoir ? demanda Naomi dans le couloir.

— Est-ce que c'est lui qui aurait pu t'envoyer le message de menace ? ajouta Nash.

— Un message de menace ? répéta Naomi. Vraiment ?

Je fis volte-face et lui décochai un regard noir.

— Tu m'avais donné vingt-quatre heures !

Nash esquissa un rictus.

— Rien de mieux que le présent. Et tu ferais mieux d'informer Angelina le plus vite possible ou elle sera contrariée.

— T'es terrible.

— Vous allez me dire ce qui se passe ? interrogea Naomi de sa voix de maman autoritaire.

— Tiens, c'est toi qui les portes dans mon bureau, punis-je Nash en lui passant le carton.

Pendant que le chef de la police portait à l'étage mes boissons énergétiques pour la séance de cette nuit, je racontai à Naomi le message que j'avais reçu.

— Je suis sûre que ce n'est rien. Pas besoin de s'inquiéter tout le temps. Il y a toujours des trucs bizarres qui atterrissent dans la boîte de dépôt des livres. Mais Nash veut qu'on soit sur nos gardes vu ce qui est arrivé ces derniers mois.

— Si Nash dit qu'on devrait se montrer prudents, alors c'est ce qu'on devrait faire, déclara Naomi.

Je tournai la tête pour m'assurer que Monsieur Rectitude était assez loin.

— Ça m'inquiète qu'il s'inquiète, confiai-je tout bas. Je me demande s'il sait quelque chose qu'il ne veut pas partager. Peut-être quelque chose sur Lucian et l'affaire du FBI.

Naomi pinça les lèvres.

— Je vais voir ce que je peux tirer de Knox.

— Bonne idée. Je vais en parler aussi à Lina, peut-être qu'elle pourra également soutirer des informations à Nash.

Naomi se racla la gorge.

— D'accord et bien sûr, je lui parlerai de mon message de menace, acquiesçai-je. Même si la serveuse de Grover m'a déjà menacée de façon plus explicite et créative.

— C'est mieux quand on est toutes sur la même longueur d'onde, non ? demanda Naomi, gaiement.

— Si si.

— Ma'zelle Sloane ! Ma'zelle Sloane ! appela Ezra, mon gilet toujours sur le dos.

Il agitait ce qui semblait être un parchemin.

— Oui, mon poussin.

— Je l'ai fait pour toi, dit-il en me tendant le papier.

Il était attaché avec un ruban rouge.

Derrière moi, Naomi lâcha une exclamation attendrie.

— C'est pour moi ? Waouh, merci, Ezra. C'est adorable !

Soigneusement, je dénouai le ruban et déroulai le parchemin.

— C'est toi et c'est moi. On est des pirates comme dans le livre. Et c'est la bibliothèque sur notre bateau de pirates. Tu vois tous les livres ? Et le X c'est pour le trésor !

Il montrait chaque élément de son dessin. L'homme bâton Ezra avait un bras et quatre pieds. Ma queue-de-cheval était du même vert que les cœurs qu'il avait dessinés au-dessus et en dessous des livres.

— C'est trop chou ! Je meurs, lâcha Naomi d'une voix suraiguë.

— Ça te plaît ? demanda Ezra, plein d'espoir.

— J'adore ! dis-je incapable de résister à l'envie de lui pincer le nez. C'est incroyable et toi aussi.

Il m'adressa un sourire édenté.

— Tu peux l'accrocher si tu veux.

— Je vais l'accrocher dans mon bureau pour le voir tous les jours, promis-je.

— Super ! Bonne Saint-Valentin !

— À toi aussi, Ezra.

Il se jeta dans mes bras et m'offrit le genre de câlin que seuls les enfants de moins de six ans se permettent et il repartit vers le fort de coussins.

— Je craque, lança Naomi. C'est le nouveau fils adoptif de Gael et Isaac n'est-ce pas ?

— Exact. Je l'ai gardé ici une demi-heure quand Gael a dû s'absenter pour une urgence au magasin d'animaux. On a lu deux livres de pirates et il a fait des dessins pour sa nouvelle grande sœur.

— On dirait que tu lui as fait de l'effet, dit Naomi en montrant le parchemin.

— *Les pirates* et moi.

— Tu seras une super maman, dit-elle.

Ses mots me touchèrent en plein cœur.

— Merci. Toi tu l'es déjà.

Elle se pencha pour m'enlacer.

— On va voir grandir nos familles ensemble, murmura-t-elle à mon oreille.

— Je suis parti trois minutes. Qu'est-ce qui vous arrive maintenant ? demanda Nash, inspectant le rez-de-chaussée de la bibliothèque à l'affût du danger.

— Des trucs de filles.

— Sloane est une pirate, confia Naomi en riant.

— Je veux pas savoir, décida Nash.

Naomi me lâcha, ses yeux humides d'émotion.

— Je vais travailler un peu, annonça-t-elle avant de déposer un baiser sur la joue de Nash et de se diriger vers l'escalier.

Nash sortit son portable.

— Qu'est-ce que tu fais ? demandai-je.

— J'écris à mon frère que quoi qu'il achète à Naomi, moi ce sera deux fois mieux.

Je ris.

Il rangea son portable.

— Je ferais mieux de retourner au travail.

— Bonne Saint-Valentin, dis-je.

Il esquissa un sourire craquant.

— Merci.

Il gagna la porte.

— Oups, j'ai fait tomber mon collier, annonça Belinda, une lectrice d'âge canonique qui aimait les livres chauds comme les braises.

Elle désigna le bijou qu'elle avait jeté par terre.

— Vous pourriez être un amour, chef Morgan et me le ramasser ?

Nash poussa un soupir et me jeta un petit regard.

Je haussai les épaules.

— Si tu ne le ramasses pas, elles continueront à jeter des choses par terre.

— Je vais commander de nouveaux uniformes avec des tuniques, grommela-t-il.

— Les citoyennes qui apprécient l'anatomie masculine seront dévastées, avertis-je.

Il se pencha et se dépêcha de ramasser le collier.

— Vous venez de rendre une vieille dame heureuse, lança Belinda en raccrochant son collier sur sa généreuse poitrine.

— Faites vérifier le fermoir, conseilla Nash. Vu qu'il est déjà tombé au supermarché la semaine dernière et dans le parc la semaine précédente.

— Promis, mentit-elle gaiement.

Secouant la tête, je consultai mes messages sur mon téléphone.

Moi : Tu m'as envoyé un carton de boissons énergétiques ? Ou est-ce que j'ai un harceleur inquiet que je ne m'hydrate pas assez ?

Lucian : Je me suis dit que ce serait plus convenable que des fleurs ou des chocolats vu que je ne me sers de toi que pour ton corps.

Moi : Tu as intérêt à venir échauffé. Je ne ralentis pas même si tu te foules un ischio-jambier.

* * *

La séance de dédicaces fut un énorme succès. Ou plutôt un succès « émoustillant », ce qui était le jeu de mots que j'allais mettre dans l'article de la bibliothèque cette semaine. Les lectrices étaient aux nues, tous les exemplaires que l'autrice avait apportés s'étaient vendus et la dernière bouteille de vin avait été sifflée avant qu'on ait eu le temps d'être tous pompettes.

— Rentre chez toi, Sloane. Tu es là depuis l'ouverture. On s'occupe du ménage, proposa Blaze.

Bien qu'elles ne soient que membres du conseil d'administration, elle et sa femme Agatha passaient pratiquement autant de temps à la bibliothèque que les employés.

— Tu es sûre ? Je peux rester.

J'avais encore une heure avant que Lucian ne vienne me régaler.

— Absolument. Je suis sûre que tu as un charmant jeune homme à retrouver.

Elle allait à la pêche aux informations, mais je ne mordis pas à l'hameçon.

— Et ta soirée avec Agatha ?

— On a pris notre brunch de la Saint-Valentin ce matin et après on a changé l'huile de nos motos.

— Et on dit que le romantisme est mort.

— Allez. Sors d'ici. On fermera, dit-elle en me poussant dehors.

— Si tu insistes. Je monte juste dans mon bureau prendre mes affaires.

J'aurais le temps de me doucher et de m'épiler avant l'arrivée de Lucian. Je pourrais aussi choisir mes sous-vêtements.

J'étais si profondément plongée dans mes pensées que je ne remarquai pas tout de suite que quelqu'un était assis sur mon bureau.

— Bon sang de bonsoir !

Lucian Rollins, dans un sweat-shirt à capuche noir et coiffé d'une casquette, lisait un livre, parfaitement décontracté.

Il leva un sourcil interrogateur.

— C'est quoi cette défense ?

Je pris conscience que la surprise m'avait fait lever les bras dans une position de *Karate Kid*.

— Qu'est-ce que tu fais ici ? Si quelqu'un en ville t'a vu, tout le monde saura qu'on s'envoie en l'air avant même qu'on ait commencé ! Depuis une semaine, je fais déjà face au tribunal de l'inquisition de Knockemount : absolument tout le monde me demande avec qui je couche.

— J'en ai eu assez d'attendre. Je me suis dit que ça accélérerait un peu les choses.

De la part de n'importe quel autre homme, ça aurait été un compliment, la preuve que je lui manquais. Mais Lucian Rollins avait l'habitude d'obtenir ce qu'il voulait quand il voulait. Et il m'utilisait pour le sexe. Heureusement pour lui, je ne prendrais pas le temps de lui faire un cours sur les délices de l'attente, car je l'utilisais pour les mêmes raisons.

— Blaze et Agatha s'occupent de la fermeture. Alors on peut partir, à condition que tu restes tapi dans l'ombre, parce que je refuse de répondre aux questions sur notre nuit de débauche, expliquai-je.

— Prends tes affaires, dit-il en se levant de mon fauteuil.

Il referma mon exemplaire de *La Bibliothèque de minuit*. Je remarquai que mon marque-page était toujours à sa place… alors qu'il était plusieurs chapitres plus loin.

— Tu le lis vraiment ? demandai-je.

— Je sais lire, Sloane, répondit-il sèchement.

Le ton supérieur et amusé dont sa voix caressait mon nom me donna envie de le frapper avec le livre. Mais en même temps, je me retins de lui retirer son pantalon pour le chevaucher jusqu'à ce que je ne puisse plus marcher.

Je me demandai encore quelle option choisir, quand il contourna mon bureau, saisit mon pull dans son poing, me hissa sur la pointe des pieds et m'embrassa fougueusement.

Il n'y avait rien de romantique ni de tendre dans ce baiser enfiévré. Sa langue envahit ma bouche, me conquit, et me força à suivre son rythme. Mes tétons durcirent aussitôt et mon sexe trembla. J'étais à bout de souffle.

C'était un baiser chargé de promesses charnelles que j'étais impatiente de voir se réaliser.

Il me libéra aussi soudainement.

— Allons-y.

— En voilà une, bonne idée.

* * *

Il nous fallut vingt minutes pour arriver au parking. Il y avait encore trop de clients autour du bâtiment après la dédicace. Alors qu'un usager m'interpellait pour la quatrième fois au rez-de-chaussée, Lucian parvint à se faufiler dehors sans être vu.

— Désolée, lançai-je quand je le trouvai appuyé contre ma Jeep.

— Tu es trop populaire, se résigna-t-il.

— Où est ta voiture ?

— J'ai demandé à mon chauffeur de me déposer.

Je le contournai pour ouvrir la portière passager.

— C'était terriblement présomptueux de ta part de penser que mon envie de te voir nu dépassait ma haine aveugle.

— J'étais assez confiant, oui.

Il me prit les clés des mains, ouvrit la porte et jeta mon sac à l'intérieur.

— Je conduis.

Il dut repousser le siège pour avoir la place nécessaire pour ses longues jambes, mais il avait l'air plutôt à l'aise sur la route jusque chez moi. Il m'interrogea sur la dédicace et sur l'autrice, et je fis de mon mieux pour répondre, même si tous mes sens étaient distraits par sa présence. La tension sexuelle entre nous était presque pire maintenant que je savais ce dont il était capable. J'avais l'impression qu'un courant électrique traversait mon sang.

Il s'engagea dans l'allée et je me penchai pour appuyer sur la télécommande du garage. Quand nous fûmes officiellement seuls et que la porte se referma sur nous, ce fut l'explosion.

Je me libérai de ma ceinture de sécurité, une seconde avant qu'il ne m'attrape sous les bras pour m'attirer sur ses genoux.

Un baiser et une érection géante plus tard, il recula.

— Va chercher tes affaires.

— Quoi ? Pourquoi ?

— On ne reste pas ici.

Je pensai au pot de crème fouettée dans le réfrigérateur. À la lingerie fine que je venais de m'acheter.

— Pourquoi pas ?

— Parce que si on reste ici, quelqu'un viendra frapper à ta porte ou regardera par la fenêtre ou me verra nu quand on nous livrera le dîner. Tu ne travailles pas demain. On va chez moi, où mes voisins se mêlent uniquement de leurs propres affaires.

— Chez toi ?

Il y avait six millions de choses qui pouvaient tourner mal avec cette idée. Tout d'abord, je ne pourrais pas le mettre à la porte quand il finirait par se fâcher contre moi.

Il ne répondit pas. Du moins, pas avec des mots. Il tira sur le col de mon pull et enfouit sa tête entre mes seins.

— Convaincant. Je vais prendre mes affaires.

– 28 –

Inscris-le sur ma pierre tombale

Lucian

— Je suis désolée de le reconnaître, mais c'est pas mal du tout chez toi, avoua Sloane, la bouche pleine.

On avait fait une pause dans notre marathon du sexe pour recharger nos batteries avec des plats thai qu'on dégustait nus dans mon lit en regardant *Brooklyn Nine-Nine*. C'était ce que j'avais fait de plus romantique de toute ma vie.

Je me penchai pour lui voler quelques nouilles.

— Je suis content que tu apprécies.

Elle ne portait que ses lunettes. Elle avait attaché ses cheveux en chignon sur le haut de son crâne avec quelques mouvements habiles du poignet et un élastique. Enroulée dans mon drap italien à mille fils, elle était à la fois adorable et sexy.

Les femmes avec lesquelles je sortais – ou plutôt que j'emmenais dans mon lit – n'avaient rien d'adorable. Elles étaient bien habillées, bien coiffées, et on ne les voyait jamais en jogging en public. Sloane, en revanche, avait pris dans ses affaires un pyjama avec des cœurs. J'étais impatient de la voir dedans, et de le lui arracher.

Elle indiqua ma chambre à l'aide de ses baguettes.

— On ne dirait pas l'antre d'une créature démoniaque. C'est plutôt le repaire d'un célibataire riche et sexy sans personnalité.

Le regard espiègle qu'elle me décocha la trahit. On ne s'insultait pas dans le feu de l'action, quand elle avait mon sexe en elle et qu'elle hurlait mon prénom. Ce qui voulait dire qu'on avait du retard à rattraper après.

Je posai mon carton vide sur ma table de chevet et l'attrapai par la cheville alors qu'elle essayait de s'échapper.

— Tu vas payer pour ça.

Je calai son genou entre les miens, resserrai mon emprise sur sa cheville et lui chatouillai la voûte plantaire.

Sloane essaya de se dégager en criant.

— Excuse-toi, lâchai-je sans conviction.

C'était un jeu auquel nous avions joué quand nous étions d'autres personnes, et que j'aurais probablement dû laisser dans le passé.

— OK ! OK ! C'est le repaire d'un célibataire sexy et riche dont le décorateur d'intérieur n'a aucune personnalité.

Ma chambre était peinte en marron profond. Des meubles imposants en bois sombres dominaient l'espace, adoucis par des draps ivoire et de lourds rideaux qui en cet instant occultaient le monde extérieur.

— Réessaie.

— Ahhh. OK ! Je suis désolée ! C'est vraiment sympa chez toi. Je te jure, je déteste pas.

Je donnai une fessée sur son postérieur rebondi et lui libérai le pied.

— Tu vois, c'était pas si dur.

— *That's what she said*, plaisanta-t-elle, sa voix étouffée dans l'oreiller.

— Ce n'est pas ce qu'elle a dit il y a vingt minutes, lui rappelai-je, posant ma main sur ses épaules nues pour descendre ensuite sur son dos. J'écartai le drap au passage afin de graver dans ma mémoire chaque millimètre de sa peau.

Son corps me fascinait. Des courbes généreuses sur un modèle miniature mais fougueux. Je ne savais jamais ce qui allait sortir de sa bouche. Une insulte ou une prière pour que je la comble d'une autre façon encore.

J'avais bien réfléchi avant de l'amener ici. Moins Anthony Hugo et ses sbires en savaient sur ma vie, mieux ce serait. Mais j'avais semé assez de fausses pistes avec le traceur sur la voiture de la compagnie. Et de toute façon, si ses hommes me repéraient ici avec Sloane, elle passerait seulement pour une des nombreuses femmes que je ramenais chez moi. À Knockemout, ce serait clair pour tout le monde qu'elle était beaucoup plus que ça.

Je me baissai sur elle et plantai mes dents dans sa fesse.

— Tu viens de me mordre ? demanda Sloane alors que je me redressais pour admirer mon travail.

— Je te donne un souvenir pour que tu n'oublies pas notre dernier week-end de débauche.

Elle s'agenouilla sur le matelas et me regarda avec des airs de déesse blonde. J'avais envie d'elle. Encore et encore et encore. Et chaque fois que je la prenais, je me rendais compte que ça ne me suffisait pas.

— Dans ce cas, moi aussi je t'en dois un, annonça-t-elle.

Je la laissai me pousser en arrière, me délectant de sentir son corps chaud dans mes bras. Ses cuisses élancées épousaient les miennes et d'une main, elle agrippa mon sexe déjà dur. Je dus serrer les dents pour ne pas grogner.

— Pas là, grondai-je.

Elle fit la moue.

Mon portable sonna sur ma table de chevet.

— C'est courant que ton assistante t'appelle à vingt-deux heures, le jour de la Saint-Valentin ?

— On n'a pas de vie, ni elle ni moi, expliquai-je avant de décrocher. Petula, tu es sur haut-parleur et je ne suis pas seul.

— La terre a arrêté de tourner et je ne suis pas au courant ? demanda Petula.

— Très drôle. Qu'est-ce que vous voulez ?

— Le gars de la chambre des représentants veut avancer votre déjeuner d'une heure demain.

Je jetai un regard à Sloane qui libérait les cheveux de son chignon.

— Reprogrammez-le pour plus tard. Je suis occupé ce week-end.

— Ça a un rapport avec votre compagnie de ce soir ? Vous devriez me laisser faire des recherches sur elle.

— C'est déjà fait et ce n'est que pour les affaires, mentis-je.

Je reçus un oreiller dans le visage. Sloane attrapa ses seins et dessina sur ses lèvres « les affaires ? »

— Je dois vous laisser, Petula. C'est pas le moment.

Sloane baissa les yeux vers mon sexe qui durcissait encore.

— Attendez, pendant que je vous ai. J'ai besoin que vous vous rendiez à cette adresse et que vous aidiez l'homme qui habite là à s'acheter un nouveau costume, cette semaine, dis-je avant de lui dicter l'adresse d'Emry. Quelque chose qui dit « veuf à caser » et pas « grand-père rangé ».

— Je m'en occupe, promit Petula. Une dernière chose. J'ai confirmé la réservation pour vous et votre charmante amie jeudi soir prochain.

Sloane plissa les yeux.

Merde.

— Merci, Petula. Prenez le week-end, abrégeai-je.

Je raccrochai pile au moment où ma partenaire blonde quittait le lit.

— Sloane, dis-je sur un ton sérieux.

— N'essaie même pas, dit-elle en ramassant quelque chose par terre.

C'était le corset en dentelle que je lui avais arraché. Elle le mit sur son épaule et se pencha de nouveau.

— Tu es jalouse ? demandai-je, amusé.

— Bien sûr que non. Je veux pas être pénétrée par un pénis qui pénètre d'autres vagins. C'est pas hygiénique.

Sloane Walton n'avait rien à voir avec les autres femmes que j'avais emmenées dans mon lit.

— Je ne pénètre pas d'autres vagins, dis-je sèchement. Où est-ce que tu vas ?

— Si tu penses que je vais simplement te croire sur parole, tu es un idiot, dit-elle en rassemblant tous ses vêtements.

— Je voudrais te rappeler que de nous deux, c'est toi qui recherches activement un homme sur ton site de rencontre.

— Je ne couche pas avec. Pour l'instant.

Les sourcils froncés, elle fouilla sous la couette et les draps.

— Tu as vu mes sous-vêtements ? Peu importe, je n'en ai pas besoin.

Je tentai de l'attraper, mais elle m'esquiva.

— Je ne couche pas non plus avec mon rendez-vous de jeudi.

— Ouais, OK.

Elle poussa un petit grognement pas féminin du tout et se pencha pour prendre son sac.

Ça me donna l'ouverture dont j'avais besoin. Je la saisis par la taille, la soulevai dans les airs et nous allongeai tous les deux sur le matelas.

— Si tu me lâches pas tout de suite, Lucifer, je te balance mon genou dans les parties. Et même si ce serait un coup terrible pour toutes les femmes sur cette terre, je ferai ce qu'il faut, menaça-t-elle, féroce.

— Tu es jalouse, répétai-je, ravi.

Pour ne prendre aucun risque, je la fis rouler sur le dos et m'installai entre ses cuisses, avant de me pencher pour lui embrasser la bouche.

Elle se radoucit immédiatement, mais ma victoire ne dura pas. Elle me mordit la lèvre inférieure.

— Aïe.

— Bien fait pour toi. Maintenant donne-moi mon pantalon et agissons comme si rien de tout ça n'était jamais arrivé.

Sûrement pas.

— Ce n'est pas un rencard, jeudi, assurai-je.

Elle gigota sous moi, ce qui me rappela mon érection sur son ventre.

— J'emmène ta mère dîner.

Sloane s'immobilisa immédiatement. Ses yeux se couvrirent d'un voile de soupçon derrière ses lunettes de travers.

— Tu es conscient que je peux facilement vérifier.

Je fourrai mon nez contre sa mâchoire et me réjouis de sentir la chair de poule envahir sa peau d'ivoire.

— On se retrouve toutes les semaines pour boire un café ou pour manger ensemble. Je m'assure qu'elle ne déprime pas seule dans son coin. Elle s'assure que je ne travaille pas trop. En général, on partage le dessert. Et je ne couche pas avec elle.

Elle m'étudia un long moment.

— OK, je te crois.

— Vraiment ?

— Tu te fâches quand tu caches quelque chose. Et là, tu as juste l'air amusé.

— Je trouve ta jalousie aussi agaçante qu'amusante, confirmai-je.

— Je ne suis pas jalouse, insista-t-elle.

— Moi, si.

Elle leva les deux sourcils.

— *Toi ?* Pourquoi ?

— Tu continues à voir des gars. D'un jour à l'autre, tu rencontreras le bon et alors, c'est lui qui pourra faire ça.

Je baissai la tête et pris un de ses tétons dans ma bouche.

Elle se cambra sous moi, et se frotta contre mon sexe pour me rendre complètement fou.

Je relâchai son sein avec un bruit de succion.

— Je ne veux pas être le bon, mais je risque de regretter cette chaleur, ce corps si désirable, quand il ne sera plus à ma disposition.

Sloane frémit.

— Alors tu ferais mieux d'en profiter tout de suite.

Je me dépêchai d'enfiler un nouveau préservatif et de me positionner entre ses jambes.

À la voir offerte sous moi comme un banquet à dévorer, je me considérai comme le plus chanceux des hommes. Encore quelques orgasmes délirants et on serait rassasiés. Mais pas encore tout à fait.

Les dents serrées, je la pénétrai d'un coup assuré. Ses beaux yeux verts se fermèrent alors que tous les muscles de son corps se raidissaient. Son corps me taquinait en m'accueillant et en me repoussant à la fois.

Je voulais la toucher partout. Me souvenir de chaque millimètre de son être. La courbure de sa poitrine, la chair soyeuse de son ventre. Toute cette peau délicieuse qui réclamait mes caresses.

— Dis-moi ce que tu veux, dis-je d'une voix rauque en me reculant pour mieux revenir en elle.

Ses pieds bougeaient sur les draps.

— C'est si bon, lâcha-t-elle. Je déteste que tu sois si bon.

— Dis-moi ce que tu veux, Sloane, insistai-je, ponctuant chaque mot d'un mouvement de va-et-vient.

Elle avait ouvert les yeux et ses mains m'attiraient plus près d'elle.

— Juste toi.

Je me perdis en elle, dans son étreinte magique. Dans le vert émeraude de ses yeux. Dans la façon dont elle respirait mon nom alors que je nous faisais tous les deux chavirer. Je ne pouvais pas m'arrêter, je ne pouvais plus me retenir. Pas avec ses bras autour de moi.

— Tu ferais bien d'être prête à jouir, parce que je suis sur le point d'exploser, l'avertis-je, les dents serrées.

— Tais-toi et continue plus fort.

J'obéis, conscient que mon orgasme entraînerait le sien. Elle remonta les cuisses autour de ma taille pour que j'entre encore plus profondément. Alors que ses seins rebondissaient contre ma poitrine, elle posa les deux mains sur mes fesses.

— Lucian, murmura-t-elle.

Je jouis.

Elle m'agrippa de toutes ses forces, ondulant frénétiquement sous mon corps. On jouissait tous les deux. Dans un tourbillon de délice, nous nous envolions vers l'extase que nous offraient nos corps.

Bon sang, comme elle était belle quand elle jouissait.

C'était parfait. Elle était parfaite. La façon dont elle me suppliait de lui donner ce que j'avais à offrir. La façon dont elle réagissait à mes besoins. Chaque fois que ça arrivait, je tentais de me convaincre que c'était la dernière fois. Et chaque fois qu'on finissait, je savais que ce n'était pas possible.

Ses bras m'entourèrent la taille et restèrent là.

— Bon Dieu, est-ce que tu devrais pas classer cette chose comme arme atomique ? bière ! Où est ma root beer ? Je meurs. La Saint-Valentin m'a tuée. Tu pourrais mettre ça sur ma pierre tombale, lâcha Sloane sous moi, d'une voix étouffée.

Je souris dans ses cheveux et décidai de me soucier plus tard de comment on pourrait arrêter ça.

– 29 –
Stupide
Sloane

Le Honky Tonk grouillait d'une foule bruyante. Un groupe de musiciens jouait sur la petite scène dans le coin et pratiquement toutes les tables étaient occupées. Je vis mes amis au bout du bar et me frayai un passage vers eux.

Naomi et Lina riaient ensemble, tandis que Nash et Knox montaient la garde derrière elles, une bière à la main, et un sourire aux lèvres. Stef, la poule mouillée, était de retour à Knockemout et dansait sur la piste avec Jeremiah au milieu des motards.

Je me sentis soudain bête de ressentir une telle vague de déception me submerger.

Lucian n'avait pas dit qu'il venait. C'était idiot de ma part de penser qu'il ferait toute cette route depuis Washington un mercredi soir. Mais c'était tout moi. Stupide et maintenant déçue. Je m'étais mise sur mon trente et un sans raison, étrennant pour rien un ensemble assorti de sous-vêtements sous une jupe courte et un pull moulant avec lesquels je pensais bien lui faire bouillir le sang.

Bien sûr, je ne lui avais pas explicitement demandé de venir. Nous, c'était terminé. Finito. Plus de sexe. Même si on flirtait encore par SMS.

Mais je n'allais pas prendre le risque de plonger pour lui. Surtout pas quand je devrais me concentrer sur trouver un mari et un père pour mes futurs enfants.

Je tentai de me mettre de bonne humeur en approchant du bar. C'était mieux ainsi. Lucian n'était qu'une distraction de ce que je voulais vraiment. Il était temps d'arrêter de penser à son sexe géant pour penser à mon avenir.

— T'es sexy, ce soir, Sloane, lança Sherry « Fi » Fiasco derrière le bar où elle aidait Silver à préparer les commandes.

Elle me salua avec sa sucette.

Je m'ébouriffai les cheveux et lui envoyai un baiser dans les airs. Et intérieurement, je regrettai de ne pas avoir opté pour un sweat-shirt confortable.

Non, me rappelai-je. Ce n'était pas plus mal. J'étais en chasse. Les gars ici pouvaient être mon futur M. Sloane. Comme le type au fond.

M. Michaels, le beau prof de Chloé et Waylay, partageait une bière avec deux autres profs et Tallulah St John, la mécanicienne. Il était séduisant, avec son grand sourire, aimait les enfants et portait des lunettes. Mais tout ce que j'avais en tête, c'était le corps tatoué de Lucian, nu sur moi.

Comment rencontrer maintenant M. Normal et renoncer à m'envoyer en l'air de façon aussi éblouissante ? Est-ce que j'allais être hantée toute ma vie par les orgasmes qu'il m'avait offerts ? Est-ce qu'à partir de maintenant j'allais comparer tous mes amants avec lui, et personne n'arriverait à l'égaler ?

Je tournais en rond. Autour du pénis incroyable de Lucian. J'avais besoin d'un bon psy et d'un verre.

Je me fis une note mentale de chercher des ouvrages d'hypnothérapie. J'allais réussir à tourner la page sur ses prouesses sexuelles, même si ça devait me tuer.

— La voilà ! s'exclama Naomi en sautant de son tabouret pour me prendre dans ses bras, alors qu'on avait passé la moitié de la journée à travailler ensemble.

— Désolée d'être en retard.

J'étais occupée à fantasmer sur mon ennemi mortel. Il m'arrachait mes sous-vêtements et me faisait hurler son nom, m'abstins-je de dire. J'allais devoir passer par la bibliothèque avant de rentrer chez moi pour trouver des livres qui aident à se défaire des mauvaises habitudes.

Knox me pressa l'épaule. Son alliance scintilla dans la lumière, me rappelant que si quelqu'un avait réussi à faire de Knox Morgan un homme marié, j'avais encore mes chances de trouver l'homme idéal.

Lina me sourit et me fit un petit coucou de la main.

Nash se pencha vers moi.

— Qu'est-ce que tu bois, Sloane ?

— Une root beer, décidai-je.

Pour combattre la déception, rien de tel que le sucre. Je prendrais un verre, ensuite, je m'éclipserais en m'excusant, passerais à la bibliothèque et rentrerais chez moi. Et ensuite, je vérifierai le niveau de charge sur mon vibromasseur.

Lina et Naomi m'installèrent à côté d'elles sur un tabouret.

— Nash et moi, on a emmené Naomi et Knox rencontrer Mary Louise cet après-midi.

— Comment ça s'est passé ?

— On l'a adorée, assura Lina.

Le sourire de Naomi éclaira le bar.

— Même le Viking n'a rien trouvé à redire sur elle.

— Alors là, c'est vraiment impressionnant, admis-je.

— Mary Louise est folle de joie que quelqu'un s'intéresse à son affaire et elle a beaucoup apprécié tes interviews, affirma Lina, ses ongles rouge foncé cliquetant contre son verre de bourbon.

— La bibliothèque a reçu six appels de personnes touchées par son histoire, ajouta Naomi.

— Fran a appelé aujourd'hui. Elle a dit qu'un podcast voulait nous interviewer Mary Louise, Allen et moi, annonçai-je.

— Ça avance super bien, me félicita Naomi en me donnant un petit coup de coude. Alors pourquoi tu fais cette tête ? On dirait qu'on vient de t'annoncer l'interdiction générale de tous les livres.

Mince, ma tête.

— La journée était longue. Alors, Stef a enfin avoué à Jeremiah qu'il voulait venir habiter à Knockemout ?

Je me félicitai pour ma capacité phénoménale à changer de sujet, quand tous se tournèrent pour regarder les deux hommes qui dansaient.

Naomi secoua la tête et leva les yeux au ciel.

— Il est convaincu que Jeremiah va le prendre pour un stalker.

— Quel imbécile, répliquai-je affectueusement.

— En parlant de ça, comment se passent tes recherches en ce moment ? demanda Lina.

Bon sang.

— Je n'ai pas eu de nouveau rencard cette semaine, confessai-je.

Une semaine… dix jours… depuis Lucian et son incroyable engin…

— Accroche-toi. M. Sloane est quelque part, il t'attend, assura Naomi en me serrant la main.

— Tu dois continuer, insista Lina. Il ne va pas juste franchir cette porte, continua-t-elle en montrant l'entrée.

La porte s'ouvrit et j'eus le souffle coupé quand Lucifer en personne la franchit, le visage sérieux, un autre manteau hyper sexy battant contre ses jambes. Son regard croisa le mien et mes sens s'éveillèrent tous instantanément.

— Waouh ! C'était le timing parfait si ça avait été un autre grand célibataire ténébreux.

— Oh oh, lâcha Nash amusé. Lina, ton boss vient d'arriver.

— Tiens, lança Knox en me mettant mon verre dans les mains, me forçant à détourner les yeux de ce dieu des orgasmes.

J'entendais les battements de mon cœur qui couvrait la musique. De l'électricité courait sur ma peau. Toutes les cellules de mon corps s'embrasaient à la vue de cet homme.

— Merci, dis-je péniblement.

— Luce, qu'est-ce que tu fiches ici ? demanda Knox en guise de salut.

— J'avais un rendez-vous dans le coin. Je me suis dit que je vous trouverais peut-être ici.

Sa voix de velours atteignit directement mon intimité.

Alors que les Morgan se relayaient pour lui donner une accolade, je me concentrai tant bien que mal sur un chiffon posé sur le comptoir.

Le groupe changea de morceau, entamant « H.O.L.Y » de Florida Georgia Line.

— J'adore cette chanson, lança Lina à Nash.

Il avait déjà ses doigts enlacés aux siens et la fit descendre du tabouret.

— Allons-y, Angel.

— Tu danses avec moi ? demanda Naomi à Knox en posant ses deux mains sur son torse.

Il se pencha vers elle et lui murmura quelques mots à l'oreille qui la firent rougir.

— Ne vous en faites pas, je garde le bar, assurai-je derrière eux, ignorant toujours Lucian.

Les lumières qui éclairaient le groupe avaient baissé, plongeant notre coin du bar dans l'obscurité. Silver et Fi étaient occupées à l'autre extrémité. Lucian s'approcha de moi, toujours muet.

Je tendis la main vers mon verre, décidée à paraître blasée et pas du tout excitée. Mais mes doigts me trahirent et la gravité se chargea du reste.

— Merde !

Je me hissai sur le repose-pied pour m'emparer d'une pile de serviettes derrière le bar.

Une main chaude se glissa sur ma cuisse et je me figeai sur place.

Lucian me prit les serviettes de la main et essuya la bière renversée.

Il m'entoura la taille de son bras et me porta contre lui. Je dus réprimer un petit cri de surprise.

Il me posa doucement au sol et je sentis son érection contre mes fesses.

Me retrouvant coincée entre ses bras et le bar, je me tournai.

— Salut, dis-je à bout de souffle.

Mes tétons durcirent, menaçant de déchirer mon soutien-gorge.

Il me guida dans le coin le plus sombre, là où le bar rencontrait le mur et posa une main de chaque côté de ma tête.

— Salut, dit-il.

Ses yeux me consumaient, son érection me faisait tourner la tête.

Je voulais le toucher, mais je ne savais pas si je serais capable de m'arrêter.

— Comment était ta journée ? demandai-je.

— Je suis pas d'humeur pour les mondanités, Lutin.

— Tu es d'humeur pour quoi ?

Ses lèvres dessinèrent un sourire vorace. Il passa un doigt dans le col de mon pull. Le contact de sa peau contre la mienne embrasa mes sens.

— Toi.

Il m'avait touchée. Ce qui voulait dire que je lui devais la pareille.

Je baissai la main et passai la paume sur son érection.

Les yeux fermés, Lucian se pressa contre ma main.

J'empoignai son sexe et ses yeux gris s'ouvrirent. Il me remercia en m'attrapant un sein.

J'étais si excitée que j'avais peur d'exploser.

— Je croyais que c'était terminé, dis-je en commençant à le caresser à travers son pantalon.

— C'est ce que tu veux ?

Il écarta mes jambes du genou.

Sa main sur mon sein me rendait folle.

Pourquoi c'était à moi de lui dire que j'avais encore envie de lui ? Pourquoi ne pouvait-il pas le dire, lui ?

Le rythme de la musique pulsait en moi, alors que nos corps se fondaient l'un dans l'autre.

— On pourrait nous voir, dis-je, ignorant sa question.

Ses doigts se glissèrent dans mon pull et passèrent sous mon soutien-gorge pour taquiner mon téton. Mes jambes menaçaient de me lâcher, mais je ne tombai pas. Pas avec son genou entre mes jambes, sa cuisse musclée contre mon sexe.

Je repris ma respiration.

— Dis-moi que tu as encore envie de moi, ordonna-t-il, mettant le feu à mon téton.

— Et si j'en ai eu assez ?

Il esquissa un sourire mauvais.

— Je sens à travers mon pantalon comme tu es mouillée pour moi. Tu n'en as pas eu assez.

— Et toi ?

— Si je pensais une seconde pouvoir passer inaperçu, je t'aurais renversée sur le bar, j'aurais remonté ta jupe sur ta taille et j'aurais enfoncé ma queue en toi.

Les images qu'il venait de peindre dans mon esprit me firent tressaillir. Lucian pouvait donner des cours d'excitation.

— Bon sang, lâchai-je.

— Dis-moi, insista-t-il.

Je déglutis avec peine.

— Je ne serais pas contre quelques orgasmes de plus. Si tu penses pouvoir me les procurer.

Sa verge dure et gonflée pulsa sous ma main.

Il me pinça le téton, éveillant tout mon corps de sensations délicieuses.

— Je pense être capable de te faire jouir encore. Si tu trouves le moyen de ne plus m'insulter.

— Je ne peux rien promettre.

C'était tellement bon d'être touchée par lui, de savoir que dans quelques minutes seulement, j'allais recevoir les attentions de son magnifique corps.

— Vous êtes pas encore en train de vous disputer ? Parce que je peux vous remettre les électrodes illico presto, menaça Knox, en s'approchant de nous.

En sursautant, je lâchai le sexe de Lucian. Il prit son temps pour retirer la main de sous mon pull.

Apparemment, aucun de nous deux n'avait remarqué que la chanson avait changé et que nos amis étaient revenus. Je passai sous son bras et le contournai. Il m'attrapa le bras et je compris ce qu'il voulait. Je me plaçai devant son érection pour la cacher aux deux couples.

— Ils se disputaient, confirma Lina en me dévisageant. Elle est toute rouge et lui, il a la mâchoire serrée.

— On ne se disputait pas, contredis-je. On...

— On était en pleine discussion, termina Lucian pour moi, en me pinçant les fesses sous ma jupe.

Je reculai d'un pas pour enfoncer mon talon dans une de ses belles chaussures italiennes lustrées.

— J'autorise les discussions du moment qu'il n'y a pas d'épanchement de sang, affirma Knox.

— Appelle si t'as besoin de renfort, proposa Nash.

— On revient tout de suite, promis-je alors que Lucian m'emmenait loin de nos amis. Tu as perdu la tête ? demandai-je quand on dépassa les toilettes et le bureau de Fi.

À la seconde où on tourna à l'angle du couloir, sa main solide m'agrippa le bras pour m'attirer contre lui.

Son sexe était dur comme de la pierre contre mon ventre et soudain sa bouche engloutit la mienne. Plus rien ne comptait, mes pensées disparurent, mes signaux d'alerte se turent.

Une main se glissa dans mes cheveux tandis que l'autre m'enveloppait une fesse.

— Pourquoi t'as l'air si en colère ?

— Parce que je suis pas en toi. Parce que j'ai fait toute cette route pour venir ici et que je ne t'ai pas trouvée seule chez toi.

— Désolée. Je n'avais pas réalisé que je devais être à ton entière disposition, dis-je en plaçant une main entre nos corps pour attraper son membre viril.

Il gagna en baissant le col de mon pull pour révéler mon soutien-gorge en dentelle que je regrettais désormais d'avoir mis. Son autre main se fraya un chemin sous ma jupe en haut de mes cuisses.

— Ma petite allumeuse.

Mon esprit se fixa sur le mot « ma ». Mais je ne réfléchis pas plus loin, quand sa barbe vint taquiner mon cou et que ses doigts se promenèrent sur ma culotte.

— On pourrait nous voir, dis-je en reprenant mon souffle.

Quelqu'un pouvait se tromper de sens en sortant des toilettes et se retrouver devant des ennemis en rut.

— Dis-leur que tu dois partir, murmura-t-il dans mon oreille.

La main sur mon sein se referma pour s'en emparer fougueusement.

— On vient à peine d'arriver, tous les deux.

— Alors arrête de caresser mon sexe.

Malgré les mots qu'il venait de prononcer, il se pressa plus fort contre ma main.

Ses doigts se faufilèrent sous ma culotte.

— Tellement mouillée pour moi. Chaque putain de fois, murmura-t-il avant de se glisser en moi.

Je perdais complètement le contrôle et je voulais me laisser tomber avec lui. Je voulais l'emporter avec moi.

— S'il te plaît, murmurai-je, consciente de l'exciter en le suppliant.

Il se figea contre moi. Tous les muscles de son spectaculaire corps attendaient d'entendre ce que je voulais de lui.

— S'il te plaît quoi ?

— Laisse-moi te goûter.

Il lâcha un juron mais son érection le trahit en gonflant dans ma main.

— Laisse-moi te goûter, ensuite on retournera finir nos verres et on partira d'ici, négociai-je.

Il hésita. Mais je le sentis brûler de me laisser faire.

— Quelqu'un va venir nous chercher si on reste loin trop longtemps, dit-il.

— Si tu ne me laisses pas mettre ma bouche sur ton sexe maintenant, je ne suis pas sûre d'être capable d'y retourner. Je dois juste faire baisser la pression.

— Tu n'es pas loin de jouir, déclara-t-il en sentant mes muscles se resserrer sur son doigt.

— S'il te plaît, Lucian, gémis-je.

Je jouirais plus tard. Je lui faisais confiance pour ça. Mais pour l'instant j'avais besoin de le sentir dans ma gorge. J'avais besoin de l'emporter là où il m'avait emportée.

Il jura de nouveau et pressa sur mon sein. Puis il me lâcha.

Je n'y croyais pas. Il me donnait ce que je voulais même, si ce n'était pas ce qu'il voulait lui. Alors que je descendais sa fermeture Éclair, il porta à ses lèvres les doigts qu'il avait enfoncés en moi et les lécha.

Mes jambes tremblèrent et je m'agenouillai sur le béton froid, sentant la chaleur de l'attention de Lucian quand je libérai son sexe. Sous cet angle, il était impressionnant et déjà humide.

Je levai les yeux vers lui en ouvrant la bouche pour l'avaler. Un frisson le parcourut et il se mit à bouger en moi.

— Putain, lâcha-t-il alors que je le laissai aller aussi profondément qu'il le désirait et le retenait là.

En levant les yeux, je vis que sa tête était penchée en arrière, ses poings contre le mur.

Je gémis de plaisir et il baissa la tête vers moi. Ses yeux gris enfiévrés me transpercèrent. Il passa un doigt sur ma joue.

Je pris son geste pour un feu vert, alors je pris la base de son sexe dans ma main et commençai à imprimer un mouvement de va-et-vient. Je l'avalai, le suçai et le retirai de ma bouche pour recommencer.

Il lâchait des obscénités comme si je lui faisais perdre tout contrôle.

Je me régalai. De cette intimité. Du pouvoir que j'en tirais. J'étais à genoux, mais c'est moi qui avais le contrôle. Il me l'avait cédé.

— Arrête !

Je me figeai immédiatement, obéissant à l'injonction de Lucian. Il m'attrapa par les épaules et me releva, me forçant à libérer son érection. On se regarda dans le silence relatif du couloir.

Ses yeux étaient voilés, ses lèvres entrouvertes. Il avait l'air d'en vouloir plus et j'avais envie de le lui donner.

De nouveau, il passa ses doigts sur ma joue.

Le moment fut interrompu par des rires aigus et la porte des toilettes qui s'ouvrait.

— Il faut qu'on y retourne avant qu'ils envoient quelqu'un à notre recherche, dit-il en rangeant son matériel dans son pantalon.

J'avais du mal à me ressaisir. Le brouillard du désir envahissait tous mes sens. Je dus m'appuyer sur le mur.

— Arrête de me regarder comme ça, ordonna-t-il tout en ajustant son érection monumentale.

— Je te regarde comment ?

— Comme si tu avais envie que je te baise.

— Pour être honnête, c'est précisément ce que je veux.

Il serra les dents et se détourna à moitié de moi. Est-ce que je le rendais aussi fou qu'il me rendait folle ?

En rajustant mon pull, je l'examinai. Sa cravate était de travers, ses cheveux d'ordinaire parfaitement peignés étaient hérissés sur un côté et son pantalon semblait sur le point d'exploser.

— Comment tu peux encore marcher et parler avec cette chose ? demandai-je en montrant la bosse derrière sa braguette.

— Ne parle pas de ma bite, s'il te plaît, grogna-t-il.

Il faisait un exercice de respiration et regardait partout sauf dans ma direction.

— On dirait qu'elle devient plus dure à chaque fois. C'est normal ? Mes seins, j'ai l'impression qu'ils pèsent des tonnes. Mon soutien-gorge me coupe la respiration.

Lucian ferma les yeux.

— Lutin, je peux pas débander si tu continues à parler de tes seins.

Je lui adressai un petit sourire vicieux. L'avantage d'être une femme, c'est qu'on peut être excitée sans dresser une tente dans son pantalon.

— Ils sont juste tellement gonflés. Et mes tétons sont tellement sensibles.

Il jura et se plia en deux.

Il était attendrissant dans cet état.

— Trente minutes.

— Quoi ? demandai-je.

— On part dans trente minutes. Tu ponds une excuse et je suis. On se retrouve sur le parking.

Un frisson me traversa. Il avait envie de moi. Il avait besoin de moi. J'aurais bien fait une danse de la victoire si je n'avais pas été si consciente de l'humidité entre mes jambes.

— On fait ça, acceptai-je. J'y retourne en premier et tu prends une minute pour arrêter de t'imaginer arrachant mon soutien-gorge pour enfouir ta tête entre mes seins.

Son grognement résonna dans le couloir et je le contournai en riant.

* * *

On avait réussi à tenir vingt-deux minutes. Vingt-deux minutes de pure torture.

Il s'était tenu derrière moi pendant que j'essayais de faire la conversation à Naomi et Lina. Mais chaque fois qu'il me frôlait avec sa cuisse ou sa main quand il se penchait pour prendre son verre, je perdais complètement le fil de mes pensées.

Naomi finit par me fournir l'excuse parfaite en me demandant si j'étais fatiguée.

— Épuisée, confirmai-je. C'étaient deux longues semaines et je rêve de mon lit.

Ce qui n'était pas un mensonge.

— Je te comprends tout à fait. Rentre, va te coucher.

— Vous êtes sûrs que ça ne vous dérange pas ? demandai-je en bâillant.

— On va devoir se contenter du trio de testostérone, lança Lina. Écris-moi demain.

— D'accord, promis-je. Bonne nuit, les gars.

Knox et Nash me saluèrent. Lucian fit mine de m'ignorer.

Je m'éloignai d'eux, me déhanchant un peu plus que d'habitude et je sentis son regard sur moi jusqu'à la sortie.

J'ouvrais la portière de ma Jeep, quand je sentis une force dans mon dos.

— Bon sang, comment tu as fait pour arriver aussi vite ?

— J'ai de longues jambes, dit-il en m'attrapant par le bras pour me guider vers sa Jaguar. Entre.

— Et ma Jeep ?

— Si tu penses que je te lâche d'un pouce après ta petite démonstration dans le couloir, tu te trompes. Monte.

J'obéis.

– 30 –

Il faut que je voie quelqu'un au sujet d'un tas de rats congelés

Sloane

— Pas touche ! ordonna-t-il en allumant le moteur.

— Waouh ! Autoritaire ? boudai-je.

— Tu frôles mon sexe et je serai obligé de m'arrêter sur une voie publique pour te prendre sur le tableau de bord.

— C'est pas un très bon argument.

— Si tu es une gentille fille et que tu attends les quatre minutes qu'il faut pour rentrer à la maison, je te déshabillerai et je vénérerai le moindre centimètre carré de ta peau avec mon sexe, ma bouche et mes mains.

Je fermai les poings. Ça m'allait parfaitement.

— Accélère, dis-je.

Mes seins me paraissaient gonflés et lourds. Mon clitoris pulsait. Et j'étais tellement mouillée que je me reconnaissais à peine. Il m'avait laissé le goûter. Il m'avait laissé le prendre dans ma bouche. Mon cœur tambourinait de cette petite victoire.

Les pneus de sa voiture crissèrent quand il dépassa mon allée pour se garer dans la sienne. Aucun de nous ne parla quand la porte de son garage se souleva devant nous. Je ne lui demandai pas pourquoi il m'amenait ici plutôt que chez moi. Je m'en fichais. Du moment qu'il allait me toucher.

Il coupa le moteur dans le garage et nous descendîmes aussitôt de son véhicule. On se retrouva devant le capot. Il me prit par la main pour me guider jusqu'à la porte. Il me fit entrer chez lui.

J'étais contente que l'interdiction de se toucher soit terminée.

Dans la buanderie, je lui retirai sa veste. Elle atterrit sur le carrelage, suivie par le manteau qu'il m'arracha.

— Tu me rends dingue, lâcha-t-il entre deux baisers, alors que nous sortions de la buanderie pour entrer dans la cuisine.

— Parfait, répliquai-je en retirant mes bottes.

L'une d'elles atteignit la salle à manger, l'autre resta dans la cuisine.

Il m'attrapa et m'embrassa jusqu'à ce que je ne puisse plus réfléchir. La pression brûlante de sa bouche, la puissance de sa langue. Je sentis de l'air froid sur ma peau et compris qu'il m'avait ôté ma jupe. Mon pull suivit et je restai en bas, soutien-gorge et culotte trempée.

Le regard de Lucian s'enflamma alors qu'il prit un moment pour me contempler.

— Comment je pourrais ne pas te toucher avec le corps que tu as.

— Personne te l'interdit.

Il défit sa ceinture et je fondis. Le sifflement du cuir quand il la retira me fit tourner la tête.

Il glissa les pouces dans son pantalon et le fit tomber jusqu'à ses pieds. Je ne pus détourner les yeux de son sexe difficilement contenu dans son boxer.

J'avais complètement perdu la tête parce qu'au lieu de l'aider à passer sa chemise par la tête, j'arrachai tous les boutons.

Il esquissa un sourire féroce. Maléfique. Comme si je venais de faire quelque chose qui méritait une punition. J'avais hâte de découvrir ce qu'il me réservait.

— Tu n'espères pas que je te rembourserai ? demandai-je.

— Je peux penser à quelques petites choses qui te permettraient de te racheter.

Il me pressa contre lui et me souleva, avec une main sur mes fesses. J'entourai sa taille de mes jambes et me collai contre lui. Ma bouche contre la sienne, ma poitrine sur son torse.

On bougeait. Il me portait quelque part. Je me fichai de savoir où du moment qu'il fourrait son énorme sexe en moi.

Mon dos cogna un mur. Il me coinça avec ses hanches et ouvrit l'agrafe avant de mon soutien-gorge de deux doigts experts. Son grognement fit bouillir mon sang. Je vivais pour ce son animal. Mes tétons étaient durs, pointés vers lui tels des fleurs vers le soleil.

Il baissa la tête et prit l'un d'eux dans sa bouche.

— Oh oui, lâchai-je alors qu'il le suçait avec exactement la bonne intensité, l'avalant avec convoitise.

Je m'arquais contre lui, dangereusement proche du précipice.

Je sentais l'humidité de son pénis sur ma cuisse.

Il régalait mes seins avec une telle passion que ma tête cogna contre le mur.

— Ça va ? demanda-t-il, d'une voix rauque et profonde.

— Oui.

Il passa à l'autre sein, au téton jaloux.

Chaque succion libérait en moi une vague de plaisir.

— Putain, murmura-t-il, ses lèvres contre ma peau.

— Qu'est-ce qui ne va pas ?

— Chaque fois, je me promets de prendre mon temps. Que je passerai une heure sur tes seins parfaits. Et je perds la raison.

— Qu'est-ce…

Je ne terminai pas la question, parce qu'il m'éloigna du mur et nous tourna.

Je me retrouvai sur les genoux, la tête baissée sur le fauteuil ottoman de son salon. J'avais les fesses en l'air.

Lucian se tenait derrière moi, son érection se frottant contre mes jambes. J'avais tellement envie de lui que j'étais prête à le supplier.

— Tu m'as allumé au bar, m'accusa-t-il, posant délicatement une main sur ma culotte fleurie en soie.

— Comment ? demandai-je, prête à mentir.

— Ce pull et cette minuscule jupe. Tes doigts sur ma queue quand j'étais déjà plus dur que de la pierre pour toi. Ces coups d'œil sexy tout en jouant avec ta paille. Je devrais te donner une leçon.

Ses doigts s'enroulèrent sur le tissu de ma culotte pour la descendre sur mes cuisses, provoquant chez moi une torture délicieuse.

— Si pour me donner une leçon tu dois me baiser, je suis plus que partante, dis-je dans un souffle.

Sa main recommença à me caresser doucement les fesses. Je regardai entre mes jambes et vis son sexe se glisser entre mes lèvres.

— Je déteste ne pas pouvoir toucher ce qui est à moi, confessa-t-il.

Je faillis lui rappeler que notre arrangement interdisait ce pronom pendant nos séances de sexe. Mais la chaleur de son érection sur mon sexe me donnait la fièvre. J'écartai plus les genoux, me collai contre lui, implorai avec tout mon corps.

— S'il te plaît, Lucian.

— Je n'ai pas encore de préservatif.

Son ton n'était plus le même. Comme s'il voulait me demander quelque chose. Est-ce que c'était quelque chose que je voulais aussi ?

— Je suis allée chez la gynéco la semaine dernière, tous mes tests étaient négatifs, expliquai-je. Mais je n'ai pas de contraceptif.

— Vasectomie, me rappela-t-il. Et j'ai été testé il y a six mois.

Ses mains caressaient encore mes hanches. Son sexe se blottissait contre mon intimité comme s'il attendait une invitation. Mon cœur tambourinait dans ma poitrine.

Il avait sans doute baisé toute une équipe de pom-pom girls depuis.

— Je n'ai été avec personne depuis, ajouta-t-il.

— Vraiment ?

Pas étonnant qu'il ait été si explosif.

— La ferme.

— OK.

— OK ? répéta-t-il, m'en demandant plus.

— Entre sans protection et fais-moi jouir, Lucian.

Je n'aurais pas pu être plus claire.

Il se tendit contre moi et je regrettai de ne pouvoir voir son visage. Mais j'oubliai ce détail quand son sexe se logea où je l'attendais. Je reculai vers lui, espérant qu'il m'en donnerait plus encore. Mais il immobilisa mes hanches avec ses mains.

— C'est mon tour de jouer, Lutin.

Je n'avais jamais été aussi excitée d'être menacée.

— Alors dépêche-toi. Commence, grognai-je. S'il te plaît.

— Brave fille, ronronna-t-il, avant d'agripper mes hanches et de s'introduire plus loin.

Je le sentais chaud et dur et lisse en moi.

Mon corps se crispa de l'invasion. J'étais plus que mouillée, plus que prête, mais il était si gros et l'angle si profond que j'étais encore sous le choc. Je levai la tête.

Il me donna une fessée.

Je lâchai un petit cri tandis qu'une chaleur agréable irradiait mon postérieur.

— Ne bouge pas, ordonna-t-il les dents serrées.

Je le laissai me guider sur les coussins, le sentant me pénétrer encore et encore.

— Tu dois te détendre, ma belle. Pour que je puisse entrer jusqu'au bout.

Mes muscles intérieurs se contractaient à la perspective d'un orgasme surpuissant.

— Allez, Lutin. Respire pour moi.

Je voulais faire ce qu'il me demandait. Je voulais lui faire plaisir. Parce qu'alors il me donnerait un plaisir infini. J'inspirai avec difficulté, mais me forçai à recommencer.

Il passa une main le long de mon cou.

— Brave petite, encore.

Cette fois, je parvins à respirer et je sentis mes muscles se détendre d'un millimètre. Apparemment, lui aussi, parce qu'il glissa d'abord doucement, puis poussa plus fort.

Je l'accueillis en entier. J'en eus conscience avant même qu'il pousse son cri de triomphe.

J'étais possédée par Lucian Rollins.

— Je te sens partout en moi, grognai-je.

Il répondit en revenant de plus belle et je gémis.

J'étais si pleine de lui. Je ne me souvenais même plus de ce que ça faisait d'être vide.

— Tu es si belle quand je suis en toi, Lutin, murmura-t-il, en glissant ses mains sur mes fesses et passant sous mon ventre pour me masser les seins.

— De là, t'es pas mal non plus.

Il me pinça les tétons et je me resserrai sur lui. Je sentais les battements de mon cœur sur son sexe. Sans rien entre nous, je savourai sa chaleur en moi.

J'étais à sa merci et on le savait tous les deux.

Ce fut cette idée qui déclencha le feu d'artifice. Il s'insérait en moi parfaitement, me remplissant comme personne ne m'avait jamais remplie. La tension monta de plus en plus haut et il suffit que j'écarte très légèrement mes genoux pour exploser. Je poussai un cri de délice alors que le tremblement de terre m'emportait. Lucian se retint alors que tout mon corps se déchaînait.

Son grognement était animal.

Il me donnait tout ce qu'il avait, continuant à bouger en moi pour m'accompagner dans l'extase.

— Encore, lâcha-t-il en pénétrant sans s'arrêter, ses mains sur mes hanches.

Nous étions trempés de sueur. Il bougeait en moi jusqu'à ce que je ne sache plus si je jouissais encore ou si c'était un nouvel orgasme.

— Putain, Sloane, lança-t-il, une plainte dans la voix.

Ses mains se resserrèrent sur moi et il me releva, mon dos contre son torse, et me tourna la tête pour dévorer ma bouche.

Je sentais que ça montait en lui. Et je savais ce qu'il voulait me demander.

J'interrompis le baiser.

— Oui, jouis en moi, suppliai-je.

Il me serra plus fort contre lui et sa bouche retourna sur la mienne. Une seconde plus tard, il se figea et je sentis au fond de moi son orgasme m'inonder. C'était si bon, si parfaitement ce que je voulais. Lucian jouissait en moi.

Son cri résonna dans mes oreilles, alors qu'il continuait à se décharger.

— Sloane !

Je jouis de nouveau, excitée par son orgasme. Il entrait en moi lentement et profondément pour se libérer entièrement.

C'était magique. Magnifique.

Lucian s'écroula sur moi, me recouvrant de son corps sur l'ottoman. Il était toujours en moi, sur moi, jouissait encore. Je ne voulais plus qu'il s'arrête.

— Tu me donnes l'impression de perdre le contrôle, grogna-t-il, toujours en mouvement.

Ça sonnait comme une accusation.

Je le pris comme un compliment.

* * *

— C'est ridicule, lança Lucian quand je baissai la visière de sa casquette sur son visage. On est des adultes, pas des ados. On devrait pas avoir à se cacher comme ça.

Je refermai mon manteau jusqu'au menton et me couvris les cheveux avec ma capuche.

— J'ai faim et tout ce que tu as chez toi, ce sont des plats congelés de grands traiteurs. Et tu as vraiment envie que tout Knockemout se mette à parler de nous et du rayon de soleil qui tombe amoureux de l'ours mal léché ?

— C'est moi le rayon de soleil dans ton scénario ? demanda-t-il, sûr de lui.

— Tu es l'ours mal léché qui ne veut surtout pas se fixer, et encore moins avec la belle et charmante bibliothécaire, ta voisine. Et moi, je suis le rayon de soleil qui croit au grand amour. Mais pas avec toi, parce que toi je ne t'utilise que pour les orgasmes.

— Ils vont te manquer ces orgasmes quand tu rencontreras M. Parfait. Il y a certaines choses que seul moi peux t'apporter.

— On verra.

On sortit et traversa l'allée et la bande d'herbe couverte de neige qui séparait nos deux maisons.

La rue était éclairée par les lampadaires, mais aucun voisin ne promenait son chien, aucun couple ne faisait une petite sortie en amoureux.

Je poussai un soupir de soulagement et courus jusqu'à ma terrasse en attirant Lucian derrière moi.

— Je pense que j'ai des cookies dans le garde-manger, annonçai-je.

Soudain Lucian m'attrapa par la taille et me tira en arrière.

— Ça t'excite, les cookies ? demandai-je.

Mais il s'était placé entre la porte et moi.

— Retourne chez moi, dit-il sur un ton glacial.

— Quoi ? Pourquoi ? Qu'est-ce qu'il y a ?

J'essayai de regarder par-dessus son large dos, mais il se tourna et m'attrapa par les épaules.

— Fais ce que je te dis.

Et alors je vis le tas d'immondes boules de poils aux longues queues dégoûtantes.

— Beurk !

En jurant, Lucian me souleva et me descendit de la terrasse. Il me déposa sur l'allée d'où je ne pouvais plus voir la porte d'entrée.

— Ce n'est pas le comportement normal des rats, n'est-ce pas ? demandai-je en luttant contre la nausée qui m'envahissait.

— Non, en effet, dit-il sévèrement.

— Merde ! Rentre chez toi. Il faut que je voie quelqu'un au sujet d'un tas de rats congelés.

— Non, tu retournes chez moi, et j'appelle Nash.

— Si tu l'appelles, le chef de la police de Knockemout saura qu'on était ensemble cette nuit. Ce qui veut dire que le reste de la ville sera au courant au petit matin. Et les hypothèses iront bon train sur ces menaces. Tu ne vis plus ici, toi, mais moi si. C'est moi qui vais devoir supporter toute l'attention.

— Quelles menaces ? demanda Lucian sur un ton particulièrement calme.

— Je pense toujours que la lettre était une blague. C'est juste la suite, déblatérai-je, manifestement déboussolée par cette vision d'horreur.

Il ne dit pas un mot. Il me balança simplement sur son épaule et me conduisit vers chez lui, le portable déjà contre l'oreille.

— Pourquoi j'apprends seulement maintenant qu'elle a reçu une lettre de menaces ?

— Pose-moi, espèce d'irrésistible salopard !

Il m'ignora.

— Tu veux venir voir ce qu'on lui a déposé sur le pas de sa porte ? Apporte le plus grand sac de pièces à conviction que tu aies.

— Excuse-moi ! C'est un kidnapping, dis-je en lui donnant des coups de poing dans le dos avec mes mains gantées.

— Si tu te tais pas, tout le quartier va sortir pour regarder ce qui se passe.

Là, c'est à moi qu'il parlait.

— Je m'en fous et ça ne regarde personne d'autre que moi, continua-t-il.

Là, c'était pour Nash.

— Retrouve-moi chez moi. Je dois l'attacher à une chaise.

— Bien joué, Lucifer. Maintenant Nash va le dire à Lina et Lina va le raconter à Naomi et Waylay va entendre et le dire à Chloé, et ma nièce ne sait pas se taire, même quand elle est sous l'eau.

— Quelqu'un a déposé un tas de rats morts sur ta terrasse et, toi, tu t'inquiètes des commérages ?

Il déverrouilla sa porte et nous fit entrer à l'intérieur.

— On n'est même pas ensemble.

* * *

— Je peux expliquer, dis-je au groupe avant que quiconque puisse parler. C'est juste pour le sexe.

Lucian posa une main gantée sur ma bouche.

— Tais-toi avant de me mettre vraiment en colère.

— Sors le cash, demanda Lina, la main tendue vers Nash.

Le chef de la police était venu avec sa fiancée, son frère et sa belle-sœur.

On attendait tous les six dans l'allée que le sergent Grave Hopper remplisse le sac avec les rongeurs.

Nash et Knox échangèrent un regard embarrassé et sortirent tous les deux leurs portefeuilles. Naomi et Lina sourirent en acceptant les billets de vingt.

— Un plaisir de faire affaire avec vous, plaisanta Lina. C'est la dernière fois que vous mettez en doute notre parole.

— Et n'oubliez pas de payer Stef aussi, rappela Naomi.

— Qu'est-ce qui se passe ? demandai-je après avoir repoussé la main de Lucian.

— On le savait, expliqua Lina. Nolan m'a dit qu'il t'avait vue dans le bar de l'hôtel le week-end dernier et que le patron ici présent avait « passer un marché avec toi ». Et ensuite vous vous êtes tous les deux pointés au bureau avec un visage radieux.

— Knox et moi, on était sceptiques, jusqu'à la soirée au Honky Tonk, admit Nash.

— Alors pourquoi t'as rien dit ? grondai-je Lina en lui donnant une tape dans l'épaule.

— Pourquoi toi, t'as rien dit ? contra-t-elle.

— Moi, j'ai rien dit, parce que je pensais pas que vous seriez assez stupides pour faire une chose pareille, intervint Knox.

— Lina a dit que c'était comme approcher un chien nerveux. Tu veux pas faire de mouvements brusques de peur de l'effrayer, renchérit Naomi.

— C'est débile. Est-ce que je peux, s'il vous plaît, rentrer chez moi ?

— Pas avant qu'on s'assure qu'il n'y a pas d'autres surprises qui t'attendent à l'intérieur, déclara Nash.

Je frissonnai.

— Elle reste avec moi cette nuit, affirma Lucian.

— Écoute, Lucifer. C'est pas parce qu'on a couché ensemble à quelques reprises que ça te donne le droit de me dire ce que je dois faire.

À cet instant, un véhicule de police se gara dans l'allée derrière le pick-up de Nash. Grave et l'officier Bertle en descendirent.

— Je vous laisse à vos chamailleries, lança Nash avant de partir rejoindre ses hommes.

Lucian en profita pour me pousser à l'écart. Lina et Naomi sourirent.

— Qu'est-ce que tu fais ? sifflai-je.

— Tu aurais dû m'en parler.

— Te parler de quoi ? Que quelqu'un m'avait laissé une lettre anonyme dans la boîte de dépôt de livres ? Tu sais combien de trucs bizarres on y trouve toutes les semaines ?

— Quelqu'un te menace, et tu vas le prendre au sérieux, gronda-t-il.

— Oh là là. Même après avoir couché avec toi, tu restes exaspérant.

— Et tu es toujours une emmerdeuse, répliqua-t-il.

On échangea des regards haineux. Mais je détournai les yeux la première.

— Regarde-nous. Notre ami préfère mettre des rats morts dans un sac plutôt que de rester à côté de nous.

— Écoute-moi attentivement, Lutin. Tant que mon sexe, peu importe comment tu veux l'appeler, est en toi, tu es à moi. Et tant que tu es à moi, j'ai le droit de savoir quand quelqu'un te fait peur.

— Je n'ai pas peur. Je suis agacée. J'adorais vraiment mon paillasson.

— Tu ne prends pas ces menaces au sérieux. Et c'est une raison de plus pour que moi, oui.

— C'est presque aussi dégueu que les serpents de la maire, se plaignit l'officier Bertle en réprimant un haut-le-cœur, alors qu'il enfouissait les rats dans le sac avec une paire de pinces.

— Luce, appela Nash.

— Emmène-la à l'intérieur, ordonna Lucian en me confiant à Knox.

– 31 –

La fête du slip est terminée

Lucian

— Alors ? Qu'est-ce que tu as trouvé ? demandai-je en me levant quand Nash arriva au commissariat.

— Bon sang, Luce ! s'écria-t-il en allumant les lumières. Il est sept heures du matin, un mardi. Laisse-moi au moins boire mon café avant de me faire flipper avec tes manières de gangster.

— Quelqu'un menace une personne que tu es supposé protéger et servir, et toi tu pionces comme un loir ?

J'avais à peine fermé l'œil. On avait passé la nuit chez moi, et alors que, confortablement blottie contre moi, Sloane s'était endormie en quelques secondes, j'avais tourné dans ma tête toutes les probabilités et les possibilités. Quand je m'étais arrêté sur la réponse la plus évidente, j'étais sorti du lit, j'avais vérifié trois fois l'alarme et j'avais essayé de décharger ma colère en faisant un peu de musculation avec Shania Twain dans les oreilles.

J'étais toujours en nage et toujours furieux.

Elle se comportait comme si ce n'était qu'une plaisanterie. Manifestement, sa capacité à prendre au sérieux les situations dangereuses n'avait pas évolué depuis l'adolescence.

Des horreurs se produisaient. Des innocents étaient blessés. Elle était bien placée pour le savoir. Et pourtant j'étais le seul à m'en préoccuper.

Nash poussa un soupir en retirant son manteau.

— Je ne vais pas perdre mon temps à te servir le speech habituel sur la confidentialité de la police, parce que de toute façon tu n'écoutes jamais rien. Et si quelqu'un menaçait Lina, je serais totalement incapable de me mêler de mes affaires, moi aussi.

J'ignorai la comparaison. Sloane et moi, on ne faisait que coucher ensemble. C'était une relation entièrement différente.

— Dis-moi ce que tu as fait jusqu'à maintenant.

Nash plaça un mug sous la machine à café et appuya nerveusement sur les boutons.

— C'étaient des rats congelés qui servent à nourrir d'autres animaux, comme des serpents. On les trouve dans des magasins d'animaux. Pour l'instant, on ne sait pas où ils ont été achetés. Bannarjee fera du porte-à-porte aujourd'hui pour savoir si quelqu'un a remarqué quelque chose d'inhabituel. Tu veux un café ? demanda-t-il en m'examinant de la tête aux pieds.

J'avais assez d'adrénaline dans le corps. Pas besoin d'un shot de caféine en plus.

— Je veux des réponses.

Le coin des lèvres de mon ami se souleva.

— Tu penses pouvoir convaincre Sloane d'installer des caméras de surveillance ? C'est très dissuasif.

— Elle a tout un système de sécurité et je vais pas perdre du temps à discuter avec elle. Qu'est-ce que tu as d'autre ?

— Nous avons deux théories. Soit notre petite bibliothécaire a suffisamment tapé sur le système de quelqu'un pour qu'il veuille le lui faire savoir.

D'abord la lettre et maintenant ça. Ce sont des avertissements. Pas comme si on l'avait forcée à entrer dans le coffre d'une voiture ou qu'on lui avait tiré dessus.

Je connaissais assez bien Nash pour savoir ce qu'il ne sous-entendait pas : le danger était réel. Il savait mieux que nous tous que les ténèbres qui se cachaient sous la surface.

— Et ton autre théorie ?

Nash m'adressa un regard froid.

— Vous commencez à passer du temps ensemble et tout à coup Sloane a un problème. Ça pourrait être une coïncidence. Ou pas.

J'avais tiré la même conclusion à cinq heures du matin.

— On se fait des ennemis plus vite que des amis. On pourrait vous avoir vus ensemble. Un ancien amant, un ancien associé, un patron du crime que tu attaques frontalement. Et à en croire ton expression, tu y as déjà pensé.

Il était possible que je me sois montré imprudent et que j'ai mis Sloane dans le collimateur d'Anthony Hugo.

Je restai assis, immobile, ignorant mon cerveau qui me criait de passer à l'action. À un moment dans ma vie, j'étais resté immobile pour devenir invisible. Maintenant, je le faisais pour ne rien révéler à l'ennemi.

J'avais sous-estimé Hugo. Je m'étais jeté droit dans ses filets en lui offrant le meilleur moyen de faire pression sur moi.

— C'est quoi ce visage ? observa Nash.

— Quel visage ?

— On dirait que t'es constipé et furieux à la fois. C'est la tête que tu fais quand tu as des sentiments que tu voudrais pas éprouver.

— Je n'ai pas de sentiments, affirmai-je un peu trop fort.

Il posa son mug.

— Écoute, mec. Si tu veux mon avis, je vois pas Anthony Hugo rouler jusqu'ici pour déposer un tas de rats congelés sur le pas de la porte de Sloane. Il n'est pas du genre subtil.

— On sait tous les deux qu'il a une armée de criminels prêts à obéir à ses ordres.

— On ne sait pas s'il a quelque chose à voir avec ça. Ça pourrait être Marjorie Ronsanto qui n'arrête pas de se plaindre de la bibliothèque. Ou un ado débile qui voulait pas payer ses frais de retard.

— Ou ça peut être Anthony Hugo, insistai-je. Je m'attendais à ce que toi, au moins, tu prennes la chose au sérieux.

Personne ne semblait mesurer la gravité de ce qui venait de se passer. Quand je m'étais levé, Sloane avait roulé sur ma partie du lit, enfoui la tête dans mon oreiller et m'avait demandé de lui rapporter un donut. Maintenant Nash me calmait comme si j'étais un citoyen hystérique.

— Écoute, Luce, je comprends. Tu tiens à elle et tu t'inquiètes. On va la protéger. Entre toi, moi et le reste du département, personne ne l'approchera.

Je secouai la tête.

— Je retourne à Washington, décidai-je.

Si j'étais ce qui avait attiré l'attention d'Anthony Hugo sur Sloane, je ferais mieux de la détourner.

— T'en es sûr ?

— Tu n'as pas besoin que je reste ici à te déranger dans ton enquête, dis-je platement.

— Comme si ça t'avait déjà arrêté par le passé.

— Peut-être que j'ai choisi d'écouter la raison, cette fois.

Il plissa les yeux.

— Ou peut-être que tu te dégonfles dans mon bureau.

— On n'est pas en couple. On couche ensemble.

Le dire tout haut provoqua la contraction de tous mes muscles.

— Je t'aime comme un frère, alors écoute quand je te dis de ne pas balader Sloane.

— Elle sait à quoi s'en tenir.

— T'es un imbécile, dit-il en secouant la tête.

— Pourquoi les gens n'arrêtent-ils pas de me répéter ça ?

— Parce que même moi, un Morgan handicapé des émotions, je vois bien que t'as des sentiments pour elle. Tu en as toujours eu. Et maintenant que tu es tout près de trouver quelque chose de vrai avec elle, tu vas te débiner, retourner en ville et faire semblant que tu ne t'inquiètes pas pour elle. Si Lina était en danger, rien ne pourrait m'empêcher de m'interposer entre elle et le danger.

— Si Lina était en danger, elle l'affronterait parfaitement toute seule.

— Sloane n'est pas comme Lina. Elle s'emporte, elle est impulsive, me rappela-t-il.

— Ce n'est pas mon problème.

Une bile acide remonta dans ma gorge.

— Ça l'a été autrefois. J'ai consulté les anciens dossiers d'Ogden après le dîner, l'autre soir. Sloane était la mineure qu'Ansel Rollins a agressée, n'est-ce pas ? C'est comme ça qu'elle s'est cassé le poignet ?

— Elle ne s'est pas cassé le poignet. C'est lui qui le lui a cassé, déclarai-je en me levant. Et si tu veux des détails, tu devras interroger quelqu'un d'autre, parce que j'étais pas là pour les voir. J'étais en prison.

— Tu as été libéré le lendemain, n'est-ce pas ? affirma-t-il. Intéressante coïncidence, tu trouves pas, qu'elle se batte pour celle qui a été emprisonnée injustement ?

— Protège-la, dis-je froidement avant de me diriger vers la porte.

— Je suis sérieux, insista Nash. Ne la balade pas.

— Promis, grommelai-je alors que je sortais en trombe du commissariat, déjà sur mon portable.

* * *

— Où est mon donut ?

Vêtue de mon tee-shirt, Sloane se servait un café dans la cuisine. Elle était adorablement hirsute. Quelque chose se serra dans ma poitrine. Un sentiment de possessivité me prit à la gorge. Je voulais ça. Je la voulais, elle. Et je ne pouvais pas. Pas si se rapprocher de moi faisait d'elle une cible.

— Je t'en ai pas apporté.

— C'est pas gentil. Qu'est-ce que Nash a dit ? Est-ce qu'on a rapporté un vol de rats ?

— Tu devrais partir.

— Pourquoi ? Qu'est-ce qui ne va pas ? T'es bizarre. Oh non ! Est-ce qu'il est arrivé quelque chose à Miaou Miaou ?

Je savais parfaitement sur quel bouton appuyer pour la faire partir.

— Tout va bien avec elle. Je veux pas de toi chez moi, c'est tout.

— C'est pas ce que t'as dit la nuit dernière, me taquina-t-elle.

— Tu peux garder le tee-shirt, dis-je en la contemplant de la tête aux pieds, le visage toujours impassible.

— Oh non, Lucifer. Je ne vais nulle part avant que tu me dises pourquoi il y a quelques heures à peine tu me suppliais de te faire jouir et que maintenant tu es M. Glacial.

— Je me suis souvenu de toutes les raisons pour lesquelles je ne t'aime pas.

Elle rit.

— Bien essayé. Tu ne les as jamais oubliées.

— J'ai parlé à Nash. Il a fouillé dans le dossier de l'arrestation de mon père. Il a relié les points.

Elle ne dit rien.

— Tu as plongé trop volontiers dans une situation dangereuse.

— Comme toi, chaque fois que tes parents se disputaient, remarqua-t-elle.

— C'est différent. C'était ma responsabilité. Tu n'aurais jamais dû te trouver là. Je n'aurais jamais dû te dire ce qui se passait. Déjà il a gâché tous tes projets d'avenir. Il aurait pu te tuer. Mais tu y es allée quand même.

Sloane croisa les bras.

— Parce que tu l'aimais. Parce que tu voulais la protéger. Et parce que je ne supportais pas de te savoir emprisonné pour un crime que tu n'avais pas commis.

Elle parlait d'une voix douce, mais ferme.

— Il t'a cassé le poignet. Trois fractures. Tu as dû subir une opération. Tous tes projets, tous tes rêves envolés parce que tu n'as pas voulu m'écouter.

Crac.

Ma liberté n'en valait pas la peine. Ma vie n'en valait pas la peine.

Crac.

— Lucian, dit-elle prudemment.

— Quoi ?

Je pris conscience que je hurlais. Je ne levai pas la voix comme *lui*. Je n'en avais pas besoin.

— Quoi ? répétai-je plus doucement.

— Je suis désolée de ne pas t'avoir écouté quand tu m'as demandé de ne pas appeler la police. Je n'avais aucune idée de ce qui se passerait. Mais je ne suis pas désolée de ce que j'ai fait pour te sortir de prison.

Je me détournai d'elle pour éviter de lui remettre un peu de bon sens dans le crâne, la panique et la colère vieilles de vingt ans ressurgissant dans mon esprit.

— Je suis malade quand je repense à ce soir-là, ce que j'ai vu, ce que tu as dû vivre pendant si longtemps, continua-t-elle. Je suis bien consciente que j'ai eu de la chance que les choses ne se soient pas terminées différemment. J'ai passé beaucoup de temps à me demander ce qui se serait passé si. Et si j'étais arrivée trop tard ? Et s'il avait fait du mal à mon père ? Et si Ansel s'en était sorti malgré tout ? Mais je n'ai jamais regretté comment ça s'est conclu. Il est allé en prison et, toi, tu en es sorti. La justice a été rendue.

Je lui fis face, même si je ne voulais pas la regarder.

— La justice, ça n'existe pas, crachai-je.

— Ça, c'est une conversation pour laquelle aucun de nous n'a le temps.

— Tu es clairement victime de menaces. Non seulement tu n'as pas cru bon de m'en parler, mais en plus, tu as l'air de n'en avoir rien à faire. C'est une nouvelle fois trop égoïste.

Elle ouvrit la bouche et une lueur d'indignation s'alluma dans ses yeux.

— Égoïste ? Tu penses que c'était égoïste ce que j'ai fait à ton père pour que tout le monde sache qui est le vrai monstre ?

Elle fit un pas vers moi et posa la paume de sa main sur ma poitrine.

— Tu commences vraiment à m'énerver et je n'aime pas être énervée le jeudi, parce que c'est le jour de l'échange de déjeuner et j'adore ça. Alors je vais te dire une chose. Je suis désolée pour ma responsabilité dans tout ça. Je suis désolée de ne pas avoir fait ce que tu voulais que je fasse ou de ne pas être celle que tu voulais que je sois. Je suis désolée si tu as l'impression que je ne prends pas ces menaces au sérieux, parce que c'est faux. Je suis terrorisée par ce tas de rats morts sur ma terrasse ! Maintenant est-ce qu'on pourrait parler de ça en adultes ou est-ce que tu vas seulement t'en tenir à ce dont tu es persuadé ?

Elle hurlait à la fin de sa tirade. Elle avait le menton relevé et me fusillait du regard. Je voulais l'embrasser. L'enfermer dans ma chambre et la garder à l'abri. Je voulais la secouer jusqu'à ce que ses dents claquent et qu'elle voie la raison. Qu'elle n'aurait jamais dû s'en mêler. Qu'une nouvelle fois, s'approcher de moi la rapprochait du danger.

Mais cette fois, je pouvais agir.

— Je dois retourner en ville et tu dois retourner chez toi, annonçai-je. La fête du slip est terminée.

— Tu campes sur tes positions, je vois. Parfait.

Elle enleva rageusement son tee-shirt. Sloane Walton était nue dans ma cuisine. J'ignorais combien de mes fantasmes commençaient comme ça, mais il devait y en avoir un bon millier.

— Garde le tee-shirt, insistai-je.

— Je préfère encore rentrer chez moi toute nue.

On avait passé trop de temps à faire ça. Se disputer pour se réconcilier et tout faire exploser de nouveau. On était comme des aimants attirés l'un vers l'autre pour se repousser ensuite. Mais cette fois, il fallait que ce soit permanent. Je devais tout détruire une fois pour toutes.

Je la suivis jusqu'à l'entrée. Elle s'empara de sa parka sur le crochet et l'enfila précipitamment.

— Pauvre petit garçon boudeur avec sa grosse bite et son bagage émotionnel.

Sautillant sur un pied, elle fourra l'autre dans une de ses bottes.

— Tu pourrais t'habiller au moins, dis-je sèchement.

— Merci, je préfère brûler ce tee-shirt plutôt que le regarder et penser à toi.

Elle jouait avec le feu. J'étais furieux et elle appuyait sur les boutons comme un enfant dans un ascenseur. Soit elle ne voyait pas à quel point j'étais en colère, soit elle était trop confiante dans sa capacité – fictive – à se protéger.

— J'ai passé trop de temps avec une femme qui n'avait aucun instinct de survie. Je ne recommence pas ça. Sûrement pas maintenant que j'ai le choix.

Elle s'interrompit et me regarda. La rage s'alluma dans ses yeux.

— Ne me compare pas à ta mère ! Et pendant que t'y es, amuse-toi bien toute ta vie, seul, parce que tu es trop têtu pour faire autrement.

— Du moment que je n'aurais plus à te supporter au quotidien, ça me va. Je plains ton futur mari.

Le rire de Sloane était dénué de tout humour.

— Je ne perdrais pas de temps à penser à moi ou à mon futur mari, si j'étais toi. Parce que moi, je vais me dépêcher d'oublier ton existence.

— Bonne chance.

Mais elle ne m'entendit pas parce qu'elle avait déjà claqué la porte derrière elle.

Je l'ouvris et fis un pas dehors.

— Une compagnie de sécurité vient installer des caméras cet après-midi, criai-je alors qu'elle fonçait chez elle.

— S'ils ont quelque chose à voir avec toi, alors qu'ils n'approchent pas de ma propriété.

— Ne sois pas aussi bornée.

— Tu n'as pas le monopole de l'entêtement !

Elle traversa l'allée. Quand elle arriva devant sa porte d'entrée, elle se ravisa et partit vers son garage.

— Si tu vois quelque chose qui te paraît bizarre, appelle Nash. Immédiatement.

— Vends ta maison, débile !

* * *

Emry : Est-ce que ce costume montre que j'aurais dû lever un peu la main sur les gâteaux depuis un moment déjà ?

– 32 –

Aussi bien mort

Sloane

Tête de cul : Je te confirme que la compagnie de sécurité sera chez toi à une heure.

Tête de cul : Au moins réponds-moi que tu seras chez toi pour leur ouvrir.

Tête de cul : Silence. Très mature.

Tête de cul : Je pourrais faire intervenir la justice.

Tête de cul : Je sais pas ce que tu veux prouver en appelant la police alors que mon équipe de sécurité essaye seulement de te protéger.

Tête de cul : C'est pas parce qu'on ne couche plus ensemble que je ne me fais pas du souci.

Tête de cul : J'ai trouvé ta culotte derrière ma table de chevet. Tu veux la récupérer ?

* * *

À en croire son sol en carrelage tacheté, ses lambris en bois moisi et son plafond jauni par le tabac, le tribunal semblait avoir connu son heure de gloire autour des années 1970.

Je remuai sur le banc trop bas et trop dur et fixai du regard la porte devant moi.

Sur la plaque en métal sur le mur on pouvait lire *Juge Dirk Atkins*. Dans son bureau se trouvaient trois personnes qui, je l'espérais, allaient réaliser le rêve de Mary Louise. Et j'étais coincée à l'extérieur, m'efforçant de ne pas me ronger les ongles jusqu'à l'os.

Et surtout de ne pas penser à celui qu'il valait mieux oublier.

Tête de cul : Lina me dit que tu es au tribunal. Bonne chance.

Je lus le message, contrariée. Ça faisait une semaine et demie que Lucian m'avait mise à la porte de sa maison. Il n'était pas revenu à Knockemout depuis. Entre la bibliothèque, ma famille, l'affaire de Mary Louise et mes amis qui essayaient de me soutirer des informations, j'étais bien occupée. Mais pas suffisamment pour oublier que ce connard existait.

J'étais déjà tombée dans ses filets deux fois. Si j'y tombais une troisième fois, je méritais d'être mutilée par les dents en acier de ses caprices pervers. Il s'inquiétait pour moi. Il me détestait. Il avait envie de moi. Il ne voulait plus rien avoir à faire avec moi.

Les montagnes russes, c'était terminé, inutile d'y remonter. J'aspirais à la stabilité, pas à l'inconstance. Un couple, pas un partenaire de luxure. Un avenir, pas un passé.

J'ouvris l'appli de rencontre et après avoir inspiré profondément, je me mis à balayer l'écran.

La porte du bureau s'ouvrit. Je me levai brusquement, faisant tomber mon téléphone par terre.

Fran sortit dans le couloir, un regard mauvais en direction du procureur, un homme aux cheveux gris et aux lunettes épaisses. Il avait l'air plus âgé que les quarante-sept ans que mes recherches

Internet lui avaient donnés. Sans doute, le travail d'usure du système judiciaire.

— Merci de m'avoir soutenu sur ce coup-là, Lloyd, ironisa Fran.

Le procureur haussa les épaules.

— Ça ne fait pas bon effet qu'un juge réduise sa propre sentence.

— Mais celle-ci est bien trop élevée et tu le sais, dit-elle, juchée sur ses hauts talons roses.

— Un problème, mesdames ? retentit la voix sarcastique du juge Atkins depuis la porte.

C'était un bel homme de presque soixante ans. Avec ses épais cheveux gris, il se tenait très droit et la cravate sous sa robe noire semblait aussi luxueuse que celles de Lucian Rollins.

La colère de Fran se dissipa et elle prit un air parfaitement impassible. Le procureur, en revanche, semblait vouloir disparaître sous terre.

— Aucun problème, votre honneur, lança Fran doucement.

Le juge Atkins se pencha et ramassa mon portable par terre. Il jeta un regard à l'écran.

— Il est à moi, monsieur. Euh, votre honneur, dis-je en tendant la main.

Il me regarda avec ses yeux bleu pâle et me rendit le portable.

— Et vous êtes ?

— Voici mon associée, mademoiselle Walton, répondit Fran.

— Eh bien, mademoiselle Walton, je ne choisirais pas celui-là, déclara le juge en me montrant l'écran. Il a un air suspect. Une jeune femme comme vous doit se montrer prudente.

— Euh... merci.

— Nous avons pris assez de votre temps, annonça Fran en passant son bras dans le mien.

— Je comprends que ça s'est mal passé, dis-je tout bas, alors qu'elle nous conduisait vers les ascenseurs.

— Le juge n'a pas vu le problème avec la sentence. Apparemment, il a bâti sa carrière sur « l'exemple ».

— Alors il reste sur ses positions ?

Fran appuya furieusement sur le bouton d'appel.

— Complètement. Il a vu vos interviews et considère que ça ne présente « qu'une version de la réalité ». Il suggère qu'on trouve un meilleur moyen d'occuper notre temps plutôt que de remettre en cause son jugement.

Les portes de l'ascenseur s'ouvrirent et on entra. Je m'affalai contre la paroi du fond.

— On fait quoi alors maintenant ?

— On entame la procédure d'appel. Si on veut donner une chance à Mary Louise de sortir, ça ne viendra pas de ce tribunal.

Je tambourinai des doigts sur la barre.

— Vous savez quoi, ça me donne envie de faire plus d'interviews encore pour l'exaspérer.

— J'espérais que vous diriez ça, lança Fran avec un franc sourire, légèrement effrayant.

* * *

— J'aurais aimé avoir de meilleures nouvelles pour vous, Mary Louise, dis-je à mon écran d'ordinateur, à la fois contrariée et déçue.

— Ma chérie, vous avez déjà fait plus pour moi que n'importe qui. Je n'ai pas besoin de vos excuses.

Son pyjama beige se fondait dans le décor des murs en béton gris.

— Ne perdez pas espoir, lança Fran à côté de moi. C'est un long processus. Désormais nous pouvons nous consacrer aux étapes suivantes.

— Je veux que vous sachiez toutes les deux que je vous suis infiniment reconnaissante de votre intérêt. Je suis très touchée et je sais qu'Allen aussi, déclara Mary Louise, les yeux humides.

— On vous tient au courant, promit Fran.

— Restez optimiste, Mary Louise, dis-je, espérant que nous lui avions donné des raisons de l'être.

La vidéo s'éteignit et je m'adossai à mon siège.

— Je me sens affreusement mal.

— Il ne faut pas que ça vous atteigne, conseilla Fran en se levant. Sinon, vous allez rester à vous morfondre alors que nous pourrions célébrer les millimètres de progrès accomplis.

Entre mon père, la catastrophe avec Lucian et maintenant cette déconvenue pour Mary Louise, je n'avais en effet qu'une envie : me mettre en position fœtale et me morfondre.

* * *

Je m'apitoyais sur mon sort – mais pas en position fœtale ! – quand Naomi entra dans mon bureau avec l'énergie d'un golden retriever.

— Aloooors ? Comment ça se passe ? demanda-t-elle en s'installant sur la chaise des visiteurs.

Elle était venue prendre de mes nouvelles toutes les heures depuis que je lui avais raconté le rendez-vous désastreux chez le juge.

J'abandonnai la newsletter sur laquelle je travaillais et laissai tomber ma tête sur mon bureau.

— Aussi bien que ça, hein ?

— Rien ne va.

— Alors tu l'as vu ? demanda-t-elle, compatissante.

— Vu quoi ?

— Le truc sur Lucian.

Je me redressai.

— Quel truc sur Lucian ?

Naomi grimaça et jeta un coup d'œil vers la porte.

— Quel truc sur Lucian ? répétai-je sombrement.

Elle posa les mains sur ses joues.

— Je suis sûre que ça ne veut rien dire. Juste un blog de ragots sur le Capitole.

Je tapai sur mon clavier « blog de ragots Lucian Rollins » dans le moteur de recherche.

Je vis d'abord les photos. Lucian en smoking main dans la main avec une femme éblouissante qu'il conduisait dans un hôtel. *Notre* hôtel. Enfin, techniquement, son hôtel. Elle était somptueuse, dans le genre qui vient d'une famille riche. Ses cheveux noirs soyeux étaient attachés en un chignon parfait. Sa robe fourreau ivoire contrastait magnifiquement avec sa peau mate. Et son manteau de grand couturier semblait encore plus cher que celui que Lucian m'avait prêté.

Il y avait une autre photo. Une autre femme, un autre soir. Lucian avait sa main intimement placée en bas du dos d'une rouquine alors qu'ils sortaient d'un restaurant chic. Elle était plus petite, plus voluptueuse et tout aussi renversante dans une robe de soirée conçue pour attirer les regards.

Je me détournai de l'écran et me forçai à oublier Lucian Rollins et son gigantesque pénis.

Je n'étais plus celle qui le rendait fou, ou comme je l'avais imaginé quand j'étais soûle, celle qui partait. Maintenant, je n'étais plus qu'une femme parmi toutes celles qu'il avait quittées.

J'avais l'impression d'avoir la tête lourde et dans le coton. Je sentais les battements de mon cœur à la base de ma queue-de-cheval. J'entendis un crac et vis que j'avais cassé le stylo que je tenais dans les mains.

— Oh, je peux arranger ça, dit Naomi en sortant son portable.

— Qu'est-ce que tu fais ?

— J'appelle Lina. On a besoin d'alcool et de notre bon vieux Joel.

— Je vais bien. On n'était pas ensemble. On couchait ensemble, c'est tout, dis-je comme un robot. Oh regarde ça. Sa première petite amie, là, fait partie du comité directionnel d'une des plus grandes banques alimentaires de Washington et la deuxième est astrophysicienne.

J'avais envie d'entrer dans l'écran pour balancer un cocktail hors de prix au visage de Lucian. Je voulais aussi demander à sa petite amie où elle faisait son shopping, parce que ses chaussures étaient incroyables. Même si la bibliothécaire d'une petite ville que j'étais n'aurait pas pu se permettre un look pareil.

Il présentait bien avec ces deux femmes. Mieux que bien. Elles semblaient faites pour ses bras. Comme s'ils pouvaient rester ensemble pendant plus de cinq minutes sans se disputer.

— Lucian et toi, vous avez un passif. Malheureusement, pour une femme aussi sensible que toi, ça veut dire que vous ne pouvez pas juste coucher ensemble.

— Si, je peux, et c'est ce que j'ai fait, protestai-je.

— Tu viens de casser ton stylo et de détruire ton gobelet. Tu as du café glacé qui dégouline sur ton bras, me fit-elle remarquer.

— Merde.

* * *

— Ça fait du bien d'être de ce côté pour une fois, lança Knox en s'installant sur un tabouret du

Hellhound, un petit bar un peu glauque en dehors de Knockemout.

— De ce côté du comptoir ? demanda Lina, appuyée contre Nash qui regardait la foule de motards réunis autour des tables et des billards.

— Non, du côté « petite séance de saloperies contre les mecs ».

— On est là pour se retrouver tous ensemble, insistai-je. Il n'y aura pas de petite séance de saloperies, parce que ça voudrait dire que j'en ai quelque chose à faire de Lucian et de ce qu'il fabrique, alors que c'est complètement faux. On a couché ensemble. Et on a arrêté. Fin de l'histoire. Où est Joel ? Il me faut un verre.

— Mon bar est mieux que ça, lâcha Knox, sans tenir aucun compte de ce que je venais de dire.

Naomi lui adressa un sourire radieux.

— Sans comparaison. Mais attends de rencontrer le beau Joel.

Elle montra le bout du zinc où notre barman préféré servait des shots de whisky à trois femmes à la mine terne, en jean déchiré et cuir usé.

Lina lui fit signe et Joel lui adressa un petit hochement de tête hyper cool.

— Bon, j'ai mis dans le juke-box des chansons pour mecs et j'ai dit aux deux motards avec des tatouages assortis que vous faites partie d'une secte et que vous cherchez à recruter. Ça devrait nous faire gagner un peu de temps avant qu'on vienne vous draguer, affirma Stef en s'asseyant sur le tabouret à côté du mien.

— Merci Stef, t'es un bon ami, répliquai-je en lui tapotant le genou.

Knox et Nash se rapprochèrent de leurs femmes quand le barman balèze s'approcha. Il s'arrêta devant moi.

— Salut, blondinette. Ce sera quoi pour vous aujourd'hui ? Des shots ? Un Bloody Mary corsé ?

— Salut Joel. Je veux bien un Bloody Mary, mais seulement parce que le vôtre est excellent. Je ne suis pas en train de noyer des problèmes de mecs, assurai-je.

— Heureux que vous ayez réglé ça, dit-il avec un demi-sourire.

Il prit notre commande à tous et partit travailler sous l'œil méfiant de Knox.

Naomi lui donna un coup dans les côtes.

— Arrête de le surveiller comme ça, le gronda-t-elle.

— Je le surveille pas, j'essaie d'évaluer son travail avec un œil professionnel.

— Je pense que maintenant que vous avez tourné la page, tous les deux, tu peux nous raconter ton histoire avec Lucian, lança Lina.

— Je suis d'accord. Nous sommes amis, renchérit Naomi en remerciant Joel d'un signe de la tête quand il lui apporta son grand verre de vin.

— Moi aussi, je pense que tu devrais leur en parler, confirma Nash.

— Comment tu… commençai-je avant de fermer les yeux. Tu as accès à des dossiers privés.

Naomi et Lina échangèrent un regard d'incompréhension.

— Quels dossiers privés ? demandèrent-elles à l'unisson.

— Tu insistes pour que je les accable avec quelques menaces anonymes ?

Nash secoua la tête.

— Non, Sloaney Baloney. C'est différent. Ta sécurité personnelle, c'est une chose. Tu ne dois pas cacher aux personnes qui se font du souci pour toi des dangers qui te visent. Mais tu peux choisir quelle histoire tu veux partager avec nous.

Joel posa un Bloody Mary devant moi.

— Si tu nous dis pas, je ferai tout ce qui est en mon pouvoir pour arracher les infos à Beau Gosse, ici présent. Et je peux être très convaincante, promit Lina, une lueur dans ses yeux noisette.

Nash se pencha pour déposer un baiser sur sa bouche.

— Ah ça, oui, Angel.

J'aurais dû venir là toute seule. Même si je n'avais pas besoin de noyer mes sentiments dans l'alcool, bien sûr. Mais être la cinquième roue du carrosse, c'était trop. Et surtout après que j'avais gâché plusieurs semaines avec Lucian Rollins, le connard.

Je pris une gorgée de mon cocktail. Mes sourcils se soulevèrent. Joel n'avait pas lésiné sur les épices.

— Délicieux, Joel, dis-je en toussant.

Nash s'empara de sa bière.

— On vous laisse discuter entre vous pendant qu'on va défier quelques motards au billard, annonça-t-il.

— Et si j'ai envie de savoir ce qui se passe, moi ? s'indigna Knox.

— Je te raconterai la version courte.

— Je préfère en effet, décida Knox, avant de se tourner vers Joel. Vous gardez un œil sur elles ?

— Pas de problème, accepta ce dernier.

— On n'a pas besoin de baby-sitter, me fâchai-je. Et je n'ai pas besoin de me confier pour aller mieux.

Mais c'était trop tard. Nash et Knox s'étaient déjà éloignés, leurs verres à la main.

— Tu peux te confier à moi, tu sais.

Je me tournai et vis un motard aux cheveux gras et aux dents en or qui reluquait ma poitrine.

— T'as pas entendu parler de la secte ? demanda Stef.

— Ça me dérange pas, une barge.

— Barre-toi avant que je te fasse regretter ta bonne humeur, menaça Lina.

— Une pouliche fougueuse, celle-là, dit-il en se léchant les lèvres.

Joel se penchait vers nous, alors que Nash et Knox revenaient déjà vers le comptoir, mais je levai une main.

— Écoute, débile malodorant et mal rasé, je suis déjà prise. Alors à moins que tu te mettes à te doucher, que t'ailles voir un bon dentiste et que tu apprennes à monter des meubles pour bébé, tu peux dégager.

— Plus personne ne veut plus prendre un peu de bon temps, grommela-t-il en s'éloignant.

— C'est parce que le bon temps, ça finit par s'arrêter à un moment ou à un autre, comme je l'ai récemment découvert, dis-je dans son dos.

— Allez, crache ta pilule, insista Lina en tournant son scotch dans son verre.

— Il est temps, renchérit Naomi en posant une main sur la mienne et en la serrant.

— Sinon, on va se mettre à faire des suppositions, ajouta Stef.

— Ce n'est pas seulement mon histoire, dis-je.

Même si Lucian n'était qu'un sale crétin débile, je ne pouvais pas faire des révélations le concernant.

— Alors dis-nous seulement ta partie.

Je pris une grande gorgée de vodka au jus de tomate.

* * *

— Ils ont arrêté Lucian ? s'étonna Naomi.

Je leur avais raconté une version très abrégée qui ne mentionnait pas ce que le père de Lucian lui avait fait subir. Mais même comme ça, j'avais du mal à dompter ma colère.

Lina frappa le bar.

— Désolée pour mon vocabulaire, mais c'est quoi cette merde, putain ? s'indigna Lina.

— Je n'ai jamais aimé ce Wylie, lâcha Stef.

Mes amis étaient un peu éméchés, ce qui les rendait encore plus enthousiastes.

— Wylie Ogden était ami avec le père de Lucian. Ansel lui a dit que Lucian les avait attaqués et la mère de Lucian a confirmé.

Je baissai les yeux vers mon deuxième Bloody Mary auquel j'avais à peine touché, et décidai que je n'en voulais plus.

— C'est horrible, ponctua Naomi.

— Il m'en a voulu. J'avais promis de ne pas appeler la police, mais je l'ai fait.

— Parfois la bonne chose à faire est aussi la mauvaise, dit Stef, philosophe.

— Tu avais tes raisons, dit Lina en me touchant la main.

L'alcool la rendait plus affectueuse.

— Je peux avoir des serviettes, Joel ? demanda Naomi, une larme coulant sur sa joue.

Knox leva la tête de la table de billard, comme préoccupé. Son radar fonctionnait à merveille. Naomi lui adressa un petit coucou rassurant de la main avant de se moucher dans la serviette à cocktail.

— Et qu'est-ce qui s'est passé ensuite ? demanda Lina.

— Mon père est allé au commissariat pour essayer de faire libérer Lucian, mais Ansel avait insisté pour porter plainte. Il allait être condamné par un tribunal pour adultes. Mon père s'est battu comme un diable pour lui. Mais je me sentais tellement coupable. C'était ma faute s'il était en prison. Et je savais qu'il mourait de peur qu'il n'arrive quelque chose à sa mère. Alors j'ai décidé de prendre les choses en main.

— Oh oh, lâcha Stef.

Lina se couvrit les yeux avec une main.

— Bon sang, qu'est-ce que tu as fait ?

— Je me suis dit qu'il me fallait des preuves irréfutables.

Naomi poussa un grognement.

— Je crains le pire.

— Disons juste que j'ai atteint mon objectif.

— À quel prix ? demanda Lina.

Je regardai ma main droite et pliai les doigts.

— Ansel Rollins m'a vue en train de l'enregistrer par la fenêtre et il m'a cassé le poignet. J'ai eu trois fractures.

Stef leva la main.

— On va avoir besoin de trois shots, Joel.

— C'est pas grave, ça, leur assurai-je, alors que la bile montait dans ma gorge. Non seulement, j'ai tout enregistré, mais en plus, un voisin a été témoin de mon agression. Avec ce genre de preuves, plus personne ne pouvait le protéger. Lucian a été libéré le lendemain matin. Mais il avait déjà raté sa remise de diplôme.

Je regardai Lina.

— Je pense que c'est à ce moment-là que Nash a décidé de devenir policier. Il a vu avec quelle facilité les méchants pouvaient faire du mal aux innocents et il a choisi de lutter contre cela.

Elle poussa un soupir et regarda son homme amoureusement.

— Mon fiancé est incroyable.

— Avec les plus belles fesses de la terre, confirmai-je en le regardant, penché sur la table de billard.

— C'est vrai, dit-elle en gloussant. Si je n'étais pas moi, je me détesterais.

— Comment s'est senti Lucian... à propos de tout ça ? demanda Naomi.

— C'est à lui que tu devras poser la question. Il est sorti de la prison du comté, on s'est disputés. Et depuis c'est comme ça.

— Vous vous êtes disputés à quel sujet ? Il devrait t'être éternellement reconnaissant, remarqua Lina.

— Tu n'es pas seulement belle, tu es aussi incroyablement perspicace, la complimentai-je.

— Je sais, répliqua-t-elle avec un clin d'œil.

— Et tu gagnes du temps, observa Naomi.

— Vous devriez être trop soûles pour suivre mon histoire, me plaignis-je.

— On a pris deux verres chacune, me rappela Lina.

– On voulait juste que tu te sentes en confiance pour t'ouvrir, ajouta Naomi.

— On est forts, hein, me taquina Stef.

— Espèces de sournois...

— Tu nous complimenteras plus tard. Vous vous disputiez à quel sujet quand Lucian a été libéré ? demanda Lina.

— Il m'a accusée d'avoir gâché sa vie, d'être égoïste et têtue. Je l'ai accusé d'être ingrat et borné. Depuis ça n'a fait qu'empirer.

— Tu n'as sûrement pas gâché sa vie, s'offusqua Lina. T'es une héroïne.

Et elle souleva son verre dans ma direction.

— La frontière est ténue entre la bêtise et le courage, reconnus-je.

— Et du coup, il se permet de jouer les connards avec toi pour le reste de vos jours ? demanda Stef.

— Ce n'est pas pour prendre le côté de l'ennemi, mais j'arrive à me mettre à sa place. Un peu. Même s'il a complètement tort, se corrigea Naomi quand Lina et moi, on se tourna vers elle en la foudroyant du regard.

— Et on voit quoi à sa place ? demandai-je sur un ton que je tentai de garder neutre.

Elle haussa les épaules.

— C'était un garçon de dix-sept ans qui se sentait responsable pour sa mère. C'est déjà une charge immense pour un adulte, alors pour un ado… J'imagine que cette situation, qu'il affrontait seul depuis un moment, n'a fait que s'aggraver. Un traumatisme comme ça laisse des séquelles. Il vous voyait sans doute, tes parents et toi, comme la famille idéale qu'il n'aurait jamais.

— C'est débile, dis-je en riant.

— Aussi stupide que de décider de te mettre en première ligne face à un alcoolique enragé, remarqua Lina.

— Eh !

Elle leva les mains.

— Attention, je reste dans ton camp quoi qu'il arrive. Mais Naomi cherche à comprendre.

Je secouai la tête.

— Ça n'a pas d'importance. On n'est plus des ados. On est adultes. On doit apprendre et progresser. Mais il n'a pas changé. Il reprend son rôle de mâle dominant à cause d'un tas de rats. Vous voyez le tableau, « tu ne restes pas ici toute seule » blablabla. Et le lendemain matin, il me dit qu'il a assez gâché sa vie avec une femme qui ne savait pas se protéger, alors il n'allait pas recommencer la même erreur.

— Aïe, lâcha Naomi en grimaçant.

— Il a dit quoi ? demanda Knox, abasourdi et énervé à la fois.

Je n'avais pas remarqué que Nash et lui étaient revenus.

— Quel imbécile ! gronda Nash.

— Où est-ce qu'il est allé ce matin-là ? demanda Lina, les yeux rivés sur son fiancé.

— Il est venu me voir, répondit Nash, sur un ton neutre.

Knox tapa son frère dans la poitrine.

— Tu lui as dit de la quitter ?

— Aïe ! cria Nash en se frottant. Fais attention à ma blessure.

— Il n'y avait personne à quitter, puisqu'on n'était pas ensemble, rappelai-je, même si apparemment ils ne m'écoutaient pas.

— Beau Gosse, tu vas devoir t'expliquer, insista Lina.

Nash poussa un soupir.

— Il voulait savoir ce qu'on avait trouvé sur les menaces. Je lui ai dit ce qu'on avait. Et ensuite, il m'a demandé mes théories. Alors je les lui ai dites.

— Et quelles sont tes théories ? demandai-je.

— Que soit tu as mis quelqu'un très en colère, à cause d'un livre rendu en retard, ou un truc du genre, soit, à en croire le timing, tu es la cible de menaces à cause de ta relation avec Lucian.

— Encore une fois, je n'ai pas de relation avec Lucifer. Et en plus, on se cachait. Et troisièmement, je représente rien pour lui. Personne essaierait de le manipuler en me menaçant, parce qu'il s'en ficherait.

— N'importe quoi, lâcha Knox qui attira sa femme contre lui.

— D'accord avec toi, confirma Nash.

— Je suis du même avis que les frères testostérone, dit Stef en dirigeant son pouce dans leur direction.

— Ils savent de quoi ils parlent, lança Lina en plissant les yeux.

Je croisai les bras.

— Alors qu'ils parlent.

Les frères échangèrent un regard.

— Ça suffit, pas de télépathie entre vous, insistai-je.

Nash se racla la gorge.

— Les faits suggèrent le contraire.

— Quels faits ? demanda Naomi.

— Quand t'es arrivée en ville et que tu as eu besoin d'argent, Luce a déboursé la moitié de la subvention pour payer ton salaire, annonça Knox.

— Comment tu le sais ? demanda Naomi.

— Parce que j'ai donné l'autre moitié, avoua-t-il.

— Juste quand je pensais que je ne pouvais pas t'aimer plus que je ne t'aime déjà, soupira Naomi.

Je frappai le bar.

— Attendez, vous voulez dire que je ne l'ai pas gagnée, cette subvention ? Que vous autres, baltringues, vous avez juste décidé de donner l'argent à la bibliothèque ?

Knox haussa les épaules.

— On a su que le financement que tu demandais n'aboutirait pas. Alors on a fait en sorte que ça arrive quand même.

— C'est très généreux de votre part, dis-je, les dents serrées.

— Oh oh, Sloane va exploser, avertit Stef.

— Pas du tout, objectai-je, mais les efforts que je faisais pour ne pas crier me faisaient mal à la gorge. Pourquoi il aurait fait ça ? Il m'a toujours détestée.

— C'est faux, rétorquèrent Naomi et Lina en même temps.

— Et au risque de trahir notre code d'honneur, laisse-moi te raconter une histoire sur le vélo de Lucian, intervint Nash.

— Je me fiche du vélo de Lucian ! Ce que je veux savoir c'est pourquoi l'homme qui me dit qu'il ne veut plus perdre du temps avec moi parce que je lui ai gâché la vie a dépensé tant d'argent pour une cause qui me tenait à cœur.

— C'est une métaphore, promit Nash. L'oncle et la tante de Luce qui habitent en Californie lui ont acheté un splendide VTT pour son treizième anniversaire. Il l'adorait. Il roulait partout avec. Il l'astiquait tous les jours. Deux semaines après, Ansel s'est fâché contre lui parce qu'il n'avait pas sorti la poubelle ou tondu la pelouse ou n'importe quoi d'autre. Il a jeté le vélo dans l'allée et a reculé dessus avec son camion.

Je massai mon poignet. Apparemment le temps ne guérissait pas toutes les blessures.

— C'est affreux, compatit Naomi.

Knox lui tendit une nouvelle serviette.

— Pleure pas, s'il te plaît, Margo.

— Son oncle et sa tante ont dû l'apprendre, parce qu'ils lui ont renvoyé un autre vélo. Il l'a caché chez nous dans l'abri de jardin. Il ne montait dessus que quand il venait nous voir. Jamais il ne l'a pris en ville ou là où son père aurait pu le voir.

— Je m'en souviens, lança Knox, les sourcils froncés.

Je ne voulais pas avoir de la peine pour Lucian. Pas maintenant.

— Donc il l'a protégé en le cachant à son père, explicita Lina. Très belle métaphore, Beau Gosse.

— Je fais ce que je peux, répliqua-t-il avec un petit clin d'œil.

Je secouai la tête.

— Ouais, OK. Il avait treize ans et il vivait sous le toit d'un monstre. Mais quelle est son excuse maintenant ?

— Comment on le saurait ? demanda Knox.

— On dirait que le gars pour qui vous en pincez a grandi sans cadre émotionnel, il ne sait pas ce que c'est d'être l'homme dans un couple, dit Joel en apparaissant comme par magie derrière le bar. Un gars pareil peut finir par penser que le seul moyen de protéger quelqu'un ou quelque chose est d'en rester éloigné.

Je ne voulais pas trouver des raisons au comportement d'un homme qui en ce moment même baisait toutes les plus belles femmes des hautes sphères de Washington. Je voulais oublier jusqu'à l'existence même de Lucian Rollins.

Je levai un doigt vers le visage de Nash.

— Tout d'abord, tu n'es pas autorisé à discuter de moi et des menaces qui peuvent me viser.

— C'est noté.

— Deuxièmement, qui pourrait me prendre comme cible pour s'en prendre à Lucian ? Une maîtresse rejetée ? Un politicien qu'il a détruit ?

Il haussa les épaules.

— Possible. Ou quelqu'un comme Anthony Hugo. Un ennemi qui a les moyens de fouiller dans la vie de Lucian.

— Waouh, t'as mis un froid, là, commenta Stef en brisant le silence qui suivit.

— Écoute. Pour l'instant, on ne sait pas qui c'était. Alors il vaut mieux être prudent, expliqua Nash.

— Alors pourquoi Luce se montre pas prudent, putain ? s'énerva Knox.

Nouveau haussement d'épaules de la part de Nash.

— Parce que c'est un imbécile ? Avez-vous au moins installé de nouvelles caméras comme vous aviez dit que vous le feriez ?

— Waylay m'a aidé à tout commander le week-end dernier, dis-je. Maintenant est-ce qu'on pourrait s'il vous plaît changer de sujet et demander à Stef pourquoi il n'a toujours pas annoncé à Jeremiah qu'il est prêt à s'installer avec lui ?

* * *

Tête de cul : Comment ça s'est passé avec le juge ?

Tête de cul : Holly a apporté des sushis à partager. Tout le bureau sent la listeria.

Tête de cul : Je fais un effort, là. Tu pourrais au moins faire semblant d'avoir la maturité d'une adulte et répondre.

– 33 –

Ours mal léché

Lucian

— Comment j'aurais pu savoir que sa grand-mère est morte ? lançai-je, exaspéré, à Lina qui me collait comme un joyeux toutou dans l'espoir d'obtenir un petit quelque chose.

Je descendais le couloir quand mon employée avait fait une grossière erreur en m'attrapant par l'arrière de ma veste pour m'entraîner dans un bureau.

— Carl, je suis désolée de te faire ça, mais c'est pour le bien de tous. Sors, demanda Lina.

Carl ouvrit de grands yeux derrière ses lunettes écailles de tortue. Rapidement, il s'empara de son mug Le Meilleur des Papas, de son portable et, étrangement, de la photo de ses trois bambins aux dents de lapin.

Petula devrait lui rappeler qu'il avait une bonne mutuelle qui remboursait l'orthodontie.

— Tu es virée ! dis-je à Lina quand elle referma la porte, une fois que nous fûmes seuls.

— Super. Parce que j'ai pas signé pour travailler avec une espèce d'ours mal léché grincheux et taciturne. Tu es désagréable avec tout le monde.

— Tu ne t'es jamais dit que c'était plutôt les autres qui étaient trop sensibles ?

— Malik a servi par deux fois en Afghanistan et il était très proche de sa grand-mère.

— Je ne savais pas qu'elle était morte hier.

— Tu as fait pleurer Holly, lundi.

— Holly pleure devant les pubs à la télé. Et elle a percuté mon véhicule de service dans le parking avec le SUV que je lui ai donné, lui rappelai-je.

— Holly conduit super mal. Elle a embouti quatre véhicules au cours du mois passé, mais tu es le seul à la faire pleurer.

— Alors on lui offre soit des cours de conduite, soit un chauffeur, dis-je en croisant les bras.

— Hier, tu as dit à Nolan de virer son cul du bureau tant qu'il gaspillerait inutilement notre oxygène.

Pour ma défense, Nolan avait eu le culot de me demander si mon humeur était en lien avec Sloane.

— Ça vaut pour tous mes employés, aboyai-je.

Lina se redressa et mit les mains sur les hanches.

— Laisse-moi te le dire dans une langue que tu pourras comprendre. Tu te comportes comme un parfait connard. Les gens n'aiment pas travailler pour des connards. Alors à moins que tu aies le temps pour gérer des départs en masse, des frais de licenciements, l'embauche et la formation d'une nouvelle équipe, je te conseille de la fermer et de m'écouter.

Je m'assis au bureau de Carl.

— Je t'écoute une minute et ensuite je te vire.

— On peut en dire beaucoup sur une personne par la façon dont elle traite les autres quand elle va mal.

Elle marqua une pause et croisa mon regard.

— Tu traverses une sale période. Tu sens que tu perds le contrôle. Mais tu n'as pas le droit de te défouler sur ton entourage.

Ses mots cognaient comme des coups de marteau sur mon crâne.

— Pars, maintenant.

— Oh, je ne vais pas tarder. Mais sache que Nolan et Petula ont dit à tout le monde de rentrer et de se mettre en télétravail.

Elle se dirigea vers la porte.

— Ressaisis-toi, Lucian.

— Je ne me souviens pas de t'avoir demandé ton opinion.

Elle se figea sur le pas de la porte et battit des cils.

— C'est à ça que servent les amis. D'ailleurs, si tu es autant perturbé par elle, ça doit vouloir dire que tu n'es pas passé à autre chose.

Et sur ce, elle s'engagea dans le couloir.

Dans l'open space, tout le monde rassemblait ses affaires, enfilait son manteau et me lançait des regards nerveux.

Je les ignorai et fonçai dans mon bureau. J'avais dirigé cette compagnie seul, autrefois. Je pouvais le refaire s'il le fallait.

Je pourrais même abattre plus de travail sans être dérangé par des employés incompétents, décidai-je. Je claquai la porte, mais elle se referma lentement à cause du frein que j'avais installé. Je n'étais pas contrarié à cause de Sloane, cette emmerdeuse bornée. Ce n'était pas comme si je voyais son visage chaque fois que je fermais les yeux.

Assis sur mon fauteuil, je parcourais les dernières nouvelles du FBI quand je fus interrompu par un coup sur ma porte.

— À moins qu'il y ait un incendie, barrez-vous !

Petula entra.

— Si vous ne vous calmez pas, les informaticiens devront de nouveau remplacer la touche flèche du bas sur votre clavier.

Je frappai de nouveau la touche avec bien trop de force.

— Vous avez une bonne raison de me déranger ou vous espérez être renvoyée, vous aussi ?

— Vous ne trouverez jamais quelqu'un de plus accommodant que moi. Surtout avec votre mauvais caractère. Et maintenant si vous voulez bien arrêter de jouer les gros bébés, votre mère est ici, monsieur.

Derrière elle, sur le pas de la porte, je vis ma mère, qui semblait déjà pressée de partir. *Merde.*

Kayla Rollins était une femme adorable, de l'avis de tous ceux qui la connaissaient. Elle était grande et mince. Tout chez elle semblait délicat et fragile. Elle peignait ses épais cheveux noirs en une large natte. Des anneaux dorés pendaient à ses oreilles. Elle portait une robe ivoire et un manteau beige long jusqu'aux genoux. Elle semblait rajeunie. J'imaginais qu'elle était retournée voir le Dr Reynolds. Une chose que j'aurais remarquée si j'avais pris le temps de regarder son compte en banque.

Elle ne s'était jamais remariée. Et à l'exception d'une brève embauche dans le supermarché de Grover, l'été de l'arrestation de mon père, elle n'avait jamais travaillé. J'avais fait preuve de créativité à la fac pour subvenir à nos besoins à tous les deux, en prenant des petits boulots légaux, et d'autres un peu moins, comme la vente des sujets d'examens et de fausses pièces d'identité.

— Je reviendrai une autre fois, annonça ma mère, ses yeux noirs déjà rivés sur la sortie.

Je me levai et profitai du trajet entre mon bureau et la porte pour me calmer.

— Rentrez chez vous, Petula. Une fois que vous aurez donné toutes les instructions à la sécurité, dis-je en faisant un signe en direction de ma mère.

Je n'avais pas besoin qu'Anthony Hugo la prenne pour cible, elle aussi.

— Avec plaisir, répliqua mon assistante.

— Qu'est-ce que je peux faire pour toi, maman ? demandai-je plus que gentiment.

— Ce n'est vraiment pas important, lança-t-elle en direction de ses chaussures Jimmy Choo.

— Pas de problème, insistai-je, aussi conciliant que possible. Tu as besoin de quoi ?

Je ressemblais à mon père. J'imaginais que c'était ce rappel du passé qui la rendait toujours tellement hésitante en ma compagnie.

— Eh bien, je sors d'un rendez-vous avec l'organisateur d'événements de l'hôtel. Il y avait un problème pour se procurer certains des aliments du menu et on a dépassé le budget, termina-t-elle rapidement comme si elle arrachait un pansement.

Je puisais dans mes ressources de patience.

— Pas de problème. Je donnerai plus si tu penses que les changements sont nécessaires.

— Je pense que c'est une bonne idée ?

La plupart de ses phrases ressemblaient à des questions, comme si elle demandait qu'on lui dise ce qu'elle pensait et ce qu'elle ressentait.

— Ça me va.

Elle se racla la gorge.

— Alors comment ça se présente de ton côté ?

— Bien, répondis-je, bougon. J'ai décidé de vendre la maison de Knockemout.

— Oh, très… bien.

On n'avait jamais discuté de ce qui s'était passé dans cette maison. On ne prononçait jamais son nom. On n'avait même pas parlé de sa mort. On était tous les deux contents de balayer tout ça sous le tapis et d'éviter l'immense bosse au milieu.

— Comment tu vas ? m'enquis-je.

— Oh, bien.

Elle baissa de nouveau les yeux.

— Je vois quelqu'un en ce moment, dit-elle.

— Vraiment ?

Ça non plus, je ne l'avais pas remarqué. J'en voulus à Sloane de m'avoir empêché de surveiller de plus près ma mère. Encore une raison de lui en vouloir. La liste était longue. Ma colère remonta comme la lave dans un volcan en éruption. De la colère et une nostalgie qui me donna l'impression qu'on m'enfonçait un couteau dans le ventre.

— Rien de très sérieux, ajouta-t-elle rapidement. On vient de se rencontrer.

— C'est super, maman.

J'étais sincère. Il n'y avait pas de raison qu'on paye tous les deux les conséquences des actes de mon père.

— Bon, je te laisse retourner au travail, dit-elle en agitant sa main fine vers mon bureau.

— On dîne ensemble, très bientôt, décidai-je.

— J'aimerais beaucoup.

— La sécurité va te raccompagner chez toi.

— Quelque chose ne va pas ? demanda-t-elle en ouvrant de grands yeux.

— Rien du tout, mentis-je.

— Ah tant mieux. Alors, au revoir, Lucian.

— Au revoir, maman.

On parvint à se faire une accolade maladroite et elle partit.

Mon portable vibra dans ma poche.

Nash : Eh salopard. Tu viens de virer ma fiancée ?

Bon sang.

* * *

— Qu'est-ce qui va pas ? demandai-je.

Mon ami Emry était vautré dans son fauteuil, les mains sur les yeux.

— Tout s'est bien passé avec Sacha ? La famille va bien ?

J'étais venu pour qu'Emry me dise que j'avais raison et que je pouvais enfin arrêter de penser à Sloane.

— La symphonie était magnifique. Sacha est merveilleuse. Ma famille va très bien. Toi, mon ami, tu es la source de ma migraine, dit-il, en prenant ses lunettes et en frottant violemment les verres.

— Je ne pense pas qu'un psy est censé parler à ses patients comme ça. Surtout que les honoraires que tu prends ont contribué à te payer la maison au bord de la mer, tu sais, celle que tu aimes tant, lui rappelai-je.

— Tu peux conduire un cheval à l'abreuvoir, mais certains animaux sont tellement bêtes qu'il faut pratiquement les noyer avant qu'ils ne s'abreuvent.

— C'est pas comme ça qu'elle marche, la métaphore. C'est moi le cheval ou c'est toi ?

— Tu confonds tellement qui tu es avec comment tu vois ton père que tu sabotes intentionnellement tes chances d'être heureux. Il ne méritait pas d'être heureux, alors forcément toi non plus.

— Je n'ai pas le temps pour le bonheur.

Ou la capacité, ajoutai-je dans ma tête.

— Lucian, tu l'aimes, dit-il simplement.

— Ne sois pas ridicule, grondai-je alors que mon ventre se serrait.

— Tu aimes cette fille transformée en femme qui s'est interposée entre ton agresseur et toi. Qui a lutté contre l'injustice que tu as vécue. Et pourtant, tu n'arrêtes pas de la repousser, en faisant semblant d'être une sorte de robot sans émotions, décidé à débarrasser le monde de ceux qui abusent de leur pouvoir. Tu te persuades qu'elle est l'une de tes ennemis, alors qu'en réalité, tu te sens indigne d'elle. Mais jamais tu ne te sentiras digne de quoi que ce soit tant que tu repousseras l'amour. La seconde où quelque chose de bon entre dans ta vie, tu t'arranges pour t'en débarrasser. Et tu continues à t'enfoncer dans ce cercle vicieux autodestructeur.

Je restai assis un moment.

— Depuis combien de temps tu retiens tout ça ?

Emry se leva brusquement et fit le tour de son bureau. Il ouvrit un tiroir et en sortit une bouteille de scotch.

— Trop longtemps.

Il versa deux verres et m'en tendit un avant de se rasseoir dans son fauteuil.

— Ça n'a rien à voir avec si je me sens digne ou pas.

Il sourit et secoua la tête.

— Le pire, c'est que tu le sais très bien. Et pourtant tu continues à refaire les mêmes choix. J'ai une nouvelle pour toi, Lucian. Personne ne se sent digne. Tout le monde a le complexe de l'imposteur. Peu importe de quelle famille tu viens, ton patrimoine ou combien de tes amis haut placés te sont redevables. Rien ne te donnera le sentiment de mériter ta place ici.

— Tout le monde ? Je trouve ça difficile à croire.

— Ceux qui ne sont pas comme ça ? Ceux qui pensent que tout leur est dû ? Ce sont eux dont tu dois te méfier. Ce sont eux qui font le plus de dégâts. Ce sont ceux qui ne passent pas des années en thérapie pour tenter de s'améliorer. Ce sont ceux encore qui se fichent de savoir s'ils sont les gentils ou les méchants.

Je n'étais pas un gentil qui craignait d'être un méchant. J'étais un méchant conscient de qui il était. La différence était de taille.

— Changeons de sujet, suggéra Emry. Tu sembles t'être remis sur le marché de façon assez agressive.

Je poussai un soupir. Franchement, j'étais épuisé. Je devais non seulement redoubler d'efforts pour coincer Anthony Hugo, mais aussi passer mes soirées dans des dîners galants et des soirées en compagnie de femmes qui ne m'intéressaient pas le moins du monde.

Si Hugo avait visé Sloane à cause de moi, il allait recevoir le message haut et fort. Sloane Walton n'était rien pour moi. Elle n'était qu'une femme sur la longue liste de mes conquêtes.

— Ce n'est pas ce que tu penses, admis-je. Hugo me surveille d'un peu trop près. Je fais ce que je peux pour brouiller les pistes.

J'ouvris par réflexe mon portable et consultai mes nouveaux messages. Aucun d'elle. Ça ne m'étonnait pas. Il fallait que je brûle ce pont pour nous protéger tous les deux. Mais maintenant que je l'avais eue dans mon lit, maintenant que je savais comment mon nom sonnait dans sa bouche quand elle jouissait, cette extraction chirurgicale de ma vie était affreusement douloureuse.

Elle ne pouvait pas me bloquer entièrement. Nous étions voisins, nous avions un petit cercle d'amis commun. Mais je ne voulais plus rien avoir à faire avec elle, me rappelai-je.

— Je me fais du souci pour toi, Lucian, annonça Emry.

— Pourquoi ? demandai-je surpris.

— Ce qui m'inquiète, c'est que tu préfères gagner plutôt qu'être heureux, et je ne suis pas sûr que gagner t'apportera beaucoup de satisfaction si c'est aux dépens de tout le reste.

– 34 –

Une bonne vieille fessée

Lucian

— C'est drôle quand même la vie parfois, lança Knox.

On était installés dans un coin du Honky Tonk, un soir du mois de mars plus chaud que la normale en cette saison. J'avais été convoqué à Knockemout par Nash et Knox qui s'inquiétaient outre mesure de mon éventuelle crise de la quarantaine. Stef et Jeremiah étaient aussi là pour savourer le vin de Shiraz.

J'étais revenu sur le licenciement de Lina – dès que je m'étais aperçu que je ne pourrais pas gérer seul tout le travail au bureau – et j'avais été raisonnablement poli avec mes employés aujourd'hui. Ils n'avaient aucun souci à se faire.

— Dans quel sens ? demandai-je, pas vraiment intéressé.

Le printemps pointait le bout de son nez. Ça me donnait envie de me soûler. C'était la première fois que je revenais à Knockemout depuis ma dernière altercation avec Sloane, et tout ici me la rappelait.

— Notre enfance à faire les quatre cents coups. Et maintenant, regardez-nous.

— Trois adultes qui font toujours les quatre cents coups ? devina Stef.

— Tu aurais dû les voir au lycée, taquina Jeremiah. C'est un miracle que cette ville tienne encore debout.

Nash s'indigna.

— On est presque respectables, maintenant.

— Et on a des femmes trop bien pour nous, dit Knox en m'adressant un regard entendu. Enfin deux sur trois.

— Ah ouais, carrément trop bien, confirma Nash.

Knox leva son verre.

— Qu'elles ne retrouvent jamais la raison.

J'ignorai le toast, mais pas les pensées qu'il éveilla.

Ma vie était désormais clairement scindée. Il y avait un avant Sloane et un après Sloane. J'aurais déjà dû me sentir mieux. Je la protégeai en restant loin d'elle. Et c'est ce que j'aurais dû faire depuis le début. Et pourtant, manifestement, j'en étais incapable. J'avais fait ce qu'il fallait, alors pourquoi me sentais-je si malade à l'intérieur ?

Même maintenant, je regardais la porte et j'espérais la voir apparaître. Et que se passerait-il alors ? Est-ce qu'elle continuerait à ne pas me calculer ? Ou est-ce qu'elle me fustigerait avec son mauvais caractère ?

— Où sont-elles ce soir, d'ailleurs ? demandai-je.

— Si tu essaies de nous soutirer des infos sur Sloane, tu t'adresses aux mauvaises personnes, déclara Nash.

Le barbu des frères Morgan haussa les épaules.

— T'as merdé, à toi de réparer. Et comme t'es pas venu nous consulter avant de merder, on va sûrement pas t'aider à réparer.

— Il n'y a rien à réparer, affirmai-je. On s'est donné du bon temps. C'est terminé.

Stef rit dans son verre de vin et échangea un regard moqueur avec Jeremiah.

Nash posa sa bouteille sur le bar.

— Je vais le dire tout de suite avant que l'un de nous dise ou fasse quelque chose de plus stupide encore. Ne parle pas de Sloane comme si elle était juste l'un de tes coups d'un soir.

— Les choses vont devenir intéressantes, chantonna Stef en faisant un signe de la tête vers l'entrée du bar.

Elle se tenait sur le pas de la porte. Sa robe courte au col montant mettait en valeur ses courbes que j'avais si passionnément explorées. Ses cheveux pendaient dans son dos en un rideau blond soyeux. Tous les muscles de mon corps se raidirent, y compris mon sexe. Rester de marbre en la voyant était au-dessus de mes forces.

— On dirait qu'elle a pas attendu que tu l'appelles.

Je m'aperçus alors qu'elle n'était pas seule. Kurt Michaels, le prof adoré par tous les enfants, l'accompagnait. C'était le mec idéal pour fonder une famille. Le genre de gars qui achèterait un camping-car, entraînerait l'équipe de base-ball, et veillerait tard à chaque Noël pour emballer les cadeaux.

Putain.

— Mec, ça pique, plaisanta Knox.

— On admire notre Luce, sérieux, affirma Nash. Si Angelina s'était pointée ici avec un rencard, j'aurais pété un câble et je l'aurais sortie du bar sur mon épaule. Mais pas Rollins.

— Luce n'a aucun problème à voir la fille qu'il a repoussée sortir avec un autre mec parce qu'il était trop poule mouillée pour lui avouer ses sentiments, renchérit Knox.

— Allez vous faire foutre tous les deux, dis-je en prenant une gorgée de bourbon.

— Tu pourrais au moins arrêter de les regarder comme si tu t'apprêtais à arracher un bras à ce pauvre gars, et traîner Sloane dans ta grotte, suggéra Stef.

— Va te faire foutre, toi aussi, ripostai-je.

Jeremiah leva les mains et sourit.

— Me regarde pas, mec. Tu vis ta vie comme tu l'entends.

Je voulais surtout détourner le regard, mais j'en étais incapable. Les pointes argentées dans ses cheveux avaient laissé leur place à une seule mèche lavande.

— C'est vrai que je suis hétéro et donc pas le meilleur juge en matière de plastique masculine, déclara Knox. Mais ce type est sexy.

— Je suis d'accord, s'exclamèrent à l'unisson Stef, Jeremiah et Silver, la barmaid.

— Je vous déteste tous, annonçai-je.

Knox sourit. Silver me glissa un autre bourbon avec un rictus entendu.

La conversation vira vers les mariages à venir, la famille et les petits ragots de la ville, ne me laissant aucune occasion de participer. De toute façon, je n'écoutais pas, trop occupé à regarder Sloane mettre une main sur le bras du prof et éclater de rire avec lui.

Ce geste me glaça et un torrent de pensées insensées m'inonda.

C'est sur mon bras qu'elle aurait dû poser sa main. C'est moi qui devrais être assis en face d'elle. C'est moi qui devrais la ramener chez elle, qui devrais marcher à côté d'elle. Moi qui devrais lire ce qu'elle lit. Moi qui devrais la protéger. Moi dans sa vie.

Sloane retira sa main et se leva. Sans même jeter un coup d'œil dans ma direction, elle fila vers les toilettes. Je bus le bourbon, posai le verre et la suivis.

— Oh non. Pas aujourd'hui, Satan, se fâcha Sloane en secouant la tête quand elle sortit des toilettes trois minutes plus tard et me trouva devant la porte.

— Je veux juste te parler, assurai-je.

— On n'a plus rien à se dire.

Elle ne me calculait plus depuis deux semaines et à présent, elle s'adressait à moi avec une condescendance non dissimulée.

— Comment se passe ton rencard ? demandai-je incisif.

— Super, merci.

— De rien. Je suis vraiment heureux pour toi, répliquai-je.

— Comment ça se fait que tu n'es pas venu avec ton harem ce soir ?

— T'es jalouse ? demandai-je, plein d'espoir.

— C'est toi qui m'attends devant la porte des toilettes alors que je sors avec un type adorable, intelligent et sexy, et qui meurt d'envie de fonder une famille, Lucifer.

— Viens chez moi ce soir, dis-je, me détestant de le lui demander.

— Mais je peux pas. Je dois d'abord traiter le choc émotionnel que tu m'as infligé.

— Arrête ton drama.

Si le feu pouvait surgir des yeux d'une femme, j'aurais été consumé sur place.

— Tu ne comprends vraiment pas ? On a couché ensemble. Et on a décidé que c'était terminé. Point final.

Il n'y aurait jamais de point final entre nous.

— C'était plus que ça, Sloane. Nous deux, ça a toujours été plus que ça, affirmai-je.

— Ah ouais ? Même si ça a été vrai, tu ne t'es pas simplement éloigné, tu m'as repoussée, tu as brûlé tous les ponts et tu t'es sauvé. Mais ça n'a pas d'importance.

— Je te jure que ça va changer.

— Eurk. Toujours aussi exaspérant, je vois. Mets-toi bien ça dans ta tête de lunatique, Lucifer. Je veux un mari, une famille, un homme sur lequel je puisse compter, surtout quand les choses se compliquent. Je ne vais pas m'installer avec un type qui se fait la malle dès que ça devient bon entre nous.

— Tu reconnais que c'était bon.

Je me retins à ce qu'elle venait de dire comme à une bouée de sauvetage.

— T'es vraiment con.

— Tu me rends fou. Je ne veux pas être avec toi, mais il suffit que tu entres dans une pièce pour que je ne puisse plus me retenir. Je ne voulais pas te parler. Je ne voulais pas te suivre et te forcer à me regarder d'assez près pour voir la tache verte dans ton œil gauche. Et je voulais encore moins te demander de laisser ton rencard pour venir chez moi, ce soir.

Du feu jaillissait des yeux de Sloane. Je voulais la toucher, laisser les flammes m'embraser.

— T'es un sale emmerdeur arrogant, siffla-t-elle. C'est un gars bien. Je suis sûre que ta ravissante petite scientifique est aussi bien. Tu as voulu mettre fin à notre petite escapade sexuelle, alors tu as fait ce qu'il fallait pour ça. Ne viens pas te plaindre maintenant.

Je ne pouvais pas me retenir. Mes mains se posèrent sur ses hanches et j'enfouis mon visage dans ses cheveux pour en respirer le parfum si délicieux et familier. Elle laissa échapper un gémissement qui me rendit fou et se détendit légèrement dans mes bras. Je sentais que sa détermination flanchait. L'attirance physique était trop forte pour qu'on puisse la nier, et j'avais bien l'intention de l'utiliser à mon avantage.

L'érection qu'elle m'avait provoquée dès son entrée dans le bar était désormais plus dure que de la pierre. Je me serrai contre elle pour qu'elle la sente.

— Ce n'était pas une erreur. On n'est pas bons l'un pour l'autre.

Sa respiration avait accéléré et ses tétons durcirent sous sa robe, me donnant l'eau à la bouche.

— On est d'accord, lâcha-t-elle.

— J'arrive pas à pas te toucher, ça me manque trop, dis-je avant de poser la bouche contre son cou.

Si elle retournait voir son prof, je voulais au moins qu'elle ait ma marque sur elle. C'était débile, primitif. Je caressai son épaule et descendis vers son sein. Elle lâcha un nouveau gémissement quand je le pris dans ma main pour sentir la pointe dure sous ma paume.

— Lucian.

Mon nom dans sa bouche me faisait perdre la tête. Encore une erreur sur la longue liste qui avait pour nom Sloane Walton. Je n'aurais pas dû me rapprocher autant. Je ne pouvais plus me contrôler quand j'étais aussi près d'elle.

— Laisse-moi te toucher. Laisse-moi te goûter, murmurai-je en me pressant contre elle.

— Oh non ! grogna-t-elle tout en posant la main sur mon érection.

J'étais si près de jouir que je n'osais plus respirer.

— Bon sang, Lucian, lâcha-t-elle. Je n'en reviens pas, je t'ai pratiquement laissé recommencer. C'est tes phéromones ou quoi ? Je te déteste vraiment. T'es insupportable.

— Désolé de te le faire remarquer, mais ta main est sur mon sexe, Lutin. Et si tu bouges un muscle, ou même si tu respires ou que tu me regardes dans les yeux, je vais jouir.

Je compris mon erreur une seconde trop tard.

Parce qu'elle ne retira pas la main. Au contraire même. Et tout en me caressant, elle se lécha la lèvre inférieure et pressa ma main contre son sein.

— Putain, lançai-je alors qu'elle frottait mon érection.

— Tu as obtenu ce que tu voulais ? murmura-t-elle dans mon oreille, alors que son téton taquinait ma paume. Alors rentre chez toi et oublie-moi.

Comme si c'était physiquement possible.

— Ce n'est pas ce que je voulais, dis-je en serrant les dents.

Elle leva un sourcil et pressa mon sexe. Elle était si belle quand elle se montrait diabolique.

— N'importe quoi.

— OK. Bien sûr que c'était ce que je voulais. Tu sais bien à quel point c'était délicieux entre nous, lui rappelai-je.

— J'en suis bien consciente. Le sexe était top. C'est le reste qui n'allait pas. Ça ne m'intéresse plus d'être la partenaire sexuelle d'un mec pour le week-end. Et je n'autoriserai plus un type immature à me jeter parce qu'il est incapable de gérer ses propres sentiments. Je ne joue pas dans ta cour, Lucifer. C'était ton dernier petit cadeau.

Je voulais l'embrasser, et il était clair qu'elle ressentait le même besoin. Il fallait que j'en profite.

— Un problème ?

Les Morgan avaient fini par me suivre.

— Je vous aime tous les deux comme des frères, mais si vous partez pas sur-le-champ, je vous démolis, menaçai-je.

Sloane leva les yeux au ciel et retira la main de mon sexe.

— Immature.

— Sloaney, lequel d'entre nous tu veux voir partir ? Knox et moi ou Rollins ?

Elle plissa les yeux vers moi et je trouvai cette tache sombre dans ses yeux verts.

— Je veux que Lucian parte, dit-elle fermement.

— Lutin, murmurai-je.

Mais elle secoua la tête.

— Ça suffit, Lucian. Va-t-en.

Mon cœur, si j'en avais véritablement un, s'arracha de ma poitrine et tomba à terre. Elle l'écrasa sous sa botte en se détournant de moi pour s'éloigner.

— Viens, on sort, Luce, lança Nash avec sa voix de flic. Une petite cigarette, ça te fera du bien, on dirait.

Les frères me prirent chacun par un bras et m'entraînèrent à travers la cuisine vers le parking. Pour la première fois, je les voyais unis contre moi.

— Tu peux pas la traiter comme ça, Luce, lança Nash quand la porte se referma derrière nous.

— J'ai vraiment envie de lui coller mon poing dans la gueule, déclara Knox, la mâchoire crispée alors que ses bottes crissaient sur le gravier.

— Je comprends, crois-moi. Mais on peut pas, l'arrêta Nash.

— Je ne sais pas ce qui m'empêche de te refaire la face.

— Rien, provoquai-je.

Son poing dans mon visage m'aiderait à ne plus sentir le trou dans ma poitrine.

Le poing de Knox se détendit et il m'enfonça son index dans l'épaule.

— Tu as de la chance que ton père était un connard violent. Autrement, je t'aurais filé une belle raclée.

On s'était battus, comme les jeunes garçons le faisaient toujours. On se balançait des cailloux. On se bagarrait dans le ruisseau. Mais à partir d'un moment, Knox et Nash avaient continué à se bousculer, et ils m'avaient mis à l'écart de leurs combats. Ils s'étaient bastonnés pour des jouets, puis des vélos et des femmes.

— Quel est le rapport avec mon père ?

Knox jeta un regard à son frère pour qu'il vienne à son secours.

Nash baissa les yeux.

— Et si on allait se payer une autre tournée ? Pas besoin de rouler dans la poussière, suggéra-t-il.

— Pas avant que vous me disiez pourquoi vous vous tabassez à cœur joie et que vous me traitez comme si j'étais fragile.

Reprendre le terme de Sloane déclencha une nouvelle vague de nostalgie.

— Les coups, ça n'a pas le même sens pour nous que pour toi, lança enfin Knox. Si je balance un coup de poing dans la mâchoire de mon emmerdeur de frère, c'est parce que je l'aime et qu'il m'a énervé.

— Développe, demandai-je.

— Merde, grommela Nash.

— Je t'écoute, ordonnai-je, de plus en plus impatient.

— Toi, t'as été régulièrement frappé chez toi. Ton père, il s'est comporté comme une vraie ordure avec toi. Peut-être qu'on ne savait pas exactement ce qui se passait, mais on n'était quand même pas assez stupides pour tout ignorer, expliqua Knox.

— Vous ne vous battez pas avec moi, parce que vous pensez que je fais pas la différence ? Que je pourrais pas le supporter ?

Ils échangèrent un regard et haussèrent les épaules.

— En gros, ouais, répondit Nash.

— Ouais, confirma Knox. Et en plus, t'es plus du genre à balancer un avocat qu'une torgnole.

Je retirai ma veste et la posai sur le hayon du pick-up le plus proche.

Knox poussa un ululement. La porte du bar s'ouvrit et Stef et Jeremiah en sortirent, leur verre à la main.

— On vous avait dit qu'on voulait pas rater ça, lança Jeremiah.

— On peut pas avoir au moins une nuit sans bagarre ? s'agaça Nash.

— Pas aujourd'hui, en tout cas, décidai-je.

— T'es sûr de toi ? demanda Stef. Ils sont deux et t'es tout seul.

— T'es là, toi, remarquai-je en retroussant mes manches.

— En effet. Mais je suis dans le camp de Sloane, moi. Tu as été un vrai connard avec une fille super, pour des raisons sûrement logiques pour toi, mais qui en fait sont vraiment à chier. Je mise sur les Morgan.

Sa morale m'exaspérait.

— Pareil pour moi, confirma Jeremiah.

Je me concentrai sur ma deuxième manche, la déboutonnant pour la retrousser.

— Je vous déteste tous. Qu'est-ce que vous foutez ?

Knox piétinait, tournait la tête, tirait sur ses bras.

— Ce type ne s'est visiblement plus battu depuis ses trente ans, remarqua Knox en direction de son frère.

— Tu dois t'échauffer, conseilla Nash en faisant quelques squats.

Knox tourna de nouveau son cou et ses épaules.

— C'est fini les bagarres spontanées ? m'étonnai-je.

— Mets une droite et tords-toi un muscle si fort que tu pourras plus t'essuyer pendant une semaine et on en reparle, insista Nash en faisant de grands cercles avec les bras.

— C'est carrément décevant !

Un poing atterrit dans ma mâchoire, propulsant ma tête en arrière.

— C'est ce qui arrive quand on est assez con pour baisser sa garde, se réjouit Knox alors que ma tête carillonnait comme la cloche d'une église. Fais mieux que ça. Arrête de traiter les femmes comme de la merde et surtout Sloane.

— Bon sang, dis-je, plié en deux, en me frottant le visage. Je ne l'ai pas traitée comme de la merde. On était d'accord que c'était rien, et on a mis fin au rien.

— C'est des conneries et tu le sais. Et c'est pas possible que t'aies déjà eu ta dose. Nash a même pas pu t'en coller une, lança Knox en me tapant l'épaule.

— Rentrons et buvons un autre verre, proposa Nash sur un ton qui semblait déçu.

— Tu l'as pas encore frappé. C'est vachement pas satisfaisant, insista Knox.

— Je vais me contenter de l'insulter et de le traiter de lâche qui a peur d'une petite bibliothécaire, répliqua Nash.

Cette petite bibliothécaire était plus terrifiante que nous tous, et il le savait.

Knox s'était à moitié tourné vers son frère et ne me vit pas venir. Mon poing s'enfonça sur sa joue avec force. Il trébucha avant de retrouver l'équilibre.

— Ah enfin ! s'exclama-t-il avec un sourire.

— À moi, lança Nash en se mettant en position. Tu traites pas Sloane comme si elle était un coup d'un soir. Peu importe ce qui s'est passé entre vous ou comment les choses se sont terminées, tu la traites avec respect.

— Vous vous prenez pour qui ? Ses grands frères ?

Je fis mine de frapper et Nash esquiva. Il répliqua aussitôt avec un uppercut dans mon plexus solaire qui me coupa le souffle. Je repartis pourtant aussitôt à l'assaut et lui balançai une droite dans la bouche.

Mon ami le chef de la police sourit vicieusement et arma son bras. Je parai, mais pas suffisamment bien et reçus son poing sur l'arête du nez.

— J'ai pas entendu craquer, rassura Knox.

— Je me retiens, assura Nash.

Il grogna quand mon poing atterrit sur son épaule gauche.

— Alors tu veux la jouer déloyal ? taquina-t-il.

— Je suis là pour vous remettre un peu de plomb dans la cervelle. Sloane n'est rien pour moi.

— N'importe quoi, lança Nash en ponctuant chaque syllabe par un coup. Je te voyais monter à sa fenêtre quand on était au lycée. Je vois comment tu t'illumines quand tu la vois. Tu sais que ça va te brûler de la regarder droit dans les yeux, mais tu ne peux pas t'en empêcher.

— C'est normal, elle est splendide, renchérit Knox avant d'écarter son frère pour me frapper dans l'œil.

— Je ne suis pas vous. Je suis pas fait pour être en couple. Surtout que ni elle ni moi ne voulions de ça pour commencer.

— C'est pas parce que tu le dis que c'est vrai, dit Knox en esquivant mon poing.

Nash but une gorgée d'eau.

— Il est bien placé pour le savoir, regarde ce qu'il a fait à Naomi. Il a fait semblant de sortir avec elle et l'a ensuite vraiment larguée.

— Où est-ce que t'as trouvé une bouteille d'eau ? demandai-je, haletant, et je réussis enfin à mettre une raclée à Knox pour changer.

Il ne broncha pas.

— Je ne suis pas amoureux d'elle, connards.

Les mots eurent un drôle de goût dans ma bouche. Ça devait être le sang.

— Il se ment à lui-même, le pauvre, commenta Stef.

— Je suis d'accord, acquiesça Nash.

— J'ai de la peine pour lui, lança Jeremiah.

— Vous vous amusez bien ? demandai-je alors que Stef sortait son portable pour prendre des photos.

— Énormément.

Nash et moi, on continua à échanger les coups de façon si digne et propre que les clients qui arrivaient sur le parking ne prirent même pas la peine de s'arrêter pour nous regarder.

— Bonsoir, les gars, salua Harvey Lithgow, un gros bonhomme tout en cuir.

— Bonsoir Harvey, lui répondit-on en chœur.

— Tu te retiens encore, me plaignis-je quand Knox visa mon ventre.

Tout le haut de mon corps hurlait de douleur comme si j'avais été percuté par un camion.

— Ouais, dit-il.

— Si vous continuez comme ça, je vais en profiter, et j'enchaînai un coup de coude dans la mâchoire et un coup de poing dans le ventre.

Il cracha du sang sur le gravier et sourit.

— Essaie, tu verras.

Une mêlée était ce qui pouvait le mieux décrire ce qui suivit. Sans aucune haine, on se tabassa tous les trois, vautrés à terre.

— Tu abandonnes ? demanda le chef de la police de Knockemout.

J'avais pris Nash en cravate sur mes genoux. Mais il tirait de toutes ses forces sur mon auriculaire. Knox m'avait replié le bras gauche dans le dos et j'avais mon pied entre ses jambes.

— On sourit et on dit « cheese » ! cria Stef en se plantant devant nous.

Jeremiah vint à côté de nous et leva un pouce, juste avant que son petit ami n'immortalise le moment.

— Ne nous donne pas envie de t'en coller une, le mis-je en garde.

Je libérai Nash qui, heureusement, lâcha mon petit doigt et donnai à Knox un coup de pied dans la cuisse. On roula tous les trois dans le gravier, en sang et meurtris.

— Sloane va vous en faire voir de toutes les couleurs pour ça, lançai-je en claquant des doigts pour que Stef me jette ma veste.

Elle m'arriva droit dans le visage.

— Sûrement pas, répliqua Knox en prenant la bouteille d'eau à son frère. Elle te déteste. Elle nous donnera sans doute des trophées.

Je secouai la tête et sortis ma cigarette et mon briquet.

— Elle sera furieuse que vous ne l'ayez pas prévenue pour qu'elle puisse profiter du spectacle.

— Pourquoi tu ne peux pas juste vous donner une chance ? demanda Nash.

Je savourai ma première bouffée de tabac et soufflai la fumée dans l'air de la nuit.

— Parce qu'elle est trop bien pour moi.

Les frères gloussèrent.

— Quoi ? demandai-je.

— Tu penses que j'étais assez bien pour Angelina ? demanda Nash avec une grimace.

— Je sais qu'aucun de vous ne me voyait à la hauteur de Naomi.

— C'est vrai, concéda Stef. Elles sont toutes les trois largement trop bien pour vous.

— Quand t'es en couple, t'es pas supposé te sentir digne de l'autre ? demandai-je.

Ça aurait très bien pu être une phrase prononcée par mon psy.

— C'est avant tout toi qui dois te donner le sentiment d'être digne, pas l'autre.

— Dès que tu commences à penser que t'es au niveau ou mieux que ta partenaire, c'est là que les problèmes commencent, renchérit Knox.

J'essuyai ma bouche en sang sur ma manche et pris une autre taffe.

— Alors on fait quoi ? On les rabaisse simplement à notre niveau ?

Knox lança sur moi un petit gravier.

— Pas du tout, débile. Tu passes ta vie à essayer de t'améliorer pour être à la hauteur.

— Ça paraît épuisant.

— C'est pas pour les faibles, c'est sûr, confirma Jeremiah.

Je me frottai la mâchoire. Mon visage et mon poing me torturaient. Mais la douleur dans ma poitrine s'était un peu calmée.

— Tu reviens à l'intérieur ? demanda Knox en montrant le Honky Tonk.

Je secouai la tête. J'avais besoin d'être seul.

Stef et Jeremiah aidèrent les frères Morgan à se relever.

Nash se pencha et me tapa l'épaule.

— T'es pas un mauvais bougre, Luce. T'es juste un imbécile.

— Merci, répliquai-je sèchement avant de regarder les deux frères boiter vers le bar.

Jeremiah suivit après avoir adressé un clin d'œil à Stef.

Ce dernier me tendit une main pour m'aider à me relever.

— Tu sais, j'ai passé les dernières semaines à me prendre la tête, à me poser tout un tas de questions, dit-il alors que je me remettais debout.

— À quel sujet ?

— Tout. Déménager ici. Officialiser notre relation avec Jeremiah. M'engager.

— Il n'y a rien de mal à bien réfléchir. C'est pas rien un engagement, dis-je en me frottant la mâchoire.

— Réfléchir, c'est une chose, être une poule mouillée, c'en est une autre.

— Lâche-moi.

— Écoute, je suis le dernier à pouvoir donner des conseils en matière de couple, concéda Stef. Mais je vois bien comment tu la regardes, c'est pas juste un bon moment que vous avez passé.

— Il n'y a personne dans cette ville qui ne soit pas persuadé que les histoires finissent toujours bien ? Tu ne connais rien de notre relation, lui rappelai-je.

— Non, mais en te regardant je me demande si ce serait pas mieux de découvrir ce que ça pourrait donner. S'ouvrir à l'autre au risque d'avoir le cœur brisé, plutôt que d'être trop lâche pour essayer.

— L'amour rend les hommes bêtes.

— Certes. Mais est-ce que le rejeter ne nous rend pas plus bêtes encore ? conclut-il.

– 35 –

Tu m'aimes, espèce d'idiot

Sloane

— Qu'est-ce qui se marie mieux avec des crises de larmes ? La salade César ou des steaks au fromage ? demanda ma mère en brandissant deux menus de restaurant à emporter.

On était lundi, et ma mère et moi avions pris notre journée pour faire le tri dans les affaires de papa. On était dans la chambre à coucher de mes parents, et on faisait des piles avec ses livres. Quoi garder, quoi donner et quoi vendre.

— Les pleurs, ça ramollit les steaks au fromage. Et pourquoi pas du fromage grillé ?

— Bonne idée ! Il y a un restaurant qui en fait du délicieux au coin de la rue. Je vais commander, proposa ma mère.

Pour être honnête, je n'avais pas faim, ce qui ne m'arrivait qu'en cas de grippe intestinale. Mais ce n'était pas un virus, c'était la honte. Après mon altercation au Honky Tonk avec Lucian, j'avais ressenti une colère terrible envers moi-même et beaucoup de culpabilité.

Je sortais avec un autre homme – un type parfait en théorie – et pourtant, j'avais eu besoin de poser la main sur le sexe de Lucian. J'avais été consentante. Et ensuite, j'avais forcé les amis de Lucian à le sortir, alors que j'avais été aussi responsable que lui de l'incident. Et à en croire les visages tuméfiés de Knox et Nash quand ils étaient revenus dans le bar, ils ne s'étaient pas contentés de le sortir.

J'étais honteuse, j'avais une sale opinion de moi.

Maman revint et s'assit par terre à mon côté.

— C'est dur, dis-je, alors que les larmes coulaient sur mes joues. Papa me manque.

— Je sais, ma chérie. Moi aussi il me manque. Tellement.

— Bon sang ! gémis-je. Je pensais que je ne pleurerais plus.

— Alors tu es bien naïve, me taquina maman, en prenant mon visage entre ses mains. Avançons un peu sur nos piles avant que le déjeuner arrive.

On prit toutes les deux un moment pour se moucher et se ressaisir.

— Et ça ? demandai-je en lui montrant un gros volume de droit fiscal de la Virginie.

— On donne. Oh ! Tu te souviens de celui-là ?

Elle me tendit un livre de droit usé.

— Ton père interrogeait Maeve sur les jurisprudences dans le droit de la famille quand elle lui a annoncé qu'elle voulait être avocate. Elle avait dix ans.

Le souvenir m'enveloppa comme une douce couverture. Papa et Maeve s'asseyaient à la table de la cuisine avec des blocs-notes et des recueils de droit pendant que maman m'aidait à faire mes devoirs sur l'îlot.

Papa avait été tellement fier et excité que sa fille aînée veuille suivre ses traces. Adolescente, Maeve avait été déterminée à être la meilleure.

— On le garde, c'est sûr. Mets-le dans la boîte pour Maeve.

— Alors je vais devoir te demander quelque chose qui va sans doute te mettre en colère, annonça maman, en posant le livre dans la boîte.

— Ça fait ça d'être parent ? plaisantai-je.

— Lucian.

Je me figeai.

— Oui ?

Elle ne savait sûrement rien sur notre brève liaison malvenue. N'est-ce pas ? Elle aurait dit quelque chose. À moins que ce ne soit maintenant pour elle le moment de le dire.

Maman poussa une grande pile de magazines avec son pied.

— Je sais que vous ne vous parlez pratiquement pas, mais je me demandai si tu avais eu de ses nouvelles récemment. Il a annulé nos dîners deux semaines de suite et ne répond plus à mes appels depuis. Ça ne lui ressemble pas, et je me fais du souci.

Visiblement, Lucian avait largué deux femmes Walton sur trois.

— C'est vrai que vous passiez beaucoup de temps ensemble, hasardai-je.

— Ne te fâche pas. Ton père et moi, on adore Lucian. Il fait partie de nos vies depuis qu'il s'est introduit dans ta chambre par la fenêtre. On a été très déçus que vous ne tombiez pas amoureux et que vous ne nous fassiez pas plein de beaux bébés.

Ma mère plaisantait, mais étant donné mon projet de vie récent et le succès de Lucian auprès de mon vagin, ça me fit l'effet d'une attaque personnelle.

— Tu as plus de chance de te retrouver avec Michael B. Jordan comme beau-fils qu'avec Lucian Rollins, dis-je sèchement.

— Mignon et talentueux. Ça ne me dérangerait pas de dîner avec lui à Thanksgiving, taquina maman. Donc tu n'as pas eu de ses nouvelles ? Je m'inquiète. Ce n'est pas son genre de m'éviter comme ça. Il a fait beaucoup pour ton père et moi, surtout depuis qu'on a emménagé ici, et il me manque.

Je voulais l'interroger sur tout ce que cet étalon sans émotion avait fait pour mes parents, mais je perçus la tristesse dans sa voix et je me sentis mal. Coupable, même. À cause de moi et de ma mésaventure avec Lucian, il s'éloignait d'elle, et au lieu d'avoir tout le soutien qu'elle méritait, elle pleurait deux hommes désormais. Je dirais à Lucian que son attitude était inacceptable dès que j'en aurais l'occasion.

— Je suis sûre qu'il est juste occupé, mentis-je. Je suis sûre qu'il t'appellera pour déjeuner avec toi dès la semaine prochaine.

J'allais m'assurer qu'il n'oublie pas.

— J'espère, lança ma mère.

Elle posa les autres livres de droit sur la moquette, et passa un chiffon sur toute la longueur de l'étagère.

— On a assez parlé de moi. Comment se passe ta chasse au mari idéal ?

— Ça se passe bien. J'ai eu mon premier rendez-vous avec Kurt Michaels vendredi soir.

J'omis de dire que j'avais caressé Lucian dans le couloir par la même occasion.

Maman arrêta de passer le chiffon.

— Et ?

— Et il est gentil. Et intelligent. Et mignon. Évidemment super avec les enfants. Il veut se ranger. Et contrairement à toutes mes autres rencontres, ce n'est ni un homme marié, ni un menteur ni un hors-la-loi.

— Mais ? devina ma mère.

— Comment tu sais qu'il y a un « mais » ?

— L'intuition maternelle. Celle qui m'a soufflé que tu allais sortir en douce à l'anniversaire des seize ans de Sherry Salama alors que tu étais punie.

Je soupirai.

— En théorie, il est parfait. En personne aussi, il est parfait. Mais, il n'y a eu aucune...

Flammes incandescentes de désir ? Envie de lui arracher son pantalon ? Réaction chimique ?

— Étincelles ? termina maman.

Des étincelles, ce n'était rien par rapport à ce que j'avais ressenti avec Lucian.

Je haussai les épaules.

— Peut-être que j'en veux trop. Que je demande trop à un seul homme. Sérieusement, qui peut espérer un mari qui change les couches, respecte ton travail et se montre aussi expert sous les draps que les héros des romans d'amour.

— Ça existe, m'assura ma mère en m'entourant les épaules de son bras.

— Si tu penses pouvoir en profiter pour me parler de ta vie sexuelle avec papa, je t'envoie la facture pour une psychanalyse.

— Je sors mon carnet de chèques.

Je poussai un grognement et me blottis contre elle.

— Pourquoi ça doit être si pénible ?

— Tout ce qui vaut la peine est difficile. Trouver un partenaire ne consiste pas à cocher des cases. Personne n'est parfait, même pas toi, Sloaney

Baloney. Tomber amoureux, c'est découvrir quelqu'un qui te rend meilleur quand tu es avec lui et vice versa.

— Et s'il te fait du mal ?

— On commet des erreurs. Beaucoup. À toi de décider lesquelles tu peux pardonner.

— Quel genre d'erreurs a fait papa ?

— Il était toujours en retard. Il apportait du travail à la maison. Quand il planchait sur une affaire qui lui tenait vraiment à cœur, il était dans ses pensées et n'était pas présent avec nous. Il ne savait pas s'habiller. Il mangeait mal.

Je ris.

— Mais la colonne des plus a toujours largement dépassé celle des moins. Ton père et moi, on a toujours eu une vie sexuelle très épanouie, ajouta-t-elle avec un clin d'œil.

— Maman !

Elle s'écroula par terre, hilare.

— Ça marche à tous les coups.

— Tu me pousses à bout, dis-je en m'allongeant sur le tapis à côté d'elle et en regardant le plafond.

— Je me venge.

— Maman ? Je sais pas si je te l'ai déjà dit, mais merci d'être une mère tellement sensationnelle. Papa et toi, vous ne m'avez jamais donné le sentiment que je ne pouvais pas…

Maman s'assit et attrapa un mouchoir dans la boîte.

— Sloane, j'apprécie que tu m'ouvres ton cœur, mais si tu veux que j'arrête de pleurer, tu devrais commencer à m'insulter.

— Ton rôti à la cocotte est trop sec. Et ton rapport obsessionnel avec les dents, ça fait peur.

On était encore entre les rires et les larmes quand on sonna à la porte.

Maman se leva.

— Je vais chercher notre déjeuner.

Je l'entendis se moucher en traversant l'appartement.

Je soulevai la caisse de livres de jardinage et la posai sur le bureau. Je la poussai sur la surface de la table et envoyai par terre une pile de paperasses, accidentellement.

— Merde, grommelai-je.

Je m'agenouillai pour rassembler les papiers : certificat de décès, cartes de vœux et factures médicales.

— On mange par terre ou comme des gens civilisés ?

— Par terre, répondis-je, alors que je repérai une dernière feuille venue se coller entre le mur et le pied de la chaise. Je rampai pour l'attraper.

Un nom attira mon attention quand je la posai sur le haut du tas.

Intriguée, je parcourus le document.

Laboratoires Litchfield.

Payé en totalité.

Lucian Rollins.

Un frisson me traversa le dos.

Maman passa la tête dans l'embrasure de la porte.

— Tu veux un peu plus de vin, d'eau pétillante ou on passe au Bloody Mary, comme j'ai oublié de commander de la soupe à la tomate ?

— C'est quoi, ça ? demandai-je en levant le papier.

Elle le regarda et je la vis rougir d'embarras.

— C'est ce que je n'étais pas censée te dire.

* * *

— Qu'est-ce qui ne va pas chez toi ? demandai-je en entrant en tombe dans le bureau de Lucian.

J'agitai le papier comme un drapeau.

Derrière sa table de travail, il me regarda, impassible, mais je vis du feu dans ses yeux. Et des hématomes sur son visage. Il avait l'air d'un boxeur qui venait de perdre son titre.

— Désolée, monsieur, lâcha Petula en courant derrière moi. Elle est plus rapide que je le pensais.

— Pas de problème, lança Lucian comme si c'était en fait très grave.

— Bottez-lui le cul, murmura Petula dans ma direction en repartant dans le couloir.

— Tu peux y aller, Nallana, dit Lucian à la femme assise devant lui.

Elle avait les mains enfoncées dans son sweat-shirt à capuche et un sourire amusé sur les lèvres.

— Mais je veux rester et voir le spectacle.

— Pars, j'ai dit, insista Lucian, ses yeux toujours rivés sur moi.

Avec un soupir, elle se leva, m'adressa un clin d'œil et sortis.

Je posai le papier sur son bureau sans ménagement. Et pour être le moins sympa possible, je passai les doigts sur la surface en verre immaculé.

Il jeta un regard au document et sortit d'un de ses tiroirs une paire de lunettes ultra-sexy.

J'étais une blague géante ! Ce type renversant qui me faisait monter au septième ciel et qui portait les lunettes les plus séduisantes du monde était le type dont je ne voulais pas.

— On dirait une facture réglée, dit-il, comme si j'étais la femme la plus bête de l'univers. Maintenant si tu veux bien m'excuser, je ne veux pas de toi ici.

— Je sais ce que c'est, imbécile. C'est une facture pour un traitement expérimental contre le cancer pas remboursé par les assurances de santé. Pourquoi ton nom figure-t-il dessus ?

— Mon nom figure sur beaucoup de documents.

Il retira ses lunettes avant de passer le papier dans le broyeur à ses pieds.

— Si tu as fini, je vais demander à la sécurité de te raccompagner dehors.

Je perçus chez lui une tension, une nervosité que je n'avais jamais ressentie avant.

— Je ne pars pas sans réponse. Plus vite tu me les donnes, plus vite tu seras débarrassé de moi.

Il décrocha son téléphone fixe et composa un numéro.

— Mme Walton aura besoin d'un chauffeur dans cinq minutes pour la conduire à l'appartement de sa mère.

Je croisai les bras et lui adressai un regard mauvais alors qu'il écoutait la réponse à l'autre bout du fil.

— Oui. Faites fouiller son véhicule et postez un garde à côté.

Il raccrocha brusquement et me décocha un regard glacial.

— Pose tes questions et ensuite tu devras y aller.

Je fermai les yeux et respirai profondément.

— Lucian, pourquoi ton nom est sur la somme astronomique du traitement pour mon père ? Un traitement qui était apparemment au stade d'essai ? Un traitement qui lui a donné six semaines de plus parmi nous.

Ma voix se cassa pitoyablement.

La tension entre nous atteignait des sommets insoutenables. Alors qu'on se regardait, mes yeux se remplirent de larmes.

— Fais pas ça, Sloane, dit-il doucement. S'il te plaît.

— Pour une fois dans ta vie, dis-moi, suppliai-je.

— Tu devrais en discuter avec ta mère.

— Elle m'a dit de venir t'en parler.

Il resta muet un long moment.

— Il voulait passer un autre Noël avec vous.

Je reculai d'un pas et me cachai le visage dans les mains.

— Tu ne vas pas pleurer, si ? demanda-t-il sur un ton grincheux.

— Je suis à fleur de peau en ce moment, et je ne sais pas laquelle de toutes les émotions qui me traversent va prendre le dessus, avouai-je derrière mes mains.

— Tu es en colère contre moi, présuma-t-il.

— Je ne suis pas en colère que tu aies signé un chèque à sept chiffres pour offrir quelques semaines de plus à mon père, tête de cul. Je te suis reconnaissante pour ça et en même temps je ne sais pas comment je dois réagir. Mais pourquoi faire un truc pareil sans m'en parler ? Pourquoi me le cacher ?

— Tu devrais peut-être essayer de respirer profondément ? Dehors. Loin de mon bureau.

— Quoi d'autre ? demandai-je.

— Je ne te suis pas, dit-il en jetant un coup d'œil vers la porte.

Je m'approchai de lui, attrapai sa cravate et le regardai dans les yeux.

— Je te donne une dernière occasion pour être honnête avec moi. Qu'est-ce que tu as payé d'autre, ou donné ou créé pour moi sans que je le sache tout en me disant que j'avais gâché ta vie ?

— Je sais pas de quoi tu parles !

Je pris une inspiration.

— Donc la Yoshini Holdings Foundation, le partenariat avec Stella et le Bing Group ne te disent rien ?

Son visage se durcit.

— Je suis au milieu d'une journée très chargée…

Je tirai sur sa cravate.

— Je me fiche de savoir si t'es en pleine opération de l'appendicite, Lucifer. On en discute maintenant.

Son silence de marbre me tapa sur les nerfs.

— La Yoshini Holdings Foundation a financé une subvention de cent mille dollars pour que la bibliothèque perfectionne son système informatique et démarre le programme de prêt de tablettes et de portables. Le partenariat Stella a offert soixante-quinze mille dollars à la bibliothèque pour qu'elle élargisse son programme communautaire, ce qui a permis, entre autres, d'embaucher Naomi. Et le Bing Group a fait un don généreux pour couvrir les frais de construction du Knox Morgan Municipal Building qui abrite comme par hasard la bibliothèque.

— Si tu as terminé…

— Lucian, toutes ces organisations t'appartiennent.

Tous les points commençaient à se rassembler dans ma tête.

— J'ignore où tu as eu tes informations, mais je peux t'assurer…

— Je suis bibliothécaire, emmerdeur ! C'est mon métier de savoir les choses ! Ce que je ne sais pas, c'est pourquoi tu finances mes rêves avec ton argent, alors que, comme tu le dis, tu ne me supportes pas.

— Je n'ai pas à t'expliquer mes calculs fiscaux.

— J'hésite entre balancer ton agrafeuse à travers la fenêtre ou dans ta tête.

Je m'éloignai de lui pour faire les cent pas.

— Je préfère la fenêtre, lança-t-il.

Je baissai les yeux et repérai quelque chose que je reconnus dans son tiroir du haut.

— Oh bon sang !

Je m'emparai d'une paire de lunettes cassées. C'étaient les lunettes que j'avais perdues pendant la bagarre à la fête d'Halloween à la bibliothèque. Les lunettes que je n'avais pas retrouvées.

— Ne touche pas à mes affaires, s'énerva Lucian en me regardant.

— Si je ne suis rien pour toi, pourquoi me donner encore un peu de temps avec mon père ? Pourquoi donner tant d'argent pour les causes qui me tiennent à cœur ? Et pourquoi tu gardes les lunettes que j'ai perdues l'automne dernier ?

— Baisse la voix ou la sécurité va te sortir d'ici *manu militari*.

— Dis-le, Lucian.

— Si tu veux me faire perdre mon temps à parler en devinette, assieds-toi donc et bois un verre d'eau, dit-il en se levant pour me remplir un verre.

— Tu m'aimes, espèce d'idiot. Tu m'aimes depuis qu'on est adolescents. Tu m'aimais même quand j'ai trahi ta confiance. Tu m'aimais après quand je réparais la situation. Et tu m'aimes toujours.

Il se figea sur place et se tourna vers moi.

— Tu n'as rien réparé du tout. Tu as failli te faire tuer. Et s'il était sorti de prison, ne serait-ce que pour une heure, il t'aurait achevée. C'est ce qu'il faisait à tout ce qui comptait pour moi. Aucune décision de justice aurait pu te protéger de lui.

— Alors tu m'as protégée en faisant de notre amitié un secret. Et tu as continué en me repoussant. Je n'étais qu'une voisine trop curieuse.

— Il aurait trouvé un moyen de te faire du mal. Il l'a trouvé, d'ailleurs.

— Il est mort, Lucian. Mort et enterré. Quelle est ton excuse, maintenant ?

— Je ne sais pas de quoi tu parles, mais c'est gênant pour toi, franchement. Je ne t'aime pas, insista-t-il.

Il parlait sur un ton glaçant, son visage restait de marbre. Mais ses yeux débordant de désir me renvoyaient une tout autre vérité.

— Tu es sûr que c'est la réponse que tu veux me donner ? murmurai-je.

— Je ne t'aime pas, assura-t-il, obstinément.

Je lâchai une expiration tremblante.

— Après toutes ces années, tout ce qu'on a traversé, tu ne peux toujours pas être honnête avec moi.

— Je suis honnête avec toi, dit-il sans croiser mon regard.

— Tu m'aimes, répétai-je.

Des larmes m'échappèrent et coulèrent sur les joues.

— Tu m'aimes. Mais tu es résolu à ne pas essayer. C'est tellement triste. C'est pitoyable.

— Tu dois y aller, Sloane, dit-il, tranchant.

J'avais l'impression que mon cœur était passé dans un broyeur. J'avais mal partout.

— C'est bon, dis-je en partant vers la porte, mais je m'arrêtai. Je ne pourrai jamais te rembourser ces derniers mois avec mon père.

— Je ne veux pas que tu me rembourses, grommela-t-il, en passant une main dans ses cheveux. Tu ne peux pas revenir ici. C'est dangereux.

— D'accord. Mais tu dois arrêter ces donations secrètes. Et tu dois arrêter de me surveiller. Merci pour ta générosité infinie, mais comprends quelque chose, je ne peux plus rien accepter de ta part. Jamais.

— Pourquoi ?

— Parce qu'après tout ça, je pense qu'on mérite tous les deux une rupture nette.

Il resta silencieux un long moment, alors que ses yeux scrutaient mon visage en quête de quelque chose qu'il ne trouverait pas.

— Ça ne marchera pas entre nous, Sloane. Il a tout fait pour.

— Il est mort, Lucian, contredis-je en secouant la tête. C'est toi qui fais tout pour que ça ne marche pas entre nous.

Je me dirigeai vers la porte, espérant réussir à la tenir assez longtemps pour sortir de son bureau. Deux agents de la sécurité m'attendaient dans le couloir. Je m'arrêtai sur le pas de la porte et me retournai une dernière fois.

— Je t'aimais, tu sais ? Quand on était enfants, je t'aimais. Et je pense que j'aurais pu recommencer.

Ses yeux se voilèrent, mais il resta où il était et ne dit rien.

— Au fait, continuai-je. Tu me jettes, OK, mais ce n'est pas une raison pour jeter aussi ma mère. Tu lui manques, alors prends ton portable et appelle-la.

— Ce n'est pas une bonne idée en ce moment, répliqua-t-il.

— Emmène-la déjeuner ou dîner ou je ne sais pas ce que vous faites encore tous les deux, et fais-le maintenant, ou je trouverai de nouvelles méthodes créatives pour te torturer. Tu peux pas la laisser tomber alors qu'elle est en deuil. N'abandonne pas ma mère.

— Je peux te voir, patron ? demanda Nolan en passant entre les deux gardes.

Il leva la tête des dossiers qu'il tenait dans ses mains.

— Non, apparemment, c'est pas du tout le bon moment. Content de te voir, blondinette.

– 36 –

Trop de coups durs

Sloane

— Ton podcast sur Mary Louise a déjà attiré plein de monde.

— Vraiment ? demandai-je en tournant ma glace dans le sens des aiguilles d'une montre.

Kurt Michaels était intelligent, charmant et beau. Il racontait des blagues bien lourdes, portait des gilets sexy et des lunettes de geek craquantes. Le papa potentiel idéal. Contrairement à d'autres.

Il me tenait la main, ouvrait les portes pour moi, m'écoutait attentivement, s'intéressait à ce qui était important pour moi, comme l'affaire Mary Louise. Et au cours de nos deux derniers rendez-vous, je n'avais à aucun moment ressenti le besoin de simuler une urgence ou de fuir par la fenêtre des toilettes. Et aussi, il ressemblait beaucoup à Michael B. Jordan.

Mais c'était notre troisième rendez-vous et j'avais des palpitations à l'idée de coucher avec lui. Et pas les bonnes. Je ne partais pas du principe que c'était un mauvais coup. J'avais vu la vidéo du concert de Noël sur la page Facebook de l'école. Il savait manifestement se déhancher. Et en plus, on s'était embrassés à la fin de chacun de nos rencards et ça avait été très agréable.

Mais je savais au fond de moi que Lucian Rollins n'avait laissé aucune place aux autres hommes. Et je n'étais pas prête à accepter l'ampleur des dommages.

La main noire et lisse de Kurt prit la mienne de l'autre côté de la table. Je sursautai.

— Sloane, lança-t-il, impatient.

— Quoi ? demandai-je, essayant de me souvenir s'il m'avait posé une question.

— J'ai le sentiment que tu es ailleurs. Et peut-être avec quelqu'un d'autre.

Je grimaçai, mon masque de fille cool se fissura aussitôt.

— C'est pas ça. Tu me plais vraiment beaucoup.

— Je fais cet effet aux femmes oui, plaisanta-t-il.

— Tu ferais un super mari et un super papa. Et tu n'as pas un bagage émotionnel insurmontable.

Il m'adressa un de ses sourires renversants.

— Qu'est-ce que je peux dire ? Je suis un bon parti. Pourquoi tu passes pas directement au « ce n'est pas toi, c'est moi » ?

Je lâchai un petit grognement et regardai ma glace à moitié entamée.

— Je sais que tout le monde dit ça, mais dans ce cas, c'est la pure vérité. Ce n'est vraiment pas toi. C'est moi.

Il pencha la tête, toujours aussi attentif.

— Tu as des sentiments pour quelqu'un d'autre, comprit-il.

— Comment tu… peu importe. Ce ne sont pas les sentiments que tu penses. C'est plus de la rage, de l'agacement et de la frustration. Mais sérieusement, comment tu savais ?

Il expira.

— Je me remets d'une relation, moi aussi. Enfin, j'essaie. Elle n'était pas prête à s'engager. Alors j'essaie de tourner la page.

— Pareil, admis-je, me tassant sur ma chaise, soulagée. Mais je veux pas juste tourner la page. Je veux l'exorciser. Je veux trouver un moyen de ne plus rien ressentir pour lui.

— On dirait que tu as encore beaucoup de sentiments pour lui, remarqua Kurt.

— Des envies de meurtre, surtout. Il n'est vraiment pas fait pour moi. Il veut tout le contraire de ce que je veux. En fait, il ne me veut même pas. Et je ne veux pas de lui. C'est juste que physiquement, on… Et je ne devrais surtout pas parler de ça pendant un rendez-vous avec un autre homme.

Il haussa les épaules.

— Tu as peut-être besoin de prendre conscience que c'est terminé.

— Crois-moi. Ça ne pourrait pas être plus terminé que ça. Mais j'ai en moi cette part de romantisme à deux balles qui me fait me demander comment l'attraction physique peut être si intense, si puissante, quand tout le reste ne fonctionne clairement pas.

Je grimaçai.

— Désolée. Parle-moi de toi avant que je m'humilie davantage.

Au tour de Kurt de grimacer.

— C'est contre moi que tu auras des envies de meurtre si je te raconte.

— T'inquiète pas. Tu peux pas être pire que moi.

— Tu vas regretter d'avoir dit ça, prédit-il.

Il avait l'air vraiment sincère et préoccupé.

— Ça n'ira nulle part entre nous, n'est-ce pas ? demandai-je.

— Malheureusement, on dirait bien, confirma-t-il.

— D'accord, alors ça devrait te faire te sentir mieux. Je l'ai croisé le premier soir où on est sortis ensemble au Honky Tonk. Il m'a demandé de venir chez lui, même s'il disait très clairement que ce n'était que pour le sexe. J'ai perdu la tête, dépassée par mes hormones, je l'ai laissé s'approcher un peu trop près, ça a un peu dérapé et je lui ai dit que je ne voulais plus jamais lui parler.

Il se radossa sur sa chaise.

— Ça ne me fait pas du tout me sentir mieux.

Je fronçai les sourcils.

— Ah non ? Dis-moi tout. Ça peut pas être pire que ma confession.

Soulagée d'avoir tout déballé, je pris une bouchée de glace.

— Je suis amoureux de ta sœur.

Je m'étouffai, pas prête du tout pour cet aveu.

— Pardon ?

— Tiens, dit-il en me donnant un verre d'eau. Bois un peu et balance-moi le reste au visage.

— Maeve ?

Il hocha la tête et passa une main sur sa mâchoire.

— Ça a commencé l'été dernier. On s'est rencontrés à la fin de l'année scolaire, et on est sortis ensemble pendant les grandes vacances. C'était supposé être sans conséquence, juste un amusement. Elle était occupée. Je venais de décrocher un travail ici. Apparemment, c'était une idée horrible. C'est la mère d'une de mes élèves.

— Je n'arrive pas à y croire.

— Je sais ! Je suis un monstre.

— Non ! Que vous ayez réussi à garder un secret pareil à Knockemout.

— Tu n'es pas fâchée ?

Je secouai la tête.

— Je suis impressionnée. Garder un secret à Knockemout, c'est comme dresser une armée de chats. C'est impossible. Alors pourquoi tu as laissé mes amis nous brancher ensemble ?

Il prit un air penaud.

— Une partie de moi, une partie pitoyable, se disait que si Maeve ne voulait pas être avec moi, au moins je pouvais rester dans sa vie. Et la partie la plus débile de ma personne voulait la rendre jalouse.

— Waouh !

— Je n'en suis pas fier. J'allais te dire ce soir que je n'arrivais pas à oublier Maeve, juste après t'avoir dit que je ne pouvais pas coucher avec toi.

— Je porte des sous-vêtements de grand-mère et je me suis pas épilé les jambes.

Il sourit.

* * *

On riait toujours en arrivant sur le parking, dix minutes plus tard. Il faisait noir et j'avais choisi le café de Lawlerville pour éviter une autre rencontre éventuelle avec Lucian à Knockemout.

— Alors, qu'est-ce qu'on va faire ? demandai-je.

— On pourrait faire semblant de sortir ensemble pour que nos ex se consument de jalousie. Mais comme on est des adultes et que je me détesterais de mettre à mal ta relation avec ta sœur, je pense qu'il faudrait passer au plan B.

— On reste amis ?

— C'est ça, confirma-t-il. Tu sais, je voulais vraiment être présent pour Maeve quand ton père est mort. J'ai essayé de la contacter à plusieurs reprises. Mais elle m'a fait bien comprendre qu'elle voulait traverser cette épreuve toute seule.

— Elle t'a repoussé. Je connais.

Kurt me donna une petite tape dans l'épaule quand on approcha de ma Jeep.

— Si je peux me permettre, Lucian est un vrai crétin s'il ne reconnaît pas les sentiments qu'il éprouve pour toi.

Je me figeai sur place.

— Comment tu le sais ?

— Impossible de garder des secrets à Knockemout, tu l'as dit toi-même. J'ai vu comment il te regardait quand on est entrés au Honky Tonk. Ce n'est pas rien. Et c'est tout sauf de la haine.

La lune se levait derrière lui. Les arbres fleurissaient. Le printemps pointait le bout de son nez. Nouveaux débuts. Mais je ne parvenais à penser à rien d'autre qu'à la fin imminente.

— J'ai passé un bon moment ce soir, dis-je à Kurt.

— Moi aussi.

Je me hissai sur la pointe des pieds et déposai un baiser sur sa joue.

Il m'enlaça. Il ferait un excellent beau-frère un jour.

— On pourrait peut-être passer un pacte : si on n'est pas mariés à cinquante ans, on fait le grand saut.

Je souris.

— Marché conclu.

J'entrai dans ma Jeep et le regardai traverser le parking vers sa voiture. J'attendis qu'il démarre pour prendre mon portable et écrire un message. Maeve et moi, on allait avoir une petite discussion.

Je hurlai quand on ouvrit ma portière. Une grosse main gantée m'attrapa par le pull et me coinça sur mon siège. Une autre me couvrit la bouche pour étouffer mon cri.

Je ne pouvais plus respirer. Je me sentis aussitôt envahie par la panique. Je tournai la tête et ne vis qu'un masque là où il aurait dû y avoir un visage. Qu'est-ce qu'il voulait ? De l'argent ? Ma Jeep ? Pas moi, j'espérais.

Je me débattis et dégageai ma bouche.

— Arrête d'essayer de me mordre, me gronda mon agresseur. J'ai un message pour toi.

L'adrénaline inondait mes veines. Je glissai ma main libre dans mon sac, à la recherche de mon spray au poivre tout en tentant de mémoriser des détails importants. Taille ? Plus grand que moi. Poids ? Comment le saurais-je. Il était vêtu tout de noir, et le tableau de bord n'éclairait pas assez. Est-ce qu'il m'était familier ? Est-ce que je reconnaissais sa voix ? Son odeur ?

Était-ce de la cannelle ? Est-ce qu'il mâchait un chewing-gum ?

— Laisse Upshaw à sa place ! lança l'homme.

— Mary Louise ? demandai-je, mes mots étouffés par le gant épais.

Ce n'était pas une agression au hasard. Quelqu'un m'avait suivie et attendue.

— Lâche l'affaire ou tu en subiras les conséquences.

Et la main qui me retenait assise disparut un instant avant de me balancer une feuille de papier sur la poitrine.

— C'est ton dernier avertissement. Tiens en compte, s'il te plaît.

Il m'implorait presque. Était-ce possible qu'il ne veuille pas me faire du mal ? Ou peut-être que je délirais. Le manque d'oxygène et la peur faussaient tout.

Et il fila aussi rapidement qu'il était apparu.

Trop de coups durs pour une nuit.

Les mains tremblantes, je refermai la portière. Il me fallut m'y reprendre à quatre fois pour trouver le bouton de verrouillage. Quand j'y parvins enfin, je ne vis plus trace de mon agresseur.

Bouleversée, je ramassai mon téléphone sur le sol.

— Nash ?

* * *

Je n'avais pas l'habitude de me ronger les ongles. Mais là, j'attaquai la main la droite après avoir massacré la gauche.

En apparence, Nash semblait calme, mais sa jambe s'agitait sous la table. Après avoir fait ma déclaration à la police de Lawlerville, j'avais supplié Nash de m'emmener voir Mary Louise. J'avais un affreux pressentiment.

Il s'y était farouchement opposé, refusant que je désobéisse à mon agresseur anonyme. Mais j'avais besoin de voir par moi-même qu'elle allait bien, et Nash n'avait pas l'intention de me laisser seule.

— Est-ce que toutes les prisons sont aussi horribles ?

Il leva la tête vers le plafond fissuré, les néons clignotants, le lino en mauvais état.

— Non, l'endroit où est enfermé Tina Witt ressemble à un country club en comparaison.

— Quelle est la différence ? demandai-je, les sourcils froncés.

— Ici, c'est privé. Ce qui veut dire que les propriétaires veulent faire des bénéfices. Ils ne font aucun effort pour améliorer les conditions parce que ça leur ferait des dépenses.

La porte s'ouvrit et je bondis de ma chaise. Mary Louise entra.

— Oh, enfin. Est-ce que ça va ?

Son visage était gonflé et tuméfié et elle avait son bras gauche en écharpe. Mais le pire, c'était la peur dans ses yeux.

Je voulais la prendre dans mes bras, mais elle semblait sur le point de s'évanouir.

— Vous avez besoin de voir un médecin ?

— Je vais bien, assura-t-elle.

— Qu'est-ce qui s'est passé ? demanda Nash.

— Une petite altercation dans la cafétéria, dit-elle platement. Ça arrive.

— Il faut qu'on vous sorte d'ici. J'appelle Fran, décidai-je.

— Non ! s'exclama soudain Mary Louise d'une voix tranchante.

Elle secoua la tête.

— Terminé les rendez-vous, les pétitions, les appels. J'en ai assez.

— Qu'est-ce que vous racontez ? murmurai-je en me rasseyant.

— Est-ce que quelqu'un vous a menacée ? interrogea Nash.

Mary Louise jeta un regard vers la porte.

— C'est mieux pour tout le monde si je purge le reste de ma peine.

— Non ! dis-je fermement. On est si près du but, Mary Louise. Vous ne voulez pas voir la remise de diplôme d'Allen ?

Elle secoua la tête, des larmes dans les yeux.

— C'était idiot pour moi d'espérer. Dépensez votre argent autrement. Aidez d'autres personnes. Je peux tenir encore neuf ans.

Elle avait dit ça comme si elle essayait de s'en convaincre elle-même.

Je lançai un regard désespéré à Nash.

Mais il secoua juste la tête, ses yeux ne trahissaient rien.

— Écoutez-moi, Mary Louise, tentai-je de nouveau. On va trouver une solution. Je ferai ce que je peux pour que vous soyez en sécurité. Ne prenez aucune décision avant que je voie ce que je peux faire.

— Vous ne comprenez pas. Je dois rester ici. Il faut que vous arrêtiez de m'aider.

* * *

— On peut pas la laisser là, dis-je en courant à côté de Nash pour tenter de le rattraper, alors qu'il se dirigeait vers son SUV.

— Laisse-moi juste réfléchir, Sloaney.

— Elle a été menacée, c'est évident. Elle a été agressée et tout à coup, elle ne veut plus de notre aide.

— Je sais. Calme-toi et ferme-la pour que je puisse réfléchir.

— On n'a pas le temps de réfléchir !

Nash s'arrêta et je percutai son dos. Il se tourna pour me faire face.

— Ma belle, je sais. Mais tu dois comprendre, ton agression le même jour que celle de Mary Louise n'est pas une coïncidence. Ils vous ciblent peut-être toutes les deux, mais ça ne veut pas dire que vous êtes les seules dans le collimateur.

— Allen, compris-je tout de suite.

— Et Lina, et Naomi et Maeve. Et tous ceux qui sont impliqués dans l'affaire.

Je fermai les yeux.

— Bon sang. Elle ne ferait jamais courir de risque à Allen et à nous non plus.

— Appelle Fran, lança Nash en déverrouillant les portières et en prenant son portable.

— Tu appelles qui, toi ? demandai-je.

Il me regarda dans les yeux.

— À ton avis ?

— Qu'est-ce que Lucian a à voir avec tout ça ?

— C'est le seul qui peut tirer les ficelles nécessaires pour protéger Mary Louise et Allen.

Il avait raison.

Je posai ma main sur son bras.

— Ne lui parle pas de moi. S'il te plaît.

— Sloane, tu es en danger, putain. On t'a menacée ce soir.

— J'en suis consciente, chef. Mais ça ne le regarde pas. Et je t'ai toi. Lucian doit concentrer ses pouvoirs maléfiques sur la protection de Mary Louise et Allen.

– 37 –

Il fait chaud ici

Sloane

La seule chose que j'aimais plus qu'une bibliothèque fermée c'était une bibliothèque ouverte. J'aimais être entourée de tous ces livres, de tous ces mondes qui attendaient d'être explorés. Le bourdonnement des discussions chuchotées, les cliquetis des claviers et les pages qu'on tournait. Mais j'appréciais en général presque autant les heures de silence après la fermeture.

Le problème maintenant, c'est que ça me donnait trop de temps pour réfléchir.

J'avais fait une journée complète, non pas parce qu'on manquait de personnel, mais parce que ça m'occupait.

Les menaces contre Mary Louise et moi remontaient à deux semaines. Lucian avait comme par magie réussi à faire transférer Mary Louise dans une nouvelle prison – celle où était enfermée Tina, la sœur de Naomi – dès le lendemain matin. Mais même si désormais Allen recevait une protection rapprochée de jour comme de nuit, elle refusait toujours qu'on continue à s'occuper de son affaire.

Naomi et Lina avaient petit à petit allégé leur surveillance obsessionnelle. Après cinq nuits à dormir chez l'une ou chez l'autre, on avait décidé d'un commun accord que j'étais en sécurité chez moi avec les nouvelles serrures aux portes, les caméras que Waylay m'avait aidée à installer et les rondes régulières de la police.

Et en bonnes amies qu'elles étaient, elles avaient accepté de ne pas parler de l'agression à Lucian.

Ma vie privée n'existait quasiment plus à cause de la présence constante des policiers de Knockemout qui veillaient sur moi et cherchaient qui pourrait vouloir que Mary Louise reste derrière les barreaux. Même si j'avais voulu rencontrer un nouveau partenaire potentiel, ça aurait été trop bizarre avec un baby-sitter en uniforme constamment sur mes talons.

Pour empirer les choses, Nash m'avait ordonné de laisser l'enquête aux professionnels. J'aurais pourtant été contente de m'occuper avec quelques petites recherches. Mais Nash avait utilisé sa grosse voix de flic et m'avait menacée de parler à Lucian si je refusais d'obéir. Alors j'avais accepté.

Bien sûr, j'avais quand même jeté un œil au dossier de Mary Louise tous les soirs jusqu'à ce que je sois trop épuisée pour y voir clair. Je ne faisais de mal à personne. Et si je trouvais quelque chose, ce serait utile pour tout le monde, vu que la police n'avait exploré pour l'instant que des fausses pistes. Non seulement, ils n'avaient trouvé aucune empreinte sur ma voiture, mais en plus l'agression de Mary Louise semblait gratuite.

Un petit bruit provenant de la section enfants me fit renverser deux romans de John Sandford.

Je poussai un profond soupir et repoussai les cheveux de mon visage et de mes lunettes embuées. Depuis que ce type cagoulé m'était tombé dessus, j'étais une boule d'angoisse et de nervosité.

— Ressaisis-toi, grommelai-je pour moi-même.

J'étais déçue de moi. Je m'étais toujours dit que je réagirais à des situations dangereuses avec l'intelligence et le courage d'une héroïne. Au lieu de ça, j'attendais qu'un héros me sauve. Et même pas mon héros à moi, mais le fiancé de mon amie, le chef de la police.

Une leçon d'humilité qui me remettait à ma place.

Je terminai de scanner les retours du soir et éteignis les lumières du rez-de-chaussée pour monter dans mon bureau. Il me restait encore un peu de paperasse à voir. Même si elle ne présentait aucun caractère d'urgence. Qu'est-ce que j'avais d'autre à faire ?

Et en plus, la bibliothèque était le seul endroit où les flics ne me collaient pas puisqu'elle était dans le même bâtiment que le commissariat. Si quelqu'un essayait de m'attaquer ici, il faudrait que ce soit vraiment un abruti.

À l'étage, je m'installai derrière mon bureau avec une root beer bien fraîche et lançai sur mon téléphone ma playlist pour le travail. Quand Joan Jett entonna « *I Hate Myself for Loving You* », j'avais déjà organisé trois semaines de posts pour la bibliothèque sur Facebook et Instagram, esquissé le brouillon des newsletters pour les deux prochaines semaines, et commandé des nouveaux romans indépendants pour les prêts.

Je n'avais jamais été aussi en avance sur ma liste de choses à faire.

Et c'était la faute d'une seule personne.

Je pris mon téléphone et parcourus mes messages. Même si je ne lui avais jamais répondu, Lucian continuait à m'écrire tous les jours.

Tête de cul : J'ai dîné avec ta mère.

Tête de cul : Je pense qu'elle aurait besoin d'un animal de compagnie.

Tête de cul : Qu'est-ce qui serait mieux ? Un chat ou un chien ?

Tête de cul : Un poney d'appartement ?

Tête de cul : Ça ne devrait pas être comme ça, Lutin. On devrait pouvoir trouver un moyen d'être amis.

Amis ? Ah ah ! Les amis se font confiance. Les amis sont honnêtes les uns avec les autres. J'avais perdu assez de temps pour un homme qui ne serait jamais prêt à reconnaître qu'il avait des sentiments pour moi. Je n'avais besoin de rien qui vienne de Lucian Rollins.

J'avais plus important à faire. Très certainement.

Trouver un homme, lui offrir la possibilité de me prouver que c'était le bon, et le convaincre de m'épouser assez vite pour que je sois encore en âge de procréer. Le projet semblait trop long et ambitieux.

Et si mes ovules étaient déjà trop vieux ?

Et si je ne trouvais jamais de Simon Walton ?

Et si ce n'était pas mon destin ?

— Oh bon sang, je me fatigue moi-même, me plaignis-je assez fort pour couvrir ma musique. Arrête de te morfondre et agis, putain.

Mais quoi ? Mon cœur et mon vagin n'étaient pas prêts pour un autre rencard. Ce qui ne voulait pas dire que je n'avais pas d'autres options. Je pensais à Knox et Naomi avec Waylay, et je me mis à scroller sur la page du système des adoptions du comté.

Icona Pop était au milieu de « *I Love It* » quand un bruit au loin me sortit de mes recherches. Je baissai la musique et sursautai quand l'imprimante cracha les brochures des familles d'accueil et des adoptions.

Je m'emparai des papiers sur le plateau et tendis l'oreille. Rien. Sans doute un livre tombé sur une étagère ou un des posters dans la section enfants.

Je remis le volume et ouvris ma boîte mail pour finir de faire un peu de tri.

Cette fois, ce ne fut pas un bruit qui me tira de mon travail, mais une odeur chimique et amère. Comme du plastique fondu ou peut-être du café qui avait attaché et brûlé.

J'avais bien éteint la cafetière pourtant.

Je n'oubliais jamais depuis que j'avais vu aux infos un reportage sur une famille dont la maison était partie en cendres la nuit de Noël à cause d'une friteuse défectueuse.

Je m'écartai de mon bureau, les sourcils froncés. L'odeur devenait plus forte. Les lumières de la bibliothèque étaient toujours éteintes, et pourtant je perçus un rayonnement étrange à travers la fenêtre de mon bureau. Et il faisait plus chaud tout à coup. Peut-être que la chaudière s'était emballée.

J'ouvris la porte de mon bureau et une fumée épaisse me prit à la gorge.

— Qu'est-ce que...

Ça ne pouvait pas être un incendie. Tout le bâtiment était équipé d'un système anti-feu hyper sophistiqué.

Et pourtant, cette lueur orange qui venait du rez-de-chaussée et la chaleur qui enveloppait mon corps ne trompaient pas.

Je fonçai vers mon bureau pour décrocher mon téléphone et appeler de l'aide. Mais aucune tonalité, la ligne était coupée.

— Bon sang ! OK. Réfléchis, Sloane. Ne panique pas.

Les mains tremblantes, je trouvai mon portable et réussis à composer le numéro des secours. Alors que j'attendais une réponse, je fourrai dans mon sac livres et objets personnels sans discrimination. Je détachai de la fenêtre le dessin de pirate d'Ezra Abbott qu'il m'avait offert pour la Saint-Valentin.

— 911. Que puis-je faire pour vous ?

— Ici Sloane Walton, j'appelle de la bibliothèque municipale de Knockemout, dis-je en retournant vers la porte. Il y a un incendie. Dans la bibliothèque. Enfin, je pense.

L'air devenait plus épais et irrespirable, il me brûlait la gorge.

Je fus prise d'une quinte de toux et je me pliai en deux pour essayer d'avaler un peu d'air.

— Calmez-vous, madame. S'il vous plaît, donnez-moi votre localisation.

— Ne me dis pas de me calmer, Sharice. Et pas besoin de madame. La bibliothèque est en feu, dis-je d'une voix grave en quittant mon bureau.

Sharice venait de finir le lycée à Knockemout et elle avait travaillé à la bibliothèque l'été, trois ans de suite.

Il faisait de plus en plus chaud, comme si j'avais laissé les commandes du thermostat à la très frileuse Barbara du club de lecture.

Un extincteur ! Je ressentis une pointe de soulagement à cette idée. Je me souvins de celui qui était accroché sur le mur dans la cuisine.

En me baissant pour voir sous la fumée fétide, je me dirigeai du côté opposé des escaliers.

— Désolée, Sloane, vous savez où est le foyer de l'incendie ?

— Je pense qu'il vient du rez-de-chaussée. Je suis à l'étage.

Je coinçai le téléphone contre mon épaule et longeai le mur, à l'aveugle.

Mes doigts trouvèrent la porte et je me dépêchai d'appuyer sur la poignée. Elle était plus chaude sous ma main qu'elle ne l'aurait dû.

— J'appelle les pompiers à l'instant. Pouvez-vous sortir du bâtiment ?

— Je cherche un extincteur dans la cuisine.

— Madame... euh, Sloane, vous devez me dire si vous avez un moyen de sortir en toute sécurité du bâtiment, insista-t-elle.

— Je te le dirai une fois que j'aurai trouvé le putain d'extincteur.

Je n'allais pas entrer désarmée dans le combat. J'appuyai sur l'interrupteur, mais rien ne se passa.

Merde. Plus de lumière.

Je trébuchai dans la cuisine, ignorant la conversation étouffée à l'autre bout du fil.

— J'ai des policiers qui sont sur les lieux.

— Évidemment, ils sont dans le même bâtiment.

— Vous devez évacuer avec eux sur-le-champ. Les pompiers sont en route.

Mon menton rencontra une surface dure et je poussai un petit cri.

Mon téléphone et mon sac tombèrent de mon épaule.

La poubelle ! Le noir et la fumée faisaient d'un endroit familier un labyrinthe de dangers.

— Satanée Marjorie Ronsanto et ses cadeaux ! grommelai-je en m'agenouillant par terre.

Il faisait moins chaud par terre et il y avait moins de fumée. Je rampai à la recherche de mon portable.

— Tu es toujours là, Sharice ? Tu pourrais crier très fort ? hurlai-je dans le noir.

Mais je pris conscience que le grondement que j'entendais ne venait pas de mes oreilles mais de sous moi.

— Pourquoi les arroseurs ne marchent pas ? Et où est le putain d'extincteur ?

Par miracle, je trouvais les placards et les suivis jusqu'au mur du fond. Je me fis une note mentale de demander que les extincteurs soient placés à côté des portes et pas de l'autre côté de la pièce. Et la poubelle de Marjorie pouvait officiellement partir à la décharge.

Ma gorge et mes poumons brûlaient. La sueur s'échappait de tous les pores de ma peau à tel point que je me demandais si je ne risquais pas la déshydratation.

Je finis par percuter le mur avec mon front.

— Aïe.

En me levant, je posai les deux mains sur le mur et imprimai avec mes bras de grands cercles. Mon petit doigt entra en contact avec une surface en métal et je criai de douleur et de victoire.

Sans rien voir, j'arrachai l'extincteur de ses crochets.

— Je l'ai ! criai-je au cas où on n'ait pas encore été coupées.

Je repartis vers la porte aussi vite que je l'osais.

— Je vais essayer de descendre l'escalier. Si je n'y arrive pas, je sortirai par une des fenêtres sur le côté…

Je trébuchai et tombai lourdement sur la table de la cuisine.

— Je n'aurais pas l'occasion de mourir étouffée à ce rythme, sifflai-je. Je vais me tuer avant.

C'était mon sac que je m'étais pris dans les pieds. Je passai la bandoulière sur mon épaule, coinçai l'extincteur sous mon bras et rampai jusqu'à la porte.

— Sloane !

Le sergent Grave Hopper m'appelait je ne sais d'où et il n'avait pas l'air content.

J'inspirai pour répondre, mais fus prise d'une autre quinte de toux.

J'étais la pire pompier du monde ; des larmes se mirent à couler sur mes joues. Je restai collée au sol, rampant d'une main vers l'escalier.

— Sloane ! cria une autre voix.

— Ici, répliquai-je d'une voix à peine audible, mais ce fut suffisant.

— Elle est au premier.

— Il n'y a pas d'issue là-haut.

— Je descends, aboyai-je. J'ai un extincteur.

— Abandonne ce putain d'extincteur et raboule !

Abandonner l'extincteur ? Il y avait des livres à sauver. Et à cet instant, j'entendis les sirènes. Elles sauveraient les livres.

J'étais si fatiguée. J'avais mal aux poumons. Ma tête sifflait. Il faisait si noir. Il me fallait juste une minute de repos.

– 38 –

C'est quoi tes comprimés

Lucian

Alors que l'hélicoptère tournait vers l'est au-dessus de Knockemout, la vue des véhicules des secouristes dans le noir déclencha en moi une rage que je n'étais pas sûr de pouvoir contrôler.

Sloane se trouvait seule à l'intérieur quand l'incendie s'était déclaré. Et j'étais à des centaines de kilomètres au téléphone avec la côte ouest.

Alors qu'elle rampait dans le noir et la fumée, je m'occupais d'une petite crise de relation publique pour un membre de la chambre des représentants de l'État de Californie. Une crise que j'aurais facilement pu confier à quelqu'un d'autre.

Alors qu'un policier et un pompier – un ancien petit ami du lycée qui l'avait emmenée au bal de fin de terminale – la sortaient du bâtiment, alors qu'un ambulancier qu'elle connaissait du club de lecture la soignait, je tirais des ficelles et caressais de parfaits inconnus dans le sens du poil.

— Prêt pour l'atterrissage, monsieur ?

La voix du pilote résonna, plate et distante, à mon oreille.

J'avais ouvert la porte et descendis sur le bitume dès que l'hélicoptère toucha le terrain de l'aérodrome privé à l'est de Knockemout. En moins d'une minute, j'étais au volant du SUV qui m'attendait et fonçais vers la ville. Je chassai toutes les pensées pour me concentrer sur la route, le paysage familier qui défilait devant mes yeux.

Je ne m'autorisai pas à penser à Sloane. Je ne voulais même pas réfléchir au fait que je l'avais laissée comme ça ; seule, sans protection.

L'écho de la voix de Knox retentit dans ma tête.

— *Sympa de décrocher enfin. Il y a un putain d'incendie à la bibliothèque et Sloane était à l'intérieur.*

Le temps me parut infini avant de voir enfin les lumières de la ville, alors que je traversai le cœur de Knockemout.

J'entrai dans le purgatoire. L'odeur de la fumée me brûla la gorge alors que je me faufilai dans la foule. Le bâtiment d'un étage en briques rouges tenait encore debout. Les lettres en or BÂTIMENT MUNICIPAL KNOX MORGAN avaient terni. Les portes de devant étaient grandes ouvertes. Les fenêtres sur le côté de la bibliothèque étaient cassées, permettant à une fumée noire de s'échapper et d'envahir l'air de la nuit.

Je m'adressai à la première secouriste que je vis, une grande femme grisonnante avec de la suie sur son matériel et une hache sur l'épaule.

— Chef Morgan, lâchai-je.

— Par-là, dit-elle en désignant le parking du commissariat où avait été montée une tente, autour de laquelle se réunissait une dizaine de secouristes.

Personne ne tenta de m'arrêter. C'était un des nombreux privilèges d'être Lucian Rollins. La plupart des règles ne s'appliquaient pas à moi, parce que personne ne voulait se mettre sur mon chemin.

— Nash.

Ma voix claqua comme un fouet.

Mon ami leva la tête de son conciliabule avec le sergent Grave Hopper qui était couvert de suie de la tête aux pieds, le chef des pompiers et la maire Hilly Swanson. Il avait une mine sévère et je sentis la colère en moi grossir exponentiellement.

Il s'excusa et vint poser sa main sur mon torse.

— Elle va bien.

Je fermai les yeux pour calmer la panique.

— Où est-elle ?

— J'ai demandé à Bannerjee de la ramener chez elle, il y a dix minutes environ.

Je voulais aller la retrouver. J'avais besoin de la voir, de voir par moi-même qu'elle allait bien. Mais d'abord, il me fallait des réponses.

— Tu l'as laissé rester seule chez elle ? Mais qu'est-ce que tu as dans la tête ? Pourquoi Knox n'est-il pas avec elle ? Où sont Naomi et Lina ?

— Il est presque deux heures du matin, un soir de semaine. Sloane les a tous renvoyés chez eux, il y a une heure environ. Bannarjee a fait un tour complet de la maison, portes et fenêtres comprises, avant de partir.

— Qu'est-ce qui s'est passé ici, bon sang ?

Le visage de Nash se ferma.

— On ne sait pas encore. Les pompiers ont l'air de penser que le foyer de l'incendie est au rez-de-chaussée. Sloane était en haut, dans son bureau, elle était restée travailler tard. Elle était seule dans le bâtiment. L'alarme incendie et les arroseurs n'ont pas fonctionné comme ils auraient dû, mais elle a senti la fumée, ouvert sa porte et immédiatement appelé les secours. Grave a fait évacuer notre partie du bâtiment et ensuite, il s'est précipité dans la bibliothèque comme un imbécile sans formation. Il a trouvé Sloane dans l'escalier et ils étaient en train de redescendre quand les pompiers sont arrivés.

Je voulais le nom de toutes les personnes qui avaient installé le système de sécurité incendie parce que j'allais leur gâcher la vie à tous. Ensuite, j'offrirais à Grave une maison de vacances là où il le désirerait.

— Beaucoup de dégâts ? demandai-je.

Je ferais reconstruire le bâtiment, brique par brique. Tout ce qu'elle voudrait. Elle ne pourrait pas m'arrêter.

— On en saura plus demain matin. La structure semble stable, mais…

Nash passa une main sur son visage.

— Les livres sont partis en fumée comme du petit bois.

J'absorbai péniblement l'information. Sloane serait dévastée.

— Je vais chez elle, annonçai-je.

Il secoua la tête.

— Mec, c'est pas une brillante idée. Elle ne veut pas te voir. Pas après ce que tu lui as fait.

— Je vais réparer ça.

— Soit tu surestimes ton charme, soit c'est elle que tu sous-estimes, elle est plus têtue que tu ne le penses. Dans les deux cas, tu es la dernière personne qu'elle veut voir ce soir.

Il ne comprenait pas. Personne ne comprenait. Quand les choses tournaient mal, Sloane et moi on était là l'un pour l'autre. Toujours. Il était temps qu'on s'en souvienne. Parce que je ne partirais plus. Pas cette fois. Plus jamais.

— Elle n'aura pas le choix. Elle entendra raison.

Nash me dévisagea comme si je venais de l'inviter à un poker avec feu Sammy Davis Junior.

— Tu as pris quoi comme comprimés, toi ?

— Je vais réparer mes conneries, assurai-je en lui adressant un regard de travers.

— Écoute, Luce. Je comprends que tu éprouves des sentiments compliqués pour Sloane. Mais je l'aime comme une sœur. Depuis toujours. Knox aussi. Si tu la bouleverses plus qu'elle ne l'est déjà, tu vas avoir à faire avec moi. Et il est clair que Knox va s'en mêler lui aussi.

Je regardai Nash droit dans les yeux.

— Si Knox ou toi ou qui que ce soit dans cette ville essaie de m'empêcher de voir Sloane, je vous détruirai.

Il esquissa un sourire provocateur.

— Impatient de voir ça, frérot. Bonne chance.

* * *

— Ouvre cette foutue porte, Sloane, aboyai-je en tambourinant sur la porte.

Elle n'avait répondu à aucun de mes appels et de mes messages depuis que je l'avais mise à la porte de chez moi, et elle ne me répondait pas plus maintenant. Mais elle avait commis l'erreur d'éteindre la lumière de la terrasse cinq minutes plus tôt.

Le rez-de-chaussée était sombre et soit elle était assise dans le noir et se réjouissait de me voir si furieux et impuissant, soit elle était montée dans sa chambre et ne faisait même plus attention à moi.

— Je n'irai nulle part, alors tu as plutôt intérêt à m'ouvrir, criai-je.

Le rideau à la fenêtre du bas, la plus proche de moi, trembla. Je m'y élançai pour voir la chatte me regarder avec dédain. Était-ce un rictus qui se dessinait sur ses lèvres ?

— Tu t'appelles Miaou Miaou, alors t'es mal placée pour juger, lui dis-je à travers la vitre.

La boule de poils m'ignora et se concentra sur la patte qu'elle nettoyait.

Je renonçai à frapper à la porte pour changer de stratégie.

La clé.

Je me rappelai que Simon et Karen cachaient toujours une clé sous le pot de fleurs rouges rempli de fougères au printemps et de branches de sapin l'hiver. Je m'empressai de le soulever pour tâter les planches en dessous. Rien.

Bon sang. Apparemment, certaines choses changeaient. Je déplaçai le pot de quelques centimètres sur la droite et regardai sous le paillasson. Je fouillai le moindre centimètre carré de la terrasse, et m'arrêtai toutes les minutes pour lui envoyer un message.

Moi : Je ne partirai pas. Laisse-moi entrer.

Moi : Tu vas bien ?

Moi : Si tu ne réagis pas d'une façon ou d'une autre, je vais devoir appeler Nash pour qu'il s'assure que tout va bien.

Sloane : Je vais bien.

Le soulagement laissa instantanément la place à une vague de soupçons. Pas d'insultes, pas de menaces, pas d'accusations sur le sang des licornes que je devrais arrêter de boire. Pas de remarques sur mon comportement.

La panique revint.

Je cherchai sous la rambarde dans toute sa longueur. Pas de clé. Quand j'arriverais enfin à entrer, je la forcerais à me donner un double. Ensuite je demanderais à mon équipe de sécurité de lui installer le système de surveillance le plus sophistiqué qui soit. Je marchai jusqu'au coin de la maison. La lampe de mon portable éclaira l'épais tronc d'arbre.

Pour la première fois depuis des semaines, je souris.

Je sautai par-dessus la rambarde et atterris entre un rhododendron en fleurs et une azalée. Je rangeai mon téléphone dans ma poche et agrippai le tronc. D'un bond assuré, je sacrifiai mes mocassins Brioni.

L'astuce pour escalader un cerisier est de faire pression vers le bas pour ne pas arracher l'écorce de l'arbre. Je me hissai jusqu'à la première branche. Les premières fleurs apparaissaient déjà et galvanisé par leur parfum envoûtant, je grimpai plus vite encore.

Je choisis d'y aller en force et sentis soudain mon pantalon se déchirer, laissant un courant d'air froid passer entre mes jambes. Cela faisait quelques années que je ne l'avais pas escaladé et le manque de pratique se faisait sentir. Mais je parvins tout de même à atterrir sur le toit après avoir lâché quelques larmes et gagné des égratignures.

Je remarquai que la lampe de chevet de Sloane était allumée en glissant sur les bardeaux jusqu'à sa fenêtre.

Mon cœur se figea.

Sa lumière était allumée, mais elle n'était pas dans son lit. Sloane. Assise par terre, les bras autour de ses genoux, *Ma* Sloane se balançait d'avant en arrière. Des larmes dessinaient des sillons sur son visage couvert de suie. Ses vêtements étaient sales. Même ses cheveux avaient perdu leur éclat. Sa queue-de-cheval pendait sous le poids des résidus de fumée.

La fenêtre du milieu était entrouverte, comme toujours. Alors je fis ce que j'avais toujours fait, je la poussai pour entrer.

J'imaginais le spectacle pitoyable que j'offrais en passant une jambe sur le rebord de la fenêtre. Mais Sloane ne rit pas. Elle ne cria pas non plus et ne me dit pas de décamper pour la laisser tranquille.

Elle me regarda droit dans les yeux, se couvrit le visage avec les mains et éclata en sanglots.

— Putain, grommelai-je en me précipitant vers elle. Sloane, ma chérie.

Je m'assurai qu'elle n'était pas blessée, parce que seules les pires blessures auraient pu la briser comme ça. Les pires blessures et les pires chagrins d'amour.

Ne trouvant rien, je la pris dans mes bras. La panique me submergea lorsqu'elle n'offrit aucune résistance. Elle aurait dû me traiter de tous les noms. Elle aurait dû me rejeter, pas s'écrouler contre moi.

Je la gardai blottie contre ma poitrine, et comme elle ne luttait pas, je la levai pour l'emmener jusqu'à la tête du lit. Je repoussai la couette, retirai mes chaussures et vins m'installer sur la pile d'oreillers à côté d'elle, sans jamais la lâcher.

Des larmes silencieuses l'agitaient, transperçant mon cœur froid et noir. Ses pleurs inondèrent ma chemise alors que je la serrais plus fort. Je caressais sa queue-de-cheval. Encore et encore. Elle sentait le type de fumée qui détruit les rêves et je ne le supportais pas.

Et même si ça me torturait de la voir dans cet état, je pris conscience que c'était une chance d'être là quand elle s'effondrait. De ramasser les pièces et de les lui rendre.

Je ne lui dis pas que tout irait bien, je ne la suppliai pas d'arrêter de pleurer. Je le retins simplement contre moi, son cœur brisé.

Je pensais faire ce qu'il fallait en m'éloignant d'elle. Elle aurait dû être plus en sécurité. Mais en la laissant seule, je l'avais laissée vulnérable, face à un danger que je n'avais pas anticipé. Je voulais la protéger de moi, de l'ombre terrible de mon passé, du danger que représentait mon présent. Mais je l'avais laissée à la merci de tout le reste. Et j'avais failli la perdre.

Si ce n'était pas en me tenant loin d'elle que je pouvais la protéger, ma présence la garderait en sécurité. À partir de maintenant, je serais l'ombre de Sloane.

* * *

Les larmes se tarirent quelque temps après et furent remplacées par de violents frissons. Elle n'avait toujours pas prononcé un mot. Je comptais bien faire tout ce que je pouvais avant qu'elle ne retrouve la parole et me jette dehors. Sans la prévenir, je la soulevai dans mes bras pour l'emmener dans la salle de bains.

— Qu'est-ce que tu fais ? demanda-t-elle d'une voix encore plus rauque que d'habitude.

— Tu grelottes, dis-je en ouvrant le robinet de la baignoire sous une fenêtre en vitraux.

— Non, non, murmura-t-elle en claquant des dents.

Je dus m'y reprendre à deux fois avant de pouvoir l'asseoir. De peur qu'elle ne file, je ne la quittai pas des yeux en bouchant la baignoire. Avec mon briquet j'allumais toutes les bougies qu'elle avait posées là. Craignant qu'elle tente de se défiler, je refermai délicatement la main sur son poignet et l'attirai derrière moi alors que j'empilais des serviettes vertes à côté de la baignoire. Elle me suivit sans résister, alors je la poussai gentiment vers la douche pour rassembler son shampoing, son démêlant et son savon.

Je posai le tout sur le bord de la baignoire et ajustai la température, ma main toujours sur elle.

Quand je me tournai enfin vers elle, elle regardait l'eau se déverser du robinet avec des yeux vides. Il n'y avait pas de feu dans son regard vert. Pas de flammes émeraude m'avertissant d'un combat imminent.

— On doit retirer tes vêtements, Lutin.

Elle ne semblait même pas m'entendre, alors j'entrepris de la déshabiller moi-même. Je passai par-dessus sa tête son pull ravagé. J'eus le souffle coupé à la vue des hématomes qui se formaient déjà sur ses bras et ses côtes. Elle ne fit toujours aucun mouvement pour m'arrêter ou pour m'aider. Alors je continuai.

La façon dont elle me laissait la déshabiller comme si elle était une poupée trahissait une bouleversante vulnérabilité. Alors que la baignoire se remplissait, je prenais mon temps pour la dévêtir jusqu'à ce qu'elle se retrouve devant moi nue et tremblante. De la saleté et de la suie recouvrait son visage, ses mains et ses cheveux. Les blessures peignaient son corps comme si sa peau était une toile.

La colère grondait en moi. Je ne m'arrêterais pas avant de savoir qui était responsable de son état et alors je le lui ferais payer.

Sa beauté était si magnifiquement fragile que je parvenais à peine à respirer.

J'avais failli la perdre. Pour de bon. Pas juste en la repoussant, la perdre vraiment. J'aurais pu ne plus jamais la revoir. Cette pensée me fit l'effet d'une lame de rasoir sur la gorge.

J'aurais pu me trouver dans une morgue plutôt que dans la salle de bains de Sloane, parce que j'étais débile, égoïste et lâche. Je ne m'étais pas fait confiance pour la protéger avant, mais maintenant je n'avais plus le choix.

Je lui soulevai le menton, jusqu'à ce que ses grands yeux verts se posent sur moi. Plus jamais je ne la laisserais. Nous nous étions séparés pour la dernière fois. Elle ne le savait pas encore.

— Prête ? demandai-je.

Elle ne répondit rien, le regard toujours aussi vide. Ma poitrine se resserra. Sa douleur était la mienne. Pour la première fois de ma vie, je ressentais ce qu'elle avait dû vivre à seize ans, sa fenêtre ouverte, les murmures de mes souffrances portés à ses oreilles par l'air de la nuit.

Putain.

Je revissai le robinet et l'assis sur le bord de la baignoire. Quand je fus certain qu'elle était assez stable, je me déshabillai.

— Qu'est-ce que tu fais ? demanda-t-elle, hésitant sur chaque mot, comme si elle avait du mal à parler.

— On prend un bain.

Je retirai mon boxer et mes chaussettes et les ajoutai à la pile de vêtements sales par terre que j'allais jeter à la poubelle. Je ne voulais plus jamais voir son pull rose détruit par la fumée. Je lui en achèterais un autre. Une douzaine d'autres. Je reconstruirais sa bibliothèque brique par brique, livre par livre. Et je ne la laisserais plus jamais affronter de danger.

Quelque chose se détendit dans ma poitrine. Quelque chose de vieux et de rouillé. Comme un verrou qu'on arrive enfin à forcer. De l'air frais s'immisça à l'intérieur, balayant les toiles d'araignée, rallumant l'âtre. Elle avait toujours été à moi. À présent, je l'acceptais. Une fois que quelque chose était à moi, je n'y renonçais plus jamais.

Me sentant plus léger que je ne l'avais jamais été, je passai une jambe puis l'autre dans la baignoire.

— Viens, Lutin, je te tiens.

Je la pris sous les bras et la déposai dans l'eau, contre moi, entre mes jambes. Son dos s'appuyait contre mon torse, sa tête se calait sous mon menton. Je l'entourai de mes bras et m'adossai contre la baignoire.

Je prenais mon premier bain avec une femme. Pas n'importe quelle femme. Sloane.

On resta là sans bouger, dans la vapeur de l'eau et les flammes vacillantes des bougies, alors que l'eau nous réchauffait. Quand elle laissa échapper un petit soupir, je versai un peu de savon dans le creux de ma main et commençai à retirer la suie et la saleté de sa peau. Ma beauté brisée ne me repoussa pas et ne m'aida pas non plus. Mais elle se détendit contre moi. Elle pressa son visage humide dans mon cou. Pour la première fois de ma vie, je me sentais comme le héros plutôt que comme le méchant.

J'avais une érection. Il n'aurait pu en être autrement. Elle était mouillée et nue contre moi. Mais ce qui se passait entre nous était tellement plus fort que nos relations charnelles, que je n'y pensais même pas.

— Voilà, ma belle, dis-je en passant les mains sur ses hanches.

Je la remontai et pliai les jambes pour l'installer contre mes tibias.

— Laisse-moi te laver les cheveux.

Sloane ne dit rien, alors que je retirai l'élastique. Sa crinière se libéra en un rideau épais et soyeux qui me caressa les cuisses, frôlant la surface de l'eau.

Je m'emparai d'un verre de vin vide sur le bord de la baignoire et le remplis d'eau.

— Penche la tête en arrière, demandai-je en tirant doucement sur ses cheveux. C'est bien.

Je versai l'eau sur ses mèches blondes et remplis de nouveau le verre, répétant le processus jusqu'à ce que ses cheveux soient assez mouillés. Ensuite, je lui massai doucement le cuir chevelu avec le shampoing et descendis sur la longueur. Je m'appliquai afin d'être le plus délicat possible.

Elle laissa échapper un autre soupir et se décontracta complètement. Je pris mon temps pour rincer ses cheveux, et recommençai avec le démêlant.

Quand on fut tous les deux propres, je la soulevai de l'eau qui refroidissait déjà, l'enveloppai dans plusieurs serviettes et la portai jusqu'à sa chambre.

— Reste ici, ordonnai-je en la déposant sur le rebord de la fenêtre.

— Qu'est-ce que tu fais ? demanda-t-elle ensommeillée.

— Je change les draps. Ne bouge pas.

Je trouvai une parure propre dans son placard et me fis une note mentale d'appeler mon décorateur d'intérieur dès le lendemain matin. Je me ferais une place ici et je lui en ferais une chez moi.

Je me dépêchai de refaire le lit en la surveillant nerveusement. Elle ne me regardait pas. Elle avait les yeux rivés sur le tapis.

Alors que je replaçais sa légion d'oreillers à leur exacte position, je jurai que le responsable paierait. Je m'en assurerais.

Quand le lit fut prêt, je revins vers Sloane et la levai.

— Viens.

Elle me suivit docilement, me faisant regretter qu'elle ne réagisse pas davantage. Qu'elle ne me montre pas un aperçu de la vraie Sloane Walton.

Elle s'arrêta et observa la montagne d'oreillers que j'avais rangée en U.

— Tu n'as pas oublié ? lâcha-t-elle doucement.

— Je me souviens de chaque seconde de nous deux.

– 39 –

Qui a la blessure à la tête

Lucian

Je me réveillai avec un poids chaud sur la poitrine. C'était plutôt agréable. Jusqu'à ce que le poids bouge et que quelque chose d'aiguisé s'approche de mon visage.

J'ouvris les paupières et vis deux yeux jaunes rivés sur moi. Apparemment Miaou Miaou avait son opinion sur le fait que je partage le lit de sa maîtresse. Sloane, elle, était profondément endormie, son dos sur le côté de mon corps, sa tête posée dans le creux de mon bras.

Cet instant était parfait. Comme quand j'avais gagné mon premier million. Mais c'était encore mieux. L'argent allait et venait. On pouvait le remplacer. Pas Sloane.

Je savourai le moment… jusqu'à ce qu'il soit gâché par un autre coup de griffe. En silence, je jetai un regard mauvais sur le félin au nom ridicule. Elle me rendit mon regard, sa queue s'agitant contre mon torse nu. Et en se tournant vers Sloane, elle ouvrit la gueule et siffla.

— Tais-toi, grondai-je.

Sloane gémit dans son sommeil et se tourna contre moi.

Je vis la lueur dans les yeux de la chatte, son changement de position et je la rattrapai juste avant qu'elle saute sur le corps endormi de Sloane.

— Jamais de la vie, boule de poils infernale.

Je la posai par terre et sortis mon bras de sous la tête de ma bibliothécaire épuisée. Miaou Miaou avait dû trouver que je mettais trop de temps à ranger les oreillers derrière Sloane parce que je reçus un autre coup de griffe, cette fois derrière le mollet.

— Bon sang, je vais te donner à manger. Donne-moi juste une minute pour trouver des vêtements.

J'étais nu et le costume de la veille était ruiné après les péripéties de la nuit précédente.

Avec Miaou Miaou entre les pieds, je fouillai dans le placard de Sloane jusqu'à trouver un pantalon de jogging rose pâle qui devrait faire l'affaire. Je le remontai péniblement sur les cuisses, tirant sur les coutures et m'emparai du sweat-shirt qu'elle m'avait proposé la dernière fois que j'étais chez elle.

Le sweat de l'ex-petit ami. J'allais l'emporter avec moi et le perdre dans ma poubelle.

— Putain, grommelai-je en regardant mon reflet dans le miroir sur pied.

Le pantalon couvrait à peine le haut de mes fesses et devant, le tissu fin mettait en valeur mon entrejambe.

— Miaou, lâcha la chatte, avec un air amusé.

— Ça reste entre nous, on n'en reparle plus jamais.

Ensemble, on descendit l'escalier en silence et en bas, la chatte se mit à miauler de toutes ses forces comme si elle était une héritière gâtée et moi un domestique incompétent.

— C'est à Sloane que je vais préparer le petit déjeuner, pas à toi.

Miaou Miaou plissa ses yeux jaunes.

— D'accord, je te nourris. Ensuite, tu me lâches, ça marche ?

Je pris le clignement d'œil pour un accord et cherchai la nourriture pour chat. Je versai l'équivalent d'un bol de croquettes dans sa gamelle en forme de tête de chat, pour ensuite préparer le café.

Le café lancé, je suivis une recette de pancakes, tout en écrivant à Petula une liste d'affaires à m'apporter, lorsque la sonnerie de la porte retentit.

En jurant, je retirai la poêle du feu et accourus vers la porte d'entrée. Dans le couloir, la maudite chatte se mit sur ma route, manquant de peu de me faire trébucher.

— Sale boule de poils de mes deux, grondai-je en ouvrant la porte.

Nash et Lina ouvrirent de grands yeux en me voyant là.

— Si vous l'avez réveillée, je vous botte les fesses à tous les deux, avertis-je Nash.

— Euh, lâcha Lina, la bouche ouverte et le regard rivé sous ma taille.

Nash couvrit les yeux de sa fiancée et réprima un éclat de rire.

— Qu'est-ce que tu portes, sérieux ?

— La seule chose qui me va.

— Sûrement pas, me contredit Lina, presque hystérique.

— Et vous qu'est-ce que vous fichez là ? demandai-je.

— C'est au sujet de l'incendie, répondit Nash en redevenant immédiatement sérieux.

Je me glaçai.

— Tu en connais la cause ?

— On peut en parler à l'intérieur ? proposa-t-il.

— D'accord. Mais si l'un de vous la réveille, t'es renvoyée et toi tu te fais botter les fesses, dis-je en désignant Lina, puis Nash.

— Ça me va, accepta-t-il.

Ils me suivirent dans la cuisine.

— C'est tout aussi affreux de dos, murmura Lina.

J'essayai de remonter le pantalon, mais ça tirait sur mes parties intimes.

Elle s'étouffa de rire.

— Bon sang, mec. Un peu de dignité, dit Nash en me lançant un torchon.

— Je me suis fait envoyer des vêtements, assurai-je. Maintenant, parle-moi de l'incendie.

— Attends une seconde. Pourquoi tu ouvres la porte de la maison de Sloane attifé comme ça ? demanda Lina un peu moins hilare.

— J'ai passé la nuit ici.

Elle adressa à Nash un long regard entendu. Il leva les yeux au ciel.

— Mec, combien de fois tu vas tout faire foirer ? demanda-t-il. On n'a pas réussi à te mettre un peu de plomb dans la tête l'autre soir ?

Je croisai les bras.

— Apparemment non. Parle.

— Je vais être honnête. Je dois parler à Sloane. Tu peux rester si elle est d'accord, mais je t'en parle pas directement à toi.

— C'était criminel, n'est-ce pas ? demandai-je.

Cette idée m'avait tenu éveillé pratiquement toute la nuit. C'était la seule option logique.

— Criminel ?

On se tourna tous vers Sloane qui se tenait en bas des marches. Elle portait des chaussettes en tricot et un tee-shirt trop grand avec des manches longues, que je regrettais de ne pas avoir vu quand j'avais fouillé dans ses placards. Ses cheveux explosaient de son chignon au sommet de sa tête. L'hématome sur son front était encore plus visible que la veille. Elle était si fragile et si belle que j'en oubliai comment respirer.

— Bonjour Sloaney, la salua Nash gentiment. Comment tu te sens aujourd'hui ?

— J'ai un peu mal partout. Criminel, tu as dit ? répéta-t-elle.

— C'est monsieur Top Model ici présent qui l'a dit, dit-il en me désignant avec son pouce. Mais oui. Les enquêteurs ont trouvé la preuve que quelqu'un a mis le feu au fond du rez-de-chaussée à côté de la section des enfants.

Le visage impassible, Sloane traversa la cuisine pour se diriger vers la machine à café.

— Vous voulez un café ? Moi j'en veux bien.

Lina, Nash et moi échangeâmes un regard.

— Bien sûr, ma chérie, répondit Lina en marchant vers elle. J'en veux bien aussi.

J'en profitai pour attirer Nash vers la salle à manger.

— Qu'est-ce que c'était, putain de merde ? interrogeai-je.

— Comment ça ? demanda Nash en se frottant le biceps.

— Elle a failli mourir hier soir. Tu aurais pas pu la ménager un peu, connard !

— C'est toi le connard qui a utilisé le mot criminel, pas moi.

— Qui a fait ça ? Je veux des noms.

— On n'a aucun suspect pour l'instant.

— N'importe quoi, je te crois pas.

— Moi je sais qui c'est.

Je me tournai et trouvai Sloane sur le pas de la porte, un mug à la main. Lina était derrière elle.

— Qui ? demandai-je.

Elle secoua la tête, faisant danser le chignon sur sa tête.

— Non, dis-moi d'abord l'ampleur des dégâts et combien de temps ça prendra avant qu'on puisse rouvrir.

Je montrai les crocs, mais Nash me donna une tape dans les côtes.

— Fais-lui plaisir, siffla-t-il entre ses dents.

— Et si on discutait autour des pancakes que Lucian préparait quand on est arrivés ? proposa Lina.

J'inspirai bruyamment.

— D'accord.

— Et arrête de serrer les fesses comme ça, Luce, ou tu devras racheter un pantalon de jogging à Sloane, plaisanta Nash en me donnant une tape dans le dos.

Sloane plissa les yeux avant de les ouvrir grands derrière ses lunettes comme si elle remarquait pour la première fois ce que je portais.

— C'est mon pantalon.

— Je suis pas sûre que tu voudras le récupérer. Il porte rien en dessous, avertit Lina gaiement alors qu'on retournait tous dans la cuisine.

J'attrapai la main de Sloane pour attirer son attention. Comme elle avait le regard perdu vers mon entrejambe, je lui levai le menton.

— Comment tu te sens ?

— Fatiguée. J'ai mal. Et je suis très en colère.

En colère, c'était bien. C'était mieux qu'en miettes.

— Je vais trouver ceux qui ont fait ça et je vais leur faire payer.

— Pas si je les trouve en premier.

Elle ne comprenait pas. Pas encore. Mais elle comprendrait bientôt. Je m'en assurerais. Je glissai une mèche de ses cheveux derrière son oreille. Elle semblait vulnérable et féroce à la fois. Un lutin prêt au combat.

Je me penchai pour lui embrasser la bouche, mais elle recula aussitôt.

— Pourquoi t'es pas retourné chez toi te changer ?

— Parce que je ne te quitte plus.

Ni maintenant, ni jamais.

Elle leva les yeux au ciel.

— Tu es tellement bizarre. Et ne pense pas une seconde que parce qu'on a pris un bain ensemble et que tu m'as préparé des pancakes on est retournés à la case départ, jeune homme.

— Jeune homme ? répétai-je en m'efforçant de ne pas sourire.

Sloane Walton était de retour, et elle était prête à en découdre.

— Oh non, mon grand. Tu ferais bien de te sortir cette idée du crâne. Nous, c'est terminé, du passé. La nuit dernière ne voulait rien dire.

— Tu te trompes, Lutin. Ça voulait tout dire. Et je vais te le prouver.

— Va-t'en, dit-elle avec un regard mauvais.

— Vous voulez qu'on mange ces pancakes tout seuls pendant que vous vous disputez, ou est-ce qu'on peut parler en adultes ? demanda Nash en montrant une spatule.

— Parlons vite alors. Je dois aller à la bibliothèque. Pour voir ce qui peut être sauvé et appeler l'assurance, déclara Sloane quand on fut tous installés autour de la table de la salle à manger avec nos assiettes de pancakes devant nous.

Perchée à la tête de la table, la chatte se léchait copieusement les fesses.

— C'est une scène de crime en ce moment, Sloane. Je peux pas te laisser y entrer pour mener ta propre enquête. Surtout pas avant d'avoir l'accord des ingénieurs, lança Nash fermement.

Sa mâchoire se serra.

— Tu as dit que tu savais qui c'était, intervins-je. Commençons par ça.

— C'est soit le gars qui m'a attaquée sur le parking, soit celui qui a donné l'ordre de tabasser Mary Louise, répondit-elle en trempant ses pancakes avec la moitié de la bouteille de sirop d'érable.

Mon couteau et ma fourchette tombèrent avec un fracas sourd sur mon assiette, faisant sursauter la chatte qui sauta à terre avant de filer hors de la pièce.

— Qu'est-ce que tu as dit ?

— Oh oh. Il prend sa grosse voix effrayante, remarqua Lina.

— Ça ne te regarde pas, lança Sloane sèchement.

— Je voudrais te parler dehors, Morgan, lançai-je en direction de Nash, sans tenir compte de Sloane.

Mon ami secoua la tête.

— T'as pas le droit de m'envoyer ton poing dans la figure avant la fin du petit déjeuner.

— Alors parle ! Maintenant !

— Je rentrais chez moi après un rendez-vous, et un homme en cagoule de ski a ouvert la portière de ma voiture, m'a collée sur mon siège et m'a dit de laisser Mary Louise tranquille. Quelqu'un reveut du café ? demanda Sloane.

— Quoi ? rugis-je.

Tout ce temps, j'avais pensé que c'était moi qui la mettais en danger. Mais en réalité, ça venait d'une autre direction, et j'aurais pu être là pour l'arrêter. J'aurais dû être là.

— Il va déchirer son pantalon comme Hulk, avertit Lina.

— S'il te plaît, lança Sloane. Rends-nous service et descends de tes grands chevaux.

— Tu t'es fait agresser ? dis-je en la regardant.

— Une petite agression de rien du tout, répondit-elle en haussant les épaules. Plutôt un avertissement.

— Et tu ne m'en as pas parlé ? demandai-je en regardant Nash.

— Tu me touches pas avant la fin du petit déjeuner, me rappela-t-il.

— Laisse-le tranquille, s'énerva Sloane. Je lui ai demandé de ne rien te dire.

— Techniquement, elle m'a carrément fait du chantage. Elle m'a dit que si je t'en parle, elle collera son nez dans l'enquête et se mettra encore plus en danger.

— Et n'oublions pas que ça ne te regarde pas, rappela Sloane.

— Tout ce qui te touche me regarde. Ça a toujours été le cas et ça le sera toujours. La seule différence, c'est que maintenant tu le sais, déclarai-je glacial.

Sloane lâcha un grognement méprisant et regarda Lina.

— C'est moi qui me cogne la tête dans un immeuble en feu, et c'est lui qui a des hallucinations.

— On en reparlera plus tard, assurai-je à Nash.

— Je n'en doute pas.

— Revenons à l'incendie criminel, proposa Lina en feignant la bonne humeur.

— D'accord. La porte de derrière a été ouverte avec un pied-de-biche et les enquêteurs ont trouvé deux bouteilles de gaz sous ce qui était autrefois le fort de coussins dans la section enfants. Grave a confirmé que le rez-de-chaussée sentait l'essence quand il est entré te chercher. Le système d'alarme, les arroseurs et la ligne de téléphone avaient tous été débranchés.

— Est-ce que celui qui a fait ça savait qu'elle était à l'intérieur ? demandai-je.

Nash m'adressa un regard sévère.

— On n'en sait rien pour l'instant. Mais sa Jeep était sur le parking.

Je trouverai le coupable et je le détruirai personnellement.

— On n'a pas encore identifié qui que ce soit, mais c'est encore tôt, continua Nash en coupant un autre morceau de pancake.

La sonnerie de la porte retentit.

— Reste ici, ordonnai-je quand Sloane fit un geste pour se lever.

Je traversai la salle à manger vers le salon et ouvris la porte. Knox et Naomi se trouvaient sur la terrasse, avec des tasses de café à emporter et un sac de bagels.

— Qu'est-ce que tu portes, bon Dieu, mec ? demanda Knox en regardant mon pantalon.

Naomi lui donna un coup de coude.

— Hello, on s'est dit que Sloane voudrait un petit déjeuner.

— Joignez-vous à la fête, annonçai-je en montrant la direction de la salle à manger.

Mes amis échangèrent des accolades et des platitudes et me décochèrent plus d'un regard sceptique.

— On peut revenir au sujet qui nous concerne ? les interrompis-je.

Knox sourit.

— Mais dis-moi, c'est qui ce pleurnichard en jogging de fille ?

— Combien de temps faudra-t-il pour reconstruire ? s'enquit Sloane.

— Levi, des constructions Benderson, est déjà venu voir la bibliothèque ce matin, expliqua Nash.

— Je lui ai parlé aussi. Levi pense pouvoir achever les travaux en trois ou quatre mois. Il est prêt à commencer dès maintenant, sans attendre la réponse de l'assurance, lança Knox.

— Tu lui as parlé ? répéta Nash.

Knox haussa les épaules.

— Le bâtiment porte mon putain de nom, mec. Je suis investi.

— Trois ou quatre mois ? s'indigna Sloane en pâlissant.

Je lui pris la main. Elle posa ses yeux verts sur moi.

— Qu'est-ce que je vais faire ?

— Ma belle, on trouvera une solution, assurai-je. On trouvera un bâtiment provisoire. On sauvera ce qui peut être sauvé et on rachètera tout ce qui a été perdu.

— Ma belle ? répéta Knox tout bas.

— Il y avait beaucoup de « on », remarqua Lina.

— Vous entendrez beaucoup des deux, alors vous feriez bien de vous y habituer, prévins-je.

— Ne vous occupez pas de Lucian. Il souffre d'une scission avec la réalité, affirma Sloane en tartinant un bagel avec du cream cheese.

— Ça suffit, dis-je en repoussant ma chaise et en me levant. Si vous voulez bien nous excuser une minute, je dois parler à Sloane.

— Je ne vais nulle part, s'entêta-t-elle en croquant dans le bagel.

Je tirai sa chaise en arrière et la balançai sur mon épaule.

— Ça va pas bien se terminer, prédit Knox, alors que je la portai, façon Shrek, vers la porte de derrière.

Dehors, sur la terrasse, la matinée de printemps était sublime. Un soleil doux, le chant des oiseaux et des bourgeons dans les arbres.

Le printemps. Un nouveau départ. Un début.

Exactement ce qu'il nous fallait à tous les deux.

— Pose-moi par terre, espèce d'immense tête de cul !

Je m'exécutai et remarquai qu'elle avait réussi à garder son bagel dans la main.

— Il faut que tu comprennes quelque chose, dis-je calmement. Je ne vais nulle part, et tout ce qui te concerne me concerne aussi, parce qu'on est ensemble.

Elle s'indigna ouvertement.

— Tu ne peux pas m'annoncer simplement comme ça qu'on est en couple !

Elle avait retrouvé tout son mordant et je m'en félicitai.

— J'énonce simplement un fait.

Elle secoua la tête furieusement.

— Non. Tu as reçu un coup sur la tête, c'est pas possible. Tu vis dans un monde parallèle, là.

— Sloane, on est ensemble. Fin de l'histoire. Le plus tôt tu l'accepteras…

— Tu t'attends à ce que je sois à tes ordres, alors que tu m'as déjà larguée deux fois ?

— J'essayais de te protéger. Je pensais qu'Anthony Hugo avait fait le lien entre toi et moi et qu'il voulait te faire du mal ! Quand tu t'es pointée dans mon bureau, j'étais terrifié qu'il t'y voie.

— Et au lieu de me le dire et de trouver une solution ensemble, tu m'as jetée hors de ta maison et de ton bureau et ensuite t'es sorti avec une armée de femmes magnifiques et hyper intelligente de Washington ?

— Je ne voulais pas qu'Hugo pense que tu étais avec moi. S'il te considérait juste comme une parmi d'autres, il te laisserait tranquille. Mais c'était quelqu'un d'autre qui te voulait du mal et je ne laisserai personne s'en prendre à toi.

Elle secouait toujours la tête.

— Je veux des enfants, Lucian. Beaucoup d'enfants. Je veux une grande famille bruyante.

— Alors, on en aura une, promis-je sincèrement.

Tout ce que Sloane voulait, je le lui offrirais.

Elle plissa les yeux.

— Je suis désolée... tu as dit...

Elle posa une main sur son front blessé.

— J'ai peut-être un traumatisme crânien. J'aurais juré que tu as dit...

— Si tu veux des enfants, on commence aujourd'hui, assurai-je en m'appuyant sur le poteau de la terrasse.

Elle secouait de nouveau la tête.

— Tu ne comprends pas. Je veux vivre ici. Je veux fonder une famille ici.

— Non, Lutin, c'est toi qui ne comprends pas. J'aurais pu te perdre la nuit dernière. Je ne permettrai pas que cela se reproduise. Jamais. Si tu veux dix enfants, on en aura dix. Si tu veux une bibliothèque sur cinq étages avec plein d'éditions anciennes, j'achèterai tous les livres pour toi. Si tu veux élever une famille ici, j'emménagerai ici et je nourrirai ta satanée Miaou Miaou tous les matins. Si tu veux tout envoyer balader et t'installer dans une hutte sur une plage tropicale, je te construirai une hutte.

— Tu as perdu la tête. On est incompatibles. On n'a rien en commun. On se rend malheureux. On n'arrête pas de s'insulter, espèce de voleur de jogging, ajouta-t-elle.

— On va travailler dessus. Je connais un excellent thérapeute.

— C'est pas comme ça que ça se passe. Je suis désolée que t'aies paniqué pour l'incendie. Mais je me mets pas en couple avec toi. J'ai eu largement assez d'occasions d'apprendre de mes erreurs.

— Sloane, je crois que tu ne comprends pas ce que je te dis. Aucune discussion n'est nécessaire. On est en couple et c'est tout. Tu es tout pour moi, et je ne te laisse pas repartir. Ni maintenant ni jamais. Tout le reste n'est que du détail.

— Fonder une famille n'est pas un détail. Je veux un mari et un partenaire, pas quelqu'un qui va engager une tripotée de nounous.

— C'est joli comme terme, mais si tu veux pas que j'engage une tripotée, j'engagerai une volée.

Elle jeta le bagel sur moi et je l'attrapai à une main.

— D'accord, pas de nounous. Dis-moi juste ce que tu veux et je te le ferai apparaître.

— Je veux que tu partes. Immédiatement et pour toujours.

— C'est faux, dis-je sûr de moi, après l'avoir vue se blottir contre mon corps dans la nuit.

Sloane laissa échapper un soupir exaspéré.

— Ce n'est pas en train d'arriver, décida-t-elle en secouant la tête. Je suis probablement sur un lit d'hôpital, dans le coma à cause de la fumée.

Je m'approchai d'elle et lui pris les poignets.

— Si c'était le cas, je serai à côté de toi.

— Ça ressemble à une menace.

— Une menace, une promesse comme tu préfères.

Je sentais son pouls tambouriner sous mes doigts

— Pourquoi tu souris ? Et c'est pas juste un petit sourire. Tu es radieux. Tu illumines ! Tu irradies ! dit-elle.

— Je n'irradie jamais, corrigeai-je.

— Oh, tais-toi.

Je la pris doucement par les épaules.

— Sloane, écoute-moi. Il n'y aura plus de mensonges. On ne fera plus semblant qu'on ne peut pas se supporter.

— Je crois que je vais vomir, murmura-t-elle.

— Tu es à moi, je suis à toi. Pour le meilleur et pour le pire.

Elle s'écroula contre moi pendant un moment.

— Il n'y a que Lucian Rollins qui pense pouvoir ordonner à une femme de se mettre en couple avec lui.

— Je nous fais juste gagner du temps.

Elle me repoussa et se mit à faire les cent pas, revenant sur toutes les raisons pour lesquelles on ne pouvait pas être ensemble. Je la trouvais craquante. Jamais je n'avais été plus convaincu d'une décision de toute ma vie.

– 40 –

Un visage rempli de chardonnay

Sloane

— Merci pour votre temps, dis-je pour terminer la conversation téléphonique avec la dame de l'assurance à la voix irritante. Et ça n'a servi absolument à rien, espèce de gratte-papier inutile, ajoutai-je après avoir raccroché. Comme si j'avais brûlé ma propre bibliothèque.

Assise en face de moi, Naomi me sourit. Nous étions installées dans le bureau de mon père, QG provisoire de la bibliothèque. Deux jours s'étaient écoulés depuis l'incendie et j'étais noyée dans la paperasse administrative.

— Apparemment, l'assurance refuse de payer avant d'avoir mené son enquête, me plaignis-je assez fort pour couvrir le bruit de perceuses dehors.

Naomi m'adressa un regard compatissant tout en terminant de rédiger un mail sur son portable.

— Il se trouve que je connais bien le chef de la police, plaisanta-t-elle, s'efforçant de rester légère. Je suis sûre que je peux convaincre Nash de parler à l'assurance pour leur expliquer que tu n'es pas coupable.

Je bondis de mon fauteuil et marchai jusqu'à la fenêtre. En plus des gens de la sécurité perchés sur leurs échelles, des piles de livres s'accumulaient sur la terrasse à l'avant de la maison. Les pompiers avaient fouillé le bâtiment et m'avaient rapporté tout ce qui avait pu être sauvé.

À présent, j'avais quelques milliers de recueils qui prenaient l'air du printemps devant chez moi.

Grâce aux serveurs de sauvegarde, notre collection d'e-books et de livres audio était toujours disponible. Mais en tant que bibliothécaires municipales de notre communauté, nous étions beaucoup plus que les livres que nous fournissions.

Les gens dépendaient de nous. Nous faisions partie de la vie de Knockemout. Je n'allais pas laisser un incendie criminel changer cette évidence.

La perceuse hurla de nouveau et je regardai l'équipe qui installait un système de sécurité digne des films de James Bond. Lucian, mon ombre d'un mètre quatre-vingt-quinze, avait estimé mes caméras Wi-Fi insuffisantes et avait insisté pour qu'on améliore la technologie. Je ne me rappelais plus comment j'avais cédé. Et je ne savais pas non plus comment il était encore ici. Ou comment il avait fait pour que j'accepte qu'il emploie un décorateur d'intérieur, appelé Miguel.

Jamal passa la tête par la porte en agitant son portable.

— Bonne nouvelle. La cagnotte qu'on a lancée pour remplacer les livres pour enfants vient d'atteindre trente mille dollars.

— Sérieusement ? demandai-je, oubliant un instant ma frustration.

C'était une bonne nouvelle, en effet.

— Et une autre bonne nouvelle, la synagogue et l'église unitarienne ont proposé de s'unir pour servir aux enfants les petits déjeuners gratuits pendant tout le mois de juin. Ils proposent aussi de s'en occuper en juillet si on n'a pas encore rouvert d'ici là, annonça Naomi, gaiement.

— J'adore cette ville, chantonna Jamal en retournant à son poste de travail dans ma salle à manger.

Un frottement de chaises sur le parquet nous parvint de l'étage.

— Ils sont toujours là-haut ? demanda Naomi.

— Oui, répondis-je sans enthousiasme.

Elle parlait de Lucian et de quelques-uns de ses employés. Le beau ténébreux ne m'avait plus quittée depuis la nuit de l'incendie quand il était entré par la fenêtre de ma chambre. Il n'avait pas non plus renoncé à dire qu'on était en couple. J'étais à bout de patience.

La sonnerie de la porte retentit et j'ignorai le cri lointain de Lucian qui se proposait d'ouvrir.

Derrière la porte, je trouvai le chauffeur de Lucian qui lui apportait des sacs de vêtements propres.

— Bonjour, mademoiselle Sloane. Où est-ce que je peux poser ça ? demanda Hank.

— Si vous étiez votre employeur, j'aurais été ravi de vous dire où vous pourriez vous les fourrer, mais ce n'est pas contre vous que je suis fâchée.

— En haut, dans la dernière chambre sur la droite, intervint Lucian en apparaissant derrière moi.

Je me tournai pour lui décocher un regard noir. Il était comme toujours incroyablement séduisant. Il s'habillait de façon décontractée ici, troquant le costume pour un pantalon et une chemise. Moi, je portais toujours mon pyjama avec des chats.

— Je n'ai pas la place pour toi dans ma chambre, insistai-je, les bras croisés alors que Hank prenait l'escalier.

— C'est pour ça que j'ai embauché Miguel. Ah voilà les courses ! remarqua Lucian quand un autre véhicule s'arrêta dans l'allée.

— Des courses ?

— J'ai invité ta famille à dîner ce soir. On va cuisiner pour elle.

— Tu as perdu la tête ?

— Au contraire, j'ai enfin trouvé la raison, assura-t-il en m'embrassant le front.

— C'est peut-être moi qui deviens folle, grommelai-je pendant qu'il accueillait le livreur.

— Ou peut-être juste qu'il te montre enfin ses vrais sentiments pour toi, déclara Naomi en me rejoignant à la porte. Au fait, il nous a invités, Knox, Waylay et moi pour dîner, la semaine prochaine.

* * *

— Je ne sais pas à quel jeu tu joues, mais je ne mens pas à ma famille en leur disant qu'on est en couple, lançai-je en m'énervant sur le chou frisé.

On était dans la cuisine, à s'affairer autour de Miaou Miaou qui avait décidé de faire sa sieste sur l'îlot. Lucian avait allumé des bougies, mis de la musique et ce qu'on préparait sentait assez bon pour faire gargouiller mon estomac.

Lucian me fit taire en allumant le mixeur.

— Je ne joue à aucun jeu, Lutin, affirma-t-il quand il eut terminé avec le mixeur.

Il ouvrit alors une bouteille de vin.

Toujours ronchonne, je lui tendis deux verres.

— Tu peux pas juste faire semblant d'être en couple pour que ça devienne vrai.

— C'est toi qui fais semblant, pour moi c'est réel, dit-il en posant le verre devant moi. Et vas-y mollo, pas la peine de le trucider ce pauvre chou. La recette dit « masser les feuilles ».

— J'imagine que c'est ton visage.

— Tu vas t'habituer à l'idée tôt ou tard, assura-t-il, confiant.

J'abandonnai le chou.

— Ça suffit. Donne-moi une cigarette. Je sais que tu l'as pas encore fumée aujourd'hui, alors donne-la-moi.

Il leva les yeux des filets de poulet qu'il faisait dorer.

— J'ai arrêté.

— Tu as arrêté ? répétai-je.

— Tu ne sors pas avec des fumeurs, me rappela-t-il.

— Tu as abandonné ton unique mauvaise habitude ?

Il glissa un filet de poulet à côté de la chatte endormie. Elle leva la tête et renifla, sceptique.

— Pourquoi c'est si difficile à croire ? demanda-t-il en levant un sourcil.

— Arrête d'essayer de pousser Miaou Miaou à t'aimer. Elle ne va pas céder à ton chantage. Et arrête d'essayer de me convaincre que tu as changé d'avis. Pas plus tard qu'il y a quelques jours, tu sortais avec tout ce qui bougeait.

La chatte tourna sur le dos, faisant mine de ne pas s'intéresser au poulet juteux.

— C'étaient des leurres.

— Des leurres ? répétai-je.

— Si Anthony Duncan voulait s'en prendre à quelque chose qui comptait pour moi, je ne voulais surtout pas le mener vers toi.

Je fis la moue, même si sa réponse me faisait secrètement plaisir.

— Tu aurais pu les mettre, elles, en danger.

— Pas s'il ne me voyait qu'une seule fois avec chacune. Si c'était clair qu'il n'y avait rien de sérieux.

Lucian Rollins était dans ma maison, à cuisiner pour ma famille et il répondait de bon cœur à mes questions. C'était une occasion que je n'allais pas laisser passer, malgré toute ma colère.

— Alors pourquoi tu m'as larguée ? demandai-je en prenant une gorgée de vin pour paraître le plus décontractée possible.

Il détourna le regard.

— Ah ah ! Tu vois ? dis-je en frappant le plan de travail victorieusement. Je ne peux pas être en couple avec quelqu'un qui refuse d'être honnête avec moi.

Lucian contourna l'îlot et me coinça contre lui.

— Tu es en couple avec moi que ça te plaise ou non. Et si tu veux que je me montre entièrement honnête, tu vas devoir être un peu patiente.

— De quoi tu parles ? demandai-je, alors qu'il se penchait vers moi.

Mes mains, comme sur pilote automatique, se posèrent sur son torse. Tout chez lui semblait tellement solide, tellement bon, tellement juste. Mais il ne fallait pas que je me fie à ce sentiment, je le savais.

— Tu poses des questions qui demandent des réponses auxquelles je n'ai encore jamais pensé. Je ne sais pas comment t'expliquer pourquoi je suis comme je suis ou pourquoi j'essaie de changer maintenant. Et pourtant, je trouverai un moyen.

— Tu peux me donner une estimation de temps ?

Sa bouche s'approchait dangereusement de la mienne. Je ne l'avais plus embrassé depuis si longtemps. Tout mon corps voulait se rappeler ce que ça faisait d'avoir ses lèvres sur les miennes.

Tout mon corps, à l'exception de mon cerveau, qui envoyait des signaux d'alarme.

— Je te le dirai après ma prochaine séance de thérapie, dit-il d'une voix rauque.

— J'arrive pas à savoir si tu plaisantes, murmurai-je.

La sonnerie de la porte retentit, me faisant sursauter. Lucian me sourit et embrassa le bout de mon nez.

— Je vais ouvrir.

Écroulée sur le plan de travail, je le regardai partir. Miaou Miaou fit de même. À la seconde où il disparut de la pièce, elle se leva et se jeta sur le bout de poulet qu'il lui avait mis sous le nez.

— Traîtresse.

* * *

— Merci encore d'être venues, lança Lucian en resservant du vin à ma mère.

J'avais débarrassé la table de la salle à manger et massé quelques feuilles de chou, mais Lucian Rollins avait décoré la pièce avec des fleurs de cerisiers, programmé une playlist spécialement pour l'occasion et concocté un délicieux repas.

Maman avait l'air assez heureuse pour qu'il lui sorte des arcs-en-ciel par les yeux. Maeve, elle, semblait méfiante. Pendant ce temps, Chloé buvait son chocolat froid et examinait Lucian comme si elle cherchait le meilleur moyen pour qu'il lui offre une nouvelle garde-robe.

— Le plaisir est pour nous. Et je dois dire que je suis très heureuse de vous voir ensemble, lança maman, radieuse, depuis l'autre bout de la table.

J'ignorais si c'était une décision consciente, mais nous avions laissé vide la place de papa à la tête de la table.

— On n'est pas ensemble. C'est juste qu'il ne veut pas comprendre et partir de chez moi.

— Et ça me remplit de joie de savoir que tu t'occupes de ma fille, continua maman en ignorant complètement mon intervention.

— Maintenant que Sloane semble être une cible évidente, je préfère que celui qui la vise sache qu'elle est protégée, dit Lucian en me regardant. Par moi, ajouta-t-il fermement.

Maeve me donna un coup de pied sous la table.

— Aïe ! lâchai-je avant de me pencher pour me frotter le tibia.

— Tout va bien ? demanda Lucian.

Ma sœur m'adressa un regard sévère.

— Oui, tout va bien. La chatte vient de me griffer, mentis-je.

Miaou Miaou choisit ce moment pour entrer dans la salle à manger depuis la cuisine.

— Donc, Lucian, tu as l'air d'avoir bon goût. Où est-ce que tu penses qu'une ado peut trouver du cachemire à bon prix ? demanda Chloé.

— Maeve, tu peux m'aider à chercher plus de... euh... chou dans la cuisine, demandai-je.

Ma sœur bondit de sa chaise, son verre de vin à la main. Je pris aussi mon verre et la suivis dans la cuisine.

— Alors vous faites juste semblant, maintenant ? demanda Maeve en se tournant vers moi.

Je l'entraînai vers le salon.

— Moi, je ne fais rien du tout. Il ne part pas.

— Ouais, c'est ça.

— Est-ce que tu as déjà forcé Lucian Rollins à faire quelque chose qu'il ne voulait pas ?

— Non, mais je sais que tu es sans doute la seule personne sur la planète qui pourrait.

— Qu'est-ce que ça veut dire ?

— Ça veut dire que vous deux, vous partagez quelque chose depuis le début des temps. Et si tu voulais vraiment qu'il dégage, il ne serait plus là. Alors peut-être que tu penses qu'il mérite une deuxième chance.

— Il en a déjà eu plusieurs.

— D'accord. Une dernière chance.

Je penchai la tête.

— Qui es-tu et qu'est-ce que tu as fait à ma sœur ? demandai-je.

— Quoi ? Je ne dis pas que tu devrais lui donner une autre chance. Je dis juste que vous vous êtes rapprochés à cause d'un événement traumatisant et que maintenant vous êtes ensemble.

Je levai les mains en signe de défense.

— Écoute, je suis trop occupée en ce moment pour imaginer me mettre en couple avec lui. Et je suis trop occupée à essayer de le mettre dehors.

— Crois-moi, je comprends. Mais à un moment, tu commences à te demander si être occupée comme ça, c'est pas juste une excuse pour ne pas avoir de vraie vie, lança Maeve.

— OK, maintenant je suis inquiète pour toi.

Après mon agression et ma rencontre avec Mary Louise, j'avais remis à plus tard mes intentions de parler à Maeve de sa rupture avec Kurt Michaels.

Encore une fois, j'avais laissé les circonstances me détourner de la priorité : ma famille.

— Lucian a dit qu'il était prêt à avoir des enfants avec moi, annonçai-je si brusquement que je renversai mon verre de chardonnay sur mon visage en ratant ma bouche.

— Merde, désolée, lança Maeve, sidérée.

Elle me tendit une boîte de mouchoirs et j'épongeai le vin.

— J'ai eu la même réaction, mais en moins arrosée, assurai-je.

Le rire aigu de Chloé nous parvint en même temps que la voix de baryton de Lucian.

Maeve prit une autre gorgée de vin.

— Bon accroche-toi, parce que je vais te donner des conseils qui ne me ressemblent pas.

J'agrippai une lampe par terre.

— Écoute-le au moins. Si un gars t'offre tout ce dont tu as toujours rêvé, tu te dois au moins de vérifier s'il est sérieux.

— Il te manque beaucoup, n'est-ce pas ?

— Qui ?

— Le type que tu voyais en secret, mais que tu as largué parce que tu es trop occupée pour t'autoriser à tomber amoureuse.

— Les petites sœurs sont tellement agaçantes ! se plaignit Maeve.

D'autres rires retentirent dans la salle à manger.

— Maman et Chloé ont l'air de l'apprécier en tout cas.

— Oui, c'est parce qu'elles ont pas eu à subir ses caprices. Ce soir, c'est le charmant Lucian. Demain, il peut se transformer en boudeur solitaire, comme il l'est souvent.

La sonnerie de la porte nous interrompit.

— J'y vais, cria Lucian et j'entendis une chaise frotter sur le parquet.

— Eh ! Je t'ai dit que c'est moi qui habite ici ! répliquai-je.

On tendit tous les deux la main vers la poignée et réussit à ouvrir à un Kurt Michaels à l'air déterminé qui tenait dans les mains un gros bouquet de lys.

— Oh oh, lâchai-je.

— Sloane est prise. Par moi. Et pour info, elle est allergique aux lys, gronda Lucian.

— Il n'est pas ici pour moi, Lucifer, intervins-je pour éviter qu'il ne lui claque la porte au visage.

— Je sors le grand jeu, assura Kurt en me faisant un petit signe de la tête.

— Bonne chance, murmurai-je. Elle est dans la salle à manger.

Il se redressa et entra dans la maison.

— Qu'est-ce qui se passe ici ? interrogea Lucian.

J'éternuai deux fois.

— Il est amoureux de ma sœur.

— Alors pourquoi il sortait avec toi ?

Je haussai les épaules et reniflai en fermant la porte.

— L'amour fait faire des choses bêtes aux gens.

J'éternuai de nouveau et me mouchai.

— Tu as bien raison, grommela-t-il.

— Chut !

— Monsieur Michaels, qu'est-ce que vous faites ici ? Est-ce que c'est parce que j'ai eu quatre avertissements pour bavardage pendant le contrôle de maths aujourd'hui ? Je vous ai dit que j'aime dire les chiffres tout haut, se défendit Chloé.

— Maman, excuse-moi, je dois m'occuper de ça, annonça Maeve.

Quelques secondes plus tard, elle apparut dans le couloir avec Kurt et le bouquet de fleurs.

J'ouvris la porte en souriant.

— Et si vous alliez parler sur la terrasse ? Et n'oublie pas tes conseils, écoute-le. Si un gars t'offre tout ce dont tu as toujours rêvé, tu te dois au moins de vérifier s'il est sérieux.

— C'est ça, oui, répliqua ma sœur.

– 41 –

La défense du couteau à beurre

Lucian

— Pourquoi est-ce que j'ai trouvé ça plié sous un sac de décorations de Noël, dans la deuxième chambre d'ami ? demanda Sloane en entrant en trombe dans la chambre au papier peint avec des parapluies, où j'avais établi mon bureau.

Elle agitait devant moi le sweat-shirt de son ex-petit ami comme si c'était un drapeau.

Je levai les yeux des écrans que mon équipe d'ingénieurs avait installés pour moi.

— Parce que j'ai été assez intelligent pour ne pas le balancer, dis-je en lui accordant toute mon attention.

Ça faisait cinq jours qu'on partageait la même maison, le même lit, comme un vrai couple, mais Sloane ne fléchissait pas. La seule raison pour laquelle elle me laissait dormir avec elle, c'est parce qu'elle était trop épuisée en fin de journée et qu'elle s'écroulait au milieu de la dispute.

Ces longues nuits étaient à la fois une récompense et une torture, parce qu'elle avait été très claire : pas de sexe. Mais j'avais passé la plus grande partie de ma vie sans connaître les délices de son corps sous le mien, je pouvais bien encore tenir quelque temps avant de lui faire changer d'avis.

Tôt ou tard, elle finirait par reconnaître que les sentiments qu'elle avait toujours eus pour moi ne s'étaient pas évanouis dans l'air.

Malheureusement, ce ne serait pas pour aujourd'hui. Elle m'avait balancé un demi-bagel à la tête pendant le petit déjeuner.

Aucune importance. J'avais une patience infinie. J'attendrais jusqu'à ce qu'elle accepte l'évidence.

— Tu n'as pas à m'interdire de garder le sweat-shirt d'un ex. Ça n'a pas à te poser un problème, Lucifer, lança-t-elle en avançant dans la pièce.

Pieds nus, elle portait un jean déchiré et un tee-shirt moulant à manches longues couleur framboise. Ses cheveux blonds étaient attachés au-dessus de sa tête en un chignon désordonné. Elle avait opté aujourd'hui pour des lunettes à monture mauve et un rouge à lèvres rouge vif. Chaque matin, j'étais impatient de voir le rouge à lèvres qu'elle allait choisir. Plus la couleur était franche, plus elle était d'humeur féroce.

J'adorais être si proche d'elle. En même temps, je détestais la distance qu'elle réussissait à mettre entre nous. Je la voulais en entier. Je voulais tout d'elle et je ne céderais pas avant qu'elle me trouve assez digne d'elle.

— Je n'aime pas l'idée que ma petite amie, la femme que je vais épouser et avec qui je vais avoir des enfants, s'emmitoufle dans le vieux pull dégueulasse d'un ex et se souvienne du bon vieux temps avec lui.

— Tu ne veux pas te marier avec quelqu'un et tu as été très clair avec ta vasectomie : tu ne veux pas non plus d'enfants. Alors, pourquoi tu ne nous ferais pas gagner du temps à tous les deux en dégageant de ma maison ?

Elle finit sur une note suraiguë qui chassa Miaou Miaou du lit que j'avais placé sous la fenêtre.

— Et autre chose, dit Sloane en montrant la petite bête apeurée qui filait. Arrête d'amadouer Miaou Miaou pour qu'elle devienne ta copine.

— Manifestement, ton rendez-vous avec le conseil d'administration ne s'est pas bien passé, devinai-je.

Elle avait passé une heure et demie enfermée dans la salle à manger avec les membres de la bibliothèque pour une réunion d'urgence.

Sloane s'écroula dans le fauteuil pervenche à côté de mon bureau, un coussin collé contre sa poitrine.

— Ils ont voté contre l'ouverture d'une bibliothèque temporaire et préfèrent se concentrer sur les travaux. T'arrives à y croire, toi ?

— Je ne pense pas que tu attendes de réponse, dis-je diplomatiquement.

— Je vais quand même pas rester assise à rien faire pendant trois ou quatre mois.

— D'accord. Fais ta valise.

— Euh… Pardon ?

Je me levai et commençai à ranger des accessoires dans un sac en cuir.

— J'ai des trucs à faire à Washington. Je ne te laisse pas toute seule. Alors tu viens avec moi.

Elle prit une profonde respiration, prête à se lancer dans une autre dispute.

— Je peux pas juste partir comme ça…

— Ton conseil administratif a voté. Ils ne te laisseront rien entreprendre pour l'instant et je sais pas toi, mais moi j'en ai assez de regarder le même papier peint toute la journée. On part à Washington, je vais t'installer un espace de travail dans mes bureaux. Tu fais une liste des services qui sont une priorité et on réfléchit à comment continuer à les dispenser en attendant. Et quand on revient, tu leur présentes tes solutions.

Ses yeux verts clignèrent une fois derrière les verres de ses lunettes.

— Tu ferais ça pour moi ?

Je m'approchai d'elle et posai une main sur l'accoudoir de son fauteuil.

— Je ferais tout pour toi.

Elle leva les yeux au plafond.

— Oh, s'il te plaît.

— Surtout si ça te fait arrêter de te plaindre, ajoutai-je en déposant un baiser rapide sur le bout de son nez.

Sa jolie bouche rouge vif dessina un petit sourire.

* * *

— On sort pour le dîner, annonçai-je alors qu'on entrait dans mon appartement après un long après-midi. Tu peux être prête dans une heure ?

Sloane avait passé la plus grande partie de la journée à se plaindre, d'abord parce que son espace de travail était à l'intérieur de mon bureau, et ensuite, parce que je ne la laissais pas se balader dans une ville où *probablement personne* ne voulait l'assassiner. Mais j'avais tenu bon. Jusqu'à ce que mes enquêteurs ou ceux de Nash trouvent le coupable de l'incendie, je ne la lâcherais pas d'un millimètre.

Après un café trop bruyant et trop long dans mon bureau avec Lina, Petula et Holly pendant que j'essayais bêtement d'avancer mon travail, elle avait fini par s'installer et avait dressé la liste des services que la bibliothèque pouvait continuer à rendre même sans location physique. On avait réussi à super bien travailler ensemble, malgré l'espace restreint. Son énergie était contagieuse et je m'étais trouvé à enchaîner tout ce que j'avais à faire avec plus d'enthousiasme que d'ordinaire.

— J'espère qu'on va prendre à emporter, parce que je n'ai que des jeans et des pulls dans ma valise, dit-elle en retirant ses tennis et sa chemise.

Dessous elle portait un petit caraco qui avait du mal à contenir son imposante poitrine.

— Qu'est-ce que tu fais ? demandai-je, la bouche sèche.

Le besoin de la toucher me rendait fou.

— Ce que les êtres humains font quand ils rentrent chez eux après le travail.

Je ramassai la chemise qu'elle avait négligemment jetée et la pliai.

— Ils se déshabillent dans l'entrée ?

— Ils enfilent des vêtements confortables, dit-elle en jetant un regard sévère sur mon costume.

— Je me sens parfaitement bien comme ça. Et ce serait une perte de temps de me changer maintenant, alors que je vais devoir remettre un costume pour sortir dîner.

Elle secoua la tête et ses cheveux se balancèrent sur ses épaules.

— Triste. Vraiment triste.

Je la vis disparaître dans la cuisine, et soudain, je pris conscience que je souriais. Reprenant une mine sérieuse, je desserrai ma cravate et me concentrai sur le courrier sur la table de l'entrée.

Sloane revint, un air soupçonneux sur le visage.

— Depuis quand il y a de la root beer et des friandises ici ?

Elle tenait une canette dans une main et un sachet ouvert de chips dans l'autre.

— Je te dis qu'on sort au restaurant et tu manges ?

Elle mordit dans une chips avec enthousiasme.

— Le dîner est dans une heure. Et si le restau est plein ou qu'on ne commande pas d'apéritif ? J'ai vraiment faim, moi. Je te rends un service, là.

Elle était tellement adorable. Incroyablement belle. Et douloureusement intouchable. J'avais les nerfs à vif maintenant que je l'avais à moi tout seul.

La sonnerie de la porte retentit. Je me précipitai pour l'ouvrir.

— Tu attends quelqu'un ?

— Eh oui.

— Pas intérêt à ce que ce soit une astrophysicienne, l'entendis-je grommeler.

Je souriais stupidement quand j'ouvris la porte.

Grace, ma cheffe de la sécurité, entra en tirant derrière elle un portant avec des robes.

— Elles viennent d'arriver. Pour info, moi je préfère la rouge.

Sloane me regarda en fronçant les sourcils.

— Donc pas de plats à emporter, c'est ça.

— En effet. Mais ma mère sera là.

Elle ouvrit de grands yeux.

— Intéressant. Grace, vous avez des goûts exquis. Il y a des chaussures qui vont avec ces robes magnifiques ?

* * *

— Si les plats sont trop prétentieux, ici, tu m'emmènes manger un hamburger après, lança Sloane alors que je la guidais dans le restaurant.

C'était un de ses endroits chics qui sert des petites portions sophistiquées de cuisine nouvelle.

Plusieurs paires d'yeux nous suivirent jusqu'à notre table, et j'étais certain que l'attention était divisée également entre mon visage renfrogné et Sloane qui ressemblait à une déesse tout en courbes dans sa robe rouge.

Je n'aimais pas la montrer en public à mon bras, alors que le danger était encore bien réel, mais c'était le meilleur moyen de faire passer le message : Sloane Walton était sous ma protection rapprochée.

Pour assurer sa sécurité, j'avais une équipe dans le restaurant et une voiture sur le parking. Je ne prenais aucun risque.

Je repérai ma mère déjà assise à notre table, l'air décontractée et charmante dans sa robe de cocktail ivoire.

— Maman, dis-je quand on arriva devant elle.

Je me penchai pour lui embrasser la joue.

— Tu te souviens de Sloane.

— Bonjour madame Rollins, salua Sloane avec aux lèvres un sourire qui disait « pas besoin de nous souvenir du passé ».

L'espace d'une seconde à peine, je perçus l'ombre de quelque chose sur le visage de ma mère. Le désarroi ? La honte ? L'embarras ? Mais elle se ressaisit aussitôt.

— Comme c'est agréable de te revoir, dit-elle en souriant légèrement.

Je n'eus pas l'impression qu'elle était sincère. Je ne pouvais pas lui en vouloir pour ça. Sloane avait tout de même assisté à une de ses agressions et envoyé le coupable, son mari, en prison.

— S'il te plaît, appelle-moi Kayla, lança maman en retrouvant sa civilité.

Je tirai la chaise de Sloane et scrutai le restaurant pendant qu'elle s'asseyait. La foule habituelle des nouveaux et des anciens riches, chacun lorgnant sur la place de l'autre. Je regrettai soudain de ne pas avoir opté pour un fast-food.

— Sloane et moi, on sort ensemble, annonçai-je en m'asseyant à mon tour.

Maman ouvrit de grands yeux. Sloane s'étouffa avec son verre d'eau. Bruyamment.

— C'est sérieux, continuai-je en tapotant Sloane dans le dos.

— En fait... commença-t-elle, mais ma main sur son épaule se resserra et l'arrêta.

— C'est merveilleux ! s'exclama maman, rapidement remise de mon annonce. Lucian ne m'a jamais présenté d'autre femmes avant. Et il se trouve que moi aussi j'ai une surprise, dit-elle en hochant la tête vers un homme qui se dirigeait vers nous.

Il se déplaçait comme un requin dans un costume trop brillant. Il y avait une lueur de prédateur dans ses yeux qu'il posait sur chaque table qu'il longeait. Il avait une belle bedaine et des cheveux gris parsemés. Sur la main gauche, il portait une chevalière. Je n'eus pas besoin de la regarder de près pour connaître les initiales gravées sous l'anneau. AH.

Anthony Hugo s'assit à côté de ma mère avec une mine triomphale.

— On se rencontre enfin en personne, dit-il en prenant la main de ma mère comme si elle lui appartenait.

Mes poings se serrèrent sous la table.

— Lucian, je te présente mon ami Anthony, lança ma mère, le souffle court.

— Oh, merde, murmura Sloane en s'armant du couteau à beure.

Je posai une main sur sa cuisse.

— J'ai beaucoup entendu parler de vous, monsieur Hugo, le saluai-je.

— Pas autant que j'en ai entendu sur vous, répliqua-t-il en laissant apparaître trop de dents.

— Anthony et moi, on s'est rencontrés à une vente de charité, récemment, raconta ma mère en s'empourprant comme une adolescente. Il m'a demandé mon numéro et depuis on vit un véritable tourbillon.

— Et qui est cette jeune femme en rouge ? demanda Anthony, son sourire mauvais orienté vers Sloane.

Ce fut au tour de Sloane de serrer la main sur ma cuisse et ce fut la seule chose qui me retint de bondir de ma chaise pour assassiner Anthony Hugo au milieu d'un restaurant.

— Ça ne vous regarde pas, dis-je.

Ma mère gloussa, gênée.

— C'est Sloane. La petite amie de mon fils. Ils sont amoureux depuis toujours.

— Je ne pense pas que j'ai déjà eu le plaisir de faire votre connaissance, lança Anthony en posant ostensiblement les yeux sur le décolleté de Sloane.

— Et vous ne l'aurez jamais, siffla-t-elle, radieuse.

Ma mère parut outrée.

— Lucian, ta petite amie se montre incroyablement mal polie.

— Et ton petit ami est un criminel, trafiquant de drogue et meurtrier, rétorquai-je du tac au tac.

— Voyons, lâcha Anthony, sur un ton amical, mais avec les yeux d'un sociopathe. On peut tous être amis. On est pratiquement de la famille. Je pense que vous connaissez mon fils, n'est-ce pas, Lucian ?

— Je ne comprends pas ce qui se passe, déclara ma mère.

— Et si nous allions aux toilettes ? proposa Sloane en tendant la main à ma mère.

J'agrippai la cuisse de Sloane plus fermement. Le plus gros patron du crime de Washington/ Baltimore n'était sûrement pas venu ici tout seul.

— Personne ne va nulle part, putain, affirma Anthony, se débarrassant complètement de son vernis d'homme du monde. Pas avant que Rollins et moi, on ait une petite discussion.

— Est-ce que je peux vous proposer un apéritif ? demanda le serveur qui avait mal choisi son moment pour interrompre la conversation.

— Je vais te dire quoi. Ne remets pas les pieds ici, à moins que tu veuilles ramasser tes putains de dents sur le tapis, menaça Anthony.

Ma mère se ratatina, une réaction que j'avais eu trop de fois l'occasion de voir chez elle.

— Pas besoin d'être violent, dis-je en tentant de paraître blasé.

— Oh, mais si. Toi et tes copains de fédéraux, vous vous êtes bien amusés. Il est temps de mettre fin à vos embrouilles ou je vais mettre en terre tous ceux à qui tu tiens. En commençant par ces deux charmantes femmes.

— Allez-vous faire foutre ! répliqua Sloane en dirigeant vers lui le couteau à beurre.

La lèvre inférieure de ma mère commença à trembler et elle semblait prête à fondre sur son siège.

Anthony esquissa un rictus.

— La petite a une grande bouche pour aller avec ses gros nibards. Vous avez entendu parler de l'incendie criminel. Je me suis dit que ça l'aurait incitée à se mêler de ses affaires.

Je me levai, mais Sloane fut plus rapide que moi. Elle bondit et brandit le couteau inutile dans sa direction, provoquant des exclamations d'effroi aux tables voisines.

— Je suis bibliothécaire, connard, lança-t-elle. C'est dans mon métier de me mêler de tout. À cause de vous et de votre relation dysfonctionnelle avec votre fils, j'ai failli perdre des gens, des amis. Si vous pensez une seconde que vous pouvez rester assis à nous menacer, c'est que vous êtes encore plus stupide que l'est votre fils.

— Merci pour ton intervention, Sloane, dis-je en retirant le couteau de sa main et en le posant sur la nappe. Vous avez été prévenu par ma femme. Maintenant vous allez m'écouter. Retirez les mains de ma mère et partez d'ici. Si je vous revois à côté de moi ou de quelqu'un que j'aime, je vous abats sur le champs.

Anthony se leva et lissa sa veste.

— Tu as peut-être de l'argent et du style, mais j'ai quelque chose que tu n'auras jamais.

— Un mauvais goût vestimentaire ? devina Sloane.

— Un instinct de tueur. Je sais quand quelqu'un va trop loin et je n'ai jamais eu peur de l'arrêter en plein vol. Tu as quarante-huit heures pour me donner tout ce que les fédéraux ont sur moi, avec quelques millions de réparations, ou je vais commencer à tirer dans le tas, menaça-t-il une nouvelle fois.

Ma mère pleurait en silence. Sloane vibrait de rage à côté de moi.

— Vous avez les mêmes quarante-huit heures pour mettre de l'ordre dans vos affaires, parce que quand j'en aurai terminé avec vous, vous n'aurez plus rien pour tirer. Je vais démonter vos affaires, votre vie, votre famille et votre sale gueule. Et je vais y prendre du plaisir, répliquai-je.

Ma mère prit son verre d'eau d'une main tremblante. Sloane, en revanche me regardait comme si je venais de sauver une horde de chiots d'un déluge, torse nu.

— Je sais pas. De ce que je peux voir, c'est toi qui as le plus à perdre à cette table, se moqua-t-il avec un rictus insipide.

— Quand on a tout à perdre, on fait tout pour le garder, rétorquai-je, lugubre.

Anthony rit avant de taper sur la table comme s'il s'agissait d'un tambour.

— Quarante-huit heures. J'ai hâte.

Il se tourna vers ma mère.

— On se voit bientôt, poupée.

Et son regard se posa sur Sloane.

— Mais toi, je te verrai avant, je pense.

— Ce sera dur une fois que je vous aurai retiré les yeux des orbites, lança-t-elle avec un sourire féroce.

Anthony orienta ses doigts sur moi comme s'il s'agissait d'une arme et fit semblant de tirer.

Sloane bondit, renversant un verre d'eau et envoyant valser plusieurs couverts par terre.

Je la fis rasseoir.

— Doucement, Lutin.

Ensemble, on regarda Anthony Hugo quitter le restaurant. D'un claquement des doigts, quatre hommes en costume le suivirent.

Sloane poussa un soupir de soulagement. Ma mère était effondrée sur sa chaise, une main sur le visage. Tout le monde dans le restaurant nous regardait.

— Je ne savais pas qu'on aurait un spectacle en plus du dîner.

Le commentaire amusé venait de Maureen Fitzgerald qui avait un air angélique et mauvais à la fois dans sa robe de cocktail couleur champagne.

— Waouh ! s'écria Sloane. Magnifique robe.

— Ce n'est pas le moment, Maureen, lançai-je.

— Oh non, sérieux ? Vous êtes Maureen Fitzgerald ? murmura Sloane.

— La seule et unique, confirma cette dernière en adressant un clin d'œil à Sloane. Après avoir vu Anthony Hugo s'installer à votre table et faire son petit numéro, je me suis dit que j'allais vous proposer mes services.

— Quels services, Maureen ? demandai-je, une main autour du poignet de Sloane.

Avec l'autre, j'écrivais un message à mon équipe de sécurité.

— J'ai peut-être quelques informations qui pourraient vous aider avec votre problème.

Elle fit un signe de la tête vers la porte qu'Anthony venait d'emprunter.

— Pas ici, dis-je.

— Bien sûr, acquiesça-t-elle. Ce soir. Chez toi.

— Sois prudente.

— Je suis une femme, je suis toujours prudente.

Son regard dépassa ma mère pour se poser sur Sloane. Elle lui sourit chaleureusement.

— Apparemment, les goûts de Lucian se sont bien améliorés.

— Votre peau est parfaite, murmura Sloane.

Je levai les yeux au ciel. Mais Maureen se tapota la joue avec fierté.

— Merci. Il faut la garder celle-là, Lucian. Essaie de ne pas tout faire foirer.

Je fronçai les sourcils et hochai la tête vers Grace qui entrait dans le restaurant.

— Allons-y.

Grace nous fit traverser la cuisine jusqu'à un ascenseur à l'arrière du bâtiment. Les cuistots ne levèrent même pas les yeux vers nous alors qu'on longeait les fourneaux.

Ma mère s'écroula contre la paroi de l'ascenseur quand les portes se refermèrent.

— Je ne comprends pas ce qui s'est passé, dit-elle, les mains entourant son visage. C'était tellement humiliant.

— Je suis désolé de t'avoir embarrassée en t'empêchant d'être le pion d'un fou criminel. Anthony Hugo est un malade qui n'aurait aucun scrupule à te faire disparaître pour m'atteindre.

— Tout tourne toujours autour de toi. Tous les hommes qui me témoignent de l'intérêt essaient juste de te soutirer quelque chose, murmura ma mère, amèrement.

— Cet homme est un voyou. Il a fait tuer des gens pour bien moins que ce que je suis en train de lui faire. Et tu penses que tout va bien parce qu'il te traite comme une sorte de trophée ?

— Ton père voulait me cacher. Il ne voulait même pas qu'on sache que j'existais.

— Le passé n'a rien à voir là-dedans. Je pense à ta sécurité à présent.

Elle passa ses mains délicates sur son visage.

— Je ne peux pas parler de ça avec toi maintenant.

— On en parle maintenant ! répliquai-je. Ne réponds pas à ses appels. Ne va nulle part avec lui. Si tu le vois quelque part, fuis sur-le-champ. Grace, j'ai besoin que tu…

— … renforces la sécurité autour de ta mère. Je m'en occupe.

— Maintenant tu me dis où aller et qui fréquenter ? Tu contrôles tout. Où je vais, ce que je fais, ce que je dépense. Tu es comme lui, murmura ma mère.

— Pour l'instant, je m'en fiche, maman.

Je vis la lueur de douleur et l'amorce d'un mouvement. Sa main claqua sur ma joue.

Grace fit un pas, mais Sloane fut plus rapide. Elle s'interposa entre ma mère et moi.

— Excusez-moi, Kayla !

La fureur la consumait de l'intérieur. Elle tendit un doigt vers ma mère.

— Plus jamais vous ne le giflez comme ça ! Après tout ce que vous avez traversé, vous frappez votre fils parce qu'il veut vous protéger d'un sociopathe notoire ? C'est de la folie.

— Ça suffit, Sloane, dis-je en posant une main sur son épaule.

Elle vibrait contre moi.

— Ça ne suffit pas du tout. Vous avez un goût affreux en matière d'hommes. Anthony Hugo est un signal d'alarme ambulant et vous l'invitez à dîner ? Oh, si vous voulez dépenser votre argent à votre guise, trouvez un travail, madame. À un moment, il vous faudra quitter votre rôle de victime et commencer à vivre, continua Sloane.

— Tu ne comprends rien, pleurnicha ma mère.

— Je voulais être gentille avec vous, compatir pour vous. Mais ça remonte à vingt ans. Vous avez eu deux décennies pour avancer. Et pourtant, toutes ces années plus tard, vous êtes encore à jouer les victimes. Vous acceptez toujours les chèques de votre fils, parce que vous êtes trop fragile pour tenir debout toute seule. Il ne vous doit rien, c'est vous qui lui êtes redevable. Pour toutes les fois où il s'est interposé entre vous et l'homme que vous vous êtes choisi. Pour toutes les fois où vous l'avez rendu responsable pour vos choix. J'essaie de ne pas vous en vouloir pour ça, mais vous me rendez la tâche impossible.

Sloane criait à présent. Ma cheffe de la sécurité hochait la tête à chacun de ses mots.

— Vous ne devez plus avoir de contact avec Lucian avant de vous être excusée pour toutes les merdes que vous lui avez fait subir, annonça Sloane.

Les portes de l'ascenseur s'ouvrirent sur le parking. Mes deux voitures attendaient, moteur allumé, et une demi-douzaine de mes employés de la sécurité étaient à leur poste.

Ma mère ouvrit de grands yeux et sortit précipitamment de la cabine.

— Ça suffit, dis-je calmement.

Mais Sloane n'en avait pas terminé.

— Et une autre chose. Allez-vous faire soigner ! dit-elle dans son dos.

J'attrapai Sloane par la taille.

— Ramène ma mère chez elle, ordonnai-je à Grace en lui indiquant mon SUV.

Je portai presque Sloane jusqu'à mon autre véhicule pour la déposer sur la banquette arrière et me glisser à côté d'elle. La portière se referma, nous plongeant dans l'obscurité.

— Eh ! Tu m'as promis un di...

Je l'interrompis en collant ma bouche sur la sienne.

– 42 –

Un volcan de désir

Sloane

On parvint à peine à se retenir avant d'arriver chez lui.

Je savais que Lucian avait des affaires pressantes et vitales à traiter. Comme pulvériser un baron du crime qui venait de nous menacer. Je lui faisais confiance pour s'en charger.

En ce qui concerne mon cœur, je n'étais pas certaine qu'il ne finirait pas en miettes, et pourtant je lui faisais confiance pour veiller sur ma vie.

Tout ça était très important. Mais il y avait encore plus important. Ça faisait des semaines que nous n'avions plus été ensemble – orgasmiquement parlant – et baron du crime ou pas, j'étais un volcan de désir.

— C'était hyper sexy, murmurai-je contre sa bouche alors qu'il me portait dans son appartement et refermai la porte derrière nous.

Mes jambes lui entouraient la taille, mes mains s'emmêlaient dans ses cheveux pour le retenir tout contre moi.

Je savais ce qui me prenait, mais je n'étais pas sûre de comprendre pourquoi Lucian m'avait mise en ébullition quand il m'avait déposée dans son véhicule, après que je m'en étais prise à sa mère. À cet instant, en tout cas, je m'en fichais.

— Qu'est-ce qui était si sexy ? demanda-t-il en retirant de mes épaules les bretelles de ma robe.

— Ton attitude blasée devant les menaces de l'autre abruti, dis-je en lui embrassant et mordillant le cou.

Il grogna et les vibrations descendirent jusqu'à mes tétons plaqués contre lui.

— Tu as deux secondes pour m'aider à te sortir de cette robe ou je la détruis.

Je ne réagis pas assez vite à son goût et me retrouvai perchée sur le marbre froid de sa table d'entrée. Il avait fait descendre le haut de ma robe jusqu'à ma taille en la déchirant.

— Ça veut rien dire, on est d'accord, rappelai-je, le cœur battant.

— Au contraire, ça veut tout dire.

— On est donc d'accord qu'on n'est pas d'accord, décidai-je, parce que ce n'était pas vraiment le moment qu'on se dispute.

Il retira mon soutien-gorge habilement d'une seule main et lâcha un autre grognement avant d'enfoncer son visage entre mes seins.

Je ris.

— Pourquoi t'es tellement obsédé par ma poitrine ?

— Pour la même raison que tu es obsédée par ma bite. Parce qu'ils sont plus que parfaits, répondit-il avant de prendre un téton dans sa bouche.

Il n'allait pas être le seul à jouer. C'était tellement bon d'être ouverte et offerte devant lui.

Je baissai la main vers son entrejambe et trouvai son érection brandie sous son pantalon. Je l'empoignai à pleine main.

— Putain, siffla-t-il contre moi.

Un frisson me traversa. L'effet de ses lèvres sur mon sein se réverbérait dans tout mon corps.

Sans me lâcher, Lucian mit la main entre mes jambes et écarta ma culotte.

— J'ai besoin de te sentir.

Ça m'allait très bien. Tellement bien que je le laissai me prendre par les hanches pour m'emmener au bord de la table.

— Bouge pas, Lutin, ordonna-t-il en retirant ma main de son sexe.

J'allais protester quand j'entendis qu'il baissait sa fermeture Éclair.

— Oh oui, grognai-je quand il écarta mes lèvres avec son gland pour me taquiner le clitoris.

Il relâcha mon téton et l'air frais sur mon sein humide le rendit encore plus sensible.

— N'arrête pas de caresser ma queue, ma belle, ordonna-t-il avant que sa bouche ne s'empare de mon autre téton.

Je m'exécutai et attrapai son membre dur et gonflé.

Il gémis contre mon sein.

— Ah oui, comme ça.

Je gémis à mon tour, quand il lécha avidement mon téton. J'étais tellement mouillée et tous les mouvements de sa bouche, tous les mouvements de son sexe contre le mien me faisaient m'ouvrir encore plus pour lui.

Je le serrai de toutes mes forces, mais il poussait des soupirs d'extase. Avec ma main libre, je l'attrapai derrière la tête pour le coller plus près de moi encore. Ma poitrine me parut lourde et gonflée sous ses assauts.

Sans prévenir, il baissa une main et entra deux doigts dans mon sexe. On gémit ensemble, comme si on partageait le plaisir.

Ses doigts se mirent à bouger en moi et je frottai son sexe au même rythme.

C'était magique. Nous étions magiques.

Il posa une main sur mes fesses pour m'orienter dans le bon angle. Et je sentis son doigt glisser entre mes fesses et s'arrêter à l'entrée.

Il se retira de mes seins, laissant mon téton humide et à vif. Il y avait une question dans ses yeux, il demandait la permission.

Je ne me fiais plus à mes mots. Alors je répondis de la meilleure façon que je pus : en bougeant les hanches et en appuyant mes fesses contre son doigt.

Avec un grognement de possession, son doigt entra en moi. Son sexe s'humidifia dans ma main. Il aimait possédait mon corps.

Je tenais à un fil. J'étais ouverte et remplie. Tout mon corps était tendu par le besoin de jouir. Et quand sa bouche trouva de nouveau mon téton et qu'il le suça goulûment, je chavirai.

L'orgasme éclata en moi avec la puissance d'un volcan en éruption. Mes muscles se serrèrent contre ses doigts.

Je continuai à caresser son sexe, continuai à bouger mes hanches pour le sentir en moi, continuai à me presser contre son doigt qui me pénétrait d'une façon nouvelle.

— Oui Lutin, tu es tellement belle quand tu jouis.

Je m'agrippai à son sexe comme une ancre dans la tempête de mon orgasme qui nous ravageait tous les deux.

— Laisse-moi jouir sur toi, demanda-t-il d'une voix rauque.

Mais j'avais d'autres idées.

Je le lâchai et le repoussai. Il recula immédiatement.

— Dis-moi ce que tu veux, supplia-t-il.

Je me levai de la table et m'agenouillai devant lui.

— Ça, dis-je en encerclant la base de son pénis avec ma main. S'il te plaît.

Du feu jaillit dans ses yeux gris quand il comprit ce que je lui demandais.

Son sexe se gonfla encore dans ma main. Il voulait ce que je lui offrais. Il en avait besoin.

— Je te fais confiance pour t'occuper d'Hugo. Je veux que tu me fasses confiance pour m'occuper de toi.

Lucian déglutit avec peine, ses joues se creusant sous sa barbe. Et il hocha la tête. Mon cœur s'emballa. Ça me suffit, j'allais lui donner ce que je voulais.

Je me penchai et passai la langue sur toute la longueur de son sexe. Son frisson et le murmure qui s'échappa de sa gorge me procurèrent l'assurance d'une super-héroïne.

J'ouvris la bouche et sans prévenir, je l'aspirai jusqu'au fond de ma gorge.

Le poing de Lucian s'abattit sur la table derrière moi.

— Putain ! gronda-t-il, alors que je le suçai et le massai en même temps avec ma main.

Je pris autant de son sexe dans ma bouche que je le pouvais, désireuse de le réduire à son plaisir, à son besoin de jouir.

Je serrai ses bourses dans ma main.

Il passa un doigt sur ma joue. Je levai les yeux vers lui. C'était un roi, un titan, mais c'est moi qui tenais les rênes. Il retira son doigt pour enfoncer toute la main dans mes cheveux.

— Bon sang, Sloane, tu es la seule, grommela-t-il.

Je le laissai guider ma tête, imprimer un rythme plus rapide. Il avait perdu tout contrôle. Je lui avais fait ça.

Il le répéta encore et encore, tout en remplissant ma bouche encore et encore.

— Tu es la seule.

Mes doigts se resserrèrent sur ses lourds testicules, et Lucian se figea au fond de ma gorge. Je sentis qu'il commençait à se lâcher en moi.

— Putain, putain, putain, gronda-t-il.

Il se retira et me plaqua contre le carrelage froid.

— Dis oui, dit-il en dirigeant son sexe entre mes jambes.

— Oui !

Me tenant en place avec une main sur mon épaule, il me pénétra.

— Prends-moi. Prends tout de moi, supplia-t-il, sa barbe frottant contre mon cou.

J'étais pleine. C'était tellement bon, tellement ce qu'il me fallait. Il n'y avait rien entre nous.

C'était fort, réel, et j'en voulais plus. Et Lucian me le donna. Quand il se lâcha en moi, je l'accompagnai dans le plaisir, parce qu'il n'y avait rien de plus naturel.

— Oh oui, Sloane. Ma Sloane, grogna-t-il alors qu'il jouissait encore et encore en moi.

* * *

Maeve : Alors Kurt et moi, on a parlé et on va se redonner une chance.

Moi : Génial ! J'ai hâte de raconter à tes gosses comment tata Sloane est sortie avec papa Kurt une fois, quand maman Maeve jouait les imbéciles.

Maeve : Ce serait peut-être mieux de ne pas mentionner cet épisode.

Moi : Ah ah ! Tu n'as pas tout de suite démenti la possibilité d'avoir des enfants avec Kurt ! Je savais qu'il te plaisait vraiment beaucoup !

Maeve : Tu joues encore les petites sœurs fureteuses.

Moi : Je peux pas m'en empêcher. Ton bonheur me rend heureuse. Et aussi, je viens d'avoir une belle série d'orgasmes… alors…

Maeve : Pareil, petite sœur. Pareil.

Moi : Tope-là.

– 43 –

Démolition

Lucian

— Personne ne sort d'ici avant qu'on ait un plan, annonçai-je.

Assise en pyjama dans le bureau de mon appartement, Sloane mangeait le hamburger et les frites que j'avais fait livrer. Elle avait dompté sa crinière en une longue natte qui pendait sur son épaule. Avec ses longues jambes qui se balançaient au-dessus de l'accoudoir du fauteuil et ses pieds nus, elle semblait parfaitement détendue.

Pendant ce temps, derrière ma table de travail, j'étais un brasier de colère.

L'équipe que j'avais réunie n'aidait pas mon humeur.

— Ça va être amusant, assura Nolan en se servant une aile de poulet.

— Parle pour toi, se plaignit Lina. Mon fiancé venait de m'inviter à le rejoindre dans la douche quand j'ai reçu la convocation.

— Alors, quelle sorte de renseignements compromettants on recherche ? demanda Nallana, la détective privée, avant de prendre deux parts de pizza.

Elle était vêtue d'une robe de soirée et d'une veste en cuir. J'ignorais si elle s'habillait toujours comme ça ou si c'était encore une tenue de camouflage pour une autre mission.

— Oui, ce serait bien de savoir ce qu'on cherche, confirma, la bouche pleine, la seule membre de l'équipe de cybersécurité qui avait daigné prendre mon appel.

Elle avait les cheveux longs couleur platine, rasés sur les côtés. Son nom était quelque chose comme Pâturage ou Larges Plaines.

— Tout ce qui pourrait pousser le FBI à arrêter Hugo maintenant. Pas dans un mois ni dans une semaine ni même dans quarante-huit heures, mais maintenant. Je veux qu'il soit derrière des barreaux avant demain midi.

Nallana laissa échapper un sifflement.

— Ce n'est pas rien. Prairie a raison. T'as des consignes ?

Prairie. Je n'étais pas loin.

— Une seule, m'apporter n'importe quoi que je pourrai utiliser contre lui. Peu importent les risques. Je me fiche que vous vous fassiez arrêter. Trouvez quelque chose, dis-je tranchant.

La sonnerie de la porte retentit.

— Tu veux que j'aille ouvrir ? demanda Sloane, hésitante.

— Grace va s'en charger, répondis-je en secouant la tête.

Je n'allais plus quitter Sloane du regard avant qu'Anthony Hugo et toute son organisation ne soient plus que des décombres. Et ensuite, j'allais l'épouser. Elle ne m'avait pas juste défendu devant un baron du crime qui avait menacé nos vies, elle m'avait défendu devant ma mère. Et quand tout serait terminé, j'allais lui montrer ce que ça représentait pour moi.

La porte de mon bureau s'ouvrit, et Maureen Fitzgerald entra, toujours vêtue de la robe qu'elle portait plus tôt dans la soirée.

— Et bien, vous avez l'air de vous éclater ici, remarqua-t-elle.

— Mais c'est… commença Prairie.

— La maquerelle la plus célèbre et la plus reconnue de Washington ? compléta Lina. Oui ! J'adore vos chaussures !

— Merci, dit Maureen avec un sourire félin. Voici un petit cadeau pour ton équipe.

Elle déposa sur une boîte de pizza un dossier de plusieurs centimètres d'épaisseur. Nolan tendit le bras, mais Maureen se dépêcha de poser sa main manucurée sur le classeur.

— On est tous d'accord, je peux compter sur votre discrétion.

— Oh oui, madame. On est tous très discrets ici, assura Nolan.

— Très bien, dit-elle en reculant et en retirant son manteau en laine. Il reste des ailes de poulet ?

* * *

— Donc on a repéré trois autres sociétés écran grâce aux réseaux de renseignements de Maureen, résuma Nolan en bâillant. Les deux premiers ont à peu près deux millions de dollars répartis dans des comptes étrangers. Prairie effectue des recherches sur la troisième.

— Continue à creuser.

Quelques millions ne suffisaient pas à mettre le FBI sur le coup dès le lendemain matin.

Lina nous rejoignit.

— C'est le moment de la mise à jour ? lança-t-elle.

— Qu'est-ce que tu as ? demandai-je.

— La sécurité nous a informés que les bureaux sont fermés pour deux jours. Petula reprogramme les réunions en personne et les remplace par des rencontres en visio. Grace a renforcé la sécurité partout, y compris chez ta mère et celle de Sloane. Nash et la police de Knockemout sont en état d'alerte maximale. Nallana a appelé. Elle sonde quelques indics pour obtenir des infos. Selon les rumeurs, Hugo attend une grosse livraison d'Amérique du Sud pour le week-end.

— Ça fait trop loin, lui rappelai-je.

— Hugo te faisait peut-être juste marcher avec sa menace des quarante-huit heures ? suggéra Nolan en bâillant de nouveau.

— Cette réunion interrompt ton dodo ? lançai-je sèchement.

— De un, il est quatre heures du mat. Et de deux, ma femme m'a tiré du lit à six heures pour une séance de yoga, aujourd'hui… hier. On n'est pas tous comme toi, à fonctionner sans sommeil et avec les pleurs de jeunes enfants effrayés, remarqua-t-il.

— Tu t'es réveillé à l'aube parce que ta femme te l'a demandé. Hugo m'a donné quarante-huit heures pour lui remettre tout ce que les fédéraux avaient sur lui, sinon il commencera par Sloane.

— Commencer comme dans…

Lina ne termina pas sa phrase et on se tourna tous vers la petite bibliothécaire qui, assise à présent par terre, étudiait les papiers étalés devant elle.

— Ça n'arrivera pas, assurai-je.

— La blondinette sait que tu vas aller jusqu'au bout ? demanda Nolan alors que Sloane remontait ses lunettes sur son nez.

— Pas encore. Mais s'il faut que je tue un homme de sang-froid pour le lui prouver, je le ferai.

— Que ça reste notre plan B, intervint Lina. Il paraît qu'en prison, ils sont assez stricts question visites conjugales. Et à en croire par sa tignasse ébouriffée, vous avez encore pas mal de choses à rattraper.

Je les laissai et traversai la pièce jusqu'à Sloane.

Elle leva les yeux quand je m'agenouillai devant elle.

— Tu as cette ride entre les yeux comme quand tu es concentrée, remarquai-je, passant un doigt sur le creux en question. Tu devrais aller te coucher.

— Et rater le plus amusant ?

— Quand ce sera terminé, je t'emmène sur une île privée où on pourra boire des piña coladas nus sur la plage pendant que je t'apprendrai des choses amusantes.

Sloane sourit.

— Depuis quand Lucian Rollins est un expert en matière d'amusement ?

— Depuis que j'ai failli avoir un orgasme dans ta bouche quand tu étais à genoux.

— Très flatteur. Mais j'ai besoin que tu retires ta casquette d'amuseur pendant un moment et que tu coiffes ton chapeau de maître de l'univers, Lucifer.

— Qu'est-ce que tu veux ?

Elle s'humecta les lèvres et regarda les papiers devant elle.

— Quelque chose qu'a dit Hugo ce soir m'a perturbée.

— Tout ce que ce connard a dit aurait dû te perturber.

Elle secoua la tête.

— Quelque chose au sujet de l'incendie et du fait que je n'avais pas appris ma leçon. Au début, je pensais qu'il voulait juste nous faire savoir qu'il me surveillait. Mais j'ai commencé à me demander si peut-être il y avait un lien.

Je m'assis à côté d'elle et pris une gorgée de sa root beer tiède.

— Un lien avec quoi ?

— On pense que l'incendie servait de représailles pour mon implication dans l'affaire de Mary Louise, n'est-ce pas ? J'ai été menacée par un homme qui a spécifiquement cité le nom de Mary Louise, le jour où elle a été agressée. Mary Louise a arrêté la procédure, mais j'ai continué. Tu l'as fait changer de prison pour la mettre en sécurité et tu as mis Allen sous protection. J'ai repris mes recherches. Alors quelqu'un a exprimé son mécontentement en mettant le feu à la bibliothèque pendant que j'étais dedans.

Son résumé de la situation fit monter d'un cran encore ma tension artérielle.

— Quel est le lien ? continua Sloane. Pourquoi un patron du crime sociopathe s'intéresserait à une prisonnière condamnée à une peine trop lourde ?

Sloane se mordit la lèvre.

— Et si c'était la prison ? demanda-t-elle en me tendant une feuille. Le centre correctionnel de Frau est une prison privée qui appartient à une société appelée Civic Group, qui appartient à deux autres compagnies. Ça m'a fait penser à toutes tes subventions que tu m'as fait obtenir en les passant par des sociétés avec des noms tarabiscotés. Et alors que je pensais à ta sournoiserie, j'ai vu ça.

Elle tapa la page sur les mots Rex Management.

— Rex, c'est roi en latin, expliqua-t-elle.

— Ce en quoi Hugo aime bien se voir, dis-je en comprenant où elle voulait en venir.

— Exactement, confirma Sloane avec un sourire radieux. Alors j'ai fait une recherche pour d'autres prisons privées en Virginie, dans le Maryland et en Caroline du Nord, et j'en ai trouvé d'autres qui appartiennent à ce Civic Group. Toutes délabrées. Toutes avec des plaintes pour promiscuité et manque de personnel. Je ne sais pas combien de bénéfices il fait dessus, mais elles ont toutes un contrat avec le gouvernement qui leur alloue un budget pour chaque nouveau détenu. Plus ils ont de prisonniers, mieux c'est pour eux.

— Quand j'ai menacé Duncan Hugo de le transférer dans une autre prison, il a paniqué, me rappelai-je en parcourant les recherches de Sloane. Il a dit qu'il ne serait pas en sécurité.

— C'était une de ces trois-là ? demanda-t-elle en se soulevant sur les genoux d'excitation.

— Celle-là, dis-je en montrant Lucrum.

Sloane se jeta à mon cou.

— Je le savais ! J'ai réussi, non ? Le double condamné Anthony Hugo possède quatre prisons privées. C'est sûrement gravement illégal, non ?

— Sans parler du fait qu'il peut faire éliminer qui il veut dans chacune de ces prisons, commentai-je.

Sloane me regarda horrifiée.

— Bon sang.

— C'est excellent, Lutin. Vraiment excellent, dis-je en lui serrant l'épaule.

Elle prit mon visage dans ses mains.

— Fais-le tomber, mon grand.

Je l'embrassai sur la bouche.

— Pâturage ! appelai-je.

La hackeuse leva la tête et se désigna avec le pouce.

— Moi ?

Sloane se pencha en avant.

— Je pense que c'est Prairie.

— C'est vrai. Prairie. C'est ce que j'ai dit. Arrête ce que tu fais et donne-moi tout ce que tu trouves sur Rex Management et Civic Group.

Je pris la main de Sloane et composai le numéro de l'agente spéciale Idler.

— Il est quatre heures du matin. Ça a intérêt à être important.

— En combien de temps pouvez-vous rassembler une équipe pour balancer Hugo dans la prison la plus proche ?

* * *

Je n'avais pas dormi ni pris de douche depuis trente-six heures, mais Anthony Hugo était dans un pire état que moi, me dis-je en m'asseyant en face de lui.

Il n'avait plus son costume chic et son diamant au doigt, mais un pyjama de prisonnier orange qui lui donnait une mine encore plus cireuse.

— Tu es venu jubiler ? demanda-t-il alors que le garde attachait sa menotte au pied de la table avec un cliquetis satisfait. Parce que je sors d'ici dans moins d'un jour. Ils n'ont rien contre moi.

— Mais si, assurai-je en me penchant sur la chaise métallique. Je sors à peine du bureau de l'agente spéciale Idler.

— Cette salope sera la première à y passer, ricana-t-il. Ou peut-être la deuxième après ta petite amie blonde.

— Écoute, tu n'as pas tout compris, Anthony. C'est juste le début des charges qui pèsent contre toi. Les autres officiers de ta petite entreprise Rex

Management ont tous été arrêtés. Comme par hasard, ce sont aussi les membres les plus rapprochés de ton cercle. Et ils chantent comme si leur vie en dépendait. Les fédéraux ont déjà parlé à une douzaine de tes hommes qui purgent des peines dans tes prisons, et ils ont déjà avoué un nombre impressionnant de crimes, incluant agressions et meurtres. La plupart n'ont pas eu peur de montrer du doigt celui qui a donné les ordres, maintenant que tu es derrière des barreaux, surtout après ce qu'on leur a fait miroiter en échange, notamment des réductions de peine.

Anthony pâlit encore.

— Tu vas m'écouter, fils de pute…

— Non, l'interrompis-je sur un ton implacable. En moins de deux jours, j'ai démantelé ton petit business pièce par pièce. L'œuvre d'une vie. Tout est parti. Tes biens sont gelés. Tes hommes sont assis dans des salles d'interrogatoire partout dans la ville. Y compris ceux à qui tu as ordonné de jeter Felix Metzer dans le Potomac. Il ne te reste rien. Et tu sais pourquoi ?

— Va te faire foutre.

— Mauvaise réponse. Je t'ai tout pris parce que tu as essayé de me prendre ce que j'avais de plus précieux. Tu as menacé ma famille. Personne n'en réchappe.

— Je te ferai la peau. Et je finirai la liste sur laquelle figurait ton copain flic. Je vais éliminer tous les gens que tu aimes et ensuite je te ferai saigner.

— Bonne chance, lançai-je avec un rictus.

— C'était dur pour toi de voir ton ami troué de balles et ta bibliothèque en feu ? Je commence tout juste. Je viendrai te chercher personnellement. J'ai des gars qui vous surveillent, toi et la salope du FBI. Je passe un appel et vous êtes tous les deux morts, comme Metzer. Personne ne se met sur ma route.

Je me levai et boutonnai ma veste.

— Je n'en serais pas si certain, à ta place. La salope du FBI a fait arrêter tes gars hier. Troisième arrestation pour la plupart, ce qui les a rendus étrangement coopératifs. Maintenant, si tu veux bien m'excuser, je suis attendu ailleurs.

* * *

— Dis-moi tout ! s'exclama Sloane dès que je franchis la porte. Il sait qu'il est cuit ? Il t'a menacé ? Tu lui as ri au nez ? Est-ce qu'il y a des vidéos surveillance de lui en train de paniquer que je pourrais visionner ?

Elle portait un pantalon de pyjama avec des palmiers dessus et un petit haut noir moulant. Elle avait les cheveux mouillés et des étincelles dans les yeux.

Une chaleur délicieuse grandit dans ma poitrine. J'avais l'impression d'avoir avalé le soleil.

Je lui attrapai les poignets, me penchai et la balançai sur mon épaule.

— Vous pouvez partir, dis-je à Lina et Grace qui avaient eu pour mission de garder un œil sur Sloane au cours des vingt-quatre dernières heures.

— Yes ! s'exclama Grace.

— Amusez-vous bien, les amis, lança Lina alors que je portais Sloane dans le couloir vers la chambre.

Je la jetai sur le lit, et elle éclata de rire.

— Tu es vachement en forme pour un homme qui n'a pas dormi depuis deux jours.

— Détruire la vie d'un méchant a cet effet sur moi, plaisantai-je en retirant ma veste et ma cravate.

— Mon héros.

Ce mot dans sa bouche me retourna les entrailles. Et je savais que je le savourerais comme les *C'est bien, mon gars* de la part de son père.

Sloane remonta sur le lit et s'écroula sur la montagne d'oreillers que j'avais fait livrer. Elle tapota à côté d'elle.

— Viens me raconter, mon grand, après on pourra se faire du bien.

J'étais au milieu de mon récit sur l'arrestation d'Hugo, quand je m'écroulai de fatigue dans les bras de Sloane. Le héros dormit du sommeil du juste pendant plus de dix heures.

– 44 –

Ce n'est pas une question de place dans le tiroir

Sloane

Stef : Des fleurs et du champagne, c'est trop cliché, n'est-ce pas ?

Moi : Trop cliché pour quoi ?

Stef : Pour demander à un homme d'emménager avec moi.

Moi : Je suis flattée que tu me demandes à moi des conseils.

Stef : Naomi est trop romantique et Lina n'y connaît strictement rien. Alors, c'est à toi que je demande. Allez, qu'est-ce que tu en penses ? C'est trop ou pas assez ?

Moi : Ça dépend du cadre. C'est une conversation intime autour d'une bouteille de vin et un plat de pâtes ? Ou c'est une déclaration avec feux d'artifice et un groupe de jazz devant toute une ville ?

Stef : Je vois que je m'adresse à la mauvaise personne. J'aurais dû demander à un hétéro.

Moi : Tu as pensé à te tatouer « tu veux emménager avec moi ? » sur les fesses ? Ou à transformer une fête d'anniversaire pour enfants en une déclaration surprise ?

Stef : Je dois repartir à zéro. Tout doit être parfait, soigneusement planifié. Ça doit être romantique et nouveau. Une histoire à raconter à nos enfants. Bon sang. Et s'il ne veut pas d'enfants ? Est-ce que je veux des enfants ?

Moi : Tu files un mauvais coton. Va manger du chocolat.

* * *

— Ah ah ! Te voilà ! dis-je triomphalement au soutien-gorge que je venais de retrouver au fond de mon sac.

Je remis tout ce que j'avais sorti à l'intérieur et refermai le zip.

Entièrement nu et une lueur de luxure dans les yeux, Lucian me regarda, allongé sur le lit.

— Quoi ? Tu as dit qu'on dînait dehors. Je peux pas aller au restaurant sans soutien-gorge. S'ils ne sont pas tenus, ces deux-là, ils créent des raz-de-marée, dis-je par-dessus mon épaule en me dirigeant vers l'immense salle de bains, digne d'un spa.

Le carrelage hexagonal couleur charbon était chaud sous mes pieds nus. La table de toilette était assez grande pour jouer au jeu de palets entre ses deux lavabos en onyx. Et la douche. Oh là là, la douche.

C'était la raison principale pour laquelle je n'avais pas encore demandé à Lucian de me ramener chez moi.

Anthony Hugo était en garde à vue depuis quatre jours. On ne courait officiellement plus aucun danger. Mais j'étais encore là, et j'avais passé quatre jours à profiter de nos dîners dehors et de nos balades sous les cerisiers. Quatre jours à travailler dans le même bureau, à partager le même lit.

Quatre jours à coucher sans retenue avec Lucian Rollins.

Je sortis mes affaires de toilette du sac que j'avais suspendu sur la porte du placard à serviettes et réglai la température sur l'écran de la douche.

— Je peux programmer tes préférences dans le système, proposa Lucian derrière moi.

J'admirai son corps puissant.

— Non, je préfère appuyer sur des boutons, dis-je sans le quitter des yeux.

On aurait dit une statue ambulante. Une ode à la perfection tout de marbre.

Je passai sous le jet d'eau chaude.

— Hum. Ça me donne envie de rénover ma salle de bains.

Lucian me rejoignit, ses mains trouvant tout de suite les courbes de mes hanches.

Nous nous douchâmes en silence, nous délectant du contact de nos corps. Mais je sentis chez lui une tension qui n'avait pas été là avant.

— Qu'est-ce qui ne va pas ? Un problème avec Hugo ? demandai-je, alors que Lucian me regardait pensivement sécher avec une serviette mon flacon de shampoing et mon démêlant avant de les ranger dans mon sac.

— Mon problème, c'est toi, dit-il en me tournant vers lui.

— Moi ? Qu'est-ce que j'ai fait ? interrogeai-je, m'efforçant de ne pas me laisser hypnotiser par les gouttes qui perlaient sur son torse.

— Je t'ai libéré des tiroirs dans l'armoire. Je t'ai laissé de la place aussi sous le lavabo, annonça-t-il en ouvrant les tiroirs vides qui étaient désormais les miens. Je t'ai fait de la place dans ma douche et *chez moi*.

— Et je t'ai dit que je n'en avais pas besoin.

Il posa un doigt sur mon visage.

— C'est ça mon problème. Comment on va faire pour partager une vie ensemble, alors que tu n'es même pas prête à déballer tes affaires, Sloane ?

— Sérieusement ? Tu es fâché parce que je n'occupe pas assez ton espace vital ?

— Tu ne veux pas ranger tes affaires ici. Tu n'as pas fait de place pour moi chez toi. J'ai dû faire venir un décorateur d'intérieur pour ça. Tu ne t'engages pas.

— Lucian, on n'a même pas encore parlé de « nous ». Tu as juste annoncé obstinément qu'on était un couple.

Son visage se rembrunit.

— Tu veux parler ? D'accord. On va parler.

* * *

— Tu aurais au moins pu me laisser me sécher les cheveux, grommelai-je alors que Lucian appuyait de toutes ses forces sur la sonnerie d'une petite maison chic de deux étages en brique, sur Georgetown.

Tous les véhicules sur le trottoir semblaient valoir une fortune.

La porte s'ouvrit et un homme avec des lunettes et une barbe blanche nous dévisagea.

— Vous êtes en avance, annonça-t-il.

Il portait un tablier blanc sur un gilet noir avec des points orange et jaune fluo.

— Emry, je te présente Sloane. Sloane, Emry, lança Lucian en me guidant vers un petit bureau.

— Désolée pour Lucifer. Je pense qu'il a faim, ou peut-être qu'il est en colère, expliquai-je par-dessus mon épaule.

— On va bien s'amuser, alors, répliqua Emry en se frottant les mains.

Il suffisait d'observer les titres des livres sur les étagères en acajou noir pour conclure que le bureau respirait l'argent, l'intelligence et le goût.

— Utilise ton don de thérapeute et répare-la, demanda Lucian en avançant vers la cheminée.

— Je pensais qu'on était venus dîner chez un ami ? m'étonnai-je.

— Nous sommes amis. Il lui arrive de l'oublier, précisa Emry en traversant la pièce jusqu'à un placard d'où il sortit une bouteille de vin.

Il désigna un des deux fauteuils en cuir près de la bibliothèque. Je m'assis.

— Je n'ai pas besoin de tes conseils d'ami. J'ai besoin d'un bon psy pour lui remettre les idées en place, déclara Lucian, les bras croisés en m'adressant un regard noir.

— T'es sérieux, là ? demandai-je, les sourcils froncés.

— C'est très inhabituel. Même pour toi, Lucian.

— J'y suis pour rien, dis-je en haussant les épaules. Un instant je me détends sous la douche en bonne compagnie, et l'instant d'après il me hurle dessus à propos de tiroir et de place dans les placards.

Lucian se mit à faire les cent pas.

— Tu vois ce que j'endure ?

Emry prit un air amusé.

— Je suppose que le problème n'est pas vraiment la place dans les tiroirs ? Mais si c'est vraiment le cas, je serais ravi d'appeler Sacha pour vous. C'est une experte en décoration d'intérieur. Vous devriez voir son armoire.

— Elle ne veut pas s'engager, affirma Lucian en grimaçant. Sloane, pas Sacha. Mais tu devrais brûler ce gilet avant que Sacha le voie.

— Je le trouve très joli, contredis-je.

— J'essaie de nous organiser une vie à deux ici et à Knockemout, mais elle n'est absolument pas coopérative. Elle remballe ses affaires de toilette après chaque douche !

En se versant un verre de vin, Emry semblait faire des efforts pour ne pas rire.

— Je vois.

Je me levai de mon fauteuil et marchai jusqu'à Lucian pour qu'il s'arrête.

— Et je te l'ai déjà dit ! Tu ne peux pas m'ordonner de m'engager dans une relation avec toi. Quelques tiroirs ne me suffiront pas pour me sentir assez en confiance.

— Mais on vit ensemble, on couche ensemble. On va se marier !

— Si c'est ça ta demande en mariage, tu as du boulot, répliquai-je.

J'entendis un froissement et me tournai pour voir Emry s'installer dans le fauteuil que je venais de quitter. Il mangeait des pistaches et nous regardait, ravi.

— Pourquoi n'arrives-tu pas à accepter que je suis sincère ? demanda Lucian.

Il passa deux mains dans ses cheveux avec des mouvements saccadés et frénétiques qui ne ressemblaient absolument pas à sa grâce animale habituelle.

— Parce que ce que j'ai vécu avec toi jusqu'ici m'inciterait plutôt à fuir dans la nuit en hurlant ! Tu m'as déjà jetée de ta vie à deux reprises, la première fois il y a vingt ans, et tu voudrais que j'oublie tout simplement ? Tu voudrais que je te fasse confiance ?

Moi aussi je criais à présent. Je n'allais sûrement pas remporter le prix de l'invitée de l'année.

— Dis-moi ce que tu veux et je te le donnerai, supplia Lucian, au comble de la frustration.

— Je veux tout ce que tu me promets, mais je n'arrive pas à croire que tu me l'offriras ! Content maintenant ?

Le silence nous enveloppa. Emry se racla la gorge et épousseta les miettes de pistache de son gilet.

— On dirait que vous n'avez jamais eu l'occasion de discuter des problèmes qui vous gardent à distance l'un de l'autre.

— J'ai toujours pensé que je devais te pardonner, lança soudain Lucian.

Il prit une inspiration et baissa ses yeux gris vers moi.

— Tu avais trahi ma confiance. Tu m'as désobéi délibérément. Et à cause de toi, j'ai été envoyé en prison. À cause de toi, ma mère est restée entièrement vulnérable. J'ai raté l'anniversaire de mes dix-huit ans et la remise des diplômes de fin de lycée. À cause de toi, mon passé a déterminé mon avenir.

Je grimaçai, frappée de plein fouet par la vérité que je ne voulais pas voir en face. C'était une blessure qui n'avait jamais vraiment guéri chez nous deux.

— Mais… ponctua Emry en prenant une autre poignée de pistaches.

— Mais tu t'es interposée entre mes parents pour protéger ma mère, pour me protéger. Tu l'as refait cette semaine. Tu m'as défendu devant un fou qui nous menaçait tous les deux et aussi devant ma propre mère.

— Si tu es en colère pour ça, tu perds ton temps, parce que je ne m'excuserai pas. Anthony Hugo est un minable et ta mère n'a aucun droit de lever la main sur toi, dis-je, la voix chargée d'émotion.

Il me prit par les poignets, son pouce glissant sur ma vieille cicatrice.

— Je ne veux pas d'excuse. Je n'en ai pas besoin. Je n'en ai jamais eu besoin. Tu es la seule personne au monde qui m'ait jamais défendu.

J'ouvris la bouche, mais il secoua la tête.

— Bien sûr, je peux compter sur Knox et Nash. Mais je ne leur ai jamais rien demandé. Je n'ai pas eu besoin de te le demander à toi, et pourtant tu l'as fait. Parce que c'est le genre de personne que tu es. Stupidement courageuse, dangereusement obstinée…

— Tes compliments sont aussi nuls que ta demande en mariage.

Il ne sourit pas. Il pressa mes poignets.

— Les hommes brisés brisent les femmes, Sloane.

Je me figeai.

— Lucian, murmurai-je.

— Mon père a brisé ma mère au point que des années plus tard, elle est encore une victime, continua-t-il. Elle ne pourra peut-être jamais s'en remettre. Je ne voulais pas prendre ce risque avec toi. Je ne voulais pas que tu restes proche de moi alors que des hommes comme mon père ou Anthony Hugo pouvaient te faire du mal pour me faire du mal.

Je lui attrapai les avant-bras, sans savoir quoi dire. J'étais prise de vertige, comme si j'étais au bord d'un précipice, comme si les mots de Lucian ébranlaient mes fondations.

— J'entends encore dans ma tête tes os se fracturer, confessa-t-il. Je n'étais même pas là, mais ils résonnent en moi. C'est la première chose que j'entends quand je me réveille le matin. C'est ce que j'entends chaque fois que tu sors d'une pièce et que j'ai envie de te suivre. C'est ce qui me rappelait de te laisser tranquille. Il aurait pu te tuer et je n'aurais pas pu te protéger parce que j'étais derrière des barreaux. Je ne pouvais pas la protéger. Je ne pouvais pas te protéger.

Mes yeux se remplirent de larmes. Je mis mes mains sur ses joues. Sa barbe me piquait les paumes.

— Lucian, mon chéri. Ça n'aurait jamais dû être ton rôle de protéger ta mère. Ça n'était pas ton rôle de protéger le monde de la violence de ton père.

— C'est en effet ce que je lui répète depuis des années, intervint Emry.

— Va brûler ton plat, lança Lucian sans méchanceté.

Emry rit.

— J'ai trahi ta confiance. Je le reconnais, dis-je. J'étais jeune et impulsive et je ne supportais pas de l'imaginer te faire du mal. Tu entends dans ta tête mon poignet qui se casse ? Je l'entends hurler et te frapper. Ça me hante encore.

Lucian ferma les yeux.

— Sloane…

— Non, maintenant c'est mon tour. J'avais peur. Trop peur pour sortir et l'arrêter. Et j'avais aussi trop peur qu'il blesse mon père si je l'avertissais. Peut-être que si c'est ce que j'avais fait, les choses auraient été différentes. Mais on ne le saura jamais, parce que j'ai appelé la police, exactement comme tu m'avais demandé de ne pas le faire. J'ai vu Wylie Ogden te sortir de la maison avec des menottes, exactement comme tu savais que ça se produirait. Et je ne l'oublierai jamais. Si j'avais pris une autre décision, ce jour-là, tu n'aurais jamais su à quoi ressemble l'intérieur d'une prison.

— Mais si. Certainement. Parce qu'il n'y aurait eu qu'un seul moyen de l'arrêter.

— C'est pour ça que j'ai appelé la police. Parce que tu n'aurais pas pu te remettre de ça. Tu aurais passé ta vie à te dire que tu étais comme lui. Ce qui veut dire, d'ailleurs, que tu n'as rien à voir avec lui.

Il inspira péniblement, ses yeux enflammés accrochés aux miens.

— Mais penser à tous les si est une perte de temps, alors que nous savons tous les deux que le temps est précieux, continuai-je. Je suis tellement désolée que tu aies passé toute ta vie à croire que tu étais pour toujours condamné. Que tu ne méritais pas le bonheur. Ça me brise le cœur, Lucian, parce que tu es la personne la plus généreuse que je connaisse. Tu vois quelqu'un dans le besoin et tu réponds présent discrètement. Sans public, sans remerciement. Tu passes ta vie à réparer des injustices au plus haut niveau. Et c'est héroïque. Tu es héroïque.

— Je ne le vois pas comme toi, dit-il tout bas, ses mains sur mes hanches à présent.

— Je sais. Et je suis désolée que tu aies dû te battre toujours tout seul. Tu n'as rien à te reprocher pour ce que ton père a fait.

— Selon lui, j'étais le seul coupable de tout. Ma chambre n'était pas assez bien rangée, mes notes pas assez bonnes. Je ne lui parlais pas assez bien. Tout ce que je faisais était mal.

Mon cœur volait en éclats.

Je le serrai contre moi.

— Tu n'as rien fait de mal, Lucian. C'était en lui. C'était un homme mauvais qui essayait de te briser. Mais il n'a pas réussi. Il ne t'est jamais arrivé à la cheville. Je suis fier de toi, du garçon que tu étais, de l'homme que tu es devenu. Tu as repris le nom de ta famille et tu en as fait quelque chose de bien. Tu n'as pas ton père en toi. Quand je te regarde, c'est plus mon père que le tien que je vois.

— J'ai mauvais caractère. J'y travaille. Depuis un moment déjà.

Il désigna Emry qui mangeait encore ses pistaches.

Je ris.

— On a tous mauvais caractère. Mais on apprend à le maîtriser. Ton sang-froid est impressionnant. Et je dis ça en connaissance de cause, parce que j'ai quand même passé une bonne partie de ma vie à essayer de t'exaspérer.

Lucian secoua la tête.

— Tout ce temps, j'ai pensé que je devais te pardonner ce que tu avais fait.

— Et maintenant ?

— Maintenant je vois que ça n'a jamais été vrai. Tu ne me devais aucune excuse.

— Je sens que c'est toi qui vas m'en adresser. Tu as faim ? Tu es déshydraté ?

Il passa ses doigts sur ma joue.

— Tu n'as pas à me présenter des excuses, Lutin, parce que je n'ai pas à te pardonner.

— Tu veux quelques pistaches, peut-être ?

Il secoua la tête.

— Je suis désolé, Sloane. Désolé de t'avoir reproché ce qui s'est passé. Désolé de t'avoir mise dans une position où tu n'avais aucun choix possible. Désolé de ne jamais t'avoir dit jusqu'à maintenant ce que je voulais vraiment.

— Et tu veux quoi ? demandai-je à bout de souffle.

— Toi. Et seulement toi. Ça a toujours été toi.

À présent, j'étais terrorisée.

Il s'approchait de moi, je sentais son souffle sur mon visage, ses lèvres allaient se poser sur les miennes.

— Vous avez tous les deux fait un excellent travail ici ce soir, nous félicita Emry, interrompant la magie. Je vous suggère de prendre le temps d'apprendre à vous connaître plus en profondeur avant de prendre une décision.

— Le temps ? répéta Lucian, comme si le mot avait un goût amer sur sa langue.

— Vous avez encore beaucoup de choses à démêler. C'est la vraie vie. Ce n'est pas comme dans les films où un seul geste, une seule parole suffira à rassurer Sloane que tu ne vas pas encore l'abandonner, expliqua Emry.

J'avais déjà vu cet air sur le beau visage de Lucian. Un défi venait de lui être lancé, et il allait le relever.

— Maintenant, qui veut un peu de vin ? demanda Emry.

— Moi, dis-je, désespérée.

* * *

Naomi : Comment ça se passe avec Lucian ?

Lina : Est-ce qu'il a enfin accepté de te laisser sortir de sa chambre et de te quitter des yeux ?

Moi : C'est… compliqué. Enfin, partout sauf dans la chambre. Il dit qu'il est décidé, qu'il ne va pas changer d'avis. Il dit tout ce qu'il faut. Tout ce que j'espérais depuis des années qu'il dirait. Mais j'ai toujours l'impression que je serais une véritable imbécile si je croyais ses beaux discours de mariage et de famille heureuse.

Lina : Et s'il t'achetait un château pour te convaincre.

Moi : Ça me déplairait pas.

Naomi : Ou peut-être simplement qu'il va écouter son psy et qu'il va te prouver avec le temps qu'il est sincère.

Moi : Génial. On va jouer à « j'apprends à te connaître » pendant que mes ovules dépérissent. Je pense juste que rien de ce qu'il pourrait faire ne réparera vingt années de méfiance. Pas avant que je devienne stérile en tout cas.

Naomi : Il existe d'autres moyens pour devenir parents.

Lina : Oui. Il suffit que tu attendes que sa jumelle maléfique abandonne son enfant.

Naomi : Je pensais plus à l'adoption. Mais je confirme que le coup de la jumelle maléfique marche aussi !

Lina : Eh les filles, c'est pas pour voler la vedette, mais je me marie la semaine prochaine !

Moi : Nash n'a pas fait de crise de panique pour l'instant ?

Naomi : Il n'y aura aucune crise, juste un mariage parfait !

– 45 –

Coupez

Lucian

Nash : Bonne chance aujourd'hui. Fais en sorte de toujours pouvoir descendre l'allée la semaine prochaine.

Knox : Oh putain. Aujourd'hui, c'est le jour où notre petit devient un homme ?

Moi : Allez vous faire foutre tous les deux, beaucoup.

Nash : Je me sens mal aimé et utilisé.

Knox : Oui, on devrait peut-être honorer notre part du marché uniquement quand Luce apprendra à se montrer poli.

Moi : Je vous déteste tous les deux et prévois de vous botter le cul dès que j'en aurai l'occasion.

* * *

Je pris une grande inspiration et arrangeai le nœud de ma cravate dans le miroir. Je donnais l'image de quelqu'un de calme, tranquille, peut-être un peu énervé. Mais à l'intérieur, je bouillonnai d'une tension insoutenable. Je plissai les yeux vers mon reflet.

J'étais Lucian Rollins, putain. Je n'étais pas du genre à perdre pied pour n'importe quoi. C'est moi qui faisais perdre pied.

Assis à la table du petit déjeuner, mon avenir terminait son omelette. Dans son jean moulant et son pull rouge avec des pièces framboise aux coudes, elle était à la fois sexy et adorable.

— Allons-y, dis-je en tournant la clé de la Jaguar autour de mon index.

Sloane leva les yeux et je la vis sourire. Pendant des années, sa première réaction en me voyant avait été un froncement de sourcils contrarié. Je n'allais pas prendre ce sourire pour acquis.

— Tu n'as pas mangé, remarqua-t-elle en consultant sa montre. Et il n'est même pas encore sept heures et demie.

Je lui embrassai le front.

— On ne va pas au bureau ce matin.

— On va où alors ? demanda-t-elle en m'enlaçant le cou.

— C'est une surprise.

Elle fronça les sourcils.

— Tu ne m'as pas acheté un château, dis-moi ?

— Un château ? répétai-je en l'entraînant vers la porte. Non. Tu en veux un ?

— Pas sûr.

Quinze minutes plus tard, Sloane prit un air encore plus inquiet.

— L'urologue ? Écoute mon grand, je n'oublie jamais de faire pipi après le sexe. Je te jure, j'ai pas d'infection urinaire, dit-elle en observant le bâtiment devant elle, alors que je coupais le moteur.

— On est ici pour moi, pas pour toi, dis-je sèchement.

— Oh là là. Je t'ai cassé le pénis quand j'ai tourné autour ?

— Pas encore. Mais je suis sûr que ce n'est qu'une question de temps, dis-je en lui tendant les clés.

— Tu es malade ? Quelque chose ne va pas ?

Elle ouvrait de grands yeux inquiets derrière ses lunettes.

— Je vais bien, assurai-je en lui tenant la porte en verre.

La salle d'attente était tout en marbre, cuir et chrome. Une demi-douzaine d'hommes de mon âge patientaient là, la plupart jetant des coups d'œil nerveux vers la sortie, un magazine ouvert sur les genoux.

Sloane me suivit jusqu'à la réception où je donnai mon nom et reçus une écritoire à pince.

— Lucian, qu'est-ce qu'on fiche ici ? siffla Sloane.

Je me tournai vers elle.

— Je vais faire inverser ma vasectomie.

Ce qui sortit de sa bouche ne fut pas une phrase. Même pas des mots. C'était un charabia inarticulé.

— Je m'attendais pas à ça, commentai-je.

— Oh là là. Tu veux bien avoir une opération du pénis, juste pour faire des bébés avec moi ? annonça Sloane à toute la salle d'attente.

On aurait dit qu'elle allait s'évanouir.

— C'est plus dans les testicules, déclara un type dans un polo de golf en désignant une maquette en 3D d'une paire de bourses.

Je passai une main devant le visage de Sloane.

— Lutin ? Tu es encore là ?

— Je pense qu'elle est sous le choc, affirma la femme du gars avant de se lever. Allez mon cœur, on va vous chercher un verre d'eau ?

— Une vasectomie. Des bébés, murmura Sloane. Il va défaire ce qu'ils lui ont fait simplement parce que je veux fonder une famille.

La femme conduisit Sloane jusqu'à la fontaine et déposa un gobelet rempli d'eau dans ses mains tremblantes.

— Eh bien, certains hommes offrent des bijoux à leurs femmes, d'autres une opération de leurs parties génitales.

— N'ayez pas peur, me lança le mari. C'est vite fait. Et l'après-midi, vous restez assis avec une poche de glace entre les jambes. C'est vraiment rien.

— Vous pouvez le croire, c'est sa deuxième vasectomie. Coupez, c'est terminé, assura la femme en me rendant Sloane. C'est un pro.

— Dis quelque chose, Sloane, ordonnai-je.

Elle me regardait, les yeux vides, l'air ailleurs. Je ne l'avais jamais vu faire cette tête de toute ma vie.

— Si tu ne dis pas quelque chose, je vais demander au médecin le plus proche de lâcher les testicules qu'il opère pour t'ausculter.

Elle se plia en deux et prit une profonde inspiration.

— Bon sang, Lucian. Je ne croyais pas que tu étais sérieux. Je sais pas comment gérer, là.

Elle se redressa.

— Et si je voulais pas avoir des enfants avec toi ?

— Mais si, assurai-je, sans l'ombre d'un doute.

— C'est vrai. Mais si on a des enfants, faut se marier d'abord. Enfin, c'est pas obligé d'être marié pour avoir des enfants, mais j'ai envie de l'être. Je veux un partenaire. Je veux pas être une mère célibataire avec un papa quelque part qui envoie de temps en temps un chèque au bébé.

— À en croire le costume, ce serait de super chèques, plaisanta la femme tout haut.

— On va se marier, Sloane. Je te l'ai déjà dit.

— Eh. Il pense qu'il peut l'embobiner comme ça, s'amusa le mari.

— Qu'est-ce qui m'arrive, là, dit Sloane en reculant de deux pas, avant de revenir vers moi pour me pincer. Tu as l'air réel. Et moi ? Est-ce que j'ai glissé dans une sorte de dimension parallèle ? Oh, non, je suis devenue un personnage de *La Bibliothèque de minuit* ?

— Tu n'es pas en train de mourir, la rassurai-je.

— Tu as lu *La Bibliothèque de minuit* ?

— J'ai lu tous tes choix de bibliothécaire.

— Mais pourquoi ?

— Pourquoi ? Sérieusement, Sloane. Parce que je t'aime. Parce que je suis amoureux de toi. J'ai passé les vingt dernières années de ma vie à être obsédé par toi.

Sloane posa les mains sur son visage.

— Merde. Je ne sais pas quoi dire. Hier soir, Emry nous a dit de prendre notre temps. Il n'y a même pas un jour qui s'est écoulé ! Non pas que je voulais perdre du temps, à cause de mon horloge biologique. Mais j'étais sûre que tu ne trouverais aucun moyen pour me prouver que tu étais sincère. Et là…

Elle ne termina pas sa phrase et pointa le doigt entre mes jambes.

— Lutin.

— Ne te moque pas de moi. J'ai le droit de paniquer. Bon sang, grommela-t-elle en se frottant le front. J'aurais mieux géré si ça avait été un château.

— Je garde ça en tête pour la prochaine fois.

* * *

— Je ne vois toujours pas pourquoi tu pouvais pas te rétablir chez toi, dit Sloane en marchant vers la terrasse.

— Je me disais que tu serais contente de conduire la Jaguar et je suis chez moi, ici.

C'était la pure vérité. La maison des Walton était le seul endroit au monde où je me sois jamais senti chez moi.

— Du repos et de la glace. C'est ce que le docteur a dit, me rappela Sloane.

— J'ai eu une toute petite opération ambulatoire. Je vais bien, insistai-je quand elle revint sur ses pas pour m'aider à monter en me prenant le biceps.

J'avais mal et faim, mais surtout j'étais terriblement nerveux pour la suite des événements.

Elle était si occupée à essayer de m'aider qu'elle ne regarda par terre qu'une fois ses chevilles entièrement noyées sous les fleurs de cerisier.

— Qu'est-ce que…

J'allais botter les fesses des frères Morgan. Knox et Nash s'étaient surpassés. Toute la terrasse était plongée sous un épais tapis de fleurs. On aurait dit que le magasin d'un fleuriste venait d'exploser ici.

— Sloane…

— OK, c'est encore plus bizarre qu'un tas de rats morts, commenta-t-elle, en jetant un regard vers son cerisier toujours aussi fleuri. Ça vient d'où tout ça ?

— De deux imbéciles qui pensaient bien faire. Viens ici.

On avança dans la mer de pétales roses jusqu'à la balançoire. Sur la table, au moins, je trouvai le champagne que j'avais commandé. À côté se trouvait une bouteille de bourbon, que je n'avais pas commandée, et devant, une boîte de pizza de chez Dino.

Je savais que j'aurais dû faire appel à Stef, et pas à Knox et Nash. Mais Stef était occupé à sortir le grand jeu de son côté.

— Lucian, qu'est-ce qui se passe ici ? demanda Sloane en ouvrant la boîte, méfiante.

Un mouvement dans le massif attira mon regard. Knox Morgan en tenue de camouflage et le visage peint en vert se dégagea du rhododendron, son téléphone à la main. Il leva son pouce dans ma direction.

— Qu'est-ce que tu fous ? dessinai-je sur mes lèvres.

— Je mets tout dans la boîte, connard, répondit-il tout bas en désignant son téléphone.

Je me penchai par-dessus la rambarde pour le repousser dans le buisson.

— Lucian ? répéta Sloane.

— Je voudrais te parler de quelque chose, dis-je en revenant à côté d'elle.

J'avais le cœur serré. Je sentais la tension monter en m'approchant d'elle.

Je l'avais pratiquement rejointe quand « *You're Still the One* » de Shania Twain résonna à l'autre bout de la terrasse. Je repérai l'uniforme de Nash qui dépassait derrière le sapin. Il tenait un porte-voix devant son téléphone portable.

Voilà pourquoi il fallait engager des professionnels.

— Pourquoi est-ce qu'il y a de l'alcool, une pizza et une tonne de fleurs de cerisier sur ma terrasse ? demanda Sloane, nerveuse.

Je pris une profonde inspiration.

— T'aimer a été au centre de la moitié de ma vie. Mais être aimé par toi ? C'est un putain de miracle. Toi, Lutin, tu es mon miracle.

Sloane frissonna et secoua la tête.

— Je ne suis pas mentalement prête pour ça, Lucian, murmura-t-elle.

— Mais si. Et moi aussi. Épouse-moi, Sloane.

Elle se cacha les yeux derrière ses mains et secoua de nouveau la tête.

— Quoi ? demanda-t-elle.

— Tu m'as entendu. Je me serais bien agenouillé, mais je ne suis pas sûr que je pourrais me relever. Épouse-moi. Deviens ma femme. Rappelle-moi tous les jours que je suis meilleur que ce que je pense. Montre-moi ce que ça fait d'être aimé par toi. Parce que c'est tout ce que j'ai toujours voulu. Te mériter, être assez bon pour toi.

Je posai une main sur sa joue et passai mes doigts dans ses cheveux.

Elle laissa échapper un sanglot.

— Ne pleure pas, Lutin, la suppliai-je en lui embrassant le front. Ça me tue quand tu pleures.

— Alors ne sois pas aussi craquant, accusa-t-elle.

— Attends encore un peu et on pourra de nouveau se balancer des insultes si tu veux.

— OK, dit-elle avec un hoquet.

— Sloane Walton, je t'aime depuis si longtemps que je ne me rappelle plus à quoi ma vie ressemblait avant que mon cœur t'appartienne. Ça a changé au cours des années. Mais je t'ai aimée comme un ami, un ennemi, un amant. Ce serait le plus grand honneur que tu me ferais si tu me laissais t'aimer comme un mari.

Des larmes coulèrent sur ses joues.

— Épouse-moi, Sloane. Sois ma femme. Laisse-moi partager ta vie. Laisse-moi te protéger et t'aimer comme je suis prêt à le faire.

Je lâchai sa joue pour sortir une boîte de ma poche. Elle s'ouvrit avec un petit clic.

Le son qui s'échappa de sa gorge me bouleversa.

Une seconde plus tard, elle se jeta dans mes bras, me faisant reculer d'un pas.

— C'est un oui, n'est-ce pas ? demandai-je entre deux baisers sur mes joues et ma bouche.

Elle se dégagea et prit mon visage dans ses mains.

— Oui ! cria-t-elle.

Je ris doucement.

— Laisse-moi glisser cette bague sur ton doigt, Lutin.

— Heureusement que tu viens pas de subir une pénectomie.

On allait retirer ça de la vidéo, décidai-je en glissant l'anneau sur son doigt.

— Oh là là. Il doit au moins peser cinq tonnes, commenta-t-elle en orientant le diamant vers la lumière.

— Je t'en offrirai un pour l'autre main pour que tu sois pas déséquilibrée, promis-je alors qu'une joie inconnue m'enflammait la poitrine.

— Lucian ? appela-t-elle, la voix cassée.

— Tu as déjà changé d'avis ? Je pensais que cette histoire de vasectomie inversée me donnerait au moins jusqu'à demain avant que tu paniques.

Elle secoua la tête, de nouvelles larmes inondant ses joues.

— Il faut que tu saches quelque chose.

Je lui pris les bras.

— Quoi ? Je vais le réparer, l'acheter ou le détruire.

— Je t'aime.

Ses mots, la sincérité avec laquelle elle les prononça, me firent chavirer.

— Redis-le, ordonnai-je.

Son sourire fut comme un rayon de soleil sur mon âme.

— Je t'aime, Lucian Rollins. Depuis toujours. Et pour toujours.

Je l'embrassai. Fougueusement. Et je la pressai contre moi.

— Chef, on nous signale un coq en fuite dans le supermarché.

L'annonce radio polluée de parasites couvrit la voix de Shania Twain un instant.

— Merde, désolé, Luce, s'excusa Nash à travers le porte-voix.

Sloane me sourit et je me réjouis de nouveau de me sentir comme le héros et non le méchant.

— Ton sourire me fait t'aimer encore plus, avouai-je.

— Pareil, mon grand.

— J'ai hâte de me réveiller demain et de me souvenir de tout ça.

— Je t'aime, Lucian. Même si tu te couches tout habillé et que tu es difficile sur le choix du beurre de cacahouètes.

— Et je t'aime, Sloane. Même si tu me rends dingue pour le reste de ma vie.

— J'aurais beaucoup aimé qu'on fasse l'amour maintenant, mais j'apprécie l'anticipation.

— Je me rattraperai dès que le docteur ou Google me donnera le feu vert en premier.

Je l'embrassai encore langoureusement.

— Naomi va me tuer de pas lui en avoir parlé, grommela Knox au loin.

— Dis-lui que c'était entre mecs, conseilla Nash.

— Ma mère sera aux anges, prédit Sloane.

* * *

Karen : Bienvenue dans la famille mon futur gendre tant aimé !

Maeve : Ne foire pas tout.

Chloé : Oncle Lucian, en tant que demoiselle d'honneur junior, je te présente quelques-unes des robes dans lesquelles je pense être le plus à mon avantage pour la cérémonie et la réception.

– 46 –

Les livres sauvent la vie

Sloane

— Arrête de remuer ta jambe, ordonna Jeremiah à Lina, qui semblait prête à déguerpir de son salon de coiffure.

C'était une journée de printemps parfaite. Au Whisky Clipper, le barbier de luxe de Knockemout, on se préparait pour la soirée de répétition du mariage de Lina et Nash. Le salon grouillait d'animation comme tous les vendredis après-midi. Waylon mâchouillait un os, à plat ventre, tandis que Knox taillait la moustache de Vernon Quigg. Naomi poussait des exclamations d'enthousiasme sous les coups de ciseaux experts de la styliste Anastasia.

Derrière le comptoir de la réception, Fi, la directrice commerciale de Knox et sœur de Jeremiah, écoutait attentivement Waylay lui expliquer comment marchait le nouveau logiciel.

Installés sur le canapé en cuir sous la fenêtre, Stef et moi regardions tout le monde s'agiter. Mes cheveux étaient attachés en une queue-de-cheval haute que mon fiancé apprécierait énormément, je n'avais aucun doute là-dessus.

La mariée jeta un regard inquiet à Jeremiah qui lui ébouriffait les cheveux d'un côté et de l'autre.

— Je ne la remue pas. C'est toi qui me remues.

— C'est marrant de voir Lina, si posée et calme d'ordinaire, entrer en ébullition, plaisantai-je.

Stef prit une gorgée de whisky, les sourcils toujours froncés.

— Je n'entre pas en ébullition, protesta Lina, vexée.

— Mais si, insista tout le monde en chœur, à l'exception de Stef.

— Allez vous faire voir, grommela-t-elle en croisant les bras sous sa cape.

— Ça va ? demandai-je à Stef.

L'air malheureux, il ne quittait pas Jeremiah des yeux.

— Super.

Il se leva, visiblement accablé, et se resservit un verre.

— Psst ! m'appela Waylay en faisant un mouvement de la tête dans la direction de Stef. Qu'est-ce qu'il a ? dessina-t-elle sur ses lèvres.

Je haussai les épaules et grimaçai.

Jeremiah tourna la chaise de Lina pour qu'elle soit face à lui.

— Écoute ma belle dure à cuire. Je ne pense pas que tu sois nerveuse à l'idée de te marier. Tu es nerveuse pour le mariage.

— C'est quoi la différence ? demanda Lina sèchement.

— Je t'ai vue avec Nash. Tu es ravie à l'idée de te marier. De commencer votre vie commune. Ne laisse pas la nervosité de la cérémonie te faire oublier ça.

Lina ouvrit la bouche, mais la referma aussitôt.

— Euh, lâcha-t-elle.

Naomi tourna sa chaise pour regarder la mariée.

— Il a raison. On n'aime pas tous les mariages, être au centre de l'attention, tout cela, c'est normal. Mais je te connais et je sais que tu es impatiente d'être mariée à Nash.

Les épaules de Lina se détendirent.

— Oh, merci. Je pensais que quelque chose ne tournait pas rond chez moi.

— Non, mais quelque chose ne tourne pas rond chez moi, intervint Stef en posant son verre lourdement.

Fi sortit la sucette de sa bouche.

— Hein ? Qu'est-ce qui se passe ?

Waylon lâcha son os et avança jusqu'aux pieds de Stef qui partit vers Jeremiah.

— Ton appartement est affreux, annonça-t-il.

Je pinçai les lèvres pour me retenir de rire.

— C'est vrai, confirma Fi. Qui a l'idée de démonter une moto dans son salon ?

— OK, hésita Jeremiah.

— Il est affreux et il y a pas assez de place dans les placards. Mais je pense qu'on devrait emménager ensemble, gronda Stef.

— Oh merde, lâcha Fi en passant un bras autour des épaules de Waylay.

— Je sais qu'on n'a pas parlé de l'avenir, et je sais que c'est probablement complètement dingue de ma part de vouloir emménager ici, mais tu es ici, dit-il en regardant Jeremiah.

Il se tourna vers Naomi.

— Et toi aussi. Vous êtes tous ici. J'ai une famille ici et plus j'y pense, plus je me dis que ce serait dingue de rester loin de vous.

Jeremiah baissa la tête comme pour étudier le bout de ses bottes.

Lina et moi, nous échangeâmes un regard stupéfait.

— Apparemment, tu vas pas être obligé vendre la moitié de notre affaire, finalement, lança Knox à son associé.

Toutes les têtes se tournèrent vers Jeremiah qui souriait à pleines dents.

— Apparemment, concéda-t-il.

— Tu allais vendre ? répéta Stef. Pourquoi tu ferais ça ? Tu adores cet endroit.

— Je t'aime plus, dit simplement Jeremiah.

Les mots me firent venir des larmes aux yeux.

— C'est pour ça que la communication c'est vachement important, putain, affirma Knox, les bras croisés.

— Sérieusement ? s'étonna Lina. C'est bien toi qui parles.

— Ta gueule. J'ai évolué, merde.

Vernon retira la serviette chaude de son visage.

— Qu'est-ce qui se passe ici ? Cette moustache va pas se tailler toute seule.

Naomi décocha un sourire radieux à son mari. Waylay leva les yeux au ciel.

— Attends, lâcha Stef en agitant les mains. J'ai bu beaucoup de whisky en peu de temps. Tu viens de dire que tu es d'accord pour qu'on emménage ensemble si j'accepte de venir vivre dans ton appartement qui sent l'essence ?

Jeremiah avança lentement vers lui.

— Je dis achetons une maison ou une ferme ou un domaine ou tout ce que tu veux.

Stef hochait la tête.

— Ouais. OK. Ça me paraît bien.

Jeremiah prit les mains de Stef.

— Je dis formons une famille… avec nos familles.

— Oh là là, lançai-je en prenant mon portable pour immortaliser le moment.

— Qu'est-ce que tu en dis, Jer ? demanda Stef.

— Je dis habitons ensemble. Marions-nous. Allons jusqu'au bout. Je t'ai attendu très longtemps. Commençons déjà.

Naomi s'entoura le visage de ses deux mains.

— Tu ne pleures pas, hein, Margo, ordonna Knox.

Il abandonna Vernon pour rejoindre sa femme.

— Oh non ! s'écria Waylay. Maintenant ils vont s'embrasser.

Et elle se concentra sur son logiciel, exaspérée.

— Il y aura un supplément pour ça, grommela-t-elle.

— D'accord, accepta Stef. Oui à tout.

Naomi renifla bruyamment. Knox jura.

Fi bondit de sa chaise et sa sucette valsa dans les airs.

— Mon petit frère va se marier et changer d'appartement !

Waylon se pressa d'aller lécher la sucrerie abandonnée.

— Lâche ça, Way, aboya Knox.

— C'est à toi qu'il parle, précisa Waylay au chien sans même lever le nez de son ordinateur.

— Faites péter le champagne ! s'exclama Vernon en tapant dans la main de tout le monde.

Je me mis dans la file pour présenter mes félicitations.

— On va élever tous nos enfants ensemble, dit Naomi d'une voix tremblante.

— Ne me fais pas pleurer, Naomi. Je gonfle quand je pleure et il faut que je sois impeccable ce soir, se lamenta Lina.

Une famille. Quelques mois plus tôt à peine, j'avais pris conscience que c'était ce que je voulais le plus au monde. Maintenant, grâce à Lucian et à ces femmes, il y aurait une nouvelle vie dans ma maison. Plus de fêtes, plus de vacances, plus d'amour et de rire.

Je sentis mon cœur s'emballer. Mon père aurait adoré ça. Il aurait été ravi, et le premier à organiser des soirées de fiançailles, à écrire des discours amusants, à s'entraîner pour la danse de mariage père-fille. Il me manquait tant que j'avais du mal à respirer.

Je t'aime papa, dis-je en silence. *Merci pour tout.*

Comme si elle lisait dans mes pensées, Naomi me serra le poignet. Celui qu'un monstre avait cassé vingt ans plus tôt. Le fils de ce monstre avait réussi à se reconstruire et à réparer mon cœur brisé par la même occasion.

— On va se marier, cria Stef, main dans la main avec Jeremiah.

On se réunit autour du couple heureux. Même Knox et Waylay se joignirent à l'accolade.

* * *

Mon téléphone sonna alors que je roulais vers chez moi, le cœur en fête et une super coiffure sur la tête.

— Tu ne vas pas croire ce qui s'est passé aujourd'hui, mon grand, annonçai-je en décrochant.

— Moi aussi j'ai des nouvelles pour toi, répliqua Lucian de sa voix douce et caressante à travers les enceintes de ma Jeep. Commence.

— Stef a demandé à Jeremiah qu'ils s'installent ensemble et Jeremiah l'a demandé en mariage.

— Belle surenchère, plaisanta Lucian.

— J'ai hâte d'assister à leur mariage. On va tellement s'amuser, dis-je, ravie en tournant dans ma rue. Maintenant raconte-moi. Tes nouvelles à toi, elles sont bonnes ou mauvaises ?

— Excellentes. Je viens de parler à l'agente spéciale Idler. Apparemment la société écran d'Hugo soudoyait des fonctionnaires haut placés pour qu'ils envoient les détenus dans ses prisons privées. Ils commencent juste à creuser, et il semble que plusieurs juges, procureurs et quelques policiers aussi recevaient pas mal de pots-de-vin. Plus la peine était élevée, plus ils gagnaient d'argent.

— Waouh !

— La liste préliminaire inclut notre pas si honorable que ça juge Dirk Atkins.

— Le Dirk Atkins qui a refusé de réexaminer son verdict pour l'affaire de Mary Louise ?

— Celui-là même, confirma Lucian, content de lui. Idler m'a promis d'aller regarder personnellement le dossier de Mary Louise. Il y a de fortes chances que cela entraîne l'annulation de beaucoup de ses condamnations.

— L'annulation ? m'écriai-je. Elle pourrait être directement libérée ?

— Ça prendra du temps, mais je ferai ce que je pourrai pour accélérer le processus. On devrait pouvoir la faire libérer avant la remise de diplôme d'Allen.

En guise de réponse, j'étouffai un sanglot.

— Sloane, appela Lucian avec affection.

— Je suis tellement heureuse, murmurai-je entre mes larmes.

— Oui, j'entends ça.

— Bon sang, je t'aime.

— J'espère que tu es sincère, parce que j'ai organisé un appel en visio avec Fran pour que tu annonces dès maintenant la bonne nouvelle à Mary Louise.

— Oh là là, Lucian, dis-je en m'engageant dans mon allée. Tu n'imagines pas combien je vais te gâter quand le docteur donnera son feu vert pour qu'on utilise de nouveau ton engin.

— Si si, j'imagine bien, répliqua-t-il. Maintenant dépêche-toi d'appeler Mary Louise.

* * *

— Je vous remercie pour cet appel, mais comme je vous l'ai dit avant, je ne vais pas changer d'avis. Je ne vais pas mettre mon fils en danger avec ma version de l'histoire, affirma Mary Louise tout de suite après avoir dit bonjour.

— Et si vous lui annonciez la nouvelle ? me demanda Fran sur l'écran de mon ordinateur.

Elle portait un tricot jaune avec des fils dorés.

Je me retenais de bondir sur ma chaise.

— Mary Louise, vous n'aurez pas à raconter votre version, et il n'y aura pas d'appel. Et pourtant, vous allez quand même pouvoir rentrer chez vous.

Son visage se figea et ses yeux s'ouvrirent grand.

— Je suis désolée. Je pense qu'il y a un problème avec la connexion, je n'ai pas bien entendu.

— Ce qu'a dit Sloane est vrai, assura Fran. Le juge est corrompu. Il y aura une enquête et tous ses dossiers seront réexaminés. À commencer par le vôtre.

— Le juge et toutes les personnes concernées par les dessous de table vont plonger. Non seulement vous n'avez rien à faire, mais en plus, vous n'avez pas à vous inquiéter pour les représailles, promis-je, rassurée de savoir que Lucian m'aiderait à tenir ma parole.

Mary Louise se cacha le visage derrière les mains.

— Je n'y crois pas. Je ne peux pas y croire.

— Si, vous pouvez, garantit Fran avec un sourire. Voilà ce à quoi on peut s'attendre...

Alors que l'avocate informait sa cliente des différentes étapes, je parcourais le dossier de Mary Louise. Toutes ces années perdues. Tout ce temps volé. Ça aurait pu être Lucian à sa place.

Tout ça à cause d'hommes cupides qui voulaient s'en mettre toujours plus dans les poches. Pourvu qu'ils payent pour ça. Lucian et moi, on ferait en sorte qu'ils ne s'en sortent pas, tout en apprenant à vivre ensemble.

Et Mary Louise retrouverait sa vie.

Des larmes brouillèrent ma vue. Je les ravalai et mes yeux se posèrent sur les archives de journaux devant moi. Un nom familier sur une page attira mon attention. Je fronçai les sourcils. C'était un extrait du compte rendu de l'arrestation de Mary Louise. *Officier en charge : Chef Wylie Ogden.*

Mon cœur s'arrêta de battre.

Lucian avait évoqué la présence de représentants de la loi sur la liste des personnalités corrompues. Wylie en faisait-il partie ? Ce qui était certain, c'est qu'il n'avait pas vraiment respecté les règles quand il était en fonction, laissant ses amis s'en tirer et s'en prenant aux citoyens avec lesquels il n'avait aucune affinité.

Une autre pensée me frappa de plein fouet. Il avait été ami avec Tate Dilton, qui était mêlé jusqu'au cou aux affaires criminelles de la famille Hugo. Et si c'était lui qui se trouvait à la base de la chaîne ?

Je sentis mon cœur se mettre à tambouriner dans mon crâne. Il fallait que j'appelle Lucian. Et Nash.

— On se recontacte dès qu'on en sait plus, mais on voulait vous assurer que vos jours en prison sont comptés, disait Fran, me faisant revenir au présent.

Les épaules de Mary Louise tremblaient de ses pleurs silencieux. Elle baissa soudain les mains de son visage.

— Mon bébé. Allen est au courant ?

Je réprimai ma stupeur et lui adressai un franc sourire.

— Pas encore. On se disait qu'il aimerait entendre la nouvelle de votre bouche…

La vidéo s'interrompit brusquement à cause d'une coupure d'électricité dans toute la maison.

— Bon sang, grommelai-je.

Il fallait toujours que ça arrive aux pires moments.

Je m'emparai du compte rendu et commençai à chercher le numéro de Nash dans mes contacts quand on sonna à la porte.

Espérant que ce soit Nash venu me demander des conseils pour son mariage, je me précipitai vers l'entrée.

Mais ce n'était pas Nash. Dans ses bottes sales sur mon paillasson, Wylie Ogden portait une caisse de livres. Un cure-dent dépassait de ses lèvres.

Putain de putain de putain.

Calme-toi, me dis-je. *Il ne sait pas que je sais. Bon sang, je sais pas s'il sait.*

— Bonjour Wylie, saluai-je sans parvenir à faire comme si de rien n'était. Qu'est-ce que je peux pour vous ?

— J'ai trouvé ça à un vide-grenier et je me suis dit que vous les voudriez peut-être pour votre bibliothèque. Quelle horreur, cet incendie.

L'incendie qu'il avait très bien pu déclencher. Le feu. Le message. Les rats sur ma terrasse. Quelque chose me chatouilla les narines. Oh là là…

— Votre cure-dents sent la cannelle, remarquai-je avec une voix étranglée.

— Habitude de famille, confirma-t-il. Mon père avait toujours des cure-dents à la cannelle sur lui. J'ai toujours voulu lui ressembler.

J'ignorais ce qu'une personne normale aurait pu répondre à ça. Alors je me contentai de lui adresser mon plus beau sourire de circonstance.

— Merci pour votre générosité. Je me ferai un plaisir de vous prendre cette caisse de livres, dis-je en tendant les mains.

— C'est lourd et je suis un gentleman. J'insiste.

À part lui claquer la porte à la figure, je ne savais pas quoi faire. Mais il risquait alors de comprendre que je savais.

— Vous pouvez les poser juste là, par terre. Je m'en occuperai après le mariage de Nash. À vrai dire, il va arriver d'une minute à l'autre pour me chercher, mentis-je gaiement.

— Elle sait.

L'accent du Sud me glaça le sang.

Je tournai sur mes talons et trouvai le juge Atkins dans mon couloir qui me visait avec un pistolet au bout duquel était vissé un silencieux.

— Oh, mais c'est pas un marteau de juge, ça, plaisantai-je bêtement.

— Ferme la porte, Ogden, ordonna Atkins.

Wylie posa les livres et obéit sagement en tournant le verrou.

— Ne prenons pas de risques inutiles, se lamenta Wylie.

Nerveusement, il passait d'un pied sur l'autre, et ses yeux bougeaient dans tous les sens. Ça me rendit encore plus nerveuse.

— Elle en sait assez pour être terrorisée en te voyant à sa porte, affirma le juge, son pistolet toujours braqué sur moi.

Je regardai autour de moi pour trouver un plan. Si je m'enfuyais, le juge n'aurait aucun scrupule à me tirer dans le dos. Si j'essayais de me jeter sur lui, je me retrouverais avec une balle dans le ventre et j'adorais vraiment cette robe. Je n'avais pas de chaussures, alors je ne pouvais même pas lui envoyer mon pied entre les jambes.

Je devais au moins cacher le compte rendu de l'arrestation quelque part où Lucian le verrait. Il comprendrait par lui-même.

Mon regard s'arrêta sur une des caméras que Lucian avait fait installer dans mon salon. Mais la lumière était éteinte. Ils avaient coupé l'électricité et le Wi-Fi, compris-je, une boule dans le ventre.

Je lâchai le rapport par terre et levai lentement les mains pour leur montrer que je me rendais.

— C'est quoi le projet, les gars ? On est dans une petite ville. Il y a fort à parier que quelqu'un vous a vu sur ma terrasse ou sauter par-dessus ma clôture.

— Je suis juste venu vous donner des livres, me rappela Wylie en sortant à son tour un pistolet de sa ceinture.

Génial. Maintenant deux méchants armés me prenaient en sandwich.

— Et vous alliez parfaitement bien quand je suis parti.

J'allais vomir. Partout.

— Et je ne suis pas ici. Je suis avec ma femme à profiter d'un dîner romantique pour notre anniversaire de mariage, lança Atkins avec un sourire méchant. Et toutes les preuves vont brûler dans l'incendie.

Il avait l'intention de m'abattre et de mettre le feu à ma maison. J'avais presque de la peine pour lui, parce que Lucian le détruirait lui et tout ce à quoi il tenait.

— Écoutez, j'ignore pourquoi vous pensez que vous devez faire ça. C'est vraiment nécessaire ? Je veux dire, vous avez juste accepté quelques pots-de-vin et incendié une bibliothèque. C'est pas comme si vous aviez tué quelqu'un.

— Je ne vais pas laisser une blondinette détruire ma réputation pour quelques poignées de dollars, répliqua le juge. Le travail de toute ma vie a été de mettre les criminels derrière des barreaux.

Ouais, cette ordure était un sacré héros.

— Vous auriez dû écouter les avertissements, lança tristement Wylie. On n'aurait pas eu à en arriver là.

J'hésitai à leur dire que le FBI était déjà au courant de tout et qu'ils allaient bientôt être coffrés, mais décidai de ne rien leur révéler. Ils me voulaient morte pour se protéger. N'avoir plus rien à perdre n'allait pas les rendre plus bienveillants à mon égard.

— On fait ça où ? demanda Wylie.

— Est-ce que j'ai l'air d'en avoir quelque chose à faire de l'endroit où on la tue, cette bonne femme ? demanda Atkins.

— Et pourquoi pas la terrasse de devant ? suggérai-je faiblement.

— On l'emmène à l'arrière de la maison, décida Wylie en agitant son arme devant mon visage.

Mais je perçus une alerte dans son regard. Il me montrait la direction le salon et plus précisément le chariot de la bibliothèque dans l'entrée. Il croulait sous une pile d'épais thrillers.

Il baissa le menton vers moi et je hochai la tête.

— Allons-y, dit-il en me faisant signe d'entrer dans le salon.

J'entrai dans la pièce, le mur me cachant brièvement à la vue du juge. Pourvu que je n'aie pas mal lu les indications de Wylie. Je poussai de toutes mes forces le chariot vers Atkins.

Il y eut un impact, suivi par un grognement, un coup de feu étouffé et trois détonations plus fortes et plus rapides.

Je me tapotai le torse et fus soulagée de ne trouver aucun trou dans ma robe.

— Fils de pute, gronda Atkins alors qu'il se vidait de son sang sur le plancher de trois balles dans le cou, la poitrine et le torse.

— Oh là là ! m'écriai-je tandis que Wylie ramassait l'arme du juge. Qu'est-ce qu'on fait maintenant ?

— Je déteste vraiment devoir vous faire ça, Sloane, mais il faut que vous compreniez, dit Wylie en pointant les deux armes vers moi.

— Sérieusement, Wylie ? Mais pourquoi vous voulez toujours m'abattre ?

— Je détruis toutes les pistes. Sans le juge et vous, il ne reste personne pour remonter jusqu'à moi. L'argent que j'ai reçu de la part d'Hugo n'était rien comparé à ce qu'Atkins a reçu. Quelques milliers de dollars ici et là. Ça n'a jamais été ma motivation. Je ne me souciais que de mon travail.

Le travail qu'il avait mal fait. Le travail que Nash lui avait repris.

— Et alors, qu'est-ce que ça pouvait faire que je gagne un peu d'argent de poche ? Le salaire d'un chef de la police n'a rien d'extraordinaire. J'étais fier de ce que je faisais. Et Nash Morgan m'a tout volé. Je vais pas laisser son copain me voler ma réputation en plus de tout le reste.

Je fermai les yeux, un instant. Mais bien sûr !

— C'est vous qui avez mis le nom de Nash sur la liste, n'est-ce pas ?

— Je voulais pas rater une occasion pareille. Metzer dressait une liste. Je lui ai donné un petit coup de main en ajoutant un nom.

Je secouai la tête.

— Donc vous avez tout fait pour l'éliminer.

Il haussa les épaules.

— J'ai une réputation à protéger. C'est tout ce qu'il me reste.

— Ce n'est pas une réputation. C'est de la pourriture.

— Vous ne savez pas ce que ça coûte de protéger toute une ville.

— Ah non ? Apparemment vous non plus. Vous avez mis un gosse de dix-sept ans en prison et laissé son père violent dehors. Il aurait pu tuer sa femme juste parce que vous étiez potes !

— Dites ce que vous voulez, parce que ça n'a pas d'importance. Un seul de nous deux sortira d'ici ce soir, et ça ne sera pas vous.

— Qu'est-ce que vous allez faire ? Me tirer dessus avec l'arme du juge ?

— Ça me paraît être un bon plan.

J'entendis un crissement de pneus sur la route et priai pour que les secours soient en route.

— Personne ne va croire que vous êtes venu chez moi par hasard au bon moment pour abattre un juge qui me menaçait.

Il m'adressa un sourire sournois.

— Ils y ont déjà cru par le passé.

Et soudain je compris.

— Vous n'avez pas tué Tate pour protéger Nash, mais pour vous protéger vous-même.

— J'ai attendu qu'il tire sur la gâchette pour tuer Nash à ma place. Mais il n'avait plus de balles. Cet abruti n'a jamais su compter. J'ai détesté le faire. C'était mon ami, mais il n'était pas fiable. Il aurait fini par ouvrir sa grande gueule devant la mauvaise personne.

— Donc vous avez tué votre propre ami.

— Selon le rapport de la police, j'ai tué un homme en défendant un représentant de la loi, corrigea-t-il.

— Et qu'est-ce que dira le rapport cette fois-ci ?

Il haussa les épaules.

— Que je vous apportais des livres pour la bibliothèque.

Il allait le faire. Il allait me tuer et gâcher la soirée de répétition de Nash et Lina. J'attrapai un livre sur la table et le balançai à la tête de Wylie. Les deux pistolets tirèrent alors que je me réfugiai derrière le canapé.

Je tombai lourdement, heurtant de la mâchoire le pied de la table. D'autres tirs résonnèrent, cette fois trouant mon canapé. Je roulai sur moi-même, revins sur mes pieds et courus, recroquevillée sur moi-même, vers la salle à manger, faisant tomber des chaises derrière moi.

Il était tout près, mais je connaissais cette maison par cœur. Je fonçai dans la cuisine et retournai dans le couloir pour escalader les marches deux à deux.

Des sirènes se rapprochaient.

— Vous ne pourrez pas m'échapper, criait Wylie depuis le rez-de-chaussée.

— Vous espériez tout de même pas que j'attende immobile que vous me tiriez dessus ?

Il s'engagea dans l'escalier.

Une boule de poils passa à côté de moi. J'entendis un juron étouffé.

Merci Miaou Miaou. Elle venait de me faire gagner de précieuses secondes.

Je me hissai sur les dernières marches et je percutai le torse puissant d'un homme. J'étais sur le point de le frapper quand une main se posa sur ma bouche et je fus soulevée dans les airs.

– 47 –

Torts redressés

Lucian

— Arrête de me donner des coups de pied, Lutin, sifflai-je en refermant la porte de sa chambre derrière nous.

Je libérai ma fiancée et elle se tourna vers moi. Elle portait la robe de soirée rose que j'avais personnellement choisie parce qu'elle moulait toutes ses courbes. Ses cheveux étaient attachés en une queue-de-cheval haute avec des mèches qui s'en échappaient. Ses lunettes à monture vert clair faisaient ressortir ses yeux. Une entaille traversait sa mâchoire.

— Je vais le tuer, putain, annonçai-je.

La rage m'envahissait.

Sloane se jeta sur moi pour me serrer dans ses bras.

— Tu ne peux pas, c'est Wylie.

— Je sais. J'ai vu les vidéos des caméras de surveillance juste avant qu'elles soient coupées.

— Il m'a fait croirc qu'il allait m'aider. Et ensuite il a tué le juge. Oh, oui, le juge était là aussi, mais je pense qu'il est mort dans le salon. Et ensuite, il a essayé de m'abattre. Wylie, pas le juge. C'est lui qui a ajouté le nom de Nash sur la liste, pas

Dilton. Et il a tué Dilton pour qu'il ne dise rien, pas pour sauver Nash. Je suis tellement en colère ! Tu sais combien de temps ça va prendre de retirer ces taches de sang du plancher ? Et ils ont incendié la bibliothèque !

Les mots sortirent dans un déluge d'indignation, mais son explication ne fit qu'aviver le brasier qui grondait en moi.

— Vous ne pourrez pas vous cacher assez longtemps pour rester en vie, Sloane. Je vais vous remettre là où je vous ai trouvée, avant que les flics arrivent, annonça Wylie dans le couloir.

On entendit les claquements de ses bottes sur le bois et le craquement des portes qu'il ouvrait pour fouiller chaque pièce.

Au loin, des sirènes retentissaient. Je venais de me garer dans l'allée quand j'avais entendu des tirs. Ça m'avait retiré des années de ma vie.

J'attrapai un mouchoir propre sur la commode et l'appuyai contre le visage de Sloane.

— Aïe !

— Viens, mon cœur, dis-je en l'attirant vers la fenêtre.

Elle passa une jambe par-dessus le rebord.

— Viens, demanda-t-elle.

Je secouai la tête.

— Toi d'abord. Je vais m'assurer qu'il ne te voie pas sur le toit.

— Lucian, lâcha-t-elle en tressaillant.

— Sloane. Pars !

Les pas se rapprochaient et la serrure de la chambre n'arrêterait pas longtemps une ordure hyperexcitée comme Ogden.

— Je ne te quitte pas, dit-elle, têtue.

J'entourai son visage avec mes mains.

— Lutin, j'ai besoin que tu me fasses confiance, cette fois. Je vais m'occuper de ça. Je te le demande. J'ai besoin de gérer ça tout seul, je ne peux pas le faire si j'ai peur que tu sois dans son champ de mire. Fais-moi confiance.

La poignée de la porte trembla.

— Je sais que vous êtes là-dedans, Sloane !

— Euh, d'accord. Mais je te fais aussi confiance pour ne pas le tuer, supplia Sloane.

— Je ne peux pas te le promettre.

Elle passa son autre jambe par la fenêtre.

— Ne me laisse pas tomber.

— Ah, et aussi, il a deux pistolets. Le sien et celui du juge. Il allait faire passer le double meurtre comme s'il était venu me sauver trop tard.

Les sirènes hurlaient dans la rue, et une colère comme je n'en avais jamais ressenti colora tout en rouge.

Je l'aidai à monter sur le toit.

— Je t'aime. Maintenant va-t'en.

— Je t'aime aussi. Ne finis pas en prison, murmura-t-elle.

Je fermai les rideaux alors qu'une botte frappait lourdement la porte. Elle s'ouvrit à la deuxième tentative, percutant le mur, alors que je traversai rapidement la pièce pour me cacher.

Le canon d'un pistolet muni d'un silencieux apparut.

— Sortez de là, ma belle, sortez de là…

Je baissai d'un coup sec la main sur son bras. Je l'attrapai violemment et le traînai dans la chambre.

— Fils de pute !

— Je dirais plutôt fils de connard, répliquai-je, alors qu'on se battait tous les deux pour le contrôle de son arme.

— Ton père était un type bien. Toi, t'es juste un petit con qui se pense meilleur que tout le monde.

— J'étais meilleur que lui. Tu m'as tout pris une fois déjà. Ça ne se reproduira plus, mon vieux.

J'enfonçai mon coude dans sa mâchoire et il hurla de douleur. Le pistolet tomba au sol. D'un coup de pied, je le fis glisser sous le lit.

— Tu lui as fait mal. Tu l'as menacée, tu as brûlé sa bibliothèque et tu l'as fait saigner.

Il avait les yeux injectés de sang, désespérés.

— Vous auriez dû rester en dehors de tout ça. Aucun de vous deux n'aurait dû s'en mêler.

— Et toi, tu aurais dû aller en taule à ma place, connard. Je vais m'assurer que tous ceux qui ont déjà entendu ton nom sachent quel genre d'homme tu es.

Il me poussa en arrière et je le laissai faire. J'entendis des pas dans l'escalier. Mais c'était entre lui et moi.

— Je te conseille de lever les mains pour que le chef puisse te passer les menottes. J'attendais avec impatience cette petite conversation, me moquai-je.

Dans un mouvement incroyablement rapide pour un connard de son âge, Wylie attrapa le pistolet dans sa ceinture, derrière son dos. Mais grâce à Sloane, j'avais anticipé le geste.

Il appuya sur la gâchette au moment où le premier policier arriva sur le palier. Je m'étais baissé à temps et fonçai vers lui comme un train en pleine vitesse.

Je lui balançai ma droite dans la mâchoire et Wylie Ogden se ratatina comme s'il était fait en papier.

Le pistolet était juste là. J'aurais pu le lui prendre et en finir avec toute la douleur qu'il m'avait causée. Mais j'étais meilleur que ça. J'étais meilleur que des hommes comme Wylie Ogden ou mon père. J'avais Sloane pour le prouver. J'avais une vie à partager avec elle et rien n'allait mettre ça en danger.

Nash entra dans la chambre, son pistolet brandi, un gilet pare-balles au-dessus de son costume.

— Le suspect est neutralisé, lança-t-il dans sa radio. Ça va ? me demanda-t-il.

— Oui, dis-je avec un hochement de tête.

— Merci mon Dieu. Je voulais surtout pas m'occuper de la paperasse.

— Attends qu'il reprenne connaissance avant de lui passer les menottes. C'est lui qui a mis ton nom sur la liste. Pas Dilton.

— Sale ordure, grommela-t-il. Il a de la chance que Lina soit pas ici. Eh, tu saignes.

— Merde.

* * *

— Lucian !

Un mirage blond et rose se jeta dans mes bras.

— Doucement avec lui, Sloaney, prévint Nash. Il est blessé.

— Il t'a tiré dessus ? demanda-t-elle en essayant de se libérer.

— Où est-ce que tu vas ? l'interrogeai-je.

— Je vais le tuer, annonça-t-elle en partant vers la porte.

Je passai mon bras autour de sa taille pour la ramener contre moi.

— Non, jamais de la vie. Je veux pas que notre première fois post-vasectomie se passe en prison.

Elle grogna en guise de réponse. En riant, je la portai jusqu'à la balançoire de la terrasse, où une équipe de secouristes affluait.

— Elle nous a rien laissé faire avant de vous revoir, expliqua l'un d'eux en nettoyant la blessure de Sloane.

Elle grimaça et je la pris tout contre moi.

— Ça va ? Tu as mal ?

— Seulement quand je souris, et c'est nul parce que demain deux de nos meilleurs amis se marient.

— Je déteste quand tu as mal, avouai-je.

— Je n'adore pas non plus savoir que tu as une blessure par balle, mon grand.

Je déposai un baiser sur son front.

— J'ai de mauvaises nouvelles, lança Sloane en lissant sa jupe.

— Quoi ?

— En plus du fait que ma robe est fichue, une des balles apparemment a traversé la vitre du bureau de papa et a touché la branche la plus basse du cerisier. Elle s'est cassée quand je suis descendue.

On allait tous porter les cicatrices de cette journée.

— On la réparera, promis-je.

Si je devais appeler pour ça une équipe de chirurgiens spécialisés dans les arbres, je n'hésiterais pas. Je n'allais pas laisser la cupidité et la corruption détruire quelque chose qui m'était si précieux.

— La balle est passée à travers, annonça le secouriste qui m'examinait. Quelques centimètres plus haut et on aurait eu un vrai problème.

Sloane s'agrippa à ma main en silence, alors qu'ils me bandaient.

La rue était bloquée par des véhicules d'urgence, mais une foule de curieux se réunissait déjà.

Vêtus de leurs tenues de soirée, Knox, Naomi, Waylay, Lina, Stef et Jeremiah étaient parmi eux, de l'autre côté du cordon de sécurité. Tout

Knockemout s'était également réuni là pour voir un Wylie Ogden chancelant se faire conduire jusqu'à l'arrière d'une voiture de police.

Une page se tournait, me dis-je avec satisfaction.

— Vous deux, restez ici. Bannerjee va venir prendre vos déclarations, nous informa le sergent Hopper.

Contrairement à mes attentes, je n'éprouvai aucun sentiment de victoire quand l'homme qui avait failli gâcher toute ma vie se retrouva humilié publiquement. C'était plutôt la frustration qui m'accablait. Tout ça était si vain. La cupidité ne détruisait pas seulement le cupide. La quête du pouvoir corrompait, brisait tout ce qu'elle touchait. Les hommes comme mon père, comme Hugo, Ogden et Atkins laissaient derrière eux un sentier de destruction. Pour quoi ? L'argent ? Le pouvoir ? Le respect ?

C'était tout ce que j'avais convoité moi aussi. Mais aucune fortune ne pouvait être comparée à la femme que je tenais dans mes bras.

Un crissement de pneus attira mon attention et je vis Nolan foncer droit dans l'allée pour garer son SUV. Il grimpa les marches de la terrasse deux à deux et se figea quand il me vit.

— Merci mon Dieu ! s'exclama-t-il, une main sur le cœur.

Et il me prit dans ses bras, sur la balançoire.

Le rire de Sloane était comme de la musique dans mes oreilles.

— Aïe ! On m'a tiré dessus, mais je ne suis pas mort. Et toi t'es pas un golden retriever, alors lâche-moi.

Nolan grimaça, toujours accroché à moi.

— Je t'aurais bien lâché, mais j'ai eu le mal de l'air dans l'hélico. Je sais pas si je vais vomir ou m'évanouir.

— Je m'en fiche, mais pas sur moi.

— Je m'en occupe, dit Sloane en se levant de la balançoire et en plaçant son bras autour des épaules de Nolan. Viens, on va voir si Naomi a un petit en-cas pour toi dans son sac. Tu te sentiras tout de suite mieux.

Nolan se tourna vers moi.

— Content que tu sois pas mort, patron.

— On est deux alors, répliquai-je.

Je regardai ma fiancée conduire Nolan vers le cordon de sécurité pour le confier à nos amis. Sloane fut immédiatement encerclée, mais elle se dégagea vaillamment pour venir me rejoindre.

Je lui tendis les bras et elle s'assit sur mes genoux. Elle posa tendrement la tête sur mon torse. En poussant avec le pied, je nous balançai tout doucement.

Elle leva la main pour admirer sa bague de fiançailles.

— Merci de ne pas t'être défoulé sur Wylie et de ne pas l'avoir tué.

— Merci de m'avoir fait confiance... et de m'avoir averti pour le deuxième pistolet.

Elle se blottit contre moi et laissa échapper un soupir de satisfaction.

— Tu ne penses pas que cette blessure par balle repoussera encore nos ébats futurs ?

— S'il n'y avait pas tant de monde autour de nous et la répétition d'un mariage qui nous attend, je t'aurais déshabillée à l'instant même.

– 48 –

Les couples heureux

Sloane

Le rabat de la tente nuptiale s'ouvrit et mon séduisant fiancé entra, renversant dans son smoking.

Naomi leva les yeux vers lui. Elle donnait de petites tapes dans le dos de Lina qui hyper-ventilait dans un sac en papier. Naomi sourit. Lina agita la main.

— Tout va bien, mesdames ? demanda Lucian.

— Je suis profondément amoureuse de mon mari, mais sérieusement, Lucian, tu es à tomber, dit Naomi en ouvrant de grands yeux.

Lina mit de côté son sac en papier.

— Dis-moi juste que Nash est là et qu'il veut toujours traverser tout ça avec moi, Luce.

Lucian esquissa un sourire ravageur.

— Ton futur mari creuse une tranchée dans la terre en grommelant combien il est impatient de te voir.

— Ouf, heureusement, lâcha Lina en s'écroulant sur son siège.

— Et franchement, il aura du mal à rester debout quand il te verra dans cette robe, prédit-il.

— Merci, patron, répliqua-t-elle faiblement.

Il se tourna vers moi et je me sentis comme une fleur qui s'épanouit sous le soleil de printemps.

— Puis-je vous emprunter ma fiancée un instant ?

— Bien sûr, répondit la mariée.

— Rapporte du champagne, demanda Naomi en montrant la bouteille vide.

Je fonçai vers la porte.

Dehors, la journée était magnifique, chaude et ensoleillée. Les chants des oiseaux et le gargouillis du ruisseau offraient un fond sonore qui se mariait à la perfection avec la musique country jouée par le groupe de musiciens. Nash et Lina avaient décidé de commencer leur vie commune sur le terrain verdoyant qui allait accueillir leur future maison.

La cérémonie et la réception se dérouleraient sous une large tente blanche à côté du ruisseau. Tout Knockemout avait été invité, on dirait.

Lucian m'entraîna loin des tentes et derrière un chêne.

— Qu'est-ce qui…

Je ne pus prononcer un autre mot, parce que Lucian avait posé sa bouche sur la mienne pour me voler un délicieux baiser envoûtant.

— Putain, lâchai-je, hors d'haleine, quand il recula.

— C'était la première chose à l'ordre du jour. Passons à la suivante. Donne-moi une date.

— Au hasard, comme ça ? demandai-je, étonnée.

— Je veux fixer une date. Pour notre mariage, déclara-t-il en levant les yeux vers le joyeux chaos ambiant. Je ne veux pas attendre. J'ai déjà perdu trop de temps. Et l'idée de te voir descendre l'allée aujourd'hui pour quelqu'un d'autre que moi me rend fou.

— La veille de Noël.

Il se tut, droit comme un i. Il me regardait attentivement, sa mâchoire tout en angles, mais ses yeux exprimaient une réelle douceur.

— La veille de Noël, répéta-t-il.

Je hochai la tête.

— Noël dernier a été dur. Pourquoi ne pas rendre le prochain inoubliable ?

Lucian déglutit et hocha la tête.

— La veille de Noël, répéta-t-il de nouveau, d'une voix rauque.

Je passai un bras autour de son cou et lui adressai un sourire radieux.

— Je t'aime, mon grand. Tellement.

Il me serra contre lui et grimaça.

— Mon pauvre chéri. La blessure ou l'opération ?

— Les deux.

* * *

Lina ne flotta pas dans l'allée, elle courut. Son père dut la faire ralentir. Son regard ne quitta jamais Nash. Et quand l'heureux couple se rejoignit enfin et se prit les mains, toute l'assemblée retint ses larmes. À l'exception de Naomi et moi. Knox et Lucian restèrent stoïques.

Lucian me dévisagea avec une intensité folle pendant toute la cérémonie. Et quand nous nous retrouvâmes au milieu de l'allée pour la descendre ensemble, il me tendit un mouchoir propre.

On dansa, rit et pleura encore, foulant l'endroit où serait construite la maison de Nash et Lina.

Je ne quittai pratiquement pas de la soirée le bras de Lucian. Je m'y sentais en sécurité. C'était là ma place. Après l'horreur de la veille, j'avais soudain l'impression d'être… libre. Comme si l'ombre qui planait sur notre groupe, sur notre ville avait fini par se dissiper. Avec Anthony Hugo et Wylie Ogden derrière les barreaux et le juge Atkins à la morgue, on avait enfin traversé les ténèbres pour passer du côté de la lumière.

C'était le début de nos jours heureux.

Alors que la nuit tombait, les festivités continuaient. Liza J dansa avec Wraith, le beau motard. À côté d'eux, sur la piste, Maeve et Kurt se déhanchaient, yeux dans les yeux. Nolan et Callie, sa future femme pour la deuxième fois, sirotaient du vin avec ma mère et ses amies. Les parents de Naomi jouaient à un jeu avec les parents de Lina. Chloé et Waylay dévoraient du dessert, seules à table.

La moitié de Knockemout semblait ivre sur la piste de danse. L'autre moitié – y compris tout le commissariat – faisait la queue au bar. Lawlerville avait gentiment prêté des officiers à Nash pour que tous ses policiers puissent faire la fête avec lui.

Alors que Lucian et moi, on se balançait en rythme sur une chanson de Chris Stapleton, Stef et Jeremiah apparurent, un sourire aux lèvres, une bouteille de champagne à la main.

— On peut ? demanda Stef en hochant la tête vers la nuit.

— J'apporte les verres, proposai-je.

Lucian et moi, on alla chercher les mariés qui disaient au revoir au père de Nash. La sobriété de Duke était encore toute récente. On prit huit flûtes et on se trouva un endroit isolé dans le noir, dans le pré où Stef, Jeremiah, Knox et Naomi nous attendaient déjà.

— À l'heureux couple ! lança Stef une fois que Jeremiah eut rempli les verres.

Lina secoua la tête, magnifiquement belle dans sa robe de mariée.

— Aux heureux couples au pluriel, corrigea-t-elle.

— Longue vie à nous ! ajoutai-je.

— Santé !

On s'assit dans l'herbe pour profiter du champagne et des rires, de la musique et du chant des grenouilles.

Lucian m'attira sur ses genoux et m'embrassa dans le cou.

— Mariés, mariés, fiancés, fiancés, résuma Knox en pointant chaque couple dans le cercle. Ça va vite par ici.

— Vous avez fixé une date ? demandai-je à Stef et Jeremiah.

— Stef veut au moins un an pour organiser le mariage du siècle, taquina Jeremiah.

— Eh ! Naomi et moi, on rêve de notre mariage depuis qu'on est enfants, se défendit Stef.

— Ne vous mariez pas la veille de Noël, c'est tout, annonça Lucian en me prenant la main pour l'embrasser. Cette date est prise.

Lina et Naomi poussèrent de petits cris.

— Vous avez fixé une date !

— Aucun de vous n'est invité, plaisanta Lucian.

— Vous êtes tous invités, corrigeai-je.

Lucian « Lucifer » Rollins allait être mon mari. Et j'allais devenir sa femme. On allait passer le reste de notre vie ensemble et fonder une famille… en se tapant sur les nerfs.

C'était peut-être le champagne ou les larmes de joie, ou peut-être que c'était mon père qui réalisait des miracles dans le ciel, mais jamais je n'avais vu les étoiles briller autant.

— Je t'aime, Lutin, murmura Lucian contre mes cheveux, son pouce caressant la cicatrice sur mon poignet.

Épilogue

Un mariage de Noël

Sloane

La journée du 24 décembre commença sur un air froid et mordant, au-dessus d'un tapis de neige fraîche. Idéal pour l'esprit de Noël sans toutefois entraver les routes, selon Tiffany, la coordinatrice de mariage que Lucian avait engagée, sachant que Naomi et Knox étaient pris par leurs rendez-vous médicaux avec des spécialistes en fertilité.

Notre maison grouillait de monde. Les rires s'élevaient du rez-de-chaussée, alors que les gens que j'aimais du fond du cœur s'apprêtaient à faire la fête avec nous. Lina comparaît sans doute son gros ventre avec celui de Callie, la femme de Nolan, toutes les deux enceintes de plusieurs mois.

On avait décidé de se marier chez nous et Lucian n'avait pas lésiné sur les moyens pour notre premier Noël ensemble. La cérémonie se déroulerait à l'intérieur, et la réception dans le jardin. Lucian avait réussi à protéger tout l'espace par une grande tente somptueuse. L'allée était recouverte de fleurs de cerisier qui n'étaient tellement pas de saison que je ne voulais même pas réfléchir à combien

Lucian avait dépensé pour arranger ça. Il avait surement payé des scientifiques pour cloner notre arbre.

Tiffany avait adoré avoir un budget illimité et un futur marié qui voulait le meilleur pour tout. Elle était terrifiante avec son sens du détail et son planning millimétré et minuté. Ce qui expliquait pourquoi je me cachais dans ma chambre.

J'avais envoyé ma moitié et ma mère accueillir Mary Louise et Allen, pendant que je profitais d'un moment de calme pour paniquer.

J'étais habillée, maquillée, j'avais mes chaussures aux pieds. J'étais prête. Et pourtant la tension montait.

Ne pas avoir vu Lucian depuis la soirée de répétition – qui s'était passée sans drame, heureusement – me mettait les nerfs à vif.

Je faisais les cent pas dans la robe la plus romantique et parfaite de tous les temps en réfléchissant à tout le chemin que nous avions parcouru, Lucian et moi.

Lucian s'évertuait à combler tous mes désirs, à commencer par la rénovation de notre salle de bains, avec non pas une, mais deux pommeaux de douche et un mur de jets massants. En parallèle, la bibliothèque avait été reconstruite en un temps record et des améliorations étaient encore en cours.

Je lissai nerveusement la jupe en satin.

Malgré mon bonheur, l'absence de mon père me faisait encore souffrir. Mon cœur saignait en pensant à combien il aurait aimé conduire sa fille à l'autel, interroger Kurt, à présent fiancé de Maeve sur son programme pour l'année, et danser avec maman jusqu'à en avoir mal aux pieds.

— Merde. Ne te mets pas à pleurer ou tu vas détruire ton maquillage, m'avertis-je.

Tiffany me tuerait si la maquilleuse devait revenir.

J'agitai les mains devant mes yeux et bloquai les pensées tristes. Il valait mieux que je me concentre sur des choses positives. Comme l'arrestation de Wylie Ogden. Derrière les barreaux, il n'aurait plus l'occasion de faire du mal à ceux que j'aimais. Et Lucian travaillait de la maison deux jours par semaine et faisait la route – en général en hélicoptère – le reste de la semaine. Et toute la ville était venue à l'ouverture de la bibliothèque.

Merde, je recommençai à pleurer. J'aurais voulu que Lucian soit à mes côtés. Il savait toujours comment me calmer… ou m'énerver.

Je voulus lui écrire, mais c'était Naomi qui avait mon téléphone pour immortaliser ce grand jour sans que j'aie à m'en soucier.

Un bruit à la fenêtre me fit sursauter. Je pivotai dans mon nuage de taffetas et de satin pour voir Lucian Rollins sur le toit en smoking.

Je me précipitai vers la fenêtre, alors qu'il l'ouvrait déjà.

— Je pensais que ça portait malheur de voir la mariée avant le mariage, dis-je en l'entraînant dans ma chambre.

Il me domina de toute sa hauteur et secoua lentement la tête.

— Je ne crois pas à ces foutaises. Plus maintenant.

Il avait un sourire à tomber.

— Qu'est-ce que tu en penses ? demandai-je en tournant sur moi-même.

— Je pense que tu es la plus belle mariée que j'ai jamais vue, et moi je suis le marié le plus chanceux sur la terre.

Sûrement le corset qui lui faisait de l'effet.

Je me jetai dans ses bras.

— Bonne réponse.

— Tu es toujours d'accord ? demanda-t-il en levant mon menton pour que je le regarde dans les yeux.

— Pour t'épouser ?

— M'épouser. Deux semaines dans les îles Fiji. La famille d'accueil. Tout ça.

Quand on rentrerait de notre lune de miel, on allait commencer la procédure pour devenir famille d'accueil. Les efforts pour concevoir un bébé de façon naturelle suivaient leur cours de façon très plaisante, mais nous ne voulions pas attendre pour fonder une famille.

— Absolument, promis-je.

Les larmes menaçaient dangereusement de couler.

— Merci de réaliser tous mes rêves, mon grand.

Lucian passa le pouce sous mon œil pour éviter que mes pleurs n'abîment mon maquillage.

— C'est tout ce que j'ai toujours voulu faire, assura-t-il.

— Non. Ça suffit ! Tu arrêtes tout de suite, exigeai-je en quittant ses bras. Tu arrêtes d'être si adorable ou je vais fondre en larmes et mon maquillage ne tiendra pas. Et Tiffany me terrorise. Elle pourrait annuler le mariage.

— Tu veux quoi alors ? demanda-t-il avec un petit sourire amusé.

— J'ai besoin que tu me secoues. Ne te retiens pas, dis-je avec de grands gestes des mains.

Son sourire se fit vicieux.

— Ressaisis-toi, Sloane. Tu veux pas ressembler à Alice Cooper sur nos photos de mariage qui vont faire la une des journaux locaux ? Je te croyais plus forte que ça.

— Bien. C'est parfait. Continue.

— Si je vois ne serait-ce qu'une larme sur ton magnifique visage, je demanderai à Tiffany d'organiser tous nos anniversaires de mariage jusqu'à la fin de nos vies.

— C'est méchant, ça !

— Fais pas ton bébé !

— *Moi ?* Tu as plutôt intérêt à te tenir aujourd'hui, parce que c'est toi qui rêves de ce jour depuis la première fois où tu es monté sur ce fichu cerisier, répliquai-je.

— Tu seras heureuse de savoir que ce « fichu cerisier » va beaucoup mieux. Les chirurgiens que j'ai engagés ont fait un travail exceptionnel.

— Parfait, continue à me distraire.

— J'ai quelque chose pour toi.

— Bon sang, Lucifer !

— Prends sur toi, ma belle, lança-t-il en me tendant une grosse enveloppe luxueuse.

— Où est-ce que tu achètes des trucs pareils ? Dans une papeterie pour gens riches ? demandai-je en reniflant l'enveloppe.

— Ne sois pas ridicule. Je fais mes courses à Richauprix.

Les yeux au ciel, je sortis les papiers pliés.

— Ça fait beaucoup de jargon juridique. Ton cadeau, c'est un contrat de mariage ? Je t'ai dit que j'en signerai un.

— N'importe quoi, répliqua-t-il en levant à son tour les yeux au ciel. Ce n'est pas un contrat de mariage, Lutin. C'est une dotation et des papiers pour officialiser la Fondation Simon Walton.

— Oh là là, lâchai-je quand mes yeux se posèrent sur le nombre. C'est un numéro de téléphone ? Ou est-ce que c'est une dotation de folie ?

— Tu as fait du bon travail. Ça te permettra de continuer. Peut-être avec quelques employés à plein temps.

— Comme Mary Louise ? demandai-je en levant les yeux vers lui, stupéfaite.

— Qui pourrait gérer les affaires courantes mieux qu'elle ? Et je me disais qu'Allen pourrait être intéressé par la partie juridique maintenant qu'il a passé le barreau. Et je pensais, même si la décision te revient, qu'on pourrait aussi engager ma mère.

Peu de temps après la dispute, Kayla avait commencé à voir un psy. Lucian et elle s'étaient rapidement réconciliés et Kayla avait fini par prendre au sérieux son indépendance. Pendant ce temps, ma mère et elle étaient devenues amies.

J'étudiai la page, étourdie par tous les mots et les chiffres.

— Tu ne vas pas pleurer ?

— Non, tête de cul. Bon sang, pourquoi tu as besoin de donner des cadeaux aussi attentionnés ? Salopard, reniflai-je.

— Reprends-toi, ou je serais obligé d'appeler Tiffany.

Ravalant mes larmes, je traversai la pièce vers ma table de chevet et trouvai le paquet emballé que j'avais rangé dans mon tiroir.

— C'est pour toi, annonçai-je en le lui lançant.

Alors qu'il ouvrait soigneusement le paquet, je recommençai à m'éventer les yeux.

— C'est quoi ? demanda-t-il en tournant le cadre.

Il se figea, donnant l'impression qu'il avait été sculpté dans le marbre.

C'était une photo de Maeve, maman, Chloé et moi sur la terrasse de devant, prise cet été. Lucian souriait au milieu de la mêlée, son bras protecteur nous entourant toutes. Sous la photo j'avais collé un bout de papier. Le dernier message que mon père lui avait envoyé.

Si j'avais pu choisir un fils, je t'aurais choisi, toi. Prends soin de mes femmes.

Lucian déglutit avec peine. Il ouvrit la bouche, mais pas un son ne sortit. Et il se couvrit les yeux de sa main libre. J'avais visé droit dans le mille.

— C'est...

Sa voix se cassa. Et quand il posa ses yeux gris sur moi, son regard était rempli de tant d'amour que j'en eus le souffle coupé.

Je levai une main entre nous.

— Arrête tout de suite. Faut que tu te ressaisisses, Lucifer, parce que si tu craques, je craque.

Il m'attira contre lui.

— Il serait si fier de toi, Lucian, dis-je tout bas. Je le sens. Il serait aux anges.

Un frisson traversa l'homme que j'aimais, l'homme qui avait pris une balle pour moi, l'homme qui avait reconstruit mes rêves.

— Je t'aime tellement, Lucian. Je t'ai toujours aimé.

Il recula et me dévisagea, mes poignets dans ses mains puissantes.

— Tout ce que j'ai fait, c'était pour toi, Sloane. Parce que ça a toujours été toi.

— C'est tout ce que j'ai toujours voulu, Lucian, confiai-je. Tu es tout ce que j'ai toujours voulu.

— Ces mots, avec toi dans mes bras, ma bague sur ton doigt, c'est tout ce que j'ai toujours voulu.

* * *

La cérémonie fut conduite par Emry qui dut s'interrompre plusieurs fois pour se moucher bruyamment.

Sloane ne marcha pas dans l'allée, elle courut et sauta dans les bras de Lucian. Ils échangèrent leurs vœux, enlacés l'un à l'autre.

Quand l'officiant demanda « qui donne cette femme à cet homme ? » Karen Walton se leva et dit « son père et moi ». Personne ne réussit à retenir ses larmes.

Nolan pleura et prit Lucian dans ses bras. La femme de Nolan immortalisa l'instant avec sa caméra et Petula encadra le cliché pour le bureau.

Sloane et Lucian dansèrent leur première danse de couple marié sur « From This Moment On » *de Shania Twain.*

Lina prit Sloane et Naomi à part pour leur murmurer le mot « jumeaux ».

Knox, Nash et leur père se firent l'accolade sur la piste.

La famille fut surprise de trouver sur le sapin un nouvel ange qui ressemblait trait pour trait à Simon Walton. Personne ne savait d'où il venait, mais tout le monde fut d'accord pour dire qu'il avait fait un clin d'œil.

Épilogue bonus

Et ils vécurent heureux

Lucian
Une petite poignée d'années plus tard.

La veille de Noël était toujours agitée dans notre maison. La tradition voulait qu'on se réunisse tous les ans pour un réveillon doublé d'un anniversaire de mariage extravagant. Au fur et à mesure des années, la famille s'était considérablement agrandie.

Elle comptait deux chiens, notre bonne vieille Miaou Miaou toujours aussi acariâtre et un aquarium très cher d'eau salée avec un poisson grincheux qui avait mangé tous les autres jusqu'à ce qu'un petit poisson clown adorable lui tape dans l'œil. Sloane l'avait appelé Lucian.

Malgré ma proposition annuelle d'engager un traiteur, les femmes – ainsi que Stef – prenaient les commandes de la cuisine, avec plusieurs bouteilles de vin et une bonne humeur à toute épreuve, tandis que les hommes s'occupaient des enfants les plus jeunes.

On était tellement nombreux désormais. J'aurais dû me sentir dépassé, mais chaque fois que la porte s'ouvrait et que j'accueillais un ami emmitouflé dans son manteau, les bras chargés de cadeaux, une autre pièce de mon cœur se soudait au reste.

Bien sûr, je ne le reconnaîtrais jamais. J'étais Lucian Rollins après tout. Et même si je ne travaillais plus qu'à mi-temps dans mon entreprise, j'étais toujours une belle ordure terrorisante.

À part avec ma famille, bien sûr.

J'entrai dans la cuisine, avec ma première petite-fille dans les bras. Amara était une petite cacahouète chauve dans une grenouillère trop grande pour elle. Je ne l'avais pas reposée depuis son arrivée. Sloane passa à côté de nous et déposa un baiser sur la joue d'Amara, puis sur la mienne.

— T'as de l'allure, grand-père, me taquina-t-elle.

Caden, notre fils aîné, avait vingt-cinq ans. Nous avions finalisé son adoption et celle de sa sœur Caitlin quand Sloane était enceinte de notre premier bébé, un garçon appelé Simon. En quatre mois, nous étions passés de zéro enfant à trois. Et on avait ajouté la petite Juliana, un an plus tard.

Je décochai à ma femme un regard de braise plein de promesses.

Elle me répondit avec un clin d'œil.

— Quand est-ce que Nolan et sa famille arrivent ? demanda-t-elle.

— Demain soir, à temps pour la fête de Noël de Stef et Jeremiah,

Stef avait acheté la ferme du Chien Rouge à la lisière de la ville et l'avait transformée en spa de luxe. Tous les ans, on s'y retrouvait pour faire la fête.

Knox entra dans la cuisine avec sa plus jeune petite-fille sur l'épaule. Il s'arrêta assez longtemps pour que Gilly vole deux biscuits sur l'assiette.

— Viking et Mini Viking, je vous ai vues ! appela Naomi.

— Est-ce que quelqu'un a besoin de quelque chose ? Un verre ? Une serviette propre ? Un peu de retenue ? proposai-je en admirant les plats.

— Du vin ! s'exclamèrent tous les invités à l'unisson.

— Lou, la cuisine a besoin de vin, hurlai-je dans la direction du père de Naomi, qui, avec le père de Lina, s'occupait du bar qu'on avait installé dans la salle à manger.

Amara me regarda avec de grands yeux et éclata de rire.

— Comment va ma petite chérie ? demanda Waylay en s'adressant à sa fille, dans mes bras.

Par un coup du sort, Caden et Waylay avaient officiellement relié nos familles après des années d'amitié, pour finalement tomber amoureux à l'université. Je pensais toujours qu'ils s'étaient engagés trop jeunes, mais Sloane m'avait fait promettre de garder mes inquiétudes pour moi.

Comme le faisait remarquer ma merveilleuse femme, si nous avions bien fait notre travail, Caden était un adulte équilibré et raisonnable qui savait ce qu'il voulait. Pour l'instant, elle ne s'était pas trompée. Même Emry qui, dans le salon avec Sacha, sa femme, expliquait le symbole de la toupie de Hanouka aux jumeaux de Nash, semblait convaincu qu'ils avaient l'air d'un couple épanoui et sain.

— Toc toc ! lança une voix enjouée depuis la porte d'entrée.

— Allons voir qui c'est, dis-je à Amara.

Quand on arriva dans le couloir, Karen, ma belle-mère, passait la porte, accompagnée de ma mère, de leurs petits amis et de leurs valises. Je réservais encore mon jugement sur les deux hommes. Même si Max, qui avait séduit Karen avec ses pas de salsa et son large torse, et José, le vétéran, médaillé de guerre, regardaient nos mères comme si elles avaient donné naissance au soleil, à la lune et à tout ce qu'il y avait entre les deux, je n'étais pas prêt à leur faire confiance.

Les arrière-grands-mères poussèrent des cris d'enthousiasme et Amara me fut dérobée.

Ma femme recouverte de farine apparut et commença à distribuer accolades et embrassades.

— Vos chambres sont prêtes à l'étage. On dîne dans une heure. Et le vin est déjà servi, annonça-t-elle.

— On va monter les sacs, proposa José en utilisant son bras valide pour porter la valisette de ma mère.

Amputé de l'avant-bras, il était incroyablement doué pour tout. Ce qui me donnait encore plus envie de trouver ses faiblesses.

Karen poussa un soupir enchanté en voyant Max se diriger vers l'escalier.

— Dis-moi la vérité. Est-ce que je suis trop vieille pour ça ? s'enquit-elle.

— Trop vieille pour quoi ? demanda Sloane en passant son bras autour de ma taille.

— Pour être tellement… amoureuse.

— On n'est jamais trop vieux, assura ma mère en calant Amara sur sa hanche.

Je devais encore m'habituer à voir ma mère si sûre d'elle. Et elle devait encore s'habituer à me voir à cette place d'homme de la maison. Mais on faisait des pas de géant l'un vers l'autre.

— Maman, c'est comme si papa l'avait choisi exprès pour toi. Il est adorable, déclara Sloane.

— N'est-ce pas ? confirma Karen. Et d'ailleurs quand arrivent Maeve et Kurt ?

— Maeve vient de m'écrire. Chloé et sa petite amie viennent d'arriver, donc ils ne vont plus tarder, répondit Sloane.

— J'ai hâte de rencontrer la femme qui a réussi à faire en sorte que Chloé s'arrête de parler assez longtemps pour tomber amoureuse, affirma Karen en souriant.

Une boule de poils passa dans mon champ de vision et je vis Miaou Miaou cachée derrière les rideaux de la fenêtre de devant.

Knox grogna et atterrit à quatre pattes dans le salon. Deux enfants déboulèrent dans le couloir en criant, trois chiens sur les talons. Hilare, Knox se leva pour les poursuivre.

— Bon sang, pas facile de vieillir, grommela-t-il.

Nous étions tous plus âgés. Nous avions tous plus de douleurs le matin en nous levant. Mais je ne m'étais jamais senti aussi bien de ma vie. Faire partie d'une aussi belle famille avait guéri tant de maux dont je n'étais même pas conscient. J'avais arrêté de me faire faire des tatouages sur mes cicatrices quand j'avais vu ma femme porter les siennes comme des trophées.

— Ho ! Ho ! Ho !

Duke Morgan, le père de Knox et Nash, apparut dans l'embrasure de la porte. Il avait enfilé le costume du père Noël et sa femme, celui de la mère Noël. Sur la terrasse, il y avait un immense sac en velours rouge débordant de cadeaux.

— Le père Noël est arrivé, appela Nash dans son uniforme parce qu'il était d'astreinte.

Lina, sous son bras, lui entourait la taille. Des enfants de tous les coins de la maison accoururent pour saluer le nouveau venu.

J'en profitai pour prendre Sloane par le poignet et l'attirer vers l'extérieur.

Elle sourit. On attrapa nos manteaux au passage et on se faufila sur la terrasse.

— Il y a trop de gens là-dedans, me plaignis-je, alors qu'elle m'entraînait vers la balançoire.

— Tu aimes ça et tu le sais, Lucifer.

Elle avait raison et je ne pouvais pas le nier, malgré tous mes efforts.

J'attirai ma femme contre moi et nous abritai sous la couverture polaire qui attendait là.

Sloane se blottit contre moi et lâcha un soupir de satisfaction.

— Tous les ans, c'est encore mieux.

Je passai une main dans ses cheveux blond argenté. Ma semi-retraite n'avait pas été le choc que j'avais craint. Nolan et Lina avaient été promus. Holly, avec sa bonne humeur insupportable et son nouveau mari, avait emménagé dans mon ancienne maison, à côté de la nôtre, pour travailler dans la fondation de Sloane. Entre la bibliothèque et sa fondation, Sloane continuait à m'émerveiller avec sa générosité et sa ténacité.

On avait gardé mon appartement à Washington, mais j'avais dû acheter une immense maison sur la côte pour convaincre Sloane de ralentir un peu. Tous les ans, on emmenait toute notre progéniture passer deux semaines de vacances à la mer. Le genre d'escapade dont j'avais toujours rêvé enfant. Avec des feux de joie, des feux d'artifice et de longues journées à bronzer sur la plage.

La vie que nous avions construite était magique.

Sloane se redressa et me regarda avec une mine enthousiaste.

— J'ai quelque chose pour toi.

— Tu es déjà tout pour moi.

— Dis le type riche qui me couvre de cadeaux tous les jours. Tu penses que tu es prêt à recevoir ton cadeau ?

— Bien sûr, mais fais vite avant qu'on nous trouve ici.

C'était encore une tradition entre nous : des petites attentions sentimentales échangées en privé le jour de notre anniversaire de mariage. Dans la matinée, j'avais donné à Sloane le sien, une robe sur mesure dessinée par le même styliste qui lui avait confectionné sa robe de mariée. Elle la portait à cet instant même et chaque fois que je la regardais, mon cœur battait plus vite.

Sûre d'elle, elle souleva un coussin de la balançoire pour révéler un paquet emballé dans du papier à carreaux rouge et vert.

J'en sortis un cadre que je me dépêchai d'admirer.

C'était une fleur de cerisier sous verre.

— Notre arbre. Je me suis dit, après que tu as donné une bouture à chaque enfant, que comme ça tu pourrais en profiter toute l'année.

Je passai un doigt sur la fleur qui représentait tant pour nous.

L'espoir, l'amour, la famille.

J'avais gagné tout ça. Tout ça, c'est Sloane qui me l'avait donné.

— Euh… c'est joli, parvins-je à articuler malgré l'émotion.

Sloane sourit en gigotant sur les coussins.

— Je savais que tu aimerais !

Elle interrompit sa danse de la victoire en entendant un fracas de verre suivi par un chœur de voix amusé et des aboiements.

— Maintenant, tu te ressaisis avant qu'on rentre.

Je ris et levai les yeux vers l'ange qui faisait un clin d'œil au sommet du sapin.

— Il aurait adoré ça, dit-il.

— Tu sais ce qu'il aurait adoré aussi ? Le père et le grand-père que tu es.

Je l'attirai sur mes genoux et lui entourai le visage de mes deux mains.

— Tout pour toi. Toujours.

Note aux lectrices et aux lecteurs

Chère lectrice, cher lecteur,

Je n'écris jamais le mot FIN. Même quand l'histoire connaît le plus heureux des dénouements. C'est un peu une superstition, parce que je ne suis jamais prête à dire au revoir. Pour moi, ces personnages qui ont occupé mes pensées vivent longtemps après que le livre ou la série se termine.

Mais Knockemout, c'est fini, et je me sens désemparée. Ces personnes occupent ma vie depuis plus de deux ans. Deux ans de changement drastique, de rêves fous et de pertes tragiques.

Non seulement je suis devenue une meilleure autrice grâce à Knockemout (écrivez près d'un demi-million de mots sur tout ce que vous voulez, et vous allez vous améliorer), mais je sens que je suis une meilleure personne. J'ai tant appris sur l'amour et la perte et tout ce qu'il y a entre les deux avec Naomi et Knox, Nash et Lina, et Sloane et Lucian. Et je n'ai pas oublié les propriétés magiques du rire (cette scène de dîner « électrique »).

Merci de partager cette aventure avec moi. Je vous aime plus que vous ne l'imaginez !

Bisous

Lucy

Remerciements

Joyce et Tammy pour tout ce que vous avez fait, et surtout m'avoir rappelé d'aller me doucher.

Kari March Designs pour ces magnifiques couvertures.

Victoria Morrone pour votre généreuse donation aux enchères de *LIFT 4 Autism*.

Les équipes de *That's What She Said*, *Bloom Book* et *Hodder Books* pour… eh bien, pour tout. Un merci spécial à Tim, Dan, Deb, Christa, Pam et Kimberly.

Mon agente Favia et son avocat Éric pour m'avoir empêchée de faire des bêtises. *Trop de bêtises.*

ELOE, Tiki et les auteurs et autrices du TWSS pour rendre plus facile le côté le plus laborieux de l'écriture.

Toutes les lectrices et tous les lecteurs que je rencontre lors de mes tournées.

Toutes les lectrices et tous les lecteurs que je n'ai pas encore rencontrés.

Taco Bell pour toujours et à jamais.

14136

Composition
NORD COMPO

Achevé d'imprimer à Barcelone
par CPI Black Print
le 3 juin 2024

Dépôt légal juin 2024
EAN 9782290393307
OTP L21EPLN003551-600871

ÉDITIONS J'AI LU
82, rue Saint-Lazare, 75009 Paris

Diffusion France et étranger : Flammarion